HEYNE
BÜCHER

FRÉDÉRIC DARD

# DER SCHÖNE EDOUARD

*Roman*

Aus dem Französischen
von Hans-Joachim Hartstein

WILHELM HEYNE VERLAG
MÜNCHEN

HEYNE ALLGEMEINE REIHE
Nr. 01/9764

Titel der Originalausgabe
LES SOUPERS DU PRINCE

*Umwelthinweis:*
Dieses Buch wurde auf
chlor- und säurefreiem Papier gedruckt.


Wilhelm Heyne Verlag GmbH & Co. KG, München
Printed in Germany 1996
Umschlagillustration: Bavaria-Bildagentur / Images, Gauting
Umschlaggestaltung: Atelier Ingrid Schütz, München
Gesamtherstellung: Elsnerdruck, Berlin

ISBN 3-453-09289-9

Für Jean-Paul Belmondo, der mich,
ohne es zu wissen, zu dieser Geschichte
inspiriert hat.
In Freundschaft
*San-Antonio*

## Erster Teil

# Quellwasser

# 1

Als Edouard auf den Bauplatz kam, trieb es seine Mutter gerade mit Fausto Coppi.

Von weitem schon hatte er durch die schmale Windschutzscheibe seines 15 Six G mit Frontantrieb das Fahrrad des Rennfahrers erspäht; es lehnte an dem ausrangierten Eisenbahnwaggon, der Rosine als provisorische Unterkunft diente. Ein blitzendes Fahrrad von fluoreszierender, ausgefallen violetter Farbe, dessen Lenkstange mit einem kanariengelben Klebeband umwickelt war. Dieses Rennrad war der ruhende Pol auf der chaotischen Baustelle. Es zog alles trübe Licht des öden Spätnachmittags auf sich.

Zwanzig Meter vor dem Waggon war Edouard versucht, ein paarmal kräftig auf die Hupe zu drücken, um das Paar aufzuschrecken; aber er respektierte die Liebe und unterdrückte das gehörige Haßgefühl für Fausto.

Als er aus seinem Wagen stieg, kam ein kleiner, schmutzig-weißer Hund kläffend angelaufen. Edouard hatte den räudigen Malteser zwei Jahre zuvor seiner Großmutter geschenkt, und das Tier haßte ihn dafür: Es verzieh es ihm anscheinend nicht, daß er es in diese dreckige, schlammige Umgebung, die seinem ehemals strahlendweißen Fell so schlecht bekam, gebracht hatte.

Das lächerliche, aggressive Gekläffe ging Edouard auf die Nerven, er schob seine Schuhspitze unter den Bauch des Maltesers und schleuderte ihn zwei Meter weit in eine brackige Wasserpfütze. Der Hund sprang flink wieder heraus und begann sich, jäh zum Schweigen gebracht, still zu schütteln.

»Du gemeiner Kerl!« hörte man Rachel böse rufen.

Edouard sah seine Großmutter in ihrem altertümlichen Lehnsessel neben der abgestellten Planierraupe sitzen.

Er lächelte ihr zu.

»Dein Bluthund wollte mich fressen, hast du nicht gesehen?«

»Blödsinn! Er wiegt keine zwei Kilo. Miky! Miky!«

Das Tier flüchtete sich zwischen ihre Beine. Sein zerzauster Kopf schaute unter den Röcken der alten Frau hervor, und er verfolgte Edouard mit haßerfülltem Blick.

Rachel streckte ihren linken Arm dem Besucher entgegen; das war so ungefähr die einzige Bewegung, derer sie seit ihrem Schlaganfall fähig war. Trotz der zärtlichen Gefühle, die er für sie hegte, umarmte Edouard sie widerwillig. Sie stank nach Urin, und ihre Wangen kratzten.

»Es ist Besuch da!« bemerkte er und zeigte auf das Fahrrad.

»Wie du siehst«, knirschte die Alte, »und sie machen's jetzt schon zum dritten Mal! Klar, daß die alte Schlampe so verrückt nach ihm ist! Fast zwei Stunden muß ich hier neben dieser verdammten Maschine sitzen.«

Ihr Gebiß bewegte sich zu stummen Flüchen.

»Weißt du, was ich nett fände?« murmelte Rachel, nachdem sie lange genug gegrollt hatte. »Wenn du seine Reifen zerstechen würdest.«

Vor Schadenfreude perlte Speichel auf ihren Lippen.

Edouard schüttelte den Kopf.

»Das wär gemein, und außerdem: wozu? Er würde die Reifen flicken und noch länger hierbleiben. Warte, ich hab was Besseres.«

Er ging zu seinem alten 15 Six G Baujahr 1939 zurück, wühlte im Kofferraum und holte eine grüne Tube hervor. Während er sie aufschraubte, trat er auf Faustos Rennmaschine zu, drückte einen haselnußgroßen Tropfen aus der Tube auf seinen Zeigefinger und schmierte ihn auf den Sattel aus Wildlederimitat.

»Was ist das?« fragte Rachel ganz aufgeregt.

»Extrastarker Klebstoff. Der Champion wird sich seine Rennhose ausziehen müssen, wenn er vom Rad steigen will.«

Sie brach in scheppperndes Lachen aus, berauscht von boshafter Vorfreude.

»Du hast immer so tolle Ideen, mein kleiner Dodo! Schade, daß ich ihn dabei nicht beobachten kann!«

»Kommt er oft hierher?« fragte Edouard.

»Zwei-, dreimal pro Woche. Und meinst du, er würde ihr Blumen mitbringen oder so was? Ja, denkste! Keine Manieren! Er steckt einen weg und haut ab. Ein richtiger Schnösel! Ein Kreuz ist das mit so einer Tochter!«

»Sie hat auch ihre guten Seiten«, verteidigte Edouard seine Mutter, die er trotz ihres ausschweifenden Sexuallebens liebte.

Er war ebenfalls heißblütig. Rosines Lebenswandel paßte ihm nicht, aber er konnte sie verstehen.

»Gute Seiten!« brummte Rachel. »Reden wir von ihren guten Seiten! Findest du es normal, seine gebrechliche alte Mutter neben einen ölverschmierten Bulldozer zu setzen, ohne an die kühle Abendluft zu denken? Mir ist nämlich kalt! Aber darauf wartet die fette Schlampe ja nur: daß ich mir 'ne Lungenentzündung hole und abkratze!«

Edouard zog seine zerschlissene alte Lederjacke aus und legte sie seiner Großmutter um die Schultern.

»Dein Malteser starrt vor Dreck«, stellte er fest, um das Thema zu wechseln, »er müßte mal gebadet werden.«

Rachel brauste auf:

»Gebadet werden! Was denn sonst noch alles? Sie wäscht sich ja nicht mal ihren eigenen Hintern, warum sollte sie dann Miky baden? Weißt du, abgesehen von ihrer albernen Arbeit und ihrem Spaghettifresser kümmert sich Rosine um rein gar nichts.«

Edouard trat an den Rand der riesigen Ausschachtung hinter dem Bulldozer. Er betrachtete das schlammige, zwar nicht sehr tiefe, dafür aber nahezu fünftausend Quadratmeter große Becken. Auf dem Boden der ausgeschachteten Fläche stand das Wasser.

»Ist das neu?« fragte er seine Großmutter.

»Was?«

»Das Wasser da!«

Rachel zuckte die Achseln.

»Vor drei Tagen ist Vater Montgauthier mit seiner Maschine auf eine Quelle gestoßen, und seitdem steigt das Wasser.«

»Und was sagt Rosine dazu?«

»Die freut sich. Dadurch würde ihr Projekt noch schöner«, sagt sie.

»Und du weißt immer noch nicht, worum es dabei geht?«

»Sie ist ein Dickschädel! Wenn sie es sich in den Kopf gesetzt hat, nichts zu sagen, dann sagt sie nichts. Bevor nicht alles zu Ende ist, kein Sterbenswörtchen!«

»Hast du nicht versucht, Vater Montgauthier auszufragen?«

»Ach, der alte Saufbold! Der Wein richtet ihn zugrunde. Er hebt ein Loch aus, und damit basta! Schön, sie zahlt ihm nicht viel, und die Miete für den Bulldozer kostet auch nicht die Welt, aber bei dem Tempo kann es Monate dauern, bis es fertig ist, egal, was sie vorhat.«

Sie wurden durch einen lauten Orgasmusschrei aus dem Waggon unterbrochen. Der Schrei eines Mannes im Augenblick höchster Lust, der das Ende des Höhepunkts einleitet.

Rachel seufzte:

»Keine Hemmungen! Wenn eine Frau stöhnt, na schön, das ist ihr gutes Recht. Aber ein Mann! So herumzubrüllen!«

Edouard verkniff sich jede Bemerkung, trat ein paar Schritte zurück und rupfte einen langstieligen Halm ab, der wie wilder Weizen aussah. Er fing an, darauf herumzukauen. Er mußte sich entspannen. Dieser Schrei des brünstigen Mannes, der sich mit seiner Mutter vergnügte, brannte ihm in der Seele. Obwohl von Natur aus optimistisch, wurde er sich mit einemmal der Leere seiner Existenz bewußt. Mit seinen zweiunddreißig Jahren war er noch nie auf die Idee gekommen zu heiraten. Er widmete sich ganz und gar seiner schlecht ausgerüsteten Werkstatt, in der er an alten Citroëns des Modells 15 Six 6 mit Frontantrieb herumbastelte, im Auftrag von Sammlern, die sich wie er für dieses Vorkriegsmodell von Citroën begeisterten. Er selbst besaß einige Exemplare, die er liebevoll überholt hatte, und jede Woche nahm er die Schutzplane ab, um die Wagen auf Hochglanz zu bringen.

Er fuhr sie abwechselnd, um sie in Schuß zu halten. Die neuen Modelle mit den leistungsstarken Motoren, die ihn auf der Straße überholten, ließen ihn kalt. Er liebte heiß und innig seine Autos, die soviel Mühe hatten, auf hundert zu beschleunigen! Sie waren für Edouard so etwas wie eine Ersatzfamilie. Wenn er sie mit dem Autoleder wienerte, sprach er mit ihnen wie ein Pferdenarr mit dem Pferd, das er striegelt.

Seine sozialen Kontakte beschränkten sich auf zwei oder drei Freunde, mit denen er hin und wieder einen draufmachte, sowie auf ein paar leichte Mädchen, die ganz vernarrt waren in sein hübsches Lausbubengesicht.

Er hatte bisher in seinem Leben nur ein einziges Verhältnis gehabt, das noch andauerte, und zwar mit seiner ehemaligen Volksschullehrerin, Madame Lavageol. Er hatte sich in sie verliebt, als er in die fünfte Klasse kam. Sein Pult stand direkt vor dem Podest, von dem herab sie unterrichtete, und ungefähr zehn Monate lang hatte er die freie Aussicht auf ihre Slips genossen, da Edith Lavageol Strumpfhosen haßte. Ohne es zu ahnen, war sie die Ursache für seine erste richtige Erektion gewesen. In jeder Vormittagspause bat Edouard um die Erlaubnis, das Klassenzimmer verlassen zu dürfen, und ging auf die Toilette, um »auf das Wohl« seiner Lehrerin zu onanieren. Am Ende des Schuljahres hatte er das unbestimmte Gefühl, ein Verhältnis gehabt zu haben. Als er dann tatsächlich die Liebe kennenlernte, hatte er stets das zarte Bild der weißen oder rosa (manchmal auch schwarzen) Slips seiner Lehrerin vor Augen. Er sah den fahlen Fleck ihrer Schenkel vor sich, die köstlichen, strammen Strapse auf dem festen Fleisch. Für ihn setzte sich Madame Lavageol aus zwei Hemisphären zusammen: Über ihrem Pult befand sich die nördliche Hemisphäre, wie aus dem Ei gepellt, lächelnd, aber streng; und dann die südliche Hemisphäre, Vorbote künftiger Wonnen, deren glühenden Atem er auf seinem Kindergesicht zu spüren meinte.

Nach der Volksschule hatte Edouard vier Jahre lang das Gymnasium besucht. Sein Abgangszeugnis in Händen, war er bei einem alten Automechaniker in die Lehre gegangen, der sein Handwerk verstand und ihn mit seiner Leidenschaft für alte Citroëns angesteckt hatte.

Als Edouard seinen Militärdienst beendete, erfuhr er, daß

der Mann seiner ehemaligen Lehrerin soeben bei einem Flugzeugunglück ums Leben gekommen war (er hatte Jungfernflüge für einen Aeroklub durchgeführt). Von einer dunklen Macht getrieben, ging Edouard zu seiner Beerdigung. Als er nach der Totenmesse der Witwe sein Beileid aussprach, hatte sie hinter ihrem Trauerschleier gerufen: »Dodo! Großer Gott, wie hübsch du geworden bist! Nett, daß du gekommen bist.« Und sie hatte ihn geküßt.

Ihr erster Kuß, eingehüllt in einen Geruch nach Weihrauch und welken Blumen.

Acht Tage später besuchte er sie zu Hause (die Adresse stand in der Todesanzeige). Die Nacht war hereingebrochen, und Edith Lavageol saß am Küchentisch und korrigierte Klassenarbeiten. Sie war damals etwas über vierzig. Nicht unbedingt korpulent, war sie doch etwas mollig, dunkelhaarig, mit strahlenden, freundlichen Augen. Als sie ihm die Tür öffnete, hatte sie verwirrt und überrascht gerufen:

»... Edouard ... wie ist das möglich? Gerade habe ich an dich gedacht!«

Er sollte niemals herausfinden, was in jenem Augenblick über ihn gekommen war. Jedenfalls hatte er sie sanft in den Korridor zurückgedrängt und hatte die Tür mit dem Fuß zugestoßen, um sie dann in seine Arme zu schließen. Eine Umarmung, die nie mehr enden sollte.

»Hast du mir meine *Humanité* mitgebracht?« fragte Rachel.

»Sie liegt im Wagen, ich hol sie dir.«

Seine Großmutter, Tochter eines Gewerkschafters aus der Zeit vor 1914, war aktives Mitglied der Kommunistischen Partei. Sogar aus ihrem Lehnstuhl heraus warb sie noch hartnäckig für ihre Überzeugungen. Zu ihrem großen Kummer widerstand Edouard ihren Bekehrungsversuchen. Um des lieben Friedens willen hatte er ihr, als es der alten Frau gesundheitlich schlecht zu gehen schien, versprochen, in die Partei einzutreten. Seither bedrängte sie ihn bei jedem seiner Besuche.

»Natürlich hast du deine Mitgliedskarte noch nicht?« hakte sie hoffnungsvoll nach.

»Nein«, gestand Edouard. »Hör zu, Oma, sperr doch mal die Augen ein wenig auf. Deiner Partei geht es dreckig! Er existiert nicht mehr, dein Kommunismus!«

Sie warf ihm das milde Lächeln der Erleuchteten zu, das Lächeln all derer, die fähig sind zu sehen, was die anderen, deren Blick von der Gegenwart getrübt ist, nicht erkennen können.

»Dieses Geschwätz vom angeblich toten Kommunismus wird der Dünger sein für den neuen Kommunismus«, prophezeite Rachel.

»Hast du das in der *Huma* gelesen?«

Sie überhörte seine ironische Bemerkung.

»In meinem Alter, Dodo, weiß man, daß alles zyklisch wiederkehrt. Das ist das systemimmanente Gesetz der Existenz. Die Welt kann ohne Kommunismus nicht leben. Das Wesentliche dessen, was zu Ende geht, wird darin bestehen, daß es die Menschheit grundlegend verändert hat; was kommen wird, wird es wiederum aussäen. Ersteres hat den Boden für künftige Ernten bereitet.«

Edouard machte ihr ein Kompliment:

»Du kannst ausgezeichnet reden. Du hättest Karriere in der Politik machen können!«

Er verstummte, da die Tür des Waggons aufgeschoben wurde.

Fausto Coppi kam als erster heraus (eigentlich hieß er Ferrari, doch er sah dem großen italienischen Champion wirklich sehr ähnlich, was ihm bei seinen Teamkameraden diesen Spitznamen eingebracht hatte). Er trug seine Sportkleidung: schwarze Rennfahrerhose, violettes Trikot mit gelben Aufschlägen. Er leuchtete wie sein Fahrrad. Seine Rennfahrerschuhe zwangen ihn dazu, wie ein Stelzvogel zu gehen. Fausto arbeitete in einer Spiegelfabrik. Nach der Arbeit zog er seine Sportkleidung an und stieg auf eins seiner Rennräder, die alle von Colnado stammten, dem berühmten Mailänder Fahrraddesigner. Die Anwesenheit Edouards, der ihn wie Luft behandelte, veranlaßte ihn zu sofortigem Aufbruch. Souverän wie ein Kunstreiter stieg er auf seine Rennmaschine, winkte dem Paar, das ihn feindselig anblickte, zu und trat in die Pedale wie bei einem Zeitfahren.

»Fahr nur, du Arsch, fahr nur!« gluckste Rachel. »Würde mich freuen, wenn deine Eier am Sattel festkleben!«

»Was brummelst du da?« fragte Rosine, die nun ihrerseits aus dem Waggon kletterte.

Sie war eine lebenslustige Frau und mit ihren fünfzig Jahren immer noch sehr weiblich. Ihre Sinnlichkeit war so aufdringlich, daß die Männer in Alarmbereitschaft versetzt wurden. Jeder Mann, der Rosine zum ersten Mal sah, hatte das Gefühl, daß irgend etwas Großartiges und Unerwartetes über ihn kam. Ihr üppiger Busen, ihr noch immer fester Hintern, ihre sinnlichen Lippen und ihr herausfordernder, frecher Blick verschlugen auch den Draufgängerischsten die Sprache.

Dennoch war sie kein männerverschlingender Vamp. Rosine war eine Frau mit äußerst kompliziertem Charakter, die bei bestimmten Gelegenheiten sehr sensibel reagierte und in ihrer Arglosigkeit ganz rührend wirken konnte.

»Ach, du bist auch da?« begrüßte sie ihren Sohn. »Mir war doch so, als hätte ich dein Auto gehört.«

Edouard warf ihr einen kurzen Blick zu, ging aber nicht zu ihr, um sie zu küssen. Er war ihr wegen ihres grade beendeten Schäferstündchens böse. In der Ferne sah man Fausto als bunten Fleck, den Kopf auf der Lenkstange, in der Fantasie eine Gruppe von Stars in den Serpentinen des Aubisque überholend.

»Na, Madame, haben wir's ordentlich besorgt gekriegt?« stichelte Rachel.

Ihre Tochter erwiderte achselzuckend:

»Wie ausfallend du werden kannst, liebe Mutter! Nur wenn du über Politik redest, kannst du dich anständig ausdrücken.«

Sie tastete mit den Fingerspitzen ihre Frisur ab. Ihr ganzer Stolz war ein unglaublicher Haarturm, mehrstöckig, hochtoupiert, blond, beinahe golden, durch ständiges Besprühen mit Haarspray in Form gehalten. Er hatte die Form eines Bienenkorbs, und Rosine war stets, unter allen Umständen, um ihn besorgt, so sehr, daß sie beim Geschlechtsverkehr den Kopf ein wenig anhob.

»Das erlaubt mir, zu sagen, was ich denke und wie ich es denke«, entgegnete Rachel. »Bei der bloßen Vorstellung, daß dieser Kerl im Rennfahrerdreß auf meinem Bauch herumspringt, könnte ich kotzen!«

»Alte Vettel!« knurrte Rosine.

»Flittchen!« knurrte Rachel zurück.

»O. k.«, murmelte Edouard wütend. »Ich sehe schon, ihr kommt prima zurecht. Macht's gut, ihr alten Weiber!«

Er ging zu seinem Wagen.

»Was soll das denn jetzt?« protestierte Rosine. »Du könntest dich ruhig ein wenig um uns kümmern!«

»Das besorgen schon andere«, entfuhr es Edouard.

»Gib mir wenigstens einen Kuß!« flehte seine Mutter ihn an.

»Das besorgen schon andere«, wiederholte er im selben Tonfall.

Rosine sah rot.

»Das willst du doch wohl nicht vergleichen! Der Kuß eines Sohnes und der eines Liebhabers, das ist doch was ganz anderes! Schockiert es dich etwa, daß ich mit einem Mann ins Bett steige? Herrgott noch mal, ich bin eine Frau aus Fleisch und Blut, und da ich nicht verheiratet bin, betrüge ich auch niemanden!«

Während sie sich ereiferte, sah sie ihren Sohn bewundernd an. Er war groß und kräftig, und unter seinem weißen T-Shirt traten die Muskeln deutlich hervor. In den engen Jeans, die seine schmale Taille betonten, zeichnete sich die Form seiner Schenkel ab. Unter seinem Bart, der das Ergebnis einer oberflächlichen Rasur zu sein schien, erkannte sie seine regelmäßigen männlichen Gesichtszüge. Er hatte dunkelblaue Augen, so blau wie verwelkte Glyzinienblüten (die gleichen Augen wie sein Vater, dachte sie), und rund um die Pupillen waren sie beinahe grün. Seine gerade Nase erinnerte an die griechischen Statuen. Sein dichtes Haar, widerspenstig trotz des Seitenscheitels, der es zu bändigen versuchte, war von einem unbestimmten Braun, das leicht ins Rötliche hineinspielte. An den Schläfen kräuselte es sich.

Je länger sie zu ihm redete, desto mehr verflüchtigte sich das bissige, kühle Blitzen aus seinen Augen, wie feuchter Beschlag auf einer Fensterscheibe. Statt dessen trat ein Ausdruck rauher Zärtlichkeit an seine Stelle. Sie fuhr fort:

»Söhne können den Gedanken nicht ertragen, daß ihre Mütter einfach so herumbumsen. Dagegen freuen sie sich, wenn sie hören, daß ihr Vater ein geiler Bock ist. Das beruhigt sie. Aber ihre Mama: auf gar keinen Fall! Heiliger Bimbam!«

»Das weiß ich nicht«, entgegnete Edouard, »ich hatte nie einen Vater.«

In seiner Stimme schwang so etwas wie Scham mit.

Rosine betastete wieder die Tiara auf ihrem Kopf.

»Keine Sorge, sie sitzt tadellos«, spottete ihre Mutter. »Ihr macht es wohl wie die Hunde, damit deine Frisur keinen Schaden nimmt, was?«

Rosine streckte ihr die Zunge heraus.

»Vergiß deine Jacke nicht, wenn du gehst!« sagte die Alte zu ihrem Enkel. »Vielleicht wird ›man‹ sich entschließen, mich wieder reinzubringen. Letztes Mal hat's angefangen zu regnen, und als der Itaker endlich abgehauen ist, war ich patschnaß.«

»Petzliese!« zischte Rosine. »Hilfst du mir, Kleiner?«

Sie packte eine Armlehne des Sessels und wartete darauf, daß Edouard an der anderen anfassen würde.

»Ein Rollstuhl wäre wirklich bequemer zu handhaben«, bemerkte Edouard.

»Ich weiß, aber sie will nichts davon hören!«

»Ich würde mich wie ein Krüppel fühlen«, behauptete Rachel.

»Aber so, so bist du springlebendig, was?«

Die alte Frau fing an zu weinen.

»So habe ich noch die Hoffnung, daß es nur vorübergehend ist«, schluchzte sie. »Ich sage mir, ich werde wieder gesund ...«

Edouard drückte einen Kuß auf die weißen Haare, die nach Pferdehaar rochen. Ein scharfer, ekelhafter Geruch.

Rachel wog nicht viel. Sie schoben die Tür des in eine Wohnung umgewandelten Viehwaggons ganz auf. In den beiden äußersten Ecken stand je ein Einzelbett. Zwischen den beiden Betten befanden sich ein Campingkocher, eine Spüle, die ebenfalls aus einem Wohnmobil stammte, ein Campingtisch und Klappstühle. Die Kleidungsstücke hingen an Garderobenhaken, die in einer Reihe über den beiden Betten angebracht waren, während sich die Unterwäsche sowie die unentbehrlichen Dinge des täglichen Lebens in dem unteren Teil eines Büfettschrankes befanden.

Die zwei Frauen wohnten seit fast einem Jahr in dieser Behausung. Als Rosine das riesige, unbebaute Gelände geerbt hatte (von einem früheren Liebhaber), hatte sie sogleich mit ihren geheimnisvollen Ausschachtungsarbeiten begonnen. Um sie finanzieren zu können, hatte sie ihre Wohnung in Courbevoie verkauft und beschlossen, mit ihrer Mutter in den Waggon zu ziehen, der auf Holzklötzen am Rande ihres Grundstücks stand, wo er den früheren Besitzern als Geräteschuppen gedient hatte.

Sie stellten Rachels Sessel an den Tisch.

»Ich hol dir deine *Humanité*, Oma.« Widerwillig ging Edouard über den schlammigen Boden; er fragte sich, wie die beiden Frauen das einsame Leben in dieser trostlosen Umgebung, mit Strommasten und Gasometern in Sichtweite, ertragen konnten. Der Himmel hier war ständig bleigrau, und die Natur erinnerte an ein verendendes Tier. Die Vegetation beschränkte sich auf Brombeerbüsche und ein paar kümmerliche Sträucher, deren Art man vergeblich zu bestimmen versuchte.

Im Winter, der ziemlich streng gewesen war, hatte er ihnen vorgeschlagen, zu ihm zu ziehen, in seine Zweizimmerwohnung über der Werkstatt; doch Rosine hatte abgelehnt. Ihre Baustelle unbeaufsichtigt zu lassen kam nicht in Frage. Vater Montgauthier trank wie ein Verrückter, sobald sie den Rücken kehrte. Also hatten sie sich an einem elektrischen Heizkörper gewärmt, für den Edouard von der nächstgelegenen Leitung unerlaubt Strom abgezapft hatte.

Er kam zurück, wobei er sich mit der *Huma* gegen die

Kniekehlen schlug. Ein unsagbarer Kummer, dessen Ursache er nicht zu ergründen wußte, nagte an ihm. War es die Liaison seiner Mutter mit diesem komischen Kauz von Italiener? Oder die Lebensverhältnisse der beiden Frauen? Oder vielleicht Rachels Lähmung? Einen Moment lang hatte er Lust, ihnen eine Spritztour zu einem Restaurant im nahegelegenen Vorort vorzuschlagen. Mutlos ließ er den Gedanken wieder fallen: Er hätte Oma anziehen, sie in den Wagen setzen, sie dann bis ins Restaurant tragen müssen. Diese Aussicht nahm ihm die Lust daran.

Als Rachel ihre Zeitung hatte, mußten sie ihre Brille suchen, die sie schließlich zwischen ihrem Bett und der Holzwand des Waggons fanden. Die alte Frau meckerte über alles: Es war ihr nicht warm genug, nicht hell genug zum Lesen, und ihre Arthrose quälte sie am Nacken. Rosine ließ das Gejammere über sich ergehen, ohne sich weiter darüber aufzuregen. Sie begnügte sich damit, hin und wieder zu brummen: »Du kannst einem auf die Nerven gehen, liebe Mutter!«, was ihr eine Schimpfkanonade einbrachte. Rachel betete ihren Vorrat an Kraftausdrücken wie einen Rosenkranz herunter; aber durch häufigen Gebrauch hatten sie sich mittlerweile abgenutzt.

»Soll ich für dich was einkaufen?« fragte Edouard seine Mutter.

»Nicht nötig, Vater Montgauthier bringt mir jeden Morgen, was wir brauchen. Abends gebe ich ihm eine Liste.«

Er holte zwei zerknitterte 500-Francs-Scheine aus seiner Hosentasche und legte sie auf den Tisch.

Rosine tat so, als hätte sie es nicht gesehen.

»Das wird dir fehlen!« sagte Rachel besorgt zu ihm.

»Ach was, die Geschäfte laufen wieder besser.«

Edouard küßte die beiden flüchtig; er hatte ein schlechtes Gewissen, weil er sich schon wieder davonmachte. Er sagte sich, daß es wohl zwangsläufig so sein müsse: Der Mensch schafft es nicht, denen, die er liebt, seine Zeit zu widmen.

## 2

Edouards Werkstatt lag rund fünfzehn Kilometer von der Baustelle entfernt. Es war ein alter Schuppen, den er von einem Gemüsebauern gemietet hatte, am Rande von Rieselfeldern, die sich besonders gut für den Gemüseanbau eigneten, aus denen jedoch, vor allem im Sommer, ein fürchterlicher Gestank nach Exkrementen und Kohl aufstieg.

Edouard hatte sich unter dem Dach eine Wohnung eingerichtet und für seine Autos, zum großen Mißfallen seines Vermieters, Schutzdächer aus Wellblech gebaut, die auf die Ackerfläche hinausragten. Nach und nach hatte er sich Werkzeug zugelegt, sogar eine Abschmiergrube ausgehoben und sie mit einer Eisenbrücke versehen. Licht bekam der Schuppen nur durch die breite Tür, und Edouard mußte bei elektrischem Licht arbeiten, wodurch er seine Augen überanstrengte.

Er liebte seine Höhle, deren angenehme Benzin- und Ölgerüche den Gestank von draußen überlagerten. Edouard fühlte sich dort geborgen. Das kleinste Werkzeug in seiner Hand gab ihm Sicherheit, und nichts begeisterte ihn mehr als eine weit geöffnete Motorhaube, an dessen Innereien er sich nicht satt sehen konnte.

Als er nach Hause kam, arbeitete Banane, sein Lehrling, noch an dem Getriebegehäuse eines 11 BL. Ganz in seine Arbeit vertieft, hatte er seinen Chef nicht kommen hören. Edouard blieb einen Moment lang stehen und betrachtete gerührt die Gestalt des jungen Arabers im blauen Overall. Banane (sein Spitzname rührte daher, daß er auf Märkten Obst verkauft hatte, bevor Edouard ihn eingestellt hatte) war gerade achtzehn geworden, doch er hatte immer noch ein jungenhaftes Gesicht. Trotz der Einwände seines Chefs bestand er auf seiner Afro-Look-Frisur; bei einer Saalschlacht war ihm das Nasenbein gebrochen worden, was ihm das Aussehen eines kleinen Raufboldes verlieh.

Edouard hatte den jungen Maghrebiner wegen dessen Begeisterung für Motoren ins Herz geschlossen. Er schätzte seine Bereitwilligkeit und seine gleichbleibend liebenswürdige Art.

»Du machst wieder Überstunden!« murmelte er.

Banane wandte sich zu ihm um.

»Bist du schon wieder zurück, Alter?«

»Die beiden gehen mir auf den Wecker«, erklärte Edouard. »Sie tun nichts anderes, als sich gegenseitig zu beschimpfen.«

Er beugte sich über die Arbeit seines Lehrlings und begutachtete den Motor.

»Er sieht nicht so schlecht aus, wie ich dachte«, stellte er fest.

»Nein. Ich dachte auch, das Gehäuse hätte 'n Riß, zum Glück sind aber nur die Schweißnähte gerissen. Diese Blödmänner wollen alte Schlitten besitzen, fahren aber nur einmal im Jahr damit, beim Oldtimer-Rennen. Und trotzdem wollen sie ihre Karren so schnell wie möglich wiederhaben! Der Wäschereibesitzer hat schon wieder angerufen und gefragt, wann sein Wagen fertig ist.«

»Laß dir nur Zeit, mein Sohn, soll er warten!«

Edouard hängte seine Lederjacke an einen Nagel und zog einen blauen Kittel mit dem Citroënabzeichen auf der Brusttasche über. Er nahm sich einen 11 BL Perfo vor, schwarz mit roten Rädern und Liegesitzen. Der Fallstromvergaser mußte eigentlich ausgewechselt werden, doch Edouard hatte es dank seines Könnens und seiner Geschicklichkeit geschafft, ihn wieder hinzukriegen. Auf diese Glanzleistung bildete er sich soviel ein wie ein Chirurg, dem es gelungen ist, eine bei einem Unfall zerquetschte Gliedmaße zu retten.

Schweigend arbeiteten sie eine Weile, jeder in seine Aufgabe vertieft. Edouard schätzte es sehr, daß sein Lehrling sich nie um Überstunden scherte. Häufig mußte er ein Machtwort sprechen, damit Banane (dessen wirklicher Name Selim war) nach Hause ging.

Während er über seine Arbeit gebeugt war, dachte er wieder an »die Zwei von der Baustelle«, wie er sie nannte; er stellte sich vor, wie sie bei der schwachen Funzel in dem Wohnwagen neben der geheimnisvollen Ausschachtung saßen, und es überkam ihn Angst. Seine Mutter war ledig geblieben, und natürlich trug er ihren Namen: Blanvin. Schon seit jeher behandelte Rosine ihn mehr als Kumpel denn als Sohn; die Tatsache, daß er ein uneheliches Kind war, schien die mütterlichen Gefühle dieser Frau zu dämpfen. Über seinen Vater sprach sie nie mit ihm, behauptete sogar, sie könne nicht wissen, wer von ihren zahlreichen Liebhabern sein Erzeuger gewesen sei. Edouard hatte sich damit abgefunden. Der Sohn von niemandem: Na schön! Er würde sein eigener Sohn sein!

Er hatte sich mit einem behaglichen Kokon aus Egoismus umgeben. Aus einem klugen Instinkt heraus lebte er mit angezogenen Beinen, sprungbereit.

Das wütende Motorengeräusch eines Mofas durchbrach die Stille. Kurz darauf tauchte ein Mädchen auf.

»Deine Schwester«, kündigte Edouard an.

»Ich hab ihr gesagt, sie soll mich abholen, mein Motorrad ist im Eimer, und ich hatte noch keine Zeit, es zu reparieren.«

»Das ist doch die Höhe!« rief Blanvin. »Und ihr steigt zu zweit auf diese Knattermühle?«

»Man merkt, daß du noch nie in Nordafrika gewesen bist!« erwiderte Banane. »Da unten fahren sie zu dritt auf einem Mofa, manchmal sogar zu viert.«

Die Besucherin stellte das Mofa draußen ab und kam in den Schuppen. Sie war ein sehr hübsches Mädchen von ungefähr zwanzig Jahren, mit blassem Teint und strahlenden Augen. Sie studierte Jura und zweifelte nicht an ihrer glänzenden Zukunft. Ein Schönheitsfleck zierte ihre rechte Wange. Edouard war hinter ihr her, doch er wußte, daß bei Najiba nichts zu machen sein würde, denn sie war durch ihre Kultur und ihre Religion tief geprägt. Sie brachte es fertig, gleichzeitig charmant und zurückhaltend zu sein. Eines Tages würde sie in ihrem Heimatland Algerien eine gesellschaftliche Funktion übernehmen, das sah er voraus.

»Genug für heute!« ordnete er an. »Ich lade euch zu einem Gläschen ein. Was möchtest du trinken, Naji? Kalten Tee oder Limonade?«

Er wusch sich die Hände an dem Wasseranschluß, der für die Autowäsche gedacht war, und benutzte ein Reinigungsmittel, um seine ölverschmierten Finger sauberzukriegen; aber der Schmutz drang unter die Fingernägel, die meistens schwarze Trauerränder hatten. Er wischte sich die Hände an einem schmuddligen Lappen ab und rieb sie dann an seiner Jeans trocken.

»Kommt ihr, Kinder?«

»Geht schon mal rauf, ich komme nach«, sagte Banane. »ich muß noch mein Werkzeug wegräumen.«

Edouard und Najiba stiegen die steile Holztreppe zum Dachboden hoch. Wenn er noch lange in dieser Wohnung mit den niedrigen Decken bliebe, dachte Blanvin, würde er wegen der gebeugten Haltung noch eine Wirbelsäulenverkrümmung davontragen. Er hatte die Wohnung mit Spanplatten unterteilt und sich so einen Schlaf- und einen Wohnbereich geschaffen. Das Ganze war mit Möbeln aus einem Großmarkt bescheiden eingerichtet, machte jedoch einen sauberen, ordentlichen Eindruck, was bei einem ledigen Automechaniker überraschte.

»Es gefällt mir bei Ihnen!« rief die junge Algerierin, die in ärmlichen Verhältnissen bei ihrer Familie leben mußte.

»Und mir würde es gefallen, dich hier bei mir zu haben«, erwiderte Edouard.

Sie reagierte nicht darauf.

»Vor dem Einschlafen«, fuhr er fort, »träume ich mindestens an einem von drei Abenden davon, daß ich mit dir schlafe.«

»Und die restlichen zwei Abende?« gab sie schlagfertig zurück.

Er lächelte über dieses geschickte Ausweichmanöver.

»Was für eine blöde Religion ihr habt!« seufzte er. »Ich bin sicher, daß wir uns wie Tiger lieben würden, nur ist Mademoiselle leider Mohammedanerin, und deswegen wird sie ein blöder Muselmann abkriegen!«

»Eine Religion wie meine«, sagte Najiba überzeugt, »muß man von innen heraus leben, um sie zu verstehen.«

»Du wirst mich nicht davon überzeugen können, daß

Schranken etwas Gutes sind. Ich habe Lust auf dich, und es wäre wundervoll, dich zu lieben. Ich bin eine gute Partie, weißt du das?«

»Das kann ich mir denken«, sagte sie lächelnd, »aber sparen Sie sich Ihre Versicherungen und Eignungsnachweise für Frauen auf, die ungebundener sind als ich.«

Sie ging zu einem Bücherregal, das Edouard aus den übriggebliebenen Spanplatten gebaut hatte. Dort stand ein ganzes Arsenal von Fachbüchern über Citroëns mit Frontantrieb sowie Fachliteratur über Automechanik; sie entdeckte jedoch auch Bände der Reihe *Omnibus*, Gesamtausgaben einzelner Autoren. Sie war überrascht, das Werk von Stendhal zu finden, das von Flaubert, einen Teil von Alexandre Dumas, dazu gebundene Bücher von Joseph Conrad, Tolstoi und Proust sowie eine Menge recht anspruchsvoller Autoren in Taschenbuchausgaben, wobei Oscar Wilde neben Simenon und Zola neben Alphonse Boudard standen.

»Haben Sie die alle gelesen?« fragte sie.

»*Yes, Miss*: Ich leide an Schlaflosigkeit. Wenn ich um zwei Uhr nachts aufwache, schnappe ich mir ein *book* und ziehe es mir bis zum Morgengrauen rein. Dumm ist nur, daß ich vergesse, mir tagsüber neue Bücher zu kaufen.«

»Ich leihe Ihnen welche«, versprach sie.

»Das Strafgesetzbuch oder den Koran?« scherzte Edouard. »Aber du hast mir noch nicht geantwortet: kalter Tee oder Limonade?«

»Kalter Tee.«

»Und für mich Tomatensaft!« rief Banane, der gerade heraufkam.

Er ergänzte seine Bestellung mit einem Augenzwinkern, das soviel heißen sollte, daß er gerne einen kräftigen Schuß Wodka in seinem Tomatensaft hätte. In Najibas Anwesenheit trank er manchmal eine *bloody-mary*, mehr um sie zu ärgern, als daß er besonders gerne Alkohol getrunken hätte. Eine Art Komödie, die Edouard durchschaute.

Sie setzten sich an den kleinen runden Tisch und tranken. Edouard verschlang das junge Mädchen mit heißen Blicken, die sie aushielt, ohne mit der Wimper zu zucken.

»Deine Schwester will mich nicht heiraten«, sagte er plötzlich zu Banane.

»Das ist ein Fehler, aber wundern tut's mich nicht«, erwiderte der Junge. »Bei uns seid ihr Christen nicht gut angeschrieben.«

Er lachte über seinen Scherz.

»Ich bin kein Christ«, versicherte Edouard.

»Was bist du denn dann?«

»Nichts! *Nada!* Ich habe keine Religion, so was ist in unserer Familie nicht üblich. Meine Großeltern waren von jeher Kommunisten, und meine Mutter hat nicht geheiratet und sich bestimmt nie gefragt, ob Gott existiert. Sie pfeift drauf! Schlimmer noch: Sie versteht die Frage überhaupt nicht!«

»Und Sie?« fragte Najiba.

Er überlegte.

»Also, für mich ist Gott wie der Tod: Er geht uns nichts an. Solange wir leben, bleiben wir von Ihm getrennt, und sobald wir gestorben sind, existieren wir nicht mehr!«

»Und wenn es ein Weiterleben nach dem Tod gibt?« wandte die Studentin ein.

»In dem Fall muß Er sich damit herumschlagen, ich habe vollstes Vertrauen zu Ihm.«

Unten in der Werkstatt klingelte das Telefon. Edouard hatte die Leitung nicht in die Wohnung legen lassen, und er mußte jedesmal nach unten laufen, um an den Apparat zu gehen. Allerdings erhielt er privat nur wenige Anrufe.

»Ich geh ran!« beeilte sich Banane zu sagen und rannte die Treppe hinunter.

Edouard streckte Najiba über den Tisch hinweg seine Hand entgegen. Sie verstand seine Geste nicht sofort und zögerte, bevor sie ihm ihre Hand überließ. Edouard beugte sich vor, um den Rücken dieser warmen Hand mit den von Natur aus dunklen Fingernägeln zu küssen.

»Du weißt, es stimmt: Ich würde dich wirklich heiraten«, beteuerte er.

»Vielen Dank«, sagte sie und zog ihre Hand zurück. »Wenn ich nicht so tief in meinem Volk verwurzelt wäre, würde ich Ihr Angebot sicher annehmen.«

Banane kam ganz außer Atem wieder herauf, er hatte drei Stufen auf einmal genommen.

»Salingue ist dran«, verkündete er. »Er hat ein ganz seltenes Stück aufgetrieben: einen Roadster 7, 1934! Davon gibt's nur ganz wenige Exemplare! Stell dir das vor! Stell dir das bloß vor!«

»Erst mal sehen«, dämpfte Edouard seine Begeisterung. »Salingue hat immer nur Raritäten anzubieten.«

Er ging hinunter, um mit seinem »Zulieferer« zu sprechen. Salingue, »das Ferkel«, so genannt, weil er, abgesehen vom Geschäft, nur über Schweinereien redete, verstand es, seine Ware anzupreisen. Ob es um Autos oder um Mädchen ging, er hatte die Gabe, von beidem in einer blumigen Sprache zu reden, die typisch für ihn war.

»Hallo, Alter! Hab für dich 'ne kleine Prinzessin aufgetrieben! Einen Roadster 7B Baujahr 34, Karosserie und Dach havannabraun, Kotflügel braun *metallic.* Du kriegst 'n Riesenständer, wenn du ihn siehst! 1592 $cm^3$ und 35 PS. Einer von den allerersten, die damals die Fabrik verlassen haben, mein Lieber! Wenn du am Steuer von so 'nem Schätzchen sitzt, fühlst du dich gleich ganz anders, das kannst du mir glauben!«

»Wieviel?« unterbrach Edouard ihn.

Der andere jedoch, als guter Autoverkäufer, hielt den Moment, einen Preis zu nennen, noch nicht für gekommen.

»Laß mich ausreden! Die Kleine ist in blendendem Zustand, nicht mal 'ne Kerze mußt du auswechseln! Originalsitze, das Leder mußt du dir ansehen! Hellbeige, wie Milchkaffee, seidenweich wie 'n Mädchenslip. Was sage ich: wie 'n Frauenschenkel!«

»Wieviel?« wiederholte Edouard jetzt einen Ton lauter, genervt wegen der Jahrmarktslyrik des Anrufers.

»Gleich, Mann! Nicht so stürmisch! Erst mal mußt du ja wissen, worum's geht, oder? Also, ein 7 B 1934, aus der ersten Serie, entschuldige, aber das ist mein erster! Und weißt du, warum das kleine Luder noch so jungfräulich aussieht? Soll ich dir kurz was über den Stammbaum verraten? Ein einziger Vorbesitzer, Dodo! Ich wiederhole: ein einziger, du kannst dich selbst davon überzeugen! Aus erster Hand! Hörst du? Aus erster Hand! Der Typ, der ihn damals gekauft hat, war der Sohn eines schwerreichen Ersatzteilfabrikanten. Genauer gesagt, er hat ihn von seinem Alten zur Hochzeit geschenkt gekriegt und seine Hochzeitsreise nach Monte Carlo damit gemacht. Er hat ihn immer gut gepflegt, auch wenn er nicht mehr damit gefahren ist. Als er abgekratzt ist, hat seine Alte ihn aus Sentimentalität behalten: die Hochzeitsreise und so. Er stand aufgebockt in der Garage. Und jetzt hat die Mutter ebenfalls die Löffel abgegeben, und die Erben verbimmeln dieses Prachtstück. Nur, die sind nicht blöd und hinterm Geld her wie der Teufel hinter der armen Seele.«

Er schwieg.

»Gut, und jetzt leg endlich die Karten auf den Tisch!« forderte Edouard ihn auf.

Salingue holte Luft.

»Sie wollen fünfzehn Riesen dafür haben«, sagte er.

Und er wartete.

Edouard gab keine Antwort. Nach einer Weile unerträglichen Schweigens fragte der Zulieferer:

»Was hältst du davon, Alter?«

»Ich schwanke«, sagte Edouard.

»Ach ja?«

»Ich schwanke zwischen zwei Erklärungen: Entweder wollen diese Leute dich verscheißern, oder aber du willst mich verscheißern. Und da ich weder mit Trotteln noch mit Gaunern verhandle, wirst du mich jetzt entschuldigen ...«

Er legte auf.

Als er sich umdrehte, sah er Banane erwartungsvoll oben auf der Treppe hocken. In seinem Gesicht stand tiefe Enttäuschung geschrieben.

»Klappt's nicht?« fragte der Lehrling.

»Salingue spinnt: fünfzehn Riesen!«

»Und die ist er nicht wert?«

»Für wieviel muß ich ihn denn dann verkaufen, wenn ich ihn zu dem Preis kaufe?«

»Du hast mitten im Gespräch aufgelegt!«

»Du weißt doch, daß er wieder anrufen wird.«

Als er die Treppe hinaufstieg, läutete das Telefon auch schon. Es war tatsächlich Salingue. Honigsüß, unschuldig wie ein Kindermädchen.

»Du hast recht«, sagte er schnell, »diese Arschlöcher von Erben gehen zu weit; ich werd noch mal mit ihnen reden. Zu welchem Preis würde meine kleine Prinzessin dich denn interessieren?«

»Zu einem vernünftigen«, brummte Edouard.

Salingue spürte, daß er nicht weiter insistieren durfte.

»Soll ich dir erzählen, was mir gestern abend passiert ist?« fragte er und lachte verheißungsvoll.

»Unbedingt!« seufzte Edouard, der eine Weibergeschichte vermutete.

»Stell dir vor, ich geh ins *Caméo,* um mir einen Pornofilm anzusehen. Bei solchen Gelegenheiten guckst du dir 'n Weib aus, das alleine ist, setzt dich daneben, und du kannst sicher sein, daß es klappt, weil die nur gekommen ist, um sich umlegen zu lassen.

Ich knall mich also neben 'ne gut gebaute Mutter, vielleicht 'n paar Flugstunden zuviel, aber mit dem, was noch übriggeblieben ist, kannst du dir noch 'n prima Pot-au-feu machen. Schon beim Vorspann legen wir so richtig los. Die ganze Palette. Der Film ging über Katharina die Große von Rußland, wie sie die Jungs von ihrer Leibgarde vernascht. Toll.

Bevor der Film zu Ende ist, schwirren wir zusammen ab, die Mutter und ich, Richtung *Hôtel Primevère.* Nicht grade Tausendundeine Nacht, aber um einen wegzustecken, kannst du schon mal auf 'n Himmelbett verzichten. Wir kommen sofort zur Sache. Das mit dem Horsd'œuvre erspar ich dir …«

»Danke«, seufzte Edouard.

Salingue war nicht beleidigt.

»Beim Vögeln kenn ich mich nicht mehr wieder, ich bin sofort auf 180. Irgendwann will ich ihr den Kopf nach hinten reißen, um ihr meine Zunge zwischen die Zähne zu schieben. Ich pack sie an den Haaren, und du kommst nie drauf, was …«

Er brach in übertrieben lautes Gelächter aus. »Hab ich

doch tatsächlich die Haare in der Hand! Die Mutter trug 'ne Perücke! Darunter war sie kahl wie 'ne Billardkugel.«

»Eine traurige Geschichte«, bemerkte Edouard.

Und er legte auf.

Die Episode mit der Perücke erinnerte ihn an die Haare seiner Mutter und an Rachels Bemerkung über die Stellung, die ihre Tochter beim Geschlechtsakt einnehmen müsse, um ihren Haarturm zu schonen. Er fand das Ganze unwürdig.

Wessen unwürdig, in bezug auf was? Er hätte es nicht genauer erklären können. Es war nur ein Eindruck, so schmerzhaft für ihn wie eine Kränkung; ein vages Gefühl des Scheiterns, in das er unfreiwillig mit hineingerissen wurde.

Najiba und Banane kamen nach unten und teilten ihm mit, daß sie nach Hause müßten.

»Meinst du, du kaufst ihn, den 7 B?« fragte der Junge wie ein bettelndes Kind.

»Klar«, beruhigte ihn Edouard. »Salingue hat ihn bestimmt irgendwo geklaut und will ihn so schnell wie möglich loswerden. Sicher müssen wir ihn gehörig ummodeln!«

Edouard traute sich das zu sagen, weil Najiba bereits draußen neben dem Mofa auf ihren Bruder wartete. Er brachte seinen Lehrling zur Tür und sah zu, wie Bruder und Schwester auf die »Mühle« stiegen. Der lange Schal des Mädchens hing auf einer Seite des Vorderrades herunter, und er wollte sie darauf aufmerksam machen, doch das Geknatter des Mofas übertönte seine Stimme, und die beiden fuhren, in eine schwärzliche Rauchwolke gehüllt, davon.

Edouard ging wieder in die Werkstatt zurück, mißgelaunt wegen der depressiven Phase, die er gerade durchmachte, wo er doch sonst soviel Schwung besaß! Er verstand es nicht, melancholisch zu sein; einige Leute finden Geschmack an der Schwermut, die für sie zu einer Art romantischem Gefühl wird. Blanvin fühlte sich nur bei der Arbeit wohl, wenn er voller Energie war und Entscheidungen traf. Er löschte das Licht und schloß die große Doppeltür.

Gerade als er den Hauptflügel zuzog, sah er Banane alleine und gestikulierend auf dem Mofa zurückkommen. Er wußte sofort, daß die beiden gestürzt waren: die Lenkstange des Mofas war verbogen, und das Hinterrad hatte eine Acht.

»Komm, schnell!« brüllte der junge Araber von weitem.

Ohne weitere Erklärungen abzuwarten, sprang Edouard in seinen 15 G, der vor der Werkstatt stand, und raste los.

»Es ist schlimm!« schrie Banane, als Edouard ihn überholte.

Ungefähr fünfhundert Meter weiter sah er Najiba leblos am Straßenrand liegen. Mit einem Blick erfaßte er die Situation: Wie er befürchtet hatte, war ihr Schal in die Radspeichen geraten und hatte die Fahrerin aus dem Sattel gerissen. Das junge Mädchen war auf den Rücken gefallen und mit dem Kopf auf das holprige Pflaster geknallt. Edouard rannte zu ihr. Ihre Augen sahen verschwommen unter den halbgeschlossenen Lidern hervor, und der verkrampfte Mund ließ befürchten, daß sie tot war. Er tastete auf dem Baumwollhemd nach ihrem Herzen. Es schlug unregelmäßig.

Edouard war zum Heulen zumute. Die Brutalität des idiotischen Unfalls traf ihn völlig unvorbereitet, so daß er es kaum glauben konnte. Weniger als drei Minuten waren zwischen dem Starten des Mofas und diesem grausamen Sturz vergangen. Edouard kniete neben dem Mädchen nieder, und seine verzweifelte Hand versuchte hartnäckig, den schwachen Herzschlag zu »hören«. Es erinnerte ihn an den Tod von Isadora Duncan, der berühmten Tänzerin, die auf dieselbe Weise ums Leben gekommen war, erdrosselt von ihrem langen Schal, der sich um das Rad ihres Wagens gewickelt hatte.

»Ist sie tot? Ist sie tot?« brüllte Banane, als er zur Unglücksstelle kam.

Er hatte das Mofa ins freie Feld geworfen, und der Motor knatterte weiter und zuckte auf dem Boden wie ein verendendes Tier.

»Hilf mir, sie in mein Auto zu tragen!« befahl Blanvin.

Er hatte seine Tatkraft wiedergewonnen. Als Najiba auf der Hinterbank des Wagens lag, raste er los, während er sich noch fragte, welches Krankenhaus das nächste sei.

»Wir hätten sie vielleicht nicht bewegen dürfen«, schluchzte Banane. »Es wird immer gesagt, man soll Verletzte nicht anrühren!«

»Ja, man soll sie einfach krepieren lassen!« knurrte Edouard Blanvin.

Er fuhr so schnell, wie es der alte, lahme Wagen erlaubte. Der Wendekreis war zu groß. In jeder Kurve fand er sich auf der linken Fahrbahnseite wieder. Edouard machte sich Vorwürfe, weil er nicht lauter geschrien hatte, um sie auf den herabhängenden Schal aufmerksam zu machen. Er hatte es sofort aufgegeben, nachdem sein Rufen ungehört verhallt war.

Er nahm die Straße nach Pontoise. Seine Hände umklammerten das Steuer. Eine Flut von Bildern schoß ihm durch den Kopf: seine Mutter mit ihrer lächerlichen Goldtiara, Rachels hochgereckter Arm zu abgenutzten Schimpfkanonaden, der beige und metallicbraune 7 B, der von Salingue so sehr angepriesen wurde, der zarte Kuß, den er kurz zuvor auf die Hand der kleinen Araberin gedrückt hatte. All das jedoch schmorte in einer miesen Vergangenheit. Es hatte ihn zu dieser Gegenwart geführt, die er soeben durchlebte. Das einzige, was zählte – doch wie lange noch? –, war Najibas Körper, der schräg auf der Hinterbank des 15 G lag. Mechanisch ergänzte sein Unterbewußtes die technischen Daten des Wagens: 15 Six G, Baujahr 1939. Er dachte daran, daß dieses Auto vor mehr als einem halben Jahrhundert die Citroën-Fabrik einzig und allein zu dem Zweck verlassen hatte, um den übel zugerichteten Körper einer kleinen arabischen Studentin ins Krankenhaus zu bringen.

Banane schwieg. Er weinte leise vor sich hin, und Rotz und Wasser liefen ihm über das Gesicht.

Der Feierabendverkehr ließ langsam nach, und die Lichter begannen in der feuchten, immer undurchdringlicher werdenden Dämmerung zu verschwimmen. Als Edouard das Schild des Krankenhauses erblickte, beschleunigte er noch einmal und fuhr hupend bis zur Notaufnahme vor. Er dachte, daß man sich unverzüglich der Verletzten annehmen werde, und erwartete ein aufgeregtes Hin- und Hergelaufe. Daher war er verblüfft, als er feststellen mußte, daß ihre Ankunft den üblichen Krankenhausrhythmus nicht durcheinanderbrachte. Es begann mit dem Erledigen von Formalitäten an einem Schalter. Die Angestellten fühlten sich durch seine Ungeduld gestört und beruhigten ihn mit ihrem »Wir kümmern uns darum, Monsieur, nur keine Panik!«.

Endlich kamen zwei Träger mit einer fahrbaren Bahre über den Flur. Einer von ihnen war Maghrebiner, Banane stürzte sich auf ihn und begann verzweifelt auf arabisch auf ihn einzureden. Der Krankenpfleger half seinem Kollegen, Najiba auf die Bahre zu legen. Er versuchte, Banane zu beruhigen, doch hatte er offensichtlich nur Allgemeinplätze zu bieten, die den Jungen nicht trösten konnten.

Dann folgte die übliche Trennungsszene. Edouard und Banane wollten den Pflegern unbedingt folgen, aber die gaben ihnen zu verstehen, daß das gar nicht in Frage komme. Schließlich fanden sie sich damit ab, in einem dafür vorgesehenen Raum, der um diese Zeit leer war, zu warten. Die Einrichtung bestand aus verchromten Ledersesseln. Ein Wust von zerlesenen Zeitschriften zeugte von der Vergänglichkeit von Sensationsmeldungen.

Lange Zeit schwiegen sie.

»Du solltest deine Eltern benachrichtigen«, sagte Edouard schließlich.

»Glaubst du, die hätten Telefon?«

»Es muß doch einen Laden bei euch in der Nähe geben, der eins hat. Sieh im Telefonbuch nach!«

Widerwillig stand Banane auf.

»Noch was«, sagte Blanvin. »Es wird bestimmt 'ne Menge Papierkram mit der Polizei und der Versicherung geben: Natürlich saß Najiba alleine auf dem Mofa!«

Banane nickte und verschwand. Als er fort war, kam ein Arzt im weißen Kittel mit einem Walkie-talkie in der Brusttasche herein. Er war groß, gebeugt und gelblich im Gesicht wie eine kranke Trauerweide.

»Haben Sie das junge Mädchen hergebracht?«

Edouard bejahte.

»Tja, wissen Sie«, murmelte der Arzt, »es sieht nicht besonders gut aus: Sie liegt im Koma. Eine Schädelverletzung. Und es ist zu befürchten, daß ein oder zwei Halswirbel beschädigt sind, wir werden das später am Scanner feststellen.

Im Augenblick wird sie künstlich beatmet, und außerdem habe ich ihr die üblichen Herzstärkungsmittel verabreicht.«

Edouard hörte sich die Diagnose an, ohne mit der Wimper zu zucken. Ein unsäglicher Schmerz war dabei, sein Leben zu zerstören.

»Und was weiter?« murmelte er dümmlich.

»Nichts weiter«, sagte der Arzt. »Wir müssen warten. Ist sie Ihre Freundin?«

»Nein, die Schwester meines Lehrlings.«

Er fügte hinzu:

»Ein nettes Mädchen. Kann man sie sehen?«

»Wenn Sie wollen.«

»Was meinen Sie, Doktor, besteht Hoffnung?«

»Wenn sie in den nächsten Stunden aus dem Koma aufwacht, ganz sicher!«

Banane kam zurück. Edouard informierte ihn über den Stand der Dinge, und sie folgten dem Arzt auf die Intensivstation. Najiba lag auf einem schmalen Bett, den Hals von einer Manschette umschlossen.

Man hatte sie an mysteriöse Apparate angeschlossen, die gleichmäßige, furchteinflößende Geräusche machten. Najibas Haut war weiß, beinahe grau, und ihre Augen starrten immer noch unter den halbgeschlossenen Lidern hindurch ins Leere, ins Unendliche. Die beiden Männer betrachteten sie eine Weile, wagten nicht, sie anzusprechen oder zu berühren. Der Arzt überprüfte das Infusionsgerät, dessen Kanüle in einer Vene am Handgelenk steckte. Man spürte, daß der Tod um das bezaubernde Mädchen herumschlich.

Benommen stolperten sie hinaus.

»Hast du deine Alten erreicht?« fragte Edouard, als sie wieder im Auto saßen.

»Nein: Der Gemüsehändler von nebenan hat mich angeschnauzt, sein Laden wäre keine Telefonzentrale für Emigranten. Allerdings kauft meine Mutter immer bei Leclerc.«

# 3

Nachts besuchte er sie nie, daher lag sie im Bett, als er an ihrer Tür klingelte.

Sie wohnte in einem kleinen, niedlichen Kalksteinhäuschen, das an ein Spielzeug erinnerte. Die verschiedenartigen Rosensträucher in dem Vorgärtchen sorgten für eine Blütezeit von mindestens sechs Monaten im Jahr. Der Ort duftete intensiv nach Rosen, doch Edouard mochte diesen Duft nicht; er fand ihn trivial. Wenn er seine Geliebte besuchte, klingelte er gewöhnlich nicht, sondern klopfte beschwingt (tagadagada – tseng tseng!) an die Tür.

Durch die Ritzen der Fensterläden ihres Schlafzimmers drang Licht. Edith las bis spät in die Nacht hinein historische Werke, deren Inhalt sie ihren Schülern ungeheuer interessant nacherzählen konnte. Sie war der Ansicht, daß es sich hierbei um Bildung und nicht nur um einen vorgeschriebenen Lehrplan handle. Die Kinder schätzten die erzählerischen Qualitäten von Madame Lavageol. Wenn sie ihnen von dem Mord an dem Herzog de Guise, von dem an Heinrich IV. oder von dem Attentat von Sarajevo erzählte, war es mucksmäuschenstill. Richelieus Leben, Concinis Hinrichtung, die Flucht Ludwigs XVI. nach Varennes und seine Verhaftung fesselten sie ebenso wie eine Fernsehserie. Edouard erinnerte sich daran, wie erschüttert er gewesen war, als Edith das Ende der Romanows beschrieben hatte, und wie er sich von dem Slip seiner Lehrerin losgerissen hatte, um ihrem herzzerreißenden Bericht zu lauschen.

Sie öffnete ihm mit freudestrahlendem Gesicht die Tür.

»Welch eine schöne Überraschung!« rief sie aus.

Sie trug ein zweiteiliges Ensemble aus bedruckter Seide, Nachthemd und Morgenmantel, das er ihr zu Weihnachten geschenkt hatte, und sie roch nach Bett. Sie mußte so ungefähr in Rosines Alter sein, und wie diese hatte sie nichts von ihrer sexuellen Attraktivität eingebüßt. Die ihre war weniger auffällig, übte jedoch auf diejenigen, die sich in der Liebe auskannten, die Faszination eines stillen Wassers aus. Edouard, der sich ständig nach ihrem Sexualleben erkundigte, war überrascht zu hören, daß Edith eine Frau war, die nur selten angebaggert wurde. Ihre Kollegen schätzten sie zu sehr, um sie verführen zu wollen. Sie gestand, ihren Mann nur ein einziges Mal betrogen zu haben, und zwar mit einem Arzt, einem Neurologen, den sie wegen ihrer zunehmenden Schlaflosigkeit konsultiert hatte. Ein rumänischer Jude, der sie gleich bei der ersten Sprechstunde durch seinen Blick und den Klang seiner Stimme betört hatte. Ihre Liaison war nur von kurzer Dauer gewesen, denn Edith wurde sich sehr schnell klar darüber, daß sie für den Doktor nur eine unter vielen war. Sie brach ganz einfach mit ihm, indem sie nicht mehr in seine Sprechstunde ging, und der Arzt hatte bestimmt eine ganze Weile gebraucht, bis er es bemerkt hatte.

»Hast du irgend etwas, Dodo?« fragte Madame Lavageol besorgt.

Er berichtete ihr, was Najiba zugestoßen war. Sie hörte ihm zu, während sie noch im Flur standen mit den Postern an der Wand, auf denen französische Berühmtheiten abgebildet waren. Ludwig XIV. im königlichen Mantel hing hier neben Pasteur und Napoleon I. neben Victor Hugo.

Sie nahm an dem Kummer ihres jungen Liebhabers Anteil. Um ihn zu trösten, erzählte sie ihm von einem ihrer Cousins, der fast ein halbes Jahr im Koma gelegen hatte, bevor er wieder aufgewacht war, geschwächt zwar, aber lebend.

»Hast du zu Abend gegessen?«

»Nein, aber ich hab keinen Hunger.«

»Komm trotzdem rein und versuch etwas zu essen!« forderte sie ihn auf und zog ihn mit sich in die Küche.

Sie öffnete eine Dose Makrelen in Tomatensoße, die er sehr gerne mochte, und bereitete ein Schinkenomelette zu. Edouard verschlang alles. Dazu schenkte sie ihm reichlich Wein ein, einen Landwein aus Sancerre, den ihr Vater, der sich trotz seines hohen Alters noch als Weinbauer betätigte, ihr schickte.

»Hab ich dich eigentlich schon mal im Nachthemd gesehen?« fragte Blanvin.

Sie errötete.

»Ich glaube nicht. Warum?«

»Nur so … Du siehst so anders aus.«

»Bist du enttäuscht?«

»Du wirst mich nie enttäuschen.«

»Doch, und zwar schon bald! Ich bin mehr als zwanzig Jahre älter als du. Eines Tages ist da nichts mehr zu machen.«

Er zuckte die Achseln.

»Was heißt das: ›eines Tages‹? Najiba hat auch bestimmt an ein ›Später‹ gedacht, und nun ist sie trotz ihrer zweiundzwanzig Jahre dabei, ins Gras zu beißen! Als ich in der Schule vor deinen Slips geträumt habe, glaubst du, da hätte ich an ›eines Tages‹ gedacht? Nein, mein Schatz: Es erregte mich, ich hab mir einen runtergeholt, und damit basta! Gegenwart, meine liebe Edith! Gegenwart, Gegenwart! Scheiß was auf die Zukunft, die nie was anderes sein wird als glücklich eingetroffene Gegenwart!«

Er stand auf und riß die Lehrerin von ihrem Stuhl hoch, um sie in die Arme nehmen zu können.

»Würde es dir etwas ausmachen, wenn ich hier schlafe?«

»Das ist mein sehnlichster Wunsch!«

Er nahm sie quer auf dem Bett, ungestüm, ohne sich zu entkleiden. Sie stöhnte vor Lust bei seinen heftigen Stößen. Ja, dachte er, man muß Rosine verstehen. Eine Frau braucht einen Mann; und wenn sie keinen mehr braucht, ist sie keine Frau mehr.

Danach half sie ihm beim Auskleiden, denn er schien sehr erschöpft. Und sie drehte ihn auch in die Position des Bettes, indem sie ihn einfach an den Beinen packte.

Als er eingeschlafen war, knipste sie das Licht aus, ging ins Wohnzimmer und rief im Krankenhaus in Pontoise an, um sich nach Najibas Befinden zu erkundigen. Die Nachtschwester antwortete ihr, daß der Zustand des Mädchens unverändert sei.

In den frühen Morgenstunden wachte Edouard schweißgebadet und mit wild klopfendem Herzen auf. Sofort fiel ihm alles wieder ein, und er dachte an die junge Araberin. Er hatte das sichere Gefühl, daß sie nicht mehr lebte. Er spürte körperlich, daß es sie nicht mehr gab. Diese Einststellung überraschte ihn, denn er hatte sie im Grunde genommen recht selten gesehen, und ihrer Beziehung fehlte es an Konsistenz, wie einem Aquarell. Es war mehr ein Traum, ein Luftschloß. Die Zuneigung, die er für das Mädchen empfand, hatte nichts mit wahrer Liebe zu tun. Aber was war die wahre Liebe? Das, was Edith Lavageol in ihm hervorrief? War es diese sinnliche Fazination, die, in seiner Kindheit geboren, zwanzig Jahre später immer noch andauerte? Er wagte es nicht, sein Verhältnis zu der Lehrerin genauer zu analysieren, aus Furcht, einen Ödipuskomplex zu entdecken. Ständig verglich er sie mit Rosine. Beide, eine wie die andere, verströmten denselben weiblichen Duft, was ihn bei Edith verwirrte, bei seiner Mutter jedoch anwiderte.

Er setzte sich auf und lehnte sich mit dem Rücken gegen den hölzernen Bettpfosten. Die Lehrerin schlief fest. Hin und wieder schien ihr das Atmen Mühe zu bereiten, und dann schnarchte sie. Edouard überlegte, daß man eine Person nicht ganz und gar kenne, bevor man sie nicht beim Schlafen beobachtet habe. Der Schlaf gibt verräterisch Aufschluß.

Wenn er zu ihr ging, empfing sie ihn, auch wenn er seine Besuche nie ankündigte, korrekt gekleidet, sie war dezent geschminkt und hatte Schmuck angelegt. Ihre Liebestreffen, weit entfernt von einem Hinterhofabenteuer, hatten für ihn die berauschende Atmosphäre eines Luxusbordells.

Ihre erste gemeinsame Nacht im Bett störte sein Vergnügen. Der Mondschein, der durch die Ritzen der Fensterläden hereindrang, verbreitete im Zimmer eine Art Filmbeleuchtung. Der Körper seiner Geliebten wurde in Lichtstreifen zerschnitten. Auf dem Laken sah er eine große, schlaffe Brust liegen, die um die Brustwarze herum welk wurde. Dunkler Flaum zeigte sich über der Oberlippe. An ihrem

Hals bemerkte er eine Warze, die er nie beachtet hatte, die ihm jetzt aber unangenehm auffiel. Im Schlaf ließ Edith Lavageol, an die einsamen Nächte mit ihren Freiheiten gewohnt, einen leisen, dummen, traurigen Furz fahren.

Edouard stieg aus dem Bett, so leise er konnte, hob seine Kleider vom Boden auf und ging hinaus. Er zog sich im Flur an und verließ das Haus in dem Moment, als es vom benachbarten Kirchturm vier schlug.

Bevor er zum Krankenhaus fuhr, hielt er an einem Bistro für Fernfahrer, das bereits geöffnet war. Verschlafene Typen mit finsterem Blick standen an der Theke. Sie tauchten aus dem Schlaf auf wie aus einem Sumpf und tranken schweigend und mit zitternden Bewegungen Kaffee oder Alkohol. In dem Lokal hing der fade Geruch ungewaschener Leute, vermischt mit dem belebenden Duft nach Kaffee und ofenfrischen Croissants.

Edouard trank einen schwarzen Kaffee, in den er aus Versehen zweimal Zucker tat und der widerlich schmeckte. Dann fuhr er durch die Nacht, die sich in dem Vorstadtregen, der seine schmale Windschutzscheibe verschmierte, aufzulösen schien. Es erforderte hervorragende Fähigkeiten, dieses altertümliche Fahrzeug mit den vielen toten Winkeln zu lenken. Man mußte daran gewöhnt sein, ein »Gespür« dafür haben, um es zu beherrschen.

Der fast leere Parkplatz des Krankenhauses glänzte im Laternenlicht.

Warum mußte Edouard an eine Hinrichtung auf dem Boulevard Arago denken, von der ihm einer seiner Kunden, ein Journalist, Fotos gezeigt hatte? Auf jenen Abzügen herrschte dieselbe dramatische Atmosphäre, die durch die Dunkelheit, das Laternenlicht und den Regen hervorgerufen wurde.

Nachdem er ausgestiegen war, schlug er den Kragen seiner Lederjacke hoch und ging gemessenen Schrittes zum Eingang. Er fand, daß ein Mann, der außerhalb eines Sportstadions lief, an Würde verlor, und sei es auch, um einen Bus oder einen Zug zu erwischen.

Um diese Uhrzeit war das Krankenhaus in der Hand der

Putzkolonne. Ein in der Mehrheit aus Schwarzen und Nordafrikanern bestehendes Personal reinigte den Fliesenboden mit komplizierten Maschinen, die mit Wasserspritzdüsen, Rundbürsten und Trockensaugern ausgerüstet waren, das Ganze unter einer stromlinienförmigen, grellbunten Metallverkleidung verpackt. Die Leute nahmen keinerlei Notiz von Blanvin, wodurch er ungehindert auf die Intensivstation gelingen konnte. Dort wurde er von einer Nachtschwester aufgehalten:

»Der Zugang zur Intensivstation ist Besuchern untersagt!«

Edouard sah sie mißmutig an.

»Dr. Blanvin!« stellte er sich schroff vor und setzte seinen Weg zu dem Bett fort, in dem Najiba am Vorabend gelegen hatte.

Er war darauf gefaßt, das Bett leer vorzufinden, so stark war sein ungutes Vorgefühl; daher überlief ihn ein Schauer der Erleichterung, als er das junge Mädchen zwischen den Laken erblickte. Sie nahm nur wenig Platz ein und schien halb eingetaucht in weißes Wasser, aus dem nur ein Teil ihrer Brust und ihres Kopfes herausragte.

Als er sich über sie beugte, flatterten ihre Augenlider und hoben sich dann. Er glaubte, sie wäre wieder bei Bewußtsein, stellte dann jedoch enttäuscht fest, daß ihr Blick nach wie vor ausdruckslos war. Ihre Augen starrten ihn an, sahen ihn aber nicht.

»Guten Morgen«, murmelte er und tastete nach ihrer Hand unter dem Laken.

In Najibas Gesichtsausdruck veränderte sich nichts. Der einzig wahrnehmbare Fortschritt bestand darin, daß sie ihre Lider heben konnte.

Die Nachtschwester berührte Edouard am Arm.

»Sie sind kein Arzt«, stellte sie sachlich fest. »Sie dürfen nicht hierbleiben.«

Man hörte die Reinigungsmaschinen auf dem Korridor schnurren. Manchmal stießen ihre gummiverkleideten Stoßstangen dumpf gegen eine Tür.

»Ja, ich geh schon«, versprach Edouard, ohne sich vom Fleck zu rühren.

Er zeigte auf die Verletzte und fragte:
»Was meinen Sie, ist sie hin, oder was?«
Die Nachtschwester, eine kleine, dunkelhaarige Frau, wahrscheinlich von der Iberischen Halbinsel, schien die Brutalität der Frage zu empören.
»Sind Sie verrückt, so etwas vor ihr zu sagen«, zischte sie. »Es besteht die Möglichkeit, daß sie Sie versteht.«
»Nun, wenn sie mich versteht, dann heißt das, sie ist gerettet! *Adiós* Carmen!«
Schnell machte er, daß er hinauskam. Er hatte das Gefühl, als nähme er ein Versprechen mit. Auf jeden Fall aber eine Hoffnung!

# 4

Rosine hatte ihre grünen Gummistiefel angezogen, um durch den Schlamm zu waten. Sie beobachtete, wie sich die bullige Planierraupe mit der bedrohlichen Grazie eines stählernen Ungetüms auf der Baustelle bewegte. Die riesige Schaufel mit den gierigen Zähnen grub sich in das Fleisch des Bodens, griff sich einen kompakten Block schwärzlicher Erde heraus und kippte ihn auf den Rand der Ausschachtung. Dann setzte die Maschine zurück, um unter unerträglichem Dröhnen, das Vater Montgauthier jedoch nicht zu hören schien, den Lehmboden weiter in Stücke zu reißen.

Mit von Wein und Wetter bläulichrot gefärbten Wangen und Nase sah der Alte aus wie Philippe Pétain als Clochard. Er trug ein altes Legionärskäppi, das seine Ähnlichkeit mit dem Marschall noch verstärkte. Souverän lenkte er den Bulldozer, doch weil er so klein war, sah man ihn kaum in seinem verglasten Führerhäuschen.

Rosine watete durch die Fahrspur der Maschine und gab dem Mann ein Zeichen, einen Moment aufzuhören. Montgauthier nahm den Gang heraus, doch das Fauchen der Maschine im Leerlauf verhinderte jegliche Verständigung. Rosine bedeutete ihm, den Motor abzustellen. Er tat es. Die plötzliche Stille wirkte irgendwie brutal.

»Hallo, Gustou!« rief Rosine.

Der Mann drehte die Scheibe seiner Kabine herunter.

»Guten Morgen, Madame Blanvin. Haben Sie die Sachen vor der Tür gefunden?«

»Ja, vielen Dank.«

»Gab keine Klementinen mehr, die Saison geht zu Ende, und da hab ich Apfelsinen mitgebracht.«

»Ist in Ordnung. Sagen Sie, haben Sie gesehen? Das Wasser steigt weiter.«

»Ich weiß. Wird schon irgendwann aufhören.«

»Und wenn es nicht aufhört?«

Der Alte wiegte seinen Kopf hin und her.

»Dann müssen wir mal sehen ...«

»Was sehen, mein lieber Gustou? Wenn sich das gesamte Loch mit Wasser füllt, ist mein Projekt im Eimer!«

»Wird schon irgend 'ne Lösung geben«, versicherte der Alte. »Werd wohl 'n Graben ziehen müssen, um das Wasser abzuleiten, wenn es zu hoch steigt.«

»Ableiten, das heißt zu den Nachbarn«, bemerkte Rosine. »Die haben bestimmt keine Lust darauf, daß plötzlich ein Bach über ihre Grundstücke fließt. Überraschenden Besuch nennt man so was.«

»Eine Quelle ist eine Quelle«, unterbrach Montgauthier sie. »Sie sind die Hauptgeschädigte, die anderen werden das genauso hinnehmen müssen. Die Natur hat eben ihre Launen.«

»Die Natur«, brummte sie. »In diesem Fall sind wir es aber, die sie gestört haben.«

Sie betrachtete den Teich, der sich gebildet hatte, und begann, den Kraterrand hinaufzuklettern. Anfangs hatte sie den Vorfall von der heiteren Seite genommen, da sie fand, das Wasser sei ein dekoratives Element, das sie zu ihrem Vorteil zu nutzen wisse. Doch nun machte sie sich Sorgen. Sie hatte mit ihrem Bulldozer eine unkontrollierbare Macht entfesselt, die zu einer Katastrophe führen konnte.

Vater Montgauthier stieg aus seinem Käfig und kam herunter, um das steigende Wasser zu begutachten.

»Trotzdem, sieht hübsch aus!«

»Ein Großfeuer sieht in seiner Art auch hübsch aus«, schimpfte sie. »Dieser Graben, von dem Sie gesprochen haben ... Wie stellen Sie sich das vor?«

Gustou antwortete nicht sofort, sondern maß mit Kennerblick die Fläche.

»Ich habe mir folgendes gedacht«, begann er schließlich, am Ende seiner Berechnungen angelangt. »Die Rinne muß ich einen Meter über dem derzeitigen Wasserstand ziehen, direkt zum Straßengraben. So kann das Wasser durch den Graben abfließen. Dazu ist er schließlich da, oder? Das hat den Vorteil, daß nichts über die Grundstücke der Nachbarn läuft und man sich 'n Haufen Ärger spart.«

»Vielleicht ist das tatsächlich die Lösung«, stimmte Rosine ihm zu. »Werden Sie lange dafür brauchen?«

»Tja, den ganzen Tag wohl. Bis zur Straße ist es ja nicht weit.«

»Dann sollten Sie sich gleich an die Arbeit machen, Gustou!«

Montgauthier strahlte sie an. Er war ihrem Charme verfallen, seit das gerissene Weibsbild ihm in den Schritt gefaßt und erklärt hatte: »Ich wette, da ist noch Leben drin!« Manchmal genügt eine Geste oder ein Wort, um einen Menschen für sich zu gewinnen.

»Haben Sie noch was zu trinken?« fragte sie mit einem Blick zum Führerhäuschen hin.«

Er schüttelte den Kopf.

»Meine kleine Flasche versiegt schneller als diese verdammte Quelle, Madame Blanvin.«

»Ich werde sie nachfüllen«, versprach Rosine.

Rachel blieb unter dem Vorwand im Bett, eine Grippe auszubrüten. Jedesmal, nachdem ihre Tochter sie draußen hingestellt hatte, um sich den Liebesspielen mit dem Radfahrer zu widmen, behauptete sie, sie habe sich erkältet, um damit Schuldgefühle bei ihr zu erwecken. Aber Rosine, die ihre Mutter kannte, kümmerte sich überhaupt nicht darum und herrschte sie an.

Als ein Auto in der Nähe des Waggons hielt, dachte Rachel, Edouard würde sie wieder einmal besuchen, und freute sich. Sie wurde ärgerlich, als statt dessen in der geöffneten Schiebetür die massige Gestalt eines dicken Mannes erschien, der einen grünen Kordanzug, ein graues Hemd und dazu eine apfelgrüne Krawatte trug. Seine Schläfen waren leicht ergraut, seine Glatze schimmerte rötlich, und er hatte einen schmierigen Blick, verschlagen und siegesgewiß.

Er grüßte die alte Frau mit einem Kopfnicken.

»Ist Madame Blanvin da?«

»Ich bin Madame Blanvin«, erwiderte Rachel.

»Dann möchte ich Ihre Tochter sprechen.«

»Sie ist auf der Baustelle.«

Er lachte.

»Auf der Baustelle!«

Dann erkundigte er sich unerwartet schroff:

»Was ist das eigentlich für eine Baustelle?«

»Ich habe keinen blassen Schimmer«, versicherte Rachel. »Fragen Sie sie doch selbst, vielleicht sagt sie's Ihnen ja!«

Er ging hinaus, um Rosine zu suchen, die Hände auf dem Rücken wie ein Großgrundbesitzer, der seinen Besitz abschreitet.

Nach einigen Schritten sah er sie mit verdreckten Stiefeln aus der ausgeschlachteten Fläche hochklettern. Sie trug einen schwarzen, ziemlich kurzen Faltenrock und einen roten Lacoste-Blouson. Er fand, daß sie wie jemand vom Zirkus aussah, der umgebaute Eisenbahnwaggon verstärkte seinen Eindruck noch.

»Nicht möglich! Der Herr Bürgermeister! Welch günstiger Wind führt Sie zu mir?« rief sie.

»Der Seewind!« lachte der Bürgermeister und zeigte auf den Teich.

Sie kicherte in gespielter Heiterkeit:

»Haben Sie gesehen? Wir sind bei der Umgestaltung meines Grundstücks auf eine Quelle gestoßen.«

»Komische Quelle«, brummte er.

Rosine ahnte, daß der Besuch des Bürgermeisters mit ihren Ausschachtungsarbeiten zusammenhing, und es befiel sie eine unbestimmte Furcht. Da sie sich dafür entschieden hatte, die Unschuldig-Naive und Gutgelaunte zu spielen, fuhr sie unbeirrt fort:

»Verrückt, wie Wasser ein Gelände sofort verschönert, finden Sie nicht? Ich werde Weiden um den Teich herum pflanzen.«

Sie schenkte ihm ein Lächeln, das entwaffnend sein sollte. Er war dafür nicht empfänglich. Theodor Nivolas stand vor ihr, massig und feindselig, beherrscht von seinen niederen Instinkten. Häßliche Haarbüschel sprossen ihm aus den Nasenlöchern, und seine wulstige Unterlippe war ständig feucht.

Als Rosine Blanvin sich hier niedergelassen hatte, war sie zu dem Bürgermeister gegangen, um ihn um die Erlaubnis zu bitten, ihr Grundstück umgestalten zu dürfen, ohne die offiziellen Anträge ausfüllen zu müssen, denn das Verfahren war langwierig und der Ausgang ungewiß.

»Umgestalten? Mit welchem Ziel?« hatte er sie gefragt.

Sie kannte die geilen Blicke von Männern seiner Sorte, und da sie sich entgegenkommend gab, wenn es um ihre Interessen ging, hatte sie ihn provoziert.

Damals waren sie alleine in seinem winzigen Büro im Bürgermeisteramt gewesen. Sie hatte die Beine hoch übereinandergeschlagen und verstohlen zwei Knöpfe ihrer Bluse aufgemacht.

Bei seiner Frage hatte sie die Achseln gezuckt, sich dumm gestellt. Hatte erklärt, sie habe dieses riesige, geschmack- und reizlose Grundstück geerbt, und da sie später einmal Profit daraus zu schlagen hoffe, wolle sie es ansprechender gestalten, indem sie es planieren und roden, ja, vielleicht bestimmte Teile sogar teeren lasse, um die Voraussetzungen für eine spätere Parzellierung zu schaffen. Übrigens habe sie daran gedacht, ihn um Rat und eventuell um Zusammenarbeit zu bitten, wenn es soweit sein werde.

Obwohl er sich nicht völlig von ihr hatte einwickeln lassen, hatte Nivolas ihr mündlich die Genehmigung erteilt, um die sie ihn gebeten hatte.

»Dafür muß ich Sie einfach küssen«, hatte sie begeistert ausgerufen.

Sie hatte ihm einen Kuß auf den Mundwinkel gedrückt, und er hatte sie mitten auf den Mund geküßt, eine Hand in ihrer Bluse, die andere in ihrem Slip. Es folgte eine ausgiebige Fellatio, die dem Bürgermeister ausgesprochen gut gefallen hatte. Brutal, wie er war, fühlte er sich bei diesen Liebespraktiken eigentlich als der sich unterwerfende Teil, während eine kraftvolle Umarmung seine Macho-Gefühle steigerte. Bei dieser fachkundigen Behandlung nun hatte er seiner Fantasie freien Lauf gelassen und diese Wonnen verstärkt, indem er von noch intensiveren, geradezu sadistischen Freuden geträumt hatte. Dabei hatte er keuchend etwas gemurmelt, mit starrem Blick und zusammengebissenen Zähnen, und seine Stimme hatte heiser geklungen.

Theodor Nivolas belastete sich nicht mit festen Beziehungen, die in einer Position wie der seinen immer lästig sind (außer dem Bürgermeisteramt besaß er einen Getreidegroßhandel, und seine Silos verunstalteten die einzigartige ländliche Gegend). Dieser sanguinische Klotz, der weit und breit den Ruf eines Lebemanns genoß, machte sich an alle Frauen heran, die ihm über den Weg liefen, wobei er keiner seiner Eroberungen zweimal diese Ehre erwies.

Seit dem »Bittgespräch« hatte Rosine den höchsten Beamten der Gemeinde hin und wieder gesehen. Jedesmal grüßte er sie mit einem hochmütigen Kopfnicken, wie eine hochgestellte Persönlichkeit, die ihre eigenen Neigungen zugunsten ihrer Pläne zurückstellt.

Jetzt sah er Rosine verächtlich an.

»Wissen Sie, wo sie herkommt, Ihre Quelle, Gevatterin?«

Diese unverschämte Anrede kränkte Rosine sehr.

Sie erstarrte.

»Das ist das Wasser der Gemeinde, verdammt noch mal!« rief Nivolas. »Ihr Montgauthier, der alte Idiot, hat eine Hauptleitung durchstoßen, und jetzt steht meine Gemeinde beinahe ohne Wasser da, durch Ihre Schuld!«

Entsetzt verschränkte Rosine die Arme vor ihrem Blouson.

»Was Sie nicht sagen!«

»Doch, Madame Blanvin, ich sage es! Und ich sage Ihnen auch noch, daß Sie das ein Vermögen kosten wird! Von der Wasserrechnung will ich gar nicht reden! Wenn wir unser Leitungswasser nämlich aus dem See von Bourget holen, müssen wir uns auf eine enorme Rechnung gefaßt machen. Aber Sie werden die Kosten für die Reparaturen sowie für den Schaden samt Zinsen, die der Gemeinderat von Ihnen verlangen wird, übernehmen müssen. Können Sie sich das Krankenhaus ohne Wasser vorstellen? Die Restaurants? Die Gemüsebauern? Millionen, Gevatterin! Das wird Sie Millionen kosten! Und ich meine neue Francs!«

Rosine lief es eiskalt über den Rücken. Sie sah zu dem alten Trottel Gustou hinüber, der den Graben in Angriff nahm, mit seinem orangefarbenen Ungetüm, das ein Getöse veranstaltete wie Panzer auf dem Schlachtfeld.

»Herr Bürgermeister«, stammelte sie, »oh, Herr Bürgermeister, Sie können mich doch nicht im Stich lassen! Ich bin eine alleinstehende, mittellose Frau, die eine alte, kranke Mutter zu versorgen hat ...«

Er musterte sie kalt.

»Ja, und? Das berechtigt Sie dazu, das Leben einer Gemeinde durcheinanderzubringen, indem Sie ihr das Wasser entziehen?«

»Helfen Sie mir, ich flehe Sie an! Es muß doch irgendwelche Versicherungen geben, die für solche Schäden aufkommen.«

»Die Versicherungen decken nur Schäden durch höhere Gewalt ab, Madame Blanvin, nicht die Extravaganzen eines unüberlegten Frauenzimmers, das mit einem Bulldozer herumspielt wie andere mit einem Pudel!«

»Scheißkerl!« dachte sie. »Oh, wie ich dich hasse mit deinem dicken Knotenschwanz und deinem schleimigen Blick!«

Und dann kam ihr die Erleuchtung. Die geniale Idee. Ein Geistesblitz brachte ihr die Rettung.

»Ich möchte Ihnen einen Vorschlag machen, Herr Bürgermeister.«

»Gute Frau, was können Sie mir schon vorschlagen?«

»Erinnern Sie sich an unsere erste Begegnung?«

Sein rotes Gesicht wurde noch einen Ton dunkler.

»Erpressung!« japste er. »Wofür hältst du dich, du Hure?«

»Oh, nein! Oh, nein!« beeilte sie sich zu sagen. »Wo denken Sie hin? Was ich sagen will, ist, daß ich während ... während ich mit Ihnen beschäftigt war, in Ihrem Büro, daß Sie da gesprochen haben! Sie haben ... Wünsche geäußert. Sie müssen sich doch daran erinnern, oder? Sie hatten Lust auf ... wie soll ich sagen? Auf nicht alltägliche Dinge, die sich nur sehr schwer realisieren lassen.«

Er sah mit verschlossener Miene woandershin, tat so, als wolle er es nicht hören. Doch sie wußte, daß dem Schuft das

Blut in den Schläfen hämmerte. Daß ihm das Wasser im Mund zusammenlief. Ein ungeheuerliches Verlangen stieg in ihm hoch. Er dachte an das, was sie ihm da vorschlug, und eine große, köstliche Angst überkam ihn.

Die listige Schlange senkte die Stimme.

»Dieses besagte Unmögliche, Herr Bürgermeister, will ich Ihnen wohl besorgen.«

Nivolas schien aus einem Traum zu erwachen. Er sah Rosine tief in die Augen. Sie begriff, daß sie vom Bürgermeister keine Antwort erwarten konnte, daß es ein einseitiger Handel werden würde. Solange er schwieg, hatte er mit den Machenschaften, die sie ausheckte, nichts zu schaffen.

»Wenn ich Ihnen innerhalb von vierundzwanzig Stunden das beschaffe, wovon Sie träumen, regeln Sie dann diese dumme Sache für mich?«

Anstelle einer Antwort zog er seine Brieftasche hervor, entnahm ihr eine Visitenkarte und reichte sie Rosine.

»Meine Privatnummer«, sagte er.

Rosine überlegte einen Moment, wobei sie mit dem Kärtchen wedelte wie mit einem frisch beschriebenen Blatt Papier.

»Warten Sie fünf Minuten, ich muß mich nur umziehen. Wenn Sie mich zum Bahnhof bringen könnten, würde ich Zeit gewinnen.«

Er nickte und ging zu seiner roten *Cherokee* mit den goldenen Seitenstreifen, um darin auf sie zu warten.

Zunächst lief Rosine zum Bulldozer, um Vater Montgauthier zu bitten, sich um das Mittagessen für ihre Mutter zu kümmern. Er erklärte sich um so lieber bereit, weil er wußte, daß die alte Rachel auch gerne zur Flasche griff.

Rosine ging in den Waggon.

»Ärger mit den Arbeiten«, erklärte sie der Gelähmten. »Ich muß nach Paris, Behördenkram erledigen, der Alte wird sich um dein Mittagessen kümmern.«

»Und wenn ich scheißen muß, kümmert er sich dann auch um mich?«

»Warum nicht? Hast du Angst, daß er dich vergewaltigt?«

Sie zog eine weiße Bluse und ihr marineblaues Kostüm an,

brachte mehr schlecht als recht ihre Frisur in Ordnung, indem sie eine Wolke Spray auf ihren Turmbau herabregnen ließ. Dann vergewisserte sie sich, daß sich in ihrer Handtasche Geld befand, und sagte:

»Sollte Fausto zufällig vorbeikommen ...«

»Keine Sorge, ich werde ihm einen runterholen«, lachte die Alte. »Eine gesunde Hand hab ich ja noch!«

Rosine stieß wieder ihr Lieblingsschimpfwort aus:

»Alte Vettel!«

# 5

Ein Hupkonzert schreckte Edouard in dem Moment auf, als er den Motor des Wagens, den er gerade reparierte, aufheulen ließ. Da er kein Benzin verkaufte, war er überrascht. Er ging hinaus und sah Salingue wie auf dem Bild für eine Oldtimerschau vor einem havannabraunen Roadster 7 B mit metallic-braunen Kotflügeln posieren. Einen Ellbogen auf die Autotür gestützt, mit gekreuzten Beinen, den Hut schräg auf dem Kopf, sah er in seinem altmodischen Anzug aus, als wäre er einem Gangsterfilm aus der Vorkriegszeit entsprungen.

»Wie findest du die Kleine?« rief er Edouard zu.

In dessen Augen blitzte Interesse auf.

»Haben die Besitzer sie dir für eine Probefahrt überlassen?« fragte er spöttisch zurück.

»Von wegen! Ich hab die Oberflaschen reingelegt! Weißt du, für wieviel ich denen das gute Stück abgeluchst habe, Alter?«

Blanvin gefiel die pfiffige Art, mit der Salingue ihm den Kauf des Wagens aufdrängte.

»Für ein Butterbrot!« lachte er.

»Das kannst du wohl sagen! Wir haben uns wie die Kesselflicker rumgestritten, und am Ende hab ich das Schmuckstück für siebzig Riesen gekriegt!«

Salingue musterte seinen Freund mit dem ihm eigenen Scharfblick. Er konnte anderen Leuten die Gedanken vom Gesicht ablesen.

»Du könntest dich wenigstens bei mir bedanken, das ist mehr als eine Okkasion, das ist ein Geschenk.«

Edouard strich über die Motorhaube. Salingue übertrieb nicht, wenn er behauptete, daß sie sich wie ein Frauenschenkel anfühle.

»Eine Frage«, sagte er. »Muß die Motornummer verändert werden?«

Der andere tat lässig.

»Tja, könnte nicht schaden«, räumte er ein.

Edouard hielt seinen Zulieferer für ziemlich borniert. Seine schmächtige Gestalt paßte zu seinem dubiosen Auftreten. Auf seinem ordinären Gesicht lag eine verschlagene Freundlichkeit.

»Also o. k., für vierzig Scheine«, entschied Blanvin.

Salingue fuhr auf:

»Du spinnst ja!« rief er. »Verkalkst du, Alter, oder was? Hab dir doch grade gesagt, daß ich siebzig Riesen für dieses seltene Stück abgedrückt habe!«

»Kennst du das Lied von Mandrin?« fragte Edouard. »Darin gibt es eine Zeile, die mir ausgesprochen gut gefällt: ›Billig hab ich sie verkauft, ich hatte sie umsonst gekriegt!‹ Vierzigtausend sind ein Geschäft für dich, und ich mach mich der Hehlerei schuldig. Wenn du einverstanden bist, fahr die Kleine in die letzte Box, hinter die Werkstatt.«

»Komisch, wie hart du wirst, wenn's ums Geschäft geht«, maulte Salingue. »Na ja, mir steht das Wasser im Moment bis zum Hals.«

»Spielschulden?«

»Nein, hab grade 'ne heiße Eurasierin aufgegabelt, die muß ich erst mal ordentlich einkleiden, bevor ich sie auf den Strich schicke. Die Klamotten werden nämlich immer wichtiger, mein Lieber. Die Schwester, die nicht mit *Escada* oder *Moschino* aufwartet, kann sich nur Schattige reinziehen. Apropos Schattige, ist dein Stift nicht da? Der hat sich am Telefon vor Aufregung in die Hose gemacht, als ich ihm von dem 7 B erzählt habe. Ist ganz verrückt danach.«

»Seine Schwester hatte einen Unfall«, erklärte Edouard. »Er ist mit der ganzen Sippschaft an ihrem Krankenbett.«

»Sprichst du von der niedlichen Araberin, die ich neulich abends hier gesehen habe?«

»Ja. Sie ist mit ihrem Mofa übel auf die Schnauze gefallen und liegt immer noch im Koma.«

»Na, dann ist sie ja bald bei Allah!« prophezeite ihr Salingue. »Schade, ist 'ne hübsche Puppe. Ich weiß noch, sie hatte 'n Wollmützchen auf und Kniestrümpfe an. Für kleine

Mädchen mit Kniestrümpfen hab ich 'ne Schwäche, das erinnert mich immer an ein Nachbarmädchen von früher, mit der hab ich auf unserem Dachboden geübt. Ich nehme an, du hast sie vernascht?«

»Das verbietet der Prophet«, seufzte Blanvin.

»Ach ja, stimmt: keinen Alkohol, kein Schweinefleisch, keine Christen!«

Sie wurden von einem Taxi unterbrochen, das neben ihnen hielt. Edouard war überrascht, als er das Gesicht seiner Mutter im Rückfenster erblickte. Er öffnete die Wagentür.

»Stimmt was nicht, Rosine?«

»Nein, nein, ich muß nur schnell nach Paris, irgendwelchen Papierkram unterschreiben. Ich wollte den Zug nehmen, aber diese Idioten streiken!«

»Sie kämpfen um die Butter auf dem Brot«, bemerkte Edouard.

»Sieh an, Mutter Rachel läßt grüßen!« brummte Rosine. »Apropos, ich wollte dich nämlich bitten, im Laufe des Nachmittags nach ihr zu sehen, ich komm höchstwahrscheinlich erst spät zurück. Vater Montgauthier hat mir versprochen, sich um sie zu kümmern, aber die werden sich bestimmt die Hucke vollaufen lassen. Ich hab meine liebe Last mit den beiden Säufern. Bis dann, mein lieber Dodo.«

Er schaute dem Taxi hinterher. Der Haarturm seiner Mutter im Rückfenster wirkte wie aufmontiert.

Während ihrer kurzen Unterhaltung hatte Salingue den Roadster hinter die Werkstatt gefahren. Er hatte ihn zwei Tage zuvor aus der (mit einer Alarmanlage versehenen) Garage eines Sammlers geklaut und wollte nicht, daß der Wagen längere Zeit auf der Straße stand. Er hatte bereits häufiger mit unheilvollen Zufällen Bekanntschaft gemacht.

Salingue gab sich vor seinen Freunden gerne als Mitglied der Unterwelt aus; in Wirklichkeit war er nur ein raffinierter, bestens organisierter Autodieb. Seine angeblichen amourösen Heldentaten beschränkten sich auf leichte Eroberungen, die er jedoch gerne ausschmückte, um den Draufgänger zu spielen.

Edouard machte von den Banken wenig Gebrauch. Er

hielt es wie ein alter Bauer von früher, hob sein Bargeld in Reichweite auf, in fantasievollen Verstecken. Er bat Salingue zu warten und ging nach oben, um die vierzigtausend Francs für seinen Zulieferer zu holen. Sein »flüssiges« Geld befand sich in dem doppelten Boden einer Blechgießkanne, die er vor einigen Jahren angefertigt hatte.

Nachdem der 7 B bezahlt war, begossen sie das Geschäft mit ein paar Gläschen bei Mutter Taillard, die einen dieser dörflichen Läden betrieb, in denen es alles gibt. Salingue sah häufig auf seine Uhr. Er erklärte Edouard, er habe eins seiner »Pferdchen« zu sich nach Hause bestellt, damit sie ihn in die Stadt zurückfahre. Blanvin wußte, daß es nichts damit auf sich hatte. Es war wieder einmal gelogen. Jedesmal, wenn er einen Wagen ablieferte, gab er denselben Quatsch von sich, sah auf die Uhr, trat von einem Bein aufs andere und tönte: »Ich bin verdammt spät dran, hab 'n wichtiges *date* auf den Champs-Elysées mit einem Kunden, einem stinkreichen Ami!« So daß Edouard am Ende nichts anderes übrigblieb, als ihn nach Paris hineinzufahren. Diesmal aber zog er sich aus der Affäre:

»Ich bin auch verabredet. Soll ich dir 'n Taxi kommen lassen?«

»So teuer, wie die neuerdings sind!«

»Sei nicht so geizig, du hast doch das Geld von mir kassiert.«

Doch Salingue wollte nichts davon wissen.

Bananes Eintreffen löste das Problem. Edouard bat ihn, den schmächtigen Mann mitzunehmen.

»Wie geht es der Kleinen?« erkundigte er sich besorgt.

»Unverändert. Man meint, sie wär bei Bewußtsein, aber sie zeigt keinerlei Reaktion. Unsere Mutter durfte bei ihr am Bett bleiben, obwohl sie 'n bißchen zu folkloristisch aussieht für das Krankenhaus.«

Der Lehrling verdrängte für einen Augenblick seine Sorgen und fragte, zu Salingue gewandt:

»Ist ›sie‹ da?«

»Und wie!« rief der Zulieferer. »So geil, daß man Lust kriegt, ihr den Schwanz in den Auspuff zu stecken!«

Er beugte sich zu Blanvin vor.

»Wär vielleicht nicht das Dümmste, die Kleine umzuspritzen«, raunte er ihm ins Ohr, so als wäre ihm der Gedanke soeben in den Sinn gekommen und als wäre es nicht weiter wichtig.

Er beschönigte gerne, was seinen Worten die Schärfe nahm.

Die achtzig Scheine zu fünfhundert Francs beulten seine Hose aus. Sicherheitshalber steckte er sein Geld in die vordere Hosentasche und legte ein Taschentuch darüber, so daß man denken konnte, er leide an einer Hodenentzündung.

»Mir ist noch ein anderes Sammlerstück angeboten worden«, sagte er, bevor er hinausging. »Du hörst von mir. Übrigens, ich mach dich darauf aufmerksam, daß der Wagen, den du soeben erworben hast, mit *Spicer*-Kardanwellen ausgerüstet ist!«

Rosines Voraussage war eingetroffen: Als Edouard seine Großmutter besuchte, »diskutierten« Rachel und Vater Montgauthier. Die beiden Alten hatten drei Liter Wein gekippt, und jetzt wateten sie durch ihre jeweilige Vergangenheit wie Krabbenfischer bei Ebbe im Schlamm. Sie wackelten einen Augenblick lang schweigend mit dem Kopf, und dann fischte einer von ihnen eine Erinnerung von dem feinen Grund seines Gedächtnisses, um sie triumphierend zu schwenken.

Blanvins Eintreffen setzte den Geschichten ein Ende. Der Bauarbeiter brummelte unverständliches Zeug und ging schwankend hinaus. Er wollte auf sein Fahrrad steigen, aber o weh!, es gelang ihm nicht einmal, es wieder aufzuheben, als es umgekippt war; schließlich trat er den Heimweg zu Fuß an. Ein paar hundert Meter weiter legte er sich im Schutze einer Haselnußhecke nieder.

»Du hast ja Nerven, Oma!« schimpfte Edouard. »Voll wie besoffene Bretonen! Wenn Rosine zurückkommt, wird sie Theater machen!«

Sie antwortete lallend, daß ihre Tochter sie am Arsch lekken könne, und wenn Rosine sie anschnauze, werde sie zum Krepieren ins Heim gehen, in dem es auch nicht beschissener sein könne als in diesem Landstreicherwaggon.

»Zieh bei mir ein«, schlug Edouard ihr vor. »Ich überlasse dir mein Schlafzimmer und schlafe auf dem Sofa. Da hast du's warm und kannst fernsehen.«

Rachel lehnte ab. Wegen ihres Zustandes sei sie auf die Hilfe einer Frau angewiesen, und andererseits müsse er sein eigenes Leben leben, und sie sei nicht die ideale Gesellschaft für einen schmucken Junggesellen.

»Was, zum Teufel, hat meine Mutter in Paris zu tun?« fragte er. »Sie hat mir was von irgendwelchem Papierkram erzählt und dabei so verlogen geguckt, daß es schon wieder ehrlich war!«

»Sie heckt was aus!« verkündete Rachel. »Heute morgen war der Bürgermeister da, und danach ist sie mit ihm weggefahren. Das läßt nichts Gutes ahnen.«

Der Besuch ihres Enkels hatte sie wieder ein wenig nüchterner gemacht, und sie kämpfte tapfer gegen ihre Betrunkenheit an.

»Was meinst du?« hakte Edouard nach.

»Ich meine gar nichts, aber ich habe ein schlechtes Gefühl. Ich spüre, daß dieses Scheißgrundstück mitsamt den Arbeiten sie an den Bettelstab bringen wird.«

»Glaubst du?«

»Ja, das glaube ich. Immer, wenn deine Mutter Mist verzapft, fängt sie an, sich hübsch zu machen. Das hat mit dir angefangen!«

»Vielen Dank!« sagte Edouard.

Rachel stieß ein zahnloses, mit weißem Schaum geschmücktes Lachen aus.

»Red keinen Quatsch, mein lieber Dodo! Ich bin froh, daß ich dich habe. Aber als die dumme Kuh sich hat schwängern lassen … So ein Pech! Sie war damals schon aus dem Haus: Du kannst dir nicht vorstellen, was für eine Rumtreiberin sie war. Und dann, mit siebzehn 'n dicken Bauch! Sie tauchte wieder zu Hause auf, aber da kannte sie Charles schlecht, meinen Mann! Mit seinen altmodischen Ansichten! Man kann nämlich aktiver Kommunist sein und trotzdem bürgerliche Vorurteile haben.

Mir zerriß es das Herz, das Mädchen mit seinem Sechsmonatsbauch, zurückgestoßen wie eine Aussätzige! Aber Charles ließ nicht mit sich reden: Sie oder ich! Völlig aussichtslos, ihn irgendwie einwickeln zu wollen.«

Ihre Stimme wurde einen Ton leiser, klang schläfrig. Edouard hörte ihr gebannt zu, denn es war das erste Mal, daß ihm solche Geheimnisse anvertraut wurden. Die Blanvin-Frauen, Mutter wie Tochter, sprachen selten über die Familie: Dickschädel, eigensinnige Frauen wie die Bäuerinnen, von denen sie abstammten.

Rachel süffelte an ihrem leeren Glas herum und sah ihren Enkel flehend an.

»Muß doch wohl irgendwo noch 'n Tröpfchen geben, Dodo, oder?«

Edouard sah im Büfett nach, holte eine weitere Flasche hervor und köpfte sie.

»Gleich bist du sternhagelvoll, Oma!«

»Ach was!«

Er schenkte ihr ein.

»Also, was hattest du grade gesagt?«

»Hab ich was gesagt?«

»Du hast von Rosine gesprochen, als sie schwanger mit mir auf der Straße stand.«

»Ach ja, stimmt ... Ich weiß nicht, wie sie klargekommen ist, aber jedenfalls hat sie dich in einem großen Entbindungsheim in Boulogne-Billancourt gekriegt. Wie's weiterging, hab ich nie erfahren. Ein ganzes Jahr verstrich. Sie hat mir nie erzählt, was sie in der Zeit gemacht hat. Und dann, eines Tages, bumm! Wieder Pech. Wir bekommen einen Brief, in dem steht, daß sie in Lyon im Gefängnis sitzt, und die Verwaltung fragt uns, was wir mit dem Baby zu tun gedenken. Da hättest du Charles sehen sollen! Zum ersten Mal in unserer Ehe hat er mich geschlagen. Richtig geschlagen, einfach nur, weil ich ihm eine Tochter geboren hatte, die man ins Gefängnis steckte. Ihr seid schon komisch, ihr Männer. Nicht wahr?«

»Weswegen war Rosine eingesperrt worden?« fragte Edouard.

Rachel verzog ausweichend den Mund.

»Was so richtig dahintersteckte, hab ich nie erfahren. Deine Mutter, das gerissene Stück, war immer darauf aus, alte Männer auszunehmen. Ließ sie an ihren Reizen schnuppern, und dann knöpfte sie ihnen Geld ab. Völlig in Ordnung, wenn du mich fragst ... Nachdem du geboren warst, ist sie nach Lyon gezogen, wohnte zur Untermiete bei einem Goldschmied. Nun lebte aber die Frau des Alten noch, und diese Eule hat die beiden überrascht, als sie grade voll dabei waren. Klar, daß sie Rosine rausgeschmissen hat! In der Anklageschrift stand, Rosine hätte wertvollen Schmuck mitgehen lassen. Der alte Dreckskerl hatte sie angezeigt, natürlich von der alten Ziege aufgehetzt, und Rosine hat zwei Jahre Knast aufgebrummt gekriegt.

Da Charles mir verboten hatte, dich zu mir zu nehmen, bist du bei deiner Mutter im Gefängnis geblieben. Es war ihr von Rechts wegen erlaubt. Sie teilte ihre Zelle mit einer Frau, die ihren Kerl mit dem Messer abgemurkst hatte, weil er sie betrogen hatte. Die Frau hatte ihre kleine Tochter bei sich: Barbara. Herzallerliebst! Ich hab Fotos gesehen. Anscheinend habt ihr euch ununterbrochen gezankt, das Mädchen und du. Und noch was: Kaum konntest du deine ersten Schritte tun, da bist du ständig zur Tür gekrabbelt und hast dagegengeschlagen, weil du raus wolltest. So was nennt man Freiheitsdrang, was?«

»Allerdings!« sagte Edouard beklommen.

Die Eröffnung seiner Großmutter quälte ihn. Dann hatte er also die erste Zeit seiner Menschwerdung in einer Zelle verbracht! Edouard schloß die Augen, um besser tief in sein Gedächtnis vordringen zu können. Er hoffte, so auf Bilder aus jener Epoche zu stoßen. Er stellte sich den kleinen Knirps in jener Zelle vor, die nach Frauen und saurer Milch gestunken haben mußte. Unversehens überfiel ihn eine starke Rührung. Er empfand Mitleid mit Rosine, sicher, aber mehr noch mit sich selbst. Er ahnte, daß das große Glück seines Lebens darin bestehen würde, eines Tages selbst Vater zu sein, und er weinte schon im voraus um dieses Kind, dessen Erzeuger hinter den Mauern eines Gefängnisses eingesperrt gewesen war.

»Du guckst so komisch«, bemerkte Rachel, »vielleicht hätte ich dir das nicht erzählen sollen. Vor allem kein Wort zu der Dicken, die kratzt mir die Augen aus!«

»Keine Sorge, ich werd ihr nichts erzählen … Und als sie aus dem Knast kam?«

»Da hat sie wieder ihre Masche mit den alten Knackern versucht, war aber jetzt etwas vorsichtiger. Wen sie nicht alles hatte: Geizhälse, Lüstlinge, Lebemänner. Und immer hat sie dabei was für sich rausgeschlagen. Ihre Spezialität waren Witwer ohne Kinder; wenn die alten Trottel mit Kindern nämlich das Glück haben, ihre Schreckschrauben losgeworden zu sein, dann haben sie ihre Schwiegertöchter auf dem Hals, die aufpassen, daß sie nicht zuviel ausgeben. Man macht immer Witze über Schwiegermütter, aber die Schwiegertöchter sind noch viel schlimmer! Sie machen den Söhnen die Hölle heiß und zwingen die Alten dazu, Schenkungsurkunden oder Vollmachten zu unterschreiben. Alles Gesindel unter falschen Masken! Ich hab sogar eine gekannt, die hat ihrem Schwiegervater einen runtergeholt, um Geschenke von ihm zu kriegen: Schmuck der verstorbenen Frau, Silber, all so was … Die Tochter von Bragelonne, unserem Lebensmittelhändler … Ich hab's mit eigenen Augen gesehen. Sie hat ihm ihre Muschi gezeigt und seinen Pimmel gerieben.«

Edouard kam wieder auf sich selbst zu sprechen:

»Und welche Rolle hab ich bei der Greisenparade gespielt?«

»Dir ist das Beste passiert, was dir passieren konnte: Dein Großvater ist gestorben. Da konnte ich die Verbindung zu Rosine wieder aufnehmen und dich zu mir holen, wie du ja weißt.«

Sie hielt ihm ihr Glas hin, das sie während des Erzählens in kleinen Schlucken geleert hatte. Er brachte es nicht übers Herz, ihr den Wunsch nach mehr Wein abzuschlagen.

»Trinkst du nicht, mein lieber Dodo?«

»Hab keinen Durst.«

»Man kann auch ohne Durst trinken. Trinken, nur um seinen Durst zu löschen, das zählt nicht.«

Sie trank einen guten Schluck, und in ihrer Kehle gurgelte es dumpf.

»Soll ich dir mal was sagen, Dodo? Rosine ist so scharf auf ihren Spaghettifresser, weil es der einzige junge Typ ist, den sie kennt. Er hat muskulöse Oberschenkel und Waden und einen sechsundzwanzigjährigen Pimmel. Deswegen ist sie ganz hin und weg. Der blöde Rennfahrer besorgt es ihr drei- oder viermal hintereinander. Für sie, die sich immer damit abgemüht hat, den alten Knackern in Flanellhosen einen Ständer zu verschaffen, ist das die reinste Orgie! Das muß man verstehen.«

Sie brach in meckerndes Lachen aus.

»Das nennt man Gedankenübertragung: Guck mal, wer da kommt!«

Edouard drehte sich um und sah Fausto Coppi auf seinem blitzenden lila Fahrrad herankommen.

»Stell dir vor, was ich grade noch über ihn gesagt habe!« frohlockte die Alte, ganz begeistert von dem Zufall.

Der Rennfahrer stieg von seinem Rad, führte es an den »Hörnern« und näherte sich der Waggonöffnung.

»Guten Tag!« sagte er schroff. »Ist Rosine nicht da?«

Edouard sah Rachel fragend an.

»Ist meine alte Mutter nicht da?«

Die beschwipste Alte unterdrückte einen Schluckauf und antwortete augenzwinkernd:

»Ich glaube, sie wollte einem Araber in Paris einen lutschen.«

Fausto verlor seine Kaltblütigkeit.

»Als ich das letztemal hier war, hat ein Witzbold Alleskleber auf meinen Rennsattel geschmiert!« rief er.

»Muß gar nicht so einfach gewesen sein, die Longerons-Steigung zu nehmen, ohne aus dem Sattel steigen zu können!« bemerkte Edouard.

»Wenn jemand Streit mit mir sucht, kann er ihn kriegen!« rief der »Champion« mit seinem hübschen ligurischen Akzent zurück.

Sein Oberkörper war schmächtig, beinahe mickrig, was nicht zu den Muskelpaketen paßte, die sich in seinen Beinen spannten. Eine zweigeteilte Person, etwa so wie Madame Lavageol früher, hinter ihrem Pult.

»Der charmante Pedaltreter wird böse?« fragte Rachel.

Sie zitterte vor Freude, weil es nach dicker Luft roch.

Edouard schüttelte den Kopf.

»Ach was, Oma! Warum sollte er böse werden? Du wirst doch nicht böse, was, Rennfahrer?«

Fausto Ferrari war blaß geworden und hielt die Lenkstange seines Rennrades fest umklammert.

»Ich habe dich gefragt, ob du böse wirst, Windflitzer!« wiederholte Edouard liebenswürdig.

»Sie suchen Streit!« rief der andere schwach.

Blanvin verpaßte ihm eine so kräftige Ohrfeige, daß der Rennfahrer sein Rad losließ und hinfiel.

»So macht man das, wenn man Streit sucht«, belehrte ihn Edouard. »Bei so einem Hänfling wie dir braucht man nicht mal seine Fäuste einzusetzen, eine Ohrfeige genügt! Und jetzt verdufte, du Stinker!«

Er hob das Fahrrad auf und hielt es Fausto hin.

»Irgendwann hast du keinen Klebstoff auf deinem Sattel, sondern Vitriol, und dann qualmen deine Eier!«

Der »Champion« rappelte sich hoch. Er sah seinen Widersacher wütend und ängstlich an.

»Ich habe Ihnen nichts getan!« stieß er hervor, weil ihm sonst nichts mehr einfiel.

»Was weißt denn du schon?«

Ferrari nahm seine Rennmaschine und stieg ohne seine übliche Zirkusnummer auf. Seine linke Wange begann anzuschwellen.

Die beiden maßen sich eine Weile mit Blicken.

»Komm bloß nicht wieder«, riet Edouard dem Champion, »ich hab furchtbare Lust, gemein zu dir zu sein.«

# 6

Sie sah Nine weinen und wunderte sich, wie gleichgültig sie der Kummer ihrer Cousine ließ. Rosine fand ihre Verzweiflung grotesk. Nine quiekte dabei wie eine Maus, und ihr Mund nahm die Form eines Diabolos an. Durch den Schmerz rötete sich ihr chronisches Ekzem.

»Aber, aber«, murmelte Rosine schließlich und legte ihrer Cousine die Hand auf den Nacken, »nichts ist irreversibel, Nine, außer dem Tod.«

Das war der Lieblingsspruch eines ihrer ehemaligen Liebhaber, und sie hatte ihn übernommen, weil das Adjektiv »irreversibel«, wie sie fand, »Format« hatte.

Durch Rotz und Wasser hindurch brabbelte Nine unverständliche Wörter. Rosine glaubte zu verstehen: »Aber was kann ich denn machen?«

Das war das Stichwort, auf das Rosine gewartet hatte:

»Sie mir anvertrauen, Nine! Wenn auch nur für ein paar Tage, das würde sie ablenken.«

Die dicke Nine hörte mit einem Schlag auf zu flennen, überrascht von diesem unerwarteten Angebot.

»Aber wo willst du sie denn unterbringen, meine liebe Rosine?«

»Laß das mal meine Sorge sein. Im Zelt zu schlafen macht Kindern Spaß!«

»Du wirst schon sehen, was du davon hast! Was ihr fehlt, ist die starke Hand eines Mannes.«

»Mein Edouard wohnt ganz in der Nähe, und er ist alles andere als geduldig. Wenn er Marie-Charlotte zwei oder drei Ohrfeigen verpaßt, wird sie schon spuren, das verspreche ich dir.«

Nine hörte ihr zu, zweifelnd und gleichzeitig von dem Angebot begeistert. Seit einigen Jahren war ihre heute dreizehnjährige Tochter eine große Belastung für sie. Marie-Charlotte hatte sich von klein auf asozial verhalten. Nine hatte aufgehört, ihre Ausreißversuche, ihre sexuellen Abenteuer mit verheirateten Männern, ihre Schulverweise oder ihre Festnahmen wegen Diebstahls in Supermärkten zu zählen.

Nine war eine nachgiebige, traurige Mutter, die für das Unglück gemacht schien wie andere dafür, reich zu werden. Ihr armseliges Leben verzeichnete nichts als Schlappen: Ihr Mann hatte sie schon vor langer Zeit verlassen, und sie litt an einer unheilbaren Krankheit, deren Namen sie immer noch nicht aussprechen konnte und die sie »meine schlimme Sache« nannte. Seit achtzehn Jahren arbeitete sie im Fernmeldeamt, ohne auch nur einen Schritt vorangekommen zu sein. Ihre Kollegen mieden sie, und ihre Vorgesetzten herrschten sie an, da sie häßlich und reizlos war, wehleidig, weinerlich und in jeder Beziehung von der Natur stiefmütterlich behandelt. Ihr Anblick erinnerte an einen Mehlsack, so sehr war sie in sich selbst zusammengesunken, niedergedrückt, gebeugt. Ihr stumpfes braunes Haar wurde bereits grau, ohne daß sie daran dachte, es zu färben; sie wusch es sehr selten, es roch nach Kantinenspülmittel. Ihre graue Haut war von widerlichen Mitessern übersät, Rosine entdeckte bei jeder Begegnung mehr davon in ihrem Gesicht (»Sie züchtet sie!« dachte sie). Das Deprimierendste an dieser armen Frau war jedoch ihr Blick, der im voraus um Verzeihung bat für alle Schweinereien, die auf dieser Welt begangen werden konnten, ein Blick wie ein Seufzer, gequält und unendlich freudlos.

»Laß es mich versuchen!« entschied Rosine. »Seit deinem letzten Brief geht mir dieser Gedanke nicht mehr aus dem Kopf.«

»Und wenn sie abhaut?« wandte Nine ein.

»Na, dann haut sie eben ab«, erwiderte ihre Cousine gelassen. »Ob sie von hier wegläuft oder von mir, kannst du mir den Unterschied erklären?«

Von diesem Argument besiegt, erklärte sich die fette Nine einverstanden.

»Wenn du meinst ... Aber sie wird bestimmt nicht mit dir mitgehen wollen.«

»Das wird sich zeigen. Ist sie in ihrem Zimmer?«

Nine nickte.

»Du bleibst hier, ich rede mit ihr.«

Marie-Charlottes Zimmer war in Wirklichkeit eine zwei mal zwei Meter große Kammer, die durch ein kleines Fensterchen Licht bekam. Aggressive Posters von Hardrock-Gruppen schmückten die Wände. Als Rosine eintrat, saß die Kleine im Schneidersitz auf ihrem Klappbett und rauchte. Sie hatte dunkles Haar und einen Silberblick, der sie etwas seltsam aussehen ließ. Das spitze Gesicht mit dem verdorbenen Ausdruck schien auf Anhieb zu wissen, was sie von ihrem Gegenüber zu befürchten oder zu erhoffen hatte. Kaum weibliche Formen. Nackt mußte sie wenig attraktiv sein. Seit jeher nannte sie Rosine »meine Tante«, genauso wie Rosine ihrerseits die Kleine als ihre Nichte betrachtete.

»Na, du kleiner Teufel?« begrüßte Rosine sie fröhlich. »Wie geht's denn so?«

Das Mädchen stieß Rauch aus und verzog das Gesicht.

»Nicht besonders, was?« flüsterte Rosine. »Krach mit deiner Mutter, der blöden Ziege?«

Die Kleine zog bei dieser unerwarteten Beleidigung erstaunt eine Augenbraue hoch.

»Auch wenn sie meine Cousine ist«, fuhr Rosine fort, »ich sehe sie so, wie sie ist. Wenn ich mit so 'ner Trauerweide zusammenleben müßte, würd ich mich aufhängen! ... Was rauchst du da? Riecht komisch!«

»Gras«, antwortete Marie-Charlotte (die von ihren Freunden M.-C. genannt wurde).

»Hab gehört, du hast dich von deiner letzten Schule wieder feuern lassen«, sagte Rosine in freundschaftlichem Ton. »Warum?«

»Damit es wirklich meine LETZTE ist«, lachte die Göre.

Sie ist versaut, aber nicht dumm, urteilte Rosine.

»Gestern mußte deine Alte zur Geschäftsleitung vom Supermarkt *Azur*, weil du da 'ne Jacke geklaut hast?«

»Genau.«

»Wie bist du denn geschnappt worden?«

»Diese Arschlöcher haben die Sicherheitsplakette am Innenfutter festgemacht.«

»Oh, die arbeiten ja jetzt mit allen Tricks! Du hast Schwein gehabt, daß sie dich nicht zu den Bullen geschleppt haben.«

»Wollten sie erst, aber ich hab mich mit dem Geschäftsführer arrangiert.«

»Was nennst du ›arrangieren‹?«

Marie-Charlotte drückte ihre Kippe am Rohrgestell des Bettes aus und schnippte sie mitten ins Zimmer.

»Ich hab meinen Slip ausgezogen und ihn in seine Schreibtischschublade gelegt.«

»Du bist wirklich kackfrech!« rief Rosine. »Was für eine Idee!«

»Na, eben 'ne Idee! Der Hausdetektiv war auch dabei, hat die Bullen angerufen. Zum Glück war da besetzt. Er hat nicht geschnallt, was ich gemacht hab. Der Geschäftsführer wurde knallrot, dieser Spießbürger. Kennst ja die Typen, Tante. Er hat zu dem Sheriff gesagt, er soll's aufgeben und dafür meine Mutter anrufen. Ich hab hinter dem Rücken vom Sheriff die Zunge hin- und herbewegt, der Geschäftsführer konnte kaum noch sprechen! Die geile Sau!«

Sie brach in boshaftes, ein wenig hysterisches Gelächter aus.

»Du wirst mit den Kerlen schon fertig werden!« prophezeite ihr Rosine. »Soll ich dir sagen, was wir jetzt machen? Du packst deine Klamotten zusammen und ziehst für 'n paar Tage zu mir, wir werden unseren Spaß haben, das schwör ich dir!«

»Aber ich hab gehört, daß du in einem Waggon wohnst?« wandte Marie-Charlotte ein.

»Ja, und? Fährst du nicht gerne weg?«

Sie hatte das Taxi für den ganzen Tag gemietet, und es fuhr die beiden zurück zur Baustelle. Der Taxifahrer war ein grimmig dreinblickender Mann mit Lederjacke und einer Schirmmütze, die aussah, als hätte er sie in irgendeinem Geschäft in der Provinz unter den Ladenhütern entdeckt.

Nachdem Rosine ihn bezahlt hatte, betrachtete er die ausgeschachtete Fläche. Das Wasser hatte aufgehört zu steigen.

»Hier gab's früher aber kein Wasser«, sagte er zu Rosine. »Ich bin immer zum Spielen hergekommen, da war es flach und ganz trocken.«

»Eine Rohrleitung ist geplatzt«, erklärte sie.

»Deswegen gibt es in der Stadt so wenig Wasser! Was sind das denn überhaupt für Ausschachtungen? Ich bin im Gemeinderat, und da war davon nicht die Rede.«

»Wie einer von der Gestapo«, dachte Rosine.

»Oh, das ist nur eine Verschönerung, damit sich das Grundstück besser verkaufen läßt.«

»Eine Verschönerung in die Tiefe, was? Gehört das Grundstück Ihnen?«

»Wir haben es zu mehreren geerbt«, log Rosine. »Entschuldigen Sie mich jetzt bitte!«

Sie ließ ihn stehen, aber er kletterte ohne Rücksicht auf seine Schuhe in den Krater, um die schlammige Wasserfläche zu untersuchen.

»Da bin ich aber an einen Saukerl geraten«, sagte Rosine zu ihrer Nichte. »So sind die alle hier in dem Kaff, ständig machen sie Ärger. Angefangen beim Bürgermeister.«

Plötzlich vertrauensselig geworden, wahrscheinlich auch, weil sie so niedergeschlagen war, erzählte sie dem verdorbenen Mädchen von ihren Auseinandersetzungen mit Theodor Nivolas.

»Sieh mal«, schloß sie, »du bist doch clever, Marie-Charlotte, du könntest mir den fiesen Kerl ein wenig vom Hals halten. Wahrscheinlich wird er bei einem Mädchen wie dir völlig ausflippen.«

Die Kleine sah ihre Tante mit einem langen, verschlagenen Blick an.

»Hast du mich deswegen hierhergeschleppt?«

»Wo denkst du hin?«

»He, Tantchen, verkauf mich nicht für dumm! Dein beschissener Bürgermeister, den hättest du gerne in der Hand, was? Soll ich mich etwa vergewaltigen lassen und dann Krach schlagen?«

Der Zynismus der Heranwachsenden schockierte Rosine. »Mein Gott, was wird noch aus dem Kind werden?« dachte sie. »Welches Schicksal erwartet sie, wenn sie schon mit dreizehn so denkt? Sie ist zu allem fähig.«

Sie fing an zu bereuen, sie mitgebracht zu haben, aber jetzt war es zu spät. Marie-Charlotte übertraf ihre Erwartungen und ergriff selbst die Initiative.

»Am besten, du stellst mir deinen Kinderschänder gleich morgen vor«, erklärte sie. »Nicht hier. Es muß doch irgendwo in der Nähe ein Motel geben, oder? Mein Englischlehrer hat mich immer in einem Motel gebumst. Praktisch, du zahlst, wenn sie dir den Schlüssel geben, und verpißt dich, wenn's dir paßt, ohne jemand zu sehen.«

Rosine hörte ihr entsetzt zu.

»Das hast du schon hinter dir?« murmelte sie.

»Nicht nur das«, sagte Marie-Charlotte. »Was glaubst du denn? Ich bin ein Wunderkind, meine Liebe! Man ist mir lange genug mit Mozart auf die Eier gegangen, na ja, ich bin wie Mozart! Du wolltest mich doch hierhaben, und jetzt hast du mich hier. Ich werd deine Probleme regeln, Tantchen. Bei dir geht's echt ab, nicht wie bei meiner Mutter, da ist es wie auf 'ner Beerdigung, Tag für Tag. Bis jetzt hab ich mich gefühlt, als wär ich ständig hinterm Leichenwagen hergerannt. Aber damit ist jetzt Schluß! Und wenn du die Schnauze von mir vollhast, mußt du's nur sagen, dann zieh ich ab!«

Das Gespräch hatte draußen stattgefunden. Jetzt kletterten die beiden in den Waggon. Rachel lag in ihren eigenen Exkrementen und schlief ihren Rausch aus.

»Zum Kotzen!« schrie Rosine. »Das passiert immer, wenn ich nur kurz den Rücken kehre!«

»Warum steckst du sie nicht einfach ins Heim? Also, meine Alte, soviel steht fest, wenn die mir eines Tages auf den Zeiger geht, geht die ab. Dafür sind Altersheime doch da!«

»Das könnte ich nicht«, widersprach Rosine schockiert. »Ich liebe meine Mutter.«

Das Mädchen schüttelte den Kopf.

»Wenn man sich von den Leuten, die man liebt, erst mal nerven läßt, dann hört man am Ende auf, sie zu lieben.«

Am nächsten Morgen verkündete sie, man müsse Marie-Charlotte für das »Treffen« ein hübsches Kleid kaufen, und zog sich so den Spott ihrer Nichte zu.

»Was stellst du dir vor? Daß er an kleinen Models rumfummeln will? Du bist beknackt, Tante. Was deinen alten Sack anmacht, das sind die kleinen Mädchen, die er auf der Straße sieht, mit ausgefransten Jeans, dreckigen Turnschuhen und Männerhemden!«

»Meinst du?« fragte Rosine, auf der Stelle überzeugt.

»Du lebst noch immer wie in den Liebesromanen. Man muß sich nur die Zuckerwatte auf deiner Birne angucken, dann weiß man Bescheid.«

Tantchen fühlte sich lächerlich gemacht. Sie trieb mit ihrer kunstvollen Frisur nicht diesen Kult, damit sich diese unverschämte Göre darüber lustig machte.

»Hör mal zu, meine Kleine, ich hab nicht auf dich gewartet, um mir erzählen zu lassen, wie ich mich zu frisieren habe.«

»Nee, leider«, erwiderte das freche Ding. »Na ja, wie heißt das noch? Jeder ist anders bescheuert!«

Rosine begriff, daß sie von ihrer Nichte noch so allerhand würde schlucken müssen und daß sie sich von ihr nicht fertigmachen lassen durfte.

Rachel hatte einen Kater und blieb im Bett. Rosine kochte ihr eine Lauchsuppe und hielt ihr eine Standpauke, die sich gewaschen hatte. Vater Montgauthier kam nicht, auch er war von dem Saufgelage geschafft. Als Rosine das Dröhnen des Bulldozers hörte, dachte sie, er sei doch noch gekommen. Tatsächlich war es Marie-Charlotte gelungen, das Monster in Gang zu bringen, und sie vergnügte sich damit auf der Baustelle. Da sie häufig dabeigewesen war, wenn die Jungen aus ihrem Viertel Autos geknackt hatten, kannte sie sich so gut aus, daß sie die verschiedensten Motoren anlassen konnte. Kaum zu sehen in der verglasten Kabine, fuhr sie auf dem aufgewühlten Boden hin und her und fühlte sich so sicher auf dem Kettenfahrzeug, daß sie sich auf Hügel und in Mulden wagte, wobei sie sich wie auf der Kirmes fühlte.

»Wie bist du nur auf die Idee gekommen, das Mädchen hierherzubringen?« schimpfte die Großmutter, die mit Sodbrennen zu kämpfen hatte. »Findest du nicht, daß wir schon so zuwenig Platz haben?«

»Nine wird nicht mehr mit ihr fertig«, antwortete Rosine.

»Sie ist rotzfrech!«

»Und du willst sie zähmen?«

»Die Kleine soll sich erst mal auf dem Land beruhigen.«

»Dieses elende Schlammloch nennst du also ›Land‹?«

»Wenigstens gibt es hier Platz. Solange sie sich mit dem Bulldozer amüsiert, kommt sie nicht auf krumme Gedanken.«

Rachel seufzte, drehte sich zur Wand und versuchte, wieder einzuschlafen. Heute morgen konnte sie mit der Welt nicht viel anfangen; sie zog es vor, sie zu vergessen.

Wenn Rosine telefonieren wollte, mußte sie zwei Kilometer weit bis zum Schrankenwärterhäuschen laufen (einer der letzten Bahnübergänge dieser Art, die es am äußeren Ring von Paris noch gab). Dort wohnte der Beamte mit seiner kranken Frau und seinen drei Kindern. Die Frau hatte Krebs und mußte häufig zur Chemotherapie ins Krankenhaus. So konnte es passieren, daß sie nicht zu Hause war, wenn Rosine zum Telefonieren kam; diese ließ sich dann von dem kleinen Bahnbeamten ein wenig befummeln, um seinen grauen Alltag aufzuheitern. Er bat nie um Erlaubnis, »weiter« gehen zu dürfen, denn er fühlte sich unsicher in der Gegenwart dieser temperamentvollen Frau mit dem Haarturm, der aussah wie ein Hunnenhelm.

Rosine ging zur Mittagessenszeit hin, um Nivolas anzurufen.

»Ich habe besorgt, was Sie brauchen, Herr Bürgermeister«, säuselte sie fröhlich.

»So schnell?«

Er verspürte wieder die beunruhigende Vorfreude des Sadisten kurz vor der Erfüllung seiner Wünsche. Die Aussicht auf Befriedigung seiner Fantasien ließ ihn vor ängstlicher Erregung zittern.

»Ich glaube, Sie werden äußerst zufrieden sein«, fuhr Rosine fort. »Dreizehn Jahre, ein niedliches, verdorbenes Biest …«

»Ja, ja, schon gut!« unterbrach Theodor Nivolas sie. »Wie soll das vonstatten gehen?«

»Ich würde Sie zu mir bestellen, aber Sie wissen ja, wie ich wohne, und dann ist da auch noch meine behinderte Mutter.

Daher habe ich an ein Motel gedacht. Ich nehme ein Zimmer mit der Kleinen, Sie kommen dazu, ich mache einen kleinen Spaziergang ...«

Das Programm sagte dem Bürgermeister nicht sonderlich zu.

»Wenn man mich in ein Motel gehen sieht, wird es Gerede geben. Hier sieht eben jeder jeden.«

»Das stimmt«, pflichtete Rosine ihm bei. »Bleibt nur das Auto. Sie holen die Kleine ab und fahren mit ihr in den Wald. Aber im Wald gibt es auch tausend Augen, wie überall. Ehrlich gesagt, die Idee mit dem Motel gefällt mir besser.«

Es folgte ein langes, ratloses Schweigen. Rosine befürchtete, Nivolas würde einen Rückzieher machen.

»Wissen Sie was?« begann sie wieder. »Sie holen uns zu Hause ab, wir fahren los, und dann wird sich schon eine Lösung ergeben. Gelegenheit macht Diebe«, fügte sie hinzu.

Er erklärte sich einverstanden.

Während des Gesprächs war der Schrankenwärter diskret draußen geblieben. Als er hörte, daß der Hörer aufgelegt wurde, kam er wieder herein. Sein freudloses Lächeln konnte sein Gesicht, das wie das eines abgeschminkten Clowns wirkte, nicht aufhellen.

»Wie geht es Ihrer Frau?« erkundigte sich Rosine.

»Es geht zu Ende«, antwortete der arme Mann, während er die schweren Brüste seiner Besucherin streichelte. »Sie wird nicht mehr aus dem Krankenhaus kommen.«

Sie überschüttete ihn mit tröstenden Worten, und er nutzte das aus, um ihren Venushügel unter dem leichten Kleiderstoff zu betasten. Sie legte ein Zehnfrancsstück auf das Wachstuch des Tisches.

»Sie müssen stark sein, Monsieur Macheru.«

Der Trottel zwickte sie und zog an ihren Schamhaaren.

»Idiot«, dachte Rosine, »grade mal gut dazu, hin und wieder einen Zug entgleisen zu lassen.«

# 7

Sie näherten sich andächtig, die Hände auf dem Rücken, wie sich manche Besucher den Vitrinen mit den englischen Kronjuwelen nähern. Schweigend gingen sie um den Wagen herum, gefangengenommen von verzückter Bewunderung. Es überkam sie ganz plötzlich, bei der Arbeit. Edouard hörte auf, eine Schraube anzuziehen, drehte sich zu Banane um und schlug vor:

»Sollen wir Julie guten Tag sagen?«

So hatte er den 7 B getauft, den er Salingue abgekauft hatte. Sein Lehrling ließ sich das nicht zweimal sagen und verließ als erster die Werkstatt, um in den Schuppen zu gehen, in dem der Wagen stand. In Julie mußte man sich einfach verlieben, die beiden teilten ihre Leidenschaft, ohne eifersüchtig aufeinander zu sein. Der Wagen sah aus wie neu und war voller Harmonie. Seine weichen Linien verdankte er den geschwungenen Kotflügeln, die der Karosserie eine beschwingte Form verliehen.

»Seither ist nichts Besseres gebaut worden«, behauptete François Maugis, der Kfz-Meister, der Edouard ausgebildet hatte.

Die beiden verschieden großen Hälften der Motorhaube erweckten den Anschein großer Leistungsfähigkeit, die der Motor in Wirklichkeit nicht besaß. Die verchromten Scheinwerfer rahmten den Kühlergrill ein wie hervorstehende Augen. Am Heck sorgte die metallic-glänzende Verkleidung des Reserverades für eine sportliche Note. Was in diesem Falle jedoch den größten Reiz des 7 B ausmachte, war seine Lackierung. Die Karosserie und das Dach waren von einem zarten, sehr hellen Beige, wie Tee mit Milch, während die metallic-braunen Kotflügel, in denen sich tausend Lichter widerspiegelten, wie Honig leuchteten.

Nach einigen Minuten, die dem entzückten Wiedersehen galten, hob Edouard eine Seite der Motorhaube hoch, und die beiden Verliebten beugten sich über die Organe des 7 B.

»Der erste Motor mit hängenden Ventilen und feuchten Laufbuchsen«, verkündete Edouard dann.

Innere Einkehr. Ein Augenblick wie Musik. Banane holte sein Taschentuch heraus, um einen imaginären Wasserspritzer von der wie ein Maupassant-Schnurrbart geschwungenen Stoßstange zu wischen.

Manchmal setzte sich Edouard hinters Steuer und ließ den Motor an. Dann lauschten sie dem metallenen Gesang, aus dem sie ein Röcheln zu vernehmen meinten, ein Stöhnen. Der Motor mußte überholt werden, doch Blanvin zögerte den Moment, in dem er Hand an dieses Kunstwerk legen würde, hinaus, so als wartete er darauf, noch mehr Erfahrungen zu sammeln, um den illustren Patienten zu behandeln. Er stellte den Motor wieder aus und betrachtete den Wagen noch ein letztes Mal, obwohl es, wie er wußte, nicht ausgeschlossen war, daß sie im Laufe des Tages noch einmal hierherkommen würden.

»Willst du meine bescheidene Meinung hören?« fragte Banane, bevor sie die heilige Stätte verließen.

Edouard ermunterte ihn mit einem Kopfnicken.

»Sie darf nicht umgespritzt werden«, sagte der junge Araber. »Du kannst dir noch soviel Mühe geben, so was Perfektes wirst du nie zustande bringen.«

»Sah so aus, als würde Salingue großen Wert drauf legen.«

Doch Banane ließ dieses Argument nicht gelten.

»Salingue hat bloß Schiß«, sagte er, »deswegen sollst du dieses Wunderwerk in einen Traktor verwandeln, damit er sich sicher fühlen kann. Du hast es doch hoffentlich nicht eilig, sie loszuwerden?«

»Nein«, beruhigte ihn Edouard.

»Und wenn es sich so ergibt, dann hast du doch schon beschlossen, sie für dich zu behalten, stimmt's?«

Edouard lächelte.

»Wußte ich doch!« triumphierte sein Lehrling. »So ein Schmuckstück verkauft man nicht, um seine Brötchen zu verdienen. Nun, hier ist sie sicher aufgehoben, Boß. Viel fahren mußt du mit ihr nicht unbedingt, nur ein bißchen, ab und zu, hier in der Gegend, damit die Kolben bewegt werden.«

»Ja«, sagte Edouard, »ich werde auch die Motor- und Fahrgestellnummer nicht ändern.«

»Gar nicht nötig! Täglich werden Tausende von Autos geklaut, die Polizei interessiert sich nicht dafür, und die Versicherungsgesellschaften haben schon ihren Schnitt gemacht: Die haben einfach die Prämien erhöht. Du kannst dich darauf verlassen, in zwei Wochen wird sich niemand mehr daran erinnern, daß Julie überhaupt existiert!«

Sie gingen wieder zurück in die Werkstatt. Es war schon nach zwölf, und Banane sagte, er wolle seine Schwester im Krankenhaus besuchen. Edouard beschloß, ihn zu begleiten, und sie fuhren auf der 500er Honda des Jungen davon.

Seit den Eröffnungen seiner Großmutter fühlte sich Edouard irgendwie unbehaglich. Er sah immer den kleinen Jungen vor sich, der zusammen mit seiner Mutter in einem Gefängnis eingesperrt war und mit einer anderen Frau und ihrer kleinen Tochter eine enge Zelle teilen mußte. Er hatte Lust, nach dem kleinen Mädchen von damals zu suchen, einfach nur, um sie mal zu sehen, um zu erfahren, was aus ihr geworden war. Verzweifelt forschte er in seiner Erinnerung nach seiner frühesten Kinderzeit, und blitzlichtartig tauchten vereinzelte Bilder vor ihm auf. So »sah« er zum Beispiel Wäsche zum Trocknen auf einer Leine, die quer durch ein Zimmer gespannt war, und er hatte das Gefühl, als verfolge er jemanden zwischen den niedrighängenden Tüchern. Doch es war wohl seine Fantasie, die diese Bilder in ihm hervorrief. Trotzdem, er spürte noch die feuchten Laken, die in sein Gesicht schlugen. Und dann war da noch ein Duft nach Schokolade. Wahrscheinlich hatten die Frauen *Banania* oder *Ovomaltine* für ihre Sprößlinge zubereitet. Was für ein seltsames Leben, das sich da trotz allem auf engstem Raum abspielte! Irgendwann einmal müsse Rosine ihm davon erzählen, hatte Rachel gesagt.

Bananes Motorrad knatterte durch die Landschaft. Edouard ließ sich vom Fahrtwind liebkosen und »trank« gierig die Luft.

Auf dem Korridor des Krankenhauses warnte Banane ihn vor:

»Sei nicht böse, wenn sie dich achtkantig rausschmeißt. Seit sie wieder bei Bewußtsein ist, erträgt sie nur meine Anwesenheit so einigermaßen. Sie sperrt sich gegen unsere Alten und meinen Bruder. Sie trauen sich nicht mehr zu kommen. Sie schreit sie an, und einmal hat sie ihnen sogar ihre Teetasse hinterhergeworfen!«

Najiba war von der Intensivstation auf ein Vierbettzimmer verlegt worden. Sie lag direkt an der Tür. Edouard, der sie seit einigen Tagen nicht mehr gesehen hatte, fand sie vollkommen verändert. Ihr Gesicht war ausgemergelt, und in ihre großen, glühenden Augen schien so etwas wie Menschenscheu zurückgekehrt zu sein.

Das grobe Kliniknachthemd reichte ihr bis zum Kinn, aber hinten war es offen, so daß ihr Rücken völlig nackt war.

Sie saß schräg im Bett, notdürftig von zwei Kissen abgestützt. Der Haltegriff, der von dem »Galgen« herabhing, baumelte vor ihrer Stirn.

»Guten Tag, Naji«, sagte Edouard und trat an ihr Bett. »Alles o. k.?«

Die Veränderung auf dem Gesicht des jungen Mädchens beeindruckte ihn. Die harte Strenge war aus ihren Zügen gewichen, und eine Art glückliches Lächeln entkrampfte ihre blassen Lippen.

»Ich habe auf dich gewartet«, murmelte sie.

Auch das überraschte Edouard, denn sie hatte ihn noch nie geduzt. Er beugte sich zu ihr hinunter, um ihr einen scheuen Kuß auf die Wange zu geben; aber ihre Lippen suchten energisch seinen Mund und preßten sich auf ihn. Er roch ihren etwas säuerlichen, beinahe widerlichen Atem, doch er überwand seinen Ekel.

»Ist ja gut«, stieß er verlegen hervor. »Ist ja alles gut!«

Ihm fiel nichts Besseres ein, und er kam sich albern vor.

Banane, der ebenfalls verdutzt war, hielt sich abseits, da er es nicht wagte, das herzliche Wiedersehen zu stören.

»Ich habe auf dich gewartet«, wiederholte Najiba. »Warum bist du nicht gekommen?«

»Ich war hier, aber du hattest dich noch nicht von dem Unfall erholt.«

»Ich kann mich an nichts erinnern.«

»Das ist immer so bei Schädelverletzungen. Später kommt alles dann nach und nach wieder.«

»Küß mich noch einmal!«

Edouard zögerte, schrecklich verlegen. Er sah zu Banane hinüber, Banane lächelte ihm zu, verzog anerkennend das Gesicht und hielt den Daumen zum Zeichen des Sieges hoch. Edouard beugte sich über die Verletzte, und sie küßten sich wie ein richtiges Liebespaar, endlos lange, mit der Zunge. Mehr noch als beim ersten Mal störte ihn der Mundgeruch des jungen Mädchens.

»Warum küßt du mich so?« fragte er.

»Weil ich deine Frau bin!«

Sie berührte mit ihrer kleinen Hand Edouards Brust, machte den obersten Hemdknopf auf und strich über sein dichtes Brusthaar.

»Du bist so stark!« flüsterte sie.

Sie reckte sich ein wenig, um die schwerkranke Greisin im Nebenbett anzusprechen.

»Madame Orion!« rief sie.

Die Kranke wandte ihr das gequälte Gesicht zu.

»Ich möchte Ihnen meinen Mann vorstellen!« rief Najiba ihr zu.

Die Greisin starrte mit offenem, zahnlosem Mund herüber. Sie nickte gleichgültig und vertiefte sich dann wieder in die Betrachtung der Zimmerdecke, an der die letzten Vorzeichen ihres Schicksals geschrieben standen.

Najibas Nachthemd war bei dem Versuch, die Nachbarin zu sehen, verrutscht. Eine Brust war entblößt, ebenso ein Teil ihres Bauches und ein Oberschenkel.

»Du bist ja halbnackt«, sagte Edouard. »Setz dich wieder richtig hin.«

Er brachte ihr Nachthemd in Ordnung und zog das Laken zurecht, da er sich sagte, daß ein Ehemann es wohl so machen würde.

Auf dem Tischchen standen ein halbleerer Joghurtbecher und eine Glasschale mit Kompott.

»Es sieht nicht so aus, als würdest du viel essen«, stellte Edouard fest. »Du mußt wieder was auf die Rippen kriegen, mein Schatz. Ich wette, du hast rund fünf Kilo verloren!«

»Ich muß noch mehr abnehmen, damit ich dir gefalle«, behauptete Najiba.

»Was für ein Blödsinn! Ich verabscheue diese ›Miss Haut-und-Knochen‹!«

Ihr Blick verfinsterte sich.

»Triffst du dich mit anderen Frauen?«

»Nein, so habe ich das nicht gemeint.«

Sie machte ihm leise eine Eifersuchtsszene, und dann fing sie an zu weinen, flehte ihn an, ihr treu zu bleiben. Er versprach ihr alles, was sie wollte, konnte sie aber nur mit leidenschaftlichen Küssen beruhigen. Mitten in einem Kuß ergriff sie seine Hand, führte sie unter das Laken und wollte ihn zwingen, ihr Geschlecht zu streicheln.

»Du bist verrückt!« protestierte Edouard und wich zurück. »Wir sind doch nicht alleine!«

»Ist mir egal!«

Sie gingen hinaus, ohne daß ihr Bruder sich ihrem Bett genähert hatte. Ihr einziges Interesse galt Blanvin.

In der Eingangshalle blieb Edouard stehen.

»Darauf war ich nicht gefaßt!« seufzte er.

»Und ich noch weniger!« ergänzte sein Lehrling. »Sie hält sich für deine Frau!«

»Weißt du, warum? Weil ich ihr kurz vor eurem Unfall etwas von Liebe und Heirat erzählt habe. Das hat sich in ihrem Unterbewußtsein festgesetzt, während sie im Koma lag; und jetzt, da sie aufgewacht ist, glaubt sie, das alles wäre Wirklichkeit. Von ihrer Familie will sie nichts mehr wissen, weil ich bei jenem Gespräch bedauert habe, daß sie so sehr dem Islam anhängt.«

»Egal, welche Gründe es auch für ihre Veränderung gibt, du bist jedenfalls am Zug, Alter!« schloß Banane.

Edouard kriegte die Bemerkung in den falschen Hals.

»Glaub bloß nicht, daß ich die Situation ausnutze!« explodierte er. »Eine Frau muß sich nicht erst die Birne einschlagen, damit ich sie verführen kann!«

In dem Geländewagen des Bürgermeisters herrschte eine angespannte Atmosphäre. Rosine saß vorne neben ihm, während das Mädchen es sich auf dem Rücksitz bequem machte. Sie hatte sich nach ihrem Geschmack angezogen: ausgefranste Jeans mit raffiniert angebrachten Löchern, neue Cowboystiefel und ein marineblauer Rollkragenpullover, den sie im Kleiderschrank ihrer Tante aufgestöbert hatte.

Theodor Nivolas hatte sie am frühen Nachmittag abgeholt, so nervös wie ein Drogendealer, der seine Ware in Empfang nimmt. Er keuchte beim Sprechen, und er hatte nur einen kurzen Blick auf Marie-Charlotte geworfen, als Rosine sie ihm vorgestellt hatte.

Während der Fahrt beobachtete er sie im Rückspiegel, doch sobald sie ihn ansah, wandte er den Blick ab. Rosine beugte sich zu ihm hinüber und fragte:

»Entspricht sie Ihren Vorstellungen?«

Er antwortete mit einem nichtssagenden Grunzen.

Als das Schweigen immer unangenehmer wurde, gab er schließlich in scharfem Ton von sich:

»Der muß auch immer in der Scheiße wühlen, dieser Elie Mazureau!«

»Kenn ich nicht«, sagte Rosine.

»Einer aus meinem Gemeinderat, fährt Taxi. Ein Querkopf von der ganz schlimmen Sorte. Hat mich zur Rede gestellt wegen Ihrer verdammten Baustelle. Ich hab versucht, die Sache runterzuspielen, aber der Idiot läßt nicht locker. Will ein Dossier zusammenstellen und es in der nächsten Ratssitzung auf den Tisch legen!«

Rosine wurde rot und wußte nicht, was sie erwidern sollte. Sie sah ihre Felle davonschwimmen, angefangen bei ihrem »Ausflug« zu dritt. Nivolas fuhr aufs Geratewohl, suchte sich die entlegensten Gegenden aus. Er verhielt sich wie jemand, der in die Enge getrieben wird, und die temperamentvolle Frau befürchtete, daß ein Mann in diesem Zustand wohl kaum Lust hätte, seine niederen Instinkte zu befriedigen. Sie sah es schon kommen, daß der Getreidehändler sie zu ihrem Waggon zurückbringen würde, ohne Marie-Charlotte auch nur mit den Fingerspitzen berührt zu haben.

Die Situation wurde immer dummer, geradezu unerträglich. Er würde ihr also nicht helfen und sie mit ihren Schwierigkeiten alleine lassen.

Auf dem Gipfel der Ungewißheit meldete sich das Mädchen zu Wort. Bis dahin hatte sie keinen Ton gesagt. Wie ihre Tante hatte sie erkannt, daß die unklare Situation immer schlimmer wurde.

»Tantchen«, sagte sie, »da war grade 'n Schild: Poissy, 8 Kilometer. Warum fragst du den Herrn nicht, ob er dich dort absetzen kann? Du könntest doch einkaufen gehen, während wir 'n bißchen in der Gegend rumfahren.«

Marie-Charlottes Vorschlag entspannte die geladene Atmosphäre. Rosine und Theodor wurden sich bewußt, daß einzig und allein die Tante für die Spannung verantwortlich war. Ihre Liebenswürdigkeit konnte an der unheilvollen Wirkung ihrer Anwesenheit nichts ändern.

»Nun?« fragte Nivolas.

»Eine ausgezeichnete Idee!« rief Rosine. »Ich muß mir nämlich eine Hemdbluse kaufen.«

Sie wurde an der Brücke von Poissy abgesetzt. Marie-Charlotte fragte, ob sie sich nach vorne setzen dürfe. Sie durfte.

Als die beiden alleine waren, löste sich die Spannung.

»Du hast 'ne komische Tante«, begann der Bürgermeister.

»Ich glaube eher, sie hat 'ne komische Nichte«, konterte Marie-Charlotte.

»Ganz schön schlagfertig!« sagte Nivolas anerkennend.

»Ich bin frühreif«, gestand sie.

»Frühreif? In welcher Beziehung?«

»In jeder.«

»Zum Beispiel?«

»Zum Beispiel in dieser!«

Sie griff dem Mann in den Schritt und bewegte langsam ihre Hand auf und ab, bis sich der Hosenschlitz wölbte. Auf eine so gezielte Attacke war der Bürgermeister nicht gefaßt gewesen.

»So, du bist also eine kleine Schlampe?« sagte er.

»Ich glaub schon, und ganz besonders gerne bei so alten Wichsern. Die jungen sind nur geil. Zack-zack, und sie können's gar nicht fassen, daß sie gekommen sind. Aber so Männer wie Sie, die bringen's!«

»Hast du viele kennengelernt, so Männer wie mich?«

»Nur einen: meinen Englischlehrer, der hat 'n Ding, sooo lang! Neulich wär ich fast daran erstickt.«

Nivolas spürte, wie eine wahnsinnige, unkontrollierbare sexuelle Erregung in ihm hochstieg.

»Oh, du Luder«, keuchte er, »oh, du verdammtes Luder, wo könnten wir denn mal hinfahren?«

»Vorsicht ist die Mutter der Porzellankiste!« spottete sie. »Ihr Männer seid wirklich zu blöd, wollt euch zum Bumsen immer verkriechen. Haltet auf einem Waldweg oder weiß der Geier wo, und dann kommt natürlich alle Naselang einer, logo!« Sie zeigte auf einen Hügel über der Seinebiegung. »Sie fahren da rauf. Oben fahren Sie dann mit Ihrem Geländewagen von der Straße runter und halten mitten auf dem Heidestück. Kein Baum weit und breit! Man muß nur ab und zu mal gucken, ob keiner guckt. Die totale Einsamkeit!«

Der Bürgermeister heulte so laut auf wie der hochtourig gefahrene Motor seiner *Cherokee* und fuhr der Erfüllung seiner Fantasien entgegen.

# 8

Die drei Frauen schliefen in dem Waggon. Rosine hatte aus alten Kartons, Säcken und einem Federbett für Marie-Charlotte ein Lager hergerichtet.

Der Schlaf des Mädchens wurde durch Rachels Schnarchen gestört, das sich wie bei fast allen alten Leuten wie Todesröcheln anhörte. Marie-Charlotte wachte häufig auf und brauchte dann lange, um wieder einschlafen zu können. Sie haßte ihre Großtante, sie fand, daß sie stank und immer herumnörgelte. Um das unerträgliche Schnarchen zu beenden, begann sie zu pfeifen, aber dieses altbewährte Rezept führte nicht zum Erfolg: Rachel gab nur drei oder vier Atemzüge lang Ruhe, um dann nur um so hartnäckiger wieder loszulegen.

So langsam hatte Marie-Charlotte von ihrem Aufenthalt auf der Baustelle die Nase voll. Wenn nicht der Bulldozer gewesen wäre, hätte sie sich zu Tode gelangweilt. Auch das Abenteuer mit Theodor Nivolas hatte ihr keinen rechten Spaß gemacht. Der Typ war nichts Besonderes, außerdem hatte er zu hohen Blutdruck und überhaupt keine Fantasie. Er hatte sich auf die schnelle erleichtert, wie ein Tier, ohne irgendein Vorspiel. Sie hatte es mit der beinahe professionellen Resignation einer Hure über sich ergehen lassen. Sofort danach hatte er es eilig gehabt, die beiden Frauen so schnell wie möglich loszuwerden. In Poissy hatte er der Kleinen Geld gegeben und sie gebeten, ein Taxi zu nehmen.

Dennoch hatte er ihrem Drängen nachgegeben, an einem Bistro auf dem Lande zu halten, um eine Cola zu trinken und zur Toilette gehen zu können.

Dort hatte er behauptet, es eilig zu haben, doch Marie-Charlottes Wutausbruch hatte ihm Angst gemacht. Sie hatten an der Theke eines Cafés, das von einer kleinen, südländisch aussehenden Frau geführt wurde, etwas getrunken.

Die Frau hatte dem Kind gezeigt, wo die Toilette war, und von diesem Augenblick an ward der Herr Bürgermeister nicht mehr gesehen.

Drei Tage später kam der Gemeindebote mit einem Schriftstück, in dem Rosine Blanvin aufgefordert wurde, unverzüglich ins Bürgermeisteramt zu kommen, um wegen der Schäden gehört zu werden, die ihre Ausschachtungsarbeiten an der Kanalisation angerichtet hatten. Die Frau mit dem aufsehenerregenden Haarturm schimpfte über die Charakterlosigkeit des Bürgermeisters, der, anstatt sich an die Abmachungen zu halten, sich über sie lustig mache. Sie rief ihn von dem Schrankenwärterhäuschen an.

»Ich weiß nicht, wovon Sie sprechen, Madame Blanvin, aber ich befürchte, daß Sie sich in eine unangenehme Situation bringen, wenn Sie mich mit üblen Anschuldigungen erpressen wollen.«

Dann legte er auf.

Als sie verzweifelt zur Baustelle zurückkam, war Marie-Charlotte verschwunden. Rachel erzählte ihr, die Kleine sei ohne ihre persönlichen Sachen weggegangen, nachdem sie etwas Geld aus der alten Keksdose, in der sie ihr Bargeld aufbewahrten, genommen habe.

Rosine seufzte. Sie war sich wohl klar darüber gewesen, daß ihr kleiner Gast nicht lange an diesem freudlosen Ort bleiben würde. Sie verschob die lästige Pflicht, Nine telefonisch über das erneute Ausreißen ihrer Tochter zu informieren, auf den nächsten Tag.

Drei Stunden später erschien die Göre in Begleitung zweier Gendarme. Sie machte kein schuldbewußtes Gesicht, im Gegenteil, sie schien sich mit den beiden ausgezeichnet zu verstehen.

Rosine war erstaunt über den netten Eindruck, den das kleine Biest machte. Die reinste Unschuld, fügsam, ergeben in ihr böses Kinderschicksal.

»Mein Gott, was hast du angestellt?« rief ihre Tante, als sie sie in derartiger Begleitung erblickte.

Der ältere Gendarm machte eine beruhigende Handbewegung.

»Wenn Sie wohl einen Moment Zeit hätten, Madame Blanvin ...«

Er zog Rosine zur Seite. Sie konnte grade noch sehen, wie ihre Nichte ihr komplizenhaft zuzwinkerte.

Der Gendarm hatte ein gutmütiges Gesicht, zweifellos war er ein braver Familienvater. Er roch nach Leder, Uniformstoff und billigem Kölnisch Wasser. Ein Augenlid hatte bei einem Unfall etwas abgekriegt und war nach außen in Richtung Schläfe weggerutscht.

»Das ist eine heikle Angelegenheit«, begann er. »Sind Sie der Vormund des Kindes?«

»Nur ihre Tante«, korrigierte Rosine. »Sie macht hier Ferien.«

»Sie sagt, sie hätte Ihnen nichts davon erzählt, aus Angst, ausgeschimpft zu werden.«

»Wovon erzählt?« fragte Rosine beunruhigt.

»Tja, also ... Vor drei Tagen ist sie auf dem Lande spazierengegangen, und da hat Theodor Nivolas, der Bürgermeister von Saint-Maugis, sie aus seinem Wagen heraus angesprochen. Er hat ihr eine Spazierfahrt vorgeschlagen, und sie hat angenommen, ohne sich etwas Böses dabei zu denken. Monsieur Nivolas hat dann an einem Abhang angehalten und sich an der Kleinen vergangen.«

Die unglückliche Rosine durchlitt ein Martyrium.

»In was für eine Scheiße hat uns das dreckige kleine Luder da reingeritten!« dachte sie.

Ihre unterdrückte Wut deutete der Gendarm als Empörung.

»Verstehen Sie, Madame Blanvin, im ersten Augenblick haben wir an ein Lügenmärchen gedacht. Es kommt vor, daß Mädchen in diesem Alter sich in etwas hineinsteigern. Nur, sie kann es beweisen!«

»Beweisen?« stammelte Rosine.

Der Uniformierte holte aus seiner Ledertasche ein Plastiktütchen hervor, das ein zusammengeknülltes Taschentuch enthielt. Nine, Marie-Charlottes Mutter, hatte die Initialen des Kindes in einer Ecke aufgestickt (Sticken war ihr Lieblingszeitvertreib). Die beiden Buchstaben M und C bildeten einen stilisierten Schmetterling in verschiedenen Farben, was albern und gleichzeitig bezaubernd aussah.

»Ist das das Taschentuch Ihrer Nichte?«

»Ganz ohne Zweifel.«

»Es ist voller Sperma. Das Kind behauptet, sich damit nach dem Geschlechtsakt abgewischt zu haben. Wir werden das Taschentuch ins Labor geben, und wenn die Analyse ergibt, daß es der Samen des Bürgermeisters ist, wird er vors Schwurgericht kommen, Madame Blanvin, trotz der politischen Unterstützung, die er genießt.«

»Wie schrecklich!« rief Rosine aus, ehrlich entsetzt über die Aussicht auf einen solchen Prozeß.

»Noch was anderes«, fuhr der Gendarm fort, »das Kind behauptet, daß sie während der Spazierfahrt in Potanche gehalten hätten, um etwas zu trinken. Sie hat die Wirtin gebeten, ihr die Toilette zu zeigen, und ihr erzählt, daß der Mann, der bei ihr war, sie befummelt habe. Die Frau hatte den Bürgermeister erkannt und beruhigte das Mädchen. Wir haben die Wirtin befragt, sie hat die Aussage bestätigt.«

Sie suchte ihre Nichte mit den Augen und sah, daß sie Rachel gerade etwas zu trinken gab.

»Das verdammte Luder! Sieht aus, als könnte sie kein Wässerchen trüben!«

Laut sagte sie tastend:

»Wenn es zum Prozeß kommt, wird es für die Kleine schrecklich sein. Sie wird ein zweifaches Trauma davontragen, meinen Sie nicht auch? Ihr Leben wird verpfuscht sein, Sie wissen ja, wie die Leute sind.«

»Ja, ich weiß, aber es läßt sich wohl kaum vermeiden. Notzucht mit Minderjährigen ist ein besonders schweres Verbrechen.«

Es trat Schweigen ein.

Rosine überlegte, daß der Bürgermeister vor dem Schwurgericht vielleicht die ganze Wahrheit erzählen würde, da er dann ja nichts mehr zu verlieren hätte.

»Seltsam«, begann sie von neuem, »in den letzten drei Tagen hat sich Marie-Charlotte ganz normal verhalten, wie sonst, sie wirkte überhaupt nicht verstört.«

»Mädchen in diesem Alter können gut verbergen, was sie bewegt«, versicherte der Gendarm. »Ich habe drei, ich weiß, wovon ich spreche.«

Rosine meinte, einen Ansatzpunkt gefunden zu haben. Sie faßte den Mann am Arm und drückte ihn heftig.

»Monsieur«, flüsterte sie, »mehr noch als ein Arm des Gesetzes sind Sie doch ein Mann! Was würden Sie in meiner Situation tun? Antworten Sie mir nach besten Wissen und Gewissen!«

Der Blick des Mannes fiel auf ihre prachtvolle Brust, und er empfand ein recht angenehmes Gefühl. Auch den Haarturm des stattlichen Weibes bewunderte er. Sie entsprach genau dem Typ Frau, der ihm gefiel. Sein verletztes Auge leuchtete lüstern auf.

»Bei mir ist das was anderes«, antwortete er schließlich.

»Wieso?«

»Ich bin ein Mann. Erst mal würde ich dem Kerl die Fresse polieren.«

»Gut, und dann? Sie lieben Ihre Töchter über alles, das spüre ich. Sie sorgen sich um ihre Zukunft. Können Sie sich eine von ihnen im Zeugenstand vorstellen, wie sie aussagt, daß ein Sadist in sie eingedrungen ist?«

»Tja, das weiß ich wohl«, murmelte der Gendarm. »Wir haben es hier mit einem angesehenen Bürger zu tun. Er könnte sein Verbrechen ein wenig wiedergutmachen, indem er der Kleinen zum Beispiel ... etwas zukommen ließe?«

Trotz seiner rauhen Stimme klangen die Worte in Rosines Ohren wie Vogelgezwitscher.

»Hören Sie«, sagte der Mann, »wir sollten es erst einmal überschlafen, um das Ganze zu überdenken.«

»Einverstanden.«

»Morgen komme ich wieder vorbei.«

Sie schleuderte ihm einen 1000-Volt-Blick ins Gesicht.

»Wenn Sie mir die genaue Uhrzeit sagen, werde ich es so einrichten, daß ich alleine sein werde.«

Er hatte Mühe, sich nicht zu verschlucken.

»Gegen zehn, geht das? Ich werde ebenfalls alleine kommen.«

Sie schenkte ihm ein sanftes, vielversprechendes Lächeln.

»Bis dahin würde ich Sie nur um eines bitten. Rufen Sie den Bürgermeister an und informieren Sie ihn über den Stand der Dinge. Er soll sich wenigstens schon mal in die Hosen machen, dieser Dreckskerl!«

»Verlassen Sie sich nur auf mich! Sollen wir ihn jetzt sofort vom Autotelefon aus anrufen?«

»Sie sind ein Schatz, das würde ich mir zu gerne anhören!«

Sie gingen zu der blauen Juvaquatre, dem Dienstwagen der *Gendarmerie Nationale.*

Während sie Nivolas anriefen, kam Edouard am Steuer seines Roadster 7 B angefahren. Als er Rachel und Marie-Charlotte in der »zweifelhaften« Gesellschaft eines jungen Gendarmen erblickte, fuhr ihm der Schreck in die Knochen. Er stellte den Wagen in sicherer Entfernung hinter einem Transformatorenhäuschen ab und ging zu Fuß weiter. Er hatte Marie-Charlotte seit Jahren nicht mehr gesehen, und sie war ihm als aufsässiges Kind mit frechem Blick in Erinnerung geblieben.

»Wieso bist du hier?« rief er ihr von weitem zu.

Sie lief ihm entgegen wie ein Schmeichelkätzchen mit sanftem Blick.

Sie umarmten und küßten sich. Marie-Charlotte erzählte ihrem Cousin, daß Rosine beschlossen habe, sie eine Weile zu sich auf die Baustelle zu nehmen, damit sie etwas Luftveränderung habe. Edouard, der von ihren Eskapaden gehört hatte, fragte mit einem Blick auf den Gendarmen:

»Hast du Probleme?«

»Ich erzähl's dir, wenn die weg sind!«

Er küßte auch Rachel, die ihm ein abweisendes Gesicht hinhielt. Sie wollte gleichgültig dreinblicken, konnte aber die offene Feindseligkeit in ihrer Miene nicht verbergen. Die Anwesenheit der kleinen dummen Gans verdarb ihr die Laune. Sie hatte schon gehofft, daß sie abgehauen wäre; aber als sie sie in Begleitung der Gendarmen gesehen hatte, war ihr klargeworden, daß sich über ihr und Rosine etwas zusammenbraute.

Der junge Gendarm grüßte Edouard militärisch knapp.

»Ich bin Edouard Blanvin, der Sohn des Hauses«, stellte sich der Neuankömmling mit einer Geste zum Waggon hin vor. »Irgend etwas nicht in Ordnung?«

Der Angesprochene schüttelte den Kopf, antwortete jedoch nicht. Er nahm das Uniformkäppi vom Kopf, um das lederne Schweißband mit seinem Taschentuch abzuwischen.

Edouard hockte sich vor der alten Frau hin.

»Du siehst aus, als wärst du nicht in Form, Oma.«

»Hast du schon mal alte, kranke Leute gesehen, die in Form waren?«

Sie blickte böse zu Marie-Charlotte hinüber, um ihrem Enkel anzudeuten, daß die Anwesenheit des Mädchens ihr nicht paßte.

Rosine kletterte gutgelaunt und mit geröteten Wangen aus dem Polizeiauto. Sie hatte teuflischen Spaß an dem Gebrüll und den Protesten des Bürgermeisters gehabt. Und dann die plötzliche Stille, nachdem der Gendarm von dem Taschentuch gesprochen hatte! Wie jämmerlich er herumgewinselt hatte, bevor der böse Bube in ihm wieder die Oberhand gewann! Er hatte gegen das abgekartete Spiel gewettert, gegen die Verleumdung, hatte gedroht, daß er so etwas nicht mit sich machen lasse und daß er allen den Hals umdrehen werde! Dem Gendarmen hatte er geraten, er solle an seine Karriere denken, die durch so eine krumme Geschichte einen Knick bekommen könne. Er empfinde Sympathie für ihn, und es täte ihm in der Seele weh, wenn er durch so eine Sauerei auf die Schnauze fallen würde. Dann hatte er den Gendarmen noch beschworen, niemandem ein Sterbenswörtchen zu sagen, bevor er nicht mit ihm persönlich darüber gesprochen hätte.

Die Juvaquatre fuhr kurz darauf von der Baustelle weg. Rosine hatte nicht mit den nötigen Zärtlichkeiten gegeizt, sie waren so etwas wie eine Anzahlung auf das Treffen am nächsten Tag.

Jetzt konnte sie nicht umhin, Marie-Charlottes Mut und Kaltblütigkeit zu bewundern.

Sie ging zu dem Trio und küßte Edouard.

»Hut ab!« sagte sie zu dem Mädchen. »Du wirst es noch weit bringen! Der Trick mit dem Taschentuch, war der geplant?«

»Was glaubst du denn, Tantchen? Genauso wie der Zwischenstop im Bistro! Ich hab dem Typen nicht über den Weg getraut. Ich wußte, daß der uns bescheißen würde.«

»Erzählt mir vielleicht jemand, was los ist, oder laßt ihr mich blöd sterben?« fragte Edouard ungeduldig.

Seine Mutter nahm ihn am Arm und zog ihn zur Baustelle, was bei Rachel einen Wutanfall auslöste.

»Vielen herzlichen Dank!« rief sie den beiden hinterher. »Ich hab die Schnauze gestrichen voll, wie 'n kaputter Ölgötze in der Ecke zu sitzen! Steckt mich doch endlich ins Altersheim, Scheiße noch mal, dann hab ich wenigstens was zum Lachen!«

Marie-Charlotte beugte sich zu der alten Frau hinunter und näherte ihren Mund dem weißen Ohr der Oma. Dem Ohr einer Toten, durch das kein Blut mehr pulsierte und das von innen her verdorrte.

»Du hältst die Schnauze, du alte Hexe, sonst schieb ich dir 'ne Rübe samt Dreck ins Maul!«

Von einem solchen Anpfiff zu Tode erschrocken, starrte Rachel das Mädchen sprachlos an.

»Guck nicht so blöd, du alte Schreckschraube!« zischte Marie-Charlotte. »Und schrei bloß nicht nach der Dicken und ihrem Sohn, dem alten Versager, dann dreh ich dir nämlich den Hals um! In deinem Alter muß man entweder krepieren oder wenigstens die Schnauze halten! Wenn man sowieso schon so gut wie tot ist, stellt man sich am besten auch tot! So seh ich das, und ich weiß Bescheid!«

Sie hockte neben dem Lehnsessel auf dem Boden und warf Steinchen in die Luft, um sie mit dem Handrücken wieder aufzufangen. Ihre Worte waren nicht eigentlich an Rachel gerichtet, sie stieß sie beinahe unfreiwillig hervor, Ausdruck des Hasses, den sie in sich trug.

»Du stinkst«, fuhr sie fort, »und gegen deinen Gestank ist nichts zu machen. Versuch zwecklos! Man kann dein Gerippe mit Seifenlauge abscheuern, und du miefst immer noch!

Nicht nur dein Fleisch stinkt drei Tage gegen den Wind, das ist einfach das Alter! Bei den Alten ist nichts mehr zu machen, von denen ist nichts mehr zu erwarten! Ich jedenfalls, wenn mich die Schweine nicht vorher fressen, dann bring ich mich mit dreißig um! Keinen Bock, noch weiterzumachen. Was hab ich davon, daß ich ein Wunderkind bin, wenn ich genauso lange leben muß wie alle andern!«

Sie hörte auf, ihre Verrücktheiten von sich zu geben, als sie die beiden zurückkommen sah. Edouard schien wütend zu sein. Zum ersten Mal in seinem Leben hatte er Rosine soeben als Puffmutter beschimpft.

»Eine verdorbene Dreizehnjährige zu benutzen, um für die Scheiße, die du gebaut hast, nicht bezahlen zu müssen! Unglaublich! Du wirst schon sehen, was aus ihr wird, nachdem du sie jetzt auf den Geschmack gebracht hast!«

Zutiefst schockiert von dem üblen Trick, stellte er sich seine Mutter in ihrer Gefängniszelle vor, mitten in einer geilen Welt, wie sie den verkommenen Jargon der Gefangenen spricht, über eine obszöne Anspielung ordinär lacht und – wer weiß? – mit ihrer Zellennachbarin Zärtlichkeiten austauscht, während die Kleinen schlafen.

»Meine Mutter ist eine Hure! Eine Frau ohne jede Moral!«

Und er selbst, was war er? Kaufte er nicht Autos von mehr als zweifelhafter Herkunft, um sie umzuspritzen und die Kennzeichen zu verändern? Hatte denn viel daran gefehlt, daß er zu einem Hochstapler und Betrüger geworden wäre? Wenn sein Hobby und seine Liebe zur Technik ihn nicht davor bewahrt hätten, wo wäre er dann gelandet?

Rosine war unschlüssig. Die panische Angst von Theodor Nivolas beruhigte sie, doch sie befürchtete, daß der übereifrige Gendarm sich bei seinem Vorgesetzten Rat holen und etwas in Gang setzen könnte, was nicht mehr rückgängig zu machen wäre, was zu einem aufsehenerregenden Prozeß führen und sie zum Verlassen der Gegend zwingen würde.

»Deine kleine Hure von Nichte sieht aus wie eine Viper, mit ihren zusammengekniffenen Augen. Du wirst sie auf der Stelle wieder wegschicken, zur Not bringe ich sie im Wagen zu Nine zurück. Das Mädchen ist der reinste Abschaum! Alles an ihr riecht förmlich nach Bösartigkeit. Merkst du das nicht, Rosine?«

Seine Mutter stand schweigend da. Innerlich mußte sie ihm recht geben.

»Eine saubere Komplizin hast du dir da angelacht!« schimpfte Edouard, der sich seinen Ärger immer noch nicht von der Seele geredet hatte. »Im Ernst, so langsam wirst du neben deinem Wasserloch verrückt! Würdest du mir wohl endlich verraten, was du mit dem Grundstück vorhast?«

Rosine blickte finster drein und schwieg beharrlich.

»Vielleicht sagst du auch mal was«, seufzte Edouard.

»Hab gehört, du hast Fausto geschlagen, neulich, als ich weg war.«

Er mußte den abgeklärten Machiavellismus bewundern, mit dem sich Frauen heiklen Fragen zu entziehen verstehen, indem sie andere Fragen über ein ganz anderes Thema stellen.

»Ach, die Ohrfeige!« wiegelte Edouard ab.

»Was hat er dir getan?«

»Immer dasselbe: Er bumst meine Mutter, und das macht mich rasend!«

Das Brummen eines Motors unterbrach ihr Gespräch. Die *Cherokee* von Theodor Nivolas tauchte inmitten einer Staubwolke auf, schoß auf die Gruppe zu und hielt knapp zwei Meter von den Blanvins entfernt.

Der Bürgermeister sprang, rot im Gesicht, mit irrem Blick, aus dem Geländewagen. Ohne jemand anderen anzusehen, stürzte er sich sofort auf Rosine.

»Miststück! Alte Sau! Pißnelke!«

Edouard warf sich dazwischen und packte Nivolas an den Revers seiner dicken Kordjacke.

»Moment mal, das ist meine Mutter!« sagte er mit sachlicher Stimme.

»Da kannst du nicht drauf stolz sein!« legte der Bürgermeister wieder los.

Blanvin holte mit seinem Oberkörper Schwung, um dann mit aller Kraft seine Stirn in Nivolas Gesicht krachen zu lassen. Es gab ein dumpfes Geräusch. Der Bürgermeister schrie vor Schmerzen auf, taumelte und setzte sich vor seinem Gegner auf den Boden.

Edouard wartete gelassen ab. Der Bürgermeister lag am Boden. Aus seiner gebrochenen Nase floß Blut. Er winselte wie ein Hund. Wut und Schmerz zusammen raubten ihm jegliche Würde. Er erstickte fast an seiner Wut.

»Schütt ihm doch einen Eimer Wasser ins Gesicht!« riet Rachel. »Das möbelt ihn wieder auf.«

Ihre Tochter kam der Aufforderung nach. Sie holte einen Plastikbehälter, in dem sie dicke Bohnen wässerte, und schüttete den Inhalt Theodor ins Gesicht. Die kalte Dusche ließ den Bürgermeister nach Luft schnappen. Die weißen Bohnen hingen in seinen widerborstigen Haaren, liefen ihm übers Hemd und in die Kordjacke. Eine Saubohne blieb an seinem blutigen Kinn kleben.

Kaum konnte er wieder sprechen, rief er Edouard zu:

»Vor dir hab ich keine Angst, du Hurensohn!«

»Wenn du unbedingt darauf bestehst, brech ich dir alle Knochen!« warnte ihn Blanvin. »Dann mußt du im Rollstuhl vor dem Schwurgericht erscheinen.«

»Nach dir!« knurrte der Bürgermeister.

»Nur daß ich freigesprochen werde, du perverses Schwein! Einen Kinderschänder zusammenzuschlagen, das wird nicht teuer, glaub mir! Alle werden auf meiner Seite sein.«

»Das war ein abgekartetes Spiel!« stammelte Nivolas.

»Das erzähl am besten den Geschworenen.«

Plötzlich hörte man die scharfe Stimme von Marie-Charlotte:

»Stehen Sie auf, Herr Bürgermeister! Ich muß mit Ihnen unter vier Augen reden.«

»Du, hau ab!« fauchte Edouard sie an.

Sie stemmte ihre Hände in die Seiten.

»Ich hau nicht ab, und ich werd mit ihm reden! Ich hab ein Recht darauf, du Arsch! Wer ist hier eigentlich vergewaltigt worden, du oder ich?«

Edouard wischte sich mit dem Ärmel den Schweiß von der Stirn.

»Hör mal, Rosine«, sagte er zu seiner Mutter, »schaff mir das kleine Dreckstück aus den Augen, sonst garantiere ich für nichts!«

Marie-Charlotte ließ sich von seinen Drohungen nicht beeindrucken. Ohne sich weiter um ihren Cousin zu kümmern, forderte sie Nivolas mit einer Handbewegung auf, ihr zu folgen. Dem Bürgermeister war es inzwischen gelungen, sich hinzuknien. Er beugte sich vor: Blut und Bohnen tropften von ihm ab. Die Szene erinnerte an irgendeinen amerikanischen Film aus der Zeit von Steinbeck oder Caldwell. Der Eisenbahnwaggon ohne Räder, der rostige Bulldozer, die Alte in dem Lehnsessel und der blutende fette Kerl, der am Rande eines ausgeschachteten Grundstücks kniete, alles trug zu dieser bizarren Atmosphäre bei.

»Los, kommen Sie schon, verdammt noch mal!« rief die Göre ungeduldig. »Neulich nachmittags waren Sie flotter, mit Ihrem blaugeäderten Unding und Ihren fetten Wurstfingern, mit denen Sie meinen Arsch befummelt haben.«

Der Bürgermeister war völlig fertig. Er stand auf und folgte ihr zu einem alten Baumstamm, auf den sich die beiden setzten, mit dem Rücken zu den Blanvins.

»Das Mädchen ist ein Ungeheuer«, murmelte Rachel. »Dodo hat recht, Rosine: Sie muß unbedingt von hier verschwinden!«

## 9

Sie versuchte, trotz der Schnarchgeräusche der Alten wieder einzuschlafen, doch es gelang ihr nicht. Um dem nächtlichen Fest die Krone aufzusetzen, schien Rosine wohl einen erotischen Traum zu haben: Sie stöhnte wie die austauschbaren Partner in Pornofilmen. Marie-Charlotte stützte sich mit den Ellbogen auf und starrte auf die breite Schiebetür. Ein Lichtstrahl drang unter den dicken Holzbrettern in den Waggon und kündigte den neuen Tag an.

Sie glaubte, draußen Schritte zu hören. Vorsichtige Männerschritte. Eigentlich hätte sie Angst haben müssen, verspürte jedoch im Gegenteil nichts als Neugier. Sie überlegte, was sie tun solle. Sollte sie Rosine wecken oder alleine hinausgehen, um nachzusehen? Sie sagte sich, daß es keine Eile habe. Seltsam, Rachels Hund schnarchte wie sein Frauchen, zusammengerollt in ihren gesunden Arm geschmiegt. Er kriegte das leise Geräusch der Schritte nicht mit; vielleicht hörte er es in der stickigen Luft unter der Bettdecke nicht?

Marie-Charlotte war schon häufiger versucht gewesen, den Hund heimlich unter ein Kettenrad des Bulldozers zu werfen, wenn Vater Montgauthier bei der Arbeit war. Sie hatte eigentlich nichts gegen das Tier, aber sie wollte gerne Rachel weinen sehen. Jetzt, da die Alte mit ihrem Enkel Front gegen Rosine machte, sah Marie-Charlotte voraus, daß ihr Aufenthalt hier auf der Baustelle beendet sein würde, sobald die Geschichte mit der Vergewaltigung geregelt wäre.

Sie war stolz auf die Art und Weise, wie sie mit dem angeschlagenen Bürgermeister geredet hatte: Wegen seiner gebrochenen Nase und den geschwollenen, mit getrocknetem Blut verklebten Nasenlöchern atmete er schnaufend durch den Mund, und Tränen hingen an seinen Wimpern. Von einem Augenblick auf den andern hatte sich Nivolas in einen großen, unglücklichen Jungen verwandelt. Er erweckte jedoch kein Mitleid in ihr, denn sie empfand niemals Mitleid, außer manchmal mit sich selbst. Aber das hilflose Schnaufen des Mannes bewirkte, daß Marie-Charlotte sich überlegen fühlte. Im Grunde waren sie alle, verglichen mit ihr, kleine Kinder: Rachel, Rosine und sogar dieser Angeber von Edouard. Leute, die niemals erwachsen werden würden und die das Leben ertrugen, anstatt es zu bezwingen.

Sie hatte ihre zarte Hand mit den schmutzigen Fingernägeln auf das fette Knie des Getreidehändlers gelegt.

»Das haben Sie sich alles selbst zuzuschreiben, Herr Bürgermeister! Man muß immer fair bleiben. Meine Tante schlägt Ihnen einen Handel vor, Sie erklären sich einverstanden, und dann haben Sie nichts Eiligeres zu tun, als sie reinzulegen. Zum Kotzen! Und wenn das jetzt nicht geregelt wird, mit oder ohne gebrochene Nase, dann kommen Sie vors Gericht, mein Lieber! Das kann teuer werden: zehn Jahre Bau, Ihre Karriere im Arsch, totaler Ruin! Und alle, angefangen bei Ihrer Familie, werden Sie wie einen Aussätzigen behandeln. Die Beweise liegen auf dem Tisch: mein Taschentuch mit den aufgestickten Initialen, voll mit Ihrem blöden Scheiß! Und dann das Bistro. Erinnern Sie sich? Ich wollte unbedingt anhalten. Dann hab ich so getan, als würde ich das Klo nicht finden. In Wirklichkeit wollte ich mit der Wirtin sprechen. Ich hab ihr erzählt, daß Sie mir beim Fahren mit Ihrer Hand zwischen den Beinen rumgefummelt haben. Das hat sie bereits vor den Bullen bezeugt.«

»Du Dreckstück!« knurrte Nivolas.

Sie kicherte.

»Ach, das ist noch gar nichts! Ich bin ja noch Anfängerin. Später mal werd ich Sachen drehen, die sich kein Mensch vorstellen kann. Ich bin ein frühreifes Wunderkind! Wenn Sie wüßten, wie alt ich mich fühle! Manchmal glaube ich, ich hätte schon ewig gelebt und wüßte alles über die Dinge und die Menschen.«

Er gab keine Antwort. Hörte er überhaupt zu? Er betastete seine geschwollene Nase und schnaufte wie ein Walroß.

»Wie die Dinge nun stehen, geht es darum, es richtig anzupacken«, fuhr Marie-Charlotte fort. »Und was heißt das: richtig anpacken? Daß Sie Ihre Zusagen einhalten und daß meine Tante und ich dafür sorgen, daß die Bullen die Strafverfolgung einstellen, nicht wahr?«

Da er weiterhin schwieg, wurde sie lauter:

»Haben Sie mich verstanden oder nicht, Sie alter Blödmann?«

»Ja, ja«, beeilte sich der Bürgermeister zu sagen.

»Dann antworten Sie, verdammt noch mal! Die Ermittlungen zu stoppen wird nicht einfach sein. Ich muß meine Aussage zum Teil widerrufen, aber das werd ich schon irgendwie hinkriegen. Sie regeln das mit der Kanalisation ...« Sie prustete los, als sie an Rosines Leichtgläubigkeit denken mußte. »Und Sie geben mir hunderttausend Francs in bar als Entschädigung.«

»Was?!« schrie Nivolas auf. »Was soll das denn jetzt? Hunderttausend Francs!«

»Das ist geschenkt, wenn Sie bedenken, daß ich Ihr Leben ruinieren kann! Mein Preis richtet sich nach Ihrem Verhalten, Dickerchen. Sie haben nicht nur mich vergewaltigt, sondern Sie haben auch noch meine Tante beschissen.«

»Vergewaltigt, das sagt sich so leicht! Du warst einverstanden.«

»Einverstanden? Nachdem ich der Wirtin anvertraut hatte, daß ich Angst vor Ihnen hatte?«

Bei der Erinnerung an diese Szene lachte sie im Halbdunkel der Morgendämmerung. Sie hatte ihm das Messer an die Kehle gesetzt, das durchtriebene Biest. Am nächsten Tag hatte er ihr hinter dem Rücken ihrer Tante einen dicken Briefumschlag zugesteckt, hatte geschworen, daß das Wasserwerk die Sache nicht weiter verfolgen werde, da die Gemeinde für die Reparaturkosten aufkommen und die Wasserrechnung bezahlen werde. Marie-Charlotte ihrerseits hatte dem Gendarmen erklärt, daß der Bürgermeister nicht wirklich in sie eingedrungen sei, sondern sich nur vor ihr »erleichtert« habe. Absichtlich hatte sie ihr verdorbenes Gesicht aufgesetzt, so daß der Gendarm, von der Kehrtwendung überrascht und darauf bedacht, nicht unbedingt einen aufsehenerregenden Feldzug gegen eine wichtige Persönlichkeit der Gemeinde zu führen, es schließlich vorgezogen hatte, die Sache auf sich beruhen zu lassen. Und auch das Entgegenkommen, das Rosine ihm gegenüber gezeigt hatte, hatte bei seinem Entschluß eine nicht unwesentliche Rolle gespielt.

Die Schritte hatten sich in Richtung Baustelle entfernt und waren nicht mehr zu hören. Sie stand leise auf, nahm ihre Sandalen in die Hand, schob die Tür einen Spaltbreit auf und schlüpfte hinaus.

Die Nacht ging zu Ende, doch der graue Himmel wollte sich noch nicht aufhellen. In der Ferne sah man das Laternenlicht der Landstraße.

Das erste, was sie erblickte, war ein Wagen, der etwas weiter weg geparkt war. Über der Windschutzscheibe leuchtete noch das Wort »Taxi«. Marie-Charlotte hörte ein Geräusch von nachrutschendem Geröll auf der anderen Seite. Sie streifte ihre Ledersandalen über und lief zur Ausschachtung. Dort sah sie den dicken, grimmigen Taxichauffeur, der ihre Tante und sie von Paris hierher zurückgefahren hatte. In seiner abgetragenen Lederjacke wirkte der Mann stämmiger als beim ersten Mal. Seine alte Schirmmütze hatte er auf den Hinterkopf geschoben, um eine Kamera vors Auge zu halten. Er schoß Foto auf Foto. Das Klicken des Auslösers hallte in der windstillen Morgenluft wider.

Wut stieg in dem Mädchen hoch, und sie schlich sich so leise wie möglich an den Taxifahrer heran. Sie trug nur einen Slip und ein T-Shirt, das um ihre dünnen Oberschenkel flatterte.

Als sie dicht hinter dem Mann stand, sprach sie ihn an:

»Was treiben Sie da?«

Er drehte sich um, sah das Mädchen, und da er sie nicht für voll nahm, fuhr er mit dem Fotografieren fort.

»Ich habe Sie gefragt, was Sie da machen!« schrie Marie-Charlotte.

»Ich verschaffe mir Unterlagen«, antwortete er.

»Unterlagen? Wofür?«

»Für meine Kollegen vom Gemeinderat. Der Bürgermeister will die Geschichte mit der Kanalisation auf sich beruhen lassen. Er hat vor, die Kosten für den Schaden auf die Gemeinde abzuwälzen. Außerdem liegt für diese Arbeiten keinerlei Erlaubnis vor.«

Er verstummte, da eine Furie in Slip und T-Shirt sich auf ihn stürzte, den Haltegurt packte und ihm den Fotoapparat aus den Händen riß.

»Gib ihn mir wieder!« schrie der Taxifahrer.

»Erst, wenn ich den Film rausgenommen habe!« schrie sie zurück. »Sie sind auf einem Privatgrundstück, und ich verbiete Ihnen, Fotos zu machen!«

Er wollte sich die Kamera wieder holen, doch sie brachte sich mit einem Sprung zur Seite in Sicherheit.

»Du kannst was erleben!« brüllte der Grimmige und kam näher.

Um ihn auf Distanz zu halten, wirbelte sie den Apparat am Gurt durch die Luft.

»Mach ihn nur kaputt, dann kriegst du was hinter die Löffel!« drohte der Taxifahrer.

Er sprang auf sie zu, um den Gurt zu fassen zu kriegen, verfehlte jedoch sein Ziel, stolperte, und das schwarze Gehäuse knallte mit voller Wucht gegen seine Schläfe. Der Mann stürzte wie ein gefällter Baum zu Boden. Marie-Charlotte hörte auf, die Kodak durch die Luft zu wirbeln. Der Apparat hing an ihrem Arm. Er kam ihr plötzlich sehr schwer vor.

Sie wartete eine Weile, wie vom Donner gerührt, als sie ihn so vollkommen reglos dort liegen sah. Nichts an ihm bewegte sich, weder Arme noch Beine noch Gesicht.

»Ach du Scheiße«, seufzte sie, »ich werd ihn doch wohl nicht umgebracht haben!«

Sie hockte neben ihrem Opfer nieder und tat das, was sie häufig in Filmen gesehen hatte: Sie befühlte die Halsschlagader des Taxifahrers, dann seinen Puls, tastete schließlich nach seinem Herzschlag, indem sie ihre Hand unter sein Hemd schob. Die Berührung ließ sie zusammenzucken. Beinahe hätte sie sich übergeben müssen, so sehr war ihr die Haut mit den krausen Härchen zuwider.

Nichts!

»Der ist wirklich tot! Wie kann das denn passieren? Bloß ein Schlag gegen die Schläfe!«

Sie dachte an Boxkämpfe im Fernsehen, bei denen die Gegner mit ihren Fäusten aufeinander eindroschen, ohne auch nur ins Taumeln zu geraten.

»Oh, verdammt! Da sitz ich ja schön in der Scheiße!«

Sie stampfte mit ihren Absätzen wütend auf den schlammigen Boden. Während sie aufgelöst hin- und herging, ordneten sich die Gedanken in ihrem »hochbegabten« Hirn. Sie sah auf ihre *Swatch*. Fünf nach sechs! Sie lief zu dem Bulldozer und ließ den Motor an.

Sie benötigte eine Viertelstunde, um neben der mit Wasser gefüllten Fläche ein ungefähr fünf Meter tiefes Loch auszuschachten. Die riesigen Zähne der Schaufel fraßen sich mühelos in die feuchte Erde. Von Zeit zu Zeit spähte sie aus ihrer Kabine heraus auf die Umgebung der Baustelle, doch alles schien ruhig zu sein, nirgendwo zeigte sich ein menschliches Wesen, nicht mal ein Tier.

Die Leiche des Taxifahrers mit dem stählernen Maul zu packen brauchte seine Zeit, denn der Tote fiel immer wieder von der Schaufel. Endlich gelang es ihr, ihn in das Loch zu werfen. Bevor sie die Grube wieder zuschüttete, untersuchte sie die Stelle, an der der Mann gestorben war. Einen Augenblick lang war sie versucht, seinen Fotoapparat zu behalten, doch das wäre furchtbar gefährlich gewesen. Und so warf sie die Kamera, ebenso wie seine Mütze, in die Grube. Dann schüttete sie sie zu. Während sie die Erde festwalzte, machte sich Gedanken darüber, was sie mit dem Wagen machen sollte. Zwar konnte sie Auto fahren, da sie schon eine Menge Autos geklaut hatte, nur wagte sie es nicht, sich in den Straßenverkehr zu stürzen!

Nach der »Beerdigung« ging sie zu dem Taxi. Ihr Herz schnürte sich zusammen, als sie feststellte, daß der Kerl den Zündschlüssel abgezogen hatte. Zum Glück wußte sie, wie man eine Zündung kurzschließt.

Kurz darauf entfernte sie sich von der Baustelle. Sie mußte fast stehen, um mit den Füßen an die Pedale heranzureichen, und sie fuhr langsam. Am Ende des Weges angelangt, bog sie rechts ein und fuhr auf den Wald zu.

»Hoffentlich kommt mir keiner entgegen! Wenn mich jemand in dieser Kiste sieht, bin ich geliefert!«

Im Schutze der Bäume fühlte sie sich sicherer. Hier im Wald war es noch Nacht. Marie-Charlotte folgte dem Weg mit den tiefen Wagenspuren, in denen das Taxi hin- und herschlingerte. Sie war einige Tage zuvor hier spazierengegangen und wußte, daß der Wald bald zu Ende war. Der Weg lief dann auf eine sogenannte »Panoramastraße« zu, die über einem Tal entlangführte. Sie entschied sich dafür, nach links zu fahren, um das Taxi so weit wie möglich von der Baustelle, wo sie die Leiche begraben hatte, stehenzulassen.

Die Ermittlungsbeamten durften keinen Moment lang auf die Idee kommen, daß der Taxichauffeur vorher bei Rosine gewesen war. Um das zu verhindern, gab es nur eine Lösung: eine möglichst große Entfernung zwischen Wagen und Baustelle zu legen.

Von der Panoramastraße aus konnte man weit ins Tal hineinblicken. Noch immer war weit und breit keine Menschenseele zu sehen. Nach einigen Kilometern stieg Marie-Charlotte ein ätzender Gestank in die Nase. Da entdeckte sie in der Ferne eine Zementfabrik und wußte sofort, was sie zu tun hatte. Die Zeit drängte. Die Arbeit in der Fabrik würde wohl frühestens in einer Stunde beginnen.

Sie bog in einen Weg ein, der in Serpentinen zu der Fabrik hinunterführte, und erreichte sie schneller, als sie gedacht hatte. Eine lächerliche, rotblau gestrichene Schranke versperrte die Zufahrt.

Links von der Schranke war ein Durchgang für Fußgänger und Radfahrer, der durch die Benutzung breiter geworden war. Da sich Marie-Charlotte um die Karosserie keine Sorgen machte, konnte sie ohne große Mühe auf das Gelände fahren.

Sie fürchtete irgendeinen Nachtwächter, doch niemand zeigte sich.

Ihre Ruhe beeindruckte sie selbst.

»Ich habe mich in der Gewalt, wie diese Spinner es ausdrücken!«

Langsam fuhr sie an riesigen Hallen vorbei, die langsam zu verfallen schienen. Der Gestank wurde immer penetranter.

»Vielleicht ist die Fabrik ja gar nicht mehr in Betrieb!«

Hinter den Hallen erhoben sich Pyramiden aus grauem Staub. Sie fuhr in großem Bogen um sie herum. Vor dem letzten Staubhügel gab sie Gas und steuerte direkt auf ihn zu.

Der harte Aufprall überraschte sie. Sie hatte sich ihn weicher vorgestellt, doch obwohl die Masse nicht eigentlich fest war, so setzte sie doch Widerstand entgegen. Einen Augenblick lang konnte Marie-Charlotte nichts sehen, da der vordere Teil des Autos mit Schutt bedeckt war. Es hatte sich so weit in die Pyramide gebohrt, daß die Vordertür nicht mehr geöffnet werden konnte. Das Mädchen kletterte auf den Rücksitz und rüttelte an der rechten Hintertür. Mit viel Mühe schaffte sie es, sie etwa fünfzehn Zentimeter aufzuschieben, und ihre zarte Gestalt erlaubte es ihr, ins Freie zu schlüpfen.

Sie spürte, daß sich auf ihrer Stirn eine dicke Beule bildete. Staub drang in ihre Kehle und ihre Lungen, sie mußte husten. Trotz allem stellte sie jedoch mit Befriedigung fest, daß das Taxi fast ganz in der Pyramide verschwunden war und es genügte, die übelriechenden Rückstände auf das Heck rieseln zu lassen, damit es für einen oberflächlichen Betrachter unsichtbar blieb.

Sie brauchte ungefähr zwei Stunden, um zu Rosines Grundstück zurückzulaufen. Sie lief fast ununterbrochen, legte sich von Zeit zu Zeit ins Gras oder aufs Moos, um sich auszuruhen, und lief dann weiter, geschmeidig und furchteinflößend wie ein Raubtier.

Bevor sie zum Waggon kam, machte sie an einem Fluß halt, zog Slip und T-Shirt aus, um sich zu waschen und ihre verstaubten Sachen abzuklopfen.

Marie-Charlotte folgte ihrem Weg des Hasses mit einer Art untrüglichem Instinkt.

»Ich werde niemals Angst haben, vor nichts!« beschloß sie.

# 10

Banane war zur Probefahrt mit einem Kabriolett 11 A unterwegs, dessen Synchronisation er soeben repariert hatte. Diese Kontrollfahrt war für ihn eine Belohnung.

Er lehnte seinen Ellbogen hinaus und fuhr ganz entspannt durch die Ortschaften. Wenn er Mädchen sah, hupte er zweimal kurz. Normalerweise reagierten sie nicht darauf, nicht weil er Araber war, sondern weil der Wagen in ihren Augen ein alter Schlitten war, eine Klapperkiste aus einer anderen Zeit, in die sie um nichts in der Welt eingestiegen wären. Er kannte ihre Verachtung für diese teuren Fahrzeuge und hielt sie für eine Krankheit. Er empfand Mitleid, so wie man Mitleid für jemanden empfindet, der die eigenen religiösen Überzeugungen oder die Bewunderung für ein Kunstgenie nicht teilt.

Auf dem Weg zurück zur Werkstatt sah er ein Mädchen in Cowboystiefeln und engen Jeans, die überall durchgescheuert waren. Es kam ihm der Gedanke, es könne die kleine Cousine sein, von der Blanvin gesprochen hatte (in wenig schmeichelhaften Worten), und er hielt neben ihr.

»Ich bin Selim, Edouards Arbeiter«, stellte er sich vor. »Sie sind sicher die Kleine, die Madame Rosine aus Paris mitgebracht hat?«

»Woher wissen Sie das?«

»Mein Riecher!« lachte Banane.

Er öffnete die Beifahrertür und forderte sie auf einzusteigen. Marie-Charlotte ließ sich nicht lange bitten.

»Ich liebe diese alten Autos«, sagte sie. »Sie haben eine Seele.«

Ihre Bemerkung machte Banane glücklich.

»Normalerweise rümpfen die Mädchen die Nase darüber. Sie bevorzugen die modernen Schlitten.«

»Weil die blöd sind«, unterbrach ihn die Kleine. »Dieser hier riecht so schön nach altem Leder. Nicht so ein imitierter

Geruch! Hab gehört, daß die Engländer ein Spezialmittel haben, mit dem sie ihre Rolls innen besprühen, damit sie nach Leder riechen. Das hab ich in irgendeiner Zeitschrift gelesen.«

»Knallköppe sind das«, stimmte er ihr zu. »Aber trotzdem haben sie früher tolle Kisten gebaut: M. G., Triumph, Morgan, Jag, Aston Martin ... Leider haben sich die Zeiten geändert, die Japaner haben alles durcheinandergebracht. In zwanzig Jahren gibt es auf der ganzen Welt nur noch zwei Autofabrikanten!«

»Zeig mir deinen Daumen!« bat ihn Marie-Charlotte.

»Warum?«

Sie nahm seine Hand vom Steuer und betrachtete den Daumen.

»Mensch! Was für'n Griffel! Du mußt ja 'n Wahnsinnspimmel haben! Daumen lügen nicht.«

Verwirrt zog Banane seine Hand zurück. Seine Ohren waren feuerrot geworden. Er fand Edouards kleine Cousine in der Tat recht »eigenwillig«. Zum Glück für den verlegenen Jungen erreichten sie gerade die Werkstatt.

Als Edouard das Mädchen aus dem 11 A Sport steigen sah, runzelte er die Stirn.

»Was machst du denn in dem Auto?« fragte er.

Marie-Charlotte fing mit hoher Fistelstimme an zu singen: »Wir haben uns nur so getroffen. Und ich hab nichts getan, um ihm zu gefallen.«

»Sie war auf dem Weg hierher«, erklärte Banane. »Ich hab mir gedacht, daß ›sie‹ es ist.«

Edouard bemerkte die Befangenheit seines Lehrlings, und er wurde ärgerlich.

»Was willst du hier?« fragte er seine Cousine.

»Ein Geschäft mit dir machen. Ich will mir ein Mofa kaufen.«

»Wozu?«

»Wozu braucht man ein Mofa?« lachte das Mädchen. »Dreimal darfst du raten! Auf der Baustelle lebt man wie in der Verbannung. Deine Mutter kann nicht mal Auto fahren! Und das in ihrem Alter, heutzutage! Irgendwann dreht das

Fernsehen noch 'n Dokumentarfilm über sie: Die letzte Französin, die nicht Auto fahren kann! Wenn der alte Knacker, der mit dem Bulldozer, morgens das Brot vergißt, dann wird eben ohne Brot gemampft. Will man einen Brief abschicken, muß man drei Kilometer durch die Pampa wandern, bevor man 'n Briefkasten findet. Und dann die Großmutter, die nach ihrer *Huma* schreit! Also, deshalb leiste ich mir jetzt 'n Mofa. Hat das nicht 'ne gewisse Logik, was meinst du?«

»Hast du denn die Kohle?«

»Genug für den Deal, Cousin.«

»Wem hast du das Geld geklaut?«

Marie-Charlotte sah Banane an.

»Schön, so 'ne Familie, was? Ist das bei euch Schattigen auch so?«

Edouard tauchte seine Hände in Benzin und wusch sie sich dann gründlich ab.

»Irgend etwas an dir geht mir gegen den Strich«, sagte er. »Jedesmal, wenn ich dich seh, möchte ich dir am liebsten eins aufs Maul hauen.«

Sie prustete laut los.

»Deine Hauptbeschäftigung, was? Prügeln ist anscheinend deine Leidenschaft: der Rennfahrer von Rosine, der Bürgermeister ...! Also, bei mir läßt du's besser bleiben. Wenn du mich anrührst, beiß ich dir die Kehle durch!«

Sie zeigte ihre Zähne.

»Alles Schneidezähne«, zischte sie. »Ich muß im früheren Leben ein Vampir gewesen sein.«

»Oh, nein, das bist du in deinem jetzigen«, korrigierte Edouard. »Irgend etwas an dir macht einem auf den ersten Blick angst. Und dabei sind kleine Mädchen so niedlich, so allerliebst ...«

»Wenn ich recht verstehe, kann ich das Mofa vergessen, oder?«

»Ich verkaufe keine Mofas. Wie du siehst, bin ich auf alte Citroëns spezialisiert.«

Banane hatte zugehört, während er seinen Overall überzog.

»Wenn Sie wollen, kann ich Ihnen das Mofa meiner

Schwester leihen«, schlug er vor. »Sie braucht es in der nächsten Zeit sowieso nicht.«

»Wenn du's ihr leihst, siehst du es nie wieder«, prophezeite Edouard.

Marie-Charlotte sah rot.

»Der nervt mich auf Dauer, der alte Arsch! Mich so runterzumachen, mich zu beleidigen! Für wen hältst du dich eigentlich, du Scheiß-Autohändler, daß du so mit mir umspringen kannst?!«

In ihrer Wut schielte sie noch heftiger, so daß sich ihre schwarzen Augen immer mehr dem Nasenrücken näherten. Blanvin sah in ihnen einen so tiefen Haß, daß er richtig Angst vor ihr bekam.

»Ungeziefer!« dachte er.

Das Klingeln des Telefons löste die gespannte Atmosphäre. Es war der Besitzer des 11 A Sport, der nach seinem Wagen fragte.

»Er ist fertig, Monsieur Maubuisson. Mein Lehrling ist soeben von der Kontrollfahrt zurückgekommen.«

Er sah Banane fragend an, und der Junge gab ihm zu verstehen, daß alles in Ordnung sei.

»Sie können ihn abholen.«

Der Mann am anderen Ende sagte, daß er niemanden habe, der ihn zur Werkstatt fahren könne. Wenn der Wagen jedoch zu ihm nach Hause gebracht werde, sei er bereit, den Fahrer zurückzubringen.

»Ich komme sofort«, versprach Edouard.

Ohne daß man ihn dazu hätte auffordern müssen, putzte Banane die Windschutzscheibe, während Blanvin Pergamentpapier auf dem Fahrersitz ausbreitete, um ihn vor eventueller Verschmutzung durch seinen Overall zu schützen.

Marie-Charlotte sah ihm dabei zu. Trotz der Abneigung, die sie für ihn hegte, fand sie ihn schön.

Bevor er losfuhr, rief er ihr zu:

»Ich verabschiede mich schon mal von dir, für den Fall, daß du hoffentlich nicht mehr hier bist, wenn ich zurückkomme.«

»Der Typ ist zum Kotzen!« sagte sie zu Banane.

»Oh, nein!« widersprach Selim respektvoll. »Er ist der netteste Kerl, den es gibt, er frotzelt nur gerne.«

Marie-Charlotte ging auf die Holztreppe zu.

»Da oben wohnt er?«

Als Banane sah, daß sie die Stufen hinaufging, eilte er ihr hinterher. Er befürchtete einen Racheakt, obwohl sie gar nicht mehr aggressiv aussah.

Lächelnd blickte sie sich in der kleinen Wohnung um.

»Ja«, sagte sie, »hier kann ich ihn mir gut vorstellen: alles so sauber, armselig, aber gemütlich. Weißt du was? Dein Chef erinnert mich an einen Seminaristen! Ich könnte mir vorstellen, wie er hier auf dem Teppich kniet und betet.«

»Da haben Sie aber voll daneben gegriffen! Das ist nicht sein Stil.«

»Doch! Insgeheim ist das genau sein Stil. Du kannst meinem Urteil vertrauen: Ich bin unfehlbar! Glaubst du mir nicht?«

Er lächelte.

»Warum nicht?«

Sie kam auf ihn zu.

»Wenn du dir einen Schnäuzer stehen lassen würdest, würdest du aussehen wie der junge Omar Sharif. Hast du ihn in Doktor Schiwago gesehen? Super!«

Banane hatte den Film nicht gesehen.

»Küß mich!« befahl sie.

Er sah plötzlich so verlegen aus, daß sie sich vor Lachen gar nicht mehr einkriegte.

»Traust du dich nicht wegen meines Alters? Laß dich davon nicht täuschen: Ich bin tausend Jahre alt!«

Sie stellte sich auf die Zehenspitzen, um an seinen Mund heranzukommen, und gab ihm einen heißen, leidenschaftlichen Zungenkuß, der den jungen Maghrebiner völlig durcheinanderbrachte. Während sie ihn küßte, überprüfte sie weiter unten, ob sich seine Erregung bemerkbar machte.

»Ich wußte doch, daß du 'n Superpimmel hast«, murmelte sie, als sie sich kurz voneinander lösen mußten, um Luft zu holen.

Fachkundig zog sie den langen Reißverschluß des Overalls auf und öffnete dann seine Hose.

Ihre Kühnheit und ihre Routine verblüfften Selim. Lustvoll überließ er sich Marie-Charlottes Initiative und erlebte einen wunderbaren Augenblick.

»Kannst du mir wirklich ein Mofa leihen?« fragte sie, als es vorbei war.

»Wenn ich's dir doch sage!«

»Warum braucht es deine Schwester nicht mehr?«

Er erzählte ihr von dem Unfall und der schweren Kopfverletzung. Marie-Charlotte mußte an den Taxifahrer denken, den sie verscharrt hatte. Sie hörte wieder den Schlag der Kamera gegen die Schläfe. Ein einziger Stoß, heftig und unerwartet, hatte genügt. Sie hatte ihn nicht umbringen wollen. Ein Unfall! Es war ein dummer Unfall gewesen! Einen Augenblick zuvor ist noch alles ganz normal, und dann passiert etwas und verändert alles. Ein plötzlicher Übergang vom Alltäglichen zur Tragödie. Vom Leben zum Tod.

»Geht's ihr besser?« erkundigte sich Marie-Charlotte zerstreut.

»Ja, sie erholt sich. So was geht stufenweise vor sich. Seit sie aus dem Koma erwacht ist, wird sie langsam wieder sie selbst.«

Sie gingen hinunter. Das Mofa stand in der Werkstatt hinter einem Stapel Reifen. Das Hinterrad hatte bei dem Unfall zwei oder drei Speichen verloren, und das Schutzblech war locker.

»Wenn Sie eine Viertelstunde Zeit haben, repariere ich es sofort«, versprach Banane.

»O. k., aber warum duzt du mich nicht?«

Der Junge verzog das Gesicht.

»Vielleicht weil Sie noch so jung sind.«

»Das hat mich nicht davon abgehalten, dir wie 'ne Erwachsene einen zu blasen! Hat's dir gefallen?«

Er nickte.

»Soll ich's irgendwann noch mal machen?«

Erneutes verlegenes Kopfnicken.

»Du bist nett. Schön und nett. Ich möchte, daß Frankreich arabisch wird.«

»Was für 'ne Idee!«

»Damit die Franzosen endlich ihre Scheißvergangenheit vergessen. Auf Schrott kann man nichts Gutes aufbauen. Liebst du mich schon ein bißchen?«

»Ich glaube, ja.«

»Und wie findest du das?«

»Ich hab Angst.«

»Verstehe. Also, ich, ich lieb dich nicht. Ich werde nie jemanden lieben.«

»Das können Sie in Ihrem Alter nicht sagen.«

»Doch. Ich werde niemanden lieben, weil ich mein ganzes Leben lang stark bleiben will.«

»Dann werden Sie auch keine Kinder haben?«

»Natürlich nicht! Diese Schreihälse, die dich vollscheißen, wenn sie klein sind, und wenn sie groß sind, pinkeln sie dir an die Karre! Vielen Dank!«

Er machte sich gewissenhaft daran, das Mofa zu reparieren. Sie bewunderte seine Geschicklichkeit, die Art, wie er sein Talent auf die Werkzeuge zu übertragen schien.

Wenig später hob er das Mofa hoch und ließ den Motor an. Das Hinterrad drehte sich tadellos mit gleichmäßigem Geräusch.

»Können Sie damit fahren?«

»Was für 'ne Frage! Du hältst mich wohl für blöd! Willst du wirklich nicht, daß ich dir die Kohle dafür gebe? Edouard hat recht: Kann sein, daß du das Teil nie wieder siehst. Bei mir, weißt du ...«

»Wenn Sie's nicht wiederbringen, müssen Sie's bezahlen, es gehört nämlich meiner Schwester.«

»Gut, abgemacht.«

Sie schwang sich auf das Mofa, zwinkerte ihm schlüpfrig zu und fuhr davon.

Gegen Abend kaufte Edouard, bevor er zu Edith Lavageol fuhr, Sellerie mit Remouladensoße, ein kaltes Hähnchen, Cornichons und Vanillepudding in zwei Stanniolschälchen. Er hatte die Lehrerin seit ihrer gemeinsamen Nacht nicht mehr gesehen, und er träumte von Sex und ihren sinnlichen

Lippen. Nichts erregte ihn mehr als seine übermächtige Begierde; damit begann für ihn bereits der Geschlechtsakt, und die leidenschaftlichen Gedanken waren wie eine Vorbereitung auf das Rendezvous.

Als er vor ihrem Haus ankam, sah er einen Wagen mit dem Kennzeichen des Departements Loire vor dem Gartentörchen stehen. Edouard wartete fast eine halbe Stunde diskret in einiger Entfernung, doch da niemand herauskam, rief er Edith von einer Telefonkabine aus an. In einem Ton, der nur schlecht ihre Befangenheit überspielte, erklärte sie ihm, daß ihre Mutter und ihr Schwiegervater unverhofft zu Besuch gekommen seien und daß er deswegen nicht kommen könne.

»Ich hätte dich so gerne in den Hintern gebissen!« bedauerte Edouard.

Da er wußte, daß sie nicht frei sprechen konnte, zählte er die pornographischen Freuden auf, die ihnen entgingen, weil sie ihn nicht empfing.

Auf jede obszöne Anspielung, die er machte, antwortete sie mit einem steifen »Bedaure, tut mir leid, wie schade«, was Edouard über seine physische Enttäuschung hinwegtröstete.

Nachdem er aufgelegt hatte, beschloß er, wieder zur Baustelle zu fahren, und kaufte die *Humanité* für Rachel.

Die drei Frauen wollten sich gerade zu Tisch setzen, als er ankam. Auf der Speisekarte standen aufgewärmtes Sauerkraut und »schwitzender« Gruyère. Obwohl Rosine mollig war und gerne aß, machte sie sich selten die Mühe, richtig zu kochen; um so weniger, da die dürftige Ausstattung der Küche nicht dazu animierte, raffinierte Gerichte zuzubereiten.

»Da komme ich ja grade richtig!« rief Edouard und schwenkte seine Päckchen. Rachel frohlockte, und Rosine umarmte und küßte ihren großen Sohn ausgiebig. Nur Marie-Charlotte saß schweigend und feindselig in einer Ecke.

»Hat sie dich versetzt?« fragte sie, als sie am Tisch Platz nahmen.

»Von wem sprichst du?«

»Von der Schnalle, mit der du das große Fressen veranstalten wolltest. Es ist nicht genug Sellerie für vier da, und es gibt nur zwei Puddings.«

Er warf ihr einen wütenden Blick zu, der allerdings durch die allgemeine Begeisterung gemildert wurde.

»Dodo«, murmelte Rachel, »kannst du mir nicht dieses Miststück vom Hals schaffen? Ich hab nicht mehr lange zu leben, und sie fällt mir auf den Wecker.«

»Ich will nur Sauerkraut!« verkündete Marie-Charlotte, so als hätte sie die Bemerkung nicht verstanden.

»Hör zu, Mama«, sagte Rosine, »ich bin groß genug, um zu wissen, was ich in bezug auf Marie-Charlotte zu tun habe. Schließlich hat ihre Mutter sie mir anvertraut.«

»Ein schönes Geschenk!«

»Ach, hör doch auf, immer herumzunörgeln!«

»Oma«, mischte sich Edouard ein, »ich habe dir doch einen Vorschlag gemacht: Zieh zu mir!«

Für einen Moment erhellte ein Ausdruck der Freude das Gesicht der Großmutter, dann verfinsterte sich ihre Miene wieder.

»Das ist nett von dir, mein kleiner Dodo, aber wie ich dir bereits gesagt habe, geht das nicht. Ich muß betreut werden, und das kann nur eine Tochter oder eine Krankenschwester machen.«

»Ich kann für zwei Stunden pro Tag eine Pflegerin kommen lassen.«

Bei diesem neuen Vorschlag lächelte die Alte wieder. Doch wie schon zuvor zerstörten praktische Einwände auch diesen Hoffnungsschimmer.

»Du bist ein guter Junge, Edouard. Aber ich denke an deine steile, schmale Treppe, mehr eine Leiter. Da kommt ihr mit mir nie rauf!«

»Zu zweit, mit Banane, schaffen wir's.«

»Und wenn ich erst oben bin, komm ich nicht mehr runter! Ich muß aber immer an der frischen Luft sein, frag Rosine. Ich bin eine richtige Sauerstoff-Fresserin und laß mir gerne den Wind um die Nase wehen.«

»Hört mal zu«, meldete sich Marie-Charlotte zu Wort, den

Mund voller Sauerkraut, »zerbrecht euch nicht den Kopf darüber. Ich zieh Anfang nächster Woche ab. Könnt ihr mich noch 'n paar Tage ertragen?«

»Warum verschwindest du nicht schon jetzt sofort?« fragte Rachel unbarmherzig.

Marie-Charlotte schüttelte den Kopf. Tränen standen in ihren Augen.

»Ich glaube, ich krieg zum ersten Mal meine Regel, und da möchte ich gerne bei Rosine sein.«

## 11

Ihre Friseurbesuche waren die Sternstunden in Rosines Leben.

Ihrer Meinung nach brachte nur eine gewisse Natascha, eine affektierte Vorstadt-Blondine, den kunstvollen Haarturm zustande, den Rosine auf ihrem Kopf spazierenführte.

»Sie hat ein Händchen dafür«, behauptete sie. »Talent ist angeboren.«

Dreimal im Monat vertraute sie ihren Kopf den Händen des Wunderwesens an. Die Besuche waren eine Entspannung für sie. Während sie »behandelt« wurde, trank sie Kaffee, las Frauenzeitschriften und unterhielt sich mit Natascha über dies und das.

An jenem Freitag schlug Rosine ihrer Nichte vor, sie zu begleiten, wenn auch nur zum Haarewaschen. Marie-Charlotte willigte ein.

Banane fuhr Madame Rosine zum Friseur. Es gehörte zu seinen Pflichten, und er war stolz, daß man ihm diese Aufgabe anvertraute. Das Mädchen setzte sich in den Fond des 15 G von Edouard, und während der gesamten Fahrt sah sie in den Rückspiegel und starrte Banane an.

Rosine schwadronierte, so als säße sie bereits in dem großen, verchromten Sessel.

»Hoffentlich fängt es nicht an zu regnen«, sagte sie, als sich der Himmel bezog. »Wir haben Mama draußen gelassen. Sie wollte es unbedingt, und Montgauthier ist heute nicht zur Arbeit gekommen!«

»Wenn es anfängt zu regnen, fahre ich hin und trage sie rein«, versprach Banane.

»Allerdings hab ich ihr einen Regenschirm hingelegt; obwohl, mit einer Hand kriegt man ihn schlecht auf …«

»Machen Sie sich keine Sorgen, ich paß auf das Wetter auf. Beim ersten Regentropfen flitze ich zur Baustelle.«

Er setzte sie vor dem Friseursalon ab und warf dem Mädchen zum Abschied einen langen Blick zu.

»Der Junge ist ein Schatz«, bemerkte Rosine. »Edouard hat Glück mit ihm.«

Es fand das übliche Zeremoniell statt, das übliche wortreiche Getue des italienischen Ladeninhabers, der sich in Komplimenten über Marie-Charlottes jugendlichen Charme erging. Er schlug vor, ihre langen Haare so zu schneiden und zu toupieren, daß sie etwas fülliger aussähen. Rosine war von der Idee begeistert.

»Sie nerven mit Ihren ›fülligen Haaren‹!« platzte plötzlich die Göre heraus. »Vergessen Sie's, ich will, daß Sie mir die Haare sooo kurz schneiden!«

Die beiden Erwachsenen protestierten, das sei ein Verbrechen, ihr Kopf werde aussehen wie ein abgesägter Platanenast. Doch sie ließ nicht mit sich reden. Um in dem Friseursalon, in dem sie große Achtung genoß, einen Skandal zu vermeiden, seufzte Rosine:

»Na ja, wenn du meinst …«

Sie setzten sich in zwei benachbarte Sessel. Marie-Charlotte beobachtete, wie diese sagenhafte Natascha die Haare ihrer Tante löste, und mit Vergnügen sah sie den albernen Turm, auf den Rosine so stolz war und der sie so lächerlich aussehen ließ, in sich zusammenfallen. Häufig klammern sich die Leute an irgendwelche raffinierten Tricks, die sie verunstalten, aber dennoch von ihnen zur Schau gestellt werden wie geheime Ehrenzeichen, die sie sich selbst verleihen.

Als Rosines lange Haarpracht auf ihre Schultern fiel, rief das Mädchen aus:

»Scheiße noch mal! So siehst du ja viel besser aus!«

»Klar!« kicherte Rosine, so als handle es sich um einen Scherz.

»Doch, ich schwör's dir«, versicherte Marie-Charlotte. »Frag Natascha.«

Die Friseuse, sehr zufrieden mit dem Bienenkorb, den sie fabrizierte, lachte affektiert.

»Mademoiselle macht Witze.«

Das Mädchen wurde wütend.

»Wenn Sie behaupten, daß meine Tante mit ihrem Heuhaufen besser aussieht, dann sind Sie entweder eine Lügnerin oder ein Arschloch!«

»Marie-Charlotte, ich bitte dich!« rief Rosine. »Du benimmst dich unmöglich. Nehmen Sie's ihr nicht übel«, fügte sie, zu Natascha gewandt, hinzu.

Die Friseuse stellte sich so hin, daß sie mit dem Rücken zu der unverschämten Göre stand. Als sie ihre Kundin von den Haarnadeln und Klammern, die der »Mitra« Halt verliehen, befreit hatte, geleitete sie sie zu dem Waschbecken, über dem ihre Haare gewaschen wurden. Rosine gab sich genußvoll der Liebkosung des warmen Wassers und der Massage der fachkundigen Hände hin.

Das Telefon klingelte. Nach wenigen Sekunden rief der Chef:

»Natascha, Telefon für dich!«

»Entschuldigen Sie mich«, säuselte die Friseuse.

Rosine kostete das Glücksgefühl aus, das sie erfüllte, wenn man sich ihrer annahm und sie verschönerte. Sie döste vor sich hin und war ganz einfach glücklich unter ihrem himmelblauen Frisierumhang.

Marie-Charlotte betrachtete sie eine Weile, dann nahm sie, einem plötzlichen Einfall folgend, eine lange Schere, die vor ihr auf der Marmorkonsole lag, stand auf und ging zu ihrer Tante hinüber. Niemand beachtete sie; sie gehörte zu jenen unauffälligen Mädchen, die niemand bemerkt. Ihre linke Hand tauchte in das Zinkbecken und packte einen Schwung Haare, die wie Algen in dem Wasser schwammen. In der Hand des Mädchens ähnelten sie jedoch einer unansehnlichen, aufgeweichten Heugarbe.

Die Schere trat in Aktion. Gierig knabberte sie an dem Haarbüschel, fraß es in dem warmen Wasser lautlos ab. Das Mädchen ließ das Roßhaar los und ging wieder zu ihrem Sessel zurück. Auf einem Tischchen lagen mehrere Nummern von *Paris-Match* für die Kundinnen bereit. Sie nahm eine der Zeitschriften und begann darin zu lesen. Eine Reportage über den König von Spanien fesselte ihre Aufmerksamkeit. Der sympathische Monarch sah auf den Fotos gealtert aus. Neulich hatte sie andere Fotos gesehen, auf denen er zehn Jahre jünger gewirkt hatte. Marie-Charlotte fand, daß die Leute sich furchtbar schnell verbrauchten: Ihre Gesichter wurden faltig oder aufgedunsen, ihre Augen trübe, ihr Haar weiß, und überall setzten sie Fett an. Sie wußte es zu schätzen, daß sie ein »hochbegabtes« Kind war, eine Tatsache, die es ihr erlaubte, ihr Leben in einer kurzen Zeitspanne intensiv zu leben, bevor ihr Körper verfiel.

Ein Schrei riß sie aus der Lektüre ihres Artikels.

»Madame!«

Sie ließ die Zeitschrift sinken. Natascha hielt ein dickes, triefendes Haarbüschel, das sich um ihre Finger wickelte, in die Höhe.

»Was ist denn?« fragte Rosine ahnungslos.

»Aber … Ihre Haare!«

Tantchen stieß einen furchtbaren Schrei aus, der sämtliche Aktivitäten in dem Salon unterbrach.

»Oh, mein Gott! Mir fallen die Haare aus! Kommt das vielleicht vom Shampoo?«

Natascha fischte noch mehr seltsame Algen aus dem Waschbecken.

»Nein, nein! Sie sind abgeschnitten worden!«

»Wieso abgeschnitten?«

Marie-Charlotte vertiefte sich wieder in ihre Lektüre. Neben anderen Begabungen besaß sie die, sich von einem Augenblick auf den anderen von der Wirklichkeit loszureißen. Sie dachte darüber nach, daß man sich unbedingt Ziele setzen müsse, wenn man sein Leben in die Hand nehmen wolle. Auf der Stelle beschloß sie, mit dem König von Spanien zu schlafen. Nichts ist unmöglich, wenn man es nur will.

»Marie-Charlotte!« hörte sie Rosines Stimme jammern.

Sie schaute ihre Tante an, die in Tränen aufgelöst war und mit den nassen, verstümmelten Haaren vollkommen verändert aussah.

»Ja, Tantchen?«

»Das warst du, ja?« sagte Rosine mit tränenerstickter Stimme.

»Wer soll's denn sonst gewesen sein?« erwiderte das Mädchen und widmete sich wieder ihrer Lektüre.

»Du bist grausam!« jammerte Rosine.

»Ach was! Ich habe dir einen Gefallen getan. Du wirst sehen, wie schön du aussiehst mit einer neuen Frisur! Übrigens, wenn's dir nicht gefällt, kannst du deine Haare ja wieder wachsen lassen.«

»Ich könnte mit so einem Mädchen nicht zusammenleben!« murmelte Natascha.

Sie war eine farblose Frau mit blassem Teint, fahlem Haar und Albinoaugen. Eine Art Cosette, die sich mehr oder weniger mit ihrem Schicksal abgefunden hatte.

»Mit wem lebst du denn zusammen, du Graumaus?« fragte Marie-Charlotte. »Erzähl mir nicht, daß du einen Typen aufgetan hast, mit deinem Scheißhauspapier-Gesicht! Aber, stimmt ja, du trägst einen Ring! Scheiße, der Typ mag weißes Fleisch!«

Rosine sprang auf und gab ihrer Nichte eine Ohrfeige.

»Jetzt bin ich's aber leid«, sagte sie wie zur Entschuldigung zu ihr. »Wo ich doch alles für dich getan habe!«

Die Göre grinste sie an. »Ich auch, Tantchen, ich auch! Ich hab alles für dich getan, vergiß das nicht!«

Rosine wandte ihren Blick verschämt zur Seite.

Ein lauter Knall, der unendlich widerhallte, beendete ihren Wortwechsel: Ein Gewitter! Die Lampen im Salon flackerten.

»Wenn Banane den Arsch nicht hochkriegt, wird die Alte klatschnaß!« freute sich Marie-Charlotte.

Tatsächlich ging ein heftiger Platzregen über dem Städtchen nieder. Man hätte meinen können, ein schwarzer Vorhang sei ganz plötzlich zugezogen worden.

Das Gewitter lenkte von dem Disput ab. Rosine fügte sich in ihr Mißgeschick und besprach mit Natascha, welche Frisur für sie in Frage komme, um den Schaden zu begrenzen. Gemeinsam sahen sie sich Fotos an, auf denen albern dreinblickende Mädchen ebensolche Frisuren präsentierten.

Der Chef hatte Marie-Charlotte »übernommen« und kam jetzt zu ihr.

»Bleibt es bei dem Stoppelschnitt?« fragte er sie.
»Jetzt erst recht!«
»Sie werden wie ein Junge aussehen.«
»War schon immer mein Traum.«
»Warum haben Sie Ihrer Tante die Haare abgeschnitten?«
»Weil sie nett ist und ich's nicht mehr mit ansehen konnte, wie blöd sie rumläuft!«
»Sie sind sehr impulsiv!«
»Und Sie?« gab Marie-Charlotte zurück und fing an, ihn zwischen den Beinen zu streicheln.
Der Friseur sprang wie ein Torero zur Seite.
»Also, das geht aber zu weit!« rief der Unglückliche. »Guillaumette, wären Sie bitte so freundlich, sich um die Haare der jungen Dame zu kümmern? Ich hoffe, Sie werden nicht von ihr vergewaltigt!«
Eine große, dunkelhaarige Frau mit Schlafzimmerblick, aber sympathisch, trat hinter Marie-Charlottes Sessel. Ganz mit sich selbst beschäftigt, hatte Rosine von dem neuen Zwischenfall nichts bemerkt. Der Ladeninhaber ging schimpfend zu seiner Kasse, blieb bei einigen Kundinnen stehen, um ihnen von den Heldentaten der Nichte zu erzählen. Die meisten Damen meinten, es überrasche sie nicht, da sie Rosine für eine Frau mit unmoralischem Lebenswandel hielten.

Der neue Look stand Madame Blanvin ausgezeichnet. Ihre Frisur glich jetzt einem Helm à la Minerva. Dadurch wirkte ihr rundes, etwas zu puppenhaftes Gesicht schmaler. Rosine warf einen ängstlichen Blick in den Spiegel, um sich an die Veränderung zu gewöhnen. Sie vermißte ihre Tiara, ständig hob sie die rechte Hand, um den Sitz des Haarturms zu überprüfen, und jedesmal faßte sie ins Leere!
Ab und zu stieß sie ruckartige Schluchzer aus.
Das Gewitter hatte sich verzogen, und es wurde wieder etwas heller.
Der Friseur hatte recht behalten: Der Kurzhaarschnitt verlieh Marie-Charlotte das Aussehen eines blassen Straßenjungen. Sie begutachtete ihr neues Gesicht im Spiegel, als sie

Edouard hereinkommen sah. Er ging hilflos auf seine Mutter zu. Seine kräftigen Arme hingen am Körper herab.

»Mama!« rief er.

Sie sah unter ihrer Trockenhaube hervor.

»Du, mein Junge? Ich bin noch nicht ganz fertig.«

Er ging vor ihr in die Hocke und hielt sich an der Armlehne ihres Sessels fest.

»Hat Banane Rachel reingebracht?« fragte Rosine besorgt. »Hast du gesehen, wie es geschüttet hat?«

Blanvin nickte.

»Hör zu, Mama, ich hab eine traurige Nachricht.«

»Was für 'ne traurige Nachricht?«

»Oma ist tot.«

Sie reagierte nicht, glaubte, er teile ihr den Tod von irgend jemand anderem mit und habe sich versprochen, oder aber er habe unter seinen Bekannten einen Freund mit dem Spitznamen »Oma«.

»Wie meinst du das, mein Junge?«

Edouard brachten ihre Ruhe und ihr Nichtverstehen aus dem Gleichgewicht.

»Als das Gewitter plötzlich hereinbrach, sind wir zur Baustelle gefahren, Banane und ich, und da haben wir Rachel gefunden, in ihrem Sessel, den Kopf zur Seite geneigt.«

Rosine fing an zu weinen und schüttelte den Kopf hin und her, so als weigere sie sich, die Tatsachen zu akzeptieren. Edouard richtete sich auf, um sie zu umarmen. Er ergriff ihre Hände.

»Sie hat bestimmt nicht leiden müssen, Mama. Ihr Gesicht wirkte ganz ruhig, du wirst es ja sehen. Man könnte meinen, sie würde schlafen. Ihr Herz hat versagt, Banane hat sofort den Arzt angerufen und ist dann bei ihr geblieben, und ich bin hierhergekommen, um dir Bescheid zu sagen. Die liebe alte Frau, sie wird uns sehr fehlen.«

Natascha stammelte ergriffen undeutliche Beileidsworte.

»Sie sind in einer Viertelstunde fertig, Madame Blanvin, ich tue mein Bestes.«

»Ich gehe inzwischen nach nebenan, zu Mollard, dem Beerdigungsinstitut«, sagte Edouard. »Er ist ein Kunde von mir, ich warte seinen 11 B. Er wird sich um alles kümmern.«

Jetzt kreuzte sein Blick den von Marie-Charlotte im Spiegel. Er hatte sie vorher wegen der kurzen Haare nicht erkannt.

Er mochte sie nicht, weil Rachel sie nicht gemocht hatte. Sie brachte Unheil mit sich, das Unglück mußte ihr wohl auf Schritt und Tritt folgen.

»Richtig von dir, dir diesen Sträflingsschnitt verpassen zu lassen!« rief er ihr zu. »Jetzt siehst du endlich so aus, wie du bist!«

Sie fuhren zur selben Zeit auf das Grundstück wie der schwarzbordeauxrote Leichenwagen von Sébastien Mollard. Die tote Rachel saß noch immer in dem Lehnsessel, da der Arzt sich geweigert hatte, Banane zu helfen, sie in den Waggon zu bringen. Er litt an Hüftgelenkstuberkulose und mußte am Stock gehen. Mollard schimpfte, weil die Leichenstarre bereits einsetzte.

Als Rosine die arme Alte tot in ihrem Sessel sitzen sah, stieß sie die entsprechenden Klagelaute aus. Obwohl es aufgehört hatte zu regnen, triefte ihre Mutter noch von dem Platzregen. Sie sah aus wie eine Ertrunkene.

»Seid ihr nicht auf die Idee gekommen, sie ins Trockene zu bringen?« lästerte Marie-Charlotte.

Die Bemerkung brachte Edouard auf die Palme.

»Stimmt«, sagte Rosine, »warum habt ihr sie draußen sitzen lassen?«

Warum? Edouard hätte es erklären können, doch es ärgerte ihn, sich rechtfertigen zu müssen. Der Schock der Entdeckung hatte seinen Lehrling und ihn überwältigt. Sie hatten nur daran gedacht, einen Arzt zu rufen, auch wenn es schon zu spät war, und Rosine Bescheid zu sagen. Und außerdem war der Lehnsessel seit langem Rachels Platz gewesen. Ja, er konnte das unlogische Verhalten erklären. Aber wem? Seiner trauernden Mutter? Der schrecklichen Göre, die den Blanvins seit einiger Zeit das Leben vergällte?

Mollard sagte ihm, daß er die Leiche in seine Leichenhalle

bringen werde; die Formalitäten werde er später erledigen. Er erbat sich die besten Kleider der Toten und sagte, man werde sie dort herrichten. Noch heute sei sie fertig.

Die Blanvins überließen ihm die Initiative, irgendwie erleichtert darüber, nichts mit Standesbeamten zu tun haben zu müssen. Sehr schnell dann wurde Rachels Leiche fortgebracht, und es war erstaunlich, wie plötzlich der letzte Abschied der Alten vonstatten ging, jene verdächtige Flucht eines Menschen, der noch vor ein paar Stunden gelebt und unter den Seinen geweilt hatte. Oma war schlicht und einfach nicht mehr da! Sie war verschwunden, wie von einem unheimlichen Loch verschluckt, von einer rasanten Spirale erfaßt.

Mollard hatte den Totenschein genommen, den der Arzt im Waggon auf den Tisch gelegt hatte. Das Dokument bescheinigte, daß der Tod aufgrund von Herzversagen durch Arterienerweiterung eingetreten sei.

Sie sahen dem langen, dunklen Wagen hinterher. Die Sonne kam jetzt nach dem Gewitter langsam wieder hervor.

Der klatschnasse Sessel erinnerte noch an die Verstorbene.

»Rechnet bloß nicht damit, daß ich in ihrem Bett schlafe!« sagte Marie-Charlotte in die Stille hinein.

Edouard ging um die kleine Gruppe herum, stellte sich einen Meter hinter seine Cousine und versetzte ihr einen kräftigen Tritt in den Hintern. Die Kleine, die nicht darauf gefaßt gewesen war, stieß einen Schrei aus und fiel gegen den Lehnsessel.

»Das wollte ich schon die ganze Zeit tun«, erklärte Edouard, »sie in den Arsch treten.«

Er packte sie am Arm und schleifte sie zu dem Waggon.

»Pack deine Klamotten zusammen, Banane fährt dich nach Paris zu deiner Mutter. Und laß dich bloß nicht wieder hier blicken, sonst mach ich Hackfleisch aus dir!«

Da sie sich nicht von der Stelle rührte, bekam sie noch einen zweiten Fußtritt.

»Mach schnell, ich bin auf neunundneunzig!«

Schließlich ergab sie sich in ihr Schicksal, holte ihre Segeltuchtasche unter dem Büfett hervor und sammelte ihre wenigen Kleidungsstücke zusammen. Es dauerte nicht lange.

Edouard nahm die Tasche und warf sie hinten in den Wagen, den sein Lehrling immer nahm.

»Mama, gib Banane Nines Adresse«, sagte er. »Und du, mein Junge, denk dran: Das ist eine verantwortungsvolle Aufgabe! Egal, ob sie dir was vorheult oder dir einen lutscht, du läßt nicht mit dir reden, sonst ist es aus zwischen uns! Das Luder ist der letzte Dreck, behandle sie dementsprechend!«

Banane fühlte sich nicht wohl in seiner Haut, doch Edouards Entschiedenheit ließ ihm keine Wahl.

Auch wenn Rosine die Grobheit ihres Sohnes weh tat, gab sie doch durch ihr Schweigen ihre Zustimmung. Das kleine Biest verabschiedete sich weder von ihr, noch bedankte sie sich, bevor sie in den Wagen stieg. Mit ihrem Sträflingsschnitt war sie kaum wiederzuerkennen, und sie erweckte keinerlei Mitgefühl.

Rosine setzte sich in den Lehnsessel, dessen Polster naß wie ein Schwamm war. Sie versuchte nachzuvollziehen, was ihre Mutter in den langen Stunden in diesem Sessel wohl gefühlt haben mochte.

»Ach! Du hast eine neue Frisur?« rief Edouard plötzlich. »Du kamst mir gleich so komisch vor, aber in der Aufregung ... Wie bist du darauf gekommen?«

Sie meinte ihn belügen zu müssen:

»Ich wollte mal was Neues ausprobieren, nur so.«

»Das war 'ne prima Idee! Es steht dir tausendmal besser als die Zuckerwatte. Ich hab nie was gesagt, weil du anscheinend glücklich damit warst. Aber ich fand den Turm immer scheußlich.«

# 12

Die Leichenhalle des Beerdigungsinstituts bestand aus einem weitläufigen Vorraum, in dem eine Art Privataltar aufgestellt war. Auf einem Hochrelief aus falschem Alabaster war ein Klageweib abgebildet, das für einen gläubigen Menschen zur Not die Muttergottes darstellen konnte. Die Marmorkonsole darunter war mit künstlichen Blumen geschmückt. Mehrere Türen gingen von dieser mit Stahlrohrstühlen möblierten Eingangshalle aus. An jeder hing in einem Metallrahmen ein Kärtchen mit dem Namen des Verstorbenen, der hinter der jeweiligen Tür lag. Das Ganze strahlte funktionelle Nüchternheit aus.

Wenn man eine der Türen öffnete, trat man in ein kleines, quadratisches Zimmer von drei mal drei Metern, das durch einen Plastikvorhang unterteilt war. Hinter dem Vorhang stand eine Bahre mit Rädern, auf der die Leiche ruhte. Der übrige Raum war mit den gleichen Stühlen wie denen in der Vorhalle vollgestellt. Eine Klimaanlage produzierte ein leises metallenes Klappern, das einzige Geräusch an dieser Stätte der inneren Einkehr.

Edouard ging als erster hinein, und Rosine folgte ihm zögerlich, so als würde sie sich an einen Ort voller Gefahren begeben.

Ein großzügig versprühter Duftstoff versuchte, die friedliche, wohlduftende Atmosphäre eines Waldes zu verbreiten, trug jedoch lediglich dazu bei, den muffigen Geruch nach abgestandener Luft und Tod noch beißender zu machen.

Rachel ruhte in ihrem schwarzen Kleid, das sie immer zu besonderen Gelegenheiten getragen hatte, auf der Bahre. Zu Lebzeiten hatte sie ziemlich mollig ausgesehen. Seltsamerweise war sie durch ihr Hinscheiden »flacher« geworden. Dieses Wort drängte sich Edouard auf: Oma schien wie plattgewalzt, so als hätte man nur ihre Hülle auf die schmale Bahre gelegt, und nicht ihren ganzen Körper.

Er beugte sich über sie, um das ewige Mysterium des Todes zu ergründen. Ihr Gesicht war ausdruckslos, das berühmte Lächeln des Todes war kaum zu erkennen, der geschlossene Mund wirkte hart, was er von seiner Großmutter nicht kannte. Die Lippen hatten sich violett verfärbt, waren blaßblau an den Mundwinkeln. Sie roch nicht mehr nach Urin wie früher, sicher hatte man sie gewaschen und parfümiert. Ihre wenigen Haare sahen widerlich aus, wie Schaumstoff. Edouard sagte sich, daß er eigentlich diese elfenbeinerne Stirn küssen müsse, doch hielt ihn eine tiefe Abscheu davon ab.

Da weder er noch Rosine religiös waren, näherten sie sich der Toten ohne jene mechanischen Gesten (Kreuzzeichen, Kniebeugen, stille Gebete), die den Hinterbliebenen die Begegnung mit dem Verstorbenen erleichtern. Die beiden standen neben ihr, gebannt von der erschreckenden Starrheit der Leiche. Sie standen noch unter dem Schock der Bestürzung, den ihr plötzliches Ableben ausgelöst hatte, und ahnten, daß sie einige Zeit brauchen würden, um es zu akzeptieren.

Edouard versuchte, sie sich so in Erinnerung zu rufen, wie sie in früheren Jahren gewesen war. Es gelang ihm nur bruchstückhaft, ohne daß sich ein zusammenhängendes Bild ergeben hätte. Blitzartig tauchte sie vor ihm auf, mit einer riesigen Kaffeekanne, die immer auf der Kante ihres alten Kohleofens gestanden hatte; oder an der Spitze einer Demonstration, die in ihrem Vorort von Kommunisten organisiert worden war; oder auch, wie sie ihn in einem riesigen Waschbottich badete, in dem sie einmal im Monat die Wäsche gewaschen hatte. Und dann auch eines Abends, als sie zum Abendessen Brot in gezuckerten Wein getunkt hatte. In seine Schale schüttete sie halb Wein, halb Wasser, in ihre aber nur Wein. Rachel hatte gut und gerne mehr als einen Liter Rotwein getrunken und war betrunken gewesen. Sie hatte ihm erzählt, daß seine Mutter sich von einem Mann »bespringen« lasse, der älter als sie, Rachel, sei. »Er könnte mein Vater sein!« hatte sie gerufen. Und Edouard hatte nicht richtig verstanden, was das bedeutete: sich »bespringen lassen«.

Nach einer Weile setzten sie sich.

»Ich war nicht sehr nett zu ihr«, murmelte Rosine.

»Ich auch nicht«, gestand Edouard. »Aber jeder tut, was er kann. Wir sollten uns nicht schuldig fühlen, nur weil sie jetzt tot ist. Schließlich wußten wir, daß sie sterben würde, oder? Wenn wir uns nicht besser verhalten haben, dann deshalb, weil wir keine Lust hatten, uns besser zu verhalten. Wir haben ihr das Wichtigste gegeben, ich meine: Wir haben sie geliebt.«

Rosine nickte schweigend. Ihr Kummer wurde größer, und sie fing an zu weinen, ohne daß sich ihr Gesicht veränderte. Dicke Tränen kullerten über ihre Wangen, tropften auf ihr Dekolleté und verschwanden zwischen ihren zusammengepreßten Brüsten.

Edouard ergriff ihre Hand und führte sie an seinen Mund.

»Sie wird immer unter uns sein«, flüsterte er. »Auf eine andere Art, aber vielleicht intensiver.«

Die Klimaanlage klapperte im Hintergrund, ein Geräusch, das zu dem Ort paßte. Rosine öffnete ihre Handtasche, um ein Taschentuch herauszunehmen. Sie hatte nie mit einer Handtasche umgehen können. Mit so einem Täschchen sah sie unbeholfen aus wie eine Hure.

Nachdem sie sich die Augen getrocknet hatte, betrachtete sie den Raum, der nur eine kleine Luke mit Mattglas direkt unter der Decke hatte.

»Man fühlt sich hier wie in einer Zelle«, stellte sie fest.

Edouard zuckte zusammen. Eine Zelle!

»Wie die, in der wir zusammen mit einer anderen Gefangenen und ihrer kleinen Tochter eingesperrt waren?«

Er hatte es spontan gesagt, ohne zu überlegen. Rosine schien das nicht aus der Fassung zu bringen.

»Ach, du weißt Bescheid?«

»Erst seit kurzem.«

»Hat sie es dir erzählt?«

»Ja.«

Er beugte sich zu seiner Mutter hinüber und legte seine Wange an ihre.

»Ich frage dich nicht, was du getan hast. Das ist nicht wichtig. Aber ich denke mir, daß es herrlich gewesen sein muß, wir zwei mit den beiden anderen in dieser Gefängniszelle.«

»Ich habe keine schlechte Erinnerung daran«, gab sie zu. »Sie hat mir das Schachspielen beigebracht, stell dir vor, und seitdem habe ich nie mehr gespielt.«

»Wie hieß sie?«

»Chantal. Chantal Meximieux.«

»Und ihre Tochter?«

»Barbara. Chantal las amerikanische Kriminalromane.«

»Hast du sie wiedergesehen?«

»Nein, nie.«

»Und hast nie wieder was von ihr gehört?«

»Ich bin als erste rausgekommen. Ich habe ihr ein Päckchen geschickt, und sie hat sich bedankt. Ende.«

»Oma hat mir erzählt, daß ich ständig an die Tür gehämmert habe ...«

Rosine dachte an die Vergangenheit und lächelte.

»Stimmt, das hatte ich vergessen.«

»Und auch, daß ich das kleine Mädchen geschlagen habe ...«

»Sie hat immer geweint.«

»Ich würde sie gerne wiedersehen.«

Rosine riß entsetzt die Augen auf.

»Um sie aus der Gosse zu ziehen? Und wozu sollte das gut sein, kannst du mir das sagen? Sie ist sicher verheiratet oder Hure oder was weiß ich ...«

»Stimmt, du hast recht.«

»Eventuell weiß sie gar nicht, daß sie mit ihrer Mutter im Gefängnis gewesen ist. Erinnerst du dich denn?«

»Nein«, mußte Edouard gestehen.

»Siehst du!«

Wieder umarmte und küßte er Rosine. Wegen der Zelle damals; wegen des seltsamen Zusammenlebens, das sie miteinander verbunden hatte. Seine Mutter erinnerte sich mit dem Verstand daran, er mit seinen Sinnen. Eine klitzekleine Wunde spürte er noch in den dunklen Regionen seines Wesens. Wie eine Frucht mit einer Druckstelle, dessen schöne, leuchtende Schale einen blassen Fleck aufweist, der sich vergrößern kann.

»Ich muß dir bei Gelegenheit auch noch andere Dinge erzählen«, seufzte Rosine.

»Was für ›andere Dinge‹?«

Sie schüttelte den Kopf.

»Noch nicht, nicht hier. Jetzt, da ich es ausgesprochen habe, muß ich mich darauf vorbereiten, um dir davon zu erzählen. Ja, darauf vorbereiten ...«

»Wann immer du willst, Mama. Was es auch sei, du sollst wissen, daß ich dich liebe.«

Und mit einer Geste zur Leiche hin fügte er hinzu:

»Ich hätte gerne ihre Brille.«

Uralte Augengläser mit einem Eisengestell, die sie in einem schwarzen Samtetui aufbewahrt hatte. Einer der Bügel war mit einem Baumwollfaden geflickt worden, so stramm gewickelt, daß er mit der Zeit, zusammen mit dem angesammelten Schmutz, eine Art Pflaster gebildet hatte.

»Du kannst sie mitnehmen, wenn du mich nach Hause bringst. Übrigens, du kannst alles haben, was du möchtest.«

In einer Dose hatte Rachel allerhand Krimskrams aufbewahrt, die verschiedensten Dinge, wertlose Dinge, die sich ansammeln, ohne daß man es bemerkt, und die von längerer Dauer sind als man selbst.

»Ich möchte nichts anderes.«

Als er als kleiner Junge zu Anfang bei Rachel wohnte, ließ er sich von ihr liebend gerne Geschichten vorlesen. Mit einem Märchenbuch in der Hand bekniete er sie so lange, bis sie sich geschlagen gab und sagte:

»Gut, in Ordnung, aber du mußt zuerst meine Brille suchen.«

(Sie verlegte sie ständig.)

Edouard hatte die Brille immer nur mit dem geflickten Bügel gekannt. Rachels Augen waren gleich geblieben, da sie fünfundzwanzig Jahre lang dieselben Brillengläser gehabt hatte.

Was würde er mit der alten, kaputten Brille machen? Ein Kunstwerk, eingeschweißt in einen Plexiglasblock? Oder würde er sie in eine Schublade legen und vergessen? Sollte er eines Tages eine Brille benötigen, würde er sie vielleicht benutzen.

»Woran denkst du, mein Junge?«

»An Omas Brille.«

Und dann brach er in ein seltsames Schluchzen aus. Es glich mehr einem Japsen als dem Ausdruck von Leid. Sein Atem stockte, aber es kamen keine Tränen!

Es wurde behutsam an die Tür geklopft, und Sébastien Mollard zeigte seine Trauermiene.

Er hatte sein Gesicht darauf getrimmt, nichts als salbungsvolle Trauer auszudrücken, und nach und nach hatte er die gute Laune und das Lachen verlernt.

»Da Sie gerade hier sind, könnte man vielleicht den Sarg aussuchen …?«

Die beiden waren einverstanden.

Zum Abendessen gingen sie in ein kleines Restaurant an der Seine, dessen Inhaber sich aus dem Milieu zurückgezogen hatte. Aufgrund seiner Leibesfülle nannten sie ihn »Boule«, die Kugel. Er hatte häufiger für Blanvin alte Citroëns »aufgetan«, allerdings ganz legal, da er den Kontakt zwischen Verkäufer und Käufer herstellte und sich mit einer »Zuwendung« von beiden Seiten zufriedengab.

Hinten im Garten hatte er einen ehemaligen Geräteschuppen als eine Art »Bumsbude« eingerichtet. Wenn er sie nicht brauchte, überließ er sie gerne seinen Freunden, und dann bewunderte er ihre Liebesspiele durch ein Guckloch, das raffiniert in der Rückwand angebracht war. Innen befand sich vor dem Guckloch ein Einwegspiegel, der bei den Paaren großen Anklang fand und vor dem sie sich in abenteuerlichen Stellungen produzierten.

Boules Augen leuchteten auf, als das Paar hereinkam. Hinter Rosines Rücken zwinkerte er Edouard anerkennend zu, eine Geste, die sich auf den ansehnlichen Busen seiner Begleiterin bezog.

»Ich darf dir meine Mutter vorstellen!« verkündete Blanvin zur Klarstellung.

Der Wirt schien sich über seinen Irrtum zu freuen, da er ihm alle Chancen eröffnete. Als unermüdlicher Sexprotz schaffte er es sogar, eine Dame in Begleitung zu vernaschen, wenn er sie auf den ersten Blick als »leichtes Mädchen« eingestuft hatte. Ein paar elektrisierende Blicke, zwei getuschelte Worte beim Servieren des Weines, und schon landete die Frau in dem Schuppen hinten im Garten, wo sie ohne Umschweife von dem komischen Kerl genommen wurde, brutal, im Sturm.

»Heute sind Sie von Jeannot Lapin bedient worden«, sagte er nach der kurzen Umarmung. »Kommen Sie ohne Begleitung wieder, dann werden Sie's mit Casanova zu tun bekommen.«

Und sie kamen wieder, meistens, trafen jedoch wieder nur Jeannot Lapin an.

Das Menü bei Boule war immer unverändert: Gebratene Fischchen und Coq au vin (für das man ein Entrecote mit Pommes frites haben konnte, wenn man kein Hähnchen mochte). Dazu servierte er eine Karaffe Weißen oder eine Flasche Roten, Weine unbestimmter Herkunft, die jedoch angenehm fruchtig schmeckten.

»Das ist doch nicht deine Mutter, das ist deine Schwester, Mann«, schmeichelte Boule. »Du verarschst mich!«

Edouard bremste ihn sofort:

»Keine Sprüche heute, wir haben gerade die Großmutter verloren!«

Boules Gesicht nahm einen angemessenen Ausdruck an.

»Wenn ihr in Trauer seid, drehe ich meine Flamme kleiner!«

Er überschüttete Rosine mit seiner feurigen Bewunderung.

»Alles Steife an uns beugt sich dem Schmerz«, versicherte der Wirt.

Rosine lächelte nachsichtig.

Sie aßen mit großem Appetit und tranken ziemlich viel. Die Nacht war hereingebrochen, und der Fluß schlängelte sich im Mondschein dahin. Ein Schleppzug hatte am gegenüberliegenden Ufer festgemacht, und die Matrosen saßen an Bord vor dem Fernseher. Ein Säugling schrie. Durch die Schallwellen des Wassers verstärkt, wurde das Schreien noch lauter.

»Er kriegt wohl Zähne«, bemerkte Rosine.

»Hab ich meine Zähne in der Zelle bekommen?«

»Nein, aber dafür hattest du die Masern, und Barbara hat sich angesteckt.«

»Mußte der Arzt kommen?«

»Natürlich. Und er hat uns selbst die nötigen Medikamente gegeben.«

Sie sprach leiser:

»Weißt du, Dodo, was mich ins Gefängnis gebracht hat, war kaum der Rede wert.«

»Ich hab dir doch gesagt, daß mir das egal ist und ich es gar nicht wissen will. Das geht mich nichts an, es ist dein Problem.«

»Du bist ein feiner Kerl, Edouard.«

»Ach was! Feine Kerle, so was gibt's nicht, und wenn doch, dann nur gelegentlich.«

Er gab Boule ein Zeichen, noch eine Flasche Rotwein zu bringen. Der Gedanke an Omas Tod hallte in seinem Hinterkopf wider wie ein kaputte Schallplatte. Eine schräge Leierkastenmusik.

»Ich hab 'n 15er im Auge«, sagte Boule, als er die Flasche auf den Tisch stellte. »Muß unbedingt mit dir darüber reden, wenn du deinen Kummer verdaut hast. Der Motor ist im Eimer, offen gesagt. Macht 'n Geräusch wie 'ne Scheißhauspumpe. Aber seine Schale hat keinen Kratzer.«

Edouard nickte aus Höflichkeit. Boule kapierte, daß seine Gesellschaft nicht erwünscht war, und so begab er sich an andere, lustigere Tische.

»Hast du manchmal nicht auch Lust, deine ehemalige Zellengenossin wiederzusehen?«

»Ehrlich gesagt, nein. Sie stand nämlich eindeutig auf der

Schattenseite des Lebens, war im Milieu zu Hause. Ich habe mir nichts davon versprochen, sie draußen wiederzusehen.«

»Du hast recht. Wann wirst du mir von dem erzählen, was du die ›anderen Dinge‹ genannt hast?«

Rosine starrte eine Weile mit leerem Blick auf die Seine. In der Ferne an dem trotz der hereingebrochenen Nacht immer noch dämmrigen Himmel zeichnete sich die Form eines Krans wie ein Schattenspiel ab.

»Komisch«, murmelte Rosine, »ich habe gerade daran gedacht. Also gut, ich werde dir jetzt alles erzählen. Ich hätte gerne den Brief vor mir, um darüber zu sprechen. Aber ich kann ihn dir ja zeigen, wenn wir nach Hause kommen.«

Er fragte sie nicht, um was für einen Brief es sich handle; denn er ahnte, daß er wahrscheinlich der springende Punkt des Ganzen war.

»Und außerdem«, fuhr sie fort, »kenne ich ihn auswendig, so oft habe ich ihn gelesen.«

Sie trank den Rest Wein, der noch in ihrem Glas war.

»Wir haben viel getrunken«, stellte sie zufrieden glucksend fest. »Das ist gut, wenn man sein Herz ausschütten will.«

Dann, ohne Übergang:

»Mama ist heute gestorben. Ich weiß nicht genau, den wievielten wir haben, aber auf jeden Fall wird es von nun an ein Gedenktag bleiben. Und es wird auch der Tag sein, an dem ich es dir erzählt habe.«

Sie wurde lebhaft, rote Flecken, rund wie bei den russischen Puppen, färbten ihre Wangen

»Vorher möchte ich dich noch um etwas bitten, Dodo. Sicher ist es nicht leicht für einen Sohn, aber ich will, daß du Fausto akzeptierst. Was kann es dir denn ausmachen, wo du deinen Vater doch nie kennengelernt hast? Du kannst ihn instinktiv nicht riechen, weil er mein Macker ist. Schluck deinen Groll hinunter. Ich bin verrückt nach dem Kerl, was kann ich dafür? In meinem Scheißleben hab ich nur bei zwei Männern die Glocken läuten hören: bei dem, der dich gezeugt hat, und bei Ferrari. Ich wäre restlos glücklich, wenn ihr euch anfreunden könntet.«

Edouard seufzte.

»Ihr Frauen seid so gerissen! Immer wollt ihr einen breitschlagen. Immer auf eine günstige Gelegenheit aus. Oma ist tot, wir sind erschüttert, und du nutzt das aus, um mir den Spaghettifresser unterzujubeln!«

»Aber was hast du denn gegen ihn?« ereiferte sich Rosine.

Er überlegte.

»Daß er jünger ist als ich, wahrscheinlich. Ich bin schon zur Schule gegangen, als er geboren wurde, der Blödmann! Was erhoffst du dir? Hast du mal an die Zukunft gedacht? Jetzt bist du immer noch gut dabei, tolle Figur und so. Aber in zehn Jahren? In fünfzehn?«

»Er soll mich nicht in zwanzig Jahren bumsen, sondern jetzt! Die Zukunft ist mir scheißegal! Vielleicht erleb ich sie ja gar nicht mehr!«

Entschlossen goß sie sich nach, ohne sich um Edouards Glas zu kümmern. Sie leerte ihr Glas in einem Zug. Ihre Wangen glühten, wurden breiter, ihre Augen glänzten. Sie hatte vor, sich zu besaufen. Rachel war tot, sie lag steif und kalt in einer Leichenhalle mit klappernder Klimaanlage. Es gab absolut nichts Dringenderes zu tun, als sich zu besaufen!

»Einverstanden, ich kaufe«, sagte Blanvin. »Wir werden an einem der nächsten Abende ein kleines Fressen mit Fausto Coppi veranstalten. Hör mal, wir werden ihn hierherschleppen! Er kann ja das Entrecôte anstelle des Coq au vin nehmen, weil Weinsauce schlecht für einen Champion ist.«

Überschwenglich wie ein junges Mädchen fiel Rosine ihrem Sohn um den Hals.

»Ich bin sicher, daß du ihn nett finden wirst. Laß dir's von mir gesagt sein! Also gut, dann fang ich jetzt an.«

Edouard atmete tief durch wie ein Athlet vor dem Wettkampf. Er machte sich auf etwas äußerst Unangenehmes gefaßt.

Rosine schien ihren Text vorzubereiten. Sie benötigte so etwas wie einen Entwurf für ihre Geschichte.

»Ich muß wohl ganz von vorne anfangen«, begann sie schweren Herzens.

»Das mußt du wissen.«

»Nun, also gut: Ich bin sechzehn und gehe zum Gymnasium, wo ich nicht besonders glänze. Mein Vater ist streng. Typ Kommunist mit Prinzipien, es gibt nichts Schlimmeres. Er träumt davon, daß ich Rechtsanwältin werde. Seine fixe Idee. Anwältin für die Unterdrückten. Ich und Rechtsanwältin! Bei dem bloßen Gedanken, ich in der schwarzen Robe, muß ich lachen! Er ist politisch aktiv wie wild, mein Alter. Ist mit Maubuisson befreundet, dem Kopf seiner Zelle. So ein zerquälter Intellektueller, der sein Medizinstudium hingeschmissen hat, um bei der kommunistischen Zeitung mitzuarbeiten. Er kommt oft zu uns nach Hause. Papa glaubt, es wäre wegen ihm. Ich weiß aber, daß es wegen mir ist: die Art, wie er mich ansieht, wie er meine Hand ergreift, wenn wir unbeobachtet sind …

An einem Donnerstagnachmittag, als ich alleine zu Hause sitze und lerne, was er weiß, kreuzt er unverhofft bei uns auf. Mama arbeitete damals in einer Wäschereinigung in Grenelle. Kaum hab ich die Tür geöffnet, da stürzt er sich auf mich, reißt mich in seine Arme, befummelt mich. Wie zwei Hampelmänner sind wir in der Wohnung rumgesprungen. Muß schön blöd ausgesehen haben! Ein Orkan, dieser Mann! Was der sich wohl unterwegs schon vorgestellt haben muß! Seine Hände sind überall gleichzeitig …«

»Denkst du daran, daß ich dein Sohn bin?« unterbrach Edouard seine Mutter.

»Spiel bloß nicht den Moralapostel«, knurrte sie. »Und außerdem war ich zu der Zeit, von der ich spreche, noch nicht deine Mutter! Wo war ich stehengeblieben? Ach ja: Maubuisson. Der reinste Wahnsinn! Ich hatte damals von Tuten und Blasen noch keinen blassen Schimmer, und bei seinem sexuellen Tanz hatte ich solche Angst, daß ich fast um Hilfe geschrien hätte. Er hat auch was zu mir gesagt. Wunderschönes Zeug von Liebe und so, das hat mich beruhigt. So etwas habe ich später nie wieder gehört. Manchmal, wenn ich nicht schlafen kann, versuche ich mich an bestimmte Sätze zu erinnern. Aber weißt du, mein Gedächtnis! Ich erinnere mich nur noch an Gesäusel, Geigen, Postkartengedichte.

Er hat mich so bearbeitet, daß ich alles mit mir machen ließ. Eins darf man dabei nicht vergessen: Mein Vater bewunderte ihn, er behauptete, er sei das größte Genie unserer Epoche. Also, der Wüstling zieht mich mit seinen tausend Krakenarmen aus, und dann nimmt er mich auf dem Küchentisch. Der brutale Kerl! Und dabei machte er überhaupt nichts her, äußerlich gesehen. Ich lag auf dem Rücken. Und plötzlich, weißt du, was ich da seh? Verkehrt herum? Meinen Alten! Kannst du dir das vorstellen? Der Vater, wie eine Statue. Steht da, die Arme an der Hosennaht. Sie hatten soeben einen Streik in seiner Fabrik organisiert, und er kam zurück, um seine Spruchbänder und den anderen Demonstrationsquatsch zu holen.

Ich kann so alt werden wie die Königin Victoria, aber das wird der schlimmste Moment in meinem Leben bleiben! Ich, nackt vor meinem Vater, dabei, mich von seinem Dalai Lama aufs Kreuz legen zu lassen! Mein Alter, der sich umdrehte, wenn ich meine Strümpfe zurechtzog, der mich als Nutte beschimpfte, wenn ich im Büstenhalter aus meinem Zimmer kam! In so einem Augenblick wäre es besser, auf der Stelle zu sterben. Maubuisson hat so schnell wie möglich seinen Schwanz weggesteckt. Er war apfelgrün im Gesicht und bekam einen albernen Schluckauf.

Intelligent, wie er war, wußte er, daß da nichts mehr zu sagen oder zu machen war. Das einzige, worauf der Typ jetzt noch scharf war, war die Tür. Er träumte davon, seine Beine in die Hand zu nehmen und bis in die Ardèche zu rennen, wo er herkam. Mein Vater rührte sich nicht vom Fleck. Überlegte sich wohl, wen von uns beiden er zuerst umbringen sollte. Mir fiel sein Revolver ein, den er hinter den Urlaubskoffern versteckt hatte. Hoffentlich dachte er nicht daran!

Minuten verstrichen. Jahre! Schließlich kommt eine Stimme aus Papa, aber es ist nicht seine. Die Stimme sagt: ›Maubuisson, du trittst aus der Partei aus und verläßt bis heute abend Paris, sonst bist du morgen abend tot. Einverstanden?‹ Klar, für diese Pfeife ist das Musik in den Ohren! ›Einverstanden!‹ sagt er.

Dann wendet sich mein Vater ab, und der alte Affe macht sich aus dem Staub. Das hatte mir gerade noch gefehlt! Dieser Feigling! Jetzt stand ich alleine vor meinem Alten, fix und fertig. Zwei Hände sind zuwenig, wenn man seine Muschi und seine Brüste verstecken will, und das vor so einem Teufelsaustreiber! Ich nehm das Wachstuch vom Tisch und bedecke mich damit. Das war 'ne Entjungferung, mein Sohn, das kann ich dir flüstern! Ich muß herzallerliebst ausgesehen haben mit der Tunika! Ich weiß noch, daß Holländer darauf abgebildet waren, mit Holzschuhen und Pumphosen, und im Hintergrund Windmühlen.

›Du hast drei Minuten, um deinen Koffer zu packen und das Haus zu verlassen‹, entschied der Vater. Er trieb die Situation auf die Spitze. Unverhofft, eine so wichtige Rolle für jemanden wie ihn, der einen Hang zum Dramatischen hatte! Seine Tochter befleckt, entehrt! *La Veillée des Chaumières* bei sich zu Hause! Er würde den Rest seiner Tage damit zubringen, den Fall immer wiederzukäuen und allen möglichen Leuten mit seinem Corneilleschen Drama auf die Nerven zu gehen.

Als er von dem Koffer sprach und davon, daß ich das Haus verlassen solle, ging plötzlich ein Ruck durch mich. Ich schämte mich nicht mehr. Ich empfand eine so ungeheure Wut, daß ich mit den Zähnen klapperte. Im Nu zog ich mich an, nahm meine Reisetasche hinter dem Garderobenvorhang hervor. Was ich hineingestopft habe, weiß ich beim besten Willen nicht mehr. Ein paar Klamotten, Schuhe, das Buch, das ich damals gerade las. Drei Minuten? Ich hab sie nicht benötigt. Er wartete, wie Iwan der Schreckliche. ›Auf Wiedersehen, Papa‹, habe ich ihm im Hinausgehen freundlich zugerufen.

Ich war bereits im Treppenflur, als er hinter mir hergestürzt kam und mir eine gescheuert hat, daß mir beinahe die Ohren abgefallen sind. Eine halbe Etage bin ich auf dem Hintern die Treppe runtergerutscht. Meine Tasche stand noch oben auf dem Treppenabsatz, aber ich bin einfach davongerannt. Er hat mir noch ›Flittchen‹ hinterhergeschrien!«

Durstig hielt sie ihr leeres Glas Edouard hin, der ihr nachschenkte.

»Das ist interessant«, stellte er fest. »Und ergreifend. Großvater war also ein richtiges altes Arschloch, wenn ich das recht verstehe.«

»Genau.«

»Und dann, was hast du dann gemacht?«

»Natürlich hatte ich vor, Rachel von der Arbeit abzuholen und ihr alles zu erzählen. Aber seltsamerweise war ich mit einemmal böse auf sie, weil sie so einen Mann geheiratet hatte. Ich verabscheute plötzlich alle beide und änderte meine Absicht. In meiner Brieftasche befanden sich nur mein Ausweis, eine Zehnerkarte für die Metro und ein Zehnfrancsschein, dazu das Foto von Joachim, einem Schulfreund, der mir Gedichte schrieb. Ich hab die Metro bis zur Porte d'Italie genommen, dann bin ich in Richtung Nationalstraße 7 weitergegangen.«

Ihre Zunge wurde schwerer.

»Scheiße, mir ist schlecht«, lallte sie plötzlich. »Das ist der Wein, ich hab zuviel getrunken. Glaubst du, er ist in Ordnung? Dein Freund Boule sieht aus, als würde er Selbstgepanschten verkaufen!«

Sie wurde aschfahl im Gesicht und würgte. Edouard ging mit ihr hinaus an die frische Luft. Sie gingen eine Weile einen von wilden Gräsern gesäumten Leinpfad entlang. Die Seine plätscherte sanft dahin. Die Lichter der Lastkähne schimmerten, und die Erkennungsmelodie der Fernsehsendung *Sacrée Soirée* hallte furchtbar lebendig durch die nächtliche Stille.

Rosine bedeutete Edouard, etwas abseits zu warten, und übergab sich heftig. Er wollte ihr beistehen, ihre Stirn abstützen, so wie sie es mit ihm in seiner an Magenverstimmungen reichen Kinderzeit getan hatte.

Sie stieß ihn brutal zurück. Also entfernte er sich, um sie ihrem kleinen Elend zu überlassen. Er betrachtete den bleiernen, regennassen, von fahlen Streifen überzogenen Himmel und dachte an das junge Mädchen, das vor mehr als dreißig Jahren von zu Hause fortgejagt worden war und in Richtung

Nationalstraße 7 ging. Ein unerfahrenes Mädchen, auf gemeine Weise entjungfert, das seinem Schicksal entgegenging. Ein paar Stunden zuvor hatte sie in einer freudlosen Wohnung an einer Hausaufgabe für Mathe oder Französisch gesessen.

Ein Vers von Aragon, gesungen von Brassens, kam ihm in den Sinn:

»Sagt dieses Wort: Mein Leben.
Und haltet die Tränen zurück.«

Er beobachtete den Rücken seiner Mutter, die von Krämpfen geschüttelt wurde. Sie übergab sich geräuschvoll.

Hatte sich ihr Leben seit der Ohrfeige von ihrem Vater wesentlich verändert?

## 13

Obwohl sie sich sträubte, bestand er darauf, sie zum Schlafen mit zu sich nach Hause zu nehmen. Er brachte sie nach oben in sein Schlafzimmer und überließ ihr sein Bett. Dann ging er in den »Wohnbereich« seiner improvisierten Behausung.

Er trank zwei Liter Wasser mit Kohlensäure direkt aus der Flasche, die er zwischendurch nur absetzte, um hemmungslos zu rülpsen, wie jemand, der alleine ist und die sozialen Zwänge und sogar jeglichen Anstand vergißt. Er ahnte die Bedeutung, die dieser Tag für seine Zukunft bekommen sollte. Eine Fülle eindrucksvoller Bilder stürmte auf ihn ein: Oma tot im Regen, zusammengekauert in ihrem Sessel; Marie-Charlotte, das kleine Miststück, die er in den Hintern getreten hatte; seine Mutter als junges Mädchen, die sich von einem weltfremden Schwärmer aufs Kreuz legen läßt, vor den Augen ihres unerbittlichen Vaters. Aber das mitleiderregendste Bild von allem war das jener Gymnasiastin, die den Bürgersteig an der Porte d'Italie entlangläuft und, später, das Bild desselben Mädchens in einer Gefängniszelle mit ihrem Kind und einer anderen ledigen Mutter. Dann noch, soeben, Rosine, die in das hochstehende Gras neben dem Leinpfad kotzte.

Arme Frau! Armes Wesen, das sich am Stacheldraht des Lebens gerieben hatte. Er beschloß, nett zu Fausto Coppi zu sein. Sie verdiente es.

Er wachte früh auf, weil ihm kalt wurde: Er hatte auf dem nackten Fußboden geschlafen, nur mit einem alten Regenmantel bedeckt.

Um sich zu wärmen, kochte er Kaffee. Während er sich an der Kochplatte zu schaffen machte, schoß ihm ein Gedanke durch den Kopf: Rachels kleiner weißer Hund, der Malteser, war verschwunden! In der Aufregung hatte niemand an das

Tier gedacht. Er war sicher, daß der Hund sich nicht in der Nähe der Leiche befunden hatte, als er und Banane auf dem Grundstück erschienen waren. War das Hündchen davongelaufen, nachdem Rachel gestorben war? Es wurden jede Menge hübsche, sentimentale Geschichten über die Anhänglichkeit von Hunden an ihre Herrchen erzählt. Wenn er seine Mutter zur Baustelle zurückbringen würde, würden sie eine kleine Suchaktion in der Umgebung starten, um den Malteser zu finden. Es sei denn, das Tier war bereits wieder zurückgekommen und wartete zitternd, mit gekrümmtem Rücken und herabhängendem Schnurrbart vor dem Waggon.

Edouard schüttete sich Kaffee ein. Der erste Aufguß, hatte Oma gesagt, ist immer der beste! Sie hatte ihm schon sehr früh den Genuß an diesem Gebräu, das für Blanvin inzwischen unentbehrlich geworden war, nahegebracht.

Draußen wurde nach ihm gerufen. Er beugte sich aus dem Fenster und erblickte einen alten Araber mit weißem Schnurrbart und Wollmütze.

Edouard zog sich seine Jeans und ein Sweatshirt über und ging nach unten.

»Guten Morgen, M'sieu Dodo«, sagte der Araber.

»Was gibt's?« fragte Edouard beunruhigt.

»Ich bin der Vater von Selim.«

»Entschuldigen Sie, ich hatte Sie nicht gleich erkannt, Monsieur Larabi. Der Junge ist doch wohl nicht krank?«

»Er ist heute nacht nicht nach Hause gekommen«, antwortete der alte Mann.

»Das ist ja prima!« knurrte Edouard.

Er schimpfte auf Marie-Charlotte. Ganz bestimmt hatte sie Banane nicht aus ihren Fängen gelassen.

»Er kommt immer nach Hause!« versicherte Larabi. »Spät manchmal, aber er kommt.«

»Er sollte gestern abend jemanden nach Paris fahren«, erklärte Edouard. »Machen Sie sich keine Sorgen, ich kümmere mich darum. Sobald ich was weiß, gebe ich Ihnen Bescheid.«

»Bitte, M'sieu Dodo! Die Frau hat Angst, daß er einen Unfall hatte. Seit das mit Najiba passiert ist, rechnet sie immer mit dem Schlimmsten.«

»Wie geht es Ihrer Tochter?«

»Sie wird morgen entlassen. Ist fast wieder gesund, nur im Kopf stimmt manchmal noch was nicht.«

»Das kommt schon wieder alles in Ordnung.«

Der Vater von Banane zuckte mit den Achseln, eine Geste ohne bestimmte Bedeutung. Sie konnte sowohl Skepsis als auch Fatalismus ausdrücken.

»*Inch Allah*«, murmelte er.

Er stieg auf sein Mofa, das einen Anhänger mit Obstkisten zog, und fuhr weg.

Ihr Gesicht war grau und zerknittert, sie hatte sich nicht geschminkt. Ein furchtbarer Kater hielt sie vom Sprechen ab. Während der Fahrt nahm Edouard auf ihre Übelkeit Rücksicht und ging vorsichtig in die Kurven.

Sie kamen früh bei Cousine Nine an, gerade in dem Moment, als diese ihre Tür abschloß und zur Arbeit gehen wollte.

Als sie die beiden erblickte, wurde sie blaß.

»Ist Marie-Charlotte etwas passiert?«

»Marie-Charlotte nicht«, beruhigte Edouard sie. »Oma Rachel ist tot. War deine Tochter nicht hier?«

Ohne ins Detail zu gehen, erzählte er ihr, daß sein Lehrling das Mädchen am gestrigen Abend nach Paris gefahren habe und daß der Junge nicht zurückgekommen sei. Erstaunlicherweise reagierte Nine gelassen.

»Ihr braucht nicht weiterzusuchen«, sagte sie, »sie wird ihn angemacht haben und mit ihm zu Freunden gefahren sein, um ›herumzumachen‹. Ach, meine Lieben, ich habe solche Angst, daß die Kleine bald im Gefängnis landet!«

Der Meinung war Edouard auch, und er stimmte ihr rundheraus zu. Er schlug Nine vor, sich an einen Juristen zu wenden, um zu erfahren, ob man Präventivmaßnahmen ergreifen könne. Vielleicht konnte man das asoziale Mädchen in eine darauf spezialisierte Einrichtung geben, in ein Erziehungsheim etwa. Wie immer bemitleidete sich Nine selbst wegen ihres Schicksals, vergoß ein paar Tränen und sagte, daß Marie-Charlotte schon nach Hause kommen werde.

Unverrichteter Dinge fuhren sie wieder ab. Edouard sorgte sich um Banane, der seiner Meinung nach kaum gewappnet war, sich gegen die raffinierten Annäherungsversuche des frühreifen Mädchens zur Wehr zu setzen. Der fleißige, nette Junge lief Gefahr, durch solch eine Bekanntschaft aus der Bahn geworfen zu werden.

Edouard schleppte Rosine in ein Bistro, in dem es nach warmen Croissants duftete, und zwang sie dazu, einen *Fernet Branca* und dann einen starken Kaffee zu trinken. Nach einer Weile erklärte seine Mutter, daß sie sich besser fühle. Er riet ihr, noch ein wenig zu warten, bevor sie nach Hause fahre. Gegen einen Kater gibt es nur ein wirksames Mittel: die Zeit. Man muß warten, bis er allmählich verschwindet. Der malträtierte Organismus rebelliert, bekämpft das Unwohlsein und besiegt es schließlich.

Rosine beugte sich seinen Argumenten und ließ ihren Kater von dem hitzigen und gleichzeitig ruhigen jungen Mann pflegen. Heute morgen verhielt er sich ihr gegenüber wie ein Verliebter. Rosine sagte sich, daß eine Frau bei einem Mann wie ihm in guten Händen sei.

»Wo bin ich gestern stehengeblieben?« fragte sie.

»Du bist von der Porte d'Italie zur Nationalstraße 7 gegangen«, antwortete Blanvin.

Er hatte immer noch dieses Bild vor Augen: die kleine Gymnasiastin, die, von zu Hause fortgejagt, ziellos im Süden der Hauptstadt herumlief.

Er erinnerte sich an den Anfang des Buches von Zola, *Der Bauch von Paris,* das letzte, das er gelesen hatte: »Über die stille und leere Avenue fuhren die Wagen der Gemüsehändler hinauf nach Paris.« Es kamen ihm Zweifel: Hieß es »hinauf« oder »hinunter« nach Paris? Das heutige Paris ähnelte nicht mehr dem Paris von Zola, auch nicht dem von vor vierunddreißig Jahren; vielleicht glich es dem alten Paris mehr als dem neuen?

»Woran denkst du, Dodo?«

»An dich.«

»Und was denkst du?«

»Ich stelle mir dich auf der Straße vor, mit deiner Ohrfeige, deiner Verzweiflung. Erzähl weiter.«

»Ich wollte per Anhalter fahren. Davon hatte ich immer schon geträumt. Wenn wir auf unseren Familienausflügen Anhalterinnen sahen, nannte Vater sie ›Huren‹ oder ›arbeitsscheues Gesindel‹. Ich hatte sie immer beneidet. Sie verkörperten für mich das Abenteuer. Als ich jetzt im Rückwärtsgehen meinen Daumen hob, war ich plötzlich ganz *high.* Fast sofort hielt ein Wagen, ein riesiger, schwarzer Mercedes. Er kam mir so ungeheuer beeindruckend vor, daß ich nicht hinzugehen wagte. In dem Wagen saß ein Paar. Leute mittleren Alters, sehr elegant, mit ausländischem Akzent. Sie fragten mich, wohin ich wolle. Ich antwortete, ich wisse es nicht, nur irgendwohin. Das kam ihnen seltsam vor, aber sie nahmen mich trotzdem mit. Die Frau fing an, mich auszufragen, und ich habe alles gebeichtet. Habe alles haarklein erzählt, ohne zu lügen; es war das Einfachste von der Welt. Die Frau übersetzte es dem Mann, und der hat dazu nur gebrummt.

Ein paar Stunden später hielten wir an einem Restaurant. Damals war die Autobahn noch nicht fertiggebaut, und man mußte Teilstrecken auf der Nationalstraße fahren. Sie luden mich ein, und ich aß mit ihnen. Beim Dessert wollte die Frau die Telefonnummer meiner Eltern wissen. Wir hatten zu Hause aber kein Telefon. In dringenden Fällen konnte man bei Madame Mermet anrufen, der Floristin unter uns. Das tat die Frau, und so sprach sie mit meinem Alten. Als sie vom Telefonieren zurückkam, standen ihr Tränen in den Augen. Mein Vater hatte sie abgekanzelt und ihr gesagt, er wolle mich nie mehr wiedersehen, ich sei eine Herumtreiberin, und man solle sich nicht um mich kümmern, sondern mich ›in der Gosse‹ krepieren lassen. Für eine Ausländerin war das sicher schockierend.

Sie haben sich lange unterhalten, der Mann und die Frau. Ich saß auf meinem Stuhl, so ruhig, wie ich konnte. Meine Wange war von der Ohrfeige angeschwollen und brannte. Schließlich sagte die Frau zu mir, daß sie in die Schweiz führen, und sie bot mir an, mit ihnen zu fahren. Dort unten werde man dann schon weitersehen. Ich nahm das Angebot an.«

Rosine rief den Kellner und bestellte noch einen Kaffee und dazu ein Croissant. Das Leben ging weiter. Währenddessen lag Rachel alleine in ihrem Leichenzimmer.

»Hat Mollard gesagt, wann die Beerdigung stattfindet?« fragte Rosine.

»Ich glaube, morgen nachmittag, die Uhrzeit steht noch nicht fest. Wenn wir zurückkommen, gehe ich bei ihm vorbei. Fühlst du dich besser?«

Sie hatte den Mund voll mit einem Buttercroissant und nickte stumm.

Auf der Rückfahrt erzählte sie weiter. Die Geschichte ähnelte jenen Romanen für Midinettes (aber gab es überhaupt noch Midinettes?), die mit ihren rosa oder zartblauen Titelseiten an den Kiosken auslagen, aber so nach und nach verschwanden.

Obwohl ihre Geschichte unwahrscheinlich klang, zweifelte Edouard keinen Augenblick lang an der Aufrichtigkeit seiner Mutter. Rosine war eine gradlinige, spontane Frau, in deren Leben kein Platz für Lügen war. Er hörte ihr zu, den Blick starr auf die Fahrbahn gerichtet, die hinter Nanterre schlammig wurde.

Die Leute, die die Vorsehung geschickt hatte, nehmen sie also mit in die Schweiz. Sie fahren durch Genf, nehmen die Straße am See entlang nach Versoix und biegen dann auf ein weitläufiges Anwesen ein: ein Park, der bis zum Genfer See reicht, darauf ein Gebäude mit je einem Turm auf jeder Seite, von Rosine sofort »Schloß« getauft. Der Mann hält vor einer breiten Außentreppe. Seine Frau und er steigen aus und bitten sie, im Wagen zu warten. Sie gehen die Treppe hinauf und verschwinden im Haus. Zeit verstreicht. Viel Zeit. Die kleine Rosine hat das Gefühl, vergessen worden zu sein. Sie beobachtet Eichhörnchen, die eine wunderschöne Zeder hochklettern. Hinter dem Rasen sieht man den See schimmern. Zwei weiße Schwäne gleiten anmutig vorüber, so als wollten sie dem herrlichen Augenblick noch einen besonderen Zauber verleihen. Schließlich nähert sich jemand dem Mercedes: ein hagerer Mann von ungefähr vierzig Jahren, braungebrannt, in der Livree eines Chauffeurs. Er öffnet die hintere Tür auf der Seite des Mädchens und sagt zu ihr: »Kommen Sie.«

Sie steigt aus. Der Mann in Livree schielt auf ihre Beine. Er hat lange Koteletten, die seine zu sehr hervorstehenden, bärtigen Wangenknochen nicht verdecken können. Schweigend geht er einen Schritt vor ihr her. Sie ins Haus zu führen gehört zu seinen normalen Pflichten. Rosine geht die hochherrschaftliche Treppe hinauf. Sie ist unsicher, nervös. Sie denkt an ihre Mutter, an ihre kleine Wohnung, aus der sie der grauenhafte Vater hinausgeworfen hat. Unbestimmte Reue beschleicht sie, so etwas wie Heimweh.

Eine riesige Eingangshalle, übergroße Porträts in schweren Goldrahmen, Statuen, Wandteppiche, eine weitere Treppe mit schmiedeeisernem Geländer. Bombastische Sitzbänke, granatrot und golden bezogen. Die schwarzweißen Fußbodenfliesen bilden ein prächtiges Schachbrettmuster aus Marmor. Der livrierte Diener sagt zu ihr, sie solle hier warten, und verschwindet durch eine Doppeltür. Durch den geöffneten Spalt hat Rosine gedämpftes Stimmengewirr gehört. Sie steht steif mitten in der Halle, rührt sich nicht vom Fleck. Verstohlen hat sie ihre Frisur in Ordnung gebracht, auf die sie damals schon sehr großen Wert legt.

Kurz darauf kommt die Dame aus dem Auto in Begleitung von zwei weiteren Frauen heraus. Die eine ist ungefähr so alt wie sie: in den Vierzigern. Sie ist eine strenge Person in einem langen schwarzen Kleid. Ihr einziges Make-up besteht aus etwas Lippenrot und einem Hauch von Puder. Ihr Haar ist leicht ergraut. Auf den ersten Blick fällt besonders ihre außergewöhnlich würdevolle Haltung auf. Auch die winzigste Geste, die kürzeste Äußerung wirken majestätisch. Hinter ihr folgt eine etwas jüngere Frau, korrekt gekleidet und mit abweisendem Gesichtsausdruck. Sie ist ziemlich schön und könnte sogar hübsch aussehen, wenn sie es sich gestatten würde.

Die Dame in Schwarz und die aus dem Auto reden in dieser Sprache, die Rosine nicht versteht, da sie in der Schule nur Englisch gelernt hat. Die Hausherrin hat gelächelt. Ein ernstes, freudloses Lächeln, ein einfaches Höflichkeitslächeln. Bei ihrem Anblick hat Rosine sich unwillkürlich verbeugt.

»Wie ist Ihr Name, Mademoiselle?« fragt die Dame in akzentfreiem Französisch.

»Rosine Blanvin, Madame.«

»Rosine!« wiederholt die Dame. »Das ist ein Name für eine Zofe in einer Komödie ...«

Das Mädchen errötet und lächelt verlegen.

»Madame Cassini hat mir soeben von Ihrem Mißgeschick erzählt«, fährt die »Schloßherrin« fort. »Sie findet Sie anziehend, und ich bin nicht weit davon entfernt, ihre Meinung zu teilen. Würde es Sie interessieren, für einige Monate in diesem Hause zu arbeiten? Sie hätten Zeit, sich zu ›fangen‹, wie man in Frankreich sagt.«

Rosine überdenkt ihre Situation. Sie hat nichts, sie ist alleine, mittellos.

»Haben Sie vielen Dank, Madame«, stammelt sie. »Nur ... ich kann nichts: Ich bin noch Schülerin.«

Ihre Offenheit amüsiert die Dame in Schwarz.

»Ich denke«, sagt sie, »Sie könnten unserem alten Zimmermädchen zur Hand gehen, das große Haus wird langsam zuviel für sie.«

Rosine schießt das Wort »Minna« durch den Kopf. Genau das bietet man ihr an. Haushaltshilfe! Dienstmädchen! Minna!

»Wenn ich mich irgendwie nützlich machen kann«, sagt sie nichtsdestoweniger.

Und sie liest in den Augen ihrer Gesprächspartnerin, daß das eine sehr gute Antwort ist, daß sie keine bessere hätte finden können.

Die Frau aus dem Auto mischt sich ein:

»Sie müssen wissen, Kleines: Sie befinden sich hier im Hause des Fürsten und der Fürstin von Montegrino.«

Rosine ist sprachlos. Für alle Fälle macht sie eine zweite, noch tiefere, weil vorsätzliche Verbeugung.

»Wissen Sie, was Montegrino ist, Rosine?« fragt die Fürstin.

So ein Glück aber auch! Neulich hat sie in der Zeitschrift *Point de vue* einen langen Artikel über die Republik Montegrino gelesen. Wie nützlich kann es doch sein, manchmal im Wartezimmer eines Zahnarztes herumzusitzen! Ihr Elefantengedächtnis erlaubt es ihr, die »Lektüre aus Langeweile« wiederzugeben:

»Ja, Madame. Das ist ein Staat in Südeuropa, der im 6. Jahrhundert unter byzantinischer und dann im 17. unter türkischer Herrschaft stand. Doch befreite er sich durch einen Volksaufstand unter der Führung von Otto Skobos, der seine Dynastie errichtete und den Titel Otto I. annahm. Während des letzten Weltkriegs wurde Montegrino mehrmals besetzt. Nach der Befreiung durch die Russen wurde die Republik ausgerufen und der regierende Fürst in seinem Palast in Tokor ermordet.«

Die Dame in Schwarz bekreuzigt sich.

»Das war mein Gatte«, sagt sie. »Es ist bemerkenswert, daß eine junge Französin so gut über ein so kleines Land Bescheid weiß!«

»Ich interessiere mich sehr für Geschichte«, erwidert Rosine geistesgegenwärtig. »Wenn ich Sie recht verstehe, dann sind Sie Fürstin Gertrude, Madame?«

Sie erinnert sich ganz genau an den Artikel. Der Wohnsitz in Versoix war auf der letzten Seite abgebildet, und in die beiden Türme war das Bild dieser Frau beziehungsweise das eines jungen Mannes mit hochmütigem Blick montiert.

Die Fürstin wendet sich in der fremden Sprache an ihre Freundin. Sie ist von dem Wissen des jungen Mädchens entzückt und deutet es als gutes Vorzeichen. Dann dreht sie sich zu der Jüngeren um, die sich bis jetzt noch nicht zu Wort gemeldet hat:

»Miss Maléva, kümmern Sie sich um die Unterbringung des jungen Mädchens.«

Die Angesprochene verbeugt sich, dann sagt sie zu Rosine:

»Folgen Sie mir. Haben Sie kein Gepäck?«

»Nein«, antwortet Rosine.

Sie liest in dem Blick von Miss Maléva ein mißbilligendes Aufblitzen, was ihrer Freude einen Dämpfer versetzt.

Als sie gerade aus der Halle gehen wollen, hört man draußen ein donnerndes Grollen: Ein schweres Motorrad kommt über den Mittelweg gefahren und hält vor der Freitreppe, wo es eine Fontäne von Kies aufwirbelt.

Der Fahrer der Maschine, ganz in schwarzes Leder gekleidet, auf dem Kopf einen Helm wie die Figur aus einem Science-fiction-Film, bockt sein Motorrad auf und nimmt den Helm ab. Er ist ungefähr zwanzig, braungebrannt, blond. Er sieht blendend aus.

Rosine erkennt ihn (wieder aufgrund der Reportage in *Point du vue*): Es ist Prinz Sigismund II.

# 14

Sie gerieten in einen Stau, der von einem dahintuckernden Traktor auf der Landstraße verursacht wurde. Die Autos, die hinter dem langsamen Fahrzeug (aber war es nicht eher ein Werkzeug als ein Fahrzeug?) herschlichen, hupten, was das Zeug hielt. Der Lärm zwang Rosine dazu zu schweigen. Ein glückseliges Lächeln lag auf ihrem Gesicht. Die Erinnerung an eine ferne Vergangenheit verzückte sie. Sie erzählte ihre Geschichte wie eine Frau, die sich geschworen hat, eigentlich den Rest ihres Lebens über ihre Vergangenheit zu schweigen. Mühelos verlieh sie ihrer Geschichte Leben, da alles vollständig in ihrem Gedächtnis bereitlag, so lebendig und unbestreitbar wie die Gegenwart.

Endlich wich der Traktor auf einen Rastplatz aus, und der Verkehr konnte weiterfließen.

»Ein Prinz!« rief Edouard aus. »Das kann auch nur dir passieren! Weißt du, daß deine Geschichte genauso aufregend und kitschig ist wie *Sissi, die Kaiserin?*«

Seine Ironie berührte sie nicht.

»Ja, mein lieber Dodo, ein Prinz. Ein richtiger, wunderschöner Prinz! Wenn du ihn in seiner Motorradkluft gesehen hättest! Sie paßte ihm wie angegossen, wie ein Torerokostüm. Mir schlug das Herz bis zum Hals, beinahe wäre ich erstickt, und ich hatte Miss Maléva vollkommen vergessen.«

»Ja, wirklich, der ganz große Knall!«

Er fand seine Mutter rührend, so unschuldig trotz ihrer Gerissenheit.

Plötzlich bremste er ab, sein alter 15 G rumpelte über den Seitenstreifen und kam kurz vor dem Straßengraben zum Stehen.

»Haben wir einen Platten?« fragte Rosine.

Wortlos öffnete Edouard seine Tür. Ein Lieferwagen fuhr ganz dicht an ihm vorbei, jemand beschimpfte ihn als »Idioten«. Edouard ging um seinen Wagen herum und stützte sich auf die Tür der Beifahrerseite. Es war schwül, und da der alte Wagen kleine Klimaanlage besaß, mußte man mit heruntergekurbelten Seitenfenstern fahren.

»Mama«, flüsterte er gequält, »du wirst mir doch wohl nicht sagen wollen, daß dein blöder Märchenprinz ...«

Sie streckte ihren Arm aus und streichelte den Jungen im Nacken.

»Doch«, sagte sie, »er ist dein Vater, da ist kein Zweifel möglich.«

Edouard explodierte:

»Aber Herrgott noch mal, Rosine, was mußt du für eine Schlampe gewesen sein, um dich von so einem Typen schwängern zu lassen!«

Die Hand, die ihn gestreichelt hatte, versetzte ihm nun eine Ohrfeige.

»Ob Schlampe oder nicht, ob Hure oder nicht, ich bin deine Mutter, und ich möchte, daß du mich respektierst!«

Er ergriff die Hand, die ihn soeben geschlagen hatte, und küßte sie.

»Verzeih mir. Deine Geschichte klingt so unwahrscheinlich.«

»Niemand konnte ihm widerstehen«, versicherte sie. »Niemand, verstehst du? Er hat dich mit seinen großen, hellblauen Augen angesehen, und du bist dahingeschmolzen. Er war gleichzeitig ein junger Mann und ein tiefgründiges Wesen. Seine Erfahrungen waren sozusagen ererbt. In dieser Familie hatten alle Format, so daß man meinen konnte, sie kämen von einem anderen Planeten.«

Edouard interessierte die mütterliche Poesie nicht. Er brummte:

»Was für eine Idee, mir das zu erzählen, meine liebe Rosine! Sohn eines Prinzen! Ich habe einen feinen Riecher, und der verrät mir, daß ich den Rest meines Lebens daran zu knacken habe. Schwöre mir, daß du niemandem sonst davon erzählen wirst!«

Er veränderte seine Stimme, um eine imaginäre dritte Person zu imitieren:

»Sie wissen doch: Blanvin, der Automechaniker ... Ja, der

Sohn des Prinzen von ... Was für ein Nest war das noch gleich?«

»Montegrino«, antwortete Rosine.

»Und schon hab ich den Namen meines Herkunftslandes vergessen! Montegrino. Ist das größer oder kleiner als Monaco?«

»Zwölfmal so groß, mit fünfzehnmal so vielen Einwohnern!«

»Donnerwetter! Und darauf bist du anscheinend stolz. Aber leider hat dich Seine Durchlaucht nicht geheiratet! Er hat das Dienstmädchen flachgelegt, nicht die zukünftige Prinzessin: Man beachte den feinen Unterschied! Ich nehme an, er hat dich rausgeworfen, als du einen dicken Bauch bekamst?«

»Nicht er, seine Mutter.«

»Daß sie ihren erlauchten Sproß nicht einem Mädchen geben wollte, das von einem Kommunistenführer auf einem Wachstuch mit holländischen Motiven vergewaltigt worden war, muß man verstehen, was? Er hat sicher später ›richtig‹ geheiratet, eine gute Partie, irgendeine Tochter eines Königs, eines Fürsten oder, zur Not, eines Großherzogs?«

»Er hat nicht geheiratet. Er ist 1972 bei einem Motorradunfall in Tirol ums Leben gekommen.«

»Na, so was! Kaum hab ich einen Vater, da ist er auch schon tot!«

Rosine seufzte:

»Seine Leidenschaft waren eben nicht alte Citroëns, sondern *Harley-Davidsons!* Er besaß ein halbes Dutzend Maschinen und verbrachte seine Zeit damit, sie in seiner Werkstatt zu zerlegen und wieder zusammenzubauen.«

Edouard nickte schweigend, plötzlich ein wenig besänftigt durch ein gewisses Gefühl des Respekts.

»Er war schöner als du, aber du siehst ihm ähnlich«, fuhr Rosine fort. »Wenn ich sage ›schöner‹, dann meine ich ›vornehmer‹, ›feiner‹. Dennoch war er kräftig gebaut, hatte eine breite, muskulöse Brust wie du. Auch dieses Grübchen im Kinn ...«

»Dann bist du also sofort in seine Arme gesunken?«

»Oh, nein! Übrigens hat er mich überhaupt nicht beachtet. Ich habe schnell herausgekriegt, daß er mit Miss Maléva ins Bett ging, einer schönen, kühlen Bulgarin. Dazu noch mit anderen Mädchen, die manchmal ins Schloß kamen und die er auf seinem Motorrad mitnahm. Es wurde gemunkelt, daß er für seine Eskapaden das ganze Jahr über im *Lausanne Palace* eine Suite gemietet hätte.«

So plauderten sie am Straßenrand, umgeben von dem Lärm und den scharfen Abgasen der vorbeifahrenden Autos. Er mit beiden Unterarmen auf die Tür gestützt, sie zurückgelehnt auf dem Beifahrersitz, den Blick auf die Kronen der Platanen gerichtet.

»Also, wie bin ich nun gezeugt worden?« fragte Edouard.

Rosine murmelte:

»Toll, mein Kater ist wie weggeblasen! Gilt dein Versprechen immer noch, bei deinem Freund Boule ein Festessen mit Fausto zu veranstalten?«

»Warum sollte es nicht mehr gelten, wenn ich dir's doch versprochen habe?«

Sie schien über diese Bestätigung glücklich zu sein.

»Nächste Woche?«

»Wann du willst. Aber du hast wieder nicht auf meine Frage geantwortet: Wie hat er dich rumgekriegt, der Prinz … Wie war noch sein Name?«

»Sigismund. Das kam ganz unerwartet, wenn ich das so sagen darf.«

»Unerwartet bumsen, zum Totlachen! Was genau heißt das?«

»Paco, der Chauffeur, der mich vom Wagen abgeholt und ins Haus geführt hatte, hat mich gnadenlos angemacht. Männer sind nun mal so: Monatelang sind sie mit dir zusammen, ohne dir die geringste Aufmerksamkeit zu schenken, und dann, eines Tages, laufen sie hinter dir her, den Pimmel sozusagen in der Hand! Ich glaube, der Grund dafür war, daß seine Frau nach Spanien fuhr, weil ihre Mutter gestorben war. Maria war Köchin in dem Schloß. Die Fürstin gab ihr eine Woche frei, um nach Malaga zur Beerdigung ihrer Mutter fahren zu können. Unter der Bedingung, daß Paco in Versoix blieb. Das alte Dienstmädchen, Paco und ich, wir haben getan, was wir konnten, um Maria in der Küche zu ersetzen. Ist nicht schlecht gelaufen, wir haben uns alle Mühe gegeben, besonders ich. Als Französin mußte ich mich anstrengen! Ich habe mehr schlecht als recht die Gerichte gekocht, die Rachel uns sonntags vorgesetzt hatte. Allerdings bin ich nicht besonders begabt, aber ich wollte meine Sache gut machen.«

»Um Seine Durchlaucht zu beeindrucken!« scherzte Edouard.

»Während der Schufterei in der Küche fing dieses alte Schwein von Paco an, mir nachzustellen. Betatschen, Knutschen, geile Blicke, alles hat er versucht! Ich hab ihn, weiß Gott, nicht dazu ermutigt. Richtig geekelt hab ich mich vor dem Kerl!«

»Ihr armen Frauen!« sagte Edouard. »Immer diese Ferkel, die euch hinterhersteigen! Auf die Dauer muß das nicht auszuhalten sein!«

»Das hat auch seine guten Seiten«, widersprach Rosine kokett. »Wie gesagt, ich wußte nicht, wie ich mich gegen diese Krake von Paco wehren sollte. Mein Zimmer befand sich im Haus fürs Personal, neben der Garage. Eines Nachts, ich schlief fest, da wird meine Tür geöffnet, obwohl ich den Riegel vorgeschoben hatte. Paco kommt herein, splitternackt. Tagsüber hatte der Idiot das Schließblech des Riegels abgeschraubt und mit Kaugummi wieder festgeklebt! Als er hereinkommt, fahre ich sofort aus dem Schlaf hoch. Ich mache Licht und sehe ihn vor mir, nackt und behaart wie ein Gorilla. Ich schreie ihn an, er solle auf der Stelle verschwinden. Aber er kommt näher und läßt dabei seinen Penis in der Hand hüpfen. Ich fange an zu brüllen, obwohl ich nicht glaube, daß es etwas nützt, da unser Haus ziemlich weit weg vom Schloß stand. In dem Augenblick, als er vor meinem Bett steht und ich wie wild um mich schlage, ruft eine Stimme: ›Paco!‹«

»Deine Vergewaltiger haben aber auch ein Talent, sich auf frischer Tat erwischen zu lassen!« lachte Edouard. »Natürlich war es dein Märchenprinz, der so unverhofft aufkreuzte?«

»Er kam gerade von einer nächtlichen Spritztour zurück. Er hatte seine schwarze Lederkombination an und roch nach kühler Nacht. Pacos Bocksprünge hättest du sehen sollen! Blöder Gesichtsausdruck, beide Hände auf seinem Geschlechtsapparat! Sigismund schien weder verlegen noch wütend zu sein. Er hat dem Spanier nur befohlen, seine Koffer zu packen und sich von Miss Maléva seinen restlichen Lohn auszahlen zu lassen. Am nächsten Morgen ist der Chauffeur in aller Frühe verduftet.«

»Und Seine Durchlaucht, der Prinz, ist bei dir geblieben, um die Belohnung für seine Rettungsaktion zu kassieren?«

»Ganz und gar nicht! Er hat mich gefragt, ob alles in Ordnung sei, ich habe ›ja‹ gesagt, und er ist hinausgegangen, nachdem er den abgerissenen Riegel untersucht und mir geraten hatte, einen Stuhl unter die Türklinke zu stellen, bis der Riegel repariert wäre.«

»Du läßt einen zappeln, meine Liebe, du läßt einen zappeln!« bemerkte Edouard. »Weit und breit noch kein Prinzensperma am Horizont!«

»Kommt sofort, immer mit der Ruhe! Am nächsten Morgen also verläßt der Spanier das Schloß, beleidigt wie 'n nasser Truthahn. Als ich am selben Abend nach der Arbeit in mein Zimmer komme, bastelt Seine Durchlaucht in der Werkstatt an seinen geliebten Maschinen herum. Er ruft mich zu sich:

›Sind Sie schon einmal auf einem Motorrad gefahren?‹

›Nein, Durchlaucht.‹

›Kommen Sie!‹

Ich trug noch mein schwarzes Dienstmädchenkleid und meine kleine gestärkte Schürze. Ich wollte mir meine Jeans anziehen, hab ich gesagt, aber er wollte nicht. ›Nein, kommen Sie, wie Sie sind, das ist ausgezeichnet.‹«

»Dieses Schwein!« zischte Edouard.

»Ich hab mich rittlings hinter ihn gesetzt, und wir sind in Richtung Autobahn losgefahren. Ich bin fast gestorben vor Angst. ›Halten Sie sich an mir fest!‹ Das hätte ich auch ohne Aufforderung gemacht, solch einen Schiß hatte ich, herunterzufallen, das sag ich dir! Aber trotzdem, ich glaube nicht, daß es normal für ein Dienstmädchen ist, einen Prinzen um die Taille zu fassen! Er fuhr wie ein junger Gott, so daß ich bald zu zittern aufhörte. Großer Gott, was für ein berauschendes Erlebnis, diese Höllenfahrt! Man hält sich für unbesiegbar, und deshalb fahren sich so viele zu Tode. Als er tödlich verunglückt ist, mein armer Prinz, muß er ein unbeschreibliches Hochgefühl in sich verspürt haben!

Nachdem wir lange so dahingerast waren, nahm er eine Hand vom Lenker und zog sich den Handschuh mit den Zähnen ab. Dann faßte er nach hinten und streichelte mich zwischen den Beinen. Bei zweihundert Stundenkilometern ist das die Krönung! Ich fing in seinem Rücken an zu stöhnen und gegen den Fahrtwind anzuschreien. Ich bin fast erstickt von dem Wind und vor Lust. Vergiß niemals den Namen deines Vaters, Dodo: Sigismund II. Er war ein Prinz, sicher, aber vor allem war er ein Mann!«

## 15

Als sie zur Baustelle zurückkamen, waren sie verwirrt und hatten das Gefühl, schon vor langer Zeit von hier fortgegangen zu sein.

Die Arbeiten von Vater Montgauthier waren von der Kommune gestoppt worden, und der Ort verströmte eine Atmosphäre träger Untätigkeit.

»Wirst du hier wohnenbleiben?« fragte Edouard seine Mutter.

»Selbstverständlich.«

»Ziemlich trostlos hier, nicht wahr?«

»Weil du die Dinge so siehst, wie sie sind, während ich sie sehe, wie sie sein werden.«

»Und wie werden sie sein?«

»Mir bleibt nur noch dieses eine Geheimnis, Dodo. Laß mir noch etwas Zeit.«

Sie kletterten in den Waggon. Edouard trat an Rachels Bett, die Hände vor dem Bauch gefaltet, den Kopf geneigt, so wie er sich bald Omas Grab nähern würde.

Während er sich diesem Augenblick der Ergriffenheit hingab, kniete Rosine vor der Kommode nieder und nahm aus dem untersten Fach eine Bücherhülle aus gepunztem Leder, die sie auf einer Reise durch Marokko gekauft hatte. In jeder der beiden Klappen steckten private Papiere. Rosine fand, was sie suchte: einen weißen, quadratischen Umschlag aus Velinpapier, auf dem ein plastisches Wappen prangte. Der Umschlag enthielt ein Blatt Papier, das mit grüner Tinte beschrieben war. Die Schrift war elegant, großzügig und weich.

»Dodo!« rief Rosine, nachdem sie das Schriftstück noch einmal gelesen hatte.

Edouard kam wieder zu sich, sah den Brief und wurde blaß.

»Dies hier enthält den Beweis für das, was ich dir erzählt

habe. Bevor du den Brief liest, möchte ich dir erklären, unter welchen Umständen Sigismund ihn geschrieben hat.«

Sie setzte sich an den Campingtisch und ihr Sohn ebenfalls. So saßen sie sich gegenüber in diesem auf ewig unbeweglichen Fortbewegungsmittel, mit den ängstlichen Mienen unerfahrener Verschwörer.

»Um wieder auf mein Abenteuer mit dem Prinzen zurückzukommen, so kann ich dir sagen, daß ich eine wahrhaft leidenschaftliche Liebe erlebt habe. Er selbst schien süchtig nach mir zu sein. Er kam fast jede Nacht zu mir, und oft blieb er mehrere Stunden in meinem Zimmer. Es versteht sich von selbst, daß Miss Maléva, dieses Miststück, nicht lange brauchte, um die Sache spitzzukriegen, und natürlich hat sie es der Fürstin-Mutter gesteckt. Die hat wahrscheinlich von ihrem Sohn eine Erklärung verlangt. Er hat mir nichts erzählt, aber offensichtlich hat er sich nicht kleinkriegen lassen, denn unser Verhältnis ging weiter. Monate verstrichen. Ich lebte wie in einem Traum. Tagsüber arbeitete ich hart, um mir keine Vorwürfe anhören zu müssen, und nachts erlebte ich Stunden wahnsinniger Liebe in den Armen meines Märchenprinzen.

Und dann: Zack! Pech: Ich werde schwanger. Zu der Zeit war die Pille noch nicht auf dem Markt. Die Feststellung, daß ich schwanger war, traf mich wie ein Schlag. Ich war alleine, hatte niemand, dem ich mich anvertrauen konnte. Meinem Liebhaber wollte ich es nicht erzählen, aus Angst, er könnte die Lust auf mich verlieren. Mir fiel ein, daß die wohlhabenden Französinnen damals, wenn sie sich ein ungewünschtes Kind wegmachen lassen wollten, in die Schweiz fuhren. Ich überwand mich und ging zu einem Arzt in Versoix. Doch der tat nichts anderes, als mir den Befund zu bestätigen. Ich konnte ihm noch so sehr durch die Blume zu verstehen geben, was mein Anliegen war, er stellte sich taub. Also fand ich mich damit ab. Ich erinnere mich, daß es genauso war, als hätte ich in einem Auto ohne Bremsen gesessen. Ich machte weiter, als wäre nichts geschehen, wußte jedoch, daß ich zum Schluß auf die Schnauze fallen würde. Ich genoß jeden Augenblick, aber ich wurde immer dicker.

Das alte Dienstmädchen bemerkte es, und bald wußte es das ganze Schloß.

Ich ging mit dir im siebten Monat schwanger, als Fürstin Gertrude mich in ihr kleines Boudoir kommen ließ. Sie war sehr nett zu mir. Sie war eine sanfte, aber strenge, unerbittliche Frau. Sie erklärte mir, daß sie mir geholfen habe, obwohl ich vom Standpunkt der helvetischen Behörden aus gesehen illegal hier sei, daß sie bemerkt habe, daß ich schwanger sei, und daß ich unmöglich in diesem Land, in dem ich mich ohne behördliche Genehmigung aufhielt, entbinden könne. Der Moment sei gekommen, sich von mir zu trennen. Sie fügte hinzu: ›Sie tun uns sehr leid‹, mit der Betonung auf ›uns‹. Miss Maléva werde mir den Lohn (einen wirklich kümmerlichen Lohn!) für drei weitere Monate auszahlen, und der neue Chauffeur werde mich nach Bellegarde fahren, wo ich den Zug nach Paris nehmen könne. Sie gab mir den Rat, mich dort mit meiner Mutter in Verbindung zu setzen, Mütter seien in solchen Fällen meistens sehr verständnisvoll.

Ich hab meine Siebensachen zusammengepackt, ohne mit der Wimper zu zucken, ohne eine Träne zu vergießen. Mein Auto ohne Bremsen war soeben an der Mauer der Aristokratie zerschellt!

Es wurde vereinbart, daß ich das Schloß am nächsten Tag frühmorgens verlassen solle. Ich hoffte auf einen letzten Abend mit Sigismund, doch als ich in mein kleines Zimmer kam, lag dort dieser Brief auf meinem Kopfkissen. Ich gebe ihn dir, Dodo, denn er betrifft dich noch mehr als mich … Ich bitte dich, ihn aufzubewahren.«

Edouard kam sich gefühllos vor, doch er teilte Rosines Ergriffenheit nicht. Er war wütend auf jenen Prinzen im Exil, für den seine Mutter nur eine Laune gewesen war. Ein Dandy auf einem knatternden Motorrad, dessen ganze Ethik in seinen Eskapaden bestand.

Widerwillig nahm er den Brief und begann, die grüne Schrift zu entziffern, die mit der Zeit blaß geworden war, so daß einige Wörter kaum zu erkennen waren. Er las:

*Kleine Rosine,*
*nun ist der Augenblick gekommen, uns zu trennen. Es war sehr richtig von Ihnen, dieses Kind, das – ich fühle es – mein einziger Nachkomme sein wird, behalten zu wollen. Ich nehme an, es wird ein Junge. Sie sollen ihn Edouard nennen, das ist mein zweiter Vorname. Versuchen Sie niemals, mit ihm zu mir zu kommen, Ihnen würde die Tür gewiesen werden.*

*Ihr wundervolles Verhalten im Bett läßt mich vermuten, daß Sie eine bezaubernde Karriere in galanten Kreisen vor sich haben.*

*Meine besten Wünsche und Gebete begleiten Sie*
*Sigismund*

Edouard legte den Brief auf den Tisch.

»Dieses Schwein!« knurrte er. »Was für ein Zynismus!«

»So ein Schwein war er nun auch wieder nicht, denn er hat ja seine Vaterschaft anerkannt. Begreifst du, welchen Vorteil ich aus diesem Brief hätte ziehen können?«

»Und hast du niemals mit dem Gedanken gespielt?«

»Du bist verrückt! Ich habe ihn geliebt!«

Dieser Schrei aus tiefstem Herzen verblüffte Edouard. Er stand auf, ging um den Tisch herum, beugte sich zu Rosine hinunter und schlang seine Arme um ihren Hals.

»Was ich heute erfahren habe, ändert nichts für mich«, flüsterte er ihr ins Ohr. »Ich bleibe ein Kind ohne Vater; aber mit der Mutter, die ich habe, kann ich gut darauf verzichten.«

Lange verharrten sie engumschlungen, den Blick auf das leere Bett von Rachel gerichtet.

Er bestand darauf, sie zu seiner Werkstatt mitzunehmen, wo sie für ein paar Tage bleiben solle, da ihre berühmten Herkulesarbeiten ja nun unterbrochen waren. Sie lehnte ab, verwies darauf, daß sie dieses Zigeunerleben in ihrem Eisenbahnwaggon liebe. Hier fühle sie sich frei. Er vermutete, daß sie gerne hier wohnte, weil Fausto Coppi sie besuchen konnte, und kündigte an, er werde sie am Abend zum Essen abholen, nachdem er bei dem Beerdigungsinstitut vorbeigeschaut habe.

Als er am Steuer seines 15 G wegfuhr, sah er zwei Raubvögel, die sich an etwas Weißem zu schaffen machten. Edouard stieg noch einmal aus, um nachzusehen, was es war, obwohl er es bereits ahnte. Tatsächlich: Dort lag der Kadaver des Maltesers. Er war seltsam verkrümmt. Seine langgestreckten Hinterbeine sahen wie zusammengewachsen aus. Allem Anschein nach war sein Rückgrat gebrochen, denn der vordere Teil des Hundes war schräg abgewinkelt. Er hatte aus Nase und Mund geblutet, und sein flaumiges, schmutzigweißes Fell war von schwärzlichen Streifen durchzogen.

Edouard zweifelte nicht an der Diagnose: Das Tier war erschlagen worden. Jemand hatte es an den Hinterbeinen gepackt und auf einer harten Oberfläche zerschmettert. Er dachte an Marie-Charlotte, an die gegenseitige Abneigung zwischen ihr und Rachel. Das kleine Luder war die Bosheit in Person. Edouard glaubte, daß sie an einer geistigen Anomalie litt, die bei ihr die Unterscheidung zwischen Gut und Böse aufhob. Sie empfand Genuß dabei, böse und pervers zu sein, und er bereute es, sie Banane anvertraut zu haben, den sie mühelos einwickeln konnte. Marie-Charlotte erinnerte an jenen Typ des teuflischen Mädchens, den die Horrorfilmindustrie weidlich ausgeschlachtet hatte.

Da der junge Araber immer noch nicht in der Werkstatt aufgetaucht war, fuhr Edouard gleich weiter zu seinen Eltern. Die Larabis wohnten in einem uringelben Block des sozialen Wohnungsbaus, dessen Fassade überall abbröckelte und braune Flecken unbestimmter Herkunft aufwies.

Najiba war alleine zu Hause. Sie saß am Küchentisch und putzte Gemüse mit einem Schälmesser, das von fliegenden Händlern auf den Märkten verkauft wird. Sie schien geistesabwesend, und ihre Bewegungen waren unsicher.

Als sie Edouard hereinkommen sah, hellte sich ihr Gesicht auf.

»Die Tür stand offen«, erklärte Blanvin, »und da habe ich mir erlaubt hereinzukommen.«

Sie antwortete nicht, so sehr war sie in ihre Bewunderung für den jungen Mann versunken.

»Du siehst ja wieder vollkommen repariert aus«, log Edouard. »Nicht die kleinste Narbe ist zurückgeblieben.«

Ihr verschwommener Blick machte ihn traurig.

»Du wirst mit jedem Tag schöner!« rief er, diesmal aufrichtig.

»Und du auch!« erwiderte Najiba.

Sie bot ihm flehentlich ihre Lippen. Er küßte sie.

Da er die Situation nicht ausnutzen wollte, löste er sich schneller, als sie es sich wünschte.

»Ist Selim gekommen?«

»Nein.«

»Hat er nichts von sich hören lassen?«

»Nein.«

Edouard krampfte sich das Herz zusammen. In was für einen Schlamassel hatte Marie-Charlotte ihn hineingezogen? Das Verhalten seines Lehrlings enttäuschte ihn, denn er hielt große Stücke auf ihn.

»Verläßt du manchmal das Haus?«

»Ich gehe mit meiner Mutter einkaufen.«

»Ich meine: alleine …«

»Ich traue mich noch nicht.«

»Wovor hast du Angst?«

»Ich weiß nicht, ich habe eben Angst.«

»Angst wovor?«

»Keine Ahnung, und das ist mir unheimlich.«

»Willst du bald wieder zur Uni gehen?«

»Nein. Nie mehr!«

»So ein Blödsinn!«

»Ich habe keine Lust mehr dazu.«

Edouard brauste auf. Ständig lief er Gefahr, in Zorn zu geraten, meistens ohne Grund.

»Aber, Herrgott noch mal, nur weil du vom Mofa gefallen bist, mußt du doch nicht dein Leben ändern! Du bist dumm, Najiba. Dein Land braucht dringend Akademikerinnen. Wovon willst du denn leben?«

»Weiß ich nicht.«

Ihr verstörter Gesichtsausdruck bekümmerte ihn.

»Na schön, du hast deinen Schock noch nicht überwunden, mein Schatz, aber nach und nach kommt alles wieder ins Lot.«

»Hilf mir«, flüsterte sie. »Ich hab nur noch dich auf dieser Welt.«

Ihre Mutter kam nach Hause, auf dem Kopf einen großen gelben Plastikbehälter mit Wäsche, die sie soeben gewaschen hatte. Mit einer geübten Bewegung setzte sie ihre Last ab, begrüßte Edouard und fragte ihn in unverständlichem Französisch nach Selim.

Najiba antwortete ihr auf arabisch.

»Was erzählst du ihr?« fragte Blanvin.

»Ich beruhige sie. Heute morgen war sie bei einer alten Hexe, und die hat zu ihr gesagt, mein Bruder wär mit dem Teufel zusammen und würde bald wieder nach Hause kommen.«

Edouard sagte nichts und verabschiedete sich von den beiden Frauen.

»Ich möchte, daß du mich mitnimmst«, flüsterte das junge Mädchen.

Sie sprach mit ruhiger Schamlosigkeit.

Ihre Mutter witterte ein geheimes Einverständnis zwischen den beiden und blickte beunruhigt. Sie war dunkler als Najiba, und ihre Gesichtszüge waren grober, verglichen mit denen ihrer Tochter. Ihre platte Nase und ihre wulstigen Lippen verliehen ihr etwas Negroides, was Najiba nicht an sich hatte. Ihre mit *khôl* schwarzumränderten Augen glänzten übermäßig stark, waren wachsam und gleichzeitig ausdruckslos, und ihr Blick war unstet.

Wie alle nichtkirchlichen Bestattungen war die von Rachel schlicht, ärmlich und kurz. Der Leichenwagen, in dem auch Rosine und ihr Sohn saßen, mußte nur fünfzehnhundert Meter bis zum Friedhof zurücklegen. Die wenigen Trauergäste waren Vater Montgauthier, Edith Lavageol, Fausto Coppi (endlich einmal im Straßenanzug!), der Schrankenwärter, bei dem Rosine immer telefonierte, Rosines Friseuse und zwei, drei Greisinnen, die Rachel während ihres Krankenhausaufenthalts nach ihrem Schlaganfall kennengelernt hatte.

Der schwarzgekleidete Bestattungsunternehmer fühlte

sich verpflichtet, ein Paar grauer Handschuhe in der rechten Hand zu halten, was ihn bei seinen Tätigkeiten störte. Er bemühte sich um eine angemessene Atmosphäre, versuchte, ein Gefühl von Feierlichkeit zu verbreiten. Mit steifem Gesichtsausdruck und ernstem Blick flüsterte er den Sargträgern Befehle ins Ohr, arrangierte die Blumensträuße, entfernte ein Blatt, das auf den Sarg gefallen war.

Nachdem die Träger den Sarg an dicken Seilen in das Loch hinuntergelassen hatten, nahm der Zeremonienmeister einen Korb mit Rosen und warf eine Blume auf den Sarg, um mit gutem Beispiel voranzugehen. Dann hielt er den Korb Blanvin hin, der es ihm nachtat, und dann den anderen Trauergästen.

Nach dieser Zeremonie nötigte er Rosine und Edouard dazu, die Beileidsbezeugungen der Anwesenden entgegenzunehmen, was schnell geschehen war. Weder Rosine noch ihr Sohn weinten. Sie fanden das Begräbnis steif und irgendwie lächerlich.

Edith Lavageol trat als letzte zu den beiden, um bei ihnen verweilen zu können. Sie umarmte den Mann, dessen Geliebte sie mit schöner Beharrlichkeit geblieben war, und flüsterte ihm tröstende Worte zu, die er nicht nötig hatte und die ihm abgedroschen vorkamen.

Während sie noch zu ihm sprach, erblickte Edouard in einigem Abstand Banane hinten auf dem Friedhof. Man konnte den Jungen für einen jener Rauschgiftsüchtigen halten, über die man abends auf den Bürgersteigen des Quartier Latin hinwegsteigt. Bleich, mit verfilzten Haaren, finsterem Blick und Ringen unter den Augen, den Jackenkragen hochgeschlagen wie in den Dokumentarfilmen über Jugendkriminalität, von Fieber geschüttelt. Pickel und Bartstoppel verunstalteten sein Gesicht.

Edouard ließ Edith stehen und eilte zu Banane, der ihm ängstlich und erschöpft entgegensah. Edouard hatte Mitleid mit ihm und faßte ihn an den Schultern.

»Du zitterst ja!« wunderte er sich.

»Hab mir 'ne Mordserkältung geholt«, erwiderte Banane.

»'ne Erkältung und den Rest, was? Hoffentlich kein Aids!«

»Glaub ich nicht, wenn sie's nicht hat.«

Er faßte nach Edouards Hand, die auf seiner Schulter lag.

»Sie hat den 11 B zerlegt!« murmelte er. »Und sie hat's extra gemacht! Sieh dich vor, sie sagt, sie bringt dich um, weil du sie in den Hintern getreten hast. Sie bringt das fertig, Edouard. Sie ist eine Mörderin!«

»Aber, aber«, seufzte Blanvin, »du fantasierst, das ist das Fieber. Wie bist du zurückgekommen?«

»Per Anhalter.«

»Warst du schon bei dir zu Hause?«

»Noch nicht.«

»Du mußt hingehen, deine Alten kommen um vor Sorge.«

Sie gingen zu Rosine, bei der Edith Lavageol sich eingehakt hatte, und alle zwängten sich in den 15 G, einschließlich Fausto Coppi, der mit dem Vorortzug zu den Trauerfeierlichkeiten gekommen war.

Sie setzten Banane vor seinem Wohnblock ab, und dann lud Edouard Edith und Fausto zum Mittagessen ein. Brüderlichkeit lag über dem Quartett. Der Champion grollte seinem »Schwiegersohn« nicht mehr wegen der Auseinandersetzung auf der Baustelle.

Sie fuhren zu Boule, und wie Blanvin vorausgesagt hatte, bestellte Fausto Coppi das Entrecôte anstelle des Coq au vin. Das war das erste Mal, daß sich Madame Lavageol und Rosine zu einem anderen Anlaß trafen, als über die schulischen Leistungen des »kleinen Dodo« zu reden. Rosine war bestens über das Verhältnis ihres Sohnes mit seiner ehemaligen Lehrerin im Bilde, tat aber so, als wüßte sie von nichts. Wenige Jahre trennten die beiden Frauen, und sie empfanden ein eigenartiges Glücksgefühl, als sie sich mit ihren jungen Liebhabern in aller Öffentlichkeit zeigten.

Beim Aperitif, während die Damen zur Toilette gingen, um sich die Hände zu waschen, sagte Edouard zu Fausto:

»Nach dem Essen gehen wir mit unseren Mamas vögeln.«

Der Italiener wurde verlegen und errötete.

»Ich bin dir sehr dankbar, daß du nicht sagst: ›In alten Töpfen kocht man am besten‹«, fuhr Blanvin fort. »Aber vielleicht kennt ihr in Italien den Spruch nicht? Ich hab das

Gefühl, daß wir dicke Freunde werden. Leute, die sich hassen, kennen sich nicht, hab ich gehört. Ich mag Typen, die ein Hobby haben. Weißt du, was das ist, ein Hobby?«

»Ich bin Rennfahrer, kein Analphabet«, knurrte Fausto.

»Ein Hobby ist eine Methode, gegen die Einsamkeit anzukämpfen«, fuhr Edouard unbeirrt fort. »Man tut so, als würde man sich für etwas begeistern, aber im Grunde durchschaut man das Ganze. Du mit deinem Rennrad, ich mit meinen alten Autos.«

Und mit belegter Stimme fügte er hinzu:

»Und andere mit ihrer Harley-Davidson.«

Er begann sich die Maschinen des Prinzen vorzustellen, nebeneinander aufgereiht in einem Schuppen, auf Hochglanz poliert, mit glänzendem Leder und spiegelblanken Chromteilen. Hatte die Fürstin-Mutter sie wie Reliquien aufbewahrt, oder hatte sie sich von ihnen getrennt, damit die Erinnerungen weniger schmerzten? Edouard neigte zu der ersten Hypothese. Seltsame Leute! Er fühlte sich in keinster Weise mit ihnen verbunden. Der Satz in Sigismunds Abschiedsbrief: »Versuchen Sie niemals, mit ihm zu mir zu kommen, Ihnen würde die Tür gewiesen werden«, schmerzte ihn. Die Warnung zeugte von einer grausamen, vielleicht unbewußten Niedertracht. Verwirrend an einer solchen Mitteilung war ihre Offenheit, dieses ungeheuerliche Sich-Entziehen, das darin ausgedrückt wurde. Wenn man den Brief las, mußte man annehmen, daß der junge Mann seine Liaison mit Rosine sehr zu schätzen gewußt hatte, ohne daß sie allerdings in Liebe oder auch nur bloße Zärtlichkeit ausgeartet wäre.

»Entschuldige«, sagte Edouard zu Fausto und zog den quadratischen Umschlag aus der Tasche.

Er las die Zeilen noch einmal in aller Ruhe, Wort für Wort, so als wolle er sie auswendig lernen. Wie oft Rosine ihn wohl gelesen haben mochte?

Sie kam, mit Edith munter plaudernd, zurück. Die Erzieherin sah älter aus als seine Mutter, und unerklärlicherweise freute er sich darüber.

## 16

Banane hütete drei Tage das Bett. Er klapperte mit den Zähnen, und obwohl man ihn in nach Wollfett stinkende Schaffelle wickelte, jammerte er, daß er friere. Seine Schwester wollte den Arzt rufen, doch ihre Mutter widersetzte sich und pflegte ihren Sohn mit Hilfe von mehr pittoresken als wirksamen Mitteln. Als Edouard kam, um sich nach seinem Befinden zu erkundigen, nahm sie den Stoff eines Turbans und fuchtelte damit vor seiner Nase herum.

»Was meint sie?« fragte Blanvin.

»Sie will dir sagen, daß Selim ›so lang‹ krank ist.«

Edouard verkniff sich ein Grinsen und sah die gute Frau mitleidig-teilnahmsvoll an. Dann zog er einen Hocker ans Bett, setzte sich und legte seine Hand auf die glühende Stirn seines Lehrlings.

»Und jetzt wirst du mir erzählen, was das Miststück mit dir gemacht hat!«

Der arme Junge hatte in den letzten Tagen bestimmt fünf Kilo abgenommen. Sein Gesicht erinnerte an eine Illustration des *Horla* von Maupassant.

Er wiederholte, was er Edouard bereits auf dem Friedhof gesagt hatte:

»Sie ist eine Mörderin!«

»Warum sagst du das, mein Kleiner?«

»Weil sie bereits jemanden getötet hat, und sie wird es immer wieder tun.«

»Wen hat sie getötet?«

Banane starrte lange zur Decke. Sein Mund stand weit offen, so als leide er an Atemnot.

»Na? Wen hat sie getötet?« insistierte Edouard.

»Das weiß ich nicht!«

»Nun, aber ich weiß es!« rief Blanvin. »Sie hat Rachels kleinen Hund getötet, besser gesagt: Sie hat ihn erschlagen. Als du neulich meine Mutter und die Kleine abgeholt hast, um sie zum Friseur zu fahren, war der Hund da auf der Baustelle? Nein, nicht wahr?«

»Doch«, widersprach Selim. »Hat mir sogar meine Jeans zerrissen. Der Scheißköter war Rassist: Jedesmal, wenn er mich sah, wollte er mich beißen.«

»Und du bist ganz sicher, daß er an dem Tag noch da war?«

»Den Tag werd ich nie vergessen, Edouard.«

Blanvin war enttäuscht. Wenn der Malteser noch gelebt hatte, als das Trio abgefahren war, dann konnte Marie-Charlotte ihn nicht erschlagen haben.

»Und ob er da war!« beteuerte Banane. »Ich hatte doch einen Platten, erinnerst du dich? Hab's nach zweihundert Metern gemerkt, und den Reifen hab ich später in der Werkstatt geflickt.«

»Stimmt. Und?«

»Während ich das Rad gewechselt habe, hat die Töle mich die ganze Zeit angekläfft. Marie-Charlotte mußte den Hund zum Waggon bringen, damit er mich in Ruhe ließ.«

»Aha, das hört sich schon ganz anders an, mein Junge! Damit das Gekläffe aufhörte, hat sie ihn an den Hinterbeinen gepackt und gegen einen Baum oder einen Stein geschmettert. Vielleicht vor Rachels Augen! Und wer sagt uns, daß die arme Alte nicht vor Schreck und Kummer gestorben ist?«

Banane wandte den Kopf ab und stieß einen qualvollen Seufzer aus.

»Sie ist verrückt«, sagte er. »Reif für die Klapsmühle.«

»Erzählst du mir jetzt von eurer Odyssee?«

Auf der anderen Seite der Wand hörte man Gebrüll auf arabisch, dann folgten dumpfe Schläge und Schmerzensschreie.

»Das ist Belcassem, unser Nachbar«, erklärte Selim. »Läßt sich mit Bier vollaufen, obwohl Ramadan ist.«

»Jedem seine Macke«, brummte Edouard. »Na, wird's bald, hm?«

Der Lehrling begann seinen chaotischen Bericht mit mehreren Rückblenden.

Marie-Charlotte hatte ihn im Wagen total heißgemacht. (»Das hätte jeden von der Rolle gebracht«, verteidigte sich der Junge.) Sie hatte ihm einen Haufen Geld gezeigt und vorgeschlagen, mit Freunden von ihr eine Sause zu machen. Komische Freunde seien das gewesen, Zigeuner oder so, fünfundzwanzig bis dreißig Jahre alt, und sie hätten in Zelten gehaust, in einem Vorort, den er nicht kenne. Sie hatten eingekauft, hatten gegessen und getrunken.

Dann hatten sie ein Spiel gespielt, bei dem es darum ging, dem erstbesten Passanten, der ihnen entgegenkam, was auf die Schnauze zu hauen. Jeder kam an die Reihe! Sie näherten sich mit Unschuldsmiene, und sobald sie sich neben einem Fußgänger befanden, schlugen sie auf ihn ein. Dieser »Spaß« hatte sich über zwei Tage hingezogen. Banane hatte sie im Zustand ständiger Trunkenheit erlebt.

Eines Nachts hatte sich Marie-Charlotte ans Steuer des 11 B gesetzt und so viele parkende Autos wie möglich demoliert, so lange, bis das eigene Fahrzeug kaputt gewesen war. Die Tatsache, daß sie wegen Trunkenheit garantiert straffrei ausgehen würde, hatte die Clique von Nichtsnutzen noch mehr stimuliert. Alles war ihnen egal, sowohl ihr eigenes Leben als auch das der anderen. Die Welt wies sie zurück? Nun, deshalb gehörte sie ihnen.

Am nächsten Morgen – Selim hatte Halsschmerzen und Fieber – hatten sie mit ihm gewettet, daß er die Brücke von Poissy nicht auf dem Geländer balancierend überqueren würde. Natürlich hatte er die Herausforderung angenommen und den Seiltänzer gespielt. Marie-Charlotte sollte neben ihm auf dem Bürgersteig der Brücke hergehen, mit erhobenem Arm, bereit, seine Hand zu ergreifen, falls er schwanken sollte. Er hatte schon die Hälfte geschafft, als sie ihn mit der Handkante in die Kniekehle schlug, so daß er einknickte. Er verlor das Gleichgewicht und stürzte in den eiskalten Fluß.

Er erinnerte sich weder an seinen Sprung ins Wasser, die Atemnot, die Angst, noch an den unglaublichen Überlebenswillen, der ihn gepackt hatte. Er hatte nicht auf so dumme Weise sterben wollen, deswegen hatte er mit allen seinen

Kräften angefangen zu schwimmen. Hatte er das Bewußtsein verloren? War es diese ruhige Strömung gewesen, die ihn in der seichten Bucht des Flusses angetrieben hatte? In seinem Leben würde es von nun an immer einen irreparablen Riß geben, eine Grauzone, ähnlich der, die man im Flugzeug beim Landeanflug durchlebt.

Seine Erinnerung setzte so langsam in dem Moment wieder ein, als er die Böschung zu der verlassenen Brücke hochschwankte. Die anderen hatten sich davongemacht, ohne sich um sein Schicksal zu kümmern.

»Ich sage dir, sie ist eine Mörderin, Edouard. Eine Ausgeburt der Hölle.« Edouard küßte ihn auf die glühende Stirn. »Laß dich gut pflegen, Banane, und wenn die Amulette deiner Mama nichts nützen, dann ruf einen Arzt. Ich muß nämlich eine kleine Reise machen, werde aber nicht lange fortbleiben.«

»Wohin fährst du?«

»In die Schweiz.«

»Hat man dir da unten einen interessanten Schlitten angeboten?«

»Nein«, antwortete Edouard. »Motorräder.«

ZWEITER TEIL

# Taufwasser

# 17

Der wildwuchernde Park fiel sanft zum See hin ab, den man wegen der dichtbelaubten, den Launen der Natur überlassenen Bäume kaum sehen konnte. Auf der linken Seite, inmitten einer Fläche, die früher einmal ein Rasen gewesen sein mußte, reckte das Schloß aus (mit der Zeit ausgeblichenen) blaßroten Ziegelsteinen seine beiden viereckigen Türme anmaßend in die Höhe.

Das Anwesen war von einer hohen, ziemlich abweisenden Mauer umgeben, aber man konnte durch das riesige, schmiedeeiserne Tor, dessen Gitterstäbe in Form eines Weinspaliers gearbeitet waren, einen Blick auf das Ganze werfen.

Edouard hatte seinen Wagen auf einem Parkplatz in der Nähe abgestellt und schlenderte vor dem Schloß auf und ab, ohne sich zum Läuten entschließen zu können. Er fühlte sich gegenüber diesem Anwesen mitsamt seinen Bewohnern unendlich fremd, und die Tatsache, daß er vor dem schmiedeeisernen Gittertor herumlungerte, gab ihm das Gefühl, etwas im Schilde zu führen. Er verfluchte jetzt den dummen Einfall, der ihn nach Versoix gebracht hatte.

»Das hab ich nun davon! Was hatte ich erwartet? Als Mann bin ich noch jung, aber als Erinnerung zu alt. Daß mein Lebenslicht in dem alten, verfallenen Häuschen neben den Garagen angezündet wurde, hat für niemanden die geringste Bedeutung, nicht mal für mich.«

Während er so auf und ab ging, hatte er aus Unachtsamkeit eine kleine Schnecke in ihrem gelblichen, perlmuttern schimmernden Häuschen zertreten; sie bildete nur noch einen schleimigen Dreck auf dem Gehsteig. Blanvin überlegte, daß er, wenn er ohne zu läuten wieder abführe, in die Schweiz gekommen wäre, nur um eine Schnecke zu zertreten. Dieser alberne Gedanke veranlaßte ihn, den Griff des Glockenstrangs zu packen und daran zu ziehen, wodurch ein verstimmtes, brüchiges Geläute ausgelöst wurde.

Es verstrich eine Weile, ohne daß sich jemand zeigte. Edouard war entschlossen, kein zweites Mal zu läuten. Er stellte fest, daß mit Ausnahme zweier Fenster alle Läden auf der gesamten Vorderseite des Hauses geschlossen waren. Das von hohem Gras umwucherte Gebäude schien an der Altersschwäche verlassener Häuser einzugehen. Es entsprach nicht mehr der Beschreibung, die seine Mutter ihm gegeben hatte. In dreißig Jahren hatten Kummer und Alter diese Verwahrlosung herbeigeführt, die sich nun seinen Augen darbot.

Er umklammerte die Gitterstäbe des Tores mit beiden Händen, und es sah so aus, als wolle er die Stäbe auseinanderbiegen. Er stellte sich vor, wie der Prinz auf seinen Motorrädern durch dieses Tor gefahren war, mit dem Brummen einer schweren Maschine im Leerlauf (das sich manchmal wie unterirdisch anhörte). Der Prinz, sein Vater! In schwarzes Leder gekleidet wie einst vielleicht seine Vorfahren.

Er betrachtete die verfallene Bruchbude neben den Garagen, in der das Hauspersonal untergebracht gewesen war und in das der Monarch ohne Königreich bei Einbruch der Nacht gekommen war, um das Dienstmädchen, seine Mutter, zu vernaschen. Jetzt wohnte dort niemand mehr. Die Scheiben einiger Fenster waren zerbrochen, und Vorhänge wehten nach draußen wie winkende Taschentücher. Seine Werkstatt am Rande eines Gemüseackers erschien Edouard demgegenüber sehr einladend.

Er tauchte gerade wieder aus seinen Gedanken auf, als die Eingangstür des Schlosses geöffnet wurde und ein kleiner, bejahrter Mann in Gamaschen heraustrat. Der Alte trug eine blaue Samtjacke, eine khakifarbene Reithose und ein weißes Hemd, das am Hals von einer Lederschnur zusammengehalten wurde.

Als er auf das Gittertor zukam, fielen Edouard seine spitzen Gesichtszüge auf: die Hakennase, die skelettartigen Wangenknochen, das fliehende Kinn, das ihm das Aussehen eines Hechts gab. Seine buschigen, schmutziggrauen Augenbrauen paßten nicht recht in dieses eckige Gesicht; sie verdeckten halb einen strengen, aber menschenfreundlichen Blick.

»Sie wünschen?« rief er Blanvin zu, noch bevor er das Tor erreicht hatte.

Was Edouard zu sagen hatte, rief man sich nicht über einige Meter hinweg zu. Er wartete, bis der Mann in den Gamaschen direkt vor ihm stand.

»Ich möchte zu Madame … äh … der Fürstin«, erwiderte er schließlich.

Der Greis musterte ihn, und sein Urteil fiel nicht ungünstig aus. Entgegen seiner Gewohnheit trug Edouard einen Anzug (denselben, den er zu Rachels Beerdigung angehabt hatte) und eine Krawatte (er besaß in allem und für alle Gelegenheiten zwei).

»Zur Fürstin!« rief der Mann verständnislos. »Aber sie empfängt niemand anderen als den Bischof und ihren Arzt! Darf man fragen, was Sie von ihr wollen?«

»Es handelt sich um eine vertrauliche Angelegenheit«, antwortete Edouard.

»Und das halten Sie für ein ausreichendes Argument!« brummte der Alte. »Vertraulich, das sagt man so leicht! Könnten Sie sich nicht etwas präziser ausdrücken?«

»Es geht um ihren Sohn.«

»Der Prinz ist seit zwanzig Jahren tot!«

»Man kann auch über Tote reden«, argumentierte Blanvin.

Der kleine Alte kratzte sich am Kinn, was auf den Bartstoppeln ein rauhes Geräusch verursachte.

»Ich sehe mal nach, ob Seine Durchlaucht der Herzog Sie empfängt.«

»Was für ein Herzog?« fragte Edouard ohne nachzudenken.

»Der Kammerdiener von Fürstin Gertrude.«

Der Ausdruck »Kammerdiener« reizte zum Lachen. Edouard hatte den Eindruck, daß hier noch immer mit Traditionen und archaischen Bezeichnungen gespielt wurde.

Der Mann mit den Gamaschen zögerte einen Moment, dann löste er ein Schlüsselbund, das mit einem Karabinerhaken an seinem Gürtel befestigt war, und öffnete das Tor.

»Kommen Sie.«

Schüchtern betrat Edouard das Anwesen. Ein penetranter

Duft nach blühenden Glyzinien betäubte ihn; er war überrascht, denn draußen nahm man ihn nicht wahr, so daß man hätte glauben können, daß dieser Wohlgeruch ausschließlich den Bewohnern des Schlosses vorbehalten war. Unter dem freiwuchernden Unkraut knirschte noch der ehemalige Kiesweg, was dasselbe Geräusch produzierte wie eben die zertretene Schnecke.

»Sind Sie der Hausdiener?« fragte Edouard.

Der Alte lachte leicht säuerlich.

»Ich bin Mädchen für alles«, antwortete er. »Hausdiener, Chauffeur, Butler ... Und Gärtner, bevor der Rheumatismus es mir unmöglich machte, mich zu bücken.«

Eine dünne Schicht giftgrünen Mooses bedeckte zum großen Teil die Außentreppe; die Bewohner hatten eine Art Trampelpfad in die grüne Oberfläche getreten.

»Ich muß Sie bitten, hier zu warten«, sagte der Hausdiener. »Ich habe strikte Anweisung, niemanden hereinzulassen, der nicht angemeldet ist.«

Er sprach perfekt Französisch, allerdings mit einem schwer zu bestimmenden Akzent. Edouard wurde sich bewußt, daß der Alte ihn soeben auf eigene Verantwortung auf das Anwesen gelassen hatte, statt ihn auf der Straße warten zu lassen. Vertraute er seinem ehrlichen Gesicht, oder wollte er seinen rheumageplagten Beinen einen erneuten Gang zum Tor ersparen?

Der Mann verschwand im Haus. Bienen attackierten die Glyzinien, deren schwere Blüten zu leben schienen. Auf dem See hörte man ein Motorboot brummen. Tiefer helvetischer Friede hüllte das weitläufige Grundstück ein. Seit dem Unfalltod des Prinzen hatten Menschen und Dinge hier jeglicher Lebensfreude abgeschworen. Man setzte eine trübsinnige, seelenlose Existenz fort.

Der kleine Alte rief ihm von der Eingangstür zu:

»Kommen Sie?«

Edouard sprang in zwei Sätzen die Treppe hinauf und stand in der Tür zu einer riesigen Eingangshalle, vollgestopft mit schweren Möbeln, die das Auge durch ihre erdrückende Häßlichkeit beleidigten. Allein der schwache

Widerhall der Schritte durchbrach die dumpfe Stille des Hauses.

Verschiedene Stile, von Neogotik bis zu den dreißiger Jahren, kontrastierten im Schloß.

Hintereinander gingen sie an einer herrschaftlichen Treppe mit überladen verzierten Geländerpfosten vorbei und gelangten zu einer niedrigen Tür, die sich unterhalb der Stufen befand.

Der Hausdiener stieß die angelehnte Tür auf und meldete:

»Der Herr, von dem ich Ihnen erzählt habe, Durchlaucht!«

Er trat diskret zur Seite, um Edouard hineingehen zu lassen.

Blanvin betrat ein kleines, neutrales Büro, dessen Wände mit Aktenschränken aus Holz zugestellt waren. In der Mitte des Raumes stand ein Tisch, auf dem ein grüner Läufer lag. Ein dicker alter Mann saß auf einem Bürostuhl und schrieb Zahlenkolonnen auf lange Blätter glänzenden Papiers, mit einem Federhalter, den er hin und wieder in ein gläsernes Tintenfaß tauchte. Der Mann mußte auf die Achtzig zugehen. Seine Glatze erinnerte an einen Clown: Oben auf dem spitzen Kopf war er kahl, während ihm lange, weiße Haare auf die Schultern fielen. Er trug einen schwarzen, altmodisch geschnittenen Anzug, einen Zelluloidkragen und eine perlgraue Krawatte. Ein lächerliches, spitzenverziertes Ziertüchlein lugte vergilbt aus seiner Brusttasche.

Zum Schreiben brauchte er eine Brille, die er jetzt, als der Besucher hereinkam, abnahm.

Edouard deutete mit dem Oberkörper eine Verbeugung an, von der er hoffte, daß sie den Umgangsformen des Hauses entsprach.

»Durchlaucht ...«

Er wartete, daß der Mann ihn bitten würde, näher zu treten. Der Herzog deutete schließlich auf einen Stuhl ihm gegenüber.

»Ich habe nicht recht verstanden, was Walter mir erzählt hat«, begann der Kammerdiener mit kaum hörbarer Stimme. »Erklären Sie's mir.«

Blanvin hatte vor Lampenfieber eine trockene Kehle. Er schämte sich.

›Scheiße, ich bin der Sohn eines Prinzen, verdammt noch mal!‹

Er nahm Platz und sah sein Gegenüber mit gelassener Selbstsicherheit an.

»Zunächst, Durchlaucht, möchte ich Ihnen versichern, daß mein Besuch, so ungewöhnlich er auch sein mag, frei von irgendwelchem Interesse ist.«

Er hatte sich noch nie so ausgedrückt und war selbst von seiner emphatischen Redeweise überrascht. Woher hatte er sie? Herzog Groloffs Hände lagen auf seinen Blättern, seine Fingerspitzen spielten mit dem Brillengestell.

»Darf ich mir erlauben, Durchlaucht, Sie zu fragen, seit wann Sie in diesem Schloß wohnen? Von Ihrer Antwort hängt es ab, ob Sie mich verstehen werden.«

»Ich wohne in Versoix, seit Fürstin Gertrude und ihr verstorbener Sohn hierhergezogen sind«, antwortete der Herzog, »das heißt, seit dem Ende des Zweiten Weltkriegs.«

Rosine hatte diesen Mann nicht erwähnt, als sie ihm von den Bewohnern des Schlosses erzählt hatte; wahrscheinlich hatte er keinen besonders starken Eindruck auf sie gemacht.

»In diesem Fall werden Sie mich sehr schnell verstehen, Durchlaucht. Erinnern Sie sich an ein junges Mädchen, das von ihrem Vater von zu Hause fortgejagt worden war und von einer Freundin der Fürstin Ende der fünfziger Jahre hierhergebracht wurde? Das Mädchen hieß Rosine und arbeitete hier als Dienstmädchen.«

»Ich erinnere mich sehr genau«, versicherte der Alte.

»Ich bin ihr Sohn«, erklärte Edouard.

Das Gesicht seines Gesprächspartners blieb unbeweglich.

»Ah ja, und?«

»Und, na ja, auch der Sohn von Prinz Sigismund II., hervorgegangen aus seiner Liebesbeziehung mit meiner Mutter.«

Der Herzog stand schwerfällig auf. Er zeigte keinerlei Regung, sah nur sehr müde aus.

»Zu meinem größten Bedauern, Monsieur, kann ich Sie nicht weiter anhören«, sagte er. »Die Großen dieser Welt, ob sie nun tot sind oder noch leben, sind den Nachstellungen von Leuten wie Ihnen ausgesetzt. Walter wird Sie hinausbegleiten.«

Edouard wurde blaß und stand auf; er verging vor Scham. Der Hitzkopf in ihm trieb ihn dazu an, den adligen Alten zu beschimpfen; wenn er sich beherrschte, dann nur, um seinen guten Willen zu beweisen.

Er zog den Brief des Prinzen an Rosine aus seiner Tasche.

»Diese Mitteilung des Prinzen an meine Mutter beweist, daß er mein Vater ist, Durchlaucht. Sie stellt eine Waffe dar, derer sie sich hätte bedienen können. Der Prinz hat sie ihr in die Hand gegeben, weil er ihr vertraute, und das zu Recht. Ich habe es erst vor drei Tagen erfahren. Ich bin sozusagen als Wallfahrer hierhergekommen, von einer Macht angetrieben, die ich mir nur schwer erklären kann und die vielleicht nichts als Neugier ist. Ich gebe diesen Brief der Fürstenfamilie von Montegrino zurück, denn wie ich Ihnen bereits zu Anfang sagte, erhebe ich keinerlei Forderungen. Meinen Respekt, Durchlaucht.«

Er verbeugte sich wiederum und verließ das Büro. Walter ging nun hinter ihm her, und er humpelte auf seinen erhöhten Absätzen, stieß Seufzer aus, da Edouard zu schnell ging.

An dem schmiedeeisernen Tor angekommen, fragte Blanvin den Hausdiener, woher er seinen unbestimmbaren Akzent habe. Der Alte antwortete, er stamme aus Norditalien, von ganz oben, dort, wo man »Österreichisch« spreche.

Als Edouard wieder in seinem Wagen saß, machte ihn ein Magenknurren darauf aufmerksam, daß er vor Hunger fast starb. Es war gleich Mittag, und so beschloß er, am Ort zu essen. Er machte sich auf die Suche nach einem Restaurant, in dem man ihm das berühmte Barschfilet, eine Spezialität der helvetischen Küche, servieren würde. In unmittelbarer Nähe des Sees fand er das, was er suchte. Das Wetter war unbeständig, aber dennoch entschied er sich dafür, seine Mahlzeit auf der Terrasse einzunehmen. Edouard fürchtete weder Kälte noch Hitze; die unterschiedlichsten Temperaturen schienen ihm nichts auszumachen.

Er bestellte Bündnerfleisch (*made in* Argentinien) sowie Barschfilet und dazu 3 dl *Fendant*. Seine Niederlage bedrückte ihn nicht weiter, sie war vorauszusehen gewesen. »Versuchen Sie niemals, mit ihm zu mir zu kommen. Ihnen würde die Tür gewiesen werden.« Die Karten waren rechtzeitig offengelegt worden. Alles war gut so. Der Prinz hatte keinen Prinzen, sondern einen Automechaniker gezeugt. Er mußte zu seinen alten Citroens zurückkehren und sich Rosines unglaubliches Abenteuer aus dem Kopf schlagen! Sohn einer ledigen Mutter! Sein Schicksal!

Er lächelte, als er ein winziges Stück Butter aus dem Stanniolpapier wickelte. Bestrich den Toast, streute Salz darauf und biß sogleich hinein.

Warum empfand er so etwas wie Erleichterung? Das Gefühl, einer lästigen Verpflichtung nachgekommen und niemandem etwas schuldig geblieben zu sein?

Die Kellnerin brachte den Teller Bündnerfleisch, das mit Cornichons und kleinen Essigzwiebeln garniert war. Er aß die dünnen, rosigen Fleischscheiben mit den Fingern.

»Prinz Edouard scheißt auf euch alle!« brummte er.

Er leerte seine Karaffe Weißwein, gab der Kellnerin ein Zeichen, eine neue zu bringen.

»Sie haben großen Durst!« scherzte die dumme Gans.

»Durst auf Weißwein und Hunger auf dich, mein Herzchen!«

Entsetzt rettete sie ihre Tugend in die Küche.

Nachdem er seine Mahlzeit beendet hatte, bestellte er einen Espresso; dann wollte er sich wieder auf den Weg machen.

Während er in seine Tasse blies, sah er einen alten Rolls Phantom im Beerdigungstempo in die Straße einbiegen. Das ehrfurchtgebietende Fahrzeug (aber konnte man einen Rolls-Royce überhaupt mit einem so groben Wort wie »Fahrzeug« bezeichnen?) hatte wohl »gesundheitliche« Probleme, denn es bewegte sich ruckartig vorwärts. Noch ein paar Meter, und es blieb ganz stehen, nicht weit von dem Restaurant entfernt. Seine getönten Scheiben ließen keine Rückschlüsse auf die Insassen zu. Als sich die Tür der Fahrzeugseite öffnete, sah Edouard zu seiner Überraschung Walter aussteigen, den Mann für alles im Schloß. Der kleine Austro-Italiener öffnete die Motorhaube des edlen Wagens, sah sich den Motor mit skeptischen Blicken an und begann dann, aufs Geratewohl an irgendwelchen Teilen, deren Funktionen er offensichtlich nicht kannte, herumzufummeln.

Edouard rief die Kellnerin und hielt ihr die Banknote zu fünfhundert Schweizer Franken hin, die er in der Wechselstube an der Grenze gewechselt hatte.

»Machen Sie bitte meine Rechnung fertig, ich komme gleich wieder.«

Er ging zu dem alten Chauffeur hin.

»Ich dachte, ein Rolls hat nie 'ne Panne!« sagte er.

Walter drehte sich um.

»Oh, Sie sind's, Monsieur!«

Er war zu verärgert über die Panne, als daß er sich über Edouards Auftauchen gewundert hätte. Er war verzweifelt und fühlte sich von diesem widerspenstigen Wagen an der Nase herumgeführt.

»Setzen Sie sich wieder ans Steuer, lassen Sie den Motor an und geben Sie Gas!« befahl Edouard.

»Kennen Sie sich mit einem Rolls-Royce aus?«

»Ich habe Automechaniker gelernt, und alle Modelle ähneln sich, so wie alle Menschen sich ähneln.«

Walter folgte den Anordnungen seines »Retters«. In kürzester Zeit fand Blanvin die Ursache für den Schaden (ein einfacher Wackelkontakt) und behob ihn.

»Sie müssen die Kontakte kontrollieren lassen«, riet er dem Chauffeur. »Sicher gibt es hier so viele Rolls-Royce-Niederlassungen wie Banken!«

Walter bedankte sich bei ihm und fuhr weiter. Durch die getönten Scheiben erkannte Edouard die clowneske Physiognomie von Herzog Groloff. Neben ihm saß eine gespensterhafte Gestalt, bleich, in nachtschwarzen Kleidern.

## 18

Es wurde viel über das mysteriöse Verschwinden von Elie Mazureau, dem Taxifahrer, geredet.

Zehn Tage zuvor war er früher als gewöhnlich aufgestanden und hatte das Haus verlassen, während seine Frau noch schlief.

Er war ein schweigsamer, schroffer Mensch, den man überall, wo er auftauchte, fürchtete, angefangen bei sich zu Hause bis hin zum Bürgermeisteramt, wo er die Funktion des 2. Stellvertreters innehatte.

Da er mittags nicht nach Hause gekommen war, nahm seine Frau an, er habe eine Langstreckenfahrt zu machen. Das kam manchmal vor. Im letzten Jahr hatte er sogar einmal einen Fahrgast nach Brüssel gebracht. Als er nachts immer noch nicht zurück war, machte Madame Mazureau sich Sorgen, denn er hatte kein Gepäck mitgenommen, nur seinen Fotoapparat.

Am nächsten Tag benachrichtigte sie die Polizei. Man gab eine Suchmeldung mit dem amtlichen Kennzeichen des Taxis durch, und dabei blieb es dann. Es verschwinden so viele Menschen! So manche Zeitgenossen beschließen eines schönen Morgens, ihr Leben zu ändern, lassen alles stehen und liegen und bauen sich irgendwo anders eine neue Existenz auf.

Dann der Knalleffekt: Ein Liebespaar hatte bei der Suche nach einem diskreten Plätzchen ein Auto entdeckt, das fast vollständig unter den Rückständen einer stillgelegten Zementfabrik begraben war. Das Fahrzeug wurde aus dem Schutt herausgezogen und identifiziert. Von nun an übernahm die Kriminalpolizei die Ermittlungen.

In dieser aufgeregten Atmosphäre kehrte Edouard nach dreitägiger Abwesenheit (auf der Rückfahrt hatte er noch einen Freund aus der Militärzeit, der inzwischen Lehrer im Departement Doubs war, besucht) wieder in seine Werkstatt zurück.

Er war freudig überrascht, als er Banane bei der Arbeit sah. Doch der junge Mann war nicht wiederzuerkennen, soviel Gewicht hatte er verloren. Beim Anblick seines blassen Gesichts und der dunklen Ringe um seine großen Augen konnte man Mitleid mit ihm haben.

»Du solltest im Bett bleiben«, sagte Edouard zu ihm. »Du siehst fürchterlich aus.«

Banane lächelte verkrampft.

»Mein Fieber ist weg.«

»Ohne die Hilfe eines Arztes?«

»Bei den Larabis übernehmen die Frauen die Behandlung.«

»Komm mit rauf und mach mir einen Kaffee, in der Zwischenzeit zieh ich mich um. Hab das Gefühl, in einer Uniform zu stecken.«

Sie gingen die steile Treppe hinauf. Edouard sah Rachels Brille auf dem Tisch liegen, daneben einen Zettel von Rosine, die ihm für das »wundervolle Essen neulich« dankte. Edouard hatte darauf bestanden, ihr einen Schlüssel von seiner Wohnung zu geben, damit sie auch in seiner Abwesenheit hereinkommen konnte.

Er nahm die Brille und schnupperte daran. Sie roch »nach Oma«. Alles besitzt einen Geruch, Menschen wie Dinge.

»Sag mal, unser Nest ist ja in heller Aufregung wegen dieser Taxifahrer-Geschichte. So was erschüttert die Ruhe der Bürger, von der im Gesetzbuch die Rede ist.«

Banane gab keine Antwort.

»Hast du gehört, du Tod auf Urlaub?«

»Ja, ja … Also, du interessierst dich jetzt für Motorräder?«

»Was erzählst du da?«

»Du hast gesagt, du würdest in die Schweiz fahren, um dir Motorräder anzusehen.«

»Ich hab keine gesehen«, knurrte Blanvin.

Im Schloß hatte er die Harley-Davidsons des Prinzen völlig vergessen.

Banane stellte die elektrische Kaffeemaschine an. Edouard stand in Unterhosen vor dem Schrank und nahm ein blaues Baumwollhemd aus der Schublade. Der Lehrling stellte zwei mehr oder weniger angeschlagene Tassen auf den Tisch, die Zuckerdose, zwei kleine Löffel, die so leicht waren, daß sie bestimmt auf dem Kaffee oben schwammen.

»Dieser Taxifahrer«, begann Edouard wieder, »war das nicht so ein mürrischer Kerl mit Lederjacke?«

»Ich glaube, ja.«

»Dann ist das doch der, mit dem Rosine nach Paris gefahren ist, um das kleine Biest abzuholen?«

Banane ließ sich auf einen Stuhl fallen.

»Edouard!« stöhnte er schwach.

Blanvin dachte, seinem jungen Freund gehe es nicht gut.

»Was ist los, Selim? Kippst du mir aus den Latschen?«

Er tätschelte ihm die Wangen.

»Willst du einen Rum trinken, damit du etwas Farbe kriegst?«

»Nein, nein, es geht schon. Hör mal, Alter, ich muß dir was sagen. Was Schreckliches.«

Blanvin setzte sich auf die Tischkante.

»Man könnte meinen, du lägst in den letzten Zügen, armer Kerl. Red' schon!«

Der Junge erschauerte.

»Den Taxifahrer, den hat Marie-Charlotte getötet!«

»Woher willst du das wissen?« fragte Edouard ungläubig.

»Sie hat's mir erzählt.«

»Sie hat sich über dich lustig gemacht, oder sie hat's dir erzählt, um dich zu beeindrucken.«

»Als sie's mir erzählt hat, wer wußte da, daß der Typ verschwunden war?« entgegnete Banane.

Dieser Einwand verschlug Edouard die Sprache.

»Scheiße!« stöhnte er. »Oh, Scheiße!«

»Sie hat ihn eines Morgens auf der Baustelle dabei überrascht, als er die ›Quelle‹ fotografierte. Sie hat ihm den Apparat aus der Hand gerissen, der Mann wollte ihn sich zurückholen, da hat sie den Apparat an der Halteschlaufe herumgewirbelt und ihn dabei am Kopf getroffen. Er war sofort tot.«

»Ist sie ganz sicher?«

»Jedenfalls hat sie ihn mit der Schaufel des Bulldozers begraben, und danach hat sie den Wagen zu der Zementfabrik gefahren. Dieses Miststück!«

»Und sie hat dir den Mord einfach so gestanden?«

»Ganz stolz! Um mich zu verblüffen, mir Angst einzujagen. Richtig berauscht hat sie sich daran. Aber sie hat ja nichts riskiert.«

»Warum nicht?«

»Weil sie da schon beschlossen hatte, mich umzubringen! Der Schlag auf der Brücke von Poissy, das war keine spontane Handlung einer Bekloppten!«

»Wir müssen etwas tun«, sagte er, nachdem er den ersten heißen Schluck genommen hatte.

»Wenn wir die Polizei verständigen, dann sitzt ihr schön in der Scheiße, und ich auch! Die würde glatt behaupten, du und ich hätten das gemacht! Und da wir schon mal dabei sind, will ich auch alles sagen, Edouard. Das Schlimmste kommt nämlich noch.«

»Kann noch was Schlimmeres kommen, danach?«

»Und es wird dir weh tun, ich warne dich!«

Er zögerte ein letztes Mal. Noch konnte er den Schlag zurückhalten, doch es war besser, auf ein solches Versteckspielen zu verzichten.

»Sie hat Oma getötet!« stieß er hervor.

Und er fühlte sich von dem enormen Gewicht befreit, das seit Tagen auf ihm gelastet hatte.

Edouard legte den Kopf in den Nacken. Die weißgestrichene Decke kam ihm wie ein riesiges Blatt Papier vor, ja, wie eine Kinoleinwand. Er versuchte, die Gestalt des schrecklichen Mädchens, für das es wie eine Mission war, Schaden anzurichten, darauf zu projizieren. Daß sie Rachel ermordet hatte, überraschte ihn nicht. Sie konnte ihn nicht mehr überraschen. Mit Mühe brachte er sich ihr schmales Gesicht in Erinnerung, das durch das Schielen noch spitzer wirkte; das boshafte Grinsen, in dem eine leidenschaftliche Verachtung für die gesamte Menschheit lag.

»Nach dem, was sie mir erzählt hat, muß das ungefähr so passiert sein«, fuhr Banane fort. »Während ich das Rad gewechselt habe, ist sie zu dem Waggon zurückgelaufen. Dabei hat sie dem kleinen Hund auf den Schwanz getreten, und der hat angefangen zu jaulen. Oma hat Marie-Charlotte ausgeschimpft. Die Kleine hat rot gesehen, hat den Malteser an den Hinterbeinen gepackt und ihn durch die Luft gewirbelt, genauso wie den Fotoapparat des Taxifahrers. Sie hat sich auf die arme Alte gestürzt, hat ihr den Hund mit aller Kraft gegen die Brust geschleudert, und zwar so lange, bis Oma und ihr Köter tot waren. Sie meint, das habe nicht länger als zehn Sekunden gedauert. Danach hat sie Miky so weit wie möglich weggeworfen. Der Trottel von Arzt hat den Braten nicht gerochen. Natürlich, eine alte Frau, die nach einem Schlaganfall nur noch auf Sparflamme lebt, daß die plötzlich stirbt, so was überrascht einen nicht ...«

Edouard hatte immer noch den Kopf in den Nacken gelegt. Er kapierte einfach nicht, warum der Mord an Rachel ihn weniger erstaunte als der an dem Taxifahrer. Genausowenig verstand er, daß er für Nines Tochter keinen Haß empfand. Einen Krebs haßt man nicht: Er versetzt einen in Angst und Schrecken, das ist alles. Es wäre gut, wenn dieses Mädchen von der Bildfläche verschwinden würde, aber es gelang Edouard nicht, ihr den Tod zu wünschen. Eines Tages, bald schon, würde sie ein Verbrechen begehen, das sie ins Gefängnis bringen würde. Doch das würde nichts an ihrem Schicksal ändern. Marie-Charlotte war gefährlich wie ein unheilbarer Virus. Edouard war bei ihr über das Stadium der Wut hinaus. Bereute fast den Augenblick der Erleichterung, als er sie in den Hintern getreten hatte.

»Was wirst du unternehmen?« fragte Selim, beunruhigt über die Selbstbeherrschung seines Chefs.

Edouard sah ihn an und schüttelte den Kopf.

»Nichts!« antwortete er.

Überrascht von seiner Laschheit, dachte er:

»Ich, der ich sonst so aufbrausend bin, reagiere nun wie ein Prinz!«

Sein Grinsen erschreckte Banane.

Es folgte eine Zeit der Ungewißheit. Banane und Edouard arbeiteten viel, weil die Menschen wie Schafe sind. Blanvins

Spezialisierung auf alte Citroëns und die Tatsache, daß bestimmte Notabeln der Umgebung sich für diese altertümlichen Fahrzeuge interessierten, schafften so etwas wie einen Wettstreit. Außerdem begeisterten sich viele junge Leute aus Snobismus für die alten »Zitronen«.

Die beiden Männer arbeiteten zwölf Stunden täglich. Nicht ein einziges Mal kamen sie auf Marie-Charlotte und ihre Verbrechen zurück. Kaum daß sie während ihrer Unterhaltungen verlegene Blicke tauschten. Sie waren offenbar beide entschlossen, die vorübergehende Anwesenheit des kleinen Ungeheuers bei ihnen zu verdrängen.

Nachdem das Taxi entdeckt worden war, wurden in der Umgebung Suchaktionen organisiert, um die Leiche des Taxifahrers zu finden; doch nach ein paar Tagen gab man es wieder auf: Das unerbittliche, das »schnöde« Vergessen, von dem Victor Hugo spricht, nahm diesem Ereignis die Aktualität.

Seit Blanvin das Kriegsbeil mit Fausto Coppi begraben hatte, kam der Rennfahrer fast jeden Tag zur Baustelle. Edouard war froh darüber, weil seine Mutter so einsam wohnte. Das Wasserwerk hatte mit den Reparaturarbeiten an der kaputten Kanalisation begonnen, und Vater Montgauthier saß wieder auf seinem riesigen Bulldozer und trank seinen Rotwein.

Obwohl Najiba genesen war, weigerte sie sich immer noch, ihr Studium wieder aufzunehmen. Edouard begriff nicht, wie eine Schädelverletzung einen Menschen so sehr verändern konnte. Das junge Mädchen tauchte häufig unverhofft in der Werkstatt auf, unter dem Vorwand, sie müsse ihren Genesungsspaziergängen ein Ziel geben. Es war offensichtlich, daß sie Edouard durch ihre linkischen Zärtlichkeiten zu verführen suchte. Blanvin ärgerte sich darüber. Die Kleine gefiel ihm, aber er wollte nicht einem Unfall verdanken, was seine Verführungskünste nicht vermocht hatten.

Er ging immer seltener zu Edith Lavageol, die ihm gealtert erschien: Sie glich von Tag zu Tag mehr einer alten Dame. Wenn er sie verstohlen musterte, glaubte er in ihren Falten die ersten Krankheitssymptome zu entdecken.

In ihm entstand ein Gefühl der Beklemmung, das ihm keine Ruhe ließ. Er versuchte, es durch Arbeit zu bannen, doch in seinem Innern kämpfte die Ahnung von einem nicht wiedergutzumachenden Scheitern gegen das Gefühl einer unmittelbaren Bedrohung.

Obwohl er müde war, schlief er wenig, wobei er seine Schlaflosigkeit mit der Lektüre der Bücher bekämpfte, die Najiba ihm brachte. Sie suchte für ihn Werke aus, die ihr geeignet schienen, seine Bildung zu erweitern; wohldosiert: Romane, Biographien von großen Männern, historische Erzählungen, und dazwischen, in dem Bücherstapel, hin und wieder eine philosophische Abhandlung, nicht zu lang, um ihn nicht abzuschrecken.

Edouard fand Gefallen daran, da er immer schon einen deutlichen Hang zum »Schmökern«, wie er es nannte, gehabt hatte. Eine besondere Vorliebe hegte er für Voltaire, und der *Zadig* lag immer auf dem Bastteppich vor seinem Bett. Sartre gefiel ihm besser als Camus, den er als zu kalt empfand. Mühe hatte er am Anfang mit Céline, doch er gab nicht auf und wurde nach und nach in seinen Bann gezogen. Er teilte Bananes Schwester seine Eindrücke mit, und während er ein Getriebegehäuse abmontierte oder einen Auspufftopf auswechselte, führte er mit ihr begeisterte Gespräche.

Es kam vor, daß Lesen alleine nicht ausreichte, um ihn zur Ruhe zu bringen. Dann griff er zu Alkohol und trank etliche Gläser *Drambuie,* denn er mochte süße Getränke. Wenn das Einschlafen ihm schon schwer genug fiel, so bereitete ihm das Wachwerden noch größere Schwierigkeiten. Kalte Duschen und starker Kaffee brachten ihn schließlich in Schwung, ohne daß es ihm gelang, die abgrundtiefe Bitterkeit loszuwerden, die sein Leben unterminierte. Seine andauernde Niedergeschlagenheit ließ auf eine Depression schließen. Das machte ihm angst, denn er hatte sich immer vollkommen ausgeglichen und gesund gefühlt.

Dieser Zustand seelischer Zerrüttung dauerte an bis zu jenem Nachmittag, da sein Schicksal eine andere Wendung nahm.

Er stand gerade in der Abschmiergrube und horchte in das Innere eines von Peter Eppendhal umgebauten 15 Six, Baujahr 1956 hinein, als vor der Werkstatt gehupt wurde.

Da die Werkstatt keine Zapfsäule besaß, haßte Edouard es, von einem Kunden, der zu faul war, um auszusteigen und zu ihm zu kommen, auf diese Weise herausgerufen zu werden. Schimpfend stieg er die kurze Eisenleiter hinauf.

Vor der Werkstatt stand ein schwerer Rolls-Royce Phantom mit getönten Scheiben, den er sofort wiedererkannte: das Fahrzeug der Fürstin von Montegrino. Walter saß am Steuer. Als er Edouard erblickte, stieg er aus und lächelte ihm zu. Dann öffnete er eine der hinteren Türen und hielt demjenigen, der ebenfalls aussteigen wollte, den angewinkelten Arm hin. Herzog Groloff beugte seinen Oberkörper hinaus. Die langen, weißen Haare, die seinen kahlen Schädel umkränzten, fielen auf seine dicken Schultern. Vorsichtig setzte er erst einen Fuß auf den Asphalt, dann den anderen. Er trug graue Gamaschen über spiegelblank gewienerten Schuhen. Sein schwarzer Anzug setzte so langsam Grünspan an. Da es heftig regnete, trippelte er so schnell, wie es seine Körperfülle zuließ, in die Werkstatt.

»Guten Tag, Durchlaucht«, begrüßte ihn Edouard.

Der Alte warf ihm einen gezwungen höflichen Blick zu.

Er sah ungesund blaß aus, hatte gelbliche Ringe unter den Augen. Die Reise mußte ihn angestrengt haben.

»Ich kann Ihnen leider keinen Stuhl anbieten«, sagte Blanvin, »und so würde ich vorschlagen, wir sollten in meine Wohnung hinaufgehen; aber die Treppe ist so steil, daß Sie es sicherlich nicht riskieren wollen.«

Der Herzog schüttelte den Kopf, dann erblickte er einen niedrigen Stapel neuer Reifen und setzte sich ächzend darauf.

Walter hatte sich wieder hinters Steuer gesetzt, um sich vor dem Regen zu schützen. Edouard wartete. Wenn der adlige Alte ihm einen Besuch abstattete, dann bestimmt, um mit ihm über Dinge von allergrößter Wichtigkeit zu sprechen.

»Fürstin Gertrude hat den Brief, den Sie mir gegeben haben, zur Kenntnis genommen«, begann der Herzog schließlich. »Sie hat die Schrift erkannt, sie aber, um ganz sicher zu gehen, von einem Graphologen untersuchen lassen: Es ist die Schrift des Prinzen.«

Edouard hatte sich auf eine Werkbank gesetzt und streichelte die Backen eines Schraubstocks.

»Würde es Ihnen etwas ausmachen, mir Ihren Rücken zu zeigen?« fragte Groloff.

Edouard ließ sich seine Überraschung nicht anmerken. Er sprang von der Werkbank, streifte den oberen Teil seines Overalls ab, unter dem er nur einen Slip trug, und zeigte dem Herzog seinen Rücken.

Der beugte sich hinunter und bekreuzigte sich.

»Allmächtiger Gott!« murmelte er.

»Erschüttert Sie mein Leberfleck so sehr?« fragte Edouard.

»Alle männlichen Nachkommen der Skobos haben den gleichen Leberfleck, der die ungefähre Form von Montegrino hat.«

»Sie können mir viel erzählen!« lachte Blanvin, um seine Erregung zu verbergen.

»Es gibt keinen Zweifel, daß Sie der Sohn von Sigismund II. sind!« stellte der Herzog fest.

»Hat es schon einen Edouard in dem Herrschergeschlecht gegeben?«

»Nein.«

»Dann also Edouard I.?« scherzte Blanvin.

»Nun, ja.«

»Sohn eines Prinzen, in Ordnung; aber Sohn eines Dienstmädchens, das wird mir wohl Knüppel zwischen die Beine werfen, oder?«

»Nicht unbedingt, wenn der Prinz seine Vaterschaft anerkennt.«

»Und dann ist Montegrino eine Republik, nicht wahr?«

»Im Augenblick, ja.«

»Hm ... Zorros Rückkehr, wissen Sie! Ich an Ihrer Stelle würde nicht zu fest damit rechnen.«

»Die Geschichte ist unvorhersehbar, Durchlaucht.«

Edouard fuhr vor Schreck hoch.

»Sagen Sie das noch einmal, *por favor!*«

»Ich sagte, Durchlaucht, daß die Geschichte unvorhersehbar sei.«

»Sie reden mich mit ›Durchlaucht‹ an!«

Der alte Dickwanst lächelte.

»In Zukunft würde es mir schwerfallen, Sie anders anzureden.«

Er blickte sich in der Werkstatt um.

»Hier leben Sie?«

»Nicht gerade sehr fürstlich, nicht wahr?«

»Alle Skobos haben sich für Maschinentechnik begeistert. Bei Ihrem Vater waren es ...«

»Motorräder, ich weiß.«

»Und bei Ihrem Großvater Flugzeuge ... Nun, Durchlaucht, Fürstin Gertrude wünscht Sie so schnell wie möglich zu sehen.«

»Ich habe zur Zeit eine Mordsarbeit«, wandte Edouard treuherzig ein.

Der Herzog sah ihn schockiert an.

»Hören Sie, Durchlaucht, *die* Fürstin-Mutter erwartet Sie! Ich denke, Sie sollten Ihre Koffer packen und mit uns in die Schweiz fahren.«

»Fürstin Gertrude hat zweiunddreißig Jahre gewartet«, erwiderte Edouard, »da kommt es auf eine Woche mehr oder weniger auch nicht an. Ich muß bis Freitag zwei Wagen fertigmachen, das habe ich fest zugesagt. Das Wort eines Prinzen, Durchlaucht, ist von unschätzbarem Wert!«

Banane, der am Bahnhof Ersatzteile abgeholt hatte, kam in diesem Augenblick zurück. Der dicke Greis und der Rolls, in dem er vorgefahren war, machten Eindruck auf den Jungen.

»Ich möchte Ihnen meinen Lehrling vorstellen«, sagte Edouard. »Monsieur Selim Larabi.«

Banane streckte seine Rechte dem Herzog entgegen, doch der reagierte nicht; ganz plötzlich schien er wie auf glühenden Kohlen zu sitzen.

»Banane!« rief Blanvin. »Ein Scheißaraber reicht einem Herzog nicht die Hand. Lernt man so was nicht auf euren Bazars?«

Als er die Gesichter der beiden Männer sah, mußte er furchtbar lachen.

Groloff stand mit dem gleichen ächzenden Klagelaut auf, den er eben beim Hinsetzen ausgestoßen hatte.

»Ich möchte Sie um die Erlaubnis bitten, mich zurückziehen zu dürfen, Durchlaucht. Was darf ich Fürstin Gertrude ausrichten?«

»Daß ich sie nächsten Sonntag besuchen werde.«

»Können wir Sie zum Mittagessen erwarten, Durchlaucht?«

»Sie können!«

Der Greis holte einen Kneifer aus seiner Tasche und hielt ihn sich wie eine Lorgnette vor die Augen.

»Unglaublich, wie Sie IHM ähneln«, stellte er fest. »Schon bei Ihrem ersten Besuch hat mich das beeindruckt.«

»Was Sie nicht daran gehindert hat, mich wie Gesindel hinauszuwerfen«, entgegnete Edouard.

»Ich werde die wenige Zeit, die mir noch verbleibt, damit verbringen, Sie um Verzeihung zu bitten, Durchlaucht. Aber meine Aufgabe an der Seite Ihrer Großmutter macht es mir zur Pflicht, sie zu beschützen. Sobald sich der Himmel bezieht, öffne ich den Regenschirm.«

Walter eilte herbei, um dem Herzog behilflich zu sein. Er hatte seine Samtjacke gegen eine andere aus marineblauem Stoff eingetauscht und seine Lederschnur gegen eine richtige, vom vielen Tragen glänzende Krawatte.

»Haben Sie die Kontakte Ihrer Staatskarosse überprüfen lassen?« fragte ihn Edouard.

»Noch nicht, Monsieur.«

»Das ist unvernünftig von Ihnen«, tadelte ihn Blanvin. »Soll ich mich darum kümmern?«

»Ich glaube nicht, daß das nötig sein wird«, stammelte der Alte.

Der Herzog verbeugte sich vor dem Mechaniker.

»Meinen Respekt, Durchlaucht, und bis Sonntag.«

»Bis Sonntag, mein lieber Herzog. Und sagen Sie der Fürstin, daß ich den Wein mitbringe.«

## 19

Edouard teilte Rosine mit, daß er noch einmal verreisen werde, ohne ihr jedoch das Ziel zu verraten. Er ließ durchblicken, daß es sich um ein Liebesabenteuer handle, denn ein solches Motiv gefiel ihr sicherlich.

Freitag, nachdem er die reparierten Autos abgeliefert hatte, fuhr er mit Banane nach Paris und kaufte sich einen Anzug, den er für elegant hielt, sowie Unterwäsche und englische Schuhe bei J. M. Weston. Er zog die italienische Form vor, weil sie so viel leichter war, meinte jedoch, Schuhe mit runder Kappe und überstehenden Sohlen seien standesgemäßer für einen Prinzen.

Er hatte den jungen Araber ins Vertrauen gezogen, und dieser, vom Schicksal seines Chefs ganz verwirrt, bewegte sich an seiner Seite wie ein Sänftenträger. Sie speisten bei *Fouquet's,* und Selim war beeindruckt von den Film- und Fernsehstars, die sich dort drängten.

Auf der Rückfahrt sagte Edouard seinem Lehrling, daß er ihm die Werkstatt für die Zeit seiner Abwesenheit anvertraue, und gab ihm die nötigen Instruktionen.

»Du hast einmal mein Vertrauen enttäuscht, als du dich bei Marie-Charlotte wie ein Idiot benommen hast«, schloß er. »Wenn du mich ein zweites Mal enttäuschst, ist es aus zwischen uns beiden.«

Banane legte seine rechte Hand auf die Brust und schwor, auf nichts und niemanden mehr hereinzufallen.

Am nächsten Morgen setzte sich Edouard ans Steuer seines grauen 15 G mit schwarzen Kotflügeln, dessen Motor er vollständig überholt und den er neu gespritzt hatte. Er hielt ihn für würdig, auf dem Parkplatz einer Fürstin zu stehen.

Am späten Nachmittag erreichte er Genf und stieg im *Hotel Intercontinental* ab. Er wollte sich seiner Großmutter frisch und ausgeruht präsentieren. Er aß im Hotelrestaurant mit den Panoramafenstern, trank mäßig und ging früh auf sein Zimmer. Schon im Pyjama, schaltete er den Fernseher ein, um die Live-Übertragung eines Fußballspiels zu sehen, aber noch lange vor der Halbzeitpause wurde er von Müdigkeit übermannt, er stellte den Fernseher aus und schlüpfte zwischen die frischen Laken.

Am Morgen dann, beim Aufwachen, packte ihn die Angst. Richtige panische Angst, der er sich nicht entziehen konnte. Am liebsten hätte er der Fürstin von Montegrino eine Botschaft geschickt, um seinen Besuch abzusagen, und wäre mit durchgetretenem Gaspedal nach Hause gefahren. Edouard scheute zurück, ähnlich wie ein eigensinniges Pferd, das ein Hindernis verweigert. Die Aussicht, von einer alten Dame, die von einem anderen Stern zu sein schien, in einem Schloß empfangen zu werden, nahm ihm den Atem. Er fühlte sich unauslöschlich als Rosines Sohn. Als Mann aus dem Volk, für alle Zeiten. Er kannte aus eigener Erfahrung die Lebensbedingungen der kleinen Leute, ihren Kummer und ihre Nöte. Er lebte an der Seite eines Maghrebiners, die Hände mit Schmieröl verdreckt; besprang eine alternde Volksschullehrerin; war Stammgast bei Boule, dem Wirt eines einfachen Lokals. Wie sollte er die Begegnung mit einer alten Frau aus der Aristokratie durchstehen? Was hatten sie sich denn zu sagen, sie und er? Sie, die uralte, vom Thron gestoßene Frau, und er, der noch ganz junge Mann, dem ein Rollgabelschlüssel als Zepter diente? Das Ganze hatte etwas von einer amerikanischen Komödie an sich.

Er ließ sich eine Kanne schwarzen Kaffee bringen und trank sie leer. Dann schnappte er sich das Telefonbuch des Kantons Genf und suchte Versoix auf den letzten Seiten. Er fand keine Eintragung, die etwas mit Montegrino zu tun gehabt hätte. Wahrscheinlich besaß das Schloß einen Namen, auch wenn er sich nicht erinnern konnte, ein entsprechendes Schild neben dem schmiedeeisernen Tor gesehen zu haben. Ratlos schlug er die grauen Seiten auf, wobei er sich fragte, unter welcher Rubrik die exilierte Fürstin wohl stehen könne. Da hatte er die Idee: Skobos! Der Name der Herrscherfamilie! Gestürzte Könige und Prinzen nehmen ihren Familiennamen wieder an, wenn sie zu normalen Bürgern werden.

Tatsächlich stand der Name Skobos frierend zwischen dem Elektrounternehmen Sbinder und Dr. Slamour.

Er wählte die angegebene Nummer, und nach dem ersten Klingelzeichen nahm der Herzog Groloff den Hörer ab.

»Guten Tag, Herr Herzog. Hier Edouard I.«, meldete sich Blanvin mit heiserer Stimme.

»Guten Morgen, Prinz. Wo sind Sie denn?«

»Im *Hotel Intercontinental.*«

»Was für eine Idee, Durchlaucht! Im Hotel abzusteigen, wo doch ein Schloß auf Sie wartet! Soll ich Ihnen den Wagen schicken?«

»Nicht nötig, ich bin mit dem eigenen hier.«

»Wenn das so ist, dann darf ich Ihnen nahelegen, so schnell wie möglich zu kommen! Fürstin Gertrude brennt darauf, Sie zu empfangen.«

»O. k.!« antwortete Edouard gewohnheitsmäßig.

Das weitgeöffnete Tor forderte ihn zum Eintreten auf. Er bemerkte, daß man begonnen hatte, das hohe Gras auf der Rasenfläche zu mähen und den breiten Kiesweg vom Unkraut zu befreien.

Als Edouard auf das Anwesen fuhr, kam Walter aus dem Schuppen und bedeutete ihm mit ausladenden Armbewegungen, seinen Wagen dort unterzustellen. Wieder hatte der Alte seine Uniform gewechselt: Er trug jetzt eine schwarze Hose und eine gelbgestreifte Weste. Diese Kleidungsstücke schienen ebenso abgetragen wie die anderen.

Während Edouard seinen Wagen in den Schuppen fuhr, schloß Walter das schwere Tor, das ohrenbetäubend in den Angeln quietschte.

Er begrüßte Edouard respektvoll und bat um die Erlaubnis, das Gepäck aus dem Kofferraum nehmen zu dürfen.

»Nicht nötig«, sagte Blanvin, »ich werde nicht bleiben.«

Der Hausdiener machte ein bestürztes Gesicht.

»Aber man hat das Zimmer des Prinzen hergerichtet!« rief er.

Als Edouard zur Freitreppe gelangte, stellte er fest, daß alle Fensterläden geöffnet waren, was der Fassade ein freundliches Aussehen verlieh. Herzog Groloff, massig, pittoresk und uralt, erschien in der Eingangstür. Er trug eine grauschwarz gestreifte Hose und einen Cutaway, in dem er von weitem wie Winston Churchill aussah. Er verbeugte sich tief und wartete darauf, daß Edouard ihm die Hand reichen würde. Doch dieser kam gar nicht auf die Idee. Groloff richtete sich wieder auf und bat den Besucher, ihm zu folgen. Blanvin ging federnden Schrittes hinter ihm her, so als würde er sich auf zwanzig Zentimeter dickem Schaumgummi bewegen. Er zitterte vor Angst und spürte, wie ihm der Schweiß von der Stirn lief.

Sie durchquerten die riesige Halle mit den scheußlichen, klotzigen Möbeln und betraten einen Salon, in den durch vier hohe Fenster das Tageslicht fiel und der nachts von vier mächtigen holländischen Lüstern erleuchtet wurde. Sessel und Kanapees im Stil Louis XIV., anmaßend mit ihrem goldverzierten Moiré-Stoff, waren wie eine rote Herde rund um den Kamin gruppiert. Auf einem runden Marmortischchen in der Mitte des Raumes standen eine Menge kostbare, zusammengewürfelte Gegenstände: vergoldete Tabaksdosen und Pillendöschen, antike Bleigläser, geschliffene Salzstreuer und Parfümfläschchen aus Halbedelsteinen, kleine Silbertellerchen mit eingravierten Wappen. An den Wänden wurde die Sammlung von Porträts, die in der Eingangshalle hingen, fortgesetzt; trotz der kräftigen, glänzenden Ölfarben ging von diesen Gesichtern eine große Langeweile und übertriebene Schwermut aus. Einige der Abgebildeten trugen Uniformjacken, auf denen Medaillen prangten, andere Porträts stellten geheimnisvolle Würdenträger, ja sogar Geistliche dar.

»Setzen Sie sich, Durchlaucht, ich gebe der Fürstin Bescheid.«

Groloff entfernte sich mit seinem schlurfenden, schwerfälligen Gang. Edouard folgte seiner Aufforderung nicht, sondern blieb stehen, um in dem schicksalhaften Augenblick, da Fürstin Gertrude eintreten würde, volle Bewegungsfreiheit zu haben. Die luxuriösen Nippes auf dem Tischchen zogen seine Aufmerksamkeit auf sich. So etwas hatte er noch nie gesehen. Jeder Gegenstand besaß eine persönliche Note und sicherlich eine eigene Geschichte.

»Wie unvorsichtig, sie so der Begehrlichkeit auszusetzen!« dachte er.

Eine Tapetentür, die er nicht bemerkt hatte, wurde geöffnet. Edouard hatte erwartet, daß die Fürstin durch dieselbe Tür wie er eben eintreten würde, und so wandte er der alten Frau den Rücken zu. Er wirbelte herum und erstarrte vor Respekt und Ergriffenheit.

»Sie« stand vor ihm, zerbrechlich und majestätisch, in einem langen schwarzen Kleid, das ihr bis zu den Fußknöcheln reichte. Ein schwarzes Spitzenjäckchen um ihre Schultern verstärkte den Eindruck, daß sie fröstelte. Sie hielt sich sehr aufrecht, um nicht noch kleiner zu erscheinen. Ihr Gesicht war blaß, hatte trotz ihres hohen Alters kaum Falten und war frei von jeglicher Schminke; nicht einmal Puder hatte sie aufgelegt. Ihr Gesicht spiegelte unbeugsame Entschlossenheit und tiefes Leid wider. Die Ebenmäßigkeit ihrer Züge war beeindruckend. Gertrude war sehr schön gewesen und war es immer noch. Ihr dichtes, graues Haar war hochgekämmt und im Nacken kunstvoll zu einem dicken, halbmondförmigen Knoten aufgesteckt. Diese Frisur mußte sehr zeitaufwendig sein.

Der Fürstin folgte eine noch junge, aber verblühte Frau mit rötlichbraunen Haaren. Sie hatte große, helle Augen, deren Farbe zwischen blau und grün schwankte, volle Lippen und eine leichte Stupsnase. Ihr Gesicht war von Sommersprossen übersät. Große Zurückhaltung schien ihr Leben einzuengen, doch hinter ihrer steifen Fassade ahnte man Desillusion, Resignation und ein verdrängtes Zärtlichkeitsbedürfnis.

Sie stellte sich links neben die alte Dame, die sich sogleich auf ihren Arm stützte.

Edouard wünschte sich den Herzog herbei, der diese Art von Gegenüberstellung ein wenig hätte auflockern können; aber Fürstin Gertrude hielt seine Anwesenheit wohl nicht für angebracht.

Die alte Dame und Edouard sahen sich lange und intensiv

an. Schließlich verbeugte sich Blanvin und sagte mit einer Stimme, der er einen sonoren Klang zu geben versuchte:

»Meine Hochachtung, Madame.«

Sie antwortete mit einem kurzen Kopfnicken.

»Da sind Sie also«, sagte sie.

Ihre Begleiterin im Schlepptau, ging sie einmal um Edouard herum. Diese Pferdehändler-Begutachtung war ihm unangenehm. Nachdem sie ihn umkreist hatte, setzte sie sich in einen Sessel. Das rote Ungeheuer schien sie zu verschlingen. Zwischen den dicken, weichen Kissen sah sie noch winziger aus.

»Lassen Sie uns einen Moment alleine, Margaret!« sagte die Fürstin. »Und sorgen Sie dafür, daß uns niemand stört.«

Sie sprach mit tonloser Stimme, in einem sehr reinen Französisch, das durch ihren leichten mitteleuropäischen Akzent nicht beeinträchtigt wurde.

»Monsieur«, fuhr sie fort, nachdem die junge Frau hinausgegangen war, »ich möchte Sie um etwas bitten, das Sie vielleicht sehr schockieren wird und das Sie mir im voraus verzeihen mögen: Würden Sie sich bitte ausziehen?«

Edouard runzelte die Stirn.

»Wenn es wegen des berühmten Leberflecks ist, so hat sich der Herzog bereits von seiner Existenz überzeugt, Madame.«

»Es geht nicht nur darum«, antwortete sie. »Vergessen Sie Ihre Scham vor einer Frau, die auf die Achtzig zugeht.«

Ihre Stimme klang trotz des ruhigen Tonfalls fordernd.

Edouard begann sich auszukleiden. Der Striptease war eine Qual für ihn. Er kam der Aufforderung nur deshalb nach, weil er begriff, daß es keine bloße Laune der alten Fürstin war, sondern daß sie etwas überprüfen wollte.

Im Handumdrehen stand er im Slip vor ihr.

»Seien Sie etwas mutiger«, murmelte sie mit ihrer Totenstimme. »Ich möchte Sie vollkommen nackt sehen.«

Er zog seinen blaugestreiften Slip aus und stand unbeweglich da, feuerrot vor Scham; er mußte sich dazu zwingen, nicht die Hände vor sein Geschlecht zu halten.

»Drehen Sie sich um!« befahl die Fürstin.

Er gehorchte voller Ergebenheit, obwohl es in ihm rebellierte.

»Ich danke Ihnen«, sagte die Fürstin. »Sie können sich wieder anziehen.«

Edouard suchte seine Sachen zusammen und ging hinter den Sessel seiner Gastgeberin, um sich anzukleiden. Dann ging er an den Platz zurück, an dem er vorher gestanden hatte, und da bemerkte er, daß sie weinte.

»Madame«, stammelte er, »oh, Madame ...«

»Ich habe soeben einen Gatten und einen Sohn wiedergesehen«, erklärte sie. »Jesus Christus, welch ungeheure Ähnlichkeit zwischen euch dreien! Der Teint der Haut, die Körperhaare, die Leberflecken, das Trapez der Schultern, der Hüftansatz, die Muskulatur, die vorspringenden Ellbogen! Alles! Und diese Gesichter, die man nebeneinander im Profil auf einer Medaille abbilden könnte! Diese skeptischen, anmaßenden Augen, die so unendlich sanft blicken können, wenn sie verführen wollen, wenn sie begehren. Dieses Grübchen am Kinn! Diese Farbe der Barthaare, diese fleischigen Ohren, dieser geduldige, genießerische Mund! Oh, mein Junge, welch wunderbares Geschenk macht mir der Himmel, bevor ich sterbe!«

Sie streckte ihm ihre Arme entgegen.

Hätte ein Zeuge zugeschaut, wäre ihre Geste theatralisch gewesen, in ihrer trauten Zweisamkeit jedoch wirkte sie natürlich, schlicht und schön.

Edouard trat zu ihr, legte beide Hände auf die Lehne des prunkvollen Sessels und bot Fürstin Gertrude seine Wangen zum Kuß. Sie roch nach verblühten Veilchen. Ein kaum wahrnehmbarer Duft, der haargenau zu dieser alten Dame im Exil paßte.

Sie berührte seinen Kopf mit ihren kalten Fingern und zog ihn an ihre Brust. Er mußte sich hinknien, um der Bewegung zu folgen. Lange drückte sie ihn an ihren Busen, während sie mit sachter Hand über sein dichtes Haar strich.

»Edouard«, flüsterte sie, »o Edouard, mein großes Wunder!«

Er fühlte sich bei dieser Unbekannten unendlich wohl. Nie hatte Oma Rachel ihn so an sich gedrückt.

Als er sich wieder aufgerichtet hatte, bat sie ihn, sich neben sie zu setzen, und ergriff seine Hand.

»Sie sind von Gott geschickt«, sagte sie. »An diesem Punkt der geraden Linie meiner letzten Jahre, an dem Sie in mein Leben getreten sind, besitzt Ihre Ankunft einen unschätzbaren Wert für mich. Dank Ihnen, Edouard, beginnt alles wieder von neuem, oder, genauer gesagt, alles setzt sich fort. Mein Schicksal war das einer Pflanze, die kein Wasser mehr bekommt. Das einzige, woraus ich Kraft schöpfen konnte, war das Gebet, und mein einziger Daseinszweck war der tägliche Besuch auf dem Friedhof. Von nun an werde ich für Sie leben und für das Volk von Montegrino, das wieder die Hoffnung nähren kann, zur Monarchie zurückzukehren!«

Edouard kämpfte gegen das Bedürfnis an, ihr das auszureden, ihr zu sagen, daß er gerne ihr Enkel sein wolle, aber niemals der Prinz von Montegrino. Doch er dachte, daß es nicht der Augenblick sei, ihre Illusionen zu zerstören, und er ließ Gertrude eine operettenhafte Zukunft entwerfen. Blanvin sah sich außerstande, für eine alte, verbannte Fürstin *Sissi, die Kaiserin* zu spielen. Der bloße Gedanke an solch ein Märchen verursachte bei ihm einen üblen Nachgeschmack.

Die Fürstin rief ihre Gesellschaftsdame, die sogleich in den Salon trat.

»Das ist Mademoiselle Margaret Mullingar«, stellte sie die Frau vor. »Sie kommt aus Irland und lebt seit mehr als zwanzig Jahren an meiner Seite.«

Edouard dachte, daß die Frau demnach sehr jung gewesen sein müsse, als sie in die Dienste der Fürstin getreten war. Von dieser in Beschlag genommen, mußte sie langsam verkümmert sein und ihre Jugend vergessen haben. Wahrscheinlich war sie die Geliebte des Prinzen Sigismund II. geworden und lebte, nach seinem Tode, seinem Andenken an der Seite seiner leiderfüllten Mutter.

»Margaret«, fuhr die alte Frau feierlich fort, »ich möchte Ihnen meinen Enkelsohn vorstellen: Prinz Edouard I. von Montegrino!«

Die Irin errötete und deutete einen Hofknicks an.

»Dann ist es also wahr, Madame?«

»Ohne den geringsten Zweifel«, versicherte Gertrude. »Rufen Sie bitte so schnell wie möglich alle hier zusammen!«

»Sehr wohl, Madame.«

»Ist Miss Maléva nicht mehr bei Ihnen?« fragte Edouard.

Fürstin Gertrude lächelte schwach.

»Ach! Sie sind auf dem laufenden?«

»Meine Mutter hat mir von ihr erzählt.«

Die alte Frau wurde ernst.

»Oh, ja, Ihre Mutter, natürlich ...«

Man hätte meinen können, die Erwähnung von Rosine störe sie, trübe den glücklichen Augenblick.

»Ja, es gibt sie!« sagte Edouard mit Nachdruck, so als wolle er dieser vom Himmel gefallenen Großmutter kundtun, daß es niemals in Frage kommen werde, ihr kleines Dienstmädchen von früher zu verstecken.

Gertrude verstand den Wink.

»Wie geht es ihr?«

»Bestens.«

»Hat sie geheiratet.«

»Nein, nie.«

Diese Nachricht schien die alte Frau zu entzücken.

»Ah ja, das ist sehr gut.«

»Warum?«

»Weil Sie dann keinen offiziellen Vater haben, und dadurch wird die posthume Anerkennung der Vaterschaft erleichtert.«

Seit seinem ersten Besuch mußte sie angestrengt nachgedacht haben.

Die Fürstin führte die rissige Hand ihres Enkels an ihre Lippen und küßte die groben Finger des Automechanikers.

»Auch sie hatten manchmal solche Hände. Als Sie in der Stadt unsere Panne behoben haben und ich Sie gesehen habe, da wußte ich, daß Sie der waren, der zu sein Sie vorgaben.«

Es wurde an die Tür geklopft. Herzog Groloff trat ein, begleitet von einer Dame mit üppigem Busen, die ein grünes Samtkostüm mit folkloristisch wirkenden Spitzenverzierungen trug. Trotz vieler Schminkschichten glühte ihr Gesicht flammend rot. Sie ging auf die Fünfzig zu. Die hervorstehenden, intensiv blauen Augen zeugten von ihrer angeborenen Dummheit.

»Den Herzog Groloff kennen Sie ja bereits«, sagte die Fürstin. »Dies ist seine Gattin, *Herzogin Heidi.*«

Die beiden letzten Wörter sprach sie mit einem leicht ironischen Unterton in der Stimme aus. Edouard bemerkte, daß seine Großmutter dieser geschmacklos gekleideten Tonne keine große Achtung entgegenbrachte.

Dann kam ein weiteres Paar herein, das sich deutlich im Hintergrund hielt: der alte Walter und eine stämmige kleine, dunkle Frau, die wohl aus dem Mittelmeerraum stammte. »Walter Volante und seine Frau Lola«, stellte die Fürstin die beiden vor. »Er Italiener, sie Portugiesin. Es sind brave Leute, ergeben und arbeitsam.«

Gertrude streckte Margaret eine Hand hin, und diese beeilte sich, ihr zu helfen, sich aus den Fängen des Sessels zu befreien.

»Ich weiß nicht, ob die Neuigkeit schon durchgesickert ist«, sagte die Fürstin, »jedenfalls habe ich die große Freude, Ihnen, meine Freunde, meinen Enkel Prinz Edouard I. von Montegrino vorzustellen.«

Der Herzog begann, und die anderen Bewohner des Schlosses folgten seinem Beispiel und applaudierten.

»Begrüße sie, Edouard!« raunte die Fürstin Edouard zu.

Also ging er zu ihnen, ein angemessenes Lächeln auf den Lippen. Indem er sich die Etikette seiner eigenen Logik gemäß zurechtlegte, drückte er zuerst dem Herzog herzlich die Hand. Dann tat er dasselbe bei dessen Frau, dann nach und nach bei Miss Margaret, Lola und Walter, dessen gutmütige, tiefliegende Augen feucht waren.

Unermeßliche Müdigkeit bemächtigte sich seiner, wie nach einer großen Anstrengung. Er dachte an die kleine Rosine, die von Unbekannten dreiunddreißig Jahre zuvor hierhergebracht worden war, und stellte fest, daß das Leben schön und verrückt war.

# 20

Nach Edouards Abreise zog sie in die Werkstatt zu ihrem Bruder und schlief in Blanvins Bett. Selim legte sich auf das Sofa im »Wohntrakt« und rollte sich in eine Decke.

Am übernächsten Tag rief Edouard an, um zu sagen, daß er länger als vorgesehen wegbleibe und daß er »das Ganze« Banane anvertraue. Er gab ihm eine Telefonnummer, unter der man ihn in dringenden Fällen erreichen konnte.

Banane tat sein Bestes und war sich seiner wichtigen Aufgabe bewußt. Kleider machen tatsächlich Leute, und in seiner neuen Haut als Chef entwickelte er Verantwortungsgefühl und sogar Weitsicht. Er arbeitete bis spät in die Nacht hinein, um die Clubmitglieder (so nannte Edouard die Liebhaber von alten Citroëns, die seine Kundschaft ausmachten) zufriedenzustellen, und nebenher büffelte er noch Automechanik, um sein Wissen zu erweitern. Mühe hatte er lediglich mit der Ausstellung von Rechnungen, und deshalb hatte er Najiba gebeten, zu ihm in die Werkstatt zu ziehen und ihm dabei behilflich zu sein. Sie war gebildet, und weder die Stapel von Aktenordnern noch die von Katalogen, in denen man die Preise für Ersatzteile nachschlagen konnte, schreckten sie ab. Auf der Grundlage älterer Rechnungen stellte sie die neuen Rechnungen aus und tippte sie auf der alten Schreibmaschine, die sonst Edouard mit seinen rissigen Fingern bearbeitete.

Najiba fühlte sich in dieser schlecht beleuchteten Werkstatt wohl. Es war erhebend, für »ihn« zu arbeiten. Sie wartete auf Edouards Rückkehr ohne Ungeduld und mit der Resignation einer Bretonin, die sich einem Neufundlandfischer hingibt. Sie wohnte liebend gerne in seiner Junggesellenbehausung, umgeben von seinem männlichen Geruch, der überall in der Luft hing. Verschiedene Dinge rührten sie: ein uraltes Foto von Rachel in einem Muschelrahmen, eine Urkunde über einen ersten Preis, den er bei einer Ausstellung von 15er Citroëns gewonnen hatte, ein Eierbecher aus imitiertem Silber, auf dem sein Vorname eingraviert war, Fotos von seiner Mutter und ihm als Kind, die in den Ecken eines Spiegels steckten, ein Paar Babyschuhe, die an den Schnürsenkeln zusammengebunden waren.

Jeder Gegenstand erzählte von »ihm« und rührte sie.

Die Geschwister ernährten sich kümmerlich. Von Zeit zu Zeit kam ihre Mutter vorbei und brachte ihnen in einem emaillierten Topf *Couscous* oder einen Rest Gemüseauflauf, *Tagine,* da sie wußte, daß ihre Tochter nicht kochen konnte. Die beiden aßen unregelmäßig, wenn sich ihr Magen meldete, auf einer Ecke des Tisches. Selim redete für zwei: von seiner Arbeit, von Edouards Abwesenheit.

»Seit der dicke Alte in seinem Rolls hier war«, sagte er, »hat sich alles verändert. Weißt du, daß er Dodo mit ›Durchlaucht‹ angeredet hat?«

»Weil er ein vornehmer Herr ist«, erwiderte Najiba. »Das hab ich immer schon gewußt. Er tut so, als wär er von hier, aber in Wirklichkeit stammt er von ganz woandersher.«

»Du kennst doch seine Mutter, oder?«

»Aber du kennst seinen Vater nicht!«

Eines Nachts läutete das Telefon. Banane, der wie ein Toter schlief, hörte nichts, und so stieg Najiba hinunter, um an den Apparat zu gehen. Eine dünne, aber bissige Mädchenstimme fragte nach Edouard. Die junge Araberin antwortete, daß er verreist sei. Die Anruferin wollte wissen, wann er zurückkomme, doch Najiba wußte es nicht.

»Und wer bist du?« fragte die bissige Mädchenstimme. »Seine Hure?«

Najiba legte auf, plötzlich hellwach. Sie hatte es mit einer eifersüchtigen Frau zu tun. War es möglich, daß Edouard mit so ordinären Weibern verkehrte?

Sie ging die steile Treppe hinauf, als es erneut läutete. Obwohl sie wußte, daß es die Anruferin von vorhin war, ging sie wieder ans Telefon.

»Mit mir nicht, du Nutte! Wenn du dir noch mal einfallen läßt, aufzulegen, bevor ich zu Ende geredet habe, dann komm ich mit meinen Jungs vorbei und reiß dir deine Haare einzeln aus, und ich schlag dir alle Zähne aus!«

»Was wollen Sie denn?« fragte Najiba ungehalten.

Die Drohungen der anderen schüchterten sie nicht ein. Sie machten sie eher wütend.

»Ich will so schnell wie möglich mit deinem Typ reden!«

»Erstens hab ich keinen ›Typ‹«, erwiderte die Araberin ruhig, »und zweitens, wie gesagt, ist Monsieur Blanvin verreist.«

»Du hast doch sicher 'ne Telefonnummer, wo du ihn anrufen kannst, oder?«

»Nein.«

»Wer bist du?«

»Die Schwester seines Arbeiters.«

»Was für 'n Arbeiter? Selim?«

»Genau der.«

Sie hatte das Gefühl, Überraschung hervorgerufen zu haben. Einen Augenblick lang herrschte eine merkwürdige Stille.

»Er ist nicht tot?« fragte das Mädchen am anderen Ende scheinbar gleichgültig.

»Nein. Warum fragen Sie das? Sollte er denn tot sein?«

»Verpiß dich, du Scheißaraberin!«

Diesmal war es die andere, die auflegte.

Najiba ging in die erste Etage hinauf. Der Mondschein überflutete Banane mit seinem bleichen Licht. Die Unschuld des Schlafenden rührte sie, seine lockigen Haare, sein argloser Gesichtsausdruck, und sie beschloß, ihm nichts von diesem beängstigenden Anruf zu erzählen.

## 21

Jeden Morgen um sechs Uhr brachte ihm Lola das Frühstück ans Bett: eine Kanne starken Kaffee und gebutterten Toast. Dabei bekam Edouard sein erstes »Durchlaucht« des Tages zu hören. Wenn das Dienstmädchen es mit übertriebener Feierlichkeit aussprach, machte sie eine Art grotesken Hofknicks, den sie wohl in irgendwelchen Kostümfilmen gesehen hatte.

»Guten Morgen, Durchlaucht.«

Mit einer Hand – in der anderen hielt sie das Tablett – zog sie die Vorhänge auf, dann trat sie devot ans Bett.

Blanvin gähnte, reckte sich, rücklings auf seinem Seidenbett liegend, und lächelte dem Dienstmädchen zu.

»Haben Durchlaucht gut geschlafen?«

»Wissen Sie, was ein Siebenschläfer ist, Lola?«

»Nein, Durchlaucht.«

»Nun, das ist ein kleines Nagetier, das von Oktober bis April durchschläft. Nun, mir kommt es so vor, als hätte ich geschlafen wie ein Siebenschläfer.«

Sie lächelte einfältig.

»Brauchen Durchlaucht mich noch?«

»Nein, meine Gute. Auch wenn sich unter meinem Laken ein zwanzig Zentimeter langes Rohr befindet, braucht Durchlaucht Sie nicht mehr.«

Ohne die schlüpfrige Bemerkung so recht verstanden zu haben, zog sie sich zurück, nachdem sie einen langen, bewundernden Blick auf das prachtvolle männliche Wesen geworfen hatte. So etwas war eine unbekannte Rarität in dem Schloß, das an ein Alten- und Pflegeheim erinnerte. Die Ankunft des neuen Prinzen brachte etwas Schwung in das bombastische, strenge und düstere Haus, das zu dem Zweck gebaut zu sein schien, auf ewig das Leid zu beherbergen.

Am Tag seiner Ankunft (der zweiten) hatte Edouard nur

daran gedacht, in seinen schmutzigen Vorort zurückzukehren, und im Innern hatte er bereits beschlossen, so schnell wie möglich wieder abzureisen. Am nächsten Tag jedoch hatte ihn eine geheimnisvolle Macht davon abgehalten, sich zu verabschieden. Er fühlte sich so wohl in dem abweisenden, großen Gebäude, daß er das berauschende Gefühl hatte, nach einer endlosen Reise in einem sicheren Hafen gelandet zu sein. Es gelang ihm allerdings nicht, sich als Prinz zu fühlen. Sein Rang erschien ihm unwahrscheinlich, ja, kindisch und ohne jede Bedeutung. Auch wenn sein Erzeuger der Sohn eines gestürzten Monarchen war, so betrachtete er sich weiterhin als ein Kind des französischen Volkes. Diese Karikatur eines Hofstaates im Exil rührte ihn, beeindruckte ihn jedoch nicht; das Ganze sah aus wie in einem alten Film aus der Vorkriegszeit, der kürzlich im Fernsehen gezeigt worden war. Ein lustiger Film, was zu der Komik seiner Situation paßte. Dennoch schüchterte Fürstin Gertrude ihn mit ihrer Trauerkleidung ein. Ihm war auf den ersten Blick aufgefallen, was für ein außergewöhnlicher Mensch sie war. Umgeben von der Aura ihres Leids, ihrer natürlichen Majestät und ihres leidenschaftlichen Bedürfnisses nach Zärtlichkeit, an dem sie litt, hatte sie ihn im Laufe eines Abends für sich gewonnen.

So hatte er beschlossen, seinen Aufenthalt hier zu verlängern, um sein unglaubliches Abenteuer in vollen Zügen zu genießen.

Er wohnte in dem Zimmer seines Vaters. Es waren dort Fotos von ihm zu sehen, kitschig von Hand koloriert, so als wären sie mit Pastellfarben gemalt worden. Sie stellten Sigismund als Knaben dar, am Tage seiner Ersten Heiligen Kommunion, ernst in seiner Kutte mit langer, weißer Armschleife über seinem linken Ellbogen; dann in Uniform an seinem zwanzigsten Geburtstag; und schließlich auf einem Motorrad, mit der großen, auf die Stirn hochgeschobenen Schutzbrille. Auf allen Fotos wirkte er hochmütig, aber auf dem, das ihn als Motorradfahrer zeigte, forderte er die ganze Welt heraus. Von diesem Menschen ging eine Kälte aus, die weh tat, die gelassene Arroganz eines Mannes mit dem Zeichen der Sicherheit, »hochwohlgeboren« zu sein.

Edouard war darüber tief entsetzt, denn er ähnelte seinem Vater, und er fand ihn unsympathisch. Schön war er, das ja (viel schöner als er), aber von der Welt abgesondert durch einen leidenschaftlichen Stolz, dessen er sich vielleicht gar nicht bewußt war

Als Edouard zum ersten Mal das Zimmer betreten hatte, war er an den Bildern vorbeigegangen, auf der Suche nach anderen Gemeinsamkeiten als der der Ähnlichkeit zwischen dem Toten und ihm, doch er hatte nichts gefunden. Er spürte in sich selbst eine Wärme und Hochherzigkeit, die er auf den Fotografien nicht entdecken konnte. Sigismund war ein isolierter Mensch gewesen, stolz und unnahbar, den die anderen nicht interessierten. Er hatte an der jungen, für die Liebe begabten Rosine sicher sehr viel Spaß gehabt, doch hatte er sie ihrem Schicksal überlassen, als sie schwanger geworden war. Der mutige Brief, den er ihr geschrieben hatte, drückte eher Stolz als Mitgefühl aus.

Dagegen fühlte sich Edouard zu Fürst Otto hingezogen, seinem Großvater, dessen Porträt in Öl den großen Salon schmückte. Der Monarch, der bei der Befreiung in seinem Palast getötet worden war, drückte nichts als Sanftmut und Güte aus. Seine Frau mußte ihn sehr geliebt haben, denn sie verbrachte Stunden vor seinem Bild; Gertrudes Augen leuchteten, und ihre Lippen bewegten sich unmerklich, so als fände zwischen den beiden ein Zwiegespräch über den Tod hinaus statt.

Edouard trank seinen Kaffee aus, stellte das Tablett zur Seite und stand auf. Gestern hatte er eine Arbeit erledigt, die mit seinem Rang als Prinz nicht vereinbar war: Er hatte das hohe Gras des Rasens gemäht. Walter, mit dem ihn ein herzliches Verhältnis verband, hatte seine alte Sense hervorgeholt, hatte sie lange geschärft und Edouard dann gezeigt, wie man sie handhabte. Als geschickter Handwerker hatte der Prinz den Bogen sofort herausgehabt und, zur Verblüffung der Schloßbewohner, angefangen zu mähen.

Seine Großmutter hatte ihn gefragt, warum er solch eine Arbeit tue.

»Weil sie getan werden muß!« hatte er geantwortet.

Da hatte sie seinen Kopf in beide Hände genommen, ihm einen Kuß auf die Stirn gedrückt und ihm erklärt, er rede wie sein Großvater.

Als er aus dem altmodisch eingerichteten Badezimmer trat, wurde an seine Tür geklopft. In einen Frottee-Bademantel gehüllt, ging er öffnen. Fürstin Gertrude stand vor der Tür, bereits vollständig angekleidet, bereits ganz Herrscherin.

»Ich störe Sie doch nicht, Edouard?«

Normalerweise sah er sie nicht vor dem Mittagessen. Sie wachte früh auf, verließ aber erst spät das Zimmer, da sie es liebte, im Bett die Post durchzusehen und mit Herzog Groloff die laufenden Geschäfte zu erledigen und dann mit dem Personal die Dinge des Alltags zu besprechen.

»Ich danke Ihnen für die wundervolle Überraschung«, erwiderte Edouard.

Er ergriff ihre Hand und drückte einen Kuß auf die wächserne Haut.

»Ein Automechaniker mit den Umgangsformen eines Prinzen!« bemerkte sie und trat ein.

Da ihr das Gehen schwerfiel, setzte sie sich in den erstbesten Sessel. Es lag etwas Gieriges in dem Blick, mit dem sie ihn ansah. Die gierige Zärtlichkeit einer Mutter.

»Sie sind sehr schön«, murmelte sie.

Er drückte ihr einen leichten Kuß aufs Haar.

»Kommt es unter Fürsten eigentlich auch vor, daß die Großmutter ihren Enkel duzt?« fragte er.

»Manchmal, privat.«

»Und sind wir hier nicht privat?«

Ihr Lachen klang beinahe fröhlich.

»Du hast recht, mein Kleiner! Ich bin zu dir gekommen, um dir eine Frage zu stellen, die mich die ganze Nacht über beschäftigt hat: Fühlst du dich wohl, hier bei mir?«

»Herrlich wohl! Zum ersten Mal in meinem Leben habe ich das Gefühl, Urlaub zu machen.«

Das Gesicht der alten Frau verfinsterte sich.

»Das Dumme an Urlauben ist nur, daß sie zu Ende gehen, Edouard. Bist du bereit, dein Leben zu ändern und Frankreich zu verlassen, um dich hier niederzulassen bis zu dem Tag, an dem wir in unsere Heimat zurückkehren können?«

Er fühlte sich überrumpelt, eine Flut von Einwänden, die die Frage der Fürstin provozierte, stürzte auf ihn ein.

Sie wartete geduldig auf seine Antwort, da sie wußte, wie schwer sie zu finden war.

»Dort lebt meine Mutter«, begann er schließlich, »ich habe einen kleinen Betrieb, der nicht schlecht läuft, dazu zwei oder drei Menschen, an denen mir viel liegt. Und dann, sprechen wir es ruhig aus: Da ist Frankreich, das ich immer als meine Heimat betrachtet habe: Gewohnheiten, Beziehungen ...«

Bei jedem Punkt der Aufzählung schüttelte sie den Kopf.

Als er geendet hatte, ergriff sie seine Hand und preßte sie gegen ihre Wange mit dem hart hervorstehenden Wangenknochen.

»Deine wirkliche Heimat, Edouard, werde ich dir auf einer Landkarte von Europa zeigen. Ihre Umrisse trägst du auf deinem Rücken. Was deine Mutter und die Menschen betrifft, die dir lieb und teuer sind, so können sie ebenfalls hier wohnen, wenn sie mögen. Du bist hier zu Hause, dieses Schloß gehört seit fast einem Jahrhundert den Skobos.«

»Ich heiße Blanvin«, begann Edouard wieder.

»Das ist der Name deiner Mutter, nicht deiner. Bleib hier, und du wirst bald Skobos heißen, wir werden das Nötige veranlassen. Und was deinen Automobilbetrieb angeht, so hält dich nichts davon ab, ihn hier fortzuführen. An Platz herrscht wirklich kein Mangel!«

»Ich nehme an, man braucht eine Aufenthaltsgenehmigung, um in der Schweiz zu leben?« wandte Blanvin ein.

»Die bekommen wir problemlos für dich. Hör zu, mein Kleiner, du brauchst nicht jetzt sofort über dein Schicksal zu entscheiden. Du kannst es dir in aller Ruhe überlegen.«

Sie erhob sich mühsam aus dem Sessel.

»Ich möchte, daß du heute nachmittag mit mir das Grab deines Vaters besuchst. Ich gehe jeden Tag dorthin, und du solltest es wenigstens ein einziges Mal sehen.«

»Einverstanden«, sagte Edouard.

Er geleitete die alte Frau hinaus auf den Korridor, dann ging er nachdenklich ins Zimmer zurück, um sich anzuziehen.

Mittags aßen sie in einem kleinen, mit Topfpflanzen überladenen Eßzimmer, in das durch viele Fenstertüren das Licht fiel. Die schlecht gepflegten Pflanzen verkümmerten, und ihre Blätter nahmen die Farbe verkohlten Papiers an. Modergeruch verbreitete sich in dem Raum, wenn ungünstige Witterung es nicht erlaubte, die Fenstertüren aufzuschieben. Auf Anweisung der Fürstin nahm Miss Margaret nur an den Mittagessen teil, nicht aber an den Abendessen; wahrscheinlich war ihre Stellung im Hause zu bescheiden, als daß sie für würdig befunden worden wäre, auch an den Abendessen teilzunehmen. Allerdings aß sie nicht mit dem Personal in der Küche, sondern in ihrem Zimmer, wo sie sich selbst den Tisch deckte. Diese ungewöhnliche Situation schien sie nicht zu stören, jedenfalls ließ sie sich nichts anmerken.

Seit dem ersten Tag seiner Anwesenheit saß Edouard am Kopfende des Tisches, an dem Platz also, der vorher seiner Großmutter vorbehalten gewesen war. Gertrude saß zu seiner Rechten, der Herzog links von ihm, die Herzogin neben ihrem Gatten und Margaret neben der Fürstin. In der abendlichen Formation setzte sich Edouard der Fürstin gegenüber, Herzogin Heidi hatte die Ehre, neben ihm, und der Herzog neben der Fürstin zu sitzen. Wegen der Anwesenheit des Herzogenpaares fehlte es der Atmosphäre an Herzlichkeit.

Groloff schwafelte ein wenig, beschwor die einstige Pracht am Hofe der Skobos herauf. Nach einer Weile ärgerten seine Worte die Fürstin, und sie unterbrach ihn mit einem liebenswürdigen »Stimmen Sie uns nicht traurig, Herzog, die schönen Erinnerungen bekommen Dornen, wenn wir daran rühren«. Der alte Groloff schwieg dann, um im Geiste fortzufahren, seine Erinnerungen abzuspulen. Um sein plötzliches Schweigen auszugleichen, fühlte sich seine Gattin verpflichtet, das Wort zu ergreifen, wobei sie sich an aktuelle Themen heranwagte, von denen sie absolut keine Ahnung hatte.

Sie war Deutschschweizerin, die, bevor sie Herzogin wurde, den Beruf einer Krankengymnastin ausgeübt hatte. Vor ungefähr fünfzehn Jahren hatte Herzog Groloff an einer Discarthrose gelitten und fachmännische Massagen gebraucht. Mademoiselle Schweitzeler hatte ihn mehrere Monate lang massiert, hatte ihn so fachmännisch durchgeknetet, daß der alte Witwer, um seine Dankbarkeit zu zeigen, sie zur Herzogin gemacht hatte. Die Dame sprach kaum französisch und unterhielt sich mit den Schloßbewohnern in einem Deutsch, das schwer zu verstehen war. Sie ähnelte einem Bild von Botero, der die kräftigen, hochroten Frauen mit Kuhblick und dümmlichem Lächeln so trefflich darzustellen weiß. Sie roch nach geräucherten Wurstwaren und, immer noch, nach Massageöl. Ihre muskulöse, einfältige Erscheinung war beeindruckend. Da sie männliche Wesen liebte und sie sie in diesem Altersheim entbehren mußte, versetzte Edouards Ankunft sie in Erregung. Sie gluckste wohlig auf bei jedem Satz, den er von sich gab, auch wenn sie ihn nicht verstand, und verlor sich in die Betrachtung dieses Prinzen, der vom Himmel gefallen war. Ihre kaum verhohlene Unruhe ärgerte Fürstin Gertrude, die die Herzogin mit feindseliger Miene musterte.

Die einzige junge Person im Schloß war Miss Margaret. Ihre Zurückhaltung kam praktisch einer Abwesenheit gleich. Sie sagte nur etwas, um auf die ihr gestellten Fragen zu antworten; doch ihre schlichte, strenge Kleidung als Gesellschaftsdame, ihr verschlossenes Gesicht, ihr stets verstohlener Blick, all das reizte kaum zu einer Konversation. Sie wirkte zerbrechlich, aber wenn man sie länger beobachtete, ahnte man, daß sie von einem eisernen Willen geleitet wurde. Auf den ersten Blick sah sie nichtssagend aus, doch wenn man ihr etwas Aufmerksamkeit schenkte, wurde sie schön.

Edouards Anwesenheit änderte nichts an ihrem Verhalten.

Sie beachtete ihn nicht im geringsten, so sehr widmete sie sich Gertrude. Er existierte für sie nur in dem Maße, wie die Fürstin ihm Interesse entgegenbrachte.

Herzog Groloff dagegen versank im Treibsand seiner Verkalkung. Seine Schwerhörigkeit, die zu verbergen er sich bemühte, ließ die Spuren des Alters noch unübersehbarer werden. Es konnte vorkommen, daß er Absencen hatte und seinem Gesprächspartner plötzlich nicht mehr antwortete, daß er dann nicht weiteraß, ja, daß er sogar nicht vom Tisch aufstand, wenn Gertrude die Tafel aufhob. Trotz allem hatte er auch noch lichte Augenblicke. Er verwaltete das Vermögen der Skobos, verbrachte die Tage zwischen seinen Dämmerzuständen damit, Zahlenkolonnen immer wieder durchzurechnen, die Ergebnisse mit Hilfe einer Rechenmaschine zu überprüfen, um dann die Ergebnisse der Rechenmaschine noch einmal wieder nachzurechnen.

Er war der engste Freund, Vertraute und Ratgeber von Otto III. gewesen. Bei der Erstürmung des Palastes hatte ihn eine Kugel in die Brust getroffen, und er war für tot gehalten worden. Man hatte seine angebliche Leiche, zusammen mit der tatsächlichen Leiche des Fürsten und der einiger Getreuer, in den Hof geschleift, hatte alle Toten mit Benzin übergossen und dann den kleinen Scheiterhaufen angezündet.

Wie durch ein Wunder gelang es Groloff, sich im Schutze der schwarzen Rauchwolken in einen künstlich angelegten Teich zu rollen, wo er, unter Seerosen verborgen, stundenlang wartete. Später dann hatte er sich zu Freunden geschleppt, die ihn gesund pflegten, und war dann in die Schweiz gelangt, wohin sich die Fürstin Gertrude und ihr Sohn geflüchtet hatten.

Von da an hatte er die Fürstenfamilie nie mehr verlassen.

Am frühen Nachmittag wurde Edouard mitgeteilt, daß die Fürstin sich zum Friedhof begebe. Er hatte seinen dunklen Anzug angezogen und stand bereit. Die große Rasenfläche war abgemäht, und es roch angenehm nach frischem Gras. Man konnte den See durch die niedrigen Äste der großen

Bäume hindurch jetzt besser sehen. Weiße Schwäne entlang des steinernen Anlegeplatzes schienen eine Statistenrolle übernommen zu haben. Für Edouard war das ein großartiges Schauspiel. Solch ein majestätischer Friede, solch eine berauschende Stille wirkten erhebend auf die Seele. Er dachte an Rosine in ihrem amputierten Eisenbahnwaggon am Rande der schlammigen Ausschachtung, und sein Herz krampfte sich zusammen.

Er besaß doppelte Wurzeln: die des Fürstenhauses und die des häßlichen Vorortes à la Vlaminck mit seinem tiefhängenden Himmel. Bis jetzt hatte er nur letztere gekannt, und dennoch ahnte er nun, daß ihm bisher etwas Unerklärliches gefehlt hatte. War das möglich, oder machte er sich etwas vor? Von jeher trug er in dem nordwestlichen Vorort von Paris eine seltsame Schwermut mit sich herum. Unbekannte Erinnerungen quälten ihn. In seinem Innern lauerte die Vorstellung von einem »Anderswo«.

Die Fürstin hatte ihm Bücher über Montegrino geliehen. Der kleine, so oft eroberte, so oft befreite Staat besaß etwas Operettenhaftes, etwa so wie das Fürstentum Monaco. Es gab eine Unzahl von Territorien, die durch geographische oder historische Absonderheiten entstanden waren und über die man zu lächeln versucht war. Sie konnten es nicht mit normalen Nationen aufnehmen und befanden sich stets in der Umklammerung eines mächtigen »Lehnsherrn«. Kleinstaaten, die von Europa wegen der Folklore oder irgendwelcher Bankvorteile geduldet wurden.

Gertrude hatte ihm Fotografien gezeigt, die liebevoll in einem dicken Album mit granatrotem Samteinband aufbewahrt wurden: der Palast von Tokor mit seinen hängenden Gärten; die großen Stunden von Fürst Otto III.: Krönung, Hochzeit, Empfänge für ausländische Herrscher. Auf vielen Fotos war, stets in der Nähe des Fürsten, in Galauniform Herzog Groloff zu sehen, der trotz seiner üppigen Dekorationen und der Goldverzierungen das Aussehen eines umsichtigen Domestiken behielt.

Gertrude war sehr schön gewesen, so anmutig in ihren fürstlichen Roben, so strahlend heiter vor Glück! Man merkte gar nicht, wie klein sie war, so großartig wirkte sie. Sie schien allgegenwärtig, sanftmütig und auf alles achtend, aber nicht aufdringlich. Sie war ganz Harmonie, und für den, der in den Fotos zu lesen verstand, stellte die Liebe, die sie ihrem Gatten entgegenbrachte, die feste Konstante in ihrem Leben dar. Ihr Schicksal hatte etwas Romantisches an sich wie das ihrer illustren Vorgängerinnen, mit denen die Filmindustrie ein Vermögen gemacht hat. Um sie herum war alles nur Anmut und Glück, in solcher Fülle, daß es unmöglich von Dauer sein konnte.

Die romantischen Ladenmädchen wissen es ganz genau: Das Glück der Prinzessinnen ist eines Tages abrupt zu Ende, und das Schicksal wird ihnen irgendwann die Rechnung präsentieren für all die Gnaden, mit denen es sie überhäuft hat.

Der alte Walter steuerte den Rolls so bedächtig und langsam wie der Chauffeur von Elisabeth II., was Edouard nervös machte. Gerne hätte er sich selbst ans Steuer gesetzt, doch das wäre in der Anwesenheit seiner Großmutter undenkbar gewesen.

Ausnahmsweise war Groloff von seinen täglichen Pflichten befreit worden, was ihn traurig gestimmt hatte. Gertrude und Edouard saßen auf der breiten Lederbank nebeneinander im Fond. Die Fürstin hatte ihre schmale Hand durch die Schlaufe der samtüberzogenen Armlehne geschoben, ihre andere Hand lag auf der des jungen Mannes. Sie streichelte die Risse und Narben, die seine grobe Arbeit hinterlassen hatte.

»Seltsam, diese Vorliebe der Skobos für die Mechanik«, bemerkte sie. »Sie besaßen die außergewöhnlichsten Juwelen, aber sie hätten sie sofort gegen einen Motor eingetauscht.«

»Nicht nur Fürsten begeistern sich dafür«, erwiderte Edouard. »Sie müssen sich vorstellen, daß ein Motor mit einem Leben zu vergleichen ist; einem Leben, aus dem man die optimale Leistung herausholen kann, was keinem Arzt bei einem menschlichen Körper gelingt!«

»Dein Großvater hat mir ungefähr dasselbe erzählt«, sagte sie.

Er wagte es, eine Frage zu stellen, die ihn seit seiner Ankunft quälte:

»Mein Vater war ein Motorrad-Fan, nicht wahr?«

»Leider!« seufzte Gertrude.

»Wie ich gehört habe, besaß er mehrere Harley-Davidsons. In den Schuppen des Schlosses habe ich aber keine gesehen.«

»Weil ich sie habe vergraben lassen«, sagte sie ruhig.

Edouard fuhr empört hoch:

»Sie haben seine Motorräder vergraben lassen?«

»Sie haben ihm den Tod gebracht, und es sollte nicht noch jemand durch sie umkommen.«

»So ein Jammer!«

»Sigismunds Tod war ein unvergleichlich größerer Jammer, Edouard.«

Er dachte sich, daß sie diese Ungeheuer, die ihr den einzigen Sohn genommen hatten, hassen müsse.

»Er besaß vier davon, hat man mir erzählt.«

»Einschließlich der Maschine, die er bei seinem Unfall zu Schrott gefahren hat.«

»Also drei Harley-Davidsons in die Erde eingebuddelt!« dachte er laut, wie um sich in eine solche Katastrophe hineinzudenken. »Hat Walter sie vergraben?«

»Nein. Ich wollte, daß man sie ganz tief in der Erde verscharrte: Ich habe einen Schaufelbagger kommen lassen.«

Er wagte es sich nicht vorzustellen, wie diese Juwele der Motorradtechnik nach zwanzig Jahren unter der Erde aussahen. Das Wort »Schaufelbagger« ließ seine Erinnerungen an die Baustelle wieder aufleben. Dort war es kein Motorrad gewesen, das Marie-Charlotte vergraben hatte, sondern ein Mensch! Was würde Rosine geschehen, wenn man den Taxifahrer fände? Denn man würde ihn mit tödlicher Sicherheit finden, weil die verrückte Kleine sich vor jedem Strolch mit ihrer Heldentat brüstete.

Sie machte ihm angst, doch er war nicht richtig wütend auf sie. Ihre Verbrechen überstiegen jegliches Maß, jegliche

Logik. Er stellte sich vor, wie sie Oma mit »Hundeschlägen« getötet hatte: eine kleine Furie, die von dem Bedürfnis zu töten besessen war. Er sagte sich, daß man einen solchen Menschen für immer einsperren müsse. Oder sogar vielleicht »einschläfern«? Konnte man Euthanasie für derartige Fälle in Betracht ziehen? Marie-Charlotte würde, von einer gemeinen Bösartigkeit befallen, immer wieder ihrem Tötungsinstinkt gehorchen, jetzt, da sie die Schwelle einmal überschritten hatte. Ihr würde das Töten leichtfallen, ja, es würde für sie alltäglich werden, banal. Der Schlag in die Knie, mit dem sie Banane von der Brücke geschmissen hatte, bewies es.

»Woran denkst du, mein Sohn?« fragte Gertrude besorgt.

»Unsere Gedanken kommen und gehen zu schnell, als daß wir sie mitteilen könnten«, antwortete Edouard.

Er führte die Hand der Fürstin an seine Lippen. Er liebte es, ihre kalten Fingerspitzen zu küssen; instinktiv drängte es ihn dazu, sie zu wärmen. Er ahnte, welche Bedeutung er für sie zu haben begann: die Rechtfertigung für ihr hohes Alter.

Auf dem Friedhof wurden sie von Vogelgezwitscher empfangen. Die Sonne schwebte über dem unbewegten See, dessen französisches Ufer sich in leichten Dunst auflöste.

Klein und mutig, unbeugsam in ihrer schwarzen Trauerkleidung, ging sie mit entschlossenen Schritten zu »seinem« Grab. Ihr weißes Haar unter dem Haarnetz sah aus wie Schaum. Die flachen Absätze ihrer Schuhe (Schuhe, die nicht mogelten) knallten auf den Boden. Ein Geruch nach verwelkten Blumen und Honig vermischte sich mit dem der Fürstin, der ebenfalls von welken Träumen zeugte.

Sie blieb vor einem schmucklosen schwarzen Marmorgrab ohne Skulptur stehen. In großen, goldenen Buchstaben stand auf der Grabplatte:

SIGISMUND II.
Prinz von Montegrino
1937–1972

Unter der Inschrift war eine sepiafarbene Fotografie in den Marmor eingearbeitet, die den Fürsten in heller Uniform mit Epauletten zeigte. Edouard verblüffte die Ähnlichkeit mit ihm, die auf diesem Foto noch deutlicher zutage trat als auf den anderen im Schloß.

Sigismund blickte gleichzeitig mißtrauisch und herausfordernd ins Objektiv. In seinen Augen spiegelten sich Überdruß und Arroganz wider, vielleicht auch (aber dazu mußte man seinen Blick gründlich erforschen) ein unbestimmtes, schlecht überwundenes Entsetzen.

»Er war schön, nicht wahr?« fragte Gertrude.

»Sehr schön.«

»Etwas Werther, etwas Napoleon«, fügte sie hinzu.

Plötzlich wandte sie dem Grab den Rücken zu, so daß sie zwischen ihm und Edouard stand.

»Ich habe dich hierher mitgenommen, um dir eine Frage zu stellen, mein Junge: Wird der, dessen sterbliche Hülle in dieser Gruft ruht, der letzte der Skobos gewesen sein?«

Edouard schien von ihrer Frage überwältigt, und er krümmte sich instinktiv. Er schloß die Augen, und ein Bild nahm im Dunkeln Gestalt an: Rosine, mit gespreizten Beinen auf einem schäbigen Bett, und auf ihr ein junger Mann, der in sie eindrang, das Gesicht vom Fahrtwind noch gekühlt.

»Nein«, antwortete Edouard entschieden.

»Danke!« rief Gertrude. »Heute ist der drittwichtigste Tag in meinem Leben. Beten wir, Edouard, beten wir zum Herrn, daß Er dir ein günstiges Schicksal gewähren möge.«

Und sie fing an, ein Vaterunser zu beten. Da Edouard stumm blieb, unterbrach sie ihr Gebet und fragte:

»Du weigerst dich zu beten, mein Junge?«

»Ich habe nie gelernt zu beten«, antwortete er.

»Bist du nicht getauft?«

»Nein.«

»Mein Gott! Ein Skobos, der nicht der Heiligen Katholischen Kirche angehört! Das müssen wir unbedingt in Ordnung bringen!«

Der Gedanke, Edouard den Katechismus zu lehren, versetzte sie in Aufregung.

»Wenn deine religiöse Erziehung beendet ist, werden wir dich taufen lassen, Edouard. Hast du nicht schon den Mangel an Religion verspürt?«

»Ich glaube nicht.«

»Ist da nicht eine gewisse Leere in dir, die du gerne ausfüllen möchtest?«

»Sicher.«

»Hast du dich nie gefragt, ob Gott existiert?«

»Nie.«

»Aber dir ist Gott doch in Büchern begegnet, in Gesprächen, im täglichen Leben!«

»Ich glaubte, es handle sich um ein Mißverständnis«, gestand Edouard.

## 22

Als sie wieder im Schloß waren, bat Gertrude ihren Enkel, Sigismunds Uniformen anzuprobieren. Die Erfüllung dieser Bitte bereitete ihm alles andere als Vergnügen, es verursachte ihm ein tiefes Unbehagen. Aber da der alten Frau sehr daran gelegen zu sein schien, willigte er ein. Der verstorbene Prinz war ungefähr gleich groß gewesen, aber Edouard war dicker als sein Vater, und er hatte Mühe, Jacken und Hosen zuzuknöpfen. Man ließ Lola kommen, die sich auch um die Näharbeiten kümmerte. Wenn man die Knöpfe ein wenig versetzen und hinten ein wenig herauslassen würde, versicherte sie, würden die Uniformen Edouard ausgezeichnet passen. Die Fürstin flehte das Dienstmädchen an, so schnell wie möglich die Uniformen zu ändern, denn sie gedenke, in Kürze einen Empfang zu geben, um ihren Enkel der kleinen montegrinischen Kolonie, die in der Schweiz und in Frankreich im Exil lebte, vorzustellen, und sie lege Wert darauf, daß er bei dieser Gelegenheit die Marschalluniform trage. Sie wolle die »Untertanen« vor vollendete Tatsachen stellen, und nichts beeindrucke Vasallen mehr als die goldverzierten Uniformen ihres Landes.

Sie kündigte an, daß sie sich mit einem Juristen in Verbindung setzen werde, um ein posthumes Anerkenntnis der Vaterschaft aufsetzen zu lassen. Dank des berühmten Briefes, den Sigismund geschrieben habe, sowie der Aussage von Herzog Groloff, ihrer eigenen und der von Rosine, natürlich, werde Monsieur Edouard Blanvin problemlos Edouard Skobos werden, Prinz Edouard I. von Montegrino!

»Ich werde dir Bücher über unser Land geben. Du mußt seine Geschichte auswendig lernen. Was damals mein Interesse an deiner Mutter geweckt hat, waren ihre Kenntnisse über Montegrino, obwohl sie nicht wissen konnte, daß sie uns eines Tages begegnen würde. Außerdem wirst du im Katechismus unterrichtet und Katholik werden.«

Sie war ganz aufgeregt, sie, die sonst so ruhig war, und zwei rosa Flecken traten auf ihre Wangen. Edouards Antwort auf dem Friedhof eben verlieh ihr eine ungeheure Energie, die sie bis zum Tode ihres Sohnes ausgezeichnet hatte. Dieser Mann von zweiunddreißig Jahren mußte noch »gebildet« werden wie ein Kind. Er war ein Mann, und aus ihm sollte ein Fürst werden; sie war es, die die Metamorphose herbeiführen sollte. Mit ihren fast achtzig Jahren schlüpfte Gertrude wieder in die Mutterrolle. Eine solche Aufgabe kam einem unermeßlichen Glück gleich.

Am Abend schrieb er einen langen Brief an Rosine, in dem er ihr alles erzählte. Indem er ihr die Gründe für seine Entscheidung darlegte, legte er sie sich selbst dar: Es war wie eine Herausforderung des Schicksals. Da er nie einen Vater gehabt hatte, strebte er danach, ein guter Sohn zu werden, indem er das tat, was sein Erzeuger nicht hatte tun können. Er versicherte sie seiner Sohnesliebe, kündigte an, daß sie bald ins Schloß eingeladen und von der Fürstin als ihresgleichen empfangen werden würde. Er legte ihr nahe, die geheimnisvollen Erdarbeiten (die zu fürchten er allen Grund hatte!) zu beenden, denn ihre Situation werde sich, wie er versprach, bald ändern, und es sei seiner Meinung nach überflüssig, für ein Grundstück, von dem sie wahrscheinlich fortziehen werde, Geld auszugeben.

Edouard ließ sich von seinen Gefühlen, seinem Enthusiasmus leiten. Er wurde sich bewußt, daß es der erste richtige Brief war, den er Rosine schrieb, der lieben, guten, unschuldigen Rosine! Er schloß mit der Bitte, sie möge doch von Zeit zu Zeit in seiner Werkstatt nachschauen, ob Banane zurechtkomme.

Nachts schlief er erst sehr spät ein; er dachte an Rachels Grab und an das der Motorräder, das Walter ihm auf seine Bitte hin gezeigt hatte. Auch an das Grab von Elie Mazureau mußte er denken, dem unglücklichen Taxifahrer, den Marie-Charlotte erschlagen hatte. Alles ist von Staub gemacht, und zu Staub kehrt es wieder zurück. Das letzte Bild des Tages war das von ihm selbst vor dem Spiegel, in einer zu engen

Uniform. Einer himmelblauen Uniform mit schwarzen Aufschlägen und schwarzen Streifen an der Hose, goldenen Epauletten und auffälligen Orden, die wohl nur für einen eingeschränkten Kreis von Personen eine Bedeutung hatten.

Jeden Morgen hißte Walter die Flaggen.

Rechts von dem schmiedeeisernen Eingangstor stand eine lange Fahnenstange. Walter zog zuerst die Schweizer Flagge auf, dann die von Montegrino: sechs silberne Muscheln auf azurblauem Grund und das Wappen darunter. Früher, als es noch Empfänge auf dem Schloß gegeben hatte, hing unter den beiden ersten die jeweilige Nationalflagge der ausländischen Gäste. Aber seit dem Tod des Fürsten im Jahre 1972 hielten nur noch die Schweizer und die Montegriner Fahne am helvetischen Himmel Wache.

Vom Fenster seines Zimmers aus sah Edouard dem alten Mann bei seiner Tätigkeit zu. Walter hatte Mühe, die Leine hochzuziehen, denn sein Rheumatismus machte ihm jeden Tag mehr zu schaffen. Ganz offensichtlich würde er seine Arbeit aufgeben und in den wohlverdienten Ruhestand gehen müssen.

Im oberen Etschtal besaß er ein kleines Häuschen, in das er sich zum Sterben zurückziehen wollte, wenn er Versoix verlassen würde. Seine iberische Frau, die jünger war als er, stand diesem Plan ablehnend gegenüber und hoffte, noch einige Jahre hier in Diensten bleiben zu können.

Edouard beendete seine Rasur und verließ sein Zimmer. Das Läuten des Telefons hallte in dem Haus wider, was sehr selten vorkam. Es ähnelte nicht dem Läuten gewöhnlicher Telefone, erinnerte vielmehr an das Läuten an alten Bahnübergängen, das einen Zug ankündigte. Jemand mußte an den Apparat gegangen sein, denn das Läuten hatte aufgehört. Edouard wartete oben an der Treppe, überzeugt, daß der Anruf für ihn war. Und tatsächlich, kurz darauf vernahm er die Stimme von Miss Margaret.

»Für Sie, Durchlaucht!« rief sie mit ihrem reizenden irischen Akzent aus der Eingangshalle zu ihm herauf.

Er stürmte die Treppe hinunter, um den Hörer zu nehmen. Ihre Hände berührten sich, und er lächelte ihr zu, wobei er bemerkte, daß sie hübsch war.

Banane räusperte sich am anderen Ende.

»Ach, du bist's, Selim!« sagte Edouard. »Welch günstiger Wind ...«

»Ein Sturm, Chef!« antwortete der Araber. »Hier ist die Kacke am Dampfen, Alter!«

»Ach ja?« keuchte Edouard, der sogleich an den Toten auf der Baustelle dachte.

Der junge Mann erriet seine Gedanken.

»Nein, nein, nicht was du denkst! Es geht um den beigefarbenen Wagen, den du Salingue abgekauft hast. Der Schlitten ist aus einem Privatmuseum geklaut worden. Salingue hat sich schnappen lassen, und so 'n Schwein, wie er ist, hat er die Namen seiner Abnehmer genannt. Zwei Bullen sind unvorgesehen hier aufgetaucht.«

»Unvorhergesehen!« verbesserte ihn Edouard.

»O. k., un-vor-her-gesehen. Sie haben die Werkstatt inspiziert, den beigen Six entdeckt und die Rechnungen von allen anderen Autos verlangt. Was hältst du davon?«

»Da müssen wir uns was einfallen lassen«, antwortete Edouard ausweichend.

»Dann laß dir mal schnell was einfallen! Die wollen dich nämlich umgehend sprechen. Ich hab gesagt, du wärst in einem Sanatorium in der Schweiz, und ich wüßte nicht, wann du zurückkämst.«

»Das war richtig.«

»Was willst du tun, Dodo?«

»Nachdenken. Das kommt so plötzlich, wie 'n Knüppel auf den Kopf.«

»Hast du irgendwelche Rechnungen, die wir denen zeigen könnten?«

»Nein, du?« lachte Edouard.

»Du lachst, aber ich steh hier in der Schußlinie!«

Blanvin gefiel Bananes Antwort überhaupt nicht. Sie verriet Angst. Wie würde der Junge antworten, wenn er eines Tages wegen Elie Mazureau vernommen werden sollte?

»Stell eine Liste aller Wagen auf, die wir auf Lager haben,

dazu die jeweiligen Daten, und fax sie mir rüber! Postamt Versoix, Kanton Genf. Und vor allem: Bleib ruhig, Kleiner!«

»Verstehst du? Ich denke an ... an den Rest«, verteidigte sich Banane. »Durch die Sache mit dem geklauten Auto könnte der Stein ins Rollen kommen.«

»Von einem rollenden Stein ist noch keiner erschlagen worden!« scherzte Edouard. »Los, Araber, beruhige dich wieder, sonst nehm ich dir Algerien weg! Wie geht's Najiba?«

»Sie liebt dich! Hier wird nur von dir gesprochen. Sie wartet auf dich.«

Edouard hörte Bananes wiedergefundenes Lachen.

»Durch ihren Unfall hat sie vergessen, daß du 'n dreckiger Christ bist«, fuhr der Junge fort. »Aber wenn du sie entehrst, schneidet dir mein Alter die Eier ab. Blödes Dilemma, was?«

»Kein Problem ist unlösbar«, erwiderte Edouard.

Überrascht stellte er fest, daß die kleine Araberin ihm nichts mehr bedeutete. Er mochte das zurückhaltende, mit ihrem Volk verbundene junge Mädchen, doch die verliebte Begeisterung, die sie seit ihrem Unfall in seine Arme trieb, war ihm lästig. Wenn ich ihrem Drängen nachgäbe, sagte er sich, dann hätte ich hinterher Angst, daß sie aufwacht und es mir heimzahlt.

Edouard versicherte Banane noch einmal, daß er sich keine Sorgen zu machen brauche und daß die Angelegenheit bald geregelt werde, notierte sich die Adresse des Inspektors und legte auf.

Er fühlte sich in diesem Schloß geborgen und hatte keine Angst vor der drohenden Anklage wegen Hehlerei. Er war der Ansicht, daß der Handel mit alten Automobilen, die fünfzig und mehr Jahre alt waren, nicht vom Gesetz geregelt sei. Für ihn waren es Liebhaberstücke, die unter Liebhabern weiterverkauft wurden.

Während er noch nachdachte, kam Walter und teilte ihm mit, daß die Fürstin ihn in ihr Zimmer bitte. Edouard war dort noch nie gewesen. Ihre Gemächer waren geheim, privat. Nur Lola und Miss Margaret hatten dort Zutritt.

Er klopfte leise an die schwere, mit Zierleisten versehene Tür. Gertrude rief ihn herein, und Edouard trat sehr schüchtern ein, beeindruckt von der Großzügigkeit der Szenerie. Ein fürstliches Zimmer, in der Tat. Das Bett mit dem Baldachin thronte auf einem mit rotem Samt ausgelegten Podest, zu dem zwei Stufen hinaufführten. Vorhänge aus ebenfalls rotem Moiré schirmten es ab, und über allem prangte eine vergoldete Holzkrone. Die übrigen Möbel bestanden aus einem riesigen, mit ländlichen Motiven bemalten Schrank, wahrscheinlich aus der Schweiz oder aus Österreich, einem Louis-XIII.-Schreibtisch, einer nierenförmigen Frisierkommode mit zum Teil blinden Spiegeln sowie aus klobigen Sesseln, die ihn an den Lehnsessel der armen Rachel erinnerten, in dem man sie vor den Waggon gestellt hatte, damit sie frische Luft schnappen konnte.

Fürstin Gertrude saß am Schreibtisch, in einen schwarzsamtenen Morgenmantel gehüllt, der am Kragen und an den Ärmeln mit weißem Pelz besetzt war. Auf dem Kopf trug sie eine Art weiße Bäuerinnenhaube, was ihrer Erscheinung etwas Skurriles verlieh.

Edouard verbeugte sich vor der alten Frau.

»Guten Morgen, Frau Mutter«, murmelte er.

Er hatte das Emphatische für sich entdeckt und liebte es, sich darin zu üben. Es wurde so etwas wie ein persönliches Spiel. Seine Formulierungen, die er wählte, so gut er es vermochte, erschienen seinen Gesprächspartnern ganz natürlich. Ja, er berauschte sich förmlich daran, im täglichen Leben Wörter und Redewendungen zu benutzen, die er aus seinen Büchern kannte.

»Setz dich, mein liebes Kind.«

Er setzte sich in den Sessel, der ihm am nächsten stand. In ihren Privatgemächern präsentierte sich Gertrude als eine kleine, von Energie sprühende alte Dame, als unnachgiebige, mädchenhafte Alte.

Sie deutete auf einen Haufen Papiere, die sich auf dem Schreibtisch stapelten.

»Ich leite alsbald die nötigen Schritte für die posthume Vaterschaftsanerkennung ein. Sigismunds Brief an Rosine habe ich in mehreren Exemplaren fotokopieren lassen, ich werde sie benötigen. Bitte deine Mutter zu kommen, sie soll alle entsprechenden Papiere mitbringen, deine Geburtsurkunde, was weiß ich ...«

»Ich zöge es vor, sie abzuholen«, erklärte Edouard. »Sie ist eine eigenwillige Frau, die zur Zeit mit einer Arbeit beschäftigt ist, die lange Zeit in Anspruch nehmen wird, und sie wird sich alle möglichen Argumente einfallen lassen, um die Reise aufzuschieben.«

»Wenn das so ist, dann fahre hin!«

Ihr Gesicht nahm plötzlich einen pathetischen Ausdruck an.

»Du wirst zurückkommen, nicht wahr? Deine Entscheidung steht doch unwiderruflich fest?«

»Unwiderruflich, Frau Mutter.«

»Ich habe dein fürstliches Ehrenwort?«

Sein Herz schlug heftiger. Er hob die rechte Hand zum Schwur.

»Mein fürstliches Ehrenwort, Frau Mutter!«

Es wurde an die Tür geklopft: Lola bat um Anweisungen für das Mittagessen. Gertrude verließ ihren Schreibtisch, um sich leise mit ihrer Köchin zu besprechen. Sie liebte es nicht, Probleme der Haushaltsführung in Anwesenheit eines Dritten zu erörtern: Dies ging nur sie beide etwas an.

Edouard betrachtete den protzigen Schreibtisch aus dunklem, auf Hochglanz poliertem Holz. Auf einer Ablage des Möbels entdeckte er Briefbögen mit dem fürstlichen Wappen, unter dem in schön geschwungener Kursivschrift »Schloß Versoix« stand. Unten auf den Bögen stand kleingedruckt die vollständige Adresse und die Telefonnummer.

Er nahm ein paar Briefbögen an sich, faltete sie zusammen und ließ sie in seiner Jackentasche verschwinden.

Ihm war eine Idee gekommen, die er für ausgezeichnet hielt.

Das Dienstmädchen entfernte sich wieder, und Gertrude setzte sich hinter den Schreibtisch.

»Das Programm, das ich dir vorschlagen möchte, ist folgendes«, begann sie. »In zehn Tagen ist der Nationalfeiertag von Montegrino. Jedes Jahr gebe ich einen Empfang, an dem ehemalige Würdenträger unseres Landes, die im Exil in der

Schweiz, in Frankreich und in Italien leben, teilnehmen. Die Zeit hat es mit sich gebracht, daß es in diesem Jahr nur kaum mehr als ein Dutzend sein werden. Ich möchte dich vorstellen und ihnen die Situation erklären, ohne zu erwähnen, daß deine Mutter Bedienstete in diesem Hause war. Jeder der Geladenen soll ein Faksimile des Briefes sowie zwei Fotografien bekommen: eine von deinem Vater und eine von dir, auf denen eure Ähnlichkeit gut herauskommt. Danach wirst du deine Mutter hierherholen. Wir werden die Schritte für die Anerkennung in die Wege leiten.

Von heute an wird Miss Margaret mit deiner religiösen Unterweisung beginnen. Zu diesem Zweck wird sie den alten Katechismus verwenden, aus dem ich die Grundlage unserer Religion gelernt habe. Er ist über sechzig Jahre alt und gehört zur Diözese Grenoble, denn ich war damals in einem katholischen Internat jener Stadt. Einige Seiten fehlen, und bestimmte Dinge haben sich inzwischen geändert, aber das ist nicht so wichtig: Ich möchte, daß er dich mit unserer Religion vertraut macht, so wie er mich damit vertraut gemacht hat! Bist du einverstanden?«

»Alles soll geschehen, wie Sie es wünschen, Frau Mutter.«

Nach dem Mittagessen fuhr Edouard zum Postamt, wo ein Fax auf ihn wartete. Banane hatte die Liste aller Fahrzeuge übermittelt, dazu die entsprechenden Daten: Erstzulassung, Fahrgestellnummer, Motornummer usw. Als Edouard die Liste in einer Ecke des Postamtes studierte, sah er die Herzogin Groloff hereinkommen. Trotz ihrer Leibesfülle und ihres roten Gesichts, das wie ein kalifornischer Apfel glänzte, erinnerte sie ihn an einen Pudel, der frisch aus dem Hundesalon kommt. Ihre Erscheinung hatte etwas Fröhliches, Quirliges an sich. Sie trug ein urgermanisches Kostüm, bläulichgrau mit schwarzem Samtkragen, eine weiße Hemdbluse, Lederhandschuhe, und dazu Schmuck, der besser zu einer Soiree im Schloß als zu einem Stadtbummel gepaßt hätte.

Sie betrat eine Telefonkabine, wählte eine Nummer und begann, laut in die Muschel zu sprechen, so wie es die meisten Deutschschweizer tun; denn das Deutsch und seine Derivate sind Sprachen, die offenbar gebrüllt werden müssen und eher für Wortgefechte als für Konversationen geeignet sind.

Heidi drückte sich in ihrem verhunzten Französisch aus, bei dem viele Artikel fehlten und nur wenig Verben korrekt konjugiert wurden; außerdem waren ihre gewagten Bindungen durchweg unglücklich gewählt.

Sie sprach mit einem gewissen Ernst (der wohl Ernest heißen mußte, da sie französisch mit ihm redete). Ihre Stimme nahm einen gurrenden Ton an, sie nannte ihn »irres Baby« und »Liebling«. Sie kündigte ihm an, daß sie ihn besuchen werde und daß sie einen »frechen schwarzen Slip« trage, so wie er es empfohlen habe. Dann versprach sie ihm noch, ihn »mit Haut und Haaren« zu fressen, schmatzte ein paar Küsse in die Muschel und legte auf.

Amüsiert folgte Edouard ihr, als sie das Postamt verließ. Herzogin Heidi hatte keinen weiten Weg zurückzulegen. Nach einigen hundert Metern auf der Rue de Suisse betrat sie einen Friseursalon, der »Anmut und Schönheit« versprach und dessen Inhaber Ernest Calisson hieß. Edouard sah vier Frisiersessel nebeneinander stehen; in dreien saßen Damen, die gerade eine Fönfrisur verpaßt kriegten. Kaum war die Herzogin hineingegangen, verschwand sie aus Edouards Blickfeld.

Blanvin trat näher und erblickte eine Treppe im Ladeninnern, direkt gegenüber der Eingangstür. Die gute Heidi steuerte darauf zu und ging hinauf. Der *Hairstylist* verschönte mit einem Kamm den Kopf einer verblühten Siebzigjährigen. Er vertraute die Kundin einer seiner Angestellten in extrakurzem Hosenrock an und stieg ebenfalls in die erste Etage hinauf. Er sieht Fausto ähnlich, dachte Edouard. Anscheinend übte dieser Typ Mann eine große Anziehungskraft auf jene Damen aus, die auf die bedrohlichen Sechzig zugingen.

Der Seitensprung der Herzogin amüsierte Edouard. Das kanonische Alter und der angegriffene Gesundheitszustand von Herzog Groloff erklärten ihr Verhalten, doch manche Leute (und Herzogin Heidi gehörte zu ihnen) kann man sich nur schwer bei einem Liebesabenteuer vorstellen.

Von irgendeinem bösen Teufel geritten, trat Edouard in

den Salon und ging, so als wäre es die natürlichste Sache der Welt, die Treppe hinauf. Aus einem Zimmer war das Glucksen der schäkernden Matrone zu hören. Entschlossen stieß Edouard die Etagentür auf, betrat einen kleinen Korridor und stand vor einer weiteren Tür. Das Glucksen ging jetzt in ein jammerndes Stöhnen über.

Zu jeder Unverschämtheit bereit, drehte Edouard den Knauf und schob die Tür auf.

Das Schauspiel, das sich ihm bot, gefiel ihm: Heidi lag mit hochgezogenem Rock und gespreizten Beinen quer über dem Bett. Sie trug Strümpfe und einen schwarzen Strumpfhalter, dazu einen aufreizenden schwarzen Slip, den der Friseur so weit wie möglich verschoben hatte, um es der Herzogin mit der Zunge zu besorgen. Als exzellenter Techniker und Kenner der Materie vervollständigte Monsieur Calisson das Glück der Dame, indem er Mittel- und Zeigefinger rhythmisch hin- und herbewegte, so wie es beim Liebesakt, notfalls unter Zuhilfenahme von mehr oder weniger einfallsreichen Prothesen, üblich ist.

Diese wollüstige Szene an der Grenze zum Grotesken trieb Edouard die Schamröte ins Gesicht.

»Benimmt sich so eine Herzogin?« murmelte er wie zu sich selbst.

Der Figaro, dessen Ohren von den kräftigen Schenkeln von Madame Groloff verstopft wurden, hörte nichts. Dagegen schreckte seine Partnerin so heftig auf, daß sie beinahe vom Bett fiel. Sie drehte ihren Oberkörper so, daß sie den Eindringling sehen konnte.

»Allmächtiger!« dachte sie. »Warum tust du mir so etwas Schreckliches an?«

Der Friseur merkte, daß sich hinter seinem Rücken etwas Unvorhergesehenes abspielte; er unterbrach seine lustigen Spielchen und tauchte aus der Versenkung auf.

Als er Edouard in seinem Schlafzimmer erblickte, war seine erste Reaktion Wut. Wenig freundlich herrschte er ihn an:

»Was haben Sie hier zu suchen, Sie?«

Das zweite »Sie« verstärkte den Anpfiff.

Edouard verzichtete auf eine Antwort und drehte sich auf

dem Absatz um, gefolgt von den Verwünschungen des Friseurs, den die Herzogin vergeblich zu beruhigen versuchte.

Edouard lief schnurstracks zum Port Choiseul. In dem reizenden kleinen Hafen tänzelte eine Flotte fröstelnder Segelboote in einer goldbraun-trägen Brühe auf der Stelle. Edouard ging ins Café und bestellte Bier. Am Nebentisch prahlte ein marineblau gekleideter Mann vor ein paar Zechkumpanen. Edouard dachte bei sich, daß alles hier friedlich sei, friedlich und lähmend, aber glücklich wie an vielen Urlaubsorten. Langsam wurde es Sommer, trotz der Stimmungsschwankungen des Wetters. Der Regen hielt, ebenso wie die Sonne, nie länger an. Es herrschte gemessene und milde helvetische Erstarrung, die so beruhigend auf die Fremden wirkt.

Die Bedrohungen aus Frankreich quälten ihn nicht; deswegen machte er sich keine großen Sorgen. Die Aussicht auf ein Leben als Prinz interessierte ihn, ohne ihm jedoch wirklich Spaß zu machen. Er verspürte nicht die geringste Lust, Prinz zu spielen; eher schon, ein richtiger Prinz zu werden und ein Gefühl für eine solche Funktion zu entwickeln. Als Arbeiter hoffte er, sich in den Dienst dieser Aufgabe zu stellen, die ihm aus heiterem Himmel zugefallen war. Vor allem wollte er sich nicht dem Müßiggang hingeben, so wie es sein junger Vater anscheinend getan hatte. Sich nicht dem einfachen, unbeschwerten Leben des Exils verschreiben. Ein vages Pflichtgefühl steckte in ihm. Er würde die Geschichte Montegrinos bis ins kleinste studieren. Vielleicht, bedachte man die gegenwärtige Liberalisierung, bestand ja eine Möglichkeit, die Monarchie dort wieder einzuführen: Er mußte unbedingt hinfahren, solange er noch Blanvin hieß und einen französischen Paß besaß; die öffentliche Meinung erforschen, die Einstellung der derzeitigen Regierung erkunden.

Sein Entschluß versetzte ihn in Aufregung. Noch nie hatte er eine ähnliche Begeisterung verspürt.

Das kleinformatige, unscheinbare Buch hatte die Farbe von Pappmaché, mit einem schwarzen Leinenrücken. Einige Seiten fehlten, und die noch vorhandenen lösten sich zum großen Teil aus der Bindung. Unter dem bischöflichen Wappen stand in schwarzen Buchstaben *Katechismus*, darunter *Für den Gebrauch in der Diözese Grenoble*, und unter einer Schlußvignette *Félix Dardelet, Buchdrucker und Verleger, Grenoble, 4, Grande-Rue*. Das Büchlein roch nach vergilbtem Papier, vermischt mit einem leichten Lilienduft.

»Ergreifend«, seufzte Edouard.

Er versuchte sich die Fürstin Gertrude als Musterschülerin eines katholischen Internats in Frankreich vorzustellen, wie sie die in diesem abgegriffenen Buch enthaltenen Responsorien stockend aufsagte. Ein braves Mädchen höchstwahrscheinlich, jedoch entschlossen, dem harten Schicksal, das sie erwartete, die Stirn zu bieten.

Gertrude hatte angeordnet, daß Miss Margaret ihm die Katechismusstunden in der Bibliothek geben solle, einem stillen Ort, an den sich niemand verirrte. Außer den Regalen mit gebundenen Büchern standen in dem Raum nur ein Sessel, ein Kanapee und ein wuchtiger Schreibtisch. Die Läden des einzigen Fensters blieben stets geschlossen, und das Licht kam von den drei schwachen Birnen einer Lampe, deren Pergamentschirmchen mit Fliegendreck übersät waren.

Miss Margaret saß aufrecht und mit fest geschlossenen Knien auf dem Sessel. Sie trug ein marineblaues Kleid mit einem weißen Umlegekragen. Ein goldenes Kreuz hing an einem Kettchen zwischen ihren züchtig versteckten Brüsten. Ihre einzige Schminke bestand aus einem Hauch ockerfarbenem Puder, der ihre Sommersprossen blasser erscheinen ließ, und einem kaum wahrnehmbaren Strich Lippenstift. Die streng nach hinten gekämmten Haare betonten ihr schmales Gesicht. Diese Frau, die auf die Vierzig zuging, besaß immer noch alle Merkmale der Jugend. In ihrem offenen Blick spiegelte sich eine ungeheure Schüchternheit wider, schlecht kontrolliert und an der Grenze zu Furcht und Schrecken. Das Leben machte ihr angst; bestimmt fühlte sie sich nur am Rockzipfel der gestürzten Fürstin sicher, beschützt von Gertrudes Energie.

Sie umschloß den schmalen Band mit ihren zarten Händen

und gab acht, daß die Blätter, die sich aus der Bindung gelöst hatten, nicht herausfielen.

»Durchlaucht«, begann Margaret mit ihrer hellen Stimme, die der irische Akzent unwiderstehlich machte, »die ersten Seiten des Katechismus fehlen. Wahrscheinlich waren das die mit dem Vorwort und dem Hinweis für den Leser, denn auf der ersten Seite steht ›Erster Teil‹, der von ›Heilswahrheiten‹ handelt oder von ›Wahrheiten, die man glauben muß, um das Ewige Leben zu erlangen‹.«

»Und was ist das, das Ewige Leben?« fragte Edouard beiläufig.

Miss Margaret ließ den Katechismus sinken und sah ihren Schüler an. Das Ausmaß der Unterweisung, die sie ihm angedeihen lassen sollte, erschreckte sie plötzlich.

»Durchlaucht«, sagte sie beherzt, »was, denken Sie, geschieht mit einem Toten?«

Ihr schien die Luft wegzubleiben, doch sie nahm sich zusammen, so gut es ging.

»Sein Körper ist nicht mehr«, sagte sie, »aber seine Seele?«

»Die Seele ist dem Körper unterworfen«, behauptete Edouard. »Ich glaube, das eine kann ohne das andere nicht existieren, und es scheint mir offensichtlich, daß der Körper für die Seele unentbehrlicher ist als die Seele für den Körper.«

Margaret bekreuzigte sich.

»Oh, Durchlaucht, Sie lästern Gott, ohne sich dessen bewußt zu sein. Der Körper ist nur eine armselige Fleischeshülle für die Seele.«

Er sah sie lächelnd an.

»Armselig oder nicht, Ihre Hülle gefällt mir ausgezeichnet«, sagte er.

Sie errötete tief, und ihr Blick wurde leer wie nach einem Schock.

»Verrückt, wie sensibel Sie sind«, bemerkte Edouard. »Bei dem kleinsten Kompliment fallen Sie beinahe in Ohnmacht! Man könnte meinen, Ihr einziger Ehrgeiz sei es, nicht aufzufallen. Was Ihnen auch mehr oder weniger gelingt, und das ist ein Verbrechen! Die Zeit vergeht und kommt nicht wieder. Jedes Jahr entreißt Sie etwas mehr dem wirklichen Leben, nämlich dem der Liebe. Ihr Körper vertrocknet so langsam, Falten werden Ihr schönes Gesicht durchziehen, das sich weigert zu altern; Ihre Brüste werden schlaff werden, und falsche Zähne werden Ihnen helfen zu lächeln. An Ihrer Stelle würde ich um Hilfe schreien, Miss Margaret! Haben Sie schon jemals einen Mann geliebt, oder sogar eine Frau? Antworten Sie mir offen!«

Ihre Augen füllten sich mit Tränen, und sie gab keine Antwort. Er rutschte ans Ende des Sofas und nahm ihre Hand. Sie entzog sie ihm behutsam, aber entschieden.

»Nehmen Sie mir meine Offenheit nicht übel«, fuhr er fort. »Ich sage das nicht, um Sie zu verletzen, sondern um Sie wachzurütteln. Wenn die Feuersbrunst alles zerstört hat, ist es zu spät, um die Feuerwehr zu rufen. Wie gerne würde ich für Sie den Pygmalion spielen! Wissen Sie was? Ich würde Sie mit nach Paris nehmen, würde Sie einem Schönheitsinstitut anvertrauen, und man würde Ihr wahres Gesicht unter diesem Durcheinander aus harmonischen, aber nicht entwickelten Gesichtszügen zu entdecken wissen! Dann würde ich Sie in Modeboutiquen schleppen, damit man Sie wie eine Frau von heute kleidet; und so hätte ich am Ende eine ganz neue Miss Margaret, eine Miss Margaret, die die verlorene Zeit aufgeholt hätte. Nein, meine zarte Freundin, weinen Sie nicht, und sprechen wir lieber wieder von diesem Ewigen Leben, an das Sie so stark glauben und das mich so wenig interessiert. Da ich ja Katholik werden muß, spiele ich das Spiel mit. Also, meine Liebe: Wenn ich sterbe, verläßt meine Seele blitzschnell ihre Hülle und fliegt davon. Wohin fliegt sie eigentlich?«

»Zurück zu Gott«, flüsterte Miss Margaret.

»O. k., sie fliegt zurück zu Gott. Und dann?«

»Wenn sie würdig ist, darf sie ins Ewige Leben eingehen.«

»Was bedeutet das genau?«

»Wir armen Menschen können dieses Glück nicht erfassen.«

»Bravo! Eine flotte Art, die Frage zu klären! Und wenn unsere Seele unrein ist, geht sie dahin, wohin der Pfeffer wächst? Zum Teufel vielleicht?«

»Ja, zum Teufel.«

Edouard lachte bösartig.

»Wie soll man einen Gott verehren, der den Teufel als Strafe erfunden hat?«

»Wenn Gott den Bösen vergeben müßte, wie sollte Er die Guten behandeln?«

»Wenn Gott, der alles erschaffen hat, den Menschen die Möglichkeit gegeben hat, sich ins Verderben zu stürzen, dann ist Er ein durchtriebener, vielleicht sogar niederträchtiger Gott; auf jeden Fall kann ein solcher Gott nicht der ›liebe Gott‹ sein.«

Sie bekreuzigte sich bei jeder seiner Antworten.

Schließlich ärgerte sich Edouard über die Bestürzung, die er bei ihr hervorrief, und sagte:

»Geben Sie mir den Katechismus, Margaret, ich lerne ihn auswendig; ich habe nämlich ein Elefantengedächtnis, das es mir erlaubt, alles zu behalten, was ich lese. Die Fürstin wird mit uns zufrieden sein.«

Er nahm ihr das Buch aus der Hand und küßte ihre Fingerspitzen.

»Erschrecken Sie nicht über meine harten Worte«, sagte er. »Ich glaube vielleicht mehr an Gott als Sie, nur anders. Ich respektiere den Herrn und lasse Ihnen Ihr Ewiges Leben. Das ist doch fair, oder?«

Sie versuchte, ihn anzulächeln, doch es gelang ihr nicht.

Das Abendessen war für Edouard ein grausames Vergnügen. Er hatte gedacht, daß die Herzogin nach dem, was passiert war, sich entschuldigen lassen würde, doch er hatte nicht mit der gelassenen Kühnheit dieser Frau gerechnet; mit einer vorgetäuschten, deswegen aber nicht weniger entwaffnenden Selbstsicherheit wagte sie sich in die peinlichsten Situationen. Sie benahm sich wie sonst, als gewohnter, aber unauffälliger Gast, sprach so selten wie möglich und zeigte sich der alten Fürstin sowie ihrem Gatten, dem alten Herzog, gegenüber aufmerksam. Sie spürte Edouards starren Blick hart und unerbittlich auf sich gerichtet und versuchte, sich nicht zu sehr dadurch stören zu lassen. Mit Männern kannte sie sich gut genug aus, um nicht eine Denunzierung durch Edouard zu befürchten. Dafür war der Junge zu direkt, er würde mit der Betroffenen selbst über deren Eskapade reden, aber niemandem sonst ein Sterbenswörtchen verraten.

Edouard seinerseits kostete es aus, ein Geheimnis mit dieser Frau zu haben, deren Abenteuer ein wenig dem seinen ähnelte. Durch eine unvorhergesehene Heirat war die üppige Schweizerin Herzogin geworden, so wie ein vergilbter Brief ihn zum Prinzen gemacht hatte.

Während sie eine Forelle in Mandelbutter mit ihrem Fischbesteck zerlegte, sah er sie wieder vor sich, wie sie in ihrem schwarzen Slip und ihren schwarzen Strümpfen auf dem Bett des Friseurs lag, aufreizend, gewillt, die Hure zu spielen, um die Fantasien des pomadigen Franzosen (der Name Calisson und sein südfranzösischer Akzent ließen darauf schließen) zu befriedigen. Die Erinnerung an das frivole Bild erregte Edouard, den seine momentane sexuelle Abstinenz quälte. Jenem Bild folgten weitere, plötzlich begehrte er die Frau ganz schrecklich, und er bekam eine Erektion, von der sie nichts ahnte.

Während er noch auf der Welle seiner zügellosen Gedanken dahintrieb, besprachen Fürstin Gertrude und Herzog Groloff das Programm des Festes, das sie am 29. Juni, dem Nationalfeiertag von Montegrino, zu geben gedachten. Nach den Berechnungen der beiden Greise würde sich die Zahl der Gäste auf elf belaufen, Personen, die alle dem Adel angehörten. Das Fest würde an einem Samstag stattfinden, so daß man die Gäste bereits für Freitag einladen und sie im *Hôtel Belle-Vue* einquartieren wollte; mit Ausnahme des Cousins ersten Grades von Fürst Otto, Prinz Ignace, der im Schloß wohnen sollte; Freitagabend würden sie alle in dem Hotel speisen.

Am Tag X dann würden sich alle im Schloß treffen, wo das Fest mit einer Messe in der Kapelle beginnen würde, zelebriert von Pater Oustrich, einem montegrinischen Mönch, der in dem Kloster von La Valsainte im Kanton Freiburg Zuflucht gefunden hatte. Vielleicht würde auch der Bischof der Diözese kommen, denn er war ein Freund der Fürstin. Allerdings widerstrebte es ihm, private Festveranstaltungen durch seine Autorität zu stören. Nach der Messe würde man zum feierlichen Hissen der Flaggen schreiten, unter Abspielen der Nationalhymne vom Band, die jedoch von allen Anwesenden im Chor mitgesungen werden würde.

Gertrude wandte sich plötzlich an ihren Enkel:

»Apropos, Edouard, Sie werden die Hymne Ihres Landes lernen müssen. Kennen Sie die Melodie?«

Er verneinte.

»Miss Margaret wird sie Ihnen auf dem Klavier vorspielen, bis Sie sie kennen. Übrigens, wie kommen Sie mit dem Katechismus voran?«

»Sehr gut, gnädige Frau, ich hoffe Ihnen den Inhalt Ihres Büchleins bald aufsagen zu können.«

Gertrude streichelte seinen Handrücken.

»Mein lieber, lieber Junge«, sagte sie, »wie bereitwillig Sie sich unterweisen lassen, wo Sie doch eigentlich aus dem Alter heraus sind.«

Als die Mahlzeit beendet war, bat die Fürstin den Herzog, ihr noch ein wenig Zeit zu schenken, um das Programm zu Ende zu besprechen, und die beiden verließen eilig die Tafel, was die Herzogin Heidi völlig überraschend traf.

Alleine mit Edouard im Eßzimmer, sagte die ehemalige Masseuse mit leiser Stimme:

»Sie denken bestimmt sehr schlecht von mir, Durchlaucht, nicht wahr?«

»Ich denke«, antwortete der Prinz, »daß Sie eine Frau voller Lebenshunger sind, den Ihr alter Gatte nicht mehr stillen kann.«

Sie nickte eifrig.

»Genauso ist es, Durchlaucht.«

»Lassen Sie uns einen Spaziergang durch den Park machen«, schlug Edouard vor, »da können wir ungestört reden.«

Sein Vorschlag überraschte sie, doch ließ sie sich nichts anmerken und folgte Edouard bereitwillig unter die dichtbelaubten Bäume. Der Mond spielte mit den Wolken Verstecken. Durch die Stille wirkte der Park noch weitläufiger, als er in Wirklichkeit war; lediglich das Geräusch des Seils, das gegen den Fahnenmast schlug, war hin und wieder zu hören.

Die frische Brise, die vom See her wehte, verscheuchte auf der Stelle Edouards nebelhafte Fantasien. Diese dicke, wenig intelligente Frau erschien ihm wieder grotesk, ja, sogar bemitleidenswert, und er schämte sich vor sich selbst, daß er sie einen Augenblick lang begehrt hatte. Er gab nur zu leicht dem fleischlichen Verlangen nach, und seine Eroberungen bestanden, von Edith Lavageol abgesehen, aus reizlosen Matronen: Kellnerinnen, Geschäftsfrauen, Frauen von Gemüsehändlern aus der Umgebung. Da er ein schöner Mann mit einem etwas lausbubenhaften Engelsgesicht war, hatte er leichtes Spiel bei den Frauen und hätte genausogut auch hübsche Mädchen finden können, aber es waren die Reifen und Molligen, zu denen er sich hingezogen fühlte (vielleicht ein Ödipuskomplex?).

Da sein Verlangen wie weggeblasen war, gab er der Unterhaltung eine andere Wendung.

»Eine Herzogin!« rief er ohne Umschweife. »Mit einem Friseur!«

Heidi, eine praktisch denkende Frau, erwiderte, daß besagter Friseur ein lebhaftes Temperament besitze. Listig setzte sie hinzu, daß er Franzose sei (was dem Prinzen schmeicheln mußte), daß sie selbst von bescheidener Herkunft sei und man einem Seitensprung nicht mehr Bedeutung beimessen solle, als er es verdiene.

Für eine so einfältige Person war das Plädoyer recht geschickt. Der Prinz zeigte sich großmütig und war geneigt, der Sünderin die Absolution zu erteilen, zumal ihn der Fehltritt nichts anging. Und so wurden die beiden gute Freunde. Einmal Vertrauen gefaßt, gestand die Herzogin, daß sie ganz versessen auf körperliche Liebe sei und nicht darauf verzichten könne. Zur Zeit ihrer beruflichen Tätigkeit sei es selten vorgekommen, daß sie einen Mann massiert habe, ohne am Ende rittlings auf ihm gesessen zu haben. So sei sie gezwungen gewesen, eine Spezialliege anfertigen zu lassen, die die Raserei zweier Körper habe aushalten können. Das sei auch die Erklärung dafür, daß man ihre Praxis sehr geschätzt habe.

Sie beglückwünschte sich dazu, Herzogin geworden zu

sein; ein wertloses Ereignis allerdings in einem Land, in dem es keine Adelstitel gebe. Auch bedrücke sie das Leben im Schloß: Alles sei so alt, so traurig.

»Zum Glück sind Sie gekommen, Durchlaucht! Seit Ihrer Ankunft hat sich die Atmosphäre hier verändert, und ich spüre ganz genau, daß Sie alles auf den Kopf stellen und Leben und Freude nach Versoix bringen werden. Ich träume von Festen, aber nicht von solchen, die ›sie‹ vorbereiten. Ich habe schon einige erlebt, und ich kann Ihnen garantieren, daß das nächste trister wird als eine Beerdigung. Nein, ich träume von Festen mit Musik, Durchlaucht! Von Festen mit Tanz, von Festen voller Licht!«

»Ich verspreche Ihnen, mich darum zu kümmern«, erklärte Edouard.

»Ich weiß wirklich nicht, ob die Fürstin da zustimmt«, gab Heidi zu bedenken.

»Dann werde ich sie eben umstimmen.«

»Auf jeden Fall werden Sie einen entschiedenen Gegner haben: meinen Mann, den Herzog. Er sitzt auf dem Geld, der alte Geizhals! Außerdem träumt er mehr von seinen Pantoffeln als von Bällen.«

»Wir werden ja sehen, wer hier der Prinz ist!« rief Edouard majestätisch.

Die dicke Frau ergriff seine Hand und beugte sich hinunter, um sie zu küssen. Bei dieser ehrerbietigen Geste sah Edouard ihre üppigen Brüste, und er konnte nicht widerstehen, seine Hand in ihren Ausschnitt gleiten zu lassen.

Sie waren fest, und ihre Haut war samtweich. Der Prinz bewunderte ihre Größe. Auch wenn eine solche Busennummer nicht alltäglich ist, wollte er sich diese Gelegenheit nicht entgehen lassen. Er holte sein Glied heraus und legte es zwischen die riesigen Brüste, die Heidi sofort mit beiden Händen zusammenzudrücken begann. Edouards Ejakulation ließ nicht lange auf sich warten, und die Herzogin wurde bis zum Kinn naßgespritzt.

Sie dankte dem Prinzen überschwenglich für seinen Samen und suchte durch eine Seitentür ihre Gemächer auf.

## 23

Am Schreibtisch seines Vaters, der dieses Möbelstück wohl nur sehr selten benutzt hatte, überlas Edouard noch einmal den Brief, den er Banane per Einschreiben schicken wollte und der für die Versailler Polizei bestimmt war:

*Wir, Edouard I., Prinz von Montegrino, bestätigen hiermit, Herrn E. Blanvin, Kraftfahrzeugmechaniker, den Verkauf unserer Sammlung von Automobilen anvertraut zu haben. Liste anbei.*

*Ausgefertigt zu Versoix, Kanton Genf, den 24. Juni 1992.*

Die herablassende Kürze des Schreibens gefiel ihm. Es besaß die hochmütige Strenge eines unumgänglichen Briefes, geschrieben von einem Mann, dessen hohe Funktionen keine Zeit für eine so geringfügige Angelegenheit lassen.

Er begab sich zum Postamt, um das Schreiben per Eilbrief abzuschicken, und tilgte die Sache aus seinem Gedächtnis.

Zwei Tage danach begann das Fest.

Vom ersten Augenblick an wußte Edouard, daß Prinz Ignace ihm feindlich gesinnt war.

Als Gertrude ihn mit den folgenden Worten vorstellte:

»Mein lieber Ignace, ich habe die unendliche Freude, Ihnen meinen Enkel, Prinz Edouard I., vorzustellen«, erwiderte der Greis mit giftiger Stimme:

»Die Dynastie von Otto ist mit Sigismund II. zu Ende gegangen, und sollte jemals wieder ein Fürst in Montegrino herrschen, dann wird er Ignace I. heißen.«

Verblüfft durch die offene Kränkung, richtete sich die Fürstin zu ihrer vollen, kleinen Größe auf und sagte mit einem Blick durch ihr Lorgnon auf den unangenehmen Cousin:

»Ich bitte Sie, mir in mein Kabinett zu folgen, Ignace!«

Der Angesprochene murmelte etwas Gehässiges und verbeugte sich mit den Worten:

»Ich stehe voll und ganz zu Ihrer Verfügung, meine Gute.«

Sie begaben sich in Gertrudes Boudoir und schlossen sich dort ein. Edouard, wütend über die verletzende Erwiderung des Mannes, hatte nicht die geringsten Skrupel, durch das Eßzimmer in einen angrenzenden Raum zu gehen, um das Gespräch der beiden Alten zu belauschen.

Gertrude erklärte in eisigem Ton:

»Sollten Sie etwa die Dokumente, die ich Ihnen zugeschickt habe, nicht zu Gesicht bekommen haben, Ignace?«

»Doch, meine liebe Gertrude, aber ich bitte Sie, bezeichnen Sie nicht als *Dokumente,* was Ihr Sohn einer geschwängerten Kammerzofe in einem Brief geschrieben hat, und dazu Fotografien von zwei jungen Männern, aufgenommen in derselben Körperhaltung! Von solchen ›Beweisen‹ ein Recht auf die Thronfolge abzuleiten, hieße, unsere Dynastie zu verschleudern. Ich habe unser Treffen abgewartet, um Sie darauf hinzuweisen. Der Monarch, den Sie uns präsentieren, stammt aus einem Dreigroschenroman, und niemals werden wir Montegriner, Adlige wie Bürgerliche, diesen kleinen Schlauberger von gerade dreißig Jahren, der wie durch ein Wunder vom Himmel gefallen ist, als Herrscher akzeptieren!«

»Dieser kleine Schlauberger ist mein Enkel!« donnerte Gertrude plötzlich. »Seine Ähnlichkeit mit seinem Vater und seinem Großvater ist nicht zu leugnen, und niemand hier bestreitet sie!«

Ignace täuschte eisige Gelassenheit vor:

»Und wenn es so sein sollte, meine liebe Gertrude? Nehmen wir an, Sigismund ist sein Erzeuger: Was soll dabei schon herausgekommen sein? Ein elender Bastard! Ein elender Bastard, von denen es in allen Königreichen wimmelt, seit diese bestehen. Ich sehe, die Tatsache, daß dieses Individuum in Ihr abgeschiedenes Leben eingebrochen ist, hat Sie verwirrt und Ihr Herz gerührt. Wenn das der Fall ist, behalten Sie ihn bei sich, hegen und pflegen Sie ihn, verhätscheln Sie ihn, aber haben Sie Erbarmen und drängen Sie ihn uns nicht auf! Niemals werden wir ihn als Thronerben akzeptieren, und wenn wir uns prügeln müßten, um ihm den Zugang zum Thron zu verwehren! Außerdem, lesen Sie noch einmal aufmerksam den berühmten Brief, den Sigismund der kleinen Hure geschrieben hat. Was teilt er ihr denn mit? Daß Sie niemals mit ihrem Bastard hier auftauchen solle, andernfalls werde sie rausgeworfen! Mit anderen Worten: Der angebliche Vater verbannte höchstpersönlich die Frucht seiner Dienstmädchenaffäre aus seinem Haus! Also bitte, Gertrude, kommen Sie wieder zu sich! Denken Sie an all die falschen Louis XVII., an all die falschen Anastasias, die die Geschichte geschmückt haben!«

Es folgte ein langes Schweigen. Edouard zitterte vor Wut. Als er Prinz Ignace aus dem Rolls, der ihn vom Flughafen Cointrin abgeholt hatte, hatte aussteigen sehen, war er von einer unheilvollen Vorahnung erfaßt worden. Ihn störte der hochgewachsene, hagere Greis mit dem gebeugten Rücken, den wenigen angeklatschten Haaren, der Hakennase, den tiefliegenden Augen unter den buschigen grauen Augenbrauen und den schmalen Lippen, die seinen Mund wie einen Schlitz erscheinen ließen. Sein anthrazitfarbener Anzug, sein altmodischer, steifer Hemdkragen und seine perlgraue Krawatte verliehen ihm das Aussehen eines britischen Juristen. Alles an diesem Mann wirkte abweisend und mißbilligend.

Gertrude ergriff nun wieder das Wort:

»Es tut mir leid, Ihnen sagen zu müssen, Ignace, daß ich mir Ihre Argumente nicht zu eigen mache und niemals machen werde. Alles in mir sagt mir, daß Edouard Blut von meinem Blute ist. Da Sie von Sigismunds Brief an Rosine gesprochen haben, so muß ich Sie darauf hinweisen, daß mein Sohn persönlich den Vornamen des Jungen ausgesucht hat, ein Beweis dafür, daß ihm diese Geburt nicht gleichgültig war. Ich betone, daß die Angelegenheiten Montegrinos Sie nichts angehen, auch wenn Sie der Cousin von Fürst Otto sind. Sie haben nie in Montegrino gelebt, und diese Tatsache drückt sich alleine schon dadurch aus, daß wir gezwungen sind, französisch miteinander zu reden, da Sie nicht einmal die Sprache Ihres Vaterlandes beherrschen. Während wir Besatzungen und Bürgerkrieg erlebt haben, waren Sie in Monte Carlo und haben Ihre Einkünfte beim Roulette durchgebracht. Ihre Familie wurde ermordet und verfolgt, ohne daß Sie sich darum gekümmert hätten. Als die Zeit des Exils für uns anbrach, haben Sie sich lediglich mit ein paar nichtssagenden Zeilen gemeldet, geschrieben auf Ihrem Briefpapier, das Sie häufiger dazu benutzt haben, Liebesbriefchen an Frauen in Paris und im Fürstentum zu schreiben, als Ihrer Familie in der Not tröstende Zeilen zu senden. Und was die Reaktion der Montegriner angeht, so irren Sie sich, Ignace! Wenn Gott, der Herr, uns zurückkehren läßt, so werden die Montegriner den temperamentvollen Bastard, wie Sie ihn nennen, meines lieben Sigismund einem alten Gespenst vorziehen, dessen Namen sie verfluchen, wenn sie ihn überhaupt kennen!«

Außer sich vor Wut, schrie Ignace:

»Sie sind nichts als eine kindische Alte, Gertrude! Ihre Launen werden unserem Lande Schaden zufügen!«

Edouard konnte sich nicht mehr beherrschen. Ohne anzuklopfen, riß er die Tür auf und stand vor den Streithähnen.

Ignace grinste ihn höhnisch an.

»Der Prinz lauscht an der Tür und kommt herein, ohne anzuklopfen!« höhnte er. »Schade, daß er nicht die Manieren seines Vaters, sondern die des Dienstmädchens geerbt hat!«

Edouard trat auf seine Großmutter zu.

»Gnädige Frau«, sagte er zu ihr, »Sie haben mir doch gesagt, daß ich dieses Haus als das meine betrachten könne, nicht wahr?«

»So ist es, mein lieber Junge«, antwortete Gertrude herzlich.

»Ich danke Ihnen.«

Er drehte sich zu Ignace um und sah ihm ins Gesicht.

»Monsieur, Ihre Anwesenheit hier ist nicht länger erwünscht. Unser Chauffeur ist angewiesen, Sie dorthin zu fahren, wohin Sie möchten.«

Es war ihm, als hörte er die Stimme eines anderen. Wer sprach in diesem Augenblick aus ihm? Otto oder Sigismund?

»Du elender Stallbursche!« stieß Ignace hervor. »Lakai! Domestik!«

Edouard packte ihn an den Revers.

»Verpiß dich, du alter Wichser, oder ich polier dir die Fresse!«

Ignace befreite sich aus Edouards Griff.

»Guten Tag, Durchlaucht«, sagte er und machte auf dem Absatz kehrt.

Nach diesem Eklat wagte er nicht, seine Großmutter anzusehen. Als er es dann schließlich doch tat, sah er, daß sie lachte, so hemmungslos lachte, daß ihr die Tränen in die Augen stiegen und sie kaum wiederzuerkennen war.

»Ich bitte Sie um Verzeihung, Frau Mutter«, murmelte er, »ich weiß meinen Zorn noch nicht mit der Würde eines Prinzen in Einklang zu bringen.«

»Die Dinge ändern sich«, erwiderte Gertrude, »und ein Herrscher muß sich der Sprache seines Volkes anpassen, wenn er von ihm verstanden werden will.«

»Trotzdem, ich bin etwas zu weit gegangen«, gab er zu.

»Ich habe nicht recht verstanden, was Sie ihm zugebrüllt haben, aber ich fand es äußerst komisch. Würden Sie es bitte wiederholen?«

»Das würde ich nie wagen, es gehört sich nicht. So etwas sagt man nur, wenn man vor Zorn außer sich gerät.«

»Sie haben zu ihm gesagt, Sie würden ihm die Fresse parlieren, nicht wahr?«

Aus dem Munde der Fürstin, mit ihrem leichten, zentraleuropäischen Akzent, hörten sich die Worte ungewohnt drollig an.

»Nicht ›parlieren‹, Frau Mutter, ›die Fresse polieren‹, was soviel heißt wie ›die Fassade demolieren‹.«

Wieder lachte sie laut auf, was sie verjüngte, ihr das Aussehen eines unschuldigen Mädchens verlieh.

»Und geduzt haben Sie ihn!«

»Das geschieht, wenn man wütend ist. Ich glaube nicht, daß man jemanden siezen kann, den man als ›alten Wichser‹ bezeichnet.«

»Und was heißt das, ›alter Wichser‹?«

»Daß es immer noch so unschuldige Gemüter gibt«, dachte Edouard, »die dieses so häufig benutzte Schimpfwort nicht kennen!«

»Haben Sie Erbarmen, Frau Mutter, und zwingen Sie mich nicht dazu, solch unflätige Ausdrücke zu übersetzen. Es war nicht der Prinz, der außer sich geraten ist, sondern der Automechaniker. Ein Charakter, den ich ablegen muß, will ich Ihrer würdig sein.«

Wieder einmal wunderte er sich über seine blumige Ausdrucksweise. Er hatte gar nicht gewußt, daß er über ein so reiches Vokabular verfügte. Ihm war es, als spräche er Sätze nach, die man ihm vorsagte.

»Was mir leid tut«, fuhr Edouard fort, »ist, daß Sie sich wegen mir mit Prinz Ignace zerstritten haben, wahrscheinlich für immer.«

»Mein lieber Junge, Sie haben mir lediglich einen Wunsch erfüllt, den auszudrücken ich nicht gewagt hatte. Ich habe diesen Pedanten von jeher gehaßt, diesen Bonvivant, diesen Feigling, der sein Land verlassen hat, bevor es für ihn gefährlich wurde. Seit dem Tod deines armen Vaters betrachtet er sich als Thronerben, der er ohne dich auch tatsächlich wäre. Sein Widerstand dir gegenüber würde mich in meinem Entschluß bestärken, wenn das nötig wäre. Ich kann mir eine Monarchie in Montegrino mit einem Spieler wie ihm an der Spitze nicht vorstellen. Weder im Casino noch im Bett leichter Mädchen lernt man das Regieren. Daß er von dem echten Thronbewerber aus diesem Hause, dem Sitz der Exilregierung, hinausgeworfen wurde, erfüllt mich mit großer Freude.«

»Waren Sie auf sein Verhalten gefaßt?«

»Ehrlich gesagt, ja. Ich konnte mir nicht vorstellen, daß Ignace sich vor einem Thronfolger verbeugen würde, der einfach so vom Himmel gefallen ist.«

»Was er ausgesprochen hat, werden andere denken, und andere werden es ebenfalls aussprechen«, bemerkte Edouard. »Ich bin ein Bastard.«

»Sobald das Standesamt deinen richtigen Namen eingetragen hat, wirst du keiner mehr sein.«

»Sohn einer Kammerzofe!« lachte Edouard.

»Was das angeht, so habe ich einen Plan. Wenn unser Fest beendet ist, wirst du deine Mutter holen!«

Sie zeigte sich so entschlossen, so zuversichtlich, daß Edouard sich davon anstecken ließ. Dieses kleine alte Teufelsweib würde ihren Plan gegen alles und gegen alle durchsetzen!

Die zehn anderen Gäste kamen, wie im Programm vorgesehen, am Samstag morgen ins Schloß. Anwesend waren: der ehemalige Befehlshaber der montegrinischen Armee, General Abelius Fandor, und seine Tochter, eine große, vertrocknete Frau von etwa fünfzig Jahren mit einem mürrischen Gesicht voller Mitesser, der nachgesagt wurde, daß sie mit ihrem Vater, der früh Witwer geworden war und mit dem sie immer zusammengelebt hatte, inzestuöse Beziehungen unterhalte; Pater Oustrich, der Kartäusermönch, der die Messe zelebrieren sollte; Graf und Gräfin Ramenoff, ein gebrechliches Paar (er taub, sie blind), das schon vor einer Ewigkeit ihre Diamantene Hochzeit gefeiert haben mußte; Stanislaus Heinsi (Ottos letzter Premierminister), sein Sohn und seine Tochter; Prinzessin Lodova, Ottos jüngere Schwester, eine stämmige, lebenslustige Frau, die sich der Malerei widmete, kräftig trank und Zigarre rauchte wie George Sand; schließlich Graf Wladimir Tcheko, Ex-Chef der konservativen Partei.

Die Fürstin, der Herzog und die Herzogin Groloff empfingen diese kleine abgewrackte Welt in dem prunkvollen Salon, den man zu diesem Zweck reichlich mit Blumen geschmückt hatte. Champagner stand in großen Eiskübeln bereit, und auf Serviertischen warteten Unmengen von Toastschnitten mit Kaviar und Gänseleberpastete. Walter, in einem alten Butlerfrack, war damit beschäftigt, die altersschwachen Greise auf ihre Plätze zu befördern.

Als alle an der Tafel Platz genommen hatten, trat Gertrude vor ihre Gäste. Wie immer trug sie Trauerkleidung, doch sie hatte eine Brosche an ihr Kleid geheftet und eine Perlenkette angelegt, etwas, was seit dem tragischen Ende ihres Sohnes Sigismund nicht mehr vorgekommen war.

»Meine lieben, treuen Freunde«, begann die kleine Frau, »dieser Nationalfeiertag, den wir heute begehen, ist in doppelter Hinsicht ein Freudentag für mich. Wie ich Ihnen geschrieben habe, hat Gott, der Herr, mir einen Enkelsohn geschickt, den einzigen, unerwarteten Nachkommen meines geliebten Sigismund. Ich bitte Sie, seien Sie nicht skeptisch. Wenn ich Ihnen heute, an diesem Tag, in Ottos seligem Angedenken versichere, daß er mein Enkel ist, so können Sie gewiß sein, daß in diesem Punkt keinerlei Zweifel möglich ist. Aus Gründen, die Sie leicht erraten können, wollte unser Cousin Ignace diese Tatsache nicht anerkennen. Wir haben ihn gebeten, dieses Haus zu verlassen. Nachdem dies nun geklärt ist, wird Edouard zu uns in den Salon kommen. Sehen Sie sich ihn genau an, und Ihnen wird auffallen, wie sehr in seinen Zügen die Züge meines Gatten und meines Sohnes fortleben. Eines Tages, sollte Gott mir noch einige wenige Lebensjahre gewähren, werde ich eine Medaille prägen lassen, auf der ihre Profile abgebildet sein werden.

Und nun lassen Sie mich aus tiefster Seele meiner Freude Ausdruck darüber geben, Sie an diesem glücklichen Tag hier versammelt zu sehen. Möge der Herr Ihnen noch ein langes Leben schenken, Ihnen, die Sie der Stolz Montegrinos sind.«

Die Anwesenden spendeten herzlich und distingiert Beifall. Man hörte Graf Ramenoff mit unkontrolliert lauter Stimme seine Frau fragen:

»Was hat sie gesagt?«

»Nichts«, antwortete die Gräfin.

Das gab allgemein zu einem Lächeln Anlaß.

»Walter!« rief Fürstin Gertrude. »Sagen Sie Prinz Edouard, daß wir ihn erwarten!«

Gertrude und Edouard waren übereingekommen, daß er in dem Boudoir der Fürstin warten, sich aber mit seinem Auftritt Zeit lassen solle, damit es nicht so aussehe, als stünde er »bei Fuß«. Er war hier der Herr im Hause, und sein gnädigster Wille hatte Vorrang. Die Fürstin hatte ihn gebeten, einen dunklen Anzug und eine einfarbige Krawatte anzuziehen und darauf zu achten, daß er tadellos frisiert erschien; alles Dinge, die ihm zuwider waren, da er sein bisheriges Leben nackt in dem Overall eines Mechanikers zugebracht hatte.

Gertrude hatte ihre Maniküre ins Schloß kommen lassen, um seine groben, von Schmierfett und Säuren gezeichneten Hände zurechtzumachen. Dank Massage und Salben sahen sie jetzt ganz manierlich aus. Er betrachtete sie, erkannte sie aber unter ihrer blassen Schicht nicht wieder. Das Mädchen hatte die rötlichen Härchen ausgezupft, die oval geschnittenen Nägel poliert und lange die Spuren harter Arbeit weggeknetet.

Edouard saß in dem Boudoir-Büro seiner Großmutter und blätterte in einem Wörterbuch. Seit er hier im Schloß wohnte, stellte es seine wichtigste Lektüre dar. Gierig nahm er die Wörter in sich auf, stopfte sich mit ihnen voll wie ein Schleckermaul mit Süßigkeiten.

Walter klopfte an die Tür.

»Ich bin bereit«, erklärte Edouard.

Er öffnete, und der alte Diener schreckte zurück.

»Durchlaucht!« rief er aus. »Wenn ich das geahnt hätte ...«

Edouard lächelte geheimnisvoll und zwinkerte dem braven Mann zu.

»Ich spiele alle Trümpfe aus«, sagte er.

»Meinen Sie, *das* wäre einer, Durchlaucht?«

»Wenn ich es nicht meinen würde, hätte ich es nicht gemacht.«

»Aber die Fürstin! Sie weiß nichts davon! Sie hat Sie doch gebeten, einen Straßenanzug zu tragen.«

»Ich wollte sie damit überraschen.«

Walter blieb skeptisch, schwieg jedoch und ging voran.

Gemäß den Anweisungen von Fürstin Gertrude öffnete er beide Türflügel und verkündete:

»Seine Hoheit, Prinz Edouard I.!«

Dann trat er zur Seite, und Edouard ging in den großen, blumengeschmückten Raum. Er war vollkommen ruhig und entspannt, so als wohne in ihm der Heilige Geist, von dem Miss Margaret gesprochen hatte.

Bei seinem Anblick erschauerte Gertrude. Entgegen ihrem

gemeinsamen Entschluß hatte er eine Uniform seines verstorbenen Vaters angezogen; er hatte sie klammheimlich von einem italienischen Schneider, den die Maniküre ihm empfohlen hatte, nach seinen Maßen ändern lassen.

»Wollen Sie auf einen Kostümball gehen?« hatte der kleine, rundliche Mann, der so geschwätzig war wie eine Elster, ihn gefragt.

Edouard hatte bejaht.

In seine Uniform gezwängt, sah der Prinz aus wie ein Schauspieler in einem historischen Film. Etwas Strahlendes, Glänzendes ging von ihm aus. Er war schön, fühlte sich wohl, wirkte heiter, sowohl vornehm als auch gebieterisch.

Er begrüßte die Versammlung mit einem kurzen Kopfnicken.

»Liebe Gäste«, begann er, »ich verstehe, daß meine Person ein zwiespältiges Gefühl in Ihnen weckt. Ich bitte Sie, nicht gegen Ihre Natur zu handeln und mir nur diejenigen Gefühle entgegenzubringen, die Sie mir gegenüber tatsächlich empfinden. Mein Erscheinen muß für Sie überraschend sein, ich weiß das genausogut wie Sie. Vielleicht halten Sie mich nicht für Ihren Prinzen, doch die Hauptsache ist, daß ich mich selbst als solcher fühle. Ich schwöre bei Gott, daß ich kein Glücksritter bin, sondern ein französischer Bürger, der erst spät von dem Geheimnis seiner Abstammung erfahren hat und daraufhin mit großer Begeisterung Montegriner geworden ist. Meine verehrte Großmutter, Fürstin Gertrude, hat alles Nötige getan, damit sich diese seltsame zweite Geburt vollziehen konnte.«

Er ging nun zu dem Kartäusermönch und kniete vor ihm nieder.

»Sie sind, Ehrwürdiger Vater, Francisco Oustrich, dessen Leben, ich weiß es, ein Wandeln auf den Pfaden zur Heiligkeit ist. Noch im Laufe dieses Tages werde ich Sie bitten, mir die Beichte abzunehmen, geliebter Vater, doch jetzt schon bitte ich Sie um Ihren Segen.«

Der Geistliche sah Edouard lange an, und ein Lächeln erhellte sein ernstes Gesicht. Er näherte seine Hand der Stirn des Prinzen und machte das Zeichen des Kreuzes.

»Das hätten wir geschafft!« frohlockte Edouard innerlich.

Oustrich erhob sich und bedeutete Edouard, ebenfalls aufzustehen, um ihn dann feierlich zu umarmen.

»Ich weiß, daß du ein Prinz bist«, erklärte der Mönch, »möge Gott dich behüten und führen!«

Die Anwesenden waren zu Tränen gerührt und applaudierten.

Als nächstes wandte Edouard sich der Prinzessin Lodova zu.

»Und Sie, Prinzessin, sind meine Tante«, sagte er.

Er nahm ihre Hand und beugte sich hinunter zu einem Handkuß, bevor er fortfuhr:

»Ich weiß alles über Ihr Leben und Ihr Talent, und es wäre eine große Freude für mich, Sie umarmen zu dürfen.«

Ergriffen (und reichlich lüstern) schmiegte sie sich an diesen kraftvollen Körper, der so gut zu umarmen wußte.

Auf dieselbe Weise verfuhr Edouard mit den anderen Gästen, machte ihnen, je nach Rangstufe, Komplimente, nannte sie bei ihrem Namen, ohne daß man sie ihm vorgestellt hätte, erinnerte in bewundernden Worten an die Sternstunden ihrer Laufbahn, führte ihre Titel oder ehemaligen Funktionen an, erkundigte sich nach ihren Familienmitgliedern, die leider nicht hier bei ihnen weilten, kurz gesagt: Er bezauberte sie aufs schönste.

Gertrude, die auf so etwas überhaupt nicht gefaßt gewesen war, saß schweigend da, sprachlos und starr vor Erstaunen. Als sie alle später zum Fahnenappell hinausgingen, hängte sie sich bei Edouard ein und flüsterte ihm zu:

»Mein lieber Junge, du warst wunderbar! Woher weißt du soviel über diese Leute?«

Er tätschelte ihre Hand.

»Miss Margaret unterweist mich nicht nur im Katechismus, liebe Mutter. Sie hat mir Fotos gezeigt oder mir die Betreffenden beschrieben und mir alle möglichen Informationen über sie gegeben.«

»Sie sind alle ganz hingerissen«, raunte Gertrude.

»Nun, das macht die Feindseligkeit von Prinz Ignace wieder wett!«

»Oh, erwähne seinen Namen bitte nicht mehr! Ich hoffe, ihn wird dasselbe Schicksal ereilen wie König Faruk, diesen elenden Spieler! Der wurde nämlich bei einem Bankett vom Blitz getroffen, und seine Leiche hüllte man in das Tischtuch, um sie fortzuschaffen!«

Als die Fahne von Montegrino den Mast hochgezogen wurde und Walter Volante die Kassette mit der Nationalhymne abspielte, ertönte ein kräftiger Tenor: Prinz Edouard I. stimmte aus vollem Halse die Hymne »seines Landes« an:

*– Der Tag bricht an, Montegrino.*
*Erhebe Dich und geh Deinem Schicksal entgegen …*

Edouard, die Augen starr auf die Staatsflagge gerichtet, schien in Ekstase geraten zu sein.

# 24

Nach dem Gottesdienst kam Lola in die Kapelle und sagte Edouard, daß er am Telefon verlangt werde und es dringend sei. Er entfernte sich so unauffällig wie möglich, um ins Büro zu eilen, wo der Hörer neben dem Apparat baumelte. Ein Gespräch von einem Apparat auf einen anderen zu legen erforderte bei der überalterten Anlage eine komplizierte Handhabung, die Lola sich nicht einprägen konnte.

Edouard war sicher, daß Banane am anderen Ende war, und er war es auch tatsächlich, halb arabisch, halb französisch sprechend, so aufgeregt war er.

Der Prinz vermutete eine schlimme Katastrophe; er dachte, daß die Sache mit Salingues beigem Sportwagen größere Kreise gezogen habe.

»Was ist denn passiert, mein lieber Selim?«

Die sanfte Stimme ließ Banane in Tränen ausbrechen.

»Diese Schweine! Diese Schweine!« stammelte er.

»So red doch schon, Herrgott noch mal!«

»Dieses Miststück mit ihrer Clique!«

»Marie-Charlotte?«

Als Antwort bekam er ein stoßweises Schluchzen zu hören. Er zog es vor zu warten, bis sein Lehrling sich beruhigen würde, anstatt weiter zu insistieren.

Sein Schweigen wirkte wie das beste Beruhigungsmittel. Banane japste noch ein paarmal wie ein abgesoffener Motor, bevor er wieder anfing zu sprechen:

»Eben waren sie zu viert auf zwei Motorrädern hier. Ich habe das kleine Miststück sofort erkannt, obwohl sie einen Helm aufhatte. Wie die Wilden sind sie in die Wohnung hochgestürmt, wo wir gerade gegessen haben. Die Kerle waren richtige Kanten und haben uns windelweich geprügelt. Najiba hat ein gebrochenes Nasenbein, und meine Wangen sind aufgeplatzt ...

Als sie uns total auseinandergenommen hatten, haben sie

uns den Kopf zur Hälfte geschoren, zur Hälfte, Alter, verstehst du? Wir sind nicht mehr wiederzuerkennen, meine Schwester und ich, wagen uns nicht auf die Straße. Danach sind sie in die Boxen runtergegangen und haben auf die Wagen Graffiti gesprüht. Weißt du, was sie auf die Wagentüren geschmiert haben? ›Mörder‹! Dann haben sie die Scheiben zertrümmert. Die Schweine haben die Wagen nur deshalb nicht völlig zerlegt, weil sie von dem Postboten gestört wurden. Als sie über den Feldweg abgehauen sind, hab ich am Fenster gestanden, und das Luder hat mir zugerufen: ›Beim nächsten Mal machen wir deinen Boß alle!‹ Was sollen wir nur tun, Dodo? Wenn ich zu den Bullen gehe und sie eingesperrt wird, schiebt sie uns die Geschichte mit dem Taxifahrer in die Schuhe, die Giftspritze!«

Edouard versuchte, ruhig zu bleiben und die Lage kühl zu analysieren.

»Zunächst einmal müßt ihr euch verarzten lassen, mein Kleiner. Im Krankenhaus, und später vielleicht bei der Polizei, sagt ihr am besten, daß ihr von unbekannten Rockern überfallen worden seid. Ich nehme mal an, daß ihr euch die restlichen Haare auch noch abrasieren müßt. Najiba kaufst du eine hübsche Perücke von dem Geld aus der Kasse. Danach versuchst du, das Geschmiere von den Autos abzuwaschen. Die Scheiben können wir später wieder neu einsetzen. Schließ die Werkstatt ab und häng ein Schild an die Tür: ›Wegen Betriebsferien geschlossen‹. Ich komme noch in dieser Woche zurück, und dann sehen wir weiter. Inzwischen geht ihr zu euren Eltern zurück, und vor allem: Ruhe bewahren, um Himmels willen! Du bist doch ein Mann, Banane, also benimm dich auch so!«

Er spürte, daß seine Worte und seine entschlossene Stimme den Araber beruhigten.

»O. k.! O. k.!« murmelte der Junge.

»Najiba tut mir leid«, fuhr Edouard fort. »Sie macht eine schlimme Zeit durch. Ich werde versuchen, alles wiedergutzumachen, Kleiner.«

»Irgendwann macht sie dich tatsächlich alle!« prophezeite ihm Selim. »Ich weiß es!«

»Na, dann macht sie mich eben alle!« lachte Edouard. »Von ihr umgebracht zu werden oder an der Cholera zu sterben ...! Hast du meine Mutter in letzter Zeit gesehen?«

»Gestern noch, sie ist mit ihrem Italiener vorbeigekommen, guten Tag sagen. Toll, wie sie aussah! Wie 'ne junge Braut!«

Das Telefongespräch mit seinem Chef schien ihn aufzuheitern. Er fragte:

»Und wie geht's dir?«

»Ach, ganz gut«, antwortete Edouard.

»Was machst du denn so?«

Der Prinz betrachtete sich in einem antiken Spiegel mit kaputtem Rahmen, den Lola vom Dachboden geholt und ins Büro gehängt hatte. Er sah einen Mann in einer schönen, himmelblau-schwarzen Uniform.

»Was ich mache?« wiederholte er, so als würde er es sich selbst fragen. »Den Affen, Selim, den Affen! Aber es macht mir Spaß.«

Es wurde ein großartiges Fest und ein schöner Tag.

Das Mittagessen begann mit Gänseleberpastete von Girardet und einem *Impérial de Château d'Yquem* (dem einzigen Wein, den Fürstin Gertrude anrührte). Darauf folgte feinster Lachs, serviert mit einem *Ovaille d'Yvorne,* dem besten Schweizer Weißwein; dann Rinderfilet in einer Blätterteigkruste mit Trüffelsauce, zu dem ein 78er *Gruaud-Larose* getrunken wurde. Die Gäste, die Montegrino wohl Hals über Kopf, »ohne Waffen und Gepäck«, verlassen haben mußten und die eher bescheiden lebten, sprachen den Gerichten kräftig zu. Nach dem Dessert, Eis mit exotischen Früchten, röteten sich die Wangen, und die Zungen wurden schwerer. Man gab unvergängliche Worte von sich. Am späten Nachmittag zog sich die Elite von Montegrino zurück, vollgestopft mit allem, was gut und teuer ist, und beeindruckt von der Gastfreundschaft von Prinz Edouard I., der sich nicht hatte lumpen lassen.

Nachdem der letzte Gast gegangen war, breitete Gertrude die Arme aus und drückte Edouard an ihr Herz.

»Mein Kind, ich verdanke dir einen der schönsten Tage in meinem Leben«, sagte sie. »Als ich dir so zusah und dich sprechen hörte, glaubte ich, meinen lieben Otto zu sehen und zu hören. Du besitzt sein Feuer, seine Courage, seine überzeugende Kraft. Er hätte den Palast in Tokor verlassen können, bevor die sogenannten ›Patrioten‹ kamen und ihn umbrachten; aber weil er der regierende Fürst war, ist er geblieben, so wie ein Kapitän es vorzieht, mit seinem Schiff unterzugehen. Du gehörst auch zu der Rasse derjenigen, die bis zum letzten Moment ausharren. Ich bin stolz auf dich!«

Sie gab ihm einen Kuß auf den Mund. Ihre schmalen, welken, aber harten Lippen drückten sich wie ein Siegel auf die seinen.

»Und nun gehe zu Miss Margaret und bedanke dich bei ihr. Sie hat eine, wenn auch unauffällige, so doch entscheidende Rolle gespielt. Das Mädchen ist Gold wert, ein weiteres Geschenk des Himmels für mich.«

Während der gesamten Dauer des Empfangs war Miss Margaret dabeigewesen, jedoch mit einer solch unauffälligen Diskretion, daß man sie nicht bemerkt hatte. Sie verstand es, im Hintergrund unterzutauchen, dazusein, ohne sich aufzudrängen, umsichtig, wirkungsvoll, neutral.

Sie wohnte im linken Flügel des Schlosses, während sich Gertrudes Gemächer im rechten Flügel befanden; das war erstaunlich, da alte Damen ihre Gesellschafterinnen im allgemeinen gerne in ihrer Nähe haben.

Margarets Wohnung bestand aus einem großen Raum, der in zwei Teile unterteilt war: einen Alkoven, in dem ein Himmelbett thronte, und ein Arbeitszimmer mit einem Schreibtisch à la Mazarin und mehreren Rollschränken. Hier verbrachte sie die Zeit, die sie nicht der Fürstin widmete, damit, Gertrudes Erinnerungen zu notieren, Bemerkungen, die die Fürstin manchmal, wenn sie in Stimmung war, über das Leben am Hofe Montegrinos während des Krieges machte.

Edouard hatte diesen Raum noch nie betreten, und siehe da, als er an die Tür klopfte, überfiel ihn so etwas wie Schüchternheit. Er überwand sie, klopfte leise ein zweites

Mal, doch es zeigte sich niemand. Um ganz sicher zu gehen, drehte er den dicken Türknauf, und brav öffnete sich die Tür. Er ging nicht hinein, sondern streckte nur den Kopf durch den Spalt, um nach Miss Margaret zu rufen. Dabei erblickte er dank eines raffinierten Spiels verschiedener Spiegel im Dämmerlicht das Bett. Miss Margaret lag in einem gelben Bademantel, ein Handtuch um den Kopf geschlungen, quer auf dem Bett. Sie schlief tief und fest, in der Haltung einer Frau, die von Müdigkeit überwältigt wurde.

Sie hatte sich wohl geduscht und dann dem Verlangen nicht widerstehen können, sich für einen Moment hinzulegen. Der Schlaf hatte sie in dieser anmutigen Haltung übermannt. Eigentlich hätte Edouard sich diskret zurückziehen müssen; er trat ein und schloß die Tür hinter sich. Im Zimmer hing ein leichter Duft, der von einem Strauß wildwachsender, im Park gepflückter Blumen ausging.

Ihre Schlafstellung erregte ihn. Ihr Kopf war zur Seite gesunken, ihre linke Hand, zur Faust geschlossen, auf ihren Mund gepreßt, der rechte Arm lag über ihrem Kopf, die Beine hatte sie angezogen. Der Bademantel war hochgerutscht und entblößte einen Oberschenkel. Edouard stellte fest, daß sie keineswegs dünn, sondern hübsch mollig war. Ihr provisorischer Turban hielt nur schlecht das feuchte Haar zusammen. Blonde, vom Wasser gedunkelte Strähnen fielen seitlich herab, und der verwirrte Prinz mußte an eine Radierung denken, auf der Charlotte Corday abgebildet war, wie sie Marat erdolchte.

Der Augenblick war so verlockend und erregend, wie Edouard es noch nie erlebt hatte. Auf Zehenspitzen näherte er sich dem Bett, schnappte sich im Vorbeigehen eine Art Betschemel, der mit einem alten, bestickten Stoff bezogen war, und setzte sich zwei Meter von der Schläferin entfernt hin. Unbeweglich betrachtete er sie, so wie man den immer gleichen Ozean oder ein Kaminfeuer mit einem Entzücken voll innerer Ruhe betrachtet, so daß man das Gefühl bekommt, ein Auserwählter zu sein. Edouard bewunderte ihre gleichmäßigen Gesichtszüge, das köstliche goldene Glitzern ihrer Sommersprossen, den Liebreiz ihrer zarten Hände, und er wunderte sich darüber, daß er bisher nicht bemerkt hatte, daß diese Frau hübsch war.

So saß er auf dem kleinen Schemel und bemühte sich, keinen Laut von sich zu geben. Er atmete flach und ertrug tapfer die Muskelverspannungen. Seine Bewunderung wurde durch keinerlei physisches Begehren gestört. Er war von Margaret sozusagen kalt erwischt worden, durch ihre unbewußte Körperhaltung und dieses magische Halbdunkel, in dem der Alkoven lag, und die Erregung, die er verspürte, beinhaltete für den Augenblick nichts weiter.

Plötzlich ereignete sich das Unerwartete: Der zierliche, reichlich wurmstichige Schemel, auf dem er kauerte, gab unter seinem Gewicht nach, eins der Hinterbeine brach ab, und Edouard fiel schwer auf den Boden.

Miss Margaret fuhr aus ihrem Schlaf hoch und stieß einen Entsetzensschrei aus. Edouard versuchte aufzustehen, doch sein rechtes Bein, das beim Fall angewinkelt gewesen war, blieb unter seinem Körper gefangen, und er mußte groteske Bewegungen vollführen, um sich hochzurappeln. Rot im Gesicht vor Anstrengung und Verlegenheit kniete er schließlich vor dem Bett. Er sah so komisch aus, daß Margaret ihren Schreck vergaß und in lautes Lachen ausbrach.

»Was tun Sie da, Durchlaucht?«

Edouard lächelte sie an, stand auf und setzte sich auf die Bettkante. Sie sprang auf und hielt ihren Bademantel krampfhaft vor ihrem Körper zusammen.

»Ich wollte mich bei Ihnen bedanken«, antwortete Edouard.

»Bei mir bedanken? Und wofür?«

»Weil Sie mich so gut auf dieses Fest vorbereitet haben, das dadurch ein voller Erfolg geworden ist. Ich habe angeklopft, aber Sie haben mich nicht gehört, deswegen habe ich mir erlaubt einzutreten. Als ich Sie so göttlich in Ihrem Bademantel auf dem Bett liegen sah, konnte ich dem Verlangen nicht widerstehen, Sie beim Schlafen zu beobachten. Ich weiß, daß das nicht korrekt von mir war, und bitte Sie deshalb um Verzeihung. Doch ich bedaure es nicht: Der Anblick war es wert.«

Sie errötete und wandte die Augen ab. Unbeholfen stand sie vor dem Bett, und ihre einzige Sorge war es, den Bademantel festzuhalten.

»Ich muß Ihnen etwas gestehen«, fuhr der Prinz fort. »Bis zu diesem Augenblick wußte ich nicht, daß Sie so schön sind!«

Ungläubig zuckte sie die Achseln.

»Wenn Sie mir nicht glauben, um so besser!« sagte Edouard. »Das zeigt nur, wie bescheiden Sie sind.«

Er drehte sich herum, so daß er ihr direkt ins Gesicht sehen konnte. Sie wollte flüchten, doch Edouard streckte das Bein aus und versperrte ihr so den Weg.

»Spielen Sie bitte nicht das scheue Reh! Seh ich aus wie ein Wüstling? Prinzen haben nicht mehr das Recht der ersten Nacht, soviel ich weiß!«

Sie schenkte ihm ein blasses Lächeln, das immer noch mehr der Ausdruck von Furcht war.

»Setzen Sie sich neben mich, Miss Margaret.«

Da sie seiner Aufforderung nicht nachkam, fragte er:

»Haben Sie Angst, neben mir auf einem Bett zu sitzen?«

Er ergriff ihre Hand und zog die junge Frau zu sich heran. Schließlich gab sie nach und setzte sich vorsichtig fünfzig Zentimeter neben Edouard.

»Was ist das: Ihr Leben?« fragte er.

Sie verharrte weiterhin in Schweigen.

»Wollen Sie mir nicht antworten?« insistierte er.

Margaret schüttelte den Kopf.

»Was soll ich Ihnen antworten, Durchlaucht? Mein Leben, das ist Ihre Großmutter, dieses Schloß, das, was ich hier tue ...«

»Sind Sie schon lange hier?«

»Mir kommt es wie eine Ewigkeit vor.«

»Erzählen Sie!«

»Mein Vater war als Organist im Palast und in der Kathedrale von Tokor angestellt. Nach der Befreiung ging er nach Irland zurück, und einige Jahre später traf er meine Mutter, die in einem Kirchenchor in Dublin sang. Kurz nach ihrer Heirat wurde ich geboren. Mein Vater stand immer noch mit

Fürstin Gertrude in Briefkontakt, und manchmal besuchte er sie sogar und spielte für sie Orgel in der Kapelle.

1972 ist Ihr Vater tödlich verunglückt. Ihre Großmutter wollte unbedingt, daß mein Vater bei der Totenmesse die Orgel spielte. Er fuhr mit seiner Frau und seiner Tochter hierher. Ich war fünfzehn, und ich glaube, die Fürstin hat trotz ihres großen Schmerzes Gefallen an mir gefunden. Zu der Zeit hatte sie eine Gesellschaftsdame namens Maléva, die mir persönlich nicht sonderlich sympathisch war, an der Fürstin Gertrude jedoch sehr hing.

Kurze Zeit nach der Beisetzung von Prinz Sigismund verließ Miss Maléva das Schloß. Ich glaube, ihre Abreise stürzte Ihre Großmutter in noch größere Verzweiflung, Durchlaucht. Das Schicksal wollte es, daß meine Eltern im selben Jahr bei einem Zugunglück ums Leben kamen. Ich schrieb es der Fürstin, und sie schlug mir spontan vor, zu ihr nach Versoix zu ziehen. Seither habe ich mich nicht mehr von hier fortbewegt.«

»Und die Liebe?« fragte Edouard.

Sie sah ihn fassungslos an.

»Soll ich das so verstehen, daß Sie seit Ihrer Ankunft hier, das heißt seit Ihrer Jugend, keinen Mann kennengelernt haben, Margaret?«

Sie schüttelte den Kopf.

»Und Großmutter hat sich darüber niemals Gedanken gemacht?« fragte Edouard weiter.

»Es war nicht ihr Problem.«

Er sah sie beinahe mitleidig an. Die Jungfräulichkeit dieser Frau von fünfunddreißig Jahren kam ihm fast wie ein Gebrechen vor.

Er ereiferte sich:

»Aber es muß Sie doch gequält haben? Ihr Körper kann doch nicht einfach schweigen, so wie Sie es tun! Er fordert sein Recht! Er hungert nach Liebe ...«

Ein Gedanke schoß ihm durch den Kopf:

»Haben Sie vielleicht gleichgeschlechtliche Erfahrungen gemacht?«

Sie reagierte wie eine empörte Stuhlvermieterin in den Tuilerien, bekreuzigte sich und stöhnte:

»Oh, mein Gott!«

Dann rief sie pathetisch aus:

»Durchlaucht, ich bitte Sie, reden Sie mit mir nicht über solche Dinge!«

»Im Gegenteil, Margaret, wir sollten darüber sprechen! Sie werden doch nicht als Jungfrau sterben wollen wie ... Fast hätte ich gesagt, wie Jeanne d'Arc, aber Sie können sich ja denken, daß sie keine mehr war, unter all diesen Draufgängern!«

Er legte ihr seine Hand auf die Schulter. Sie wollte sich entziehen, aber Edouard sagte gebieterisch: »Nein!« So ertrug sie den Druck seiner rechten Hand auf ihrem Körper.

»Ich werde dich jetzt küssen«, kündigte Edouard an.

Sie schüttelte heftig den Kopf. Der Prinz beugte sich zu ihr und flüsterte ihr ins Ohr:

»Du bist wunderschön, du bist intelligent, und du mußt erfahren, daß du eine Frau bist, Margaret.«

Er legte seinen Unterarm an die Schläfe der jungen Frau und zwang sie, sich zu ihm hinüberzubeugen. Er suchte ihren Mund und streifte ihn mit seinen Lippen; es war nicht mehr als eine zarte Liebkosung. Nach einer Weile hörte er damit auf, um sie wieder zu sich kommen zu lassen, näherte seinen Mund wieder ihrem Ohr und flüsterte:

»Wir haben es nicht eilig, mein Engel. Beruhige dich. Laß heute nacht deine Tür offenstehen, ich komme wieder, um dich zu küssen, und in den nächsten Nächten ebenfalls; nur um dich zu küssen, Margaret, nicht mehr. Wenn wir irgendwann weiter gehen sollen, mußt du mir es sagen.«

Wieder streiften seine Lippen ihren Mund.

»Ich möchte deinen Atem spüren, Kleines. Du gefällst mir unendlich!«

Er stand auf, strich seine zerknitterten Rockschöße glatt und ging hinaus.

## 25

Wegen der brütenden Hitze, die an jenem Tag auf Paris und Umgebung lastete, hatte er die Vorderfenster seines Wagens heruntergekurbelt, und ein beißender Geruch nach verbranntem Teer stieg ihm in die Nase, dann in die Kehle, was bei ihm eine Art Asthmaanfall auslöste. Er konnte heiße Gerüche nicht ertragen, zum Beispiel den nach heißem Fett, gerösteten Kastanien oder flüssigem Teer. Jedesmal hatte er dann das quälende Gefühl, daran zu ersticken.

Seit er Paris vor mehr als zwei Monaten verlassen hatte, hatte sich die Baustelle sehr verändert. Das erste, was ihm schon von weitem auffiel, waren die drei Eisenbahnwaggons, die anstelle des einen dort standen. Man hatte sie in einem Dreieck zueinander aufgestellt, so daß sie aussahen wie die Anfänge eines seltsamen Dorfes. Im »Innenhof« befand sich ein kleiner Platz, in dessen Mitte man auf einer runden Rasenfläche eine ziemlich hohe Tanne gepflanzt hatte. Der Bulldozer war verschwunden, und an seine Stelle war eine Teermaschine mit einem rotschimmernden Herd getreten, die eine blutrote Masse wie dickflüssige Tinte auf den lockeren Boden spuckte. Zwei Araber arbeiteten unter dem Kommando des alten Montgauthier. Sie gingen langsam rückwärts und schütteten Rollsplit auf den flüssigen Teer.

Auf einer Trittleiter stand Rosine in einem blauen Trainingsanzug mit roten Streifen und strich einen der Waggons an. Dazu plärrte ein Transistorradio, das zwischen den Füßen der kleinen Leiter stand. Rosine wandte ihrem Sohn den Rücken zu und hatte ihn nicht kommen hören.

Edouard stellte die Musik ab, indem er mit dem Fuß auf die »Aus«-Taste drückte. Rosine sah nach unten, erblickte ihn und stieß einen Freudenschrei aus. Sie tauchte ihren Pinsel in den Eimer, der an der Leiter hing, und sprang Edouard in die ausgebreiteten Arme.

»Da bist du ja endlich wieder, du verdammter Prinz!« rief die kräftige Frau und umarmte ihn stürmisch.

»Sag mal, hier hat sich ja einiges verändert!« stellte er fest, indem er auf die Fläche zeigte, an deren Rand die Teermaschine eine etwa vier Meter breite schwarze Spur hinterließ. »Warum legst du eine geteerte Straße an?«

»Großes Geheimnis!« kicherte Rosine.

Sie sah aus wie ein schelmisches kleines Mädchen.

»Willst du in der Mitte etwas bauen?«

»Großes Geheimnis!«

»Du bist wirklich so störrisch wie ein Esel, Mama! Sag mal, solche Herkulesarbeiten müssen doch verdammt viel kosten, oder?«

»Ich drücke die Preise so weit wie möglich, weine den Leuten was vor, versuche sie zu bezirzen, und außerdem sind die Zeiten hart, die Unternehmen arbeiten lieber mit einem Gewinn nahe Null, als daß sie ihre Jungs fürs Däumchendrehen bezahlen. Und dann, weißt du was? Mit Oma hat's 'ne Riesenüberraschung gegeben: Stell dir vor, sie hatte Geld auf die Seite gelegt, diese Heimlichtuerin! Zweihundertfünfzigtausend Francs in Schatzscheinen lagen unten in ihrem alten Koffer. Kommunismus ist 'ne feine Sache!«

»Sogar Kommunisten hinterlassen ihren Kindern gerne ein Erbe«, bemerkte Edouard. »Das liegt im französischen Charakter! Aber warum denn die beiden neuen Waggons? Willst du ein Ferienlager einrichten?«

»Wenn es soweit ist, werde ich Garderoben benötigen«, antwortete Rosine.

Sie biß sich auf die Zunge: Der Satz, der ihr so herausgerutscht war, konnte einen Hinweis auf ihr wohlgehütetes Geheimnis geben.

Und tatsächlich griff Edouard ihn auf:

»Garderoben ... Dann wird es also Leute geben, die dein Riesending hier benutzen!«

Er trat an den Rand der Fläche und musterte sie, um den eventuellen Verwendungszweck zu erraten; doch er konnte sein Gehirn noch so sehr anstrengen, er fand keine befriedigende Erklärung.

Seine Überlegungen ließen ihn wieder an den toten Taxifahrer denken, den Marie-Charlotte hier auf der Baustelle verscharrt haben wollte. Wenn sie nicht gelogen hatte, dann war die Frage, wo die Leiche wohl liegen könnte. Er ließ seinen Blick über das Grundstück wandern, ohne daß ihn das auf irgendeine Idee brachte. Der Mann ruhte irgendwo unter Tonnen von Erde. Würde man ihn eines Tages finden? Ja, falls das kleine Aas irgendwann redete. Sie war zu allem fähig, auch zum Schlimmsten, und wenn sie durchdrehte, würde sie ihn oder Banane beschuldigen, das Verbrechen begangen zu haben. Hatte sie nicht, zusammen mit drei Leuten aus ihrer Clique, das Wort »Mörder« auf seine Autos gesprüht?

Er wischte diesen Gedanken beiseite und ging wieder zu Rosine zurück.

»Und bei dir läuft's gut, du Monarch?« fragte sie lachend.

»Fantastisch. Apropos, du wirst unbedingt für ein paar Tage mit mir in die Schweiz kommen müssen, die Fürstin braucht deine Hilfe.«

Er schilderte ihr kurz, was in den letzten Wochen geschehen war und welche Pläne man »bei Hofe« mit ihm hatte.

Rosine hörte sich das Märchen ungläubig an.

»Die Alte will ein posthumes Vaterschaftsanerkenntnis? Das gibt's doch gar nicht! Diese unerbittliche Frau mit so strengen Prinzipien, so unnachgiebig, wenn jemand an ihrem blöden Thron wackelt!«

»Eben: Er ist leer, ihr Thron, meine Liebe, und was Blöderes als einen leeren Thron gibt es nicht. In den zwanzig Jahren, in denen sie um ihren geliebten Sohn geweint hat, ist sie völlig ausgetrocknet. Sie braucht unbedingt einen Prinzen und einen Sohn, den sie lieben kann, koste es, was es wolle. Es besteht kein Zweifel daran, daß Sigismund mein Vater ist. Wir sehen uns zum Schreien ähnlich, Otto, Sigismund und ich! Ihr alter Mönch, ihre ehemaligen Minister, der ganze verdammte Haufen hat sich mir zu Füßen geworfen. Begreif doch, Rosine: Ich bin der Prinz von Montegrino! Ich muß nur noch als Sohn anerkannt werden. Also, laß die Pinsel fallen und pack deinen Koffer!«

»Aber ich werde mich doch nicht einfach so aufs Schloß begeben, ich hab kein vernünftiges Kleid am Hintern!«

»Wir fahren nach Paris und kaufen dir ordentliche Klamotten. Ich zahle. Du sollst atemberaubend aussehen, Mama. Vergiß nicht, du bist die Mutter eines Prinzen!«

Während Rosine ihre Vorbereitungen traf, machte Edouard sich auf die Suche nach Selim und Najiba. Wie er dem Jungen aufgetragen hatte, hatte dieser die Werkstatt geschlossen und mit Heftzwecken einen entsprechenden Zettel an die große Flügeltür geheftet.

Edouard ging nach hinten zu den Boxen, um seine geliebten Autos wiederzusehen. Banane hatte sie saubergemacht, aber trotz seiner Mühe waren noch Spuren roter Farbe auf den Türen zu sehen, und die zertrümmerten Scheiben sahen wie schwarze Löcher aus. Der Junge hatte die Glassplitter aufgefegt und war mit dem Staubsauger hinterhergegangen. Es würde einige Zeit in Anspruch nehmen, neue Scheiben anfertigen zu lassen. Melancholisch betrachtete der Prinz seinen angeschlagenen »Rennstall«. Was ihn am traurigsten stimmte, waren weniger die verursachten Schäden als die bedrückende Gleichgültigkeit, in die der Vandalismus ihn versetzte. Beim Anblick der mechanischen Pferde in ihren Boxen wurde ihm bewußt, wie sehr sein Leben sich verändert hatte. In Zukunft gehörte er einer anderen Welt an, und seine frühere Leidenschaft war Vergangenheit.

Bei den Larabis kochte die Mutter ein stark gewürztes Ragout, bei dessen Geruch sich ihm schon der Magen umdrehte.

Sie stürzte sich auf Edouard und beschimpfte ihn auf arabisch. Die wenigen französischen Wörter, die sie einstreute, machten deutlich, warum sie so wütend war: Sie beschuldigte ihn, den bösen Blick zu haben und ihre Tochter in Gefahr zu bringen. Er sei schuld, daß sie den Verstand verloren habe. Najiba wolle nicht mehr arbeiten, spreche nur noch von ihm, werde von bösen Menschen überfallen, und für ihren baldigen Tod sei er ebenfalls verantwortlich.

Najibas Mutter hatte nämlich aus einem abgeschlagenen Hühnerkopf die Zukunft gelesen. Edouard versuchte, die Frau zu beruhigen, doch es war vollkommen vergeblich. Er wollte wissen, wo er die Kinder der Megäre finden könne, löste mit seiner Frage nur noch weiteres Gezeter aus und trat den Rückzug an.

Vor dem Wohnblock traf er Banane, den er kaum wiedererkannte. Der Kopf des Jungen war kahlgeschoren, und eine Wange war so geschwollen, daß sein hübsches Gesicht asymmetrisch wirkte.

Edouard tat es in der Seele weh, seinen Lehrling in diesem Zustand zu sehen, und schwer lastete auf ihm die Schuld, die die Mutter ihm an allem gab.

»Mein armer Kleiner«, murmelte er, »mein armer Kleiner!«

Er faßte den Jungen im Nacken und drückte den kahlgeschorenen Schädel gegen seine Wange.

»Ich freue mich irre, dich wiederzusehen«, sagte Selim. »Gefällt dir das Leben auf dem Schloß?«

»Es ist nicht einfach«, antwortete Edouard ausweichend. »Wo ist deine Schwester?«

»Wieder im Krankenhaus. Die Arschlöcher haben sie so fertiggemacht, daß sie jetzt vor allem Angst hat. Sie wird mit Medikamenten vollgestopft. Und ich, weißt du, ich bin auch mehr tot als lebendig. ›Sie‹ wird zurückkommen, und dann gibt's ein Unglück! Das ist ein Raubtier, das frei herumläuft. Ein tollwütiges Raubtier, verstehst du? Wenn man sie nicht auf der Stelle einsperrt, tötet sie weiter, und anfangen wird sie bei dir, das ist ihre fixe Idee!«

Edouard hob resignierend die Schultern.

»Komm, laß uns Najiba besuchen«, schlug er vor.

»Und was wird aus der Werkstatt?«

»Im Augenblick nichts. Sie bleibt geschlossen.«

»Wir haben zwei Wagen zur Reparatur: den weißen 15 von dem Arzt aus Nanterre und das Kabrio von dem Futtermittelhändler.«

»Ich werd mir was einfallen lassen, kein Grund zur Panik.«

Najiba döste vor sich hin. Mit ihrem kahlgeschorenen Kopf sah sie aus wie ein kleiner Junge. Ihre Perücke schaute aus der offenen Schublade des metallenen Nachttisches hervor. Ihr Gesicht zeigte noch die Spuren der Prügel, die sie abbekommen hatte. Bei ihrem Anblick ballte Edouard die Fäuste. Wenn die Kerle in seiner Nähe gewesen wären, hätte er sie zusammengeschlagen.

Das junge Mädchen öffnete die Augen.

»Guten Tag, mein Schatz«, sagte Edouard und setzte sich auf die Bettkante.

Wie bei seinem Besuch nach dem Mofaunfall ergriff sie seine Hand, führte sie an ihre Lippen, ließ sie über ihre Wange gleiten und preßte sie gegen ihre Schläfe.

»Ich werde es nicht zulassen, daß sie dir etwas tut«, versicherte sie.

»Mach dir keine Sorgen. Mücken zerquetscht man, bevor sie stechen können.«

»Sie kommt mit ihren gemeinen Typen wieder!«

»Gemeine Typen werden auch zerquetscht.«

»Bist du für immer zurückgekommen?«

»Nein, noch nicht.«

»Wann denn?«

Das Wort »nein« ging ihm durch den Kopf.

»Später«, versprach er.

Einen Moment lang lag sie wie versteinert da, dann bekam sie eine Nervenkrise und fing an, aus Leibeskräften herumzubrüllen.

Krankenschwestern kamen angelaufen und gaben ihr schnell eine Spritze. Kurz darauf war sie vollkommen ruhig. Edouard ging hinaus, auf seinen Schultern das Gewicht der Welt.

Nine nähte im Licht einer Küchenlampe, die sie auf die Höhe ihrer Singer-Nähmaschine heruntergezogen hatte. Bei Edouards unerwartetem Besuch unterbrach sie ihre Arbeit.

»Oh, du bist's, Edouard!« rief sie erfreut.

Sie bewunderte ihn und errötete, wenn sie sich begegneten. Blanvin stellte für sie das männliche Ideal dar: Er war stark und sah Albert Préjean ähnlich (wie sie behauptete), einem Filmstar aus der Vorkriegszeit, für den ihre Mutter schon geschwärmt hatte. Nine wiederum hatte von ihr den Personenkult übernommen; in ihrem Zimmer hingen nicht weniger als acht Fotos von dem Schauspieler.

Sie tauschten die kurzen, familiären Begrüßungsküsse aus.

»Nett von dir, mal reinzuschauen«, sagte Nine.

»Ist Marie-Charlotte nicht hier?«

Nine machte ein betrübtes Gesicht. Ihr überflüssiges Fett hatte ihr graues Gesicht verändert und die tragische Ausdruckslosigkeit noch verstärkt.

»Ach, ich seh sie kaum noch«, seufzte sie. »Sie zieht mit einer Clique von Leuten herum, die alle älter sind als sie. Ich bin immer auf das Schlimmste gefaßt.«

»Du weißt doch, daß sie noch minderjährig ist und du die Verantwortung für sie trägst?«

Träge hob sie die runden Schultern.

»Ja, ich weiß, aber was soll ich denn tun? Sie hier festzubinden ist unmöglich. Aber ich kann sie doch auch nicht in ein Erziehungsheim stecken, bisher hat sie noch nichts richtig Schlimmes gemacht.«

»Nein«, dachte Edouard, »sie hat nur zwei Menschen umgebracht.«

»Hast du eine Ahnung, wo ich sie finden könnte?«

»Sie ist oft im *La Fanfare* an der Porte de Clignancourt, eine Art Kneipe mit lauter Spielautomaten.«

»Und sonst?«

Nine hob die Schultern.

»Warum suchst du sie, Edouard? Hat sie was angestellt?«

»Nicht so richtig, aber ich würde mich gerne mit ihr unter vier Augen unterhalten.«

»Wenn du sie findest, dann wasch ihr nur den Kopf und sag ihr, sie könnte ein wenig Rücksicht auf mich nehmen. Ich rackere mich ab, ich bin alleine, hab keinerlei Unterstützung. Meinen letzten Freund hat sie regelrecht rausgeekelt. Er hat es nicht mehr ausgehalten, hat seine Siebensachen gepackt und ist abgehauen.«

Edouard hörte sich noch eine Weile das Gejammere an,

dann legte er drei Hunderter auf den Tisch (sie tat so, als sähe sie die Scheine nicht, um sich peinliche Dankesworte zu ersparen) und ging hinaus.

Sein Hemd klebte ihm am Körper. Die Luft stand an diesem Nachmittag, so daß man kaum atmen konnte. Er sehnte sich nach der Schweiz, nach der leichten Brise am See, den Schwänen, die majestätisch in den vom Laub der Bäume beschatteten Buchten dahinglitten. Das angenehme, leichte Leben im Schloß fehlte ihm. Er liebte die feierliche Stille dort. Seine Großmutter nahm ihn immer häufiger in die Kapelle mit, die sich neben dem Wohngebäude befand. Vor dem Altar mit den alten Holztäfelungen im Stile Louis XV. stand nur ein Dutzend Betstühle. Die vier dunklen Fensterscheiben verfälschten das Tageslicht, und sogar am hellichten Tage, sogar bei Sonnenschein, herrschte hier ein besänftigendes Halbdunkel, das diesen Ort wie geschaffen für die innere Einkehr machte.

Gertrude liebte es, zusammen mit ihrem Enkelsohn laut zu beten. Edouard fiel auf, daß sie nur bei dieser Gelegenheit in ihren ausländischen Akzent verfiel. Diese erhabenen Momente waren für ihn alles andere als eine Pflicht, sie gefielen ihm.

Seit dem Nationalfeiertag klopfte er fast jede Nacht an die Tür von Miss Margaret. Sie öffnete ihm nicht, doch die Tür war nur angelehnt, so daß er sie nur aufstoßen mußte, um in das Zimmer zu gelangen. Die Irin saß, stets vollständig angekleidet, ganz steif in ihrem Sessel mit der hohen Lehne. Edouard ging zu ihr, fiel vor den geschlossenen Beinen auf die Knie und legte seine Stirn in ihren Schoß. Margaret regte sich nicht. Immer war er es, der ihre Hand ergriff und sie an seinen Mund führte. Er küßte den Handrücken, die Knöchel, die so hart wie Kirschkerne waren; dann nahm er jeden Finger einzeln und steckte ihn in seinen Mund, um genießerisch an ihm zu lutschen. Dabei spürte er das Erschauern, das sie durchlief.

Anfangs hatte sie versucht, ihre Hand zurückzuziehen,

doch der Prinz hielt sie fest. Das Ganze erschien ihm äußerst sinnlich, so als würde er an ihrem Geschlecht lecken, und er bekam eine Erektion. Manchmal versuchte er, etwas weiter zu gehen, aber sie bäumte sich auf und machte sich steif wie eine Statue, so daß er es nicht wagte, die von ihr gesetzten Grenzen zu überschreiten.

Nach einer Stunde verschwand er wieder wie ein Dieb; sein Hunger war nicht gestillt worden, und ab und zu hielt er sich noch ein wenig im Zimmer der dicken Herzogin auf, bevor er in sein eigenes ging. Heidis alter, tauber Gatte, der gehörnte Ehemann, schnarchte im Nebenzimmer, und die lächerlichen Geräusche, die er ausstieß, steigerten die Unverfrorenheit des Prinzen.

Das *La Fanfare* war leicht zu finden, es lag an der Kreuzung einer Avenue mit einer kleineren Straße. Ein Haufen angeketteter Motorräder versperrte den Bürgersteig. Die Musikboxen, die Flipperautomaten und die Gäste veranstalteten ein Höllenspektakel.

Edouard hatte Mühe, sich zu der langen Theke vorzukämpfen, fand dann jedoch eine Lücke und bestellte sich ein Bier. Suchend blickte er sich nach Marie-Charlotte um, und als er sie entdeckte, stellte er fest, daß ihre kleinen, schielenden Augen auf ihn gerichtet waren.

Er hielt ihrem Blick stand, bis sie zwinkern mußte. Dann winkte er sie zu sich heran.

Ohne zu zögern kam sie in seine Richtung. Die Cowboystiefel mit den hohen Absätzen verliehen ihr einen federnden Gang. Trotz der Hitze trug sie eine schwarze Lederjacke, die mit Abzeichen vollgeklebt war, und ein rotes Halstuch.

Als sie neben ihm stand, warf Edouard ein paar Münzen auf den Tresen.

»Gehen wir!« sagte er.

»Ich fühl mich hier ganz wohl!«

»Ich nicht«, gab der Prinz schroff zurück. »Und außerdem hab ich mit dir zu reden.«

»Ich bleibe hier!«

Er lächelte sie traurig an, packte die Göre hinten an ihrem Ledergürtel, hob sie hoch und ging mit ihr zur Tür.

»Francky!« kreischte sie mit ihrer schrillen Stimme.

Ihr Hilferuf war durch den Lärm hindurch zu hören, und sofort kam ein Junge mit asiatischen Gesichtszügen, einem Schnurrbart à la Tarass Boulba und langen, zu einem Pferdeschwanz zusammengebundenen Haaren.

»Laß sie los!« knurrte er.

»Draußen, versprochen!« erwiderte Edouard.

Der Junge trat ihn mit aller Kraft gegen den rechten Fußknöchel. Der Prinz empfand einen so stechenden Schmerz, daß er glaubte, der Knöchel sei gebrochen. Er sah rot und rammte seine freie Faust in die Geschlechtsteile des Asiaten, der totenblaß wurde vor Schmerz.

»Schön ruhig bleiben!« riet ihm Blanvin.

Es war so laut und so voll in der Kneipe, daß niemand etwas mitgekriegt hatte.

Edouard stieß die zappelnde Göre nach draußen. Er schleppte sie zu einem kleinen Bistro auf der anderen Straßenseite. Die Passanten blicken angestrengt weg, um nichts zu sehen, so wie es in dieser feigen Zeit üblich ist.

Als sie gerade in das Café gehen wollten, tauchte Francky wieder auf, zusammen mit einem ebenso üblen Burschen. Francky verzog vor Schmerz das Gesicht.

»Laß sie los!« wiederholte er.

Edouard seufzte.

»Hör mal, Francky, wie oft willst du mir damit noch in den Ohren liegen? Ich hab was Privates mit der Kratzbürste hier zu besprechen. Danach kriegst du sie wieder. Was soll also das Theater?«

Der andere Freund holte ein Springmesser heraus und zeigte es, ohne die Klinge herausspringen zu lassen.

»Sollen wir böse werden?« fragte er.

»Mein Traum!« erwiderte Edouard lächelnd.

In seiner Jugend hatte er einmal Kampfsportarten trainiert. Mit einer Hand hielt er immer noch Marie-Charlotte am Gürtel hoch, mit der anderen schlug er dem Messerhelden gegen den Kehlkopf. Der Junge ließ sein Messer fallen.

Ohne eine Sekunde zu verlieren, trat er dem Asiaten noch einmal mit voller Kraft zwischen die Beine.

»Und immer hübsch fröhlich bleiben!« rief er, während sein Opfer auf die Knie fiel, sich erbrach und seine Geschlechtsteile festhielt.

Edouard schleifte seine kleine Cousine in das Café. Straßenarbeiter tranken hier ihren Pastis und würfelten.

Die Art, wie Edouard ihre Freunde verprügelt hatte, machte Marie-Charlotte fügsamer. Widerspruchslos ließ sie sich auf eine Sitzbank hinten im Lokal schubsen. Edouard setzte sich ihr gegenüber. Ein schwindsüchtiger Kellner schlurfte heran. Edouard bestellte ein Bier und eine Limonade.

»Ist die Limonade für dich?« fragte Marie-Charlotte.

»Natürlich.«

Er versuchte zu begreifen, warum so finstere Mächte dieses zarte Mädchen verdarben, das doch noch voller Unschuld hätte sein müssen. Für einen Psychiater war das sicherlich ein interessanter Fall. Woher kam dieser zerstörerische Trieb, diese stets latente Bösartigkeit? Welches Chromosom (wessen Erbe?) stellte sie an den Rand der Gesellschaft? Trotz der Verbrechen, die sie begangen hatte, tat sie ihm leid.

»Du siehst unglücklich aus«, stellte Marie-Charlotte fest.

»Das bin ich auch.«

»Wegen einem Weib?«

»Ja.«

»Wer ist sie?«

»Du.«

»Ideen hast du!«

»Mit deinem Kaninchenblick und deinen Sommersprossen könntest du ein ganz reizendes Mädchen sein. Statt dessen bist du ein Teufel, eine Mörderin! Du denkst nur daran, anderen weh zu tun und sie zu zerstören. Warum?«

Sie lächelte ihn an.

»Im Grunde bist du 'n beschissener Pfadfinder«, sagte sie.

Sie wich ruckartig zurück, da sie annahm, er würde ihr eine Ohrfeige verpassen. Doch er dachte gar nicht daran.

»Du hast den Taxifahrer umgebracht!« zischte Edouard.
»Das war 'n Unfall, ehrlich.«
»Du hast Oma getötet!«
»In einem Wutanfall: Sie hat mich beschimpft.«
»Du hast versucht, Banane von der Brücke zu stoßen.«
»Aus Spaß!«
»Und ihr habt ihn verprügelt und kahlgeschoren, genauso wie seine Schwester. Auch nur zum Spaß?«
»Genau. Zweifelst du etwa daran?«
»Meine Autos beschmiert und die Scheiben zertrümmert, auch zum Spaß?«
»Klar.«
Er trank einen Schluck Limonade.
»Früher«, fuhr er fort, »hat man Leute mit Tollwut zwischen zwei Matratzen erstickt. Ich kann mir nicht helfen, ich glaube, du würdest das auch verdienen.«
Sie lachte.
»Wie reizend!«
»Ich müßte eigentlich zur Polizei gehen und alles erzählen. Man würde dich für ein paar Jahre einsperren, das wäre immerhin etwas.«
»Sei da mal nicht so sicher, du Kacker! Ich würde sagen, du hättest alles erfunden und hättest selbst den Taxifahrer kaltgemacht, zusammen mit deinem Araber.«
»Das würde dir Spaß machen, was?«
Edouard hatte von Anfang an das Gefühl gehabt, daß sie davon träumte, ihn zu beschuldigen; daß sie es früher oder später tun würde, weil es zu einer fixen Idee bei ihr geworden war. Wenn es jetzt soweit war, dann mußte er sie unbedingt von diesem Plan abbringen.
»Und was für einen Spaß mir das machen würde!«
»Nun, wenn du das tatsächlich machst, dann geht es dir an den Kragen, meine liebe Kleine, und zwar richtig!«
»Ach ja?« spottete sie.
Er wollte aufs Ganze gehen.
»*Yes, Miss!*« zischte er.
Er bedeutete ihr, sich zu ihm herüberzubeugen, und flüsterte so leise in ihr Ohr, daß sie Mühe hatte, ihn zu verstehen:

»Ich habe die Leiche des Taxifahrers wieder ausgegraben und an einen sicheren Ort gebracht. Bevor ich seinen Fotoapparat kaputtgemacht und weggeworfen habe, hatte ich die ausgezeichnete Idee, den Film herauszunehmen und ihn in der Schweiz entwickeln zu lassen. Stell dir vor, als du den Mann erschlagen hast, hat sich der Mechanismus wohl gelöst. Das Ergebnis ist ein merkwürdiges Negativ, auf dem man ganz deutlich sieht, wie du zuschlägst, in Großaufnahme! Und dann, mein Täubchen, hat die Polizei deine Fingerabdrücke auf dem Lenkrad des Taxis entdeckt, das man in dem Zementhaufen gefunden hat. Schlußfolgerung: Wenn hier einer die Schnauze halten sollte, dann bist du's!

Ach ja, das hab ich noch vergessen: Als du Banane von der Brücke gestoßen hast, hat ein Liebespaar dich beobachtet. Nimmt man noch den Postboten dazu, der euch aus meiner Werkstatt verscheucht hat, dann ist deine Akte vollständig. Also, bleib uns endlich vom Hals! Wenn ich die Sache vertusche, dann deiner und meiner Mutter zuliebe. Die beiden würden nämlich durchdrehen, wenn einer aus der Familie vor Gericht kommt. Kannst du das wenigstens mit deinem kranken Hirn kapieren, verdammt noch mal?«

Ihre Augen sahen aus wie zwei Kugeln, die nur darauf warten, abgeschossen zu werden.

»Irgendwann bring ich dich um!« versprach Marie-Charlotte.

»Wenn du das überall herumposaunst, wird man dich einlochen, bevor du's in die Tat umsetzen kannst«, erwiderte der Prinz. »Solche Dinge gelingen desto besser, je weniger man darüber redet!«

Er läutete an Edith Lavageols Tür, aber niemand öffnete. Eine Nachbarin rief ihm von ihrem Fenster aus zu, daß die Lehrerin vor drei Tagen ins Krankenhaus eingeliefert worden sei, um sich einer Darmoperation zu unterziehen. Edouard erkundigte sich nach dem Namen der Klinik und fing an, planlos durch die Straßen zu laufen. Seine Rückkehr nach Frankreich deprimierte ihn; überall stieß er auf Hoffnungslosigkeit. Er bewegte sich in einer sterbenden Welt, die von Verrückten und Kranken bevölkert wurde.

Er ging in ein Blumengeschäft und bestellte zwei Dutzend rote Rosen für Edith. Er erinnerte sich an die Zeit, in der er ihr Schüler gewesen war. Damals war sie ihm sehr alt vorgekommen, obwohl sie ungefähr dreißig gewesen sein mußte.

Während er die Adresse der Klinik auf einen Briefumschlag schrieb, dachte er sich, daß es eine feige Lösung sei, ihr die Blumen schicken zu lassen. Er mußte sie ihr persönlich bringen. Die Sprache der Blumen alleine würde sie auf ihrem Krankenlager nicht trösten können.

Also besann er sich anders und verließ mit dem Blumenstrauß im Arm das Geschäft.

Die Besuchszeit war zu Ende, und so mußte er verhandeln, mußte geltend machen, daß er im Ausland wohne und morgen früh wieder abreise. Von seinen Argumenten besiegt, gab die Krankenschwester den Weg frei, und er durfte ans Krankenbett der Lehrerin.

In dem winzigen Zimmer war nur Platz für ein Bett und für medizinische Geräte, für einen Wandschrank und einen einzigen Stuhl. Edith lag im Bett, ihr Teint war bleigrau, ihre Lippen fast weiß. Kanülen zur Wundabsonderung kamen unter den Laken hervor und mündeten in einem scheußlichen Glasbehälter, der sich langsam mit einer roten, schleimigen Flüssigkeit füllte. In ihrem rechten Handrücken steckte eine Kanüle, sie erhielt aus einem Tropf, in dessen Behälter beunruhigende Bläschen tanzten, eine physiologische Kochsalzlösung.

Er näherte sich der Kranken und flüsterte ihren Namen. Edith versuchte, ihre Lider zu heben. Auf ihrem ausgezehrten Gesicht zeigte sich die Andeutung eines Lächelns. Ihre Lippen bewegten sich mühsam, doch sie brachte keinen Ton hervor.

»Beweg dich nicht, mein Liebling«, sagte Edouard und streichelte ihre freie Hand. »Du bist operiert worden, und jetzt wird alles wieder gut.«

Er fragte sich, ob sie seine Worte verstehen könne, und vor

allem, ob sie sich täuschen lasse. Sind solche barmherzigen Lügen derjenigen würdig, an die sie gerichtet sind? Er sah sie wieder vor sich, an ihrem Pult, die Beine aus Unachtsamkeit leicht gespreizt. In Gedanken stieg er wieder in diesen wunderbaren Brunnen hinab, auf der Suche nach dem, was der weiße Slip verbarg. Damals hatte er nur eine sehr ungenaue Vorstellung vom weiblichen Geschlecht gehabt, seine Kenntnisse hatten sich auf den Anblick nackter kleiner Mädchen beschränkt, die am Strand von ihren Müttern losgelassen wurden und durch den Sand stolperten.

In ihm war eine dunkle, brennende Begierde geweckt worden; der starke Wille, das Geheimnis zu durchdringen, hatte sich seiner bemächtigt. Einer der schönsten Augenblicke in seinem Sexualleben war der Tag gewesen, an dem sie ihm, gerade Witwe geworden, ohne Zögern ihre Tür und ihre Beine geöffnet hatte, so als hätte sie schon seit einer Ewigkeit auf ihn gewartet.

Als er seine Lehrerin so daliegen sah, dachte er merkwürdigerweise daran, daß sie eine seltsame Zeit durchlebt haben mußte während seinen Anfängen als Prinz ohne Titel, ohne Reich. Er bewunderte die Art und Weise, wie sie ihn heimlich erzogen hatte, ohne daß er sich dessen bewußt gewesen war. In diesem Augenblick des Abschiednehmens ermaß er, wieviel er ihr verdankte. Dank der Geschicklichkeit, mit der sie ihn auf ein anderes Schicksal vorbereitet hatte, fühlte er sich ruhig und selbstsicher.

Er kniete neben dem Bett nieder, legte seine Stirn auf ihre leblose Hand und murmelte zaghaft:

»Danke.«

## 26

Auf der Rückreise entspannte sich der Prinz. Freude erfüllte ihn bei dem Gedanken daran, daß er die Schweiz wiedersehen würde, das Schloß, die »Königin« Gertrude und Miss Margaret. Er beschloß, das Vorspiel mit der Irin zu beenden, da er es für ausreichend hielt. Jetzt war es an der Zeit, sie zu zwingen, sonst würden sie über das reizvolle, aber endlose Vorgeplänkel nie hinauskommen. Sein Verhalten gegenüber Miss Mullinger, seine nächtlichen Besuche bei ihr, erinnerten ihn an das Verhältnis des verstorbenen Sigismund mit Rosine. Bei den Skobos schienen Liebschaften mit dem Personal beliebt zu sein. Hatte Fürst Otto seine Gertrude mit den Gouvernanten im Palast betrogen? Er nahm sich vor, bei Gelegenheit den Herzog Groloff danach zu fragen, auch wenn der alte Hanswurst wenig zu solchen Vertraulichkeiten neigte.

Während er hinter dem Steuer saß, schmiedete er eine Menge Pläne für das Leben im Schloß zu Versoix. Er gedachte es zu verändern, es amüsanter zu gestalten. Bisher wurde es von zwei würdevollen Greisen bestimmt. Edouard würde es beleben, Bewegung hineinbringen, was ja zu einem richtigen Leben gehört. Er wollte das Schloß aufmöbeln, fröhliche junge Menschen einladen.

»Führst du Selbstgespräche?« fragte Rosine.

»Ich denke nach.«

Er lächelte seine Mutter an, die in ihrem neuen pfirsichfarbenen Kostüm sehr elegant aussah. Edouard hatte befürchtet, daß sie wieder zu ihrer alten Frisur zurückkehren würde; aber sie war weit davon entfernt, ihre Haare wachsen und sich den Turm von früher wieder fabrizieren zu lassen. Nein, sie trug sie ganz kurz, zwei Farbtöne dunkler, mit einem pfiffigen Fransenpony. Auch ihr Make-up war zwar auffällig, aber erträglich.

»Wie sie mich wohl empfangen wird?« seufzte Rosine.

»Sehr freundlich, mach dir keine Sorgen«, beruhigte sie der Prinz.

»Wenn man sich überlegt, daß ihr Sohn dich fortgejagt hätte, wenn er noch leben würde!«

»Ich verdanke meine liebevolle Aufnahme ihrem Leid.«

»Na ja, das ist ja jetzt unter Dach und Fach«, sagte sie zufrieden.

Sie sprach wie ein Pferdehändler, der soeben ein gutes Geschäft abgeschlossen hat. Ihr »Bastard« war Prinz geworden.

Das Wiedersehen war ein voller Erfolg. Das gesamte Erdgeschoß war blumengeschmückt, und alle, angefangen bei Walter, hatten sich in Schale geschmissen.

Als Mutter und Sohn die Außentreppe hinaufgingen, kam Gertrude ihnen entgegen, die Arme so weit ausgebreitet wie Pavarotti, wenn er sich bei seinem Publikum bedankt. Aus einem früheren Reflex heraus machte Rosine einen Hofknicks, bevor die Fürstin sie an ihre Brust drückte und feierlich rief:

»Meine Tochter! Oh, meine Tochter, welch eine Freude!«

Danach zelebrierte Herzog Groloff einen Handkuß und stellte die Herzogin vor.

Benommen, rot vor Verwirrung und Stolz, lächelte Rosine unbeholfen und stammelte geschwollene Worte daher wie »Majestät«, »Durchlaucht«, »Fürstin«, »Herzogin«.

Sie gingen in den Salon, um den Begrüßungschampagner zu trinken: einen *Magnum Rosé* von Laurent Perrier. Gertrude bat Rosine, sich neben sie auf das Kanapee aus vergoldetem Holz zu setzen. Besorgt erkundigte sie sich nach ihrer Gesundheit, aber nicht nach ihrer derzeitigen Tätigkeit, und fragte sie, ob sie alle notwendigen Unterlagen bei sich habe. Rosine versicherte ihr, daß das der Fall sei.

»Ich danke Ihnen, daß Sie so schnell zu uns geeilt sind«, erklärte die Fürstin. »Zuallererst wird Herzog Groloff Sie über bestimmte Anordnungen in Kenntnis setzen, die wir in bezug auf Ihre Person betroffen haben.«

Groloff nahm eine Aktenmappe vom Tisch, ein ehrfurchtgebietendes Stück aus Juchteleder mit dem goldenen Wappen von Montegrino. Er befestigte das Hörgerät an seinem Ohr und hüstelte wie ein alter Winkeladvokat in den Filmen nach Balzacs Romanen.

»Zunächst sollte ich erwähnen«, begann er, »daß dieses Dokument rückdatiert ist, und das aus einem Grund, den Sie gleich verstehen werden. Es ist auf April 1972 datiert und von Seiner Majestät Prinz Sigismund II. unterzeichnet. Wie ist so etwas möglich? Nun, aufgrund der Voraussicht der Fürstin-Mutter, die Prinz Sigismund für alle Fälle gebeten hatte, einige Schriftstücke blanko zu unterschreiben, damit man auf gewisse Erfordernisse würde reagieren können, falls der Prinz verhindert sein sollte. Vorliegende Urkunde wurde von mir verfaßt und von Fürstin Gertrude sowie von mir in meiner Eigenschaft als Verfasser und Zeuge unterzeichnet. Der Text lautet ...«

Erneutes Räuspern.

»– *Wir, Joseph Edouard Sigismund, Zweiter dieses Namens, treten Françoise Rosine Blanvin unser Gebiet von Vlassa, Montegrino, unentgeltlich ab und verleihen ihr den Titel ›Gräfin von Vlassa‹. Ausgefertigt zu Versoix, Kanton Genf, Schweiz, den 27. April 1972.* –«

Dem Verlesen der Urkunde folgte ein Schweigen. Alle sahen Rosine an, die Mühe hatte zu verstehen, was ihr geschah.

»Demnach bin ich also das Kind eines Prinzen und einer Gräfin?« sagte Edouard belustigt.

Er ging zu Rosine und küßte sie auf beide Wangen.

»Kompliment«, sagte er. »Du, eine Gräfin! Also wirklich, Donnerwetter!«

Er entschuldigte sich und verließ den Salon gerade in dem Augenblick, als Walter den Champagner in die Kristallschalen mit Goldrand füllte.

Er sprang die Treppe zu Margarets Zimmer hinauf. Sie war nicht zu der Zeremonie gebeten worden. Er trat ein, ohne anzuklopfen, und schloß die Tür hinter sich ab. Margaret stand an dem Fenster mit Blick auf den See. Ein Schwarm von Segelbooten tanzte im Wind, der von den Bergen herunterkam. Das plötzliche Eintreten Edouards ließ Margaret herumfahren. Sie las eine so wilde Entschlossenheit im Blick des Prinzen, daß sie in Verwirrung geriet und eine instinktive Furcht sie zwang, sich zwischen der Wand und ihrem Schreibtisch, der mit Notizen überhäuft war, niederzukauern.

»Hab keine Angst!« flehte Edouard sie an. »Oh, hab doch um Gottes willen keine Angst!«

Er holte sie aus ihrer Zuflucht hervor, nahm sie in seine Arme und bedeckte ihren Hals mit Küssen. Er hoffte, daß sie sich wehren würde, denn er empfand das Bedürfnis, brutal vorzugehen. Doch sie wurde sofort schwach und gab sich seinen Liebkosungen hin. Er sagte sich, daß seine Abwesenheit wohl den Widerstand der Irin gebrochen habe. Sie hatte seine Rückkehr zu sehr herbeigesehnt, um ihn jetzt zurückzuweisen. Er zog sie aus, wobei er sie weiterhin an sich drückte, und trug sie zu dem Himmelbett, streichelte sie mit tausend Händen, küßte sie am ganzen Körper und verweilte lustvoll an ihren blonden Schamhaaren. Sie flehte ihn an aufzuhören und gab sich ihm gleichzeitig hin.

Er zögerte den Moment hinaus, dann drang er unendlich langsam in sie ein, hielt kurz inne, was sie vor Ungeduld aufstöhnen ließ. Edouard genoß den Augenblick und dachte an seinen Vater, wie er die kleine Rosine von damals besucht hatte, triumphal in seiner Motorradkombination.

Er glaubte, daß Sigismund dieselbe Lust empfunden haben mußte wie er jetzt, in diesem Moment; doch es war die Lust des Fleisches und der Zärtlichkeit, eine Lust ohne Liebe. Wen hatte er denn wirklich geliebt, außer Edith Lavageol? Und selbst sie …

Sehr gefühlvoll, sehr leidenschaftlich und sehr rücksichtsvoll führte er Margaret in die Liebe ein.

An dem undurchdringlichen Blick, den ihm seine Großmutter zuwarf, erkannte er, daß sie wußte, woher er kam und was er gemacht hatte. Gertrude besaß einen untrüglichen Scharfsinn, der es ihr erlaubte, die Gedanken anderer zu erraten. Bestimmt hatte sie von den nächtlichen Besuchen ihres Sohnes bei Rosine von Anfang an gewußt. Als Mutter, die vor allem das Wohlergehen ihres Sohnes im Sinne hatte, mußte sie sich wohl darüber gefreut haben. Wer weiß, vielleicht hatte sie das junge Mädchen, das von zu Hause fortgejagt worden war, mit dem Hintergedanken bei sich aufgenommen, daß eben das passieren würde?

Er spürte, daß Rosine sich im Schloß nicht wohl fühlte. Wahrscheinlich hatte sie sich als Dienstmädchen wohler gefühlt als jetzt, als Gräfin! Nachdem die praktischen Dinge wie die Legitimierung Edouards besprochen waren, hatten sich die beiden Frauen nichts mehr zu sagen, und die Mutter des Prinzen wandte sich der dicken Heidi zu. Ihre gemeinsame Stellung als geadelte Bürgerliche brachte sie einander näher, ebenso wie ihr Alter und ihre Körperfülle.

Gertrude belegte Edouard mit Beschlag und gab so ihrer Freude, ihn wiederzusehen, Ausdruck.

»Du bist der Sonnenschein dieses Hauses, mein Junge. Alle hier schienen deprimiert ohne dich.«

Die Art, in der sie »alle hier« betonte, ließ keinen Zweifel daran, daß sie Margaret meinte.

»Auch ich habe mich hierher zurückgesehnt«, beteuerte der Prinz. »Während der Reise habe ich Versoix in jeder Stunde vermißt. Sagen Sie, Oma, spräche etwas dagegen, einige zwanglose Feste zu organisieren?«

Sie zog die Augenbrauen hoch.

»Wie hast du mich soeben genannt?«

»Oma. Das ist ein Kosewort, das man in Frankreich häufig für ›Großmutter‹ verwendet.«

Gertrude wiederholte mehrmals die beiden Silben »Oma, Oma, Oma«, so als wolle sie ihr Ohr an den Klang gewöhnen.

»Das hört sich ganz reizend an«, stellte sie fest. »Was verstehst du unter ›zwanglosen Festen‹, mein Junge?«

»Na ja, ich denke, Sie leben hier alle seit Jahren sehr zurückgezogen, und dennoch bekleiden Sie, auch im Exil, eine gesellschaftliche Stellung. Wenn unsere Familie eines Tages wieder die Regierung übernehmen soll, dann ist es besser, wenn sie nicht im Staub des Vergessens versinkt. In meiner Eigenschaft als Thronfolger muß ich präsent sein. Nehmen

Sie einmal an, daß es den Thron irgendwann neu zu besetzen gilt. Wie sähe es aus, wenn plötzlich ein unbekannter Prinz aus dem Schweizer Schatten treten würde? Frau Mutter, Sie müssen mich nicht nur bei den alten Überlebenden des Hofs, die am Nationalfeiertag hier waren, einführen, sondern auch bei der übrigen Welt.«

Sie klatschte in die Hände wie ein kleines Mädchen, das sich über ein Geschenk freut.

»Großer Gott, welch eine Entschlußkraft, welch ein Weitblick, welch ein heller Kopf! Du bist mit jedem Tag mehr ein Abbild meines geliebten Otto!«

Und sie bekreuzigte sich.

»Also gut, tu's nur!« fügte sie hinzu. »Tu alles, was du möchtest. Und wenn du mir eine Freude machen willst, dann nenne mich ›Oma‹!«

»Meinen Sie? Das Wort ist ziemlich volkstümlich, wissen Sie …«

»Darum hört es sich nur um so liebevoller an.«

Während Herzog Groloff mit Hilfe der besten Genfer Anwälte die Formalitäten für die posthume Vaterschaftsanerkennung im Eiltempo erledigte, machte Edouard sich seinerseits an die Vorbereitung seines ersten Empfangs. Das war leichter gesagt als getan, denn er befand sich in der Lage eines Schloßherrn, der gerne eine Gesellschaft geben, aber nicht jeden x-Beliebigen dazu einladen möchte.

Er besprach sich mit Margaret, da er beschlossen hatte, seine Großmutter, die mit ihren alltäglichen Verpflichtungen beschäftigt war, aus der Sache herauszuhalten. Auch nach der Ankunft von Edouard und seiner Mutter begab sie sich jeden Tag zum Friedhof und scheuerte ihre Knie auf dem Strohgeflecht der Betstühle ab.

Seit die Irin die Liebe kennengelernt hatte, erblühte sie von Tag zu Tag mehr. Sie schminkte sich, fand in ihrem kargen Schrank fröhlichere Kleider als die, in denen sie wie ein Waisenkind aussah; sie lachte wegen jeder Kleinigkeit und, vor allem, wandte ihre Augen nicht von dem Prinzen ab. Als Frau mit Erfahrung fragte Rosine ihren Sohn recht bald:

»Du vernaschst die Engländerin, stimmt's?«

Er antwortete mit jenem selbstgefälligen Lächeln, das jeder Mann aufsetzt, wenn ihm diese Frage gestellt wird.

In ihrer Annahme bestätigt, murmelte die frischgebackene Gräfin:

»Das Leben ist eine ewige Wiederholung. Paß auf, daß du sie nicht schwängerst! Auch wenn sie schon einige Flugstunden auf dem Buckel hat, glaubt sie bestimmt immer noch, daß die Kinder auf dem Kohlfeld wachsen.«

Edouard mußte feststellen, daß die Ausdrucksweise seiner Mutter in der Zwischenzeit beträchtlich vulgärer geworden war.

»Bist du jetzt ständig mit Fausto zusammen?« fragte er sie.

»Fast. Was dagegen?«

»Überhaupt nicht. Aber warum sagst du ›fast‹?«

»Er findet meinen Waggon ziemlich unkomfortabel und fährt zweimal die Woche zu sich nach Hause, um zu duschen.«

»Gedenkst du noch lange in deiner Räuberhöhle zu hausen?«

»Noch sehr lange. Aber wenn das läuft, was ich vorhabe, dann werd ich mir vielleicht einen *Phönix*-Wohnwagen kaufen.«

Sie langweilte sich immer mehr in dem Schloß.

»Glaubst du, ich muß noch lange in diesem verdammten Haus bleiben?« seufzte sie. »Weißt du, wenn man das Glück hat, daß einen ein Kerl bespringt, der dreißig Jahre jünger ist als man selbst, dann sollte man ihn nicht wochenlang alleine lassen.«

»Er tröstet sich bestimmt mit seinem Fahrrad!« beruhigte Edouard sie.

»Apropos«, sagte Rosine, »er ist beim ›Kriterium von Pontoise‹ zweiter geworden.«

»Siehst du!«

Geduldig fügte sie sich in das Unvermeidliche, spielte mit der Herzogin endlose Partien Rommé oder sah sich im Fernsehen Quizsendungen und Serien an, die sie faszinierten.

Edouard siezte Margaret vor den anderen, um sich nicht zu verraten, doch in der Intimität ihrer Liebe verschaffte sich das »Du« wieder sein Recht.

Nachdem er sie mit dem Cunnilingus vertraut gemacht hatte (der ihr ausgesprochen gut gefiel), wollte er sie zur Fellatio bekehren; aber sie wehrte sich so entschieden dagegen, daß er nicht auf die Zeit als Verbündete hoffen konnte. Seine Enttäuschung wirkte sich sehr zum Nachteil für die zärtlichen Gefühle aus, die er ihr entgegenbrachte. Edouard liebte die Liebe und fast alle Laster, die damit zusammenhängen. Daß eine Frau sich weigerte, seinen Penis in den Mund zu nehmen, kränkte ihn wie eine schwere Beleidigung. Er ordnete die Nicht-Lutscherinnen in die Kategorie der eingebildeten Ziegen und dummen Gänschen ein, Frauen, die sich seiner Meinung nach nicht vollkommen einer Leidenschaft hingeben können.

Zum Ausgleich für diese Enttäuschung nahm er sie von hinten, was sie gleichmütig über sich ergehen ließ, da diese Stellung lediglich Mut und Leidensfähigkeit von ihr verlangte.

Nach einem dieser schmerzhaften Akte redete er mit ihr über seinen »zwanglosen Empfang«. Margarets erste Reaktion war:

»Das wird aber sehr teuer.«

Edouard lernte so das strenge irische Temperament kennen, das diesem armen Volk Schranken auferlegt. Edouard machte Gründe geltend, die ihn zum gesellschaftlichen Leben verpflichteten; Margaret erkannte sie als gerechtfertigt an. Blieb nur noch, das heikle Problem der Einladungen zu lösen. Edouard hatte eine Idee. Als eifrige Leserin der Genfer Zeitungen kannte Margaret dem Namen nach eine junge Frau aus dem Kreis der oberen Zehntausend, eine Pressereferentin, die die meisten kulturellen und gesellschaftlichen Ereignisse der »Republik Genf«, wie sich die Stadt nennt, organisierte. Edouard hielt es für angezeigt, diese Frau mit den Vorbereitungen für sein Fest zu betrauen. Sie hieß Elodie Steven, und ihre Telefonnummer stand im Telefonbuch. Margaret spielte Sekretärin (was sie ja auch mehr oder weniger war) und vereinbarte im Namen des Prinzen von Montegrino einen Termin. Der Titel beeindruckte die Dame nicht übermäßig, dennoch willigte sie ein, in zwei Stunden ins Schloß zu kommen.

Edouard empfing sie im Boudoir-Büro von Oma Gertrude. Walter Volante führte ein wunderschönes Geschöpf mit kurzgeschnittenen blonden Haaren und braungebranntem Teint herein; sie war ungefähr dreißig, trug ein hellbeiges Sommerkostüm und eine dunkelbraune Hemdbluse, auf die Handtasche und Schuhe farblich abgestimmt waren. Eine Halskette von Cartier und ein echt goldenes Gliederarmband vervollständigten ihre Ausstattung.

Er forderte sie auf, Platz zu nehmen, und bot ihr etwas zu trinken an. Sie entschied sich für einen Kaffee. Ihre grünen Augen drückten Neugier und Ironie aus. Er fand ihren Mund sinnlich und war von ihrem prächtig gefüllten Dekolleté beeindruckt.

»Sie sind ein Neffe von Fürstin Gertrude?« erkundigte sich Elodie Steven.

»Ihr Enkel.«

»Ich wußte gar nicht, daß sie einen hat.«

Beinahe hätte er erwidert »Ich auch nicht«, hielt sich jedoch klug zurück. Jetzt war nicht der Augenblick für Scherze. Bei einer Frau wie ihr konnte ein solches Gespräch leicht eine sarkastische Wendung nehmen.

»Nun ja, sie hat einen, wie Sie sehen.«

Er schielte auf ihre von ultravioletten Strahlen gebräunten Beine, atmete wollüstig ihr Parfüm ein. Sein ständiges männliches Feuer brannte bereits in ihm.

In knappen Worten schilderte er ihr seine Geschichte: Seit seiner Geburt in Frankreich lebend, glaube er, daß die antikommunistische Stimmung in Europa Anlaß zu der Hoffnung auf einen Regierungswechsel in Montegrino zu seinen Gunsten gebe. Er sei zu seiner Großmutter gekommen, um sich auf eine eventuelle Herrschaft vorzubereiten. Nun sehe er sich mit einem Totenreich konfrontiert, und er gedenke, das Leben im Schloß zu verändern. Überdies sei es Zeit, daß er eine gesellschaftliche Rolle übernehme.

Elodie Steven verstand sofort das Problem und erklärte, daß sie an dieser, wie sie es nannte, »vertraulichen Mission« interessiert sei. Sie versprach, ein Festprogramm zusammenzustellen und einen Kostenvoranschlag zu machen. Als kluge Frau vergesse sie niemals ihr eigenes Interesse. In ihrem delikaten Beruf als »Händlerin des Zeitgeistes« sei es stets angebracht, im vorhinein Vorsichtsmaßnahmen zu treffen, da das »Hinterher« manchmal Ernüchterungen mit sich bringe.

Sie holte einen Terminkalender aus ihrer Handtasche, und sie vereinbarte eine zweite Zusammenkunft, diesmal in der »Agentur Elodie Steven«.

Während sie in ihren heißen Kaffee blies, musterte sie Edouard mit kritischem Blick.

»Ist es indiskret, Sie zu fragen, Durchlaucht, woher Sie kommen?« fragte sie ihn.

Er spürte, daß er vor Verlegenheit rot wurde.

»Aus dem Raum Paris.«

Seine unbeholfene Art bestärkte die Frau wohl in ihrem Verdacht.

»Sie sind nicht wie ein Prinz erzogen worden, nicht wahr?«

»Merkt man das?« fragte Edouard zurück und bemühte sich zu lächeln.

»Sagen wir, man stellt sich diese Frage.«

»Sind Sie Schweizerin?«

»Väterlicherseits. Mütterlicherseits bin ich Pariserin. Ich bin ebenfalls dort großgeworden.«

»Im sechzehnten Arrondissement oder in Passy?«

»In Auteuil.«

Das Frage- und Antwortspiel schien sie zu amüsieren.

»Und Sie?« erkundigte sie sich.

»Zuerst im achtzehnten, dann in der Gegend von Achéres. Wissen Sie, die Landwirtschaft ...«

»Wenn wir uns eines Tages etwas näher kennen, müssen Sie mir von Ihrem Leben erzählen, Durchlaucht. Ich nehme an, es ist sehr ungewöhnlich verlaufen.«

Er schielte auf ihre übereinandergeschlagenen Beine.

»Ich möchte Sie auch gerne näher kennenlernen«, sagte er, fand seine Erwiderung jedoch ziemlich plump. Schließlich hatte er es nicht mit einer Friseuse zu tun.

»Sie besitzen selbstverständlich einen Smoking?« fragte Elodie.

»Noch nicht.«

»Sie sollten sich einen in Paris schneidern lassen, nach Maß natürlich.«

»Natürlich.«

»Wo kleiden Sie sich ein?«

»Bis jetzt kleide ich mich nicht ein, ich ziehe mich an.«

»Dasselbe wie für den Smoking: in Paris und nach Maß. Auch die sogenannte saloppe Kleidung sollte von einem guten Schneider kommen, denn sie sagt noch mehr aus als Maßanzüge.«

»Sie müssen mir gute Adressen nennen.«

»Besser noch: Ich werde Sie dort einführen.«

Sie sagte das ganz ernst, wie ein Profi, der seine Aufgabe perfekt ausführen will.

»Der König von Rumänien wohnt ebenfalls in Versoix«, fuhr sie fort. »Verkehren Sie mit ihm?«

»Ich persönlich bin ihm noch nicht begegnet, aber ich werde meine Großmutter, Fürstin Gertrude, fragen, ob sie gute nachbarschaftliche Beziehungen zu ihm unterhält.«

Bald darauf verabschiedete sie sich, und er brachte sie hinaus zu ihrem Wagen, einem hübschen blauen BMW-Kabriolett. Als sie am Steuer saß, reichte er ihr seine Hand, und sie legte die ihre hinein. Edouard beugte sich hinunter zu einem Handkuß, doch sie murmelte:

»Niemals unter freiem Himmel, Durchlaucht!«

Sie schenkte ihm ein strahlendes Lächeln und fuhr mit knirschenden Reifen davon.

## 27

Der Bischof persönlich taufte ihn, nicht ohne mit ihm einige vorbereitende Gespräche zu führen und ihn einer Prüfung zu unterziehen. Zunächst schüchterte der Prälat ihn ein. Er war ein würdevoller Mann von siebzig Jahren mit blasser Haut und belegter Stimme, dessen forschende graue Augen direkt in die Seele der Menschen zu blicken schienen. Er gehörte zu jenen Gottesmännern, für die der Glaube keinerlei Problem darstellt und die über den Agnostizismus anderer zutiefst bekümmert sind. Im Laufe ihrer Gespräche jedoch erkannte Edouard den profunden Humanismus dieses gewissenhaften Mannes, der die Bürde Gott weiß welcher Erb-Traurigkeit auf seine Schultern geladen hatte.

In weniger als einer Stunde hatte er Edouard für sich eingenommen. Letzterer mochte ihn wegen seiner gelassenen Art, in der er auf sein seltsames Abenteuer reagierte. Er zeigte weder Überraschung noch Zweifel, akzeptierte die Dinge so, wie sie sich ihm darstellten, und gab sich als Hirte, der glücklich darüber war, daß ein erwachsener Mensch in den Schoß seiner Kirche fand.

Als er Edouard über den Katechismus befragte, wunderte er sich über die altmodischen Formulierungen seiner Antworten. Der Prinz erzählte ihm daraufhin, daß er seine religiösen Kenntnisse aus einem mehr als siebzig Jahre alten Katechismus habe. (Das präzise Erscheinungsdatum konnte er nicht nennen, da die ersten und die letzten Seiten fehlten.) Er zeigte dem gerührten Bischof das Büchlein.

»Behalten Sie es!« bot Edouard ihm an. »Das ist beinahe schon ein Sammlerstück.«

Seine Exzellenz nahm das Geschenk nicht an.

»Sie sollten es aufbewahren, denn dieses vergilbte Buch ist der Fels, auf dem Ihr Glaube aufgebaut ist. Ja, Sie besitzen den Glauben, haben ihn immer schon besessen. Das, was Sie mir über Ihre Philosophie erzählt haben, beweist es.«

Edouard war sich nicht sicher, ob sein ehrwürdiger Gesprächspartner damit recht hatte, und er nahm sich vor, über das Problem seines Glaubens nachzudenken, später, wenn er unfreiwillig auf die Versuchungen des Fleisches würde verzichten müssen.

Die Zeremonie wurde an einem Sommernachmittag in einer leeren Genfer Kirche neben dem Park Bertrand vorgenommen. Sie fand in kleinstem Kreis statt, lediglich die Schloßbewohner, einschließlich des Personals, waren dabei.

Die Erwachsenentaufe war sehr ergreifend, und die Anwesenden ließen ihren Tränen freien Lauf, allen voran Rosine, die in religiösen Dingen vollkommen unbedarft war.

Der Bischof richtete erhabene Worte an den Mann, der eines Tages vielleicht an die Macht kommen würde, und andere, einfachere Worte an »das nackte Menschenkind, in das Leben gepflanzt wie ein Baum, allein und zahlreich zugleich«.

Als Edouard das kalte Wasser in seine Haare und dann über seine Stirn fließen spürte, fragte er sich, ob es nicht lächerlich sei, sich diesem Ritus zu unterziehen. Er richtete seine unruhigen Augen auf die so ruhigen, heiteren des Bischofs und dachte daran, daß keine Überwindung umsonst sei und wir dadurch, daß wir ertragen, was uns widerstrebt, jene innere Kraft erlangen, die es uns erlaubt, Menschen und Ereignissen entgegenzutreten.

»Chlodwig«, dachte er. »Eine Religion ist nicht leicht zu erlangen für den, der nie eine gehabt hat. Es sind die schwierigen Vermählungen, die Mut und Selbstaufgabe erfordern.«

Der Bischof wollte seine Stirn mit einem weißen Tuch abwischen.

»Nein, lassen Sie, Exzellenz«, murmelte Edouard.

Und er schloß die Augen, um dieses Gefühl von Kälte, das mit der Taufe verbunden war, intensiver empfinden zu können.

So hatte er sich in kurzer Zeit den Gegebenheiten des kleinen Hofstaates im Exil angepaßt, hatte die Geschichte seines Landes studiert, das Sakrament der Taufe empfangen und seine Sprechweise verfeinert, und seine Mutter war in den Adelsstand erhoben worden. Dennoch blieb ihm noch viel zu tun, insbesondere mußte er die Sprache Montegrinos, die mit dem Mazedonischen verwandt war, erlernen. Nur zwei Personen kamen als Lehrer dafür in Frage: Fürstin Gertrude und Herzog Groloff. Die anderen Schloßbewohner stammten alle aus dem Ausland. Da die beiden Greise jedoch aufgrund ihres hohen Alters für diese pädagogische Aufgabe kaum geeignet schienen, suchte Gertrude per Kleinanzeige einen Lehrer. Ihre Versuche blieben erfolglos, und man schaltete Elodie Steven ein, die den Kontakt zu einem Orchestermusiker herstellte, einem Mann namens Dmitri Joulaf, der sich bereit erklärte, dem Prinzen diese seltene, gleichzeitig harte und sanfte Sprache beizubringen.

Der Aushilfslehrer erinnerte an Dracula, seinen Beinahe-Landsmann. Er war groß, schwarzhaarig und gebeugt, hohlwangig mit einem bläulichen Schimmer in der Gegend des Bartes. Seine tief in den Höhlen liegenden Augen traten unter den buschigen Brauen noch weiter zurück. Um seinen Mund lag ein bitterer Zug; zwei senkrechte Falten umklammerten ihn sozusagen. Auf der Straße trug er die fadenscheinige, glänzende alte Kleidung, die er auch bei der Arbeit trug. Wenn er zum Prinzen ins Schloß kam, zog er eine gestreifte graue Hose und eine Smokingjacke an, von der die Seidenrevers abgetrennt waren, dazu ein weißes Hemd und eine Künstlerschleife. Außer an Dracula erinnerte er auch noch an einen seit Jahren arbeitslosen Cafékellner. Was jedoch an dem merkwürdigen Menschen am meisten beunruhigte, das waren die beiden Eckzähne, die bedrohlich aus seinem Mund herausragten, wenn er, was selten vorkam, lächelte.

Sie einigten sich darauf, den Unterricht dreimal wöchentlich stattfinden zu lassen. Auf Elodies Bitte hin sollte das Programm erst beginnen, nachdem sich Edouard, wie vorgesehen, in Paris eingekleidet haben würde.

Rosine hatte es satt, sich in diesem Schloß, das sie an ihr verworrenes Schicksal erinnerte, zu langweilen. Es wurde beschlossen, daß sie mit Edouard zurückfahren und er sie auf ihrem Grundstück absetzen solle, bevor er sich mit Elodie Steven in Paris träfe. Rosine hatte alle Papiere unterzeichnet, die man ihr vorgelegt hatte, ohne sich die Mühe zu machen, sie zu lesen; sie hatte die Erklärungen schriftlich niedergelegt, die man für sie vorbereitet hatte, und versprochen, die Dokumente, die sie eventuell noch unterzeichnen mußte, per Eilpost zurückzuschicken.

Sie fuhr als Gräfin fort, was ihr jedoch nicht übermäßig imponierte. Wenn man ein Märchen erlebt, gewöhnt man sich sehr bald an das Wunderbare. Rosine fühlte sich durch die Verleihung des Adelstitels kaum verändert. Sie war viel zu realistisch, um das Ganze anders zu betrachten als ein amüsantes Spiel, über das sie abends, wenn sie mit ihrem Fausto Coppi Wurstaufschnitt vom Pappteller aß, lachen würde.

Vor ihrer Abreise bat die Fürstin ihren Enkel zu einem Gespräch unter vier Augen.

»Edouard, du wirst wegen deiner Garderobe größere Ausgaben haben. Hast du genug Geld?«

Er gestand, daß sein einziges Kapital aus Oldtimern bestand und seine finanziellen Mittel so gut wie erschöpft waren.

»Das habe ich mir gedacht«, sagte sie, »deswegen habe ich bei unserer Bank eine Kreditkarte des *American Express* für dich beantragt. Du brauchst die Karte und ein Formular nur noch zu unterschreiben.«

Er umarmte und küßte sie überschwenglich. Geld eignet sich zwar nicht als Geschenk, aber es zeugt von der Wertschätzung, die man jemandem entgegenbringt.

Mit dieser Art Blankoscheck versehen, fühlte er sich unverletzlich.

Die Arbeiten auf dem Grundstück hatten während Rosines Abwesenheit geruht. Fausto, dem sie ihre Ankunft telefonisch angekündigt hatte, hatte eine kurze Nachricht im Waggon hinterlassen: *Kann nicht Heute abent. Erklärs dir später. Küschen. F.*

Ihr standen Tränen in den Augen. Diese Zeilen in fehlerhaftem Französisch verdarben ihr die Freude an der Rückkehr.

Nachdem sich Edouard von seiner Mutter, der Gräfin, verabschiedet hatte, fuhr er zu seiner Werkstatt, die zu seiner Überraschung geöffnet war. Najiba, in zu großen Gummistiefeln, wusch vor dem Schuppen einen Wagen. Als sie ihn erblickte, ließ sie den Wasserschlauch fallen, der sich wie eine Schlange am Boden kringelte, und fiel ihm um den Hals.

»Ich hab's geahnt, ich hab's geahnt!« jubelte sie. »Heute morgen beim Aufwachen habe ich diesen Augenblick erlebt, ganz genau wie jetzt!«

Edouard schloß sie zärtlich in seine Arme. Er fand, daß sie schlecht roch: ein penetranter Geruch, bei dem ihm fast schlecht wurde.

»Ist Selim hier?«

»Komm mit.«

Banane schweißte einen Auspufftopf. Funken prasselten gegen die Gläser seiner großen Schutzbrille. Der Prinz trat hinter ihn und legte ihm eine Hand auf die Schulter. Der Junge drehte sich um und strahlte übers ganze ölverschmierte Gesicht. Er drehte den Schweißbrenner aus.

»Ist ja super!« rief er. »Meine Schwester hat mir heute morgen gesagt, daß du kommen würdest!«

»Wir werden ihr eine Wahrsagerinnenbude einrichten!« scherzte Edouard. »Du hast die Werkstatt also wieder aufgemacht?«

»Wir haben uns gelangweilt und uns nur gefetzt.«

»Hat Najiba keine Angst, daß das kleine Miststück wieder hier auftaucht?«

»Sie wollte unbedingt ›nach Hause‹.«

Der Ausdruck »nach Hause« rührte Edouard, denn er zeigte, daß sich die beiden hier zu Hause fühlten.

»Ich hab mich mit der Ratte unterhalten, als ich das letzte Mal hier war. Hab schweres Geschütz aufgefahren und ihr mit allem möglichen gedroht, aber ob ich damit die alte Dreckschleuder abgeschreckt habe …?«

»Wenn sie mit ihren Jungs wiederkommt, ich bin vorbereitet!« fauchte Banane.

Er nahm einen alten grauen Kittel von einem Haken an der Wand. Unter dem Kittel hing eine Schrotflinte mit abgesägten Läufen.

»Die ist mit zwei Schrotpatronen geladen«, verkündete er stolz. »Der erste, der meine Schwester anrührt, kriegt was auf die Pfoten gebrannt!«

»Spiel nicht verrückt!« brummte der Prinz. »Wo hast du das Gewehr gefunden?«

»Hab's einem alten Straßenarbeiter geklaut, als ich seinen *Celtaquatre* repariert habe. Als ich ihm die Karre wieder vor seine Scheune gestellt habe, war er grad nicht da. Das Ding hier rostete mit 'ner Menge anderem Kram vor sich hin. Ich bin sicher, daß er gar nicht bemerkt, daß die Flinte weg ist. Stundenlang hab ich daran herumgebastelt, bis sie wieder funktionierte.«

Edouard verzog das Gesicht.

»Ich hab einen Horror vor Waffen!« sagte er.

»Und ich«, erwiderte Selim aufgebracht, »hab einen Horror davor, daß eine Horde Schweine meine Schwester krankenhausreif prügelt.«

Darauf wußte Edouard nichts zu sagen, und er lud die beiden in Boules Restaurant ein.

Sie aßen mit großem Appetit. Najiba saß den beiden Männern gegenüber und ließ den Prinzen nicht aus den Augen.

»Du hast dich sehr verändert«, stellte sie fest.

»Zum Guten oder zum Schlechten?«

»In jemand anderen.«

Er ging nicht weiter darauf ein. Najiba duzte ihn jetzt ganz selbstverständlich.

Plötzlich legte Banane seine Gabel auf den Tisch.

»Ach ja«, seufzte er, »ich muß dir eine schlechte Nachricht überbringen, Dodo.«

Es handelte sich nicht eigentlich um Telepathie, aber dennoch wußte Edouard sofort, worum es ging.

»Ist sie tot?«

»Sie ist vorgestern beerdigt worden.«

»Warum hast du mich nicht benachrichtigt?«

»Ich hab es selbst erst nach dem Begräbnis erfahren. Außerdem können schlechte Nachrichten warten, hab ich mir gesagt. *Inch Allah.*«

Edouard spürte eine große Leere in sich, eine abgrundtiefe Verlorenheit. Er sah Edith wieder bei der Beerdigung ihres Mannes vor sich, dann kurz darauf, als er sie besucht hatte und sie zum zweiten Mal seine Geliebte geworden war, wie er gerne sagte. In seiner Erinnerung leuchtete alles klar und deutlich auf, so lebendig, so intakt war es.

Banane respektierte Edouards Kummer. Schweigend aß und trank er weiter, während Najiba ihren Liebsten anhimmelte.

»Du trinkst jetzt Alkohol?« murmelte der Prinz, als er sah, daß sie ein Glas Wein zum Mund führte.

»Ich pfeif drauf«, antwortete das Mädchen. »Meine Kinder werden sowieso eines Tages Alkohol trinken.«

Edouard brachte einen Toast auf sie aus. Er hatte einen Kloß im Hals, murmelte eine Entschuldigung und ging hinaus, um die Seine zu betrachten, die, wie er fand, traurig dahinfloß. Undefinierbarer Abfall schwamm an der Uferböschung auf der Wasseroberfläche.

Das letzte gemeinsame Essen mit Edith hatte auch hier in Boules Lokal stattgefunden, zusammen mit seiner Mutter und Fausto. Sie schien glücklich gewesen zu sein.

Das verschmutzte Wasser floß, Lichtreflexe und Schaum mit sich führend, unbekümmert dahin. Die Landschaft auf der anderen Seite des Flusses hatte früher einem Bild von Monet geglichen; jetzt war sie von Betonklötzen in unerträglichen Farben verunstaltet.

Er hörte ein leises Geräusch hinter sich, blickte sich um und sah Najiba herankommen. Sie schmiegte sich an seinen Rücken und umschlang seine Taille, so wie sich die Motorradbräute an ihre Höllenfahrer klammern. Das junge Mädchen hatte ihre frühere Zurückhaltung ganz aufgegeben und benahm sich jetzt wie Edouards Geliebte.

Die Umarmung war ihm unangenehm. Er drehte sich um und machte sich los, ohne Najiba zu kränken. Irgendwie war er versucht, sie zu küssen und ihre schöne, feste und zitternde Brust zu streicheln. Doch der Geruch, der ihn schon bei ihrem Wiedersehen gestört hatte, hielt ihn davon ab.

»Gehen wir hinein und essen zu Ende«, entschied er.

Als er sie zur Werkstatt zurückbrachte, stand ein motorisierter Polizist davor und hämmerte gegen das geschlossene Tor. Seine chromblitzende Maschine leuchtete wie auf einem Podest in einem Motorradsalon.

»Suchen Sie mich?« fragte der Prinz.

Der Polizist sah ihn mit seinem runden Gesicht katzenfreundlich an.

»Blanvin, Edouard?«

»Ja.«

»Ich habe eine Vorladung von der Versailler Strafkammer für Sie.«

Er reichte ihm ein verschlossenes Schriftstück mit besorgniserregendem Absender.

»Wenn Sie hier unterschreiben wollen!« fügte er hinzu und holte ein Notizbuch mit abgestoßenen Ecken hervor.

»Aber worum geht es denn?« protestierte Edouard.

»Ich nehme an, daß es in der Vorladung steht.«

Der Prinz riß den perforierten Randstreifen des Schriftstücks ab und las. Er war völlig verdutzt. In sachlichem Ton teilte man ihm mit, daß er vor die Strafkammer in Versailles zitiert werde, da er verschiedenen Vorladungen der Versailler Staatsanwaltschaft »betreffs Anhörung in einer Sache wegen Hehlerei von gestohlenen Autos« nicht gefolgt sei.

»Ich habe nie eine Vorladung bekommen!« versicherte er dem Polizisten.

Der Uniformierte zuckte die Achseln.

»Die hier haben Sie jedenfalls bekommen!« sagte er und stieg auf seine Maschine.

Sie standen wie versteinert vor dem geschlossenen Werkstattor und sahen ihm hinterher.

»Erinnerst du dich an eine Vorladung auf meinen Namen?« fragte Edouard seinen Lehrling.

»Wenn ich eine gesehen hätte, hätte ich sie dir doch nachgeschickt, Mann!«

Edouard wandte sich an Najiba.

»Und du, hast du ...«

Er beendete seinen Satz nicht, da er sah, daß sie weinte.

»Um Himmels willen!« schrie Edouard. »Was hast du damit gemacht?«

»Ich hab sie weggeworfen.«

Die beiden Männer wußten nicht, was sie sagen sollten, so ungeheuerlich erschien ihnen das Geständnis, so unverständlich.

»Du bist völlig verrückt!« stieß Banane fassungslos hervor.

Edouard fragte nur:

»Warum?«

»Ich wollte nicht, daß man dir etwas tut«, antwortete sie. »Als ich die Gerichtsvorladungen sah, hab ich gedacht, ich müßte dich davor bewahren.«

»Aber, verdammt noch mal! Du bist ja total bescheuert!« explodierte der Prinz. »Dabei warst du doch mehrere Jahre an der Uni! Jetzt bist du wieder verwildert. Zurück zur Buschtrommel, ab in die Steinzeit! Kapierst du denn nicht, in was für 'ne Scheiße du mich reingeritten hast?«

Von seinem Wutausbruch zu Tode erschrocken, setzte sie sich im Schneidersitz auf eine alte Decke, die dazu diente, den Stoff der Autositze bei Probefahrten zu schützen. Mit gebeugtem Rücken und gesenktem Kopf saß sie da wie eine Märtyrerin, die auf ihren Peiniger wartet.

Edouard hatte Mitleid mit ihr.

»Komm, steh auf und beruhige dich. Entschuldige, daß ich dich so angeschrien habe«, seufzte er und fuhr mit seiner Hand über ihren geschorenen Kopf, auf dem die ersten Haarstoppeln wuchsen, was ihr das Aussehen eines Jungen verlieh.

Sie rührte sich nicht.

Selim schaute betreten drein und wagte nicht, seiner Wut auf Najiba freien Lauf zu lassen.

»Und ich hab nichts mitgekriegt!« jammerte er. »Was hat sie sich dabei bloß gedacht? Wo sie doch so intelligent ist, sogar gebildet!«

Edouard suchte einen Rechtsanwalt auf. Er konnte einen zu seinen Kunden zählen, einen alten, der Vergangenheit zugewandten Mann, der zwar kaum noch Prozesse führte, den er aber sympathisch fand.

Maître Crémona bewohnte eine völlig heruntergekommene Villa in Vaucresson. Ein schrecklicher, kurzhaariger Hund bellte wie verrückt in dem verwilderten Garten. Der Besitzer hatte schon seit langem auf die Pflege seiner Blumenbeete verzichtet, deren Überreste man noch zwischen dem Unkraut erkennen konnte.

Eine noch nicht alte Frau öffnete die Tür. Spontan schoß dem Prinzen das Wort »Schlampe« durch den Kopf. Sie hatte lange, ausgeblichene Haare, die ihr bis über die Schultern fielen (Ophelia auf dem absteigenden Ast!), und sie trug einen Morgenrock, dessen halb ausgerissene Taschen wie Elefantenohren abstanden. Ihre von Krampfadern durchzogenen Beine eiterten unter den lange nicht mehr gewechselten Verbänden, und ihre Füße steckten in Hausschuhen, deren Absätze abgebrochen waren, was aus ihnen ausgelatschte Pantoffeln machte. Ihr Blick war leer, ihre Haut blaßrosa wie ein Kalbsschnitzel, und ihre mit einem Stift nachgezogenen Augenbrauen hatten die Form eines Pagodendaches.

Der Prinz sagte, er wolle Maître Crémona konsultieren.

»Henri!« schrie die Frau.

Es hörte sich an wie der Schrei eines Tieres im Urwald.

»Ich komme!« rief eine schwache Stimme zurück.

Kurz darauf erfüllte das Tosen einer Wasserspülung das Erdgeschoß. Der Anwalt kam aus der Toilette, die sich peinlicherweise direkt neben der Eingangstür befand, so daß man freie Aussicht auf die Örtlichkeiten hatte.

Von weitem schon erkannte der alte Mann seinen Kraftfahrzeugmechaniker.

»Blanvin! Welch günstiger Wind führt Sie zu mir?«

Er kam auf Edouard zu und streckte ihm seine Hand hin, die er schon seit geraumer Zeit nicht mehr gewaschen hatte.

»Sind es etwa günstige Winde, die Ihnen die Klienten zuführen?« gab Edouard zurück.

Der Anwalt lächelte.

»Darf ich Ihnen meine Frau vorstellen?« verkündete er mit Besitzerstolz, indem er auf die »Schlampe« zeigte.

»Meine Verehrung, Madame!« sagte der Prinz mit einer leichten Verbeugung.

»Haben Sie Probleme?« fragte Crémona.

Er führte den Besucher in sein Arbeitszimmer gleich hinter der Toilettentür.

»Ich hab nur ein Problem«, antwortete Edouard auf seine Frage, »aber das reicht mir schon.«

Der Raum roch nach modrigem Papier und jahrealtem Staub. Die Wände verschwanden hinter Bergen von Aktenordnern, Pappkartons, Fachbüchern und vergilbten Zeitschriften.

Crémona ging um Aktenstapel herum, um zu seinem Drehstuhl zu gelangen. Edouard hatte es leichter, er konnte ohne Hindernisse den für Klienten bestimmten Ledersessel erreichen.

Er legte dem Anwalt sein Problem auseinander.

Crémona nahm einen Gesichtsausdruck an, den sein berühmter italienischer Namensvetter bei der Entwicklung des graphischen Rechnens gehabt haben mußte. Mit dem Bleistift, der eigentlich zum Notieren von Einzelheiten gedacht war, spielte er dazu Xylophon auf seinem Gebiß.

»Ihr Lehrling, der kleine Selim (er kannte ihn, da er in der Werkstatt häufiger mit ihm zu tun gehabt hatte), kann bezeugen, daß seine Schwester nach ihrem Unfall nicht mehr ganz normal ist, und er kann ihr Geständnis betreffs der vernichteten Vorladungen bestätigen. Sie, Blanvin, sind in der Lage zu beweisen, daß Sie sich während der fraglichen Zeit nicht in Frankreich aufgehalten haben. Bleibt das eigentliche Problem, das einzig wirklich wichtige: der Erwerb des gestohlenen Autos. Gibt es einen Kaufvertrag?«

»Nein.«

»Haben Sie den Wagen bar oder per Scheck bezahlt?«

»Bar.«

»Wieviel?«

Edouard nannte ihm die Summe. Einen Augenblick lang war Crémona über den Preis verblüfft.

»So teuer sind unsere kleinen Lieblinge auf Rädern?«

»Das hängt ganz vom Modell ab, Maître.«

»Hat der Verkäufer Ihnen den Kraftfahrzeugschein ausgehändigt?«

»Nein.«

Der Anwalt runzelte die Stirn.

»Oje!« seufzte er. »Was für ein Nummernschild hatte der Wagen, wenn es schon keinen Kraftfahrzeugschein gab?«

»Ein provisorisches, das der Verkäufer abgenommen hat.«

»Haben Sie sich keine Gedanken darüber gemacht, woher das Fahrzeug stammte, Monsieur Blanvin?«

»Leidenschaft macht leichtsinnig, Maître.«

»Was hat der Verkäufer Ihnen über die Herkunft erzählt?«

»Nichts. Da ich ihn nicht danach gefragt habe. Wenn ich's getan hätte, hätte er bei allen Heiligen geschworen, daß er den Wagen von irgendeiner Witwe aus der Provinz gekauft habe.«

»Ich kann das ja dem Richter vortragen, aber ich glaube nicht, daß er Ihnen das unter den gegebenen Umständen abnehmen wird. Nun, wir müssen's versuchen, es sei denn, mir fällt bis nächsten Monat noch was Besseres ein.«

Edouard gab ihm einen bescheidenen Vorschuß und verabschiedete sich. Am Steuer seines Wagens fragte er sich, ob Maître Crémona dem Fall wohl gewachsen sei, und kam zu einer negativen Antwort.

# 28

Elodie Steven stieg in Paris in einem reizenden Hotel ab, das von charmanten Homosexuellen geführt wurde. Sie hatten viel in die exquisite Ausstattung investiert. Die Louis-XIII.-Möbel paßten zu dem weißen Rauhputz der Wände, an denen in prächtigen Rahmen Bilder aus dem 18. Jahrhundert hingen. Die unbedeutendsten Gegenstände waren aus Silber, die winzigsten Deckchen ordentlich gestärkt, so daß sie hart wie eine Hostie waren. Unerwartete Farbkombinationen überraschten und bezauberten das Auge, und sehr schnell kamen sie einem unersetzlich vor.

Schon in der Eingangshalle beeindruckte Edouard die Qualität der Ausstattung, ihre Pracht, die sie elegant, vornehm und diskret erscheinen ließ.

Man meldete ihn an und forderte ihn auf, in die zweite Etage, Zimmer 220, hochzugehen.

Elodie stand mit verschränkten Armen im Türrahmen und erwartete ihn mit ihrem spöttischen Lächeln. Auf Anhieb gefiel ihm ihr schwarzer, goldbestickter Hosenrock, ihr ebenfalls schwarzer Body, der mit denselben Motiven bestickt war wie der Rock. Diese Frau besaß eine natürliche Eleganz, die er bewunderte.

Ostentativ blickte sie auf die Armbanduhr.

»Pünktlichkeit ist die Höflichkeit der Könige, sagt man. Ich danke Ihnen für die Ihre, Durchlaucht.«

Er gab ihr die Hand und trat ein. In Gesellschaft der schönen jungen Frau fühlte er sich sogleich sicher. Seine Sorgen wegen der Gerichtsvorladung waren wie weggeblasen.

»Es ist wunderschön hier«, bemerkte der Prinz, während er das Bett mit den hohen Pfosten und die Fragonard-Reproduktionen betrachtete. »Irgendwann möchte ich das Schloß von Versoix in diesem Stil einrichten. Ich finde es dort trist und verdammt schwülstig.«

»Wenn es soweit ist, werde ich den geeigneten Innenarchitekten für Sie aussuchen«, versprach sie.

Er lächelte.

»Mit anderen Worten, Ihr Beruf besteht darin, daß Sie sich unentbehrlich machen.«

»Nein. Er besteht darin, die Leute davon zu überzeugen, daß ich es bin«, korrigierte sie ihn.

»Das muß berauschend sein.«

»Wie die Jagd für einen Jäger oder das Turnier in Wimbledon für einen Tennisfan. Möchten Sie etwas trinken?«

»Nein, danke.«

»Dann können wir uns ja sofort auf den Kriegspfad begeben!« schlug sie vor.

Sie sammelte die kleinen Accessoires zusammen, die eine Frau so braucht, und verstaute sie in ihrer Handtasche. Bewundernd verfolgte Edouard ihre Bewegungen im Zimmer; sie muteten ihn ätherisch an.

»Sind Sie verheiratet?« fragte er.

»Geschieden. Ich war mit einem ausländischen Diplomaten verheiratet, einem Syrer, dessen Charme mich faszinierte. Aber mir ist das *Rachat Lokum* nicht bekommen, diese orientalische Süßigkeit.«

»Keine Kinder?«

»Nein. Er hat nur einen Hund hinterlassen, einen ziemlich lustigen Basset übrigens. Gehen wir?«

Für ihre vielen Fahrten in Paris hatte sie einen Wagen mit Chauffeur gemietet. Sie erklärte dem Prinzen, daß sie dadurch viel Zeit sparen würden, da es ausgeschlossen sei, jedesmal einen Parkplatz zu suchen.

»Wir werden mit Smalto beginnen«, entschied Elodie. »Jedenfalls was den Smoking betrifft. Danach werden wir die großen Modezaren abklappern: Saint-Laurent, Cerruti, Cardin, Armani und all die andern.«

Dieses Unternehmen machte ihm Spaß. Vielleicht war es nur eine andere Art, noch einmal mit Puppen zu spielen? Frauen sind so unberechenbar!

Die Runde bei den Modeschöpfern begann. Edouard, der

immer von der Stange, häufig in Second-hand-Läden, gekauft hatte, fand das Spiel anfangs amüsant, doch nach einigen Stunden verging ihm der Spaß, und er entwickelte sogar Abscheu. Eifrige Verkäufer ließen ihn Stoffe befühlen, Anzüge anprobieren, in Ordnern mit Stoffen blättern und Schnitte bewundern, die auf Glanzpapier aufgezeichnet waren; sie erzählten ihm etwas von Maßen, langen oder schmalen Revers, von einreihigen und zweireihigen Jacketts, hohen und tiefen Knopfreihen. Und sie entrollten vor ihm endlos viele Stoffballen: Alpaka, Serge, Wildseide, reine Schurwolle, Kaschmir, Leinen, Shantung. Ihm wurde ganz schwindlig. Er stellte sich vor, wie er in seinem Overall unter einem Auto lag und sich in altem Öl wälzte!

Elodie wachte unerschütterlich über alles, verlangte, was man zu zeigen vergessen hatte, drängte ihn, seine Wahl zu treffen, und entschied schließlich für ihn mit liebenswürdiger Autorität.

Sie notierte die erteilten Aufträge in ihrer Agenda mit dem roten Ledereinband, die so dickbauchig war wie ein Boxhandschuh.

Edouard überließ sich den Chefzuschneidern, die gewichtig seine Maße nahmen und sie den beflissenen Verkäufern diktierten. Er hatte Durst, fühlte sich müde und zerschlagen, schlechtgelaunt. So etwas wie lange zurückgehaltene Wut ließ ihn erbeben. Um gegen seine Gereiztheit anzukämpfen, klammerte er sich an Elodie, die so frisch war wie vor Stunden, als sie ihr Hotelzimmer verlassen hatte, nach wie vor ruhig und zielstrebig.

Entgegen ihrer ursprünglichen Absicht stellte der Smoking den letzten Programmpunkt ihrer »Tour de Couture« dar. Es nahm zuviel Zeit in Anspruch, da mehrere Modelle anprobiert werden mußten. Schalkragen oder Stehkragen, zweireihig oder mit nur einem Knopf? Immer dieselbe Litanei.

In einer Umkleidekabine mit gedämpftem Licht und einer Chairleder-Tapete quälte sich der Prinz mit den Knöpfen einer Seidenweste ab. Der Chef der berühmten Hauses hatte darauf bestanden, sich persönlich um die Belange Seiner Durchlaucht zu kümmern. Jetzt wurde er ans Telefon gerufen.

»Könnten Sie mir nicht mal helfen?« knurrte Edouard äußerst gereizt.

Elodie schob den Vorhang der Kabine zur Seite, und als sie sah, daß er mit den Knöpfen nicht fertig wurde, half sie ihm bei dem schwierigen Manöver.

Der Prinz wurde auf der Stelle wieder ruhiger und begann, ihren Nacken zu streicheln. Sie reagierte nicht.

»So«, sagte sie und richtete sich auf.

Der Prinz wußte nicht so recht, welchem Trieb er gehorchte. Er packte ihre Brüste und drückte Elodie gegen die Trennwand der Umkleidekabine.

Edouard küßte die junge Frau auf den Mund und schob seine Zunge zwischen ihre Zähne, um sie zu jenem überwältigenden Spiel endlosen Küssens zu animieren, das einem den Atem nimmt, so daß man einen kurzen Augenblick lang Luft holen muß, um sich dann wieder dem Taumel gegenseitiger Durchdringung hinzugeben. Sie erwiderte seine Küsse mit der gleichen Leidenschaft. Edouard preßte seinen Unterleib gegen den ihren, und er wurde steif und heiß vor Verlangen. Dann griff er mit einer Hand an ihren Hosenrock, knöpfte ihn auf, und seine Finger glitten in ihren Slip. Er fühlte die geschmeidige Erhöhung des Venushügels unter den Schamhaaren.

Plötzlich hörten sie, wie der Vorhang zur Seite geschoben wurde; das bedeutete, daß der berühmte Modeschöpfer zurück war. Wieder klirrten die Kupferringe auf der Stange, und der taktvolle Mann trieb seine Diskretion sogar so weit, die Spiegeltür zu schließen. So waren die beiden vorläufig vollkommen ungestört und konnten sich dem Wahnsinn des Augenblicks hingeben. Später würden sie sich vielleicht genieren, ja, sogar schämen.

Edouard faßte mit dem gekrümmten Mittelfinger in den Schritt des Slips und zerriß den feinen Stoff mit seinen groben Arbeiterhänden. Er hatte zu kämpfen, um sein erigiertes Glied herauszuholen, und dann, mit unkoordinierten Bewegungen, wie rasend, versuchte er, in sie einzudringen. Sie war ihm dabei behilflich, indem sie ein Bein anhob. Diese Stelzvögelstellung erlaubte es ihm, zum Höhepunkt zu kommen. Sie liebten sich wild und ungestüm. Ihre entfesselten Körper tanzten eine Gigue, die einem eventuellen Zuschauer lächerlich erscheinen mußte. Sie stöhnten, grunzten, keuchten wie erschöpfte Lasttiere.

Das herrliche Duett dauerte eine Weile, die ihnen endlos vorkam. Dann lösten sie sich voneinander, gleichzeitig, so wie es immer ist, wenn zwei Partner sich leidenschaftlich hingegeben haben. Die Spiegel der Umkleidekabine zeigten ihnen die Bilder zweier entkräfteter Menschen, schwer atmend und schweißgebadet wegen der Enge ihrer »Spielwiese«. Sie sahen so zerknittert aus, daß sie sich fragten, wie es ihnen möglich sein werde, den anderen draußen wieder vor die Augen zu treten.

Sie tauschten ein komplizenhaftes, glückliches Lächeln, das typische Lächeln befriedigter Liebespaare. Schweigend richteten sie sich, so gut es ging, wieder her. Dann flüsterte Elodie:

»Der Mutigere von uns beiden macht die Tür auf.«

Edouard nickte und zog den Vorhang zur Seite, dann stieß er die schwere Spiegeltür auf. Alles kam ihm ganz normal vor. Niemand schenkte ihm Beachtung. Der Meisterschneider war verschwunden. Edouard nahm ein Taschentuch aus der Tasche seiner Hose, die an einem Haken hing, und wischte sich den Schweiß ab.

Sie setzten sich auf das schmale samtbezogene Bänkchen vor die Umkleidekabine und warteten. Man hätte meinen können, sie würden sich nicht kennen. Schweigend saßen sie nebeneinander, jeder für sich alleine mit seinen Gefühlen.

Der Chef des Hauses kam lächelnd zurück. Intelligent, wie er war, versuchte er nicht so zu tun, als hätte er nichts gesehen. In übertrieben tuntenhaftem Tonfall sagte er nur:

»Ach, immer wenn ich so was seh, frag ich mich, ob ich nicht konvertieren soll!«

Sogleich gewann er wieder den Ernst zurück, den seine Arbeit erforderte, erzählte etwas von einem nachtblauen Smoking mit Revers eher aus Samt als aus Seide.

»Diese Extravaganz können Durchlaucht sich erlauben, bei Seiner Figur und Seinem Aussehen, das zur Zeit *in* ist.«

Edouard überlegte im stillen, wie ein Aussehen beschaffen sein müsse, das zur Zeit *out* sei.

Elodie nahm die Kreditkarte an sich. Sie hatte ihrem »Schüler« erklärt, daß es sich für einen Prinzen nicht zieme, sich um materielle Dinge zu kümmern. Er begnügte sich damit, die Rechnungen zu unterschreiben, die man ihm vorlegte, ohne daß er auch nur einen Blick auf den Betrag geworfen hätte.

Am Ende des »Klamottenkommandos«, wie sie es nannten, gingen sie in eine kleine Bar, um sich zu erfrischen. Elodie las vor, was sie in Auftrag gegeben hatten: zwei Smokings, vier Anzüge für den Übergang, fünf Sommeranzüge, zwei Mäntel, zwei Regenmäntel, drei Blousons (Leder und Wildleder), drei Morgenmäntel, sechsundzwanzig Hemden und ebenso viele Krawatten, zwei Dutzend Slips und lange Unterhosen sowie unzählige Paar Socken (auf diese Rubrik hatte sie verzichtet).

Die ungeheure Menge ließ Edouard gleichgültig. Er schämte sich ein wenig, wenn er an all die schlechtgekleideten Menschen dachte, zu denen er so lange gehört hatte. Er erinnerte sich an einen Tag in seiner Jugendzeit, als Rachel, bekümmert über seine abgewetzte Kleidung, an ihre Ersparnisse gegangen war (eine mit Muscheln besetzte Schatulle, die unten in einer Kommode versteckt war), um ihm eine Drillichhose und -jacke zu kaufen. Da er wußte, daß sie arm war, hatte er protestiert und versichert, daß das nicht nötig sei; doch sie hatte seinen Protest mit diesem geheimnisvollen Satz beiseite gewischt: »So wirst du dich später an mich erinnern.« Damals hatte er nicht verstanden, warum ein Kleidungsstück, das kaputt sein würde, bevor er ausgewachsen war, ihn an seine Großmutter erinnern sollte. Und heute, während seine beeindruckende Garderobe zusammengestellt wurde, verstand er, daß die großzügigen Gesten unserer Eltern die schönsten Erinnerungen in unserem späteren Leben darstellen.

»Ich bin fix und fertig«, gestand sie. »Sie nicht, Durchlaucht?«

»Das kann man wohl sagen«, murmelte er.

»Ich werde mich ein wenig im Hotel ausruhen. Und Sie?«

»Ich weiß noch nicht.«

»Möchten Sie mich begleiten?«

»Warum nicht?«

»Pressereferentinnen sind leicht zu haben, wie Sie sehen!«

Er gab keine Antwort, zahlte die Getränke und folgte ihr zu dem schwarzen Mercedes; der Chauffeur saß hinterm Steuer und las die *Paris-Match.*

In ihrer kleinen Suite (ein Schlafzimmer und ein Salon, der durch eine spanische Wand abgetrennt war) streifte sie noch im Gehen ihre Schuhe ab und warf sich mit ausgestrecken Armen aufs Bett.

Unschlüssig setzte sich der Prinz in einen Sessel. Mit weit von sich gestreckten Beinen und zurückgelehntem Oberkörper betrachtete er die Balken an der Decke.

»Sind Sie unglücklich?« fragte sie.

»Ich weiß nicht.«

»Dann sind Sie es.«

»Wer ist es nicht, zumindest hin und wieder mal?«

Sie gluckste zustimmend, dann sagte sie:

»Höchst bemerkenswert, Ihre Vorstellung als Draufgänger in der Umkleidekabine! Wissen Sie, daß der Modezar uns überrascht hat?«

»Ich weiß. Aber da er schwul ist, ist das weniger tragisch.«

»Solche Heldentaten nutzen Ihrem Ruf, meinem jedoch schaden sie. Man wird Sie für einen Super-Playboy halten, mich für eine Hure.«

»Muß ich Sie um Verzeihung bitten?«

»Nicht nötig. Ich habe es schon immer idiotisch gefunden, sich für etwas zu entschuldigen, das nicht mehr wiedergutzumachen ist. Übrigens, es war wunderbar. In so einer Stellung hab ich es zum ersten Mal gemacht.«

»Machen Sie es oft?«

»Und Sie, Durchlaucht?«

»Ich habe zuerst gefragt.«

»Und außerdem sind Sie Prinz, das ist wahr. Um offen zu sein, ich führe das Leben einer ungebundenen, ziemlich mondänen Frau, die ganz gut ist; jedenfalls geben mir die Männer dieses Gefühl. Und nun zu Ihnen: Verausgaben Sie sich häufig so?«

»*Gelegenheit, weiches Gras*«, rezitierte Edouard. »Ich liebe die Liebe mehr als die Frauen. Sie haben mich immer fasziniert und mir gleichzeitig Angst gemacht. Das weibliche Geschlecht ist für mich ein wundervolles Geheimnis.«

»Dann haben Sie wohl selten richtig geliebt?«

»Sehr selten.«

»Wie oft, so über den Daumen gepeilt?« lachte Elodie.

»Oh, da brauche ich nicht über den Daumen zu peilen. Einmal! Ein einziges Mal!«

»Dauert es noch an?«

»Sie ist letzte Woche gestorben.«

»Dann ist also ein Platz frei?« stellte sie zynisch fest.

Er wurde ernst.

»Nein«, sagte er abweisend.

Die junge Frau stieß einen leisen Seufzer aus.

»Sagen Sie, Durchlaucht ...«

»Ja?«

»Wäre es Ihnen recht, es noch einmal mit mir zu machen, in aller Ruhe?«

Wortlos zog er sich aus.

Sie verbrachten drei Tage in Elodies Hotel, verließen es nur, um zum Essen oder zu den ersten Anproben zu gehen (sie hatten sich ausbedungen, daß mit der Anfertigung der Garderobe unverzüglich begonnen werde). Edouard konnte sich nicht daran erinnern, jemals so intensiv und häufig eine Frau geliebt zu haben. Er war unermüdlich. Wenn sie sich nicht liebten, schliefen sie tief und fest wie völlig erschöpfte Jagdhunde, jeder auf seiner Seite, ohne das Bedürfnis (das Liebespaare im allgemeinen haben), sich nach dem Liebesakt engumschlungen zu halten und ihre ermatteten Körper zu spüren. Ihre Liebe war rein physisch. Das einzige Gefühl, das sie füreinander empfanden, war das der Dankbarkeit, weil sie sich gegenseitig ein so großes Vergnügen bereiten konnten.

Am vierten Tag nahm Elodie das Flugzeug nach Genf, und er fuhr mit seinem Wagen, der mit der ersten Lieferung seiner Garderobe beladen war. Zuletzt hatten sie noch luxuriöse Koffer bei Vuitton sowie eine goldene Uhr gekauft, da Elodie seine alte Chromstahlzwiebel als für das Handgelenk eines Prinzen unwürdig erachtete. Edouard hatte darauf bestanden, daß sie sich ebenfalls eine Uhr aussuchte, zum Andenken an ihre köstliche Eskapade.

Seine goldene Kreditkarte war wie ein Zauberstab. Es genügte, daß er sie vorzeigte, und schon bekam er alles, was er wünschte. Da er viele Artikel über die Schweizer Konten exilierter Herrscher gelesen hatte, hielt er das Vermögen der Fürstenfamilie für immens. Außerdem hatte Gertrude ihm ausdrücklich gesagt, er solle sich alles kaufen, was er brauche, um seinem gesellschaftlichen Rang gerecht zu werden.

Er hatte sie von Paris aus jeden Tag angerufen, manchmal sogar mehrmals, nicht nur aus Pflichtgefühl, sondern auch, weil es ihm Spaß machte. Er war seiner Großmutter mit inniger Liebe und zärtlichem Respekt zugetan, was ihr sehr gefiel. Edouard, der im allgemeinen nicht viel sprach und sich vor allem am Telefon auf das Wesentliche beschränkte, war selbst erstaunt, wie lange er mit seiner Großmutter plauderte. Er erzählte ihr, was er sich gekauft hatte, schilderte ihr die Farben seiner Anzüge, die Originalität des besagten Smokings mit den Samtrevers (Elodie hatte ihn dazu überredet und gleichzeitig darauf bestanden, daß er einen zweiten, sehr klassischen kaufte). Er erwähnte auch seine »Reiseführerin«, und zwar in äußerst herzlichem Ton, rühmte sie dafür, daß sie wußte, welche Pariser Lokale *in* waren, sprach von ihrer Kompetenz, ihrer sympathischen Art.

Die alte Fürstin mit ihrem unfehlbaren Riecher ahnte vermutlich, was sich zwischen ihnen abspielte, und freute sich insgeheim, so wie sie es bei Miss Margaret getan hatte.

Edouard kehrte genauso gerne wieder nach Versoix zurück wie beim ersten Mal. Das Schloß war eine Art Zuflucht für ihn geworden, seine glückliche Insel, auf der sein Leben an seine Wurzeln anknüpfte.

Für alle hatte er Geschenke mitgebracht, da er wußte, daß Geschenke die Freundschaft erhalten. Einen schwarzweißen Kaschmirschal für Gertrude, zwei Krawatten von Hermes für Herzog Groloff, ein Kopftuch aus demselben Hause für die Herzogin, einen Füllfederhalter »Pascha blau« mit goldener Verschlußkappe für Miss Margaret, einen uralten Calvados für Walter und ein Glas kandierter Früchte für Lola.

Edouard strahlte vor Freude und Lebendigkeit. Sobald er den Fuß über die Schwelle gesetzt hatte, kehrte sprühende Lebenslust in das große Haus ein. Er besuchte auf die schnelle erst die Irin und kurz darauf Heidi in ihren Zimmern, ordnete an, daß zum Abendessen eine Literflasche Bordeaux auf dem Tisch stehen solle, sprach viel, erzählte komische Geschichten am Rande des Schicklichen, redete und redete, so daß es bereits nach Mitternacht war, als sich der Hofstaat von Montegrino im Schweizer Exil zu Bett begab.

Dritter Teil

# Lebensquell

# 29

Sie lagen auf ihren schmierigen Matratzen: Marie-Charlotte, Francky (genannt »der Vietnamese«), Stéphanie (genannt »die Natter«) und Hans (genannt »der Yankee«).

Francky war fünfundzwanzig und nahm LSD. Er lachte nie und liebte es, Böses zu tun. Gewalt war für ihn eine Art Sport. Leise, unauffällige Gewalt. In den Taschen seiner Lederkleidung schleppte er ein ganzes Arsenal mysteriöser Gegenstände mit sich herum, die dazu bestimmt waren, seine Opfer zu quälen.

Stéphanie sah aus wie eine lange Bohnenstange (daher ihr Spitzname), war völlig neurotisch und außerdem eine Nymphomanin, die sich mehr von Spermen als von Brot ernährte. Sie galt als echte Attraktion in der Welt, in der sie sich bewegte; denn obwohl sie eigentlich lesbisch war, hatte sie dadurch Berühmtheit erlangt, weil sie mit einem Dutzend Typen hintereinander Fellatio praktizierte. Sie war morphiumsüchtig, und ihre dünnen Heuschreckenärmchen wiesen unzählige dunkelviolette Stellen auf, die von Einstichen herrührten.

Hans war Deutscher und würde wohl nie französisch sprechen. Er kannte rund zwanzig wichtige Wörter und versuchte gar nicht erst, mehr zu lernen. Er war rothaarig und stämmig, hatte einen feuerroten Bart, war stark wie ein Bulle und schoß sich mit Unmengen von Wodka ab.

So unglaublich es auch klingen mag, diese drei Leute aus dem modernen Abschaum unserer Tage standen unter Marie-Charlottes Fuchtel. Nach einer Probezeit bei den abgebrühten Kerlen hatte sie einen so mächtigen Einfluß auf sie gewonnen, daß sie eine Art *Pasionaria* geworden war, deren Vorschlägen man folgte und deren Befehle man ausführte. Nachdem sie ihre Macht gefestigt hatte, war ihr schnell klargeworden, daß es bei einer Clique weniger auf die Quantität als auf die Qualität der Mitglieder ankam; deswegen hatte sie drei Leute ausgesucht, die ihr am brauchbarsten erschienen. Die kleine Gruppe hatte sich von den anderen abgesondert und hauste jetzt am Rande von Saint-Ouen in einem von einem Feuer zerstörten Haus.

Das Quartett lebte von Diebstählen. Ihre hauptsächliche Tätigkeit bestand darin, daß sie alte Menschen, die Opfer der Feiglinge, ausraubten. Abwechselnd lungerten sie an Postschaltern herum, und wenn eine ältere Person Geld abholte, verfolgten sie sie, um es ihr an einem günstigen Ort abzunehmen.

Marie-Charlotte nahm kein Rauschgift, sie überließ diese Art von Versklavung ihren »Untergebenen«. Ihr einziges Vergnügen bestand in den Aktionen. Als sie Edouards Werkstatt verwüstet hatten, sei ihr »einer abgegangen«, wie sie sich ausdrückte. Seitdem träumte sie von einer Neuauflage, und dieses zweite Mal sollte mit Feuer und Mord enden. Sie hegte einen unerklärlichen, aber unversöhnlichen Haß gegen die bereits einmal zusammengeschlagene junge Maghrebinerin, die sie für die Geliebte ihres Cousins hielt.

Sie lag auf ihrer aufgeplatzten Matratze und dachte über die samtweichen Foltermethoden von Francky, ihrem »Mann«, nach. Er besaß zum Beispiel Spezialhandschellen ohne Verbindungskette, die er selbst angefertigt hatte. Damit »schweißte« er die Handgelenke seiner Opfer zusammen, trieb ihnen Bambussplitter unter die Fingernägel und zündete sie an. Sie liebte Francky wegen seines Einfallsreichtums, seiner unerschütterlichen Ruhe und seiner Geschicklichkeit.

Nach ihrer letzten Begegnung mit Edouard hatte sie so etwas wie Angst vor den Folgen eines erneuten Kommandounternehmens. Er hatte sich unmißverständlich ausgedrückt, entschlossen und selbstsicher gewirkt. Doch nachdem einige Tage vergangen waren, hatte sie ihr Selbstvertrauen wiedergefunden, und ihr Entschluß, ihn fertigzumachen, stand mehr denn je fest.

Sie kniete auf ihrem Lager. Der Mangel an Komfort störte sie nicht; ganz im Gegenteil, er härtete sie ab, so wie die harte Ausbildung einen Rekruten abhärtet. Sie wusch sich auf Bahnhofstoiletten und ernährte sich von dem, was sie in Supermärkten an Ort und Stelle verzehrte: Aus einem Regal nahm sie Kekse, aus einem anderen Obst und aus einem dritten eine Tüte Chips. Ihre »Festessen«, Sandwichs mit harten Eiern, nahmen die vier in ihren Stammkneipen, den üblichen Anlaufstellen, ein. Ihre Kleidung besorgte sich Marie-Charlotte in Boutiquen: Sie ging mit den Klamotten in eine Umkleidekabine, schnitt die Sicherheitsplaketten einfach mit einer Schere heraus, zog ihre eigene Kleidung darüber und ging lässig hinaus. Das so entstandene Loch nannte sie die »Mehrwertsteuer« und zeigte es stolz vor, wie einen Orden, wie die Löcher, die die Rumänen nach dem Fall des Kommunismus in ihre Fahnen geschnitten hatten.

In der Hocke, nur mit einem T-Shirt bekleidet, betrachtete sie ihre schlafenden Spießgesellen.

»Wie Tiere«, dachte sie.

Sie stand auf und ging mit nacktem Hintern hinaus auf die kleine Straße, die vor dem abgebrannten Haus entlangführte. Ein heller Morgen ließ diese Vorortgegend ein wenig freundlicher erscheinen. Marie-Charlotte hockte sich hinter ein Mauerstück, um sich zu erleichtern. Dabei fragte sie sich, ob ihre Mutter, die immer schon eine Frühaufsteherin war, auch schon auf den Beinen war. Sie dachte an sie, ohne irgend etwas zu empfinden. Ein weinerliches, wehleidiges dickes Weib, deren andauerndes Gejammere sie kaltließ.

Sie schlüpfte in dem Moment wieder auf die Straße, als ein Kombiwagen um die Ecke bog. Am Steuer saß ein Mann mit einem Rattenschnurrbart. Als er das Mädchen mit dem nackten Hintern erblickte, trat er auf die Bremse. Halb aus seinem Fenster gelehnt, rief er:

»Was ist denn mit dir los, Kleine?«

Sie antwortete mit trotziger Kleinmädchenstimme:

»Ich hab mit meinen Leuten hier in den Ruinen 'n bißchen rumgebumst, und dann sind sie abgehauen und haben meine Klamotten mitgenommen!«

»Rumgebumst!« schrie der Fahrer. »Wie alt bist du denn?«

»Vierzehn.«

der arme Kerl, der sich in einer alptraumhaften Falle gefangen sah.

»Ach, wirklich nicht? Sie ist aber nackt, oder siehst du das nicht? Weißt du, was man bei uns mit Vergewaltigern macht? Man schneidet ihnen den Schwanz ab und stopft ihnen damit das Maul!«

Schweigen. Der Unglückliche senkte den Kopf und betrachtete sein Glied, das auf der scharfen Klinge lag. Blutstropfen perlten über den grauen Stahl.

»Wieviel zahlst du dafür?«

»Wofür denn?«

»Na, für deinen Schwanz natürlich!«

»Ich weiß nicht«, stammelte der Mann mit ersterbender Stimme.

»Wieviel hast du in deiner Brieftasche?«

»Ich ... ich weiß nicht.«

»Da bist du ja gut dran, wenn du nicht mal weißt, wieviel du besitzt, Mann! Ein gutes Zeichen!«

Mit geübtem Griff faßte der Vietnamese in die Jacke seines Opfers, fischte die Brieftasche heraus und warf sie Hans zu.

»Zählen!« befahl er.

Der Deutsche untersuchte die einzelnen Fächer und fand das Geld schließlich im mittleren.

»Zwei sechs!« verkündete er.

»Mann, du bist ja reich!« lachte Francky.

»Das Geld gehört mir nicht!« jammerte der bedauernswerte Typ.

»Klar gehört dir das nicht, es gehört nämlich uns! Verkaufen wir ihm seinen Pimmel für zweitausendsechshundert Francs, Alter?«

»Mehr ist er auch nicht wert«, sagte Hans ernst.

Francky ließ den Penis auf der Klinge hüpfen, wodurch er noch stärker blutete.

»Du hast recht, das ist 'ne weiche Gurke! Wenn er die 'ner Schnalle reinschiebt, und die schläft grade, dann wird die nicht mal wach! Mach doch 'n hübsches Polaroidfoto von seinem Piepmatz, Marie-Charlotte, zum Andenken! Warte, besser, der Deutsche übernimmt das, und du holst ihm einen runter. Wenn er aufmuckt, zeigen wir das Foto seiner Frau.«

Wenig später ließen sie ihren Leidensmann laufen, und er fuhr mit seinem Kombiwagen davon, ohne einen Ton von sich zu geben.

»Deine Geschichte mit dem Pimmelabschneiden bringt mich auf eine Idee«, sagte Marie-Charlotte verträumt. »Wenn wir die große Aktion bei meinem Cousin starten, schneiden wir seinem Araber den Schwanz ab, stecken ihn in seinen Mund und kleben Heftpflaster drüber. Das gibt 'n Riesentheater, das versprech ich euch! Wird in die Annalen eingehen! Aber wir können uns Zeit lassen. Wir müssen alles ganz genau vorbereiten, so wie die Japsen Pearl Harbor vorbereitet haben. Ich werd schon feucht, wenn ich nur dran denke!«

## 30

Das Hotel *Richemond* in Genf hatte im Park ein prachtvolles, blauweißgestreiftes Festzelt mit einem Fassungsvermögen von dreihundert Personen aufgestellt, mit Teppichboden ausgelegt und mit einer Klimaanlage, einer Küche sowie sanitären Anlagen ausgestattet. Lüster im venezianischen Stil sorgten für Licht. Eine herrliche Blumendekoration rundete das Hollywood-Ambiente ab (ein Hollywood mit Geschmack!). Lichtergirlanden liefen um das Festzelt herum und bildeten zwischen Eingangstor und Zelt eine leuchtende Gasse.

Lachsfarbene Tischdecken, vierarmige Kerzenleuchter auf jedem Tisch und samtblau bezogene Stühle komplettierten die erlesene Ausstattung. Ein Streichquartett auf einem kleinen Podium goß erhabene Musik über das Stimmengewirr aus, das bei jeder Ansammlung von Menschen, auch aus den besten Kreisen, entsteht.

Da die Einladungen »schwarze Krawatte und langes Kleid« vorschrieben, waren die Gäste, bis auf ganz wenige Ausnahmen, in großer Abendtoilette erschienen. Kaum daß man hier und da ein paar Individualisten (Künstler oder Journalisten) entdecken konnte, die normale Jacken, ja, sogar Sportblousons trugen.

In jeder Ecke des Zeltes waren Buffets, eines Lucullus würdig, aufgestellt. Der Champagner, von befrackten Kellnern eingeschenkt, floß in Strömen.

Elodie Steven überwachte mit untrüglichem Blick den Ablauf der Abendgesellschaft. Sie trug ein nachtblaues Kleid von Scherrer, das ihre blonden Haare zur Geltung brachte. Sie wartete mit der Begrüßung, bis die geladenen Gäste fast vollzählig eingetroffen waren.

Bis dahin empfingen, entgegen dem Usus, lediglich Herzog Groloff und seine Gattin die Gäste. Der Greis trug eine weißgoldene Uniform, die mit mehr Orden behängt war als die von Marschall Göring. Den Männern gab er die Hand, und bei den Damen deutete er einen Handkuß an, er richtete geschraubte Worte an die hochgestellten Persönlichkeiten, deren Name und Position ihm von der umsichtigen Elodie zugeflüstert wurden.

In der Einladung stand, daß der Empfang von Ihrer Hoheit Fürstin Gertrude von Montegrino gegeben werde. Bei den Gästen von Rang murmelte Groloff, daß die Gastgeberin in Anbetracht ihres hohen Alters nicht jeden einzelnen begrüßen könne, sondern etwas später erscheinen werde.

Elodie Steven hob den Rock ihres langen Kleides leicht an, um nicht auf den Saum zu treten, stieg die drei Stufen zu dem Podium hinauf und gab den Musikern ein Zeichen, ihr Spiel zu unterbrechen. Es gibt keine bessere Methode, eine solche Gesellschaft zum Schweigen zu bringen, als die Musik verstummen zu lassen. Sogleich hörten die Gespräche auf, und alle Augen richteten sich auf Elodie. Viele Leute kannten sie und applaudierten. Sie lächelte in die Runde und sagte:

»Nur wenige von Ihnen haben das Glück, die Fürstin von Montegrino persönlich zu kennen. Der Grund hierfür ist einfach: Ihre Hoheit, Fürstin Gertrude, die durch das Hinscheiden naher Angehöriger hart geprüft wurde, führte in unserem Land, das sie aufgenommen hat, ein den Erinnerungen und der Frömmigkeit zugewandtes Leben. Wenn sie heute abend gegen diesen ihren Grundsatz verstößt, dann deshalb, weil sie Ihnen eine wichtige Neuigkeit mitzuteilen hat. Zu diesem Zweck übergebe ich jetzt das Mikrofon der Fürstin.

«Nun schritt Ihre Majestät persönlich auf das Podium zu. Gertrude trug ein schwarzes Samtkleid mit Hermelinkragen (dem königlichen Pelz!), das sie größer erscheinen ließ. Zum ersten Mal seit Jahrzehnten hatte sie sich schminken lassen: ein leichter Hauch von Ocker auf den Wangen, eine Idee Rot auf den Lippen.

Sie ging am Arm von Herzog Groloff, und man fragte sich, wer wen führte. Ihr Erscheinen rief eine ehrfürchtige Stille hervor. Die Anwesenden waren beeindruckt und reagierten nicht. Und dann, mit einem Mal, in überraschender Gleichzeitigkeit, applaudierten sie stürmisch dieser kleinen, stolzen Frau, die sich bewegte, als schritte sie am Krönungstag den Mittelgang einer Kathedrale entlang.

Vor dem Podium angelangt, ließ sie Groloffs Arm los und ergriff den von Elodie Steven, um die drei Stufen hinaufzugehen. Die Ovationen steigerten sich. Elodie legte das Hi-Fi-Mikrofon in die vertrocknete Hand der Fürstin, dann trat sie zurück und stellte sich neben die Musiker.

»Vielen Dank Ihnen allen, und herzlich willkommen«, sagte Gertrude mit erstaunlich fester Stimme. »Ich wollte Sie an einer der größten Freuden teilhaben lassen, die das Leben für mich bereitgehalten hat. Während ich glaubte, daß unsere Dynastie ausstürbe, hat Gott mir einen Enkel gesandt, den Sohn meines verstorbenen Sohnes Sigismund II. und der Gräfin von Vlassa. Von dieser geheimgehaltenen Verbindung erhielt ich durch unwiderlegbare Dokumente meines über alles geliebten Sohnes Kenntnis. Überdies hat unser Herrgott es so eingerichtet, daß diese Frucht der Vergangenheit seinem Vater und seinem Großvater zum Verwechseln ähnlich sieht. Wenn Gott in Seiner Allmacht die Wiedereinführung der Monarchie in Montegrino erlauben sollte, wird mein Enkel eines Tages unter dem Namen Edouard I. die Herrschaft übernehmen. Zu seinen Ehren sind wir heute abend hier zusammengekommen.«

Sie streckte ihre Hand in Richtung Zelteingang aus und rief:

»Kommen Sie herein, Edouard!«

Der Prinz betrat auf dem Siedepunkt der Spannung und der Neugier das Festzelt. Schmeichelhaftes Gemurmel seitens der Damen begleitete ihn wie eine Art klangliches Kielwasser. Elodie hatte ihm zu dem klassischen Smoking geraten, und Edouard war schön und elegant, kaum verlegen trotz der Hunderte von Blicken, die ihm folgten.

Er stieg auf das Podium, ergriff die Hand seiner Großmutter und küßte sie anmutig. Die Menge tobte. Im dezenten Licht der Scheinwerfer, die auf das Podium gerichtet waren, sah er aus wie ein jugendlicher Liebhaber im Film. Er begrüßte die Gäste mit einer leichten Neigung des Kopfes und nahm das Mikrofon, das Gertrude ihm hinhielt; doch das »Vivat«-Gebrüll hielt an. Die Gäste, hingerissen von dem unerwarteten Schauspiel, sich bewußt, daß sie einen historischen Augenblick miterlebten, hörten nicht auf, diesen Prinzen aus Tausendundeiner Nacht stürmisch zu feiern. Plötzlich gewann das dunkle und so gut wie unbekannte Montegrino in ihren Augen eine unermeßliche Bedeutung, dem Vereinigten Königreich von England ebenbürtig.

Dieses Interesse an der Monarchie, das den Profit so vieler Zeitschriften garantiert, da es den einzelnen wieder zum Kind werden läßt, das nach Wunderbarem dürstet, entfachte die maßloseste und leidenschaftlichste Begeisterung. Jeder in dem prächtigen Fürstenzelt wurde von dem Glück angesteckt. Sogar die gesetztesten und die von ihrer Wichtigkeit überzeugtesten Würdenträger wurden in einen Rauschzustand versetzt.

Lange genoß Edouard den stürmischen Beifall an der Seite seiner zerbrechlichen, hinter der Maske ihrer ewigen Reserviertheit glückstrahlenden Großmutter. Währenddessen grüßte er in die Runde, jedoch äußerst verhalten, da er seine unantastbare Autorität zur Schau stellen mußte und zu viele Verbeugungen dem Ansehen seines Ranges geschadet hätten.

Schließlich hielt er sich, ganz benommen von den Hochrufen, das Mikrofon vor den Mund und rief den Anwesenden sein »Danke« zu, was die Begeisterung nur noch größer werden ließ. Um dem ein Ende zu machen, hob er die Hand, eine Geste, die die Menge zum Schweigen bringen sollte.

Die Menge schwieg.

»Was immer auch mein Schicksal sein wird«, begann er, »ich werde diesen unvergeßlichen Empfang stets in meinem Herzen bewahren.«

Erneutes »Vivat« zwang ihn dazu innezuhalten. Als es wieder still war, fuhr er fort:

»Ein ungewöhnliches Schicksal macht aus mir den Nachfolger einer Linie von Fürsten, von denen viele zum heutigen Gesicht Europas beigetragen haben. Ich habe keinerlei politische Ambitionen, doch möchte ich betonen, daß, sollte das montegrinische Volk eines Tages an die Herrschaft meiner Väter anknüpfen wollen, ich seinem Ruf und seinen Wünschen Folge zu leisten bereit wäre.

Bis dahin danke ich aus ganzem Herzen der wunderbaren helvetischen Nation, Insel des Friedens, glückliche Insel inmitten einer verwirrten Welt, die denjenigen, die von meiner Familie noch blieben, die Tür geöffnet und die Hand gereicht hat. Auch dieses Vertrauens werde ich mich würdig zu erweisen trachten.

Und nun, meine lieben Gäste, erwartet Sie das Buffet. Greifen Sie zu, setzen Sie sich, ich werde im Laufe des Abends zu Ihnen kommen, um mit Ihnen allen zu plaudern. Das Fest möge beginnen!«

Die Aussicht auf das prachtvolle Buffet, die leise erklingende Musik ließen den wieder aufbrandenden Beifall etwas kürzer ausfallen.

Edouard und seine Großmutter gingen durch einen Seitenausgang hinaus. Er begleitete sie zu ihren Gemächern.

»Du warst wieder einmal wunderbar«, sagte Gertrude. »Die Faszination, die du auf Menschen ausübst, ist wirklich außergewöhnlich.«

»Dasselbe wollte ich auch gerade von Ihnen sagen, Oma.«

Seine Runde an den Tischen glich einem Triumphzug, an dem er seltsamerweise Gefallen fand.

Elodie stellte ihm mit gewohnter Übersicht die Gäste vor: Angehörige des diplomatischen Korps, Staatsräte, bekannte Bankiers, Zeitungsherausgeber, die Spitzen des französischsprachigen Fernsehens, den Direktor des Genfer Stadttheaters, renommierte Chirurgen, berühmte Anwälte, Maler, Schauspieler. Er fand es amüsant (nicht berauschend) zu sehen, wie diese illustren Persönlichkeiten vor ihm aufstanden, sich verbeugten und ehrerbietige Worte murmelten.

In Begleitung dieser Herren befanden sich viele bezaubernde Frauen. Während er ihre zarten Hände ergriff, sah er sie forschend an und spürte, daß die meisten von ihnen ihm bereits zugetan waren. Ein Satz aus einem der ersten Filme von Godard fiel ihm ein: »Die schönsten Frauen der Welt sind nicht die Skandinaviens; die schönsten Frauen der Welt findet man in Lausanne oder Genf.« Es wäre ihm ein leichtes gewesen, diese vornehmen Damen nach Gutdünken zu vernaschen. »Fürstin Oma« hatte ihm soeben versichert, daß er eine ungewöhnliche Faszination auf Menschen ausübe. Seine heißblütige Männlichkeit war in seinen Augen zu lesen, und Frauen sprechen fließend die Sprache der Augen. Es genügte, daß er ihnen in die Augen blickte, um ihre Verwirrung oder ein »Ja« zu entdecken.

So schlenderte er von Tisch zu Tisch, ein unwiderstehliches Lächeln auf den Lippen. Plötzlich flüsterte Elodie ihm zu:

»Sie sind überwältigend verführerisch!«

Ihr Liebesabenteuer (ohne Liebe!) dauerte an. Sie waren ein seltsames Paar mit ihren unüblichen Sexpraktiken. Abends rief Edouard die junge Frau an und fragte, ob er zu ihr in die Agentur kommen könne. Sie war immer einverstanden. Wenn er eintraf, begrüßte er die Empfangsdame, die ihn anmeldete. Elodie ließ ihn niemals warten und holte ihn im Vorzimmer ab. »Wenn Sie mir bitte folgen mögen, Durchlaucht …« Sobald sie in ihrem Büro waren, schloß sie die Tür und schob den Riegel vor; dann hob sie ihren Rock hoch. Wenn Edouard sich angemeldet hatte, trug sie keinen Slip. Er packte mit beiden Händen ihren Hintern und hob sie in die Höhe, Elodie knöpfte die Hose des Prinzen auf und holte sein Glied heraus. Mit ein paar geschickten Verrenkungen drang er in sie ein, und ihre Raserei begann. Während des Aktes ging Edouard im Zimmer auf und ab. Seine Kräfte waren unerschöpflich, seine Stöße ließen sie erzittern. Sie biß in den Kragen seines Jacketts, um nicht laut schreien zu müssen. Bei ihrem wilden Koitus warfen sie Stühle um, rissen Telefone und Telefonbücher vom Tisch. Edouard wurde zu einem wilden, unkontrollierbaren Orkan. Manchmal setzte er sie auf ihren Mahagonischreibtisch und beendete das Ganze mit einer wilden Attacke, die seine Partnerin an den Rand einer Ohnmacht brachte.

Natürlich konnte der Grund seiner stürmischen, ja, tumultartigen Besuche den beiden Angestellten von Elodie

Steven nicht verborgen bleiben. Elodie versuchte es auch gar nicht, und wenn sie den Prinzen zur Tür brachte, warf sie ihren Angestellten einen eisigen Blick zu.

Während dieser turbulenten Rendezvous sprach der Prinz nicht, er handelte nur. Nach dem Geschlechtsakt murmelte er, indem er seine Kleider in Ordnung brachte:

»Was wollte ich Ihnen noch sagen?«

Er schüttelte den Kopf und fügte hinzu:

»Ich glaube, das wäre dann alles.«

Und ging hinaus. Bei ihren enthemmten Liebesspielen sprachen sie nie über geschäftliche Dinge. Wenn sie etwas Ernstes zu bereden hatten, taten sie es ausschließlich per Telefon.

Nach seiner »Ehrenrunde«, wie er es nannte, begleitete er Elodie ans Buffet, wo er sich ein Stück Leberpastete servieren ließ. Lieber hätte er russische Eier gegessen, denn auch wenn er sich an erlesene Speisen gewöhnen mußte, würde er wohl ewig Verlangen nach Sauerkraut auf elsässische Art und nach eingelegten Heringen mit Kartoffeln verspüren.

Sie setzten sich zu Herzog Groloff und seinem Wonneproppen an den Tisch. Heidi trug ein grünlich-gelbes Kleid, in dem sie wie ein reifer Kürbis aussah. Miss Margaret, in einem engen schwarzen Kleid, saß mißmutig am Ende des Tisches. Sie hielt ihre Augen gesenkt, hob nur hin und wieder den Kopf, um Edouard einen verzweifelten Blick voller Liebe und stiller Eifersucht zuzuwerfen.

Er sprach mit Elodie über das gelungene Fest. Das Streichquartett spielte Mozart. Die dicke Herzogin stopfte sich mit Essen voll, den Kopf beinahe auf ihrem Teller. Es machte Edouard Spaß, sich diese drei so unterschiedlichen Frauen bei ihren Rendezvous mit ihm vorzustellen.

Er überlegte, daß er eines Tages wohl heiraten müsse, um Gertrude zur Urgroßmutter zu machen. Das verlangte alleine die Höflichkeit von ihm. Die alte Dame schnitt dieses Thema immer häufiger an. Sie sprach von adligen Familien, mit denen sie gerne wieder in Kontakt treten wolle und die, übrigens, Töchter im heiratsfähigen Alter hätten. Ihr sehnlichster Wunsch war es, Edouard mit einer Adligen verheiratet zu sehen, um sein bürgerliches Erbe in seinen Kindern zurückzudrängen. Edouard zeigte sich diesen Plänen nicht abgeneigt. Allerdings war er überzeugt davon, daß er nie eine andere Frau als seine gute alte Edith lieben könne. Dafür würde es in seinem zukünftigen Leben haufenweise Eroberungen geben. Er hoffte daher, ein naives Ding zu heiraten, das man mühelos betrügen konnte.

»Das nächste Fest wird ein Maskenball!« kündigte der Prinz an.

»Gute Idee«, stimmte Elodie Steven ihm zu. »Das wird unseren Kalvinisten gefallen.«

»Es wird getanzt werden!« fuhr er fort. »Mit jeder Menge Akkordeons, Knoblauchwurst und Fässern von Beaujolais! Lampions und Girlanden wie auf dem Jahrmarkt ...«

»Genial!« jubelte Elodie begeistert. »Und wann soll das Vergnügen stattfinden?«

»So bald wie möglich. Nächsten Monat zum Beispiel.«

»Etwas zu schnell nach dieser Abendgesellschaft, an die man sich noch lange erinnern wird. Verwöhnen Sie sie nicht zu sehr!«

»Moment!« rief er. »Ich mach das nicht für *sie,* sondern für *mich!*«

Sie lächelte.

»Die Laune eines Prinzen, Durchlaucht?«

»Wenn Sie so wollen.«

Und er zog seinen Fuß zurück, den die dicke, vollgestopfte Heidi unter dem Tisch zu berühren versuchte.

Der »Lumpenball« fand drei Wochen später statt und wurde ein voller Erfolg. Elodie hatte weniger Leute eingeladen, nur sehr wenige Diplomaten und hohe internationale Beamte, die zu Zurückhaltung verpflichtet sind, was schlecht zu Ganovenschals und Akkordeonmusik paßt.

Diesmal nahm man nicht die erlesene Küche des *Richemond* in Anspruch, sondern die eines Lyoner Bistros, *Le Vallon,* das berühmt war für deftiges, aber ausgezeichnetes Essen, wie zum Beispiel Würstchen in Weißwein, gepökeltes Schweinefleisch auf Linsen, Wurst mit Salzkartoffeln, Kaldaunen und andere Köstlichkeiten, ohne die die französische Küche nicht wäre, was sie ist. Die Gäste schlugen sich den Bauch voll und tranken dazu einen fruchtigen Roten, der von Kellermeistern direkt vom Faß an jedem Tisch ausgeschenkt wurde.

Alle waren schnell betrunken. Durch ihre Verkleidungen wie befreit, ließen die liebenswerten Bürger die Puppen tanzen. Die beschwipsten Damen lachten kreischend und provozierten die Herren, die sich topfit fühlten. Edouard genoß dieses ungewöhnliche Schauspiel und klopfte mit dem Fuß den Takt zu den Walzern und Tangos, die André Verschuren höchstpersönlich auf dem Akkordeon spielte, begleitet von mehreren Instrumenten.

Edouard tanzte mit den hübschesten Frauen, die sich außerdem als ausgeprochen sexhungrig erwiesen, und er hatte praktisch den ganzen Abend über eine Erektion. Vorsichtshalber hatte er sich mit einem kleinen Notizbuch bewaffnet, und als er später alleine in seinem Zimmer war, besaß er gut zwanzig Telefonnummern, versehen mit geheimnisvollen Zeichen, die ihm das Aussehen der jeweiligen Dame ins Gedächtnis rufen sollten.

Edouard erlebte eine Zeit intensiver sexueller Aktivität, die einmalig in seinem ganzen Leben bleiben sollte. Er hatte gar nicht gewußt, daß er so viele amouröse Heldentaten vollbringen konnte. Um ihnen problemlos nachgehen zu können, mietete er ein Zimmer in einem zweitklassigen Hotel im Bahnhofsviertel von Cornavin; er trieb es lieber in einer Absteige als in einem Luxushotel, da sich die Atmosphäre im ersteren besser dafür eignete. Er suchte sich eine Telefonnummer aus seinem Notizbuch heraus, und wenn die betreffende Frau abhob, meldete er sich kurz und knapp:

»Hier Edouard von Montegrino. Ist es Ihnen recht, mich gleich um 15 Uhr im *Splendid-Mirador*, Zimmer 418, zu treffen?«

»Aber, Durchlaucht ...«

»Ja oder nein?« unterbrach er sie mit einem Anflug flegelhafter Gereiztheit.

»Nun ja, ich ... ich werde mein möglichstes tun.«

»Genau: Tun Sie Ihr möglichstes.«

Und er legte auf.

»Die Laune eines Prinzen«, hatte Elodie gesagt. Ja, Edouard spielte den launischen Prinzen.

Die kontaktierte Frau kam todsicher, in Kriegsbemalung und in ihrer aufreizendsten Kleidung. Die Schäbigkeit des Ortes überraschte sie. Wenn sie eine Bemerkung darüber machten, schnitt er ihnen das Wort ab (»Das ist stimulierender«), worauf sie nichts mehr zu sagen wußten.

Edouard ließ seine Fantasie spielen, um von seiner jeweiligen Partnerin die ausgefallensten Praktiken zu verlangen. Sie unterwarfen sich allen seinen Launen und erfanden selbst noch einiges dazu.

Nach der Vorstellung zog der Prinz sich schnell an und verschwand, ohne ein weiteres Rendezvous auszumachen, was überhaupt höchst selten vorkam (es sei denn, eine Frau hatte eine außergewöhnliche Leistung vollbracht).

Es konnte passieren, daß Edouard zwei Treffen am selben Tag arrangierte und in der darauffolgenden Nacht Miss Margaret beglückte.

Sein ausschweifendes Leben als »Knüppel-aus-dem-Sack« bereitete Gertrude so langsam Sorgen, und eines Tages sprach sie schließlich offen mit ihrem Enkel darüber.

»Mein lieber Junge«, sagte sie. »Ich weiß, daß die Skobos rauhe Gesellen sind, was die Liebe betrifft; dennoch befürchte ich, daß Sie sich zu sehr an dieses lasterhafte Leben gewöhnen, was schade wäre. Was zuviel ist, ist zuviel, Edouard! Hüten Sie sich vor dem Müßiggang, mein Sohn, und widmen Sie Ihre Zeit einer sinnvolleren Beschäftigung. Bei uns gibt es ein Sprichwort: ›Frauen, die dir kein Kind schenken, bringen dir nur Ärger ein.‹«

Der Prinz nahm seiner Großmutter dieses offene Wort nicht übel. Er war immer ein aufrichtiger Mensch gewesen, zu sich selbst wie zu anderen.

»Sie haben recht, Oma«, erwiderte er. »Ich werde unseren Rolls umspritzen!«

# 31

Rosine hatte beschlossen, ihnen Champagner anzubieten, um den Abschluß ihrer berühmten Bauarbeiten angemessen zu feiern. Auf zwei umgedrehten Kisten mit weißen Servietten hatte sie eine Art Buffet aufgebaut. In einem gelben Plastikeimer mit Eiswürfeln standen drei Flaschen *Mumm Cordon rouge* bereit. Sandwiches mit gekochten Eiern, Tomaten, Sardellen und Schinken stapelten sich auf einer Tortenplatte.

Die vier Männer hatten ihre Werkzeuge weggeräumt und wuschen sich die Hände unter einem Wasserhahn, dessen Leitung direkt aus dem Boden kam. Außer dem Vorarbeiter waren alle Araber, und Rosine tat es leid, daß sie so viele Schinkensandwiches zubereitet hatte. Auch fiel ihr ein, daß es vielleicht zuviel Champagner gab und die Emigranten sich eher an den Orangensaft halten würden.

Seit Monaten hatte sie auf diesen Augenblick gewartet und gedacht, daß es ein großer Tag für sie werden würde; und nun, da die Arbeiten tatsächlich beendet waren, hatte sie Tränen in den Augen.

Mit schwerem Herzen betrachtete sie die ehemalige Baustelle. Warum kam Fausto nicht, obwohl er es versprochen hatte? Seit einigen Wochen vernachlässigte er sie, kam nur hin und wieder auf einen Sprung vorbei, ohne sie zu bumsen. Jeder Vorwand war ihm recht: Überstunden in der Spiegelfabrik; verschärftes Training mit richtigen Stars des Rennsports, deren Namen er sogar nannte; ein Termin bei der Krankenversicherung oder auf dem italienischen Konsulat … Rosine ließ sich jedoch nichts vormachen. Sie kannte das Leben zu genau, um ihm diese vorgeschobenen Gründe abzunehmen. Ihr Champion hinterging sie, ganz einfach! Sie hatte großen Liebeskummer, doch sie fügte sich in ihr Schicksal. Die fünfundzwanzig Jahre Altersunterschied rächten sich eben, da konnte man nichts machen. Sie hatte es immer gewußt: Eines Tages würde das Leben ihr die Rechnung präsentieren.

Der frisch aufgetragene Asphalt dampfte in der Sonne und verströmte einen scharfen Geruch. Die geometrische Bahn glänzte wie ein Insektenpanzer, und innerhalb dieser Bahn begann bereits der eingesäte Rasen zu sprießen. In der Mitte schimmerte eine Wasserfläche, die noch von der defekten Kanalisation herrührte. Bei dem tonhaltigen Boden und dieser regenreichen Gegend würde das Wasser noch lange nicht verdunsten. Die Natur ist so sehr auf ihr Gleichgewicht bedacht, daß sofort eine neuartige Fauna entsteht, wenn sich irgendwo Wasser sammelt. Seit ein paar Wochen schon hatten sich Wasserspinnen mit ganz langen Beinen, blaugrüne Libellen und sogar seltsame, algenfressende Weichtiere hier eingefunden.

»Kommen Sie, kommen Sie!« rief sie den den vier Männern zu, die linkisch in einiger Entfernung warteten. »Wer von den Herren entkorkt den Champagner? Ich habe zu schwache Handgelenke.«

Einer der Maghrebiner übernahm die Aufgabe und goß sich selbst zuerst ein. Nur einer von ihnen entschied sich für Orangensaft. Dagegen probierte nur der Vorarbeiter, ein stark behaarter Südfranzose, die Schinkensandwiches.

Die kräftige Frau stieß mit der Runde an und trank ihr Glas auf einen Zug leer, um etwas gegen ihre trübe Stimmung zu tun.

Eine einzige Flasche *Mumm* wurde mit viel Mühe geleert, ein paar Sandwiches gegessen, und dann verabschiedeten sich die Arbeiter.

Alleine vor ihrem vollbrachten Werk fing Rosine an zu heulen. Ja, für sie waren die Bauarbeiten ein Werk gewesen, auf das sie ihre gesamten Ersparnisse und die Erbschaft ihrer Mutter verwandt hatte. Wie die ausdauernde Penelope hatte sie es geplant und verwirklicht, so als handelte es sich um einen riesigen Wandteppich. Am Tage der Vollendung jedoch verließ sie der Mann, für den sie diesen Teppich gewebt hatte, und die bedrückende Gegenwart lastete allein auf ihren Schultern.

»Was soll ich damit nur anfangen?« fragte sie sich.

Sie fand keine Antwort auf ihre Frage. Dieses Fleckchen Erde, das ihr so sehr ans Herz gewachsen war, erschien ihr plötzlich so, wie es war: öde. Die drei frischgestrichenen Eisenbahnwaggons sahen aus wie eine Operettenkulisse.

Die Einsamkeit wurde ihr unerträglich. Sie entdeckte sie, so wie man eines Tages eine besorgniserregende Veränderung an seinem Körper entdeckt. Warum sollte sie unbedingt in diesem Vorortslum wohnen bleiben und auf diese riesigen Strommasten starren?

Sie konnte sich in Versoix niederlassen, jetzt, da ihr Sohn Prinz war (und sie Gräfin!). Aber sie sah sich außerstande, die Rolle des geadelten Zimmermädchens zu spielen. Dort in Versoix würde sie sich mehr als irgendwo sonst als Bürgerliche fühlen und eine verkleidete Dienstmagd bleiben. Die Kartenspiele mit der Herzogin Groloff (ein ebenso erschlichener Titel wie der ihre) hatten ihr eine Vorstellung von Fegefeuer vermittelt. Das Fernsehen, die steifen Mahlzeiten an Gertrudes Tafel, die ewig friedliche Stille im Park, das Ufer des Genfer Sees, geeignet für Vorkriegsfilme, mit seinen stolzen und bösartigen Schwänen, die wie bewegliche Zielscheiben einer Schießbude vorbeizogen: All das versetzte sie in Panik, anstatt ihr ein Gefühl von Geborgenheit zu geben. Niemals würde sie in diesem klosterähnlichen Schloß leben können! Edouard war es aufgrund seines Erbgutes möglich, sich jenen Leuten anzupassen: Seine Gene erlaubten es ihm. In seinem Wesen war ein geheimnisvoller Mechanismus ausgelöst worden, der ihn mit seinen Wurzeln verband. Edouard war ein Skobos, kein Blanvin. Rosine dagegen würde sich immer als eine Frau aus dem Volke fühlen und sich so verhalten, erzogen von kommunistischen Eltern, bei denen Gott durch Lenin ersetzt worden war.

Sie setzte sich auf einen großen, glatten Stein neben das absurde Buffet, auf dem die übriggebliebenen Sandwiches in der Sonne vor sich hingammelten. Wieder einmal stieß ihr Leben gegen eine Mauer. Optimistisch, wie sie war, sagte sich Rosine, daß sie immer noch eine attraktive Frau sei, die das Leben und die Männer liebe, und daß sie leicht jemand neuen finden könne.

So hin- und hergerissen (zwischen Schwermut und Hoffnung), hörte sie plötzlich ein Motorengeräusch näher kommen. Kurz darauf fuhr ein Motorrad auf das Grundstück. Zwei Personen saßen darauf. Ein Paar. Der Mann saß vorne, in Jeans und mit nacktem Oberkörper. Er war eher zierlich und hatte keine Haare auf der Brust. Mit seinem übergroßen Schutzhelm auf dem schmächtigen Körper erinnerte er an einen Science-fiction-Film. Seine Beifahrerin war noch mickriger als er.

Nachdem die Maschine zum Stehen gekommen war, nahm sie ihren Helm ab, und Rosine erkannte Marie-Charlotte.

»Ich hatte nicht gehofft, dich jemals wiederzusehen«, sagte sie und küßte ihre Nichte.

»Bei mir soll man die Hoffnung nie aufgeben«, erwiderte das Mädchen.

Ihr Freund hatte ebenfalls seinen Helm abgenommen und hielt sich abseits, ohne daran zu denken, Rosine zu begrüßen. Diese stellte fest, daß es sich um einen Asiaten handelte.

»Was machst du denn so?« fragte sie Marie-Charlotte.

»Ich lebe«, antwortete die Kleine lakonisch.

»Du lebst, aber denkst nicht daran, dich bei deiner Mutter zu melden. Die Ärmste kommt um vor Sorgen!«

»Wenn die sich wegen mir keine Sorgen machen würde, dann wegen was anderem. Sich Sorgen machen liegt ihr im Blut.«

»Immer noch nicht im Gefängnis gelandet?« fragte Rosine ohne Gehässigkeit.

»Das kommt schon noch, keine Bange. Wo ist Edouard? Wenn man ihn anruft, sagt sein Araber, daß er verreist ist.«

»Er hat sich in der Schweiz niedergelassen«, antwortete Rosine unbesonnen.

Sofort bereute sie ihre Offenheit, aber es war bereits zu spät.

»Wo denn in der Schweiz?«

»Keine Ahnung«, log Rosine. »Irgendwo im deutschsprachigen Teil, in einer Stadt mit einem Namen zum Weglaufen.«

»Und was treibt er da? Steckt 'ne Schnalle dahinter?«

»Nein. Man hat ihm eine Beteiligung an einem Unternehmen angeboten, das mit Oldtimern handelt, und er will da einsteigen.«

»Und das stinkt ihm nicht, einfach so auszuwandern?«

»Seine wahre Heimat ist seine Arbeit!«

»Aber er kommt doch ab und zu mal hierher, um seine Werkstatt zu kontrollieren, nehm ich an?«

»Warum willst du ihn denn unbedingt treffen? Dicke Freunde wart ihr ja schließlich nicht grade, ihr beiden!«

»Eben, ich will mich mit ihm versöhnen, und außerdem hab ich ihm nämlich auch 'n Ding vorzuschlagen.«

Rosine lächelte ungläubig.

»Ich glaube kaum, daß ihn die Geschäfte interessieren, die du ihm vorschlägst!«

»Du bist genauso ätzend wie meine Mutter!« knirschte Marie-Charlotte.

»Bist du hergekommen, um mich zu beleidigen?«

Das Mädchen bedauerte den Wutausbruch, denn er konnte den Erfolg ihres Besuches gefährden.

»Aber du bist es doch, Tantchen, die mich beleidigt, wenn du mir solche Dinger an den Kopf wirfst! Ohne Scheiß, ich hab was für Dodo, seriös und korrekt: Wir können 'n Haufen Oldtimer für 'n Appel und 'n Ei kaufen. Gehören 'm alten Knakker, der vor Geld stinkt. Wenn du Dodo siehst, kannst du's ihm sagen. Der Opa verbimmelt alles, weiß gar nicht, was die Klamotten wert sind. Wir haben ihm schon 'ne Menge Antiquitäten abgekauft, Francky und ich. Vasen und so 'n Zeug, weißt du? Aber die Schlitten, das übersteigt unsere finanziellen Möglichkeiten. Und schnell muß es gehn, der Alte will unbedingt alles loswerden und sich mit der Kohle absetzen.«

»Meinst du, das hat noch einen Monat Zeit?« fragte Rosine, wieder zutraulich geworden.

Marie-Charlotte verbarg ihre Genugtuung.

»Werd versuchen, den Opa zu vertrösten. Irgendwie bin ich sein Typ ... Wann ungefähr wär denn das?«

»Ich weiß nur, daß er am zehnten wegen einer wichtigen Sache in Fankreich sein muß.«

»O. k., ich halt dich auf dem laufenden.«

Ihr Freund stand vor der ehemaligen Baustelle, und sie ging zu ihm hin.

»Was ist das denn für 'n Zirkus?« fragte der Vietnamese.

»Hab ich nie rausgekriegt«, antwortete Marie-Charlotte.

Sie drehte sich zu ihrer Tante um und rief:

»Scheint fertig zu sein, dein Ding, was?«

»Ja, es ist heute fertig geworden.«

»Dann kannst du ja jetzt verraten, was es ist, oder?«

Rosine zuckte mit den Achseln.

»Ein Traum«, antwortete sie. »Spinnerei. Alles, was du willst, nur nicht das, was ich mir vorgestellt habe!«

Edouard hatte einen Karrosseriebauer gefunden, der ihm einen Kompressor und das übrige Material zur Verfügung stellte. Nachdem Walter und Lola den Schuppen saubergemacht hatten, hatte er die Öffnungen mit großen, durchsichtigen Plastikfolien abgedeckt, die Licht hereinließen, aber keine Insekten, Blätter, Blüten- oder Straßenstaub. Edouard hatte den herrschaftlichen Rolls »ausgeschlachtet«, das hieß, er hatte sein inneres und äußeres Zubehör abgebaut. Jetzt sah die große Limousine wie der Panzer eines riesigen Krustentieres aus.

Der Prinz arbeitete in einem khakifarbenen Overall, vor dem Gesicht eine Chirurgenmaske, als sich plötzlich Gertrudes Silhouette hinter der Plastikfolie gespenstisch verschwommen abzeichnete.

Edouard hob die Plastikbahnen an und ließ die Fürstin in seine Höhle. Die alte Frau war von der Szenerie und den Werkzeugen beeindruckt, vor allem aber von dem Zustand des königlichen Automobils.

»Was hast du mit ihm gemacht!« rief sie erschrocken aus. »Bist du auch wirklich sicher, daß du ihn wieder zusammenbauen kannst?«

Er nahm sie in den Arm und drückte sie an sich, eine Geste, die sie sich gerne gefallen ließ.

»Machen Sie sich keine Sorgen, Oma, ich bin ein sehr guter Mechaniker, und Ihr Schrotthaufen wird wie neu aussehen, wenn er den Schuppen verläßt. Schwarz sieht der Rolls wie ein Leichenwagen aus. Und sogar Leichenwagen sind heutzutage bordeauxrot!«

»In welcher Farbe gedenkst du ihn zu spritzen, mein Junge?«

»Darüber wollte ich noch mit Ihnen reden, Oma. Was würden Sie von einem schönen, dunklen Englischgrün halten, mit einem dünnen goldenen Streifen in Höhe der Türgriffe?«

»Das könnte wirklich sehr hübsch aussehen«, stimmte sie zu.

»Also abgemacht!« rief Edouard fröhlich. »Und die Ledersitze werde ich mit einem Öl behandeln, das ich selbst zusammenmische.«

Er schmirgelte einen Kotflügel des Rolls mit Glaspapier ab.

Gertrude bewunderte seine sicheren, effizienten Bewegungen. Gute Arbeiter ermüden nicht so schnell, wie man denkt, dank der vollkommenen Perfektion ihrer Bewegungen.

»Deine andere Großmutter, auf die du häufig anspielst ... Hast du ebenfalls ›Oma‹ zu ihr gesagt?«

»Natürlich. Stört Sie das? Soll ich mir lieber ein anderes Wort für Sie ausdenken, ein ganz neues?«

»Nein, nein, ich habe dir doch schon gesagt, wie sehr ich das Wort ›Oma‹ liebe!«

»Wahrscheinlich sind Sie die einzige Fürstin, die jemals so genannt wurde.«

Sie verweilte noch ein wenig bei ihm, glücklich über ihr trautes Beisammensein in dieser »Werkstatt«.

»Hast du die andere sehr geliebt?«

»Oma Rachel? Oh, ja! Sie war ein wunderlicher Mensch, in ihrer Art.«

»Jetzt antworte mir, ohne zu überlegen: Hast du sie mehr geliebt als mich?«

Die kindische Eifersucht seiner Großmutter rührte ihn.

»Nein, meine Liebe! Sie sind einzigartig, in meinem Herzen wie im Leben!«

Er küßte sie auf den Mund, so wie es ganz kleine Kinder bei ihren Müttern tun.

»Meine Liebe zu dir ist so groß wie die Sonne«, versicherte er ihr, und zum ersten Mal duzte er sie.

Walter kratzte an die glatte Plastikfolie.

»Euer Majestät!« rief er mit seltsam gedämpfter Stimme.

Er streckte seinen grauhaarigen Kopf in den Schuppen.

»Herzog Groloff bittet Madame, zu ihm in die Bibliothek zu kommen«, meldete er. »Er spricht gerade mit Madames Bankier, und es müßten wichtige Entscheidungen getroffen werden.«

Gertrude seufzte.

»Der alte Trottel macht wieder alles komplizierter, als es ist.«

Schimpfend ging sie hinaus, um Groloff aufzusuchen.

Walter, den die Arbeit des Prinzen interessierte, blieb noch ein wenig.

»Ihr Vater war ebenfalls technikbegeistert, wie man mir erzählt hat. Ich glaube, das ist ein königliches Hobby. Haben Sie vor, das Familienwappen auf die Türen zu malen?«

»Vielleicht auch noch eine Krone?« lachte Edouard. »Nein, mein lieber Walter, Sie verwechseln Versoix mit dem Buckingham Palace.«

»Wenn diejenigen, die das Recht auf außergewöhnliche Dinge haben, sie nicht tun, wer soll sie dann tun?« fragte Walter schulmeisterlich. »Ein Wappen ist sehr hübsch, sehr poetisch. Vielleicht gäbe es in England keine Königin mehr, wenn man die Staatskutschen abgeschafft hätte!«

Edouard legte ihm die Hand auf die Schulter.

»Ich mag Sie sehr, Walter.«

»Und ich mag Eure Durchlaucht noch viel mehr«, erwiderte der Hausdiener. »Übrigens wäre es mir unmöglich, bei jemandem zu arbeiten, den ich nicht mag.«

»Und wie finden Sie meine Großmutter?«

»Es gibt ein Wort, das mein Großneffe ständig gebraucht: ›super‹. Von dem Respekt, den ich ihr schulde, abgesehen, finde ich sie super.«

Und nachdenklich fügte er hinzu:

»Hoffentlich verkraftet sie den Schlag.«

»Wie meinen Sie das?« fragte Edouard erschrocken.

Walter wiegte den Kopf hin und her.

»Wenn die Bankiers ihre Kunden aufsuchen, ist das nie ein gutes Zeichen.«

»Glauben Sie, daß Fürstin Gertrude in finanziellen Schwierigkeiten ist?«

»Ich glaube es nicht, ich weiß es!«

Die Antwort erschreckte den Prinzen, der auf so etwas nicht gefaßt gewesen war. Er stellte sich vor, daß in der Schweiz ein montegrinisches Vermögen lag, von dessen üppigen Zinsen man, ohne zu rechnen, leben konnte. Diese Vorstellung von einem unerschöpflichen Schatz veranlaßte ihn, ohne Bedenken Geld auszugeben. Die meisten verjagten Herrscher verfügen über einen prall gefüllten Geldbeutel, der ihnen das Exil versüßt.

»Und, was meinen Sie, steht es schlimm?«

»Das Schloß ist zu hundert Prozent seines Wertes mit Hypotheken belastet. Die Gläubiger machen nicht mehr mit, und dem armen Herzog bleibt kein Handlungsspielraum mehr. Wenn der Vizedirektor der Genfer Kantonalbank sich persönlich herbemüht, dann ist der Boden eingebrochen, wie man bei uns sagt.«

Der Prinz ging im Geiste schnell die Feste durch, die er gegeben, und die Garderobe, die er sich angeschafft hatte, und er schämte sich. Gertrude bezahlte alle Rechnungen, ohne mit der Wimper zu zucken, und machte ihm keinerlei Vorhaltungen, um ihn dazu zu bewegen, seine verrückten Ausgaben einzuschränken. Sie hatte Verständnis dafür, daß er sein Prinzenleben in vollen Zügen genoß, auch wenn sie sich deswegen entgegen jeder Vernunft verschuldete.

»Danke, daß Sie mir das erzählt haben, Walter«, sagte Edouard.

»Verraten Sie bloß nicht der Fürstin, daß …«

»Sie können ganz beruhigt sein, ich petze nicht.«

Der Hausdiener wollte gerade die »Werkstatt« verlassen, als er Edouards Sprachlehrer herankommen sah. Er meldete es dem Prinzen.

»Führen Sie ihn in mein Zimmer, ich komme sofort.«

Edouard empfand die Unterrichtsstunden als eine Strafe.

Weder mochte er die montegrinische Sprache noch den Mann, der sie ihm beibrachte. Dmitri Joulaf war von Beruf Musiker und hatte nicht viel Ahnung von Pädagogik. Sein Unterricht bestand darin, daß er seinen Schüler vollständige Sätze nachsprechen ließ, die er ihm zuvor übersetzt hatte. Er schien die Grammatik nicht besonders gut zu beherrschen, und Edouard hatte den Eindruck, daß dem Geigenkratzer in seiner Muttersprache ähnliche Fehler unterliefen wie im Französischen.

Er zog seinen Overall aus und wusch sich die Hände, dann ging er zu seinem Lehrer.

Joulaf saß wie immer steif und gerade auf seinem Stuhl. Sein starrer Blick war, wie seine Haltung, der einer Wachsfigur im Kabinett Grévin (Abteilung berühmte Mörder). Er lächelte nicht, als er seinen Schüler hereinkommen sah, drückte nur kurz die Hand, die dieser ihm reichte. Seine eigene Hand war heiß, so als hätte er Fieber.

»Geht es Ihnen gut?« fragte Edouard mechanisch.

Der Lehrer nickte flüchtig und holte das Buch aus seiner fleckigen Tasche.

Er trug dieselben Sachen wie an dem Tag, an dem er sich vorgestellt hatte; also konnte man davon ausgehen, daß er keine anderen besaß. Seine Künstlerschleife ließ ihre Flügel hängen wie eine verwelkte Blume, und auf einem der Revers waren Spuren von roter Sauce zu sehen.

Eine geknickte Spielkarte diente ihm als Lesezeichen: eine Kreuz-Acht.

Er las mit seinem rollenden r einen Abschnitt von drei Zeilen, dann übersetzte er mühsam:

»Der Mann ... sporrrnte sein Pferrrd an, das in drrrittes Galopp fiel. Er glaubte einholen müssen Karrrosse von Karrrdinal vorrr Nacht.«

Er reichte Edouard das Buch.

»Lesen Sie langsam!« befahl er.

Seufzend nahm Edouard das Buch. Das Läuten des Telefon rettete ihn.

»Mademoiselle Steven!« rief Miss Margaret, die jedesmal, wenn Elodie den Prinzen anrief, vor Eifersucht verging.

»Hallo!« meldete sich die junge Frau. »Sie haben Ihren Thron also noch nicht bestiegen, schöne Durchlaucht?«

Ihre Stimme klang merkwürdig, so als hätte sie zuviel getrunken.

»Was soll die Frage?« gab Edouard zurück.

»Weil ich von Ihnen weder was höre noch sehe, Prinz Edouard. Da hab ich mir so meine Gedanken gemacht.«

»Sind Sie etwa betrunken?« fragte er unfreundlich.

»Mehr oder weniger. Sagen wir: angeschwipst! Ich hab mit einem Uhrer zu Mittag gegessen, und dabei hab ich ganz alleine eine Flasche *Château l'Angélus* geleert.«

»Was ist denn ein Uhrer?«

»Einer, der Uhren herstellt, natürlich!«

Sie lachte.

»Ich soll die Promotion für seine letzte Kreation übernehmen: eine Uhr mit eingelegten Edelsteinen, bei der einem Araber das Kotzen kommen würde! Wär es möglich, daß Sie zu mir kommen, Durchlaucht?«

»Heute nicht«, sagte Edouard schroff.

»*Because?*«

»Weil Sie besoffen sind!«

Elodie wurde nicht böse.

»Und morgen?«

»Morgen auch nicht, weil Sie dann einen Kater haben!«

»Sie sind hart zu mir«, seufzte sie traurig.

»Ich komme übermorgen vorbei«, lenkte der Prinz ein.

»Übermorgen habe ich einen Termin mit der Tampax-Gruppe, den ich unmöglich verschieben kann, fürchte ich. Herrgott noch mal, Durchlaucht! Seien Sie 'n netter Kerl und kommen Sie jetzt gleich! Der Alkohol hat mich olympiareif gedopt! Wenn Sie noch nie eine Hochspannungsleitung gebumst haben, dann ziehen Sie sich Schuhe mit Gummisohlen an und kommen Sie!«

»Ich hab keine Zeit«, erklärte er in bestimmtem Ton. »Tut mir leid, Elodie.«

»He!« schrie sie. »Nicht auflegen! Ich hab ein Geschenk!«

»Das ist aber nett«, sagte Edouard näselnd, so als wäre er ebenfalls betrunken.

»Stellen Sie sich vor, in letzter Zeit habe ich nachts viel an Sie gedacht. Und ich bin zu dem Schluß gekommen, daß Ihnen etwas fehlt. Etwas, das Ihnen wahrscheinlich unwesentlich erscheint, das aber sehr wichtig ist.«

»Und was fehlt mir?«

»Ein Parfüm, Durchlaucht, ein gutes Parfüm.«

»Warum, stinke ich?«

»Im Gegenteil: Sie riechen nach Mann. Um so mehr, da Ihr Haar rötlich schimmert. Aber ein Mann Ihrer Klasse muß ein Parfüm benutzen, ein ganz besonderes. Ich schlage Ihnen vor, ›New York‹ von Patricia de Nicolaï auszuprobieren. Es ist frisch, mit einer würzigen, animalischen Note. Holen Sie es ab?«

»Nein.«

»Scheißprinz!« schrie sie.

Und legte auf.

Edouard lächelte amüsiert über Elodies Sexbesessenheit, die sie, in Verbindung mit Alkohol, dazu brachte, ihn zu beschimpfen.

Der Sprachlehrer hatte keine Miene verzogen. Der Kerl war imstande, stundenlang unbeweglich dazusitzen und zu meditieren.

Seine Anwesenheit wurde dem Prinzen unerträglich, und er wollte ihn für heute entlassen. Doch da läutete wieder das Telefon. Edouard dachte, es sei Elodie, die sich entschuldigen wolle. Sie war es auch tatsächlich, doch sie entschuldigte sich nicht.

»Ich rede von meinen erotischen Wünschen, und dabei vergesse ich das Wesentliche«, sagte sie. »Es betrifft das Fest am kommenden Freitag. Welche Musik wünschen Sie?«

»Ich gedenke das Fest abzusagen«, erklärte Edouard.

»Der Prinz verarscht mich! Das Fest absagen, wo die Einladungen schon seit vierzehn Tagen raus sind und alle zugesagt haben!«

»Wir werden einen triftigen Grund finden und alle Gäste einzeln anrufen.«

Elodie war am Rande einer Nervenkrise.

»Wieder so 'ne Prinzenlaune, was? Nicht in der Schweiz,

Durchlaucht! Wir sind hier schließlich nicht in einem Hammelfleischland! Was abgesprochen ist, wird auch eingehalten, Launen schätzt man hier nicht.«

»Na schön«, sagte Edouard. »Tun wir so, als hätte ich nichts gesagt.«

»Bravo! Und jetzt antworten Sie auf meine Frage: Welche Musik?«

»Musik? Keine Ahnung. Irgendwas, was nicht viel kostet!«

Dmitri Joulaf wachte plötzlich aus seiner Erstarrung auf und hob die Hand.

»Was?« fragte ihn der Prinz.

»Musik!« rief Joulaf. »Ich habe. Mit Frreunden! Herrrliche Grrruppe, Zigeunermusik, särrr, särrr gut!«

Edouard nickte.

»Vergessen Sie's, Elodie, ich habe, was wir brauchen.«

So leicht und locker besiegelte er sein Schicksal.

# 32

Sie war davon überzeugt, daß er bald noch einmal vorbeikommen würde, denn er hatte noch eine Menge persönlicher Sachen bei ihr in den Waggons: ein Transistorradio, zwei Reifen, ein Bild von Cuneo auf einer Baumscheibe, ein Rennfahrertrikot mit der Werbung des Hauses Peugeot, ein Etui mit Speichenschlüsseln und ein Foto von Fausto Coppi (dem echten) und Gino Bartali, wie sie auf einer Bergfahrt eine Trinkflasche austauschen.

Zwangsläufig würde er eines Tages oder eines Nachts seine Schätze abholen. Sie tippte auf nachts, so feige, wie er war, und wenig scharf auf die unerfreulichen Begleiterscheinungen einer Trennung. Deshalb hatte die einfallsreiche Frau eine kleine Glocke innen an der Waggontür angebracht, die sie bei seinem nächtlichen Besuch wecken sollte.

Am vierten Tag, kurz vor Tagesanbruch, klingelte das Glöckchen. Rosine sprang aus dem Bett und lief im Nachthemd hinaus, die Füße in ausgelatschten Pantoffeln. Fausto stand lauernd vor der Waggonöffnung.

Die kräftige Frau lächelte ihn an.

»Als ich ein kleines Mädchen war, hat mich mein Vater immer zum Angeln mitgenommen. Am Ende seiner Angelrute befestigte er ein Glöckchen, und wenn es klingelte, riß er an, und der Fisch war gefangen. Hallo, Champion, ziehst du um oder wechselst du die Straßenseite?«

Sie sprach leise, schnell und abgehackt, um ihre Wut zu bremsen. Sie wollte ihre Geschichte nicht mit einer Eifersuchtsszene beenden.

»Na, dann hast du wohl frisches Fleisch gefunden, was, Casanova? Was macht *sie* denn? Kellnerin oder Verkäuferin bei *Uniprix*?«

Fausto schien nachzudenken, dann stieß er beherzt hervor: »Du kannst mich mal!«

Sie schoß ein mitleidiges Grinsen auf ihn ab.

»Du bist ja richtig schlagfertig, Champion! Hättest Anwalt werden sollen.«

Er hatte sich mit einer großen Tasche bewaffnet, in die er jetzt seine Sachen hineinstopfte.

»Hast du gesehen, daß meine Arbeiten beendet sind? Von jetzt an heißt mein Grundstück nicht mehr ›die Baustelle‹!«

Er zwang sich dazu, keine Antwort zu geben.

»Eines solltest du aber noch wissen, bevor du abhaust, mein Süßer: Ich hab das alles für dich gemacht. Wieviel das Ganze gekostet hat, kann ich dir nicht mehr sagen, ich hab nämlich nicht auf den Franc geguckt; mein ganzes Geld ist dabei draufgegangen. Nimm dir wenigstens drei Minuten Zeit, um einen Blick daraufzuwerfen, Champion, diesen Gefallen bist du mir wohl schuldig.«

Sie ergriff seine Hand, um ihn mit sich zu ziehen. Fausto machte sich energisch los, folgte ihr jedoch. Sie traten ein paar Schritte auf die ehemalige Baustelle zu. In der aufgehenden Sonne schimmerte die große Asphaltbahn wie ein Fisch.

»Was ist das denn?« fragte der Italiener.

Rosine brauste auf:

»Er fragt, was das ist! Bist du Rennfahrer, oder bist du bescheuert? Eine Radrennbahn, du Schafsnase! Ich hatte mir gedacht, daß du hier mit deinen Clubkameraden trainieren würdest. Daß ihr Regionalmeisterschaften veranstaltet. In der Mitte hätten wir eine Bude aus Fertigbauteilen aufgestellt, und dann hätten wir Getränke, Pommes frites und Sandwiches verkauft. Das wär *der* Hammer geworden, verstehst du? ›Velodrom Fausto Ferrari‹ hätten wir's genannt.«

Sie wartete auf irgendeine Regung seinerseits und sah forschend in sein Gesicht, konnte aber nur Verblüffung und Geringschätzung entdecken.

Er musterte sie und massierte sich mit seinem Zeigefinger die Schläfe.

»Wo hast du so eine Radrennbahn schon mal gesehen? Das Ding ist vollkommen flach, steigt in den Kurven nicht an. Alles, was man da machen kann, ist Rollschuhfahren. Heimlich eine Radrennbahn bauen, wenn man noch nie eine gesehen hat, da muß man ja völlig behämmert sein! Also, dann, *ciao*, du dumme Kuh!«

Sie sah ihm nicht hinterher, blieb noch lange, nachdem das Motorenbrummen seines Autos verhallt war, niedergeschlagen vor ihrem nutzlosen Werk stehen.

»Wer hat dir denn von diesen Bagatellen erzählt?« rief Gertrude. »Walter, dieser alte Trottel, möchte ich wetten!«

»Nein, nein«, log Edouard. »Der Besuch Ihres Bankiers hat mich skeptisch gemacht.«

»Er wollte mit mir über meine Kapitalanlagen sprechen.«

»Sagen Sie mir auch die Wahrheit, Oma?«

»Du wirst dir doch hoffentlich nicht den Kopf darüber zerbrechen!«

»Ich gedenke allerdings die Empfänge einzustellen. Einer ist bereits geplant, und man kann ihn nicht mehr absagen. Aber danach ist Schluß! Übrigens machen mir diese Gesellschaften keinen Spaß mehr. Ich schäme mich auch ein wenig, daß ich eine so enorme Summe für meine Garderobe ausgegeben habe.«

»Du mußt dich deiner Stellung gemäß kleiden, mein lieber Junge. Ist mein Rolls bald fertig? Ich brauche ihn. Wenn ich in deinem alten Citroën zum Friedhof oder zur Messe fahre, komme ich mir vor, als würde ich an einer Oldtimer-Schau teilnehmen!«

»In drei oder vier Tagen hast du ihn wieder«, versprach er.

Edouard kehrte an seine Arbeit zurück. Trotz der Beteuerungen der Fürstin blieb er bedrückt, da er wußte, daß es ohne Feuer keinen Rauch gibt; und selbst wenn Walters Pessimismus übertrieben war, so machte Gertrude in finanzieller Hinsicht sicherlich turbulente Zeiten durch. Der Prinz fragte sich, ob er nicht einen Betrieb in der Schweiz aufmachen solle, um zum Unterhalt des Schlosses beizutragen. Er wußte, daß die Schweizer Wirtschaft, wie die in allen westlichen Ländern, in der Krise steckte und daß die Automobilbranche mehr als alle anderen Industriezweige davon betroffen war. Nun dachte Edouard aber nicht daran, etwas anderes anzufangen als das, was er immer getan und geliebt hatte.

Um seine trüben Gedanken zu verscheuchen, beschloß er, sich sexuell zu betätigen; diese Therapie hatte bisher immer geholfen. Er zögerte, Elodie den so heißersehnten Besuch abzustatten. Obwohl die Fahrt nach Genf sehr kurz war, machte sie ihm keinen rechten Spaß mehr. Und außerdem verfügte er zu Hause über einen kleinen Harem mit Margaret und Heidi.

Er machte sich auf die Suche nach der Irin und fand sie in Gertrudes Boudoir, wo sie der Fürstin aus einem Buch vorlas. Ihr köstlicher irischer Akzent verlieh dem Text von Mark Twain einen ganz besonderen Reiz. Die alte Fürstin hörte zu, den Kopf in ihrem Ohrensessel leicht zurückgelehnt, die Augen geschlossen, ihre schönen, wachsfarbenen Hände auf die Armlehnen gelegt. Darauf bedacht, das Vergnügen seiner Großmutter nicht zu stören, begab er sich zur Herzogin, die in ihrem Zimmer vor dem Fernseher hockte. Dort verbrachte sie die meiste Zeit ihres Lebens. Wenn sie nicht vor dem Bildschirm saß, legte sie an einem Spieltisch Patiencen, wobei sie darauf aus war, ihrer Zukunft, die man mit bloßem Auge erkennen konnte, Versprechungen zu entlocken.

Der Prinz näherte sich ihr auf Zehenspitzen, während ein Sheriff mit Galgenvogelgesicht in Großaufnahme einen Colt schwang, der mindestens zehn Pfund wog. Edouard holte sein Glied heraus und strich damit über den Nacken der entgegenkommenden, unersättlichen Herzogin. Heidi fuhr mit einem leisen Schrei hoch, und als sie dann sah, was ihr präsentiert wurde, schnappte sie danach wie ein weißer Hai. Diese unerwartete Fellatio regte ihre natürliche Gefräßigkeit an, und sie saugte an Edouards kräftigem Glied, während sie durch die Nase wollüstige Geräusche der Befriedigung ausstieß.

In diesem Moment trat Herzog Groloff ins Zimmer seiner Gattin, erblickte das hübsche Tableau und zog sich mit einem fast unhörbar gemurmelten »Ich bitte Durchlaucht um Entschuldigung« zurück.

Der Prinz, der den Kopf seiner Partnerin mit beiden Händen festhielt, um ihr den Rhythmus zu diktieren, stellte fest, daß die liebe Heidi nichts bemerkt hatte,und ließ sie weitermachen. Nachdem er seine Liebesgabe erbracht hatte, gab er ihr einen Kuß auf die Stirn und ging hinaus, ohne sie auf den Zwischenfall aufmerksam gemacht zu haben. Er ließ dem Schicksal seinen Lauf und vertraute darauf, daß die Eheleute das durch ihn entstandene Problem selbst lösen würden.

Wenig später erhielt er einen Telefonanruf von Maître Crémona, seinem Anwalt, der für den auf den zehnten des nächsten Monats festgesetzten Prozeß noch zusätzliche Informationen benötigte.

Der Prinz gab zerstreut Auskunft. Von der Schweiz aus betrachtet, kam ihm die Sache unerheblich vor, so als ginge sie ihn nichts mehr an. Für ihn war das eine armselige Geschichte unter mittelmäßigen Leuten, die er kaum ernst nehmen konnte. Im Hintergrund hörte er den widerlichen Köter der Crémonas kläffen. Das ließ ihn an die Frau mit den langen, ausgeblichenen Haaren denken, die vom Leben verbraucht, schmutzig und müde war, von ihrem Mann jedoch anscheinend vergöttert wurde. Edouard begann, seinen Anwalt um sein schäbiges Heim zu beneiden. Es mußte schön sein, eine Frau zu haben, der man sein Leben widmen konnte.

Auf seinem letzten Empfang trug Edouard zum ersten Mal den extravaganten Smoking, den er bisher nie anzuziehen gewagt hatte. Elodie Steven hatte eine zwanglose Gesellschaft organisiert und Künstler sowie Leute vom Fernsehen eingeladen.

Auf der Einladung stand nichts von »schwarzer Krawatte, Abendkleid«, so daß der Prinz, abgesehen von den vier Musikern, der einzige war, der einen Smoking trug. Er sah darin jedoch lässig aus, so daß die männlichen Gäste nicht das Gefühl hatten, unpassend gekleidet zu sein.

An seinem Tisch saßen der Direktor des Genfer Opernhauses, der Direktor des französischsprachigen Fernsehens, Elodie und vier weitere hübsche Frauen, die seinen Qualitätstest in dem kleinen Hotel neben dem Bahnhof bestanden hatten. Da im Festzelt eine große Hitze herrschte, fragte er die anwesenden Damen, ob sie damit einverstanden seien, daß die Herren ihr Jackett ablegen würden. Das Einverständnis wurde gegeben, doch nur wenige Männer machten davon Gebrauch, als sie sahen, daß der Prinz seine Smokingjacke anbehielt.

Da nur rund vierzig Gäste geladen waren, hatte man sich dafür entschieden, das Essen direkt am Tisch zu servieren: Lachs mit Buchweizencrêpes und saurer Sahne (obwohl die Lachssaison vorbei war), Ente mit Pfirsichen. Das Quartett von Dmitri Joulaf spielte nicht einmal mittelmäßig. Schweißgebadet mühten sich die Ärmsten auf ihrem kleinen Podium ab, überboten sich gegenseitig darin, falsche Töne hervorzubringen.

»Unser Hauslehrer spielt genauso schlecht Geige, wie er unterrichtet«, raunte Edouard Elodie zu.

Sie benahm sich wie die Dame des Hauses, und durch ihr Verhalten sorgte sie dafür, daß bei den Gästen kein Zweifel über ihr Verhältnis zu Edouard herrschte. Sie fand, daß eine Liaison mit einem Prinzen sich nur günstig auf ihre berufliche Karriere auswirken könne.

Obwohl Elodie sich nach Kräften bemühte, war das Fest eher langweilig, vielleicht wegen der Schweigsamkeit des Gastgebers, der keine Anstalten machte, die Unterhaltung in Schwung zu bringen. Dieser Empfang bedrückte ihn, denn er hatte ein schlechtes Gewissen. Die finanziellen Schwierigkeiten bedrückten ihn, und er schenkte den traumhaften Geschöpfen an seinem Tisch keinerlei Aufmerksamkeit. Selbst der launige Humor des Opernhausdirektors ließ ihn kalt. Er fühlte sich von Gefahren bedroht, die er nicht zu benennen wußte. Von Natur aus optimistisch, wenn auch grüblerisch veranlagt, schnürte ihm dieser Schwebezustand die Kehle zu.

Edouard schmeckte das Festessen weniger gut als die vorangegangenen Male. Elodie hatte einen anderen Koch engagiert, wahrscheinlich weil er sie großzügig geschmiert hatte; aber das Menü war nur durchschnittlich: Der Lachs war an den Rändern trocken, die Buchweizencrêpes waren nicht locker genug, und die Ente schwamm, zusammen mit Pfirsichen aus der Dose, in einer wäßrigen Soße.

Angesichts dieser Situation erlaubte sich der Prinz eine sarkastische Bemerkung:

»Meine liebe Elodie, Sie haben wohl eine Werkskantine damit beauftragt, uns dieses jämmerliche Essen vorzusetzen!«

Sie wurde knallrot und gab keine Antwort. Kurz darauf stand sie vom Tisch auf, und als sie wieder zurückkam, hatte sie rotgeränderte Augen.

Beim Dessert – flambierte Crêpes – stiegen die kläglichen Musiker von ihrem Podium, um von Tisch zu Tisch zu gehen. Sie spielten Csárdás und Wiener Walzer, jenes Gefiedel, das alle Zeiten und Moden überlebt und an dem sich das breite Publikum bis ans Ende aller Zeiten erfreuen wird.

Die Gäste, zum großen Teil Musikwissenschaftler oder zumindest Musikliebhaber, mußten sich überwinden, um Beifall zu spenden, und sie taten es »mit den Fingerspitzen«, da die musikalische Darbietung keinen Pfifferling wert war.

»Ich hoffe, daß die Trommelfelle eines so sachkundigen Mannes wie Ihnen nicht anfangen zu bluten«, sagte Edouard zu dem Direktor des Opernhauses.

Der Angesprochene war zu intelligent, um sich zu beklagen.

»Im Gegenteil«, erwiderte er, »sie können sich ausruhen!«

Man lachte über seinen Scherz. Er war ein ebenso jovialer wie feinsinniger Mensch, dessen Augen vor Ironie sprühten.

Zum Schluß kam das elende Quartett an den Tisch des Prinzen. Die mehligen Crêpes klebten auf den Tellern.

Dmitri Joulaf klemmte sich die Geige unters bläulich schimmernde Kinn und stimmte das Bravourstück *An der schönen, blauen Donau* an. Dabei starrte er Edouard so intensiv ins Gesicht, daß der Prinz seinem hypnotischen Blick ausweichen mußte.

»Der Mann ist verrückt!« dachte Edouard.

Er beschloß, den Sprachunterricht bei ihm auf der Stelle abzubrechen. Erstens mußte er feststellen, daß dabei nichts herauskam, und zweitens verwandelte sich seine Aversion gegen den Musiker in Haß, ein Gefühl, das der Prinz nicht ertragen konnte.

Ein Schwall falscher Töne ließ den Opernfachmann das Gesicht verziehen; der Prinz ertrug sie stoisch, auch aus nächster Nähe. Joulaf hatte sich nämlich direkt neben ihn gestellt, so nah es seine Bogenführung erlaubte.

Der Musiker verbreitete einen bestialischen Gestank, seine Fingernägel hatten schwarze Ränder, und sein Hals starrte vor Schmutz. Nachdem er sein Spiel beendet hatte, schob er mit dem Ellenbogen den Teller des Prinzen zur Seite und legte sein Instrument auf den Tisch.

»Das fällt Ihnen ein?« rief Edouard empört.

Dmitri Joulaf lächelte dünn.

»Einen Moment!« sagte er.

Er griff mit der rechten Hand in die Innentasche seiner Jacke und holte eine großkalibrige Pistole hervor.

Blitzartig sah Edouard dem Tod ins Auge. Zwei Schüsse fielen in das Stimmengewirr hinein. Er spürte zwei aufeinanderfolgende Schläge, so als wäre er von Steinen getroffen worden. Nur daß die »Steine« nach dem Aufprall nicht auf den Boden fielen. Sie drangen in ihn ein, zerrissen seinen Körper, töteten ihn. Das Gefühl starker Hitze ging schnell in das eisiger Kälte über. Er wollte sich mit den Augen an die Dinge klammern, sein Ableben um jeden Preis verhindern. Er schaffte es nicht. Alles um ihn herum verschwamm, und es wurde still.

## 33

Bei seinem ersten Erwachen fragte er sich, ob die dicke schwarze Fliege auf der Fensterscheibe sich innerhalb oder außerhalb des Zimmers befand. Dieses Problern erschöpfte ihn geistig so sehr, daß er die Augen schließen mußte und wieder in seidenweicher Bewußtlosigkeit versank, die von kurzen hellen Momenten unterbrochen wurde.

Als er die Augen wieder öffnete, war die Fliege verschwunden

Er hatte Mühe zu atmen, und es kam ihm vor, als läge ein Betonblock auf seiner Brust. Er bekam so schlecht Luft, daß er zu sterben meinte; aber er versuchte, mit dem wenigen Sauerstoff so sparsam wie möglich umzugehen.

Er versuchte nicht herauszukriegen, wo er sich befand. Es interessierte ihn nicht. Er konzentrierte sich allein auf seine flache Atmung.

Wenig später (allerdings war sein Zeitbegriff verlorengegangen) hatte er so etwas wie eine Vision: Seine schönen alten Citroëns standen sternenförmig in der Mitte eines großen, getäfelten Zimmers. Und dann verschwamm wieder alles, und mittendrin versuchte seine Atmung verzweifelt, dem Leben etwas abzuringen.

Darauf folgte eine weitere Phase des Nicht-Seins, aus der er schließlich langsam wieder auftauchte. Sehr weit weg, an einem weißen Himmel, glaubte er zwei Gesichter zu erkennen: das von Gertrude und das von Rosine. Mit einem vagen Glücksgefühl fiel er in einen – diesmal richtigen – Schlaf, der jedoch von seiner blockierten Atmung gestört wurde. Dann war das elektrische Licht eingeschaltet, und dann war es wieder Tag.

Er verlor das Bewußtsein, kam zu sich, um dann ganz schnell wieder in einem Niemandsland des Bewußtseins zu versinken. Mal erschienen ihm die undeutlichen Gesichter, mal nicht. Es kam vor, daß er sich wünschte, nur eins der beiden zu sehen. Das Gesicht, über das er sich am meisten freute, war das von Rosine. Ihre Haare waren gewachsen, und sie hatte wieder die Frisur, die sie vor Marie-Charlottes Attacke gehabt hatte. Edouard freute sich darüber.

Es kam der Tag, an dem er das seltsame Summen der Wespen in einem Kamin undeutlich wahrnahm und dann richtig erkennen konnte. Er unterschied Stimmen. Er spürte Hände, die ihn hochhoben, ihn entkleideten und wieder ankleideten. Man schob ihm eine Schüssel unter den Hintern, man führte sein Glied in ein Glasröhrchen ein, man stieß Nadeln in seine Venen, man wusch ihn. Manchmal preßte man ihm eine Gummimaske auf Mund und Nase, und dann fiel ihm das Atmen leichter. Er litt sehr; sein verzerrtes Gesicht drückte Schmerzen aus, über die er nicht klagen konnte.

Andere Gesichter schoben sich zwischen die von Rosine und Gertrude, Gesichter von Männern und (mehr noch) von Frauen. Irgendwann erkannte er das mit Sommersprossen übersäte Gesicht von Miss Margaret. Er hätte ihr gerne zugelächelt. Ein schlüpfriger Gedanke schoß ihm durch den Kopf: die Irin, die sich von hinten nehmen ließ, »keusch und züchtig«. An diesen Ausdruck mußte er denken, und er war sicher, daß er zutraf: keusch und züchtig! Aus Liebe zu ihm.

»Du hörst mich, nicht wahr, mein Kindchen?«

Gertrudes wundervolles Gesicht, leidenschaftlich, zärtlich. Er hob und senkte die Augenlider. So muß man doch auf Fragen antworten, wenn man nicht sprechen kann?

Sie streichelte seine Hand, in der keine Kanüle steckt. Edouard spürte die zarte Liebkosung.

»Es ist alles gut, sei ganz ruhig!« sagte die alte Fürstin. »Du bist genauso zäh wie dein Großvater.«

Ihr Mund näherte sich dem seinen, berührte ihn.

Er dachte an Eisenkraut, an den Duft von Eisenkraut.

»Du«, fuhr die alte Frau fort, »du bist ein Glückskind, nichts kann dir etwas anhaben.«

Sie schlug Kreuzzeichen, um das Unheil abzuwenden, das eine solche Bemerkung bringen kann.

Wovon sprach sie? Ihre Worte kamen ihm sibyllinisch vor.

Aber schon war sie nicht mehr da, und seine Augen verloren sich an einer häßlich weißen Zimmerdecke.

Es folgten weitere Visionen, von denen eine immer häufiger wiederkehrte und ihn jedesmal vor Entsetzen aufseufzen ließ: ein formloses Ungeheuer, das mit blutunterlaufenen, starren Augen langsam auf ihn zukam. Die roten Augen wurden dunkler, immer dunkler, bis sie zu zwei schwarzen Löchern in der Nacht wurden.

Ärzte kamen herein, Stethoskope vor der Brust; lächelnde Krankenschwestern, eine mit olivgrüner Haut. Und dann wieder Gertrude, eine glühende, unbeugsame Gertrude, die ihm befahl, wieder gesund zu werden. Er schlürfte von einem Löffel. Man schüttelte sein Kopfkissen auf. Zum ersten Mal konnte er sein Krankenhauszimmer (erster Klasse) ganz sehen. Durch das breite Fenster blickte man auf Baumkronen.

Riesige Blumensträuße standen dicht beieinander auf einem Tisch, und auf dem Boden, entlang der pastellfarbenen Wände, reihten sich Körbe voller Rosen. Die Fürstin saß an seinem Bett, in einem bequemen Sessel, wie man sie an solchen Orten, auch wenn sie luxuriös sind, sonst nicht sieht. Sie mußte viel Zeit hier verbringen, denn ihre Füße steckten in dicken Hausschuhen, und auf ihren Knien lag ein Plaid.

Edouard lächelte sie an, jetzt wieder bei klarem Verstand. Ein spitzer Schmerz bohrte in seiner Brust. Er ertrug ihn, wie er all seine Leiden ertragen hatte: mit stoischem Gleichmut.

»Oma«, flüsterte er.

Sie beugte sich zu ihm hinüber und umfaßte seinen Kopf mit ihren eiskalten Händen.

»Endlich!« seufzte sie und fing an zu weinen.

Wie immer bei plötzlichen, schweren Verletzungen war sein Gedächtnis natürlich wie leergefegt. Gertrude erzählte ihm, wo er sich befand (in einer Genfer Klinik, wo man ihm den linken Lungenflügel hatte entfernen müssen) und was passiert war: das Attentat des grauenhaften Dmitri Joulaf, eines geisteskranken Fantasten, der sich nach vollbrachter Tat Champagner eingeschenkt und darauf getrunken hatte, daß er soeben einen Erbschleicher erschossen habe, der zu Unrecht Ansprüche auf den Thron von Montegrino erhoben habe. Die polizeilichen Untersuchungen hatten jedoch ergeben, daß seine Motive nicht nur politischer Natur gewesen waren. Elodie Steven hatte eine Schwäche für diesen Musiker mit dem Bombenleger-Gesicht gehabt. Mehr als rationale Gründe habe Eifersucht seine Hand geführt, wollten die Gazetten wissen. Man hatte Edouard bereits aufgegeben. Über eine Woche hatte der Prinz im Koma gelegen. Eine der beiden Kugeln hatten den Herzmuskel gestreift, die andere hatte den Lungenflügel durchbohrt und danach das Schlüsselbein zertrümmert. Er würde noch weitere operative Eingriffe über sich ergehen lassen müssen, doch er war außer Lebensgefahr.

Er verspürte eine unsagbare Erschöpfung, eine Mattigkeit, wie ein Todkranker, der mit Morphium vollgepumpt ist. Seine Neugier war immer noch nicht geweckt, dabei ging es doch um ihn selbst, um eine Zeitspanne seines Lebens, die ihm fremd blieb. Gertrude informierte ihn, antwortete auf die Fragen, die er sich ihrer Meinung nach stellte.

Sie erzählte ihm, daß die Angelegenheit in den Medien viel Staub aufgewirbelt habe; daß Rosine, von Groloff benachrichtigt, an sein Krankenbett geeilt sei, wo sie achtundvierzig Stunden gesessen habe und dann wieder nach Frankreich gefahren sei, von wo aus sie täglich anrufe, um sich nach seinem Zustand zu erkundigen.

Die Fürstin erzählte ihm auch, daß Elodie Steven ihn habe besuchen wollen, daß sie, Gertrude, diese hergelaufene Frau aus der Klinik gejagt habe, diese Mätresse eines Mörders, den sie ins Schloß gebracht habe.

Der Prinz nahm die Informationen mehr oder weniger auf. Sie blieben für ihn rätselhaft und riefen keinerlei Reaktion bei ihm hervor. Er speicherte das Gehörte für später, für den Moment, da er es vielleicht verstehen könnte.

Man überhäufte ihn mit Aufmerksamkeiten. Man pflegte ihn untertänigst … wie einen Prinzen. Immer noch spürte er den brennenden Schmerz in seiner Brust, der ihm das Atmen und das Bewegen erschwerte. Dazu machte ihm noch seine zusammengeflickte Schulter zu schaffen. Man verabreichte ihm große Mengen von schmerzstillenden Mitteln. Um ihn nicht zu häufig bewegen zu müssen, hatte man seinen Bart sprießen lassen, und als man ihm auf seine Bitte hin einen Spiegel vors Gesicht hielt, hatte er Mühe, sich wiederzuerkennen. Sein Bart schimmerte rötlicher als sein Haar. Durch die vielen Schmerzen hatte sein Blick einen kraftlosen Ausdruck bekommen, den man sonst nie bei ihm gekannt hatte.

Seine Großmutter verließ sein Krankenlager nur, um sich zum Schlafen ins Schloß zu begeben; er wußte jedoch, daß sie zehn Tage lang in ihrem Sessel, eingewickelt in ihr schottisches Plaid, bei ihm ausgeharrt hatte. Morgens wurde sie von Walter gebracht und abends, wenn das Licht gelöscht wurde, wieder von ihm abgeholt. Eine bewundernswerte Energie beseelte die immer gegenwärtige, immer aufmerksame alte Frau. Sie gab ihm zu essen und zu trinken, war mütterlich aufopfernd dabei behilflich, seine Bettwäsche zu wechseln und ihn umzuziehen.

Der Tag kam, an dem er wieder normal sprechen und einer Unterhaltung folgen konnte. Er sprach mit Rosine am Telefon. Sie erzählte ihm von ihrer Trennung von Fausto Coppi und verriet ihm, was es mit ihrer großen Überraschung auf sich hatte; sie sprach auch von dem bedauernswerten Fiasko, der Folge ihrer Unkenntnis. Sie versuchte krampfhaft, darüber zu lachen, doch Edouard bemerkte, daß dieses doppelte Scheitern sie tief in der Seele verwundet hatte. Er war der Meinung, daß Rosines Platz an seinem Krankenbett gewesen wäre, statt die Mutterrolle Fürstin Gertrude zu überlassen. Sie war immer ein wenig versponnen und verschroben gewesen, ein Charakterzug, der ihren Charme ausmachte.

Er fragte sie, was sie nun vorhabe. Sie antwortete, daß sie das Velodrom zum Verkauf angeboten habe, und während sie auf Interessenten warte, bleibe sie erst einmal in ihrem Eisenbahnwaggon wohnen. Edouard lief ein Schauer über den Rücken, als er an die Leiche des Taxifahrers dachte, die auf dem Grundstück lag. Wenn nun irgendein Baulöwe, wie es zu erwarten war, das Gelände kaufen und mit den Bauarbeiten beginnen würde, würde der Tote zum Vorschein kommen, und die Katastrophe wäre perfekt!

»Ich flehe dich an, verkaufe nicht!« rief er, so laut es seine schwache Stimme erlaubte. »Ich habe eine erstklassige Idee, wie wir aus deinem Grundstück Profit schlagen können. Warte, bis ich wieder gesund bin!«

Sie versprach ihm, mit dem Verkauf zu warten. Da sie gerade Rachels bescheidenen Schmuck verkauft hatte, war sie noch für ein paar Monate versorgt. Bei den geringen Ausgaben, die sie in Zukunft hatte!

Wo er schon einmal dabei war, rief Edouard Banane in der Werkstatt an. Niemand ging an den Apparat. Eine Stunde später rief er noch einmal an und hatte seinen Lehrling an der Strippe. Selim berichtete, daß die Geschäfte mit den alten Citroëns immer schlechter liefen, seit Dodo sich nicht mehr selbst darum kümmere. Die Oldtimer-Liebhaber hätten kein Vertrauen zu ihm, und nach und nach betreibe er eine ganz normale Werkstatt. So repariere er zum Beispiel die Traktoren der Gemüsebauern aus der Gegend, außerdem Motorräder, Mofas und sogar kaputte Fahrräder. Wenn er verzweifelt sei (was ziemlich oft vorkomme), setze er die Autos instand, die von Marie-Charlotte und ihrer Horde demoliert worden seien.

»Sehr gut, sehr gut«, sagte der Prinz mit erschöpfter Stimme. »Halte die Stellung, bis ich wieder zurück bin.«

»Wie fühlst du dich?« fragte Banane. »Deine Mutter hat mir erzählt, du hättest einen Unfall gehabt, es wär aber nicht so schlimm.«

Edouard mußte lächeln angesichts des neuerlichen Beweises von Rosines Inkonsequenz.

»Super!« antwortete er, um irgend etwas zu sagen. »Geht's Najiba gut?«

»Lali lala.«

»Ist das Arabisch?« scherzte der Prinz.

Doch Banane blieb ernst.

»Wenn du meine ganz persönliche Meinung hören willst,

Alter: Sie wird sich von unserem Sturz mit dem Mofa nie mehr wieder erholen! Außerdem hat sie ständig Schiß, seit diese Vandalen uns hier aufgemischt haben. Stell dir vor, sie geht gar nicht mehr ans Telefon, und wenn sie ein Auto oder ein Motorrad vorfahren hört, versteckt sie sich sofort. Wirklich ideal, wenn man eine Autowerkstatt hat, was?«

»Man müßte sie zu einem Psychiater bringen.«

»Im Krankenhaus hat sie sich einer angeguckt. Auf seine Fragen hat sie auf arabisch geantwortet.«

Zum ersten Mal seit dem, was Rosine seinen »Unfall« nannte, kam die Fürstin nicht in die Klinik. Sie sagte ihm, daß sie eine schwere Grippe habe, daß aber Herzog Groloff ihn im Laufe des Nachmittags besuchen werde.

Edouard hätte gerne darauf verzichtet. Seit der dicke Alte ihn mit seiner Frau in einer delikaten Situation überrascht hatte, hatte er kein Wort mehr mit ihm gewechselt, und er konnte sich kaum vorstellen, worüber sie sich unter vier Augen unterhalten sollten. Zur Vorsicht ließ er die Krankenschwestern wissen, daß er Besuch von einem alten Langweiler bekomme, und er bat sie, den Greis darauf hinzuweisen, daß er nicht lange bleiben könne.

Der Herzog kreuzte um fünfzehn Uhr auf, obwohl der Prinz zu dieser Zeit seinen Mittagsschlaf hielt. Er trug einen Anzug, den Edouard noch nie an ihm gesehen hatte und der eher für ein Picknick geeignet war als dafür, dem kranken Prinzen seine Aufwartung zu machen. Der cremefarbene Drillichstoff war zerknittert, darunter trug der Alte ein blaues Hemd mit offenem Kragen und an den Füßen häßliche, mindestens vierzig Jahre alte Latschen. Als er ins Zimmer geführt wurde, hielt er einen Strohhut mit schwarzem Band in der Hand, den er aufsetzte, als die Tür geschlossen wurde.

»Erfreut, Sie zu sehen, mein lieber Herzog«, murmelte Edouard, überrascht sowohl von dessen Manieren als auch von seiner Ausstattung.

»Ich nicht, Monsieur Blanvin«, gab der alte Mann zurück.

Und er fügte hinzu:

»Ich bin hier, weil Ihre Hoheit, Fürstin Gertrude, mich darum gebeten hat.«

Der Prinz stieß einen ungeduldigen Seufzer aus. Dann sagte er mit einem Blick auf den Galgen am Kopfende seines Bettes, von dem ein Gurt mit einem dreieckigen Haltegriff herabhing, an dem er sich hochziehen konnte:

»Hau ab, du alter Hahnrei, ich bin nicht in der Stimmung, mir dein heuchlerisches Geschwätz anzuhören!«

Das gesagt zu haben tat Edouard gut. Er hatte Groloff nie gemocht, dessen versteckte Feindseligkeit immer gespürt. Der »Gang durch den Spiegel« hatte den Prinzen unerbittlich allem gegenüber werden lassen, was seinem Willen zuwiderlief.

»Ich nehme es zur Kenntnis, Monsieur Blanvin«, erwiderte der Herzog, »und wenn ich mich zurückziehen werde, dann mit dem größten Vergnügen. Allerdings habe ich Ihnen vorher noch Verschiedenes mitzuteilen und etwas auszuhändigen.«

Wie er so vor dem Bett stand, den Strohhut auf dem Kopf, sah er aus wie ein fetter Greis, von Labiche.

»Sehen Sie, Monsieur Blanvin, Ihr Attentäter, dessen Ungeschick ich, Sie verzeihen, bedaure, hat nach seiner Tat weise Worte gesprochen. Er erklärte, er habe soeben einen Hochstapler erschossen. Ich teile voll und ganz seinen Standpunkt. Es kann wohl sein, daß Sigismund II. Ihr Erzeuger ist; deswegen ist es nicht weniger sicher, daß Sie ein Bastard sind. Seit wann übernehmen die Bastarde von Prinzen die Aufgaben eines Monarchen?

Fürstin Gertrude ist vom Schicksal furchtbar gezeichnet. Sie ist Prüfungen ausgesetzt gewesen, die ihre Art, die Dinge zu beurteilten, deformiert haben. Sie ist alt und braucht jemanden, dem sie ihre zärtliche Liebe schenken kann. Sie sind im richtigen Moment gekommen, Monsieur Blanvin! Fürstin Gertrude hat vergessen, daß Sie der Bankert eines Dienstmädchens sind, um in Ihnen nur noch den Ableger ihres Sohnes zu sehen. Sie haben ihr Ihre grobe Mechanikerpranke auf die Schulter gelegt, und jetzt ist sie wie gebannt von diesem wunderbaren, unerwarteten Nachkommen, über den alle Welt lacht, angefangen bei denjenigen, mit denen Sie sich in Ihrer Vermessenheit auf skandalöse Weise vergnügt haben. Die Fürstin ist Ihnen vollkommen ergeben, niemand wird jemals imstande sein, ihr die Augen zu öffnen, es sei denn, Sie selbst, eines Tages, durch Ihr Verhalten.

Sie haben die Fürstin vollends in den Ruin getrieben, Monsieur Blanvin. Vor ihrer Ankunft besaß sie schon nicht mehr viel, jetzt bliebt ihr nur noch dieses ›weniger als nichts‹, das man Schulden nennt. Die Stunde der Geier ist gekommen, Monsieur Blanvin, die rabenschwarze Stunde der Gläubiger. Wenn Sie ins Schloß zurückkehren werden, werden Sie einige Überraschungen erleben. Überraschungen, die Ihre Majestät Ihnen nur schwerlich verheimlichen kann, sie, die sich gezwungen sah, ihre Krone zu verkaufen, um Ihre Klamotten, Ihre Empfänge und Ihren Klinikaufenthalt zu bezahlen!

Und nun, Monsieur Blanvin, das Schönste: Während Sie im Koma lagen, ist ein eingeschriebener Brief im Schloß angekommen. Ich mußte den Empfang bestätigen und habe das Schreiben gelesen. Am zehnten letzten Monats wurden Sie von der Versailler Strafkammer wegen Hehlerei mit gestohlenen Autos zu drei Jahren Gefängnis verurteilt, davon sechs Monate ohne Bewährung. Meinen Respekt, Prinz Edouard, Ihre Ahnen sind stolz auf Sie!«

Der Herzog warf das Dokument auf die Beine des Schwerverletzten und ging hinaus.

## 34

Nach der Verhaftung ihres Freundes Hans waren sie aus dem ausgebrannten Haus geflüchtet. Der Mann, den sie ausgeraubt hatten, war geschieden und fürchtete die kompromittierenden Fotos nicht. Er hatte Anzeige erstattet. Als die Polizei angerückt war, hatte sich nur der Deutsche in der Höhle aufgehalten und war eingelocht worden. Als ehrenhafter Ganove hatte Hans die Namen seiner Komplizen nicht preisgegeben. Er war sogar so fair gewesen, ihnen zu signalisieren, daß das Versteck »heiß« war, indem er neben der Tür seine falsche Rolex-Uhr fallengelassen und mit dem Absatz draufgetreten hatte. Daraufhin hatte sich das Trio nicht mehr blicken lassen.

Sie wohnten jetzt in einem Schuppen, den sie von einem Gemüsebauern ganz in der Nähe von Edouards Werkstatt gemietet hatten, und gaben sich Mühe, ein scheinbar normales Leben zu führen. Abends rückten sie zu ihren Streifzügen aus, um ihre Talente in der Gegend Champs-Élysées – Bois de Boulogne zu erproben.

Ihre Coups folgten immer demselben Schema; da es erfolgreich war, hatten sie keinen Grund, es zu variieren. Die beiden Mädchen quatschten auf der Avenue Foch aus einem gestohlenen Auto heraus die Männer an. Francky kauerte unsichtbar hinten im Wagen. Wenn sie einen Dummen an der Angel hatten, sorgten sie dafür, daß er ihnen in seinem eigenen Wagen folgte, und dann fuhren sie an einen Ort, der sich für ihr Vorhaben eignete. Nachdem die Autos hintereinander gehalten hatten, nahmen sich die beiden Mädchen ihren »Freier« vor.

Sie machten ihn heiß, schlugen ihm vor, auf dem Rücksitz seines Wagens weiterzumachen, weil es dort bequemer sei. Der Mann, hocherfreut, daß ihm so jugendliches Fleisch angeboten wurde, ohne daß überhaupt von Geld die Rede war, ging eilig auf den Vorschlag ein, da er die beiden für verdorbene Gören hielt, die auf ein Abenteuer aus waren. Saßen sie einmal im Wagen, begann die lange Stéphanie ihm dermaßen einzuheizen, daß jedes männliche Wesen wild geworden wäre, während Marie-Charlotte durch obszöne Sprüche sein Blut noch zusätzlich in Wallung brachte. Wenig später fragte die Natter das heißgekochte Opfer, ob er nicht seine Hose ausziehen wolle, wobei sie präzisierte, auf welche Weise sie es ihm zu besorgen gedenke. Der Idiot zeigte also den beiden seinen nackten Hintern. In diesem Augenblick schnappte sich Marie-Charlotte Hose und Slip des Typen und sprang aus dem Auto, bald gefolgt von der langen Stéphanie.

Der »Klient« reagierte langsam, zunächst ernüchtert, dann zu Tode erschrocken. Da er im Adamskostüm schlecht aus dem Auto steigen konnte, brüllte er durch die offene Wagentür. Jetzt trat Francky auf den Plan, die Hose über dem Arm.

»Hören Sie, Monsieur, ich hab 'ne Hose zu verkaufen. Sie wird Ihnen ganz bestimmt passen. Gehörte einem alten Schwein, der zwei Minderjährige aufs Kreuz legen wollte. Sehr gute Qualität. Den Kroko-Gürtel kriegen Sie gratis dazu.«

Der arme Kerl saß in der Falle seiner Fata Morgana und mußte blechen.

Der Trick war lukrativ, und das Trio lebte gut. Tagsüber schliefen sie, oder sie hauten das Geld auf den Kopf und feierten wilde Partys. Marie-Charlotte beobachtete durch ein Fernglas die Werkstatt ihres Cousins, auf dessen Rückkehr sie wartete. Der 10. war vergangen, ohne daß Edouard aufgetaucht wäre. Sie hatte darauf verzichtet, Rosine noch einmal aufzusuchen und sie zu fragen, denn sie wollte kein Mißtrauen bei ihr erregen. Sie wartete. Unerschütterliche Entschlossenheit beherrschte sie. Sie hätte monatelang so geduldig warten können, jahrelang, falls es nötig gewesen wäre.

Ihre wilde Entschlossenheit ging Francky auf die Nerven, und er versuchte, sie zur Räson zu bringen:

»Scheiße noch mal, was hat dir der Typ denn getan? Warum willst du ihn unbedingt alle machen?«

»Er hat mich in den Arsch getreten.«

»Meinst du, es lohnt sich, deswegen 'n paar Jahre Knast zu riskieren?«

Sie verriet ihm nicht, daß Edouard der einzige Mensch war, den sie nie hatte beeindrucken können. Er behandelte sie wie den letzten Dreck, wie eine »verdrehte Göre«, der man besser eine Tracht Prügel verabreichen sollte, als sie den Strafbehörden zu übergeben. Sie hatte ihn mit einer solchen Inbrunst zu hassen begonnen, mit der sich junge Mädchen in ihrem Alter normalerweise verlieben. Übrigens war ihr unversöhnlicher Haß in Wirklichkeit vielleicht auf Liebe zurückzuführen. War es nicht Liebe auf den ersten Blick, nur verkehrt herum?

Der Vietnamese fing wieder von vorne an:

»Also gut: Er kommt, du machst ihn kalt. In Nullkommanix wissen die Bullen, daß du's warst. Nach unserem ersten Auftritt in seiner Werkstatt ...«

»Nicht, wenn's keine Zeugen gibt!« widersprach Marie-Charlotte. »Und unser erster Auftritt zählt 'n Scheiß. Beweis: Kein Bulle ist uns auf 'n Zeiger gegangen.«

Francky seufzte:

»Ich kann mir den Mund fusselig reden, dich bringt sowieso nichts davon ab!«

»Nein, nichts! Aber wenn du Muffensausen hast, kannst du dich ja verpissen!«

Nach dem überstürzten Aufbruch von Herzog Groloff hatte Edouard die richterliche Entscheidung noch mehrmals gelesen. Seit seinem »Unfall« war dieses Dokument seine erste Lektüre. Als er den Inhalt richtig erfaßt hatte, überlegte er eine Stunde lang und rief dann seinen Anwalt an. Er sprach mit der alternden Ophelia (der mit den ausgelatschten Hausschuhen). Sie stieß einen Überraschungsschrei aus und teilte ihm mit, daß ihr Mann in einer Gerichtsverhandlung sei und nicht vor dem Abend nach Hause komme.

»Aber wo stecken Sie denn?« fragte sie. »Henri hat Himmel und Erde in Bewegung gesetzt, um Sie ausfindig zu machen. Unter der Telefonnummer, die Sie ihm gegeben haben, hat sich ein mürrischer Mann gemeldet und gesagt, Sie seien endgültig ausgezogen, ohne eine Adresse zu hinterlassen. Die Richter haben Sie verknackt, mein Lieber!«

»Ich weiß, ich halte die Entscheidung in Händen.«

»Mein Mann will Revision einlegen, aber in Ihrer Abwesenheit ist das nicht möglich.«

Der Prinz erzählte Crémonas Frau, daß er seit mehreren Wochen in einer Klinik liege, daß man ihm einen Lungenflügel entfernt habe und er noch eine Zeitlang dort bleiben müsse. Er bitte seinen Anwalt, nach Genf zu kommen, um sich mit ihm zu besprechen. Dann gab er der Frau die Adresse der Klinik und ließ sie das Notierte noch einmal vorlesen, um sicherzugehen, daß sie alles korrekt mitgeschrieben hatte.

Nachdem er aufgelegt hatte, schlief er ein. Er spürte, wie sehr sein Gemütszustand seine Genesung beeinträchtigte. Wie ein Athlet nach dem Wettkampf hatte er den festen Willen, wieder zu Kräften zu kommen. Er mußte alles vergessen: die Perfidie des Herzogs, den finanziellen Ruin der Fürstin, die drohende Gefängnisstrafe, seinen Gesundheitszustand, der so labil war, daß er bezweifelte, jemals wieder seine blendende physische Konstitution wiederzuerlangen. Seine früheren Liebesabenteuer schien ein anderer Mann erlebt zu haben.

Er aß sehr wenig, und die Krankenschwestern pumpten ihn mit Vitaminen voll, wie sie selbst sagten.

Am nächsten Morgen beschloß Edouard, sich wieder in den Griff zu bekommen, um sich ein neues Leben zu erkämpfen. Er verlangte Eier mit Speck und zwang sich dazu, alles aufzuessen. Danach sprach er mit dem Spezialisten, der für seine Rehabilitation zuständig war, und bat ihn, ihm nichts zu ersparen. Die Schmerzen in seiner Brust brannten noch genauso stark, ebenso wie die in seiner Schulter; doch er verlangte, daß man die schmerzstillenden Medikamente absetze, damit er aus seiner ständigen Apathie herausfinden könne. Er wollte seine Gedanken nicht länger in Zellophan verpackt haben, denn bald mußte er wichtige Entscheidungen treffen. Er fühlte, wie seine Leiden wieder schlimmer wurden, und war selbst überrascht, als er sie Gott darbrachte, gleichsam zur Vergebung seiner Sünden, die er, trotz aller Demut, bei sich nicht erkennen konnte.

Zwei Tage später besuchte ihn Maître Crémona in Begleitung seiner Frau. Das Paar hatte sich in Schale geworfen. Madame trug einen bunten Rock, der ihr bis auf die nackten, schmutzstarrenden Knöchel fiel, und an den Füßen Riemchensandalen; eine schmuddlige, ehemals weiße Hemdbluse, eine schwarze Kostümjacke, deren Kragen so blank war wie die sehr alten Soutanen von sehr alten Pfarrern. Die gut durchgebürsteten, langen Haare reichten ihr bis zur Hüfte; die ausgeblichene, von grauen Strähnen durchzogene Farbe war noch die gleiche geblieben.

Der Anwalt wirkte dagegen richtig unauffällig in seinem Glencheckanzug, deren Revers sich wie Kohlblätter rollten. In der Hand hielt er eine vollkommen abgeschabte Ledermappe, die man ihm wohl geschenkt hatte, als er noch Student gewesen war. Er sprach sehr viel. Seine Frau saß neben ihm und begleitete seine Worte mit häufig unangebrachten Ausrufen. Ab und zu lächelte Crémona sie verliebt an. Manchmal sogar streichelte er ihre Muschi durch den Stoff des Rockes hindurch. Die beiden hatten eine Leidenschaft füreinander entwickelt, die wahrscheinlich selbst der Tod nicht würde beenden können.

Maître Crémona holte Papiere aus seiner Tasche, las Gesetzesartikel vor, ließ den Prinzen Schriftstücke unterzeichnen und verlangte ein ärztliches Attest, das die Oberschwester bald zu besorgen versprach, das er aber auf der Stelle haben wollte. Machtlos gegenüber soviel Halsstarrigkeit, führte sie ihn ins Sprechzimmer des Professors, der Edouard operiert hatte. Madame Crémona wollte ihm folgen, doch ihr Mann schüttelte liebevoll, aber entschieden den Kopf und gab ihr einen Kuß auf den Mund, so als würden sie sich für längere Zeit trennen.

»Es tut gut, eine so glückliche Ehe wie die Ihre zu sehen«, bemerkte Edouard.

»Es ist wunderbar!« versicherte die alternde Ophelia.

Und sie strich mit ihrer Hand über Edouards Laken und tastete nach seinem Geschlecht, das sie ohne Umstände mit einem triumphierenden Glucksen umschloß.

»Deswegen bin ich aber doch eine alte Schlampe«, kicherte sie. »Ich glaube, genau das gefällt Henri.«

»Seien Sie brav und lassen Sie's los«, bat Edouard. »Es ist Zeit für meine Körperpflege, und gleich kommt die Krankenschwester herein.«

Madame Crémona gehorchte.

»Ich finde es immer amüsant, den Schwanz eines Mannes anzufassen, wenn er nicht darauf gefaßt ist«, vertraute sie Edouard an.

Der Prinz mußte einräumen, daß die Sache ihre lustige Seite hatte.

Der Anwalt kam zurück und schwenkte das Attest triumphierend wie eine Trophäe.

»Fantastisch, der Mann!« rief er begeistert. »Spanier, aber trotzdem ganz sympathisch. Wir haben ein wenig geplaudert, ich kenne nämlich die Costa Brava sehr gut. Aber es gibt da etwas, das ich nicht so recht verstanden habe: Warum sagt er ›der Prinz‹, wenn er von Ihnen spricht?«

»Aus Spaß«, antwortete Edouard, »weil die Krankenschwestern mich verhätscheln.«

Eine Woche nach Crémonas Besuche kehrte Edouard ins Schloß zurück. Er hatte mit dem Pflegepersonal ein kleines Komplott geschmiedet und der Fürstin die Entlassung aus der Klinik verschwiegen, um sie zu überraschen.

Schlag zehn Uhr stieg er aus dem Taxi. Walter harkte gerade das erste Laub zusammen. Er ließ das Gartengerät fallen und öffnete das Tor. Der Prinz hatte sich so sehr verändert, daß der Alte einige Sekunden brauchte, um ihn wiederzuerkennen. Das ausgemergelte Gesicht, der rote Bart, der Arm in der Schlinge, die gebeugte Haltung, all das machte aus Edouard einen anderen Menschen, fast einen Greis.

Der Gärtner stöhnte voller Mitleid auf:

»Durchlaucht! Oh, Durchlaucht!«

Dann erinnerte er sich an die Tat von Dmitri Joulaf und rief ohne Übergang:

»Ah! Dieses Schwein! Dieses verdammte Schwein!«

Er brach in Schluchzen aus, das weiße Haupt an das Gittertor gelehnt. Edouard mußte ihn trösten:

»Aber, aber, Walter, nur keine Panik, ich werde mich schon wieder erholen! Geben Sie mir Ihren Arm und bringen Sie mich zur Treppe.«

Sie humpelten auf das Schloß zu. Wegen der zusammengeflickten Schulter ging der Prinz ganz schief. Seine rechte Hand preßte er auf die Brust. Das Anstrengendste waren die Treppenstufen. Edouard mußte sich zweimal ausruhen, bis er oben ankam. Walter sprach nicht, da er genug damit zu tun hatte, den Prinzen um die Taille zu fassen und ihn zu stützen. Er öffnete die Tür und stieß sie auf.

»Machen Sie sich auf einige Veränderungen gefaßt, Durchlaucht«, murmelte er.

Der Prinz betrat das Haus. Seine Schritte hallten in der Leere wider. Nicht ein Möbelstück, nicht ein einziges Bild befanden sich in der riesigen Eingangshalle. Man sah die Stellen, an denen die Bilder noch vor kurzem gehangen hatten, und auch die Teppiche hatten Spuren auf dem Marmorfußboden hinterlassen.

Edouard verstand jetzt, was Groloff meinte, als er davon gesprochen hatte, daß er »einige Überraschungen im Schloß erleben« werde.

Von Walter gestützt, gelangte Edouard zu dem großen Salon.

Walter klopfte an. Die dünne Stimme von Fürstin Gertrude rief »Herein!«. Da die beiden Männer nicht nebeneinander durch die Tür paßten, trat der Hausdiener zur Seite, um dem Prinzen den Vortritt zu lassen.

Edouard war auf das Schlimmste gefaßt gewesen, doch diese unermeßliche Leere schockierte ihn. In dem rund einhundertfünfzig Quadratmeter großen Raum befanden sich nur noch die drei alten Vorhänge vor den Fenstern, ein Sessel, ein Gartenstuhl und eine umgekippte Kiste, dazu zwei große Fotografien auf dem Kaminsims; die eine zeigte Otto, die andere Sigismund.

Fürstin Gertrude saß in dem Sessel, Margaret auf dem Klappstuhl. Die Irin las der alten Frau aus einem Buch vor. Eine Teekanne und eine Tasse standen auf der Kiste, die als Tisch diente.

Als Gertrude ihren Enkel erblickte, sprang sie aus ihrem Sessel auf und eilte ihm entgegen.

»Du Heimlichtuer!« rief sie. »Warum hast du mir nichts gesagt?«

»Weil ich dich überraschen wollte, natürlich!«

Die alte Frau klammerte sich an ihn und rieb ihre Wange an seiner Brust.

»Mein Gott, du bist hier! Und ich habe dich nicht auf die Veränderungen vorbereitet.«

»Veränderungen ist ein zu schwaches Wort dafür!« seufzte Edouard. »Diese Aasgeier haben dir alles weggenommen!«

»Sie haben uns unsere Betten und unsere Kleider gelassen, außerdem einen Sessel, in Anbetracht meines Alters. Für Gerichtsvollzieher ist das noch ziemlich anständig.«

Ihre Ironie war frei von Bitterkeit. Die Fürstin nahm ihren Ruin mit ihrer unveränderlichen, durch nichts zu erschütternden Würde hin.

Edouard ging zu Margaret und küßte sie auf die Stirn.

»Ich freue mich, dich wiederzusehen, mein Liebling.«

Sie errötete, erhob sich und stand wie ein kleines Mädchen, das eine Auszeichnung entgegennimmt, vor ihm.

»Ich habe noch weitere Neuigkeiten für dich, mein lieber Junge«, posaunte die Fürstin. »Der Herzog und die Herzogin haben das Schloß verlassen wie Ratten das sinkende Schiff. Groloffs Wirtschafterin besitzt ein Familiengut am Thuner See, und da wird mein ehemaliger Kammerherr seine Memoiren schreiben. Ich verfüge nicht mehr über die nötigen Mittel, um Walter und Lola zu bezahlen, und so habe ich ihnen geraten, uns ebenfalls zu verlassen. Sie werden in ein paar Tagen abreisen, in irgendein italienisches Dorf. Meine liebe Margaret wird, anhänglich, wie sie ist, somit als einzige bei uns bleiben. Sie ist bereit, die Küche zu bewirtschaften, und eine Putzfrau wird kommen, um die Betten zu machen und in unserem leeren Kasten Staub zu saugen ... Aber du siehst erschöpft aus, mein armes, armes Kind. Margaret wird dich ins Bett bringen. Kannst du die Treppe hinaufsteigen, oder soll ich die Volantes bitten, dein Bett hier im Salon oder in der Bibliothek aufzustellen? Ich muß dir allerdings sagen, daß man auch unsere Bücher mitgenommen hat.«

»Ich komme schon hinauf, Oma, mach dir keine Sorgen.«

»Na schön. Walter wird dir aus den Brettern des Schuppens Möbel zusammenzimmern, so wie er es auch für uns getan hat. Ein umsichtiger, geschickter Mann, er wird mir sehr fehlen!«

Edouard strich sich über den dichten Bart.

»Oma«, erklärte er, »ich werde euch beide niemals im Stich lassen.«

Er hob die Finger zum Schwur und fügte hinzu:

»Fürstliches Ehrenwort!«

Zwei Tage später sperrte man ihnen das Telefon. In der Zwischenzeit jedoch hatte Edouard Banane in der Werkstatt erreicht:

»Sag mal, mein Sohn, über wie viele Citroëns verfügen wir zur Zeit?«

Der Araber dachte einen Augenblick nach.

»Elf waren es«, sagte er, »weniger den, den du hast, dann den, der beschlagnahmt worden ist, und die zwei, die Marie-Charlotte und ihre Chaoten völlig plattgemacht haben. Bleiben noch sieben. Warum?«

Der Prinz teilte ihm seinen Entschluß mit:

»Du wirst jetzt folgendes machen, mein kleiner Araber: Du verkaufst die vier schlechtesten. Wenn ich verkaufen sage, dann meine ich in Wirklichkeit verbimmeln. Nicht nötig, Anzeigen aufzugeben oder unsere Stammkunden zu kontaktieren. Du fährst zu Hippolyte Müller nach Gouvion-Saint-Cyr, er ist ein Freund von mir, und er kennt dich vom Sehen. Du sagst ihm, daß ich dringend Bares brauche und vier meiner Schätzchen verkaufe, er soll dir 'n Angebot machen. Ich hoffe, er haut dich nicht zu sehr übers Ohr. Wenn du das Geld hast, bittest du zwei aus deiner Fußballmannschaft, dich am Wochenende hier nach Genf zu begleiten. Ihr bringt mir die drei übrigen Citroëns und das Bargeld. Es gibt n' großes Superfressen und für deine Kollegen 'ne kleine Prämie, zur Entschädigung. Ihr fahrt dann mit dem T. G. V. wieder zurück. Läßt sich das machen?«

»O. k., o. k., Dodo! Hast du Ärger?«

»Nicht der Rede wert. Und laß deine Schwester während deiner Abwesenheit nicht alleine in der Werkstatt.«

»Natürlich nicht! Wenn Müller zu wenig bietet, soll ich dich dann anrufen und dir Bescheid sagen?«

»Nicht nötig, ich bin auf jeden Fall mit seinem Preis einverstanden. Aber ich rechne damit, daß du das Maximum rausholst! Wenn du dich irgendwann mal selbständig machen willst, mußt du wissen, wie man seine Bedingungen durchdrückt, Selim. Ihr Araber seid in der Vergangenheit oft genug beschissen worden, jetzt seid ihr mal an der Reihe!«

Die Volantes nahmen an dem Tag von ihnen Abschied, an dem die Telefongesellschaft den Anschluß sperrte.

Diese beiden Ereignisse hatten zur Folge, daß das Schloß nun wie ausgestorben wirkte. Die drei letzten Bewohner ähnelten Gefangenen in einem komischen Krieg, der verloren worden war.

Walter und Lola weinten sehr, als sie sich verabschiedeten. Sie hörten nicht auf, der Fürstin und dem Prinzen die Hände zu küssen und der sanften Margaret, die lautlos, aber ebensoviel wie sie weinte, überschwenglich Lebewohl zu sagen.

Um das leere Haus legte sich eine Art Hülle des Schweigens, und da auch alle Fernseh- und Radioapparate abgeholt worden waren, herrschte vollkommene Stille in dem Schloß, in dem es nicht einmal spukte.

Fürstin Gertrude ignorierte ihre unerfreuliche Situation; allein die Gesundheit ihres Enkels war ihr wichtig. Die paar hundert Francs, die sie von dem Verkauf ihrer Krone übrigbehalten hatte, verwandte sie auf die ausgesuchte Ernährung für den Genesenden. Sie selbst ernährte sich ausschließlich von Brot, das sie in ihre Milch tunkte, und sie nötigte Margaret, ihren Hunger mit Teigwaren und Pommes frites zu stillen, wodurch die Irin einige Pfund zunahm.

Edouard verbrachte die meiste Zeit im Bett. Er zwang sich zu ein wenig Gymnastik, um sich körperlich in Form zu bringen. Allerdings hatten ihn die zwei Kugeln des verwirrten Schwärmers zugrunde gerichtet. Zuviel Bewegung erschöpfte ihn, zu vieles Sprechen machte ihn fix und fertig. Er ertrug das Leben nur noch in horizontaler Lage, und das auch nur, wenn er sich zusammenrollen konnte.

In manchen Nächten fragte er sich, ob der Tod sich nicht schon in ihm breitgemacht hatte, um ihn nach und nach zu zerstören. Es kam ihm so vor, als zerbröckle er innerlich, und er sah sein baldiges Ende nahen wie früher die Schwindsüchtigen, die blutspuckend dahingerafft wurden. Auch er spuckte Blut, wenn er seine schmerzhaften Hustenanfälle bekam; doch er ließ seine Taschentücher von Margaret vernichten und beschwor die junge Frau, seiner Großmutter nichts davon zu erzählen.

Gertrude ließ sich von den Umständen furchtlos auf den Abgrund zutreiben, ohne ihre gleichmütige Souveränität zu verlieren. Da sie gläubig war, vertraute sie voll und ganz auf Gott, und sie zweifelte nicht daran, daß Er ihr nach dieser Prüfung die Gnade eines guten Endes gewähren werde.

Eines Freitagabends läutete es fröhlich an dem Eingangstor. Margaret ging öffnen und erblickte drei alte Citroëns, an deren Steuer langhaarige, ziemlich dunkelhäutige junge Männer mit Ohrringen saßen. Der Chef der Gruppe, ein Araber mit dunklem Engelsgesicht, stieg aus und erklärte, er heiße Selim Larabi und arbeite für Dodo Blanvin, der sie erwarte.

Die Ankunft der Jungen wirkte wie Doping auf den Prinzen. Er stand auf, zog sich ohne die Hilfe seiner Krankenpflegerin an und ging die Treppe hinunter.

Das Trio, das in der leeren Eingangshalle auf ihn wartete, verstummte bei seinem Anblick.

»Träume ich? Das bist nicht du!« stammelte Banane.

Er erkannte sein Idol in diesem gezeichneten, abgemagerten, gebeugten Mann nicht wieder, dessen ungekämmtes Haar schon weiß wurde und dessen Bombenleger-Bart die eingefallenen Wangen nur schlecht verbergen konnte.

»Ich war mal frischer, was?« flüsterte Edouard.

Der Junge, dem das Lügen schwerfiel, stellte kategorisch fest:

»Du siehst zwanzig Jahre älter aus!«

»Ich habe euch nicht schon Freitag erwartet«, sagte der Prinz und gab den Freunden die Hand.

»Sie haben sich den Nachmittag freigenommen«, erklärte Banane, »wir spielen nämlich Sonntag gegen Vernouillet.«

Er nahm seinen Chef zur Seite und überreichte ihm einen dicken Umschlag.

»Dein Müller ist 'n knallharter Typ, er hat mir nur fünfzig Riesen für die vier Kisten rübergeschoben. Ich hab's gemacht, weil du ja gesagt hast, ich sollte sie unbedingt verbimmeln. Aber der Kerl wird 'n sauberen Schnitt dabei machen!«

»Schön für ihn«, sagte Edouard.

»Sieht so aus, als wär's dir egal?«

»Scheißegal.«

»Hör mal, Alter, wir müssen was mit dir machen, du pfeifst ja auf dem letzten Loch! Was sagen denn deine Ärzte dazu?«

»Ich will keine mehr sehen.«

»Du bist völlig bescheuert, Dodo! Ich hab nicht damit gerechnet, dich in so einem Zustand hier anzutreffen.«

»Man läßt sich gerne umbringen bei den Skobos«, brummte der Prinz.

»Was erzählst du da?«

»Nichts, ich hab nur laut gedacht.«

Der Junge blickte vollkommen verständnislos um sich.

»Sag mal, das Schloß ist sehr hübsch, aber es steht ja leer!«

»Champagner oder Wasser, das ist hier die Frage!« rezitierte Edouard. »Also, Jungs, das war noch nicht alles. Ich bitte euch noch um einen Gefallen: Die drei Citroëns müssen in den großen Salon gefahren werden. Es gibt Fenstertüren, und wenn ihr aus Brettern eine Rampe baut, könnte ihr direkt reinfahren.«

Die Fußballer sahen ihn besorgt an. Wahrscheinlich dachten sie, daß Blanvin nicht nur physisch am Ende war.

»Nein, nein, ich bin nicht übergeschnappt!« beruhigte Edouard die drei. »Ich habe nur vor, eine Autoausstellung im Schloß zu veranstalten.«

Sie nickten skeptisch und machten sich an die Arbeit.

Der Prinz leitete die Aktion. Er ließ die Autos mitten in den Salon stellen, sternenförmig, so wie er sie im Koma gesehen hatte. Hatte er die Situation vorausgesehen, oder paßte er die Realität der Vision seines Unterbewußten an? Egal. Daß seine Autos im Schloß standen, erfüllte ihn mit Begeisterung. In dem herrschaftlichen Raum mit den goldenen Zierleisten und den alten granatroten Vorhängen sahen die alten Citroëns wie seltene Sammlerstücke aus. Der Salon veredelte sie, und sie veredelten den Salon. Es schuf eine vollkommene Harmonie. Hatte er sie nicht im Traum vorhergesehen?

Er rief Gertrude, stellte ihr seine Vorstadtjungen vor: große Klappe, aber treu, rauhe Schale, weicher Kern. Dann präsentierte er seiner Großmutter die drei Autos. Er schien sich so sehr darüber zu freuen, daß die Fürstin ausrief:

»Jetzt sieht alles gleich viel fröhlicher aus!«

Edouard gab jedem tausend Francs und lud sie in ein Restaurant am kleinen Hafen ein. Sie aßen Bündnerfleisch und Barschfilet. Es war das erste Mal, daß er sich nach draußen wagte, und er überstand es ausgezeichnet. Gertrude hatte nicht mitkommen wollen, da die Männer, wie sie vorgab, unter sich bleiben sollten. In Wirklichkeit fürchtete sie, daß sie in Gegenwart der Jungen nichts zu sagen wüßte.

Die vier Männer leerten einige Flaschen *Fendant,* und Edouard fühlte sich auf der Heimfahrt ein wenig betrunken. Der leichte Rausch weckte seine Lebensgeister.

Die Jungen konnten im Schloß übernachten, da die gnädigen Gerichtsvollzieher ja die Betten dagelassen hatten. Am nächsten Morgen bestand der Prinz darauf, sie persönlich zum Bahnhof zu bringen. Er nutzte die Gelegenheit, um das französische Geld, das Selim gebracht hatte, einzutauschen, und bekam dafür elftausend Schweizer Franken, die er in voller Höhe seiner Großmutter aushändigte.

»Wir werden versuchen, es vernünftig auszugeben«, erklärte Gertrude heiter. »Mein ganzes Leben lang war ich eine Grille, jetzt werde ich mich bemühen, eine Ameise zu werden.«

## 35

Edouard war bei seinem Revisionsverfahren dabei. Angesichts seines immer noch bedauernswerten Gesundheitszustandes gestattete ihm der Richter, während seiner Vernehmung sitzen zu bleiben. Er verzichtete jedoch auf diese Vorzugsbehandlung und zwang sich dazu, die ganze Zeit über stehen zu bleiben, was einem Anwalt, Maître Crémona, sehr gefiel; denn er fand, daß sein Mandant stehend noch viel mitleiderregender aussah.

Edouard begann zu erklären, warum er auf die Vorladungen nicht reagiert habe. Er sei zu einer Kur in der Schweiz gewesen, und die Post habe man ihm nicht nachgeschickt. Banane wurde in den Zeugenstand gerufen und erzählte von seiner Schwester, die über die amtlichen Schreiben erschreckt gewesen sei und sie vernichtet habe, um Blanvin Scherereien zu ersparen. Diese Anekdote amüsierte das Publikum, und auch der Richter mußte lächeln.

Später, in seinem Plädoyer, redete Crémona von seiner eigenen Leidenschaft für alte Autos, durch die er bei seinem Mandanten Kunde geworden sei. Daß diese Begeisterung für die »rührenden alten Damen«, wie er die alten Citroëns nannte (diese poetische Bezeichnung gefiel dem Publikum sehr), einen Menschen davon abhalten könne, sich zu genau nach dem Stammbaum der »Verführerischen« zu erkundigen, sei verständlich. Der »gute Glaube« von Blanvin stehe außer Zweifel. Beweis? Nun, er habe gar nicht erst versucht, den gestohlenen Wagen zu verstecken. Sobald er ihn erworben habe, habe er ihn stehengelassen! Crémona wedelte mit Fotos von dem Fahrzeug, um das es ging.

Der Anwalt beendete sein Plädoyer mit dem Hinweis, daß jeden Tag irgendwelche Strolche Autos klauen und hinterher meistens demolieren würden.

»Werden sie etwa hart bestraft? Mitnichten! Sie bekommen lächerlich niedrige Strafen, zur Bewährung ausgesetzt.

Geht es daher an, einen ehrenhaften Mann ohne Vorstrafen, der sich von einem Gauner hat hereinlegen lassen, zu einer Gefängnisstrafe zu verurteilen?«

Zusammengekauert auf der Anklagebank sitzend, überlegte Edouard, daß dieses Argument, so richtig es auch sei, ihm nichts nützen werde; denn nichts ist ungeschickter, als die Laxheit der Justiz zu kritisieren, wenn man selbst um ein mildes Urteil bittet.

Das Urteil in zweiter Instanz lautete auf drei Monate Gefängnis, zwei davon mit Bewährung.

»Immerhin etwas, nicht wahr?« sagte der Maître Crémona zu Edouard.

»Ja«, erwiderte dieser, »das ist immerhin etwas.«

Er kehrte noch am selben Tag in die Schweiz zurück, ohne seine Mutter besucht oder in der Werkstatt vorbeigeschaut zu haben. Das Schloß in Versoix war zu seiner Höhle geworden, in der er sich wie ein verwundetes Tier verkroch. Ihr bescheidenes Leben vollzog sich in klösterlicher Stille, gegliedert durch den Rhythmus von Essen und Schlafen.

Die Fürstin hatte schon lange aufgehört, auf den Friedhof zu Sigismunds Grab zu gehen. Sie blieb in Edouards Nähe, sah ihn voller Liebe an, besorgt um seine seltener werdenden Schmerzen und seine kleinsten Wünsche.

Er verbrachte die Nachmittage im Salon, rittlings auf dem Stuhl, den er ab und zu weiterschob, um seine Autos nacheinander zu bewundern.

Margaret hatte nach und nach die Pflichten des Hauspersonals übernommen und ging vielfältigen Beschäftigungen nach. Sie erledigte alles mit der größten Bereitwilligkeit, so als wäre es schon immer in ihren Aufgabenbereich gefallen. Die Blicke, die sie Edouard zuwarf, ähnelten sehr denen von Fürstin Gertrude; doch in den ihren lag außerdem noch etwas Flehendes.

Der Prinz ignorierte diese stumme Bitte. Außer bei seinem Begrüßungskuß hatte er sich ihr seit seiner Rückkehr im Schloß nicht mehr genähert. Jedes körperliche Verlangen war in ihm verstummt.

Seine einzige Beschäftigung bestand darin, die alten Citroëns zu pflegen. Der unersetzliche Selim hatte das Nötige mitgebracht: Werkzeugtasche, Zündkerzen, Zündspulen, Keilriemen, Politur, Autoleder, Reinigungsmittel, Ölfläschchen, Wachsmittel. Wenn der Prinz sich kräftig genug fühlte, machte er sich daran, die Karosserie und die Chromteile zu polieren. Seine drei Schönen funkelten wie Edelsteine in der Sonne, die durch die hohen Fenster hereinfiel. Sogar Gertrude begann sich ernsthaft dafür zu interessieren. Er öffnete die Motorhauben, um ihr die Motoren zu zeigen, und führte sie nach und nach in die Mechanik der Citroëns ein. Die Fachausdrücke, die er dabei benutzte, kannte die Fürstin inzwischen auswendig, so oft hatte sie sie gehört.

Ihr Lebensstil blieb bescheiden, ja, sogar kärglich, so daß die elftausend Franken noch immer nicht aufgebraucht waren.

Edouard spuckte weiterhin Blut und hatte Schmerzen in der Brust.

»Wir müssen den Doktor rufen, Durchlaucht«, hauchte Margaret besorgt.

»Bloß nicht, Kleine! Ein Skobos ist keine Zimperliese, er erwartet die Aufrüher in seinem Palast!«

Sie schüttelte verständnislos den Kopf.

»Erinnerst du dich noch an die Zeit, als ich dich von hinten genommen habe, meine liebe Irin? Es tat dir weh, aber wir hatten eine gute Zeit miteinander. Ein fürstliches Vergnügen, was soll's? Jetzt krieg ich nicht mal mehr einen Ständer. Sogar wenn ich aufwache, liegt mein Schwanz schlaff zwischen den Beinen. Traurig, nicht wahr?«

Sie erfaßte nur den allgemeinen Sinn seiner Worte und entfernte sich, rot vor Verlegenheit.

Aus Sparsamkeitsgründen ging sie nicht mehr zum Friseur, sondern kümmerte sich selbst um ihr dichtes Haar, ebenso um das der Fürstin, das sie wusch und endlos lange kämmte, bevor sie ihren dünnen Knoten wieder aufsteckte. Edouard nannte sie bei sich »Cosette«; er fand es erstaunlich, daß schöne und intelligente Menschen wie Margaret Mullinger das Bedürfnis verspüren, sich zu unterwerfen, so daß sie sogar im Elend in der Nähe außergewöhnlicher Persönlichkeiten ausharren. Neigung zum Fanatismus? Soziale, vielleicht sogar sexuelle Kompensation? Die Irin war liebenswert, rührend bemüht, beinahe schön und ihnen vollkommen ergeben, so daß sie so etwas wie »ihr Eigentum« wurde.

Sie hätte eine vorbildliche Ehefrau abgegeben, und Edouard bedauerte es, daß er sie nicht liebte. Ein Mann ist wie ein Tier, das sich auf das erstbeste Weibchen stürzt, ohne es eigentlich zu lieben. Der Prinz dachte mit gelassener Klarsicht daran, daß er nicht mehr lange zu leben habe und keine Ehe eingehen, geschweige denn, eine Familie gründen werde. Dieser Gedanke betrübte ihn. Welch dummer Fluch hielt sie vom normalen Leben fern, ihn und seine Mutter?

Das Atmen fiel ihm immer schwerer. Zu seinen üblichen Schmerzen kamen Stiche in der Seite hinzu. Er hatte Fieber und war schweißgebadet, wurde immer schwächer. Seit langem schon hatte er die Medikamente, die ihm die Ärzte in der Klinik verschrieben hatten, abgesetzt, und er nahm nur noch Aspirin, was dazu beitrug, daß er häufiger Blut spuckte.

Um die lange Zeit, die er in seinem Bett verbrachte, totzuschlagen, hatte er ein eigenartiges Spiel erfunden: Er zwang sich dazu, sich an die entscheidenden Augenblicke des Attentats zu erinnern. Da er seither weder Elodie noch sonst jemand, der damals an seinem Tisch gesessen hatte, wiedergesehen hatte, war ihm der Vorfall nur in groben Zügen präsent. Um seine Erinnerung aufzufrischen, erforschte er das Dunkel. Dank seiner Zähigkeit blitzten hin und wieder Bruchstücke auf.

Er begann bei den ersten Minuten des Empfangs, ließ im Geiste die Gäste an sich vorüberziehen, erinnerte sich an seinen extravaganten, luxuriösen Smoking, sah die vier finsteren Musiker auf ihrem angestrahlten Podium vor sich. Es fehlte wenig, und aus dem mittelmäßigen Quartett wäre eine komische Nummer geworden. Das Essen wurde serviert: orangefarbene Schuhsohlen, schottischer Lachs getauft. Die Kellner in ihren weißen Jacketts. Der seinen Tisch zu bedienen hatte, mußte Indonesier sein.

Sein Gedächtnis warf noch ein kurzes Schlaglicht auf die Musiker, die ihr Podium verließen, um an den Tischen zu spielen. Und dann herrschte vollkommenes, unerbittliches Dunkel.

Eines Nachmittags nahm er etwas Kleingeld und ging zum Telefonieren in eine Kabine, die sich ganz in der Nähe des Schlosses befand.

Sie stieß einen Jubelschrei aus, als sie seine Stimme erkannte, die schwache Stimme eines sterbenden Greises.

»Sie! Endlich! Es ist furchtbar, daß wir uns nicht sehen können!«

»Aber nein«, seufzte er. »Es läßt sich aushalten.«

»Leiden Sie denn nicht unter unserer Trennung?«

»Nicht mehr als Sie, vielleicht weniger.«

»Mein Gott, Edouard ...«

»Lassen Sie's gut sein, Elodie. Ich bin am Ende, physisch und auch finanziell. Ich habe nicht mehr die Kraft, um mir gefühlvolle Szenen zu leisten. Ich bitte Sie um einen letzten Gefallen: Erzählen Sie mir die Einzelheiten des Attentats, dem ich zum Opfer gefallen bin.«

»Erinnern Sie sich nicht mehr daran?«

»Wenn ich mich daran erinnern würde, hätte ich Sie nicht angerufen.«

»Wie reizend.«

Er überhörte ihre sarkastische Bemerkung.

»Dieses schwarze Loch, diese Zeitspanne der Abwesenheit von mir selbst, wenn ich das mal so ausdrücken darf, das ist unerträglich. Erzählen Sie!«

Sie verstand seine Beklemmung und rief ihm das Drama wieder ins Gedächtnis:

Die vier Musiker stehen im Halbkreis um ihren Tisch, dem Prinzen gegenüber, und spielen *An der schönen, blauen Donau.* Ende des Stückes, magerer Höflichkeitsapplaus. Dmitri schiebt Edouards Teller zurück und legt sein Instrument auf den Tisch. Erstaunt fragt der Prinz, was ihm einfalle. Der Geiger, in einer Art Trance, sagt nur: »Einen Moment!« Er faßt in die Innentasche seines Smokings und holt eine riesige schwarze Pistole hervor. Gedankenverloren richtet er sie auf

Edouards Brust. Am Tisch tritt fürchterliche Stille ein. Edouard zuckt nicht mit der Wimper. Dmitri drückt zweimal auf den Abzug (es waren nur zwei Kugeln im Magazin). Edouard zuckt bei jedem Schuß zusammen. Er öffnet die Lippen, aber es kommt kein Laut aus seinem Mund. Seine Hände krallen sich in das Tischtuch, Blut fließt über seine Hemdbrust, dann aus seinen Mundwinkeln, und er sinkt langsam zur Seite. Elodie packt ihn bei den Schultern, damit er nicht zu Boden fällt. Dmitri hat die Waffe neben sein Instrument gelegt und schenkt sich Champagner ein, wobei er das Glas des Prinzen benutzt. Männer stürzen sich auf ihn, packen ihn und zwingen ihn, sich hinzusetzen. Dmitri hat irgend etwas gesagt, aber Elodie hat in ihrer Bestürzung seine Worte nicht verstanden. Später erfährt sie, daß er Edouard einen Hochstapler genannt hat.

Sie schloß ihren Bericht mit der Bemerkung, daß sie es sich nicht verzeihe, solch ein Individuum bei ihm eingeführt zu haben. Darüber werde sie nie hinwegkommen.

»Wer nie darüber hinwegkommen wird, das bin ich«, erwiderte der Prinz.

Er machte keinerlei Anspielung auf die Tatsache, daß Joulaf ihr Geliebter gewesen war. Er ließ ihn vollkommen kalt.

»Schade, daß mein Leben zu Ende ist, nachdem ich diese Gelassenheit erlangt habe«, dachte er. »Wie stark man ist, wenn man den Dingen gleichgültig gegenübersteht!«

Am Tag nach diesem Telefongespräch erhielt er ein Telegramm von Maître Crémona. Er informierte ihn darüber, daß er sich am achtzehnten des Monats im Gefängnis von Versailles einzufinden habe, um seine Strafe anzutreten.

Auch diese Nachricht ließ ihn kalt. Erstens, weil er damit gerechnet hatte und froh war, es hinter sich zu bringen; und zweitens, weil er fest davon überzeugt war, daß er noch in der Haft sterben werde, und es vorzog, weit weg von den Menschen zu sein, die er liebte. Edouard nahm sich fest vor, einsam sein Leben zu beenden, so wie sein Vater und sein Großvater es getan hatten. Sein geschundener Körper sehnte das Ende herbei, und dieses düstere Verlangen wurde durch seine vollkommende Resignation verstärkt.

Die Fahrt nach Paris stellte ein Problem dar, denn er hatte nicht mehr die Kraft, im Zug zu reisen, nicht mal per Flugzeug. Noch einmal schleppte er sich zu der Telefonkabine, um Banane anzurufen und ihn zu bitten, ihn abzuholen. Selim willigte freudig ein. Edouard wies ihn an, im Schloß zu behaupten, daß Rosine einen schweren Unfall gehabt habe und er den Prinzen deshalb abhole.

Alles lief ab wie vorgesehen, aber als Edouard sich von seiner Großmutter verabschiedete, sagte Gertrude:

»Ich glaube nicht, daß deine Mutter vor Ablauf eines Monats wieder gesund sein wird, mein Junge. Nimm ›ihr‹ Leiden geduldig auf dich, und sei tapfer!«

Da wurde Edouard klar, daß Oma alles wußte und sie ihn zu sehr liebte, um ihm deshalb böse zu sein.

Sie machte mit dem Daumen das Kreuzzeichen auf seine Stirn.

»Sieh mir in die Augen, Edouard I.«, sagte sie. »Heute nacht ist Otto, mein geliebter Mann, mir im Traum erschienen, um mit mir über dich zu reden. Er hat gesagt, daß ein Ertrinkender mit den Füßen den Grund des Wassers berühren muß, um wieder an die Oberfläche zu kommen. Vergiß das nicht, mein Liebling: Die Rettung liegt ganz unten auf dem Grunde!«

# 36

Seitdem ihr »Mann« verhaftet worden war, ließ die Natter ihren lesbischen Neigungen freien Lauf. Sie litt zu sehr unter den Männern, als daß sie sie hätte schätzen können. Hans beeindruckte sie durch seine Kraft und seine Brutalität, sonst hätte sie kaum mit ihm geschlafen. Viel intensiver erlebte sie die Liebkosungen, mit denen sie Marie-Charlotte überhäufte, auch wenn sie beklagte, daß diese ihre Zärtlichkeiten nur mäßig genoß. Marie-Charlotte fand ihre Befriedigung woanders als in Umarmungen. Ihre Sache war die »Aktion«, die systematische Bösartigkeit. Wenn sie sich mit Francky zusammengetan hatte, dann deshalb, weil sie einen Kerl in ihrer Clique brauchte. Außerdem unterschied er sich von anderen Jungen durch seine Herkunft und seine perversen Instinkte.

Kurz nachdem sie sich in dem Schuppen des Gemüsebauern niedergelassen hatte, eroberte Stéphanie die Frau eines Fernfahrers, die sie im Supermarkt des Ortes kennengelernt hatte. Die Frau war jung, dumm und wehleidig und hatte sich leicht von dem großen, schlangenartigen Mädchen mit der großen Klappe faszinieren lassen. Da ihr Mann sie von Berufs wegen häufig mit ihrem Kind alleine ließ, besuchte die Natter sie nachts, um vor Tagesanbruch wieder zu verschwinden, denn die Schwiegereltern ihrer Schönen wohnten im Nachbarhaus. Sie ging gerade zu Fuß nach Hause über das Gras der Böschung, um ihre Schritte zu dämpfen –, als sie sah, daß vor Blanvins Werkstatt ein Wagen hielt. Banane stieg auf der Fahrerseite aus und öffnete das Werkstatttor. Er hatte die Wagentür offenstehen lassen, und im Licht der Autoleuchte erkannte die Natter den Beifahrer. Er entsprach zwar nicht der Beschreibung, die ihre Freundin von Edouard gegeben hatte, aber ihr Instinkt sagte ihr, daß es sich um ihn handeln müsse. Sie lief nach Hause, um Marie-Charlotte die Neuigkeit mitzuteilen.

Wegen der Hitze schlief Marie-Charlotte nackt. Die Nachricht ließ sie wie elektrisiert aus dem Bett springen. Ohne sich die Mühe zu machen, sich anzukleiden oder auch nur Schuhe anzuziehen, schnappte sie sich ihr Fernglas und eilte zu einer kleinen Anhöhe, von der aus man beobachten konnte, was in der Wohnung über der Werkstatt vor sich ging.

Das Licht brannte. Das Mädchen richtete das Fernglas auf das erleuchtete Fenster, und nachdem sie es eingestellt hatte, sah sie ihren Cousin direkt vor sich.

»Scheiße!« rief sie.

Edouards völlig verändertes Aussehen überraschte sie.

»Der ist ja halbtot«, dachte sie. »Hat er sich vielleicht Aids gefangen?«

Mit tausend widersprüchlichen Gedanken musterte sie ihren Cousin. Ihn in diesem Zustand zu sehen kühlte ihre Mordlust ab. Tötet man einen Sterbenden?

Banane kochte Kaffee, aber Edouard trank nur ein paar Schluck. Danach führte ihn der junge Araber ins Nebenzimmer. Marie-Charlotte konnte ihn nicht mehr sehen. Kurz darauf wurde das Licht gelöscht.

Das Mädchen kehrte in die provisorische Unterkunft zurück. Francky war inzwischen aufgewacht und kicherte bei ihrem Anblick.

»Gut siehst du aus, so nackt, mit deinem Fernglas um den Hals, wie 'ne Schweizer Kuh mit 'ner Kuhglocke!«

»Nerv mich nicht, Mao!«

An ihrer gereizten Antwort konnte er erkennen, wie unzufrieden seine Kratzbürste war.

»Hab ich mich geirrt?« fragte Stéphanie. »Ist er's nicht?«

»O doch, er ist es«, seufzte Marie-Charlotte.

»Und warum ziehst du dann so 'ne Fresse? Der Tag des Jüngsten Gerichts ist doch gekommen, oder?«

»Er ist im Arsch!«

»Was erzählst du da?«

»Völlig fertig! Kann sich kaum auf den Beinen halten. Hoffentlich hat er sich 'ne verdammte Syphilis geholt.«

»Ändert das was an deinen Plänen?

»Weiß ich noch nicht. Ich muß erst mit ihm sprechen, vor allem muß ich ihn von nahem sehen.«

»Also los!«

»Noch nicht.«

»Worauf wartest du?« fragte die Natter. »Daß er abkratzt?«

»Der Araber soll erst abhauen. Er muß ganz bestimmt weg. Ich wette mit euch, daß er seine Schwester holt, damit die ihren Dodo pflegt! Gestern hat er sie zu seinen Alten gebracht, weil er in die Schweiz gefahren ist, um Blanvin abzuholen, und weil er sie nie alleine läßt. Aber sie wird zurückkommen!«

»Woher weißt du das?«

»Ich weiß es eben. Wir müssen die Werkstatt abwechselnd beobachten, ich fang an.«

»Ay, ay, Sir!« rief Stéphanie. »Wenn ich als letzte drankäme, hätte ich nichts dagegen. Schließlich habe ich die ganze Nacht kein Auge zugemacht.«

Sie grinste.

»Du hast 'n Haar von 'ner Möse zwischen den Zähnen!« lachte Francky.

Edouard hatte seinen Wecker auf sechs Uhr gestellt, aber er wachte schon lange vor dem Läuten auf. Das Fensterchen seines Zimmers sah aus wie ein trübes Aquarium. Der Tag hatte noch keine klaren Farben angenommen.

Wie jeden Morgen war der Prinz schweißgebadet. Seltsamerweise wirkte das nächtliche Schwitzen ein wenig belebend auf ihn. Nachdem er den Schweiß abgeduscht und frische Wäsche angezogen hatte, fühlte er sich einen Moment lang entspannt.

Er zog dasselbe an wie früher: ein grobes Baumwollhemd, einen Pullover und Jeans. Es war Edouard Blanvin, der einen Monat in den Kerkern Frankreichs absitzen würde, nicht Edouard I. von Montegrino.

Banane hatte seinen unvermeidlichen Kaffee gekocht. Sie tranken ihn schweigend. Edouard sah Rachels Brilleneturi auf dem Tisch liegen. Er steckte es ein.

»Apropos einstecken«, sagte Selim, »ich hab noch deine Einnahmen, Alter. Keine Reichtümer, ich hab nämlich 'n Gang runtergeschaltet, und außerdem mußte ich die Stromrechnung bezahlen und die Steuervorauszahlung für dich leisten.«

Er holte eine Keksdose hervor und schüttete ihren Inhalt auf den Tisch, so wie man einen Kuchen umstürzt. Langsam, fast mühsam zählte er das Geld, das ihn verunsicherte.

»Achttausendsechshundert«, verkündete er schließlich.

»Hast du deinen Monatslohn entnommen«, fragte Edouard.

»Nein, aber ich kann warten. Meine Alten geben uns unseren täglichen *Couscous,* und von einigen Kunden kriege ich Trinkgeld.«

»Kommt nicht in Frage«, protestierte der Prinz. »Nimm deine fünftausend Schleifen und schick eine Postanweisung von dreitausend an Madame Gertrude Skobos, Fürstin von Montegrino, Schloß Versoix, Genf. Ich nehme die restlichen sechshundert. Dort, wo ich hingehe, reicht mir das voll und ganz.«

Er sah auf seine goldene Uhr.

»Es ist Zeit, mein Sohn.«

Plötzlich kam ihm die Idee, seine Uhr zu verkaufen. Er ärgerte sich über sich selbst, weil er nicht schon eher daran gedacht hatte. Er nahm sie ab und reichte sie seinem Lehrling.

»Wenn mir was zustößt, bring sie zu Oma, und hilf ihr, die Autos zu verkaufen, die im Salon stehen. Weißt du, Fürstinnen kennen sich im praktischen Leben nicht aus.«

Sein erfreulicher Zustand dauerte nur bis zur Treppe an, wo er beinahe zusammengebrochen wäre. Glücklicherweise ging Banane vor ihm her, sonst wäre er hinuntergestürzt. Der Junge half ihm bis zum Wagen und bettete ihn auf den Rücksitz.

»Ruh dich aus!« empfahl er ihm. »Aber weißt du, wenn sie dich dort sehen, schicken sie dich auf der Stelle zurück auf dein Schloß!«

»Das Gefängnis ist nicht die Armee!« widersprach der Prinz.

Schließlich hatte Marie-Charlotte ganz alleine auf der Lauer gelegen. Da sie ausgeschlafen war, hielt sie lieber mit umgehängtem Fernglas selbst Wache. Das ausgemergelte Gesicht Edouards jagte ihr noch immer Entsetzen ein. Es war nicht Mitleid, was sie empfand, denn dieses Gefühl kannte sie nicht; es war vielleicht verzweifelte Wut. Das Mädchen nahm es ihrem Cousin nicht so sehr übel, daß er sich auf so unerwartete Weise ihrer Rache entzog (übrigens konnte sie ihn jederzeit »alle machen«); nein, sie haßte ihn, weil er sie zwang, eine Tatsache anzuerkennen: Sie liebte ihn! Durch das doppelte Prisma ihres »Spekuliereisens« (eine herrlich zutreffende Bezeichnung!) hatte sie sein verwüstetes Gesicht gesehen und war sich ihrer Liebe bewußt geworden. Einer überwältigenden Liebe, die sie bei ihrer ersten Begegnung auf Rosines Grundstück empfunden hatte. Es war die Liebe eines Kindes, das zu schnell zur Frau herangereift war; die Liebe eines verdorbenen Mädchens, das insgeheim nach dem Absoluten strebte. Von Anfang an war alles zu spät gewesen: Da sie es sofort gespürt hatte, hatte sie sich in diesen ungeheuren, verzehrenden, glühenden Haß hineingesteigert, diesen beinahe reinen Haß, der sie erschauern ließ. Edouard zu töten hätte ihr Leben mit einem wilden Glück erfüllt; daß er nun eines natürlichen Todes sterben sollte, zerstörte es.

Sie saß in ihrer provisorischen Unterkunft, rittlings auf einem Stuhl, und versuchte, sich Mut zu machen. Sie fragte sich, ob sie sich nur einbilde, daß Edouards Ende kurz bevorstehe. Sie konnte sich getäuscht, eine bloße Veränderung in seinem Äußeren für ein tragisches Anzeichen gehalten haben.

In ihrem bisherigen Leben hatte sie nur zwei Tote gesehen: die zwei Menschen, die sie umgebracht hatte. Allerdings hatte sie sich nicht einmal die Mühe gemacht, sich die Toten näher anzusehen. Aber sie wußte, daß diese zerstörte, von Schmerzen gezeichnete Maske Edouards einem Menschen gehörte, der am Ende, der »auf halbem Wege« war und der es wußte, der keine Angst davor hatte und seinem Schicksal trotzte, indem er es akzeptierte.

Marie-Charlotte fand keinerlei Genuß an der Liebe; kaum, daß sie dieses Gefühl überhaupt wahrnahm. Vielleicht war sie zu jung dafür? Das Fleisch muß ein wenig ruhiger geworden sein, um in der Umarmung zu erbeben.

Sie ließ das schäbige, zu einer Werkstatt umgebaute Häuschen nicht aus den Augen. In der blaugrauen Morgendämmerung lag es weiß wie Mehl da, mit seinen schwarzen Ölflecken vor dem Werkstattor und dem Fenster in der ersten Etage, das erst kürzlich eingebaut worden war.

Plötzlich leuchtete hinter der großen, beschlagenen Scheibe Licht auf. Marie-Charlotte konnte zwei Schatten erkennen, allerdings nur undeutlich, da ihr Schuppen zu weit weg lag. Sie hätte auf die Anhöhe gehen müssen, auf der sie in der Nacht gestanden hatte; aber tagsüber wagte sie sich nicht dorthin, weil sie Angst hatte, erwischt zu werden.

Wenig später fuhr ein Wagen aus der Werkstatt heraus. Banane saß allein drin, Marie-Charlotte zog sich rasch an und weckte ihre Freunde mit Fußtritten.

»Aufgestanden, Saubande!« schrie sie. »Die Sioux greifen im Morgengrauen an!«

Sie teilte dem schlaftrunkenen Paar mit, daß Edouard alleine in der Wohnung war.

Francky und Stéphanie standen fluchend auf, schimpften, daß es doch nicht so eilig sei. Marie-Charlotte ließ ihnen keine Zeit zum Kaffeekochen, erlaubte der Natter lediglich, ein Glas Wasser zu trinken.

»Was für ein Spielzeug nehmen wir mit?« fragte der Vietnamese.

»Was du willst, mir scheißegal!« knurrte das Mädchen.

In der Form eines Keils schlichen sie über das dreckige Feld. Marie-Charlotte ging voran, die beiden anderen folgten ihr schweigend. Die morgendliche Kühle ließ Stéphanie erschauern, und sie klapperte mit den Zähnen.

»Tango und Kastagnetten!« lachte Francky.

Sonst wurde bis zur Werkstatt kein Wort mehr gesprochen.

Das Schloß vor dem Werkstattor war ein Witz. Der Vietnamese brach es mit einem Brecheisen auf, das er manchmal als Schlagstock benutzte und, mit Heftpflaster an seinem Bein befestigt, immer bei sich trug.

Sie drangen in die Werkstatt ein, gingen zur Treppe und lauschten. Kein Laut drang aus der oberen Etage zu ihnen.

»Wem darf ich den Vortritt lassen?« fragte Francky, der sich noch sehr gut an Blanvins heftige Attacke im *La Fanfare* an der Porte de Clignancourt erinnerte.

»Ich geh vor«, flüsterte Marie-Charlotte.

Lautlos schlich sie die Treppe hinauf. Die Etagentür stand offen, und das Mädchen stellte fest, daß Blanvin sich nicht im Wohnzimmer befand. Mit drei Schritten war sie im Schlafzimmer. Auch hier keine Menschenseele. Ihr wurde klar, daß Edouard auf der Rückbank des Wagens gelegen haben mußte, der von Selim herausgefahren worden war. Normal bei seinem Zustand! Der Araber fuhr ihn wahrscheinlich ins Krankenhaus.

Die beiden Freunde kamen zu ihr herauf. Der Vietnamese machte sich über Marie-Charlottes Enttäuschung lustig:

»Wer ist denn hier verarscht worden? Die flotte Lotte! Wollte ja unbedingt abwarten, und dabei wär's heute nacht 'n Kinderspiel gewesen! Jetzt ist der Vogel ausgeflogen, und die große Squaw ist angeschmiert!«

Marie-Charlotte gab ihm eine Ohrfeige. Franckys Spöttelei, die ihre Enttäuschung nur noch vergrößerte, ging ihr auf die Nerven.

»Jetzt reicht's aber!« protestierte Francky und fügte hinzu, um sein Gesicht zu wahren: »Hat das gnädige Fräulein ihre Tage oder was?«

Die Natter schnüffelte ein wenig herum und entdeckte die Keksdose auf dem Tisch. Weil sie Hunger hatte, öffnete sie sie. Als sie ihren Inhalt erblickte, stieß sie einen Freudenschrei aus.

»Sandgebäck, meine Lieblingskekse!« frohlockte die Bohnenstange. »Achttausend Schleifen! Vielen Dank, liebes Christkind!«

Sie nahm die Beute an sich, hob ihr Kleid, das keine Taschen hatte, hoch und schob die Scheine in ihren Slip.

Marie-Charlotte war im Schlafzimmer geblieben. Sie erschnupperte Edouards Geruch auf dem Kopfkissen und entdeckte eine rotbraune Spur auf dem Bezug.

»Er spuckt Blut!« dachte sie. »Hat er Tuberkulose oder was?«

Das Bett, in dem Edouard so viele Jahre geschlafen, in dem er die letzte Nacht verbracht hatte, dieses Junggesellenbett erregte sie. Mit wie vielen Frauen hatte er es zwischen diesen groben, rauhen Laken wohl getrieben? Unausgesprochene Eifersucht quälte sie.

Sie sah ihre Freunde nachdenklich an.

»Was für widerliche Fressen die haben!« dachte sie.

Laut sagte sie zu ihnen:

»Haut ab, ich warte alleine hier auf ihn.«

Francky schüttelte den Kopf.

»Du bist bekloppt, Lotte! Wenn er mit seinem Araber zurückkommt, den du von der Brücke geschubst hast, kannst du was erleben!«

»Was soll er mir denn tun? Schließlich bin ich Edouards Cousine.«

»So wilde Cousinen laufen Gefahr, was auf die Glocke zu kriegen!«

Marie-Charlotte sah aus wie ein tollwütiger Fuchs.

»Verpißt euch, verdammt noch mal! Und schließt das Eingangstor ab!«

»Wird nicht ganz leicht sein«, kicherte Francky. »Das Schloß hängt schief wie meine Eier!«

»Dann laß es von mir aus hängen, aber haut endlich ab!«

Er ging hinunter, wie immer der unerbittlichen Autorität seiner Freundin unterlegen.

»Willst du lange hier bleiben?« fragte die Natter.

»Kommt drauf an.«

»Worauf?«

»Du kotzt mich an, verschwinde endlich!«

Als sie in der kleinen, leeren Wohnung alleine war, ging sie wieder ins Schlafzimmer zurück, warf sich aufs Bett und fing an zu weinen.

# 37

Die Zelle, in die er gebracht wurde, war bereits mit zwei Häftlingen belegt. Der Aufseher hatte über sein trauriges Gesicht gelacht:

»Aber, aber, Monsieur Blanvin, Sie sehen ja aus wie eine Leiche auf Urlaub! Wohl die ganze Nacht einen draufgemacht, was? Das tun fast alle, die nur 'ne kurze Strafe absitzen müssen.«

Edouard hatte ihn in seinem Irrtum belassen. Er fand den Mann recht sympathisch und wußte es zu schätzen, daß er ihn mit »Monsieur« ansprach.

Seine beiden Zellengenossen begrüßten ihn gleichgültig. Einer von ihnen war ein pechschwarzer Schwarzer mit Narben im Gesicht. Der andere, ein kleiner, dicker Fünfzigjähriger mit Glatze und Schnurrbart, sah deprimiert aus.

Edouard warf ihnen ein kurzes »Hallo« zu und legte sich auf die noch freie Pritsche. Der Geruch von Putz- und Desinfektionsmitteln (wegen der Toilette) breitete sich in der Zelle aus.

Der Prinz schlug seinen Jackenkragen hoch, um das aufsteigende Kältegefühl zu vertreiben. Eine vergebliche Maßnahme. Der Schwarze stieß einen Rülpser so laut wie Tigergebrüll aus.

»Amen!« sagte der Glatzkopf.

Blanvin schloß die Augen. Sein langsamer Gang durch die Gefängnisflure war ein Alptraum gewesen, nicht weil es in einem Gefängnis war, sondern weil es ihn völlig erschöpfte.

»Mein Leidensweg.«

Bei der Vorbereitung auf seine Taufe hatte der Bischof, dem er seine Zweifel anvertraut hatte, ihm erklärt, daß unser Leben ein Leidensweg von der Geburt bis zum Tod sei und daß die einzigen Momente, in denen wir uns ausruhen könnten, die Momente seien, in denen wir fallen. Dann erdrücke uns das Gewicht des Kreuzes und zwinge uns dazu, uns niederzulegen und ein wenig auszuruhen, damit wir dann unseren Weg weitergehen können.

Das Gefängnis war für ihn einer dieser Momente oder »Stationen«. Er mußte sich ausruhen, um danach weitermachen zu können. Der Ort seiner Qualen würde der Ort seiner Erlösung sein.

Der glatzköpfige Mithäftling beugte sich über ihn.

»Bist du bedröhnt oder was?« fragte er.

»Wie?« murmelte Edouard halb bewußtlos.

»Du stöhnst ja, als würdest du's mit 'm Pferd treiben!«

»Entschuldigung«, stammelte Edouard, »ich hab's gar nicht gemerkt.«

»Bist du für länger hier?«

»Einen Monat.«

»'n Klacks! So was macht man mit links! Erstes Mal hier drin?«

»Ja«, antwortete der Prinz.

Dann dachte er nach und verbesserte sich:

»Nein, zum zweiten Mal.«

»Weißt du nicht mehr, ob du schon mal im Knast warst oder nicht?«

»Beim ersten Mal war ich etwas über ein Jahr.«

»Im Bau?«

»Nein, ein Jahr alt!«

Der Glatzkopf mit dem Schnurrbart zuckte die Achseln. Er wandte sich von Edouards Pritsche ab und sagte zu dem Schwarzen:

»Hab ich doch gewußt: vollgedröhnt bis an die Haarwurzeln!«

Der Angesprochene reagierte nicht. Seine Gleichgültigkeit konnte einem weh tun.

»'ne lustige Truppe ist das hier!« lamentierte der Dicke.

Und er überließ sich wieder seiner Depression.

Der Prinz öffnete die Augen einen Spaltbreit und sah sich in der Zelle um. Sie hatte kein Fenster, nur eine Art Schießscharte unterhalb der Decke. Die Wände waren hellgrün gestrichen, die Tür dunkelgrün, so wie er Gertrudes Rolls-

Royce gespritzt hatte, kurz bevor die Limousine abgeholt worden war. In der Tür befanden sich eine ovale Öffnung und ein mit Messing eingefaßtes Guckloch. Die enge Zelle enthielt drei Pritschen, ein Klosett, ein Waschbecken, zwei herunterklappbare, an der Wand befestigte Tischplatten und zwei Regale. Poster mit nackten Pin-up-Girls, nur mit einem mexikanischen Sombrero bekleidet, gilbten schon seit langem an den Wänden vor sich hin.

Edouard versuchte sich an *seine* erste Zelle zu erinnern. Sie hatte bestimmt anders ausgesehen; doch er war davon überzeugt, daß dort dieselbe deprimierende Atmosphäre geherrscht hatte. Im Frauengefängnis, in dem auch Kleinkinder lebten, ging es sicherlich sehr viel menschlicher zu, herzlicher, vielleicht sogar laut und bunt.

Wie hatte noch gleich das kleine Mädchen geheißen, das seine »Zellengenossin« gewesen war? Ihr Vorname war nicht »von hier«, ein Vorname wie aus einem der amerikanischen Kriminalromane, die von ihrer Mutter verschlungen worden waren. Eva? Laura?

Jetzt erinnerte er sich: Barbara.

Welche Laufbahn hatte sie mit diesem unüblichen Namen wohl eingeschlagen? War sie Diebin geworden oder Hure, oder war sie in einer Nachtbar gelandet? In der jetzigen Phase seines Lebens interessierten ihn nicht mehr viele Dinge; aber er hätte das Mädchen von damals gerne getroffen, ohne sie natürlich wiedererkennen zu können, sicher; nur um zu sehen, was aus ihr geworden war, auf welch gemeine Art das Leben mit ihr umgesprungen war.

Er bekam einen Hustenanfall, und Blut sammelte sich in seinem Mund.

Dieser Dreckskerl, der ihn zu töten versucht hatte! Aber war es nicht das Schicksal von Fürsten und Königen, Opfer von Attentaten zu sein? Sein Großvater, Heinrich IV., Alexander II. von Rußland, und wer noch?

Er verlor das Bewußtsein.

Marie-Charlotte erinnerte sich nicht, jemals einen so entspannten, beinahe glücklichen Augenblick erlebt zu haben.

Alleine in Edouards Wohnung, schien es ihr, als wäre sie am Ziel ihrer geheimen Wünsche.

Nachdem sie sich ausgeweint hatte, schlief sie auf dem Bett des »Großen« ein, denn die durchwachte Nacht hatte sie erschöpft.

Als sie aufwachte, hatte sie Hunger und sah sich in der Küche nach etwas Eßbarem um. Im Kühlschrank fand sie einen Rest Hammelragout mit weißen Bohnen und einige Becher Joghurt. Sie aß mit Heißhunger. Als sie das Hammelragout aufgegessen hatte, machte sie sich daran, die Wohnung nach weiteren Eßwaren zu durchsuchen. Im Wandschrank lagen jede Menge Konserven: Sardinen, Thunfisch, Erbsen, Ravioli, Kekse. Sie summte vor sich hin und knabberte Kekse. Wenn Dodo zurückkommen würde, würde sie versuchen, ihm offen und ehrlich zu erklären, was sie für ihn empfand. Aber da Edouard über ihre Morde Bescheid wußte, würde er sie immer nur als Kriminelle und Verrückte betrachten. Kann man für eine Mörderin oder eine Verrückte etwas anderes empfinden als Furcht? Nein! Das Beste würde es sein, ihren ursprünglichen Plan in die Tat umzusetzen. Der einzige Liebesakt, der zwischen ihnen noch möglich schien, war der, ihn zu töten.

Sie sah sich in der Wohnung nach einem geeigneten Versteck um, denn sie hatte vor, ihn zu überrumpeln. Hinten im Schlafzimmer, rechts neben dem Bett, befand sich eine Art Wandschrank, der von einem Vorhang verdeckt wurde. Auf einem Brett lag Edouards Wäsche, und darunter hingen seine Anzüge. Der »Schrank« hatte keinen Boden, und die Seitenwände wurden von der Dachschräge gebildet. Sich dort zu verstecken würde ein Kinderspiel sein. Sie schlüpfte probeweise hinein und hatte keine Mühe, sich in dem kegelförmigen Verschlag zusammenzukauern.

Als sie sich wieder herauszwängte, stieß sie an einen Gegenstand, der sich, bei Licht besehen, als ein Schuhkarton entpuppte. Er enthielt viele weiße Briefumschläge. Sie waren zugeklebt und numeriert, trugen aber keine Adresse.

Marie-Charlotte setzte sich im Schneidersitz aufs Bett, den Schuhkarton mit den Briefen zwischen ihren Knien. Bedenkenlos riß sie den Umschlag Nr. 1 auf und zog den Inhalt heraus: einen Brief, in einer schönen, leicht nach links geneigten Handschrift geschrieben.

Sie las:

*Mein Liebster, mein Leben!*
*Kann man an zuviel Liebe sterben? Ja, ich bin sicher: Man kann. Die Leidenschaft, die Du in mir erweckst, ist so stark, daß ich sie nicht mehr zügeln kann, so brennend, daß sie meine Seele verzehrt. Sicher wird sie mich töten, Edouard, aber ich werde den Tod nicht als Befreiung, sondern als Gipfelpunkt meiner Liebe empfinden. Doch ich bin schwach, mein Geliebter, und kann nicht scheiden mit solch einem Geheimnis. Deswegen will ich Dir von dieser ungeheuren Leidenschaft, die mich beherrscht, erzählen, jeden Tag …*

Marie-Charlotte sah auf die Unterschrift: »Najiba«. Blinde Wut stieg in ihr hoch, ließ sie nach Luft ringen. Diese kleine Araberin erlaubte sich, Edouard zu lieben und Worte an ihn zu richten, die ihr selbst niemals in den Sinn gekommen wären. Mit schwülstiger Lyrik beteuerte sie ihre leidenschaftliche Liebe, die er in ihr erweckte! In Briefform dichtete sie eine verzweifelte Hymne, die er eines Tages voller Stolz lesen würde, dieser Idiot! Dieser beschissene Vollidiot! In ihrer Wut rieb sie den Brief an ihrem Geschlecht, so als wolle sie ihn dadurch in Besitz nehmen und anstelle der Maghrebinerin zur Verfasserin werden.

Dann las sie nacheinander alle Briefe, wobei sie manchmal voller Haß aufstöhnte.

Bevor er wieder klar denken konnte, erkannte er – an dem Medizingeruch und den Geräuschen –, daß er sich in einem Hospital befand.

Geflüster holte ihn endgültig in die Wirklichkeit zurück. Er bemühte sich, die Laute zu verstehen, sie dem Undeutlichen zu entreißen.

Eine sehr ernste Stimme sagte:

»Offen gesagt, Maître, ich kann Ihnen nicht versprechen,

daß wir ihn da rausholen können. Begreifen Sie, nach der komplizierten Entfernung seines linken Lungenflügels kommt der Kerl jetzt mit einer Entzündung des rechten Lungenflügels daher! Wenn er noch atmet, dann nur aus Gewohnheit! Wir haben großes Geschütz aufgefahren, nur befürchte ich, daß es zu spät sein könnte.«

»Versuchen Sie das Unmögliche, Doktor!« sagte die sanfte Stimme von Maître Crémona.

»Aber das tun wir doch, mein lieber Maître: das Unmögliche! Die Gefängnisverwaltung hat uns informiert, daß er einen Monat absitzen muß.«

»Aufgrund eines bloßen Mißverständnisses«, erklärte der Anwalt, jetzt in berufsmäßigem Ton. »Als begeisterter Liebhaber alter Citroëns hat er einen Wagen gekauft, ohne zu wissen, daß er gestohlen war!«

»So 'n Pech aber auch«, sagte der Arzt betont lässig. »Am besten, Sie richten ein dringendes Gnadengesuch an den ständigen Ausschuß, und ich stelle eine Bescheinigung aus, die die Dringlichkeit des Falles bestätigt.«

»Vielen Dank, Doktor.«

Die beiden verließen das Zimmer. Edouard nahm all seine Kräfte zusammen und rief:

»Maître!«

Es war mehr ein Hauch als ein Laut, der aus seinem Mund kam. Crémona hatte ihn wohl nicht hören können. Leider …

Dennoch spürte Edouard jemanden über sich. Und dann nahm er den Geruch des Anwalts wahr, einen ekelerregenden, sauren Geruch, der von einem verschwitzten Unterhemd verströmt wurde.

»Sind Sie … wach, Monsieur Blanvin?«

Der Anwalt hatte ein Wort gesucht, das so etwas wie »wieder bei Bewußtsein« bedeutete, und da er keines fand, benutzte er »wach«.

»Brauch Sie«, hauchte Edouard.

»Soll ich jemanden benachrichtigen? Da die Verwaltung über keine diesbezüglichen Anweisungen Ihrerseits verfügte, hat sie mich benachrichtigt.«

»Schwätzer!« dachte Edouard. »All diese überflüssigen

Worte, die man im Laufe seines Lebens von sich gibt! Worte, mit denen man den andern beweisen will, daß man lebt; aber die anderen scheren sich einen Dreck darum und hören nur sich selbst zu.«

Eine Riesenzange bohrte in der Brust des Prinzen. Der Doktor hatte sich nicht geirrt: Edouard atmete aus Gewohnheit!

»Wichtig!« gelang es ihm leise hervorzustoßen.

Endlich begriff Crémona, daß er nur noch im Telegrammstil mit seinem Mandanten sprechen konnte.

»Meine Mutter ... sprechen ...«

»Sie wollen mit Ihrer Mutter sprechen? Das ist normal.«

»Nicht ich ... Sie!«

»Ich, ich soll mit Ihrer Mutter sprechen?«

»Nicht sagen ... ich hier ...«

Er sprach nun wie die Leute, die glauben, sie könnten sich jemandem, der ihre Sprache nicht spricht, besser verständlich machen, wenn sie Kauderwelsch reden.

»Ich soll ihr nicht sagen, daß Sie im Gefängnishospital sind?«

»Bloß ... nicht!«

Der Arzt, der draußen ungeduldig auf Crémona gewartet hatte, kam wieder zurück.

»Was ist los?«

»Ich glaube, mein Mandant will mir etwas Wichtiges mitteilen, aber er kriegt keine Luft mehr.«

Der Arzt rief eine Krankenschwester herbei und ordnete an, dem Prinzen eine Sauerstoffmaske anzulegen.

»Warum bist du nicht mit Edouard hier vorbeigekommen, bevor du ihn zum Gefängnis gebracht hast?« fragte Najiba in vorwurfsvollem Ton.

»Er war wie im Tran«, antwortete Selim. »Ich möchte es dir ganz offen sagen: Er hat einen sehr schlechten Eindruck auf mich gemacht.«

»Meinst du, ich könnte eine Besuchserlaubnis beantragen?«

»Fragen kostet nichts.«

Ihr Vater kam herein, um Banane zu sagen, daß sein »Lieferwagen« eine Panne habe, und bat ihn, ein paar Kisten Obst bei seinem Grossisten abzuholen.

»Tut mir leid, aber ich hab keine Zeit«, antwortete Banane.

Der Vater gab ihm eine Ohrfeige. Banane ergriff seine Hand, küßte sie und erklärte beschämt, daß er ihm voll und ganz zur Verfügung stehe.

»Ihr benehmt euch wie im Mittelalter, alle beide«, bemerkte Najiba.

Der Vater verzichtete darauf, auch seine Tochter zu ohrfeigen.

Zwei Stunden später kam Selim zurück. Er sah besorgt aus.

»Ich muß noch einmal in die Schweiz fahren«, sagte er zu seiner Schwester, »um einiges für den Boß zu erledigen. Willst du mitkommen?«

Najiba zögerte. Die Aussicht auf eine solche Reise verlockte sie, doch sie verzichtete darauf, da sie meinte, es sei wichtiger, Edouard im Gefängnis zu besuchen.

»Ich fahr zur Werkstatt zurück«, erklärte Banane. »Ich muß das Geld holen und etwas Wäsche einpacken.«

»Ich komme mit«, entschied sie. »Ich muß auch noch einiges abholen.«

Sie dachte an ihren geheimen Briefkasten, von dem sie sich nicht trennen wollte. Diese Briefe zu schreiben war ihr ein Bedürfnis geworden. Ständig, Tag und Nacht, bereitete Najiba im Geiste die Sätze für ihren nächsten »unbeweglichen« Brief vor.

Als sie bei der Werkstatt ankamen, bemerkte Banane sogleich, daß das Schloß aufgebrochen worden war. Der herunterhängende Riegel zeugte von dem Einbruch. Der Junge stürzte die Treppe hinauf und sah die Keksdose offen auf dem Tisch stehen. Der Anblick der leeren Blechdose erfüllte ihn mit größter Trauer. Daß sein eigenes Geld weg war, interessierte ihn nicht so sehr; um das Geld der Fürstin jedoch tat es ihm unendlich leid.

Najiba kam zu ihrem Bruder herauf und teilte seine Betroffenheit.

»Schweinerei!« schimpfte Selim mit Tränen in den Augen.

Nachdem er sich ein wenig beruhigt hatte, analysierte er die Situation.

»Glaubst du, Vater leiht mir dreitausend Francs?«

Seine Schwester nickte.

»Wenn du ihm erzählst, daß man uns Geld gestohlen hat, das uns nicht gehört, tut er's bestimmt.«

»Ich fahr nach Hause!« sagte Banane. »Unterwegs kaufe ich ein neues Schloß fürs Tor!«

# 38

Sie hatte ihn begleiten wollen, so wie sie es oft tat. Es war kalt gewesen, und sie hatte ihre Pelzstola, die nach Mottenkugeln roch, aus dem Schrank geholt. Die Stola setzte sich aus zwei Fuchspelzen zusammen, die an den Schnauzen vorn auf der Brust zusammengehakt wurden. Die Tierfelle hatten die gleiche Farbe wie die langen Haare der Frau, die mit den Wechseljahren zu kämpfen hatte.

Sie hakte sich bei ihrem Mann ein, so als gingen sie auf eine Hochzeit, was dem Paar ein feierliches, steifes Aussehen verlieh.

Die Krankenschwestern wurden durch ihr Eintreten in ihrem Klatsch und Tratsch gestört. Crémona wußte, daß die Kräftigste von ihnen die Station leitete. Er lächelte sie an, um sie gnädig zu stimmen, doch er hatte keinen Erfolg. Er hielt es für angebracht, sich vorzustellen:

»Maître Crémona. Wie steht es um Edouard Blanvin?«

»Er lebt immer noch«, antwortete die Frau mit einem höhnischen Grinsen.

»Ich muß ihn sprechen.«

Die Oberschwester hob gleichgültig die Schultern, und die Crémonas gingen in das Zimmer, in dem Blanvin lag. Alle acht Betten waren belegt.

Der Prinz lag im dritten Bett rechts, von der Tür aus gesehen. Er hatte die Augen geöffnet, und sein mühsames, heiseres Atmen konnte man kaum anhören.

»Guten Tag«, murmelte sein Anwalt. »Wie fühlen Sie sich?«

Edouard verzog das Gesicht. Durch die Schmerzen (oder die Atemnot?) schoben sich die weißen Lippen zurück, und man sah sein Zahnfleisch, das so rosa war wie früher der Kautschuk bei künstlichen Gebissen.

»Ich habe gestern mit Ihrer Mutter gesprochen. Sie schien überrascht und besorgt über meinen Besuch, spürte, daß irgend etwas nicht in Ordnung ist. Ich mußte meine ganze Redekunst entfalten, um sie zu beruhigen, doch ich bin mir nicht sicher, ob es mir gelungen ist. Jedenfalls hat sie mir die nötigen Informationen gegeben.«

Seine wunderbare Frau hatte sich mit halbem Hintern auf die Bettkante gesetzt. Ihre Hand in dem Ziegenlederhandschuh, der an der Daumennaht aufgeplatzt war, streichelte unschuldsvoll den linken Oberschenkel des Prinzen. Er bemerkte es nicht.

»Für den zweiten Teil der Aktion«, fuhr Crémona fort, wobei er einen Blick voller Nachsicht auf seine aufmüpfige Gattin warf, »brauche ich die Hilfe eines Dritten. Bei derartigen Problemen wende ich mich immer gerne an Arnaud Paindur, einen pensionierten Polizeikommissar. Er ist Witwer, und solche kleinen Aufträge machen ihm Spaß. Ich kann Sie beruhigen, seine Honorare sind vernünftig. Ehemalige Polizisten sind wie ehemalige Finanzbeamte: Wenn sie pensioniert sind, werden sie zu wirklichen Freunden und Helfern!«

»Schwätzer!« dachte Blanvin wieder. »Nichts als wirre Gedanken und ausweichende Antworten! Du bist ein ›Wortspieler‹, so wie andere Flöten- oder Klavierspieler sind!«

Die abenteuerlustige rechte Hand von Madame Crémona faßte energisch zwischen die Laken und berührte seine Geschlechtsteile.

»Maître«, sagte Edouard, »ich habe kein Geld. Als Entschädigung überlasse ich Ihnen meinen 15 Six, Baujahr 1937.«

»Wirklich?«

Der Anwalt strahlte.

»Setzen Sie einen Kaufvertrag auf, ich unterschreibe ihn beim nächsten Mal.«

»Den können wir gleich hier aufsetzen, auf einem Blatt Papier«, erklärte Crémona.

Nachdem ihr Bruder fortgefahren war, ging Najiba ins hintere Zimmer, um ihre Briefe zu holen. Sie erstarrte, als sie sie auf dem Boden verstreut liegen sah, zerknüllt oder zerrissen, einige sogar mit Exkrementen beschmiert. Sie konnte das Motiv für einen solchen Vandalismus nicht erkennen. Welche Bedeutung konnten die Briefe für den oder die Einbrecher haben?

Der Vorhang vor dem Wandschrank wurde zur Seite gerissen, und Marie-Charlotte sprang ins Zimmer.

»Na, Marquise de Sévigné, wieder zurück?«

Najiba heulte verzweifelt auf, als sie sich bewußt wurde, daß es dieses kleine Miststück war, das ihre geheime Post gelesen hatte.

Wie eine Ziege sprang sie aus dem Zimmer und stürzte die Treppe hinunter. In ihrer Panik stolperte sie, fiel vornüber und knallte auf den Zementboden der Werkstatt. Sobald ihre Benommenheit nachließ, versuchte sie sich aufzurichten, schaffte es aber nicht. Ein Blick auf ihren abgewinkelten Fußknöchel verriet ihr, daß sie sich beim Fallen den Fuß gebrochen hatte. Sie mußte sich übergeben. Sie hatte fürchterliche Schmerzen, und ihr Fuß, der wie unabhängig von ihrem Körper war, versetzte sie in Angst und Schrecken.

Marie-Charlotte kam gemächlich zu ihr herunter. Wie ein affektiertes Mannequin, das eine Kollektion der Haute Couture vorführt.

Sie pflanzte sich vor Najiba auf.

»Na, hat sich Mutter Sévigné die Pfote gebrochen? Kann sie nicht mehr schreiben? Hat meine kleine Araberin die Briefe mit dem rechten oder dem linken Fuß geschrieben?«

Sie trat dem Mädchen mit dem Absatz ins Gesicht.

»Tsetsetse, diese Liebeserklärungen! Warst wohl ganz feucht, als du sie zusammengeschmiert hast! Möchte wetten, daß du dir nach dem Geschreibsel die Muschi durchgeknetet hast, stimmt's? Deine ganz persönliche Spezialnummer! Wie viele Finger nimmst du dafür, Miss Couscous? Zwei? Drei? Die ganze Hand? Ich würd dir am liebsten 'n Schraubenschlüssel in die Möse schieben, Schätzchen, damit dir mal so richtig einer abgeht! Du hast bestimmt noch nie gevögelt, möchte ich wetten, oder? 'ne Araberin ohne ihr Häutchen ist wie der Bahnhof Saint-Lazare ohne Züge! Tja, wirklich genial die Idee mit dem Schraubenschlüssel. Werd mir 'n Riesenapparat suchen, 'n richtigen Negerpimmel! Wenn dich dein Ali in der Hochzeitsnacht besteigt, wird er das Gefühl haben, die Champs-Élysées rauf- und runterzureiten! Denn du weißt ja ganz genau, daß der schöne Edouard 'n Scheiß auf 'ne Araberschnalle wie dich gibt! Bist gerade mal gut genug, ihm die Füße abzulecken. Warte, ich such 'n hübschen Pimmel für dich, mein Fräulein!«

Sie sah sich suchend in der Werkstatt um, bis ihr Blick auf einen mindestens dreißig Zentimeter langen Schraubenschlüssel fiel.

»Da haben wir ja die richtige Größe für kleine Mädchen!« rief die Verrückte. »Los, mach die Beine breit, damit ich ihn dir reinschieben kann, Miss Sévigné!«

Sie versuchte, die Beine des Mädchens auseinanderzudrücken. Najiba schrie vor Schmerzen, richtete sich plötzlich halb auf und riß ihrer Gegnerin das Werkzeug aus der Hand. Dann schlug sie Marie-Charlotte damit auf die Schulter und brach ihr das Schlüsselbein. Die kleine Furie sprang, schluchzend vor Schmerz, zurück.

»Du dreckiges Arschloch! Ich mach dich fertig!«

Ihr linker Arm hing leblos an ihrem schmächtigen Knabenkörper herunter.

Sie durchbohrte Bananes Schwester mit einem giftigen Blick, während sie sich Foltermethoden ausdachte. Sie würde sie töten und ihr beim Sterben zusehen.

Da Najiba den Schraubenschlüssel in der Hand hielt, wagte sie nicht, sich ihr zu nähern. Es war zu riskant: Der Mut der Verzweiflung verleiht ungeahnte Kräfte.

Marie-Charlotte preßte weinend die heile Hand auf ihr gebrochenes Schlüsselbein und sah sich wieder in der Werkstatt nach einem geeigneten Werkzeug für ihre Rache um.

Diesmal fiel ihr Blick auf einen Kanister, von dem man das obere Drittel abgesägt hatte, um ihn zur Hälfte mit Benzin zu füllen und damit Motorteile zu reinigen. Sie atmete die Düfte ein und grinste. Ein paar Meter von ihr entfernt versuchte Najiba verzweifelt, sich zur Tür zu schleppen, ohne nennenswerten Erfolg.

»Gib dir keine Mühe, Miss Sévigné!« schrie Marie-Charlotte. »Ich bin noch auf einem Bein schneller als du!«

Da sie nicht beide Hände gebrauchen konnte, hob sie den Kanister mit einer Hand an und stützte ihn mit der Hüfte ab.

»Ich hab 'ne super Idee, Araberin! Was sag ich: 'ne zündende Idee!«

Sie ging rückwärts auf Najiba zu, drehte sich plötzlich um und schüttete den Inhalt des Kanisters über sie.

»Benzin!« verkündete sie.

Dann stellte sie den Kanister auf den Boden, um in ihrer Hosentasche zu kramen, aus der sie einen kleinen, flachen Gegenstand hervorholte.

»Feuerzeug! Die Schlußfolgerung überlasse ich dir: Benzin plus Feuerzeug gleich? Feuer, richtig!«

Sie hob ein Stück Papier vom Boden auf und rollte es zu einer kleinen Fackel zusammen.

»Ich zünd es an, halt es dir an den Arsch, und aus Madame de Sévigné wird Mademoiselle Jeanne d'Arc!«

»Nein!« wimmerte Najiba. »Das kannst du nicht machen!«

»Was erzählst du da? DAS KANN ICH NICHT MACHEN? Wo steht das? Im Koran, du Scheiß-Jungfrau? Warte, ich hol noch mehr Benzin und kipp es vor dir auf den Boden. Die ganze Bude hier soll brennen! *Finito,* die Werkstatt von deinem schönen Märchenprinzen! Und deine kindischen Kleinmädchenbriefe lösen sich in Rauch auf! Du Araberdichterin in Babuschen! Ich hab mich schlappgelacht, als ich das Geschmiere gelesen hab!«

Sie zitierte einen Satz aus dem Gedächtnis:

»*Wisse, Dein Schatten ist nicht mehr Dein Schatten, sondern das bin ich, die ich mich hinter dir herschleppe!* So 'n Schwachsinn! Hab nicht gewußt wohin mit meiner Bewunderung. Victor Hugo war Katzendreck dagegen! Du bist eine ›Titanin der Feder‹, meine Süße! Schade, daß die Welt nichts davon erfährt, von deinem einzigartigen Werk! Sonst wärst du die erste Araberin der Weltliteratur geworden. Wo haben denn die beiden Idioten ihr Benzin versteckt? So was muß es doch in einer Werkstatt geben, auch wenn keine Zapfsäulen hier stehen ...«

Sie sah unter der Treppe nach und entdeckte mehrere Benzinkanister nebeneinander. Sie hob einen der Behälter ein wenig an.

»Voll! Bingo! Scheiße, tut mir die Schulter weh! Du hast mir was gebrochen, du Sau!«

Sie schleppte den riesigen Kanister zu Najiba und mußte feststellen, daß ihr Opfer sich unter tausend Schmerzen an einem Overall, der an der Wand hing, hochgezogen hatte.

»Ach, du verbrennst lieber im Stehen?« höhnte Marie-Charlotte. »Dein Fehler, das ist unbequemer.«

Sie hatte Mühe, mit nur einer Hand den Verschluß des Kanisters aufzuschrauben.

»Ich glaube, einer reicht«, sagte sie zu sich selbst. »Wie unvorsichtig, Benzin unter der Wohnung aufzubewahren. Wollen wir wetten, daß die Bullen auf eine Explosion schließen werden? Bei der Hitze gehen die anderen Kanister nämlich auch in die Luft. Das gibt 'n geiles Feuerwerk! Du wirst in Schönheit sterben, Araberin!«

Sie trat gegen den Kanister, er kippte um, und sein Inhalt ergoß sich glucksend über den öligen Boden der Werkstatt. Marie-Charlotte schob den Kanister auf die Treppe zu. Eine köstliche Erregung ließ sie erschauern.

»Weißt du, daß ich vor Freude schon ganz feucht bin?« fragte sie Najiba. »Ich glaube, ich werde mir 'n kleines Solo zupfen, wenn du in Flammen stehst! Wahrscheinlich komme ich sofort, das passiert mir immer in ganz besonderen Fällen: Ich brauch nur kurz auf den Knopf zu drücken, und ich komme, so gut funktioniere ich! Hier, guck, ich zieh meine Jeans und meinen Slip runter. Siehst du meine kleine Muschi? 'n Freundin von mir ist ganz verrückt danach, aber ich mach's mir lieber alleine. Typen lassen mich genauso kalt. Ich bin 'ne Wichserin, weißt du, und es macht mir gar nichts aus, es dir zu sagen. Hundertprozentig unabhängig! Ich brauche nur mich selbst, um mich zu amüsieren!«

Noch während sie sprach, hatte sie ihre Hand zwischen ihre mageren Schenkel gleiten lassen. Ihr Gesicht war blaß, ihre Nase spitz, und ihr Mund öffnete sich in erster Verzückung.

Nach einer Weile unterbrach sie ihr Spiel.

»Das ist noch nicht alles!« sagte sie.

Sie hob ihre kleine Papierfackel vom Boden auf und knipste ihr Feuerzeug an. Die heruntergelassenen Jeans und den Slip um die Waden, watschelte sie wie ein Pinguin auf die Benzinlache zu. Sie sah zu ihrem Opfer hin, ließ aber plötzlich das Feuerzeug erschrocken sinken. Najiba lehnte an der Wand, ihr Gewicht auf das gesunde Bein verlagert, so daß das andere in der Luft schwebte. Sie hielt eine seltsame Waffe in der Hand: ein Gewehr mit zwei abgesägten Läufen, das so kurz war, daß es nur aus dem Kolben zu bestehen schien. Die Augen der jungen Araberin waren wie zwei schwarze Pfeile. Ihre rechte Hand tastete nach den beiden Abzügen. Als sie sie gefunden hatte, schoben sich Zeige- und Mittelfinger in den Bügel, legten sich auf die Hähne und drückten ab. Der Knall machte sie taub, und der hölzerne Gewehrkolben schlug ihr heftig gegen die Brust.

Wie in Zeitlupe sah sie den Kopf von Marie-Charlotte zerspringen, und sie wußte, daß sie dieses schreckliche Bild nie mehr vergessen würde, nie, nie mehr.

Nine weinte nicht.

Sie sagte zu Rosine:

»Komisch, ich weine nicht.«

Rosine weinte.

Sie gingen Arm in Arm über den Mittelgang des Friedhofs, auf dem Nines Eltern eine Familiengruft gekauft hatten. Das Begräbnis war im Eiltempo vonstatten gegangen, wie im Zeitraffer; man hätte meinen können, daß alle, vom Priester bis zu den Sargträgern, die kleine Leiche des bösartigen Mädchens so schnell wie möglich unter die Erde bringen wollten.

Nine sagte:

»Siehst du, der liebe Gott hat sie aus Mitleid mit mir zu sich genommen. Ich konnte mit so einer Tochter nicht mehr weiterleben. Jeden Augenblick mußte ich das Schlimmste befürchten, und jetzt ist das Schlimmste eingetroffen, und ich bin erleichtert, ich schäme mich nicht, das zuzugeben.«

Rosine verstand sie, teilte jedoch ihre Gefühle nicht. Sie hatte Marie-Charlotte »richtig gern gehabt«.

»Meine Concierge hat mir erzählt, daß die Polizei ihre kriminelle Bande festgenommen hat …?«

»Ja«, schluchzte Rosine. »Sie wohnten alle nur ein paar Schritt von der Werkstatt entfernt, um sie zu beobachten. Die Freunde deiner Tochter behaupten, daß sie sich in den Kopf gesetzt hatte, Dodo umzubringen, weil er ihr einmal in den Hintern getreten hatte.«

»Sie war verrückt«, beteuerte Nine. »Oder so was Ähnliches. Dabei hat es in unserer Familie nie Geistesgestörte gegeben.«

»Irgendwer muß ja den Anfang machen«, stellte Rosine nicht ohne eine gewisse Logik fest.

Es herrschte ein unfreundliches Wetter, nur manchmal trieb der Wind die Wolken auseinander, um die Sonne hervorkommen zu lassen.

Ohne Eile verließen die beiden Frauen den Friedhof, um sich in den lebhaften Verkehr zu stürzen.

»Hast du noch immer nichts von Edouard gehört?« fragte Nine.

Rosine schüttelte den Kopf.

»Nein, und das finde ich sehr seltsam. Seit seinem … Unfall in Genf hat er sich sehr verändert. Ich habe versucht, ihn in der Schweiz anzurufen, aber ich bin nicht durchgekommen. Am liebsten würde ich zu ihm fahren …«

Nach kurzem Zögern fragte Nine:

»Lebst du alleine?«

»Vollkommen. Mein Radfahrer hat sich in Rekordgeschwindigkeit aus dem Staub gemacht.«

»Hört sich an, als fändest du das lustig?«

»Besser, man lacht drüber.«

Zur Unterstützung ihrer Bemerkung fügte sie hinzu:

»Ist doch normal, daß ein Radfahrer davonfährt, oder?«

Und dann fing sie wieder an zu weinen, aber diesmal nicht wegen Marie-Charlotte.

Der Chefarzt kam mit seinem Team ins Zimmer. Der grauhaarige Mann gab sich lässig, wirkte aber dennoch majestätisch. Allerdings mangelte es ihm an Feingefühl.

Als er an Edouards Bett trat, nahm er das Blatt mit der Fieberkurve des Prinzen und rief:

»Na, Sträfling, da sind wir ja anscheinend dem Totengräber noch mal von der Schippe gesprungen!«

Dann, zu seinen Studenten gewandt:

»Der Kerl kann sich ›Totentänzer‹ nennen! In welchem Zustand ich ihn gekriegt habe. Hätte keinen Sou auf sein Leben verwettet.«

Er stemmte seine Arme in die Hüften und fragte:

»Wie sind Sie da bloß wieder rausgekommen?«

»Ich habe mich vom Grund abgestoßen«, antwortete Edouard.

Sie lachten. Die Stimme des Chefarztes dröhnte noch lauter:

»Ich freue mich, es Ihnen als erster mitteilen zu dürfen, Blanvin: Ihr Anwalt hat mich angerufen, um mir zu sagen, daß Sie begnadigt worden sind! Außerdem habe er noch eine weitere angenehme Überraschung für Sie. Welche, hat er mir nicht verraten. Sie haben anscheinend einen erstklassigen ›Manager‹. So nennt man doch im Milieu einen Anwalt, nicht wahr?«

»Das weiß ich nicht«, antwortete Blanvin. »Ich bin kein Gangster, ich bin ein Prinz.«

Wieder lachten die Ärzte.

# 39

Zwei Tage später kam Maître Crémona ihn besuchen. Von den acht Betten im Zimmer waren nur fünf belegt. Einer der Kranken war im Laufe der Nacht verstorben, und zwei weitere hatte man in andere Abteilungen verlegt.

Der Anwalt grinste über das ganze Gesicht. Ein netter Kerl, dachte Edouard, es macht ihm Spaß, gute Nachrichten zu überbringen. Und das, was Crémona in seiner Freude tat, rührte den Prinzen sehr: Er umarmte und küßte Edouard.

»Haben Sie von dem Gnadengesuch gehört? Der Arzt hat's Ihnen gesagt? Ist problemlos gelaufen, wie ein Brief bei der Post. In dem Ausschuß saßen Menschen mit Herz. Ich muß allerdings dazusagen, daß Professor Bernier uns eine erstklassige Bescheinigung geschrieben hat. Hat sich mächtig ins Zeug gelegt. Sie lägen in den letzten Zügen, und er könne es nicht mitansehen, daß ein Mensch, der im Sterben liege, wegen eines so geringfügigen Vergehens wieder eingesperrt werden solle. Ex-Kommissar Paindur hat ebenfalls wundervolle Arbeit geleistet: achtundvierzig Stunden, um die fragliche Person ausfindig zu machen. Was will man mehr?«

»Wo ist sie?« fragte Edouard.

»Im Wartezimmer. Ich wollte noch mit Ihnen sprechen, bevor ich sie reinschicke.«

»Holen Sie sie jetzt, und dann lassen Sie uns alleine«, bat Edouard.

Maître Crémona schien ein wenig enttäuscht zu sein.

»Ich hole sie«, sagte er schweren Herzens. »Aber ich wollte Ihnen vorher noch etwas sagen … Ach, ja! Es geht um den 15 Six, den Sie mir überlassen haben. Meinen Sie nicht, daß man ihn noch mal durchchecken müßte …«

»Nein!« unterbrach ihn Edouard. »Er ist eingestellt wie 'ne Stoppuhr.«

»Schon gut, ich hab mich nur gefragt …«

»Fragen Sie sich nichts, Maître. Was Sie da besitzen, ist ein Vollblut!«

Crémona ging hinaus. Edouard strich sich das zerzauste Haar glatt und verstellte das Kopfende seines Bettes, so daß er halb sitzen konnte. Sein Herz blieb ruhig, zu ruhig vielleicht; die Herzschläge schienen in immer größeren Abständen aufeinander zu folgen. Er dachte an seine Wiederauferstehung, ein Wunder (wie alle Auferstehungen!), und fragte sich, warum sein geschundener Körper, sein zerschlagener Körper, sein ruinierter Körper den Fall ins Nichts überstanden hatte. Welch unglaublicher Ruck in seinem tiefsten Wesen hatten den rettenden »Fußstoß« bewirkt? Was war der Auslöser, durch den er wieder an seine Existenz angeknüpft hatte, von der er sich im Geiste bereits verabschiedet hatte?

Die Antwort fiel ihm nach und nach ein: Der Grund dafür war die Frau, die jeden Augenblick hier eintreten würde. Ein unerklärliches Bedürfnis, sie vor dem Sterben kennenzulernen, hatte ihn während seines kurzen Aufenthalts in der Gefängniszelle ergriffen. Dieses Bedürfnis war so stark, so verzweifelt, daß er plötzlich nicht mehr sterben wollte, daß er glaubte, nicht mehr das Recht dazu zu haben. Und nun würde sie gleich hereinkommen. Wie sie wohl aussah? Wo auf der sogenannten sozialen Leiter stand sie? Würde er enttäuscht oder überglücklich sein? Auf jeden Fall aber würde er gerettet sein. Gerettet dank bloßer Neugier.

Crémona kam zurück, so beflissen wie ein Empfangschef, der einen hochgestellten Hotelgast an seinen Tisch geleitet. Ihm folgte eine Frau. Als er vor dem Bett stand, trat er zur Seite und sagte:

»Nun, also, ich möchte Ihnen Edouard Blanvin vorstellen.«

Er sah lächelnd von einem zum anderen, und dann zog er sich zurück, so wie es von ihm verlangt worden war.

Sie stand vor seinem Bett, elegant, in einem schwarzen Kleid und einem weißen Lackmantel von Scherrer. Sie wirkte jünger als dreißig, doch Edouard wußte, daß sie älter war. Ihre aschblonden Haare reichten ihr fast bis auf die Schultern.

Was ihn am meisten überraschte, war die lebhafte Intelligenz, die aus ihren schwarzen, mandelförmigen Augen sprach. Ihm gefiel ihr ernster, verständnisvoller Ausdruck.

Sie murmelte »Guten Tag«, und er antwortete »Danke«. Sie sah sich nach einer Sitzgelegenheit um, erblickte einen Stuhl an der Wand und holte sich ihn ans Bett. Edouard ärgerte sich darüber, daß er nicht dafür gesorgt hatte.

Als sie neben seinem Bett saß, musterten sie sich ohne die geringste Verlegenheit; sie wußten, daß sie nicht darum herumkamen.

»Sie sind sehr schön«, bemerkte der Prinz.

»Sie sehen auch nicht schlecht aus, trotz der Krankheit.«

»Sie müssen mein Vorgehen dumm finden, nicht wahr?«

»Wenn ich es dumm fände, wäre ich nicht gekommen.«

»Erinnern Sie sich an mich?«

»Genausowenig, wie Sie sich an mich erinnern. Das ist unmöglich, wir waren fast noch Babys.«

»Wissen Sie schon lange von unserem ersten ... Zusammensein?«

»Meine Mutter hat sich nie geniert, mir davon zu erzählen.«

»Ich weiß es erst seit einigen Monaten. Was ist aus Ihrer Mutter geworden, *danach?*«

»Sie war noch ein- oder zweimal im Gefängnis, aber ohne mich. Dann ist sie zu einem Witwer gezogen, der ein Bistro hatte, und von da an hat sie keinen Mist mehr gebaut. Vor zehn Jahren ist sie an einem Hirntumor gestorben. Der Witwer war ihre Chance gewesen ... und meine ebenfalls. Ein prima Kerl. Hat mir das Studium bezahlt und mich nicht vergewaltigt, so wie die meisten Stiefväter. Wollen Sie auch den Rest hören?«

»Bitte.«

»Ich habe in Lyon Jura studiert und dann eine Stelle in einer Gemeinschaftskanzlei junger Anwälte gefunden. Einer von ihnen hat mich geheiratet. Ich bekam ein Kind, einen Jungen, den ich Rémy nannte, nach meinem Stiefvater. Das Kind ist an einer Gehirnhautentzündung gestorben. Statt meinen Mann und mich zusammenzuschweißen, hat dieser

Tod unsere Ehe zerstört, so wie es häufig vorkommt. Zur Zeit leite ich eine Reiseagentur in Lyon. Ich lebe allein in einer zu großen Wohnung am Rhôneufer, und wenn mir die Decke auf den Kopf fällt, gehe ich zusammen mit einem Freund aus. So weit mein Lebenslauf. Kann ich den Ihren ebenfalls hören?«

»Sie werden es kaum glauben können«, warnte sie der Prinz, »aber ich kann ohne weiteres beweisen, was ich Ihnen erzählen werde.«

Er lieferte seiner Besucherin ein knappes, aber präzises Resümee seines Lebens, wobei er keine der wichtigen Personen mit Schweigen überging. Er erzählte von Rosine, Rachel, Edith, Marie-Charlotte. Er erzählte von Banane und Najiba, von dem spät enthüllten Geheimnis seiner Geburt, seiner Reise in die Schweiz, dem aufwühlenden Schock, den sein Anblick bei Fürstin Gertrude hervorgerufen hatte. Er erzählte von dem Herzog und der Herzogin Groloff, von Walter und Lola und auch von Elodie, Miss Margaret, Dmitri Joulaf. Er sprach von seinen prächtigen Empfängen und von dem letzten, der ein so tragisches Ende genommen hatte. Er erzählte von dem völligen Ruin der Skobos. Er sprach von den gestohlenen Autos und seiner Gefängnisstrafe, von seiner Begnadigung zwei Tage zuvor. Nur von dem Drama in der Werkstatt erzählte er nichts; aber dafür hatte er einen guten Grund: Er wußte noch nichts davon.

»Eine erstaunliche Geschichte!« rief Barbara aus, nachdem er zu Ende erzählt hatte. »Was haben Sie vor, wenn Sie aus dem Krankenhaus entlassen werden?«

»Vor allem werde ich mich um meine Großmutter kümmern. Einen Betrieb aufbauen, um uns ein menschenwürdiges Leben zu ermöglichen, uns allen. Und dann möchte ich Sie heiraten, wenn Sie es wollen. Ich war niemals verheiratet. Bei einem Prinzen unerklärlich ...«

Er erwartete eine mehr oder weniger heftige Reaktion von seiner kleinen Zellengenossin. Doch sie schwieg. Er wartete.

»Eine gute Ehe zu führen ist schwierig«, murmelte sie schließlich. »Ein Mensch ist wie eine Insel. Es kommt vor, daß er eine andere besuchen möchte; aber da es normalerweise sehr klein ist auf einer Insel, hat man sie schnell umfahren ...«

»Gut! Dann werden wir sie so langsam wie möglich umfahren, unsere Inseln!« erklärte Edouard. »Wir werden versuchen, uns so wenig wie möglich kennenzulernen. Es ist die tiefe Kenntnis des anderen, die die Liebe transzendiert, oder die sie tötet! Wir werden keinerlei Risiko eingehen.«

»Sie scheinen sich ja meiner Einwilligung sicher zu sein«, stellte sie fest.

»Weil ich sie mir so sehr gewünscht habe! Das verleiht mir diese Sicherheit. Entschuldigen Sie die Wahnidee eines Schwerkranken.«

»Mein Gott, da hab ich aber eine Menge zu überlegen!« rief sie. »Was haben Sie denn nur?«

»Was ich habe? Ich kann nicht mehr warten, Barbara. Wir kennen uns schon so lange!«

Sie blieb bis zum Ende der Besuchszeit bei ihm. Schweigend sahen sie sich an. Das Wesentliche war gesagt worden. Jeder dachte an das, was zwischen ihnen vor sich ging, an das Märchen, daß sie übereinstimmend deuteten, um sich das Wunderbare zu schenken, um die graue Grenze des Alltäglichen zu durchstoßen. Es war wie eine Herausforderung des Schicksals und der Vernunft. Keiner von beiden machte sich etwas vor, und sie wagten es nicht, sich in Überlegungen zu verlieren. So wie trunkene Schlafwandler, die sich vortasten, bis ihnen schwindlig wird. Sie hatten sich keine Frage mehr zu stellen. Edouard fragte Barbara nicht, was Crémona ihr erzählt hatte, um sie zu bewegen, hierher zu kommen; und sie wollte nicht wissen, in welchem Augenblick es für ihn so überaus wichtig geworden war, sie wiederzusehen. Sie wollte nicht wissen, wie er reagiert hätte, wenn irgendein Heimchen am Herd mit ihrer Kinderschar hereingekommen wäre, eine dumme Pute mit Zahnlücken und dem Geruch nach ranzigem Fett. Er verzichtete darauf, ihr noch einmal zu sagen, wie schön sie sei, schöner als in seinen kühnsten Träumen. Genüßlich begannen sie, sich in Diskretion zu üben, bis hin zum totalen Schweigen.

Nach einer Stunde kam Crémona herein, um sich zu verabschieden, da er eine Verabredung hatte. An der Art, wie er das sagte, erkannte Edourad, daß seine Frau auf ihn wartete. Von dem Beispiel der beiden angesteckt, stellte der Anwalt keinerlei Fragen; es war offensichtlich, daß zwischen ihnen alles gut lief.

Nachdem er fort war, schob Edouard seine Hand in Barbaras Richtung. Ruhig legte sie die ihre auf diese behaarte Männerpranke, die trotz der Krankheit kräftig geblieben war.

Und ihr stummes Einverständnis dauerte noch länger an, wurde noch intensiver. Ihre Wärme vermischte sich miteinander. Die Schlichtheit eines derartigen Glücks machte sie ein wenig benommen.

»Eines Tages werde ich Sie begehren, und dann wird alles gut«, sagte er.

Sie stammelte:

»Ganz sicher …«

»Ich habe gehört, daß Ihre Mutter meiner das Schachspielen beigebracht hat.«

»Sie hatten genug Zeit.«

»Und daß ich ständig aus der Zelle rauswollte und den ganzen Tag gegen die Tür gehämmert habe.«

»Verständlich.«

»Ich habe Sie oft geschlagen.«

»Mit irgend etwas muß man anfangen.«

Dann versanken sie wieder in das einzigartige Schweigen, das sie soeben für sich ersonnen hatten.

Besucher kamen ins Zimmer, setzten sich an die anderen Betten. Durchschnittsmenschen: ein kleiner, schmächtiger Mann in schwarzem Mantel und mit einer karierten Schirmmütze, die er nicht abnahm; eine dicke Frau mit einem mongoloiden Kind im Schlepptau; zwei alte Leute, die kränker aussahen als die Person, die sie besuchten; ein Mädchen in Jeanshose und -jacke, das sich an das Bett eines Mannes mit gelblichem Teint setzte und das nichts sagte, sondern Kaugummi kaute und alle paar Minuten auf die Uhr schaute.

Edouard und Barbara interessierten sich für niemand, so versunken waren sie in ihrem Zustand zeitloser Benommenheit.

Die schrille Klingel auf dem Korridor kündigte das Ende der Besuchszeit an, und das Zimmer leerte sich. Die beiden verharrten jedoch in derselben Position. Eine gereizte Krankenschwester kam herein und forderte Barbara zum Gehen auf:

»Madame! Die Zeit ist um!«

»Nein«, erwiderte Edouard, »sie fängt erst an!«

Schweren Herzens lösten sie ihre Hände voneinander. Ohne daß sie es bemerkt hätten, hatten sich ihre Hände verkrampft, und sie lachten darüber.

Barbara holte eine Visitenkarte aus ihrer Handtasche und legte sie aufs Nachttischchen.

»Ich habe meinen Vornamen in Sylvie umgeändert«, sagte sie, »und ich trage den Namen meines Stiefvaters: Demangeot.«

Und sie fügte hinzu:

»Haben wir nicht wie zwei Trunkene miteinander gesprochen? Wenn dieser Moment eine Fortsetzung haben soll, dann setzen Sie sich mit mir in Verbindung. Nicht nötig, daß Sie mir Ihre Adresse und Telefonnummer geben: Ich gehöre zu den Frauen, die warten.«

»Und ich gehöre zu den Männern, die schweigen«, antwortete Edouard. »So viele Leute reden, ohne etwas zu sagen. Ich möchte gerne nicht reden können, um alles zu sagen.«

Sie band den Gürtel ihres gutsitzenden Lackmantels zusammen und nickte langsam. Alleine auf dem Korridor würde sie wahrscheinlich weinen.

Edouard verstellte das Kopfende des Bettes, um sich hinzulegen. Er vergrub sein Gesicht im Kissen und erlebte jede Sekunde ihres Zusammenseins noch einmal. Aber das Bild des kleinen Mädchens von damals schob sich dazwischen. Jetzt, da er die Züge der Frau kannte, erinnerte er sich wieder an ihr Kindergesichtchen.

## 40

Er erfuhr im Laufe der darauffolgenden Woche von Marie-Charlottes Tod. Polizisten kamen ins Krankenhaus, um ihn polizeilich zu vernehmen. Crémona hatte ihn von dem Drama unterrichtet und war bei der Vernehmung anwesend. Die Geschichte war soweit aufgeklärt, nur das Gewehr bereitete Kopfzerbrechen. Banane behauptete, daß seine Schwester es der Einbrecherin entrissen habe, aber Francky und Stephanie bestritten heftig, daß sie ein solches Gewehr besessen hätten. Najiba stand noch unter Schock und antwortete auf die Fragen der Polizisten nur mit unverständlichen Lauten, Schreien und Schluchzen. Der Untersuchungsrichter hatte angeordnet, sie in ein Sanatorium einzuliefern. Edouard behauptete, nichts von dem präparierten Gewehr zu wissen. Banane war so klug gewesen, die Läufe der Waffe nicht in der Werkstatt abzusägen, und so konnten die Untersuchungsbeamten nicht nachweisen, daß diese Arbeit dort ausgeführt worden war.

Der brutale Tod des verdorbenen Mädchens bekümmerte den Prinzen nicht sehr. Er wußte, daß am Ende der schiefen Bahn zwangsläufig das Gefängnis oder der Tod seine Cousine erwartet hatte.

Noch etwas ließ der Polizei keine Ruhe. Es betraf den ersten Überfall des »Kommandos« auf die Werkstatt.

»Hören Sie, Monsieur Blanvin, diese Chaoten schlagen Ihren Arbeiter und seine Schwester zusammen, demolieren mehrere Ihrer schönen Autos, und Sie erstatten keine Anzeige?«

»Ich habe wegen meiner Mutter und der Mutter des Mädchens darauf verzichtet. Vergessen Sie nicht, sie war meine Cousine. Ich wollte den Leidensweg meiner Verwandten nicht noch verschlimmern.«

Das Verhör fand in der Teeküche gegenüber von Edouards Krankenzimmer statt. Der Prinz saß, doch die Polizisten und

Maître Crémona mußten stehen, was die Angelegenheit beschleunigte. Nachdem die Beamten fort waren, fragte Blanvin den Anwalt, welche Strafe die junge Araberin erwarte.

»Da es sich um Notwehr handelt, kriegt sie nicht viel, mit einem guten Anwalt. Meiner Überzeugung nach und nach dem, was die Inspektoren mir erzählt haben, ist sie reif für die Gummizelle. Anscheinend gab es vorher bereits Anzeichen von ... äh ... seelischen Störungen bei dem Mädchen. Opfer einer so barbarischen Gewalttat zu sein und dann den Kopf von jemandem in tausend Stücke zu schießen, das ist nicht gerade die geeignete Therapie!«

»Schwätzer!« dachte Edouard. »Du liebenswerter, unverbesserlicher Schwätzer!«

Henry Crémona liebte die Worte, wählte sie mit Bedacht aus, so wie ein junges Mädchen die Perlen für eine Halskette aussucht. Einige Passagen ließ er sich regelrecht auf der Zunge zergehen.

»Komm ich bald hier raus?« erkundigte sich der Prinz.

»Natürlich, aber der Professor besteht auf einer langen Schonzeit. Vor allem: gute Luft!«

»Ich fahre in die Schweiz zurück.«

»Das wird Ihre baldige Entlassung beschleunigen. Wissen Sie, wir werden Sie vermissen, meine Frau und ich. Sie sind ein ganz besonderer Mandant, fast ein Freund. Wir würden Sie gerne wiedersehen, wenn das Leben Sie vollständig zurückerobert hat. Wir könnten einen netten kleinen Festschmaus bei uns veranstalten. Ein einfaches Essen: Sauerkraut auf elsässische Art. Meine Frau stammt nämlich aus dem Elsaß.«

Edouard sagte zu.

Noch eine Woche verstrich, bevor er aus dem Krankenhaus entlassen wurde. Banane holte ihn ab. Die grausamen Ereignisse hatten tiefe Spuren bei ihm hinterlassen. Er hatte jene unschätzbare Eigenschaft verloren, die man Unbekümmertheit nennt. Er war kein Jugendlicher voller Lebensfreude mehr, sondern ein ernsthafter junger Mann, der seinen Mitmenschen alles Schlechte zutraute.

Edouard mußte in ihn dringen, bis er schilderte, wie er den Mord entdeckt hatte:

Der Benzingeruch, der ihn draußen erwartete; wie er in die Werkstatt geht, das neue Schloß in der Hand; das abscheuliche Bild, das sich ihm bietet: seine Schwester, die sich an die Wand drückt, die benzingetränkten Kleider kleben an ihrem Körper, das in der Luft schwebende Bein, ihr irrer Blick; wie sie unzusammenhängendes Zeug stammelt und dabei auf eine blaue Masse am Boden starrt. Er macht zwei Schritte darauf zu, identifiziert einen schmächtigen Körper, heruntergelassene Jeans und einen winzigen Slip, magere Oberschenkel, Schamhaare zwischen gespreizten Beinen. Darüber dann: alles rot. Das T-Shirt voll davon. Und darüber, was meinst du? Nichts! Roter Brei mit weißen Knochensplittern! Ein Auge an einem rosa Faden.

Selim übergibt sich, versucht es zumindest, denn es kommt nichts. Krämpfe zerreißen ihm den Magen. Anhand des Gewehres auf dem Boden begreift er alles, geht zu Najiba, spricht zu ihr. Sie erkennt ihn nicht, fängt an zu heulen, wie er es noch nie gehört hat! Panische Angst überfällt ihn, er läuft auf die Straße, schreit: »Hilfe!« Sein Entsetzen ist so groß, daß die Leute, die doch nie stehenbleiben, jetzt stehenbleiben. Er schreit: »Da! Da!«, zeigt auf die Werkstatt, die einsam am Straßenrand steht, grau mit weißen Streifen und den zinnfarben schimmernden Fensterscheiben: das Haus des Verbrechens.

Die Gendarmerie trifft ein. Dann Polizisten in Zivil. Dann die Staatsanwaltschaft. Er verfällt in den arabischen Akzent seiner Eltern, als er alles erzählt. Man will Najiba befragen, aber das arme Ding ist außerstande, etwas zu verstehen, geschweige denn, zu antworten. Erst viel später, in ihrem Krankenbett, bringt sie ein paar erklärende Worte heraus, zu ihrem Bruder, ohne die Anwesenheit Fremder.

Sie nehmen die Autobahn, die an Nantua vorbeiführt.

»Nicht zu müde?« fragte Banane besorgt.

»Nein, ich bin wieder topfit«, lachte Edouard. »Es tut mir

sehr leid wegen deiner Schwester. Glaubst du, sie erholt sich von diesem neuen Schicksalsschlag?«

Selim seufzte:

»Es ist 'n bißchen viel!«

»Deine Eltern verfluchen mich bestimmt, oder?«

»Nicht dich, die Werkstatt. Meine Mutter behauptet, daß in dem Haus böse Geister wohnen, und wenn wir dort bleiben würden, würde noch mehr Unglück passieren.«

»Wir bleiben nicht dort«, versprach der Prinz. »Als ich in den letzten Zügen lag, habe ich einen Plan in meinem armen Kopf ausgeheckt.«

»Verrätst du ihn mir?«

»Noch nicht, er muß erst Gestalt annehmen. Reiner Aberglaube, ich weiß, aber der hält die Menschen am Leben.«

Der Vollmond erleuchtete die Landschaft mit seinem weißen, gespenstischen Licht. Tunnel unterbrachen das fantastische Schauspiel, das sich danach wieder fortsetzte.

Edouard dachte an Barbara-Sylvie. Seit ihrem Besuch im Krankenhaus beherrschte sie seine Gedanken. Vier Tage lang hatte er damit gewartet, sie anzurufen, aus Angst, er könne den magischen Zauber ihrer Begegnung zerstören. Und dann hatte er sich entschlossen, das Telefon auf dem Korridor zu benutzen. Eine Sekretärin mit starkem Lyoner Akzent hatte ihm mitgeteilt, Madame Demangeot spreche gerade. Durch die Telefonleitung hatte er Schreibmaschinengeklapper, Klingeln, Stimmen vernommen und daraus geschlossen, daß es sich um eine große Agentur handeln müsse.

Während er sie sich noch bei ihrer Arbeit vorgestellt hatte, war plötzlich ihre Stimme an sein Ohr gedrungen:

»Hallo, guten Tag! Entschuldigen Sie, daß ich Sie habe warten lassen. Wie geht es Ihnen?«

»Gesundheitlich oder gefühlsmäßig?«

»Beginnen wir mit Ihrer Gesundheit.«

»Es geht mir sehr viel besser. Die Ärzte reden nur in Superlativen von mir, das ist ein gutes Zeichen.«

»Und gefühlsmäßig?«

»Toll! Der schwarze Stein Mekkas! Ich wußte gar nicht, daß man mit dem Bild einer Frau leben kann: sprechen, essen, sogar schlafen, und immer ein schwarzes Kleid und einen weißen Lackmantel im Kopf, und darüber ein Gesicht, nach dem man sich sein Leben lang gesehnt hat, schwankend, strauchelnd, aber immer dem Weg der Vorsehung folgend.«

»Sie können sich gut ausdrücken«, bemerkte sie anerkennend.

»Das ist Pflicht für einen Prinzen. Nichts kann man so leicht kultivieren wie die Sprache, wenn man den Willen hat, sich gut auszudrücken.«

Sie hatten sich nichts mehr zu sagen gewußt. Nur hat das Schweigen am Telefon nicht die gleiche Intensität wie bei einem Tête-à-tête.

»Glauben Sie, daß wir uns wiedersehen werden?« hatte sie schließlich nach einer kostspieligen Ewigkeit gefragt.

»Ich bin auf dem Wege der endgültigen Genesung und fahre in die Schweiz zurück ...«

»Wissen Sie, daß Genf nur neunzig Autominuten von Lyon entfernt ist?«

»Ja, ich weiß. Aber bevor ich Sie besuche, muß ich die Angelegenheiten meiner Großmutter regeln, der Fürstin Gertrude.«

»Glauben Sie, daß das viel Zeit in Anspruch nehmen wird?«

Sie hatten sich nichts versprochen, hatten sich nicht verabredet, auch nicht zu einem erneuten Telefonanruf.

»Etwas nicht in Ordnung?« fragte Banane, der immer besser fuhr.

»Doch, ich überlege.«

Der Maghrebiner räusperte sich.

»Um wieder auf Najiba zurückzukommen: Du hast doch sicher bemerkt, daß sie verrückt nach dir ist, oder?«

Der Gedanke daran mißfiel Edouard, denn er warf einen Schatten auf seine so strahlende Liebe.

»Sie ist doch noch ein kleines Mädchen«, antwortete er ausweichend.

»Stell dir vor, ich habe einen Stapel Briefe gefunden, die sie dir heimlich geschrieben und in deinem Zimmer versteckt hatte. Marie-Charlotte hat sie vor mir entdeckt. Ich weiß nicht warum, aber die Briefe haben sie fuchsteufelswild gemacht. Sie hat sie alle zerrissen oder zerknüllt. Ich hab die Reste zusammengesucht, um sie dir zu geben, denn sie sind ja an dich gerichtet.«

Er zeigte mit dem Daumen auf die Rückbank.

»Sie sind in Zeitungspapier eingewickelt. Nimm sie an dich!«

Der Prinz drehte sich um und sah das Päckchen auf dem Polster liegen.

»Ich nehme sie an mich, wenn wir im Schloß sind«, sagte er. »Während der Fahrt möchte ich sie nicht lesen.«

Kurz vor Mitternacht erreichten sie Versoix. Das Dörfchen lag so still da wie der See. Das Hauptdach des Schlosses schimmerte seltsam in dem taghellen Mondlicht. Im dichtbelaubten Park schrie unheilvoll eine Eule, die der Prinz wiederzuerkennen meinte.

Das gelbe Scheinwerferlicht vergoldete das rosige Tor. Banane stieg aus, um es zu öffnen, doch es war abgeschlossen.

»Wenn wir läuten, müssen sie im Nachthemd hierherkommen«, sagte Edouard.

»Weißt du, wo der Schlüssel versteckt ist?«

»Unter einem Ziegel am linken Pfosten.«

In Sekundenschnelle kletterte Selim über das Tor, und kurz darauf schloß er es von innen auf.

Die Fassade des Schlosses war vollkommen dunkel, was den Prinzen erstaunte. Normalerweise ließ man nämlich die Lampe an der Außentreppe die ganze Nacht über brennen. Banane hielt direkt vor den Stufen, stieg aus und läutete. Da sich niemand zeigte, betätigten sie die Autohupe. Sie wollten es schon aufgeben, als sie in einem Fenster schwaches Licht sahen. Wenig später wurde die Tür geöffnet, und Edouard erblickte ungläubig Rosine in einem hauchdünnen Nachthemd, in der Hand eine flackernde Kerze.

Seine Mutter schrie vor Freude auf, als sie ihn sah. Sie ließ den Kerzenleuchter fallen, doch wie durch ein Wunder erlöschte die Flamme nicht.

»Ist der Strom gesperrt worden?« fragte Edouard, während er die kräftige Frau in die Arme schloß.

»Seit zwei Tagen.«

Sie hörte nicht auf, ihn zu drücken und zu küssen.

»Oh, du! Mein Räuber! Mein geliebter Räuber! Warum hast du so lange nichts von dir hören lassen?«

Er gab keine Antwort, atmete den Duft seiner Mutter ein, ein Duft nach jungen Kaninchen und Kölnisch Wasser.

Die feuchten Küsse seine Mutter machten seinen Hals naß. Er verspürte einen leichten Ekel.

»Woher kommst du, Dodo? Ich bin vor Angst fast gestorben! Hast du gehört, was in deiner Werkstatt passiert ist? Ach ja, natürlich, Selim ist ja bei dir.«

Ohne auf die Fragen einzugehen, fragte er zurück:

»Was machst du hier?«

»Ich habe dich gesucht. Hab dich angerufen, aber niemand ging an den Apparat. Aus gutem Grund! Die Fürstin schien sich keine Sorgen zu machen, aber sie wollte mir nichts verraten. Weißt du, daß sie das Schloß bis nächste Woche verlassen muß? Die Ärmste steht völlig mittellos da, lieber Dodo, und bei mir herrscht auch Ebbe in der Kasse.«

Sie hatte den Kerzenleuchter wieder aufgehoben und stand jetzt als lächerliche Freiheitsstatue da.

»Du siehst zum Erbarmen aus, mein Kleiner! Hast dich noch nicht von den Schüssen erholt, stimmt's? Ich wette, daß du dich 'ne Zeitlang verkrochen hast, um dich pflegen zu lassen, oder?«

»Genau«, sagte Edouard. »Aber warum sind die beiden Frauen nicht von dem Läuten und dem Hupen aufgewacht?«

»Sie nehmen Schlaftabletten. Schlafen ist die einzige Beschäftigung, die dir noch bleibt, wenn der Bauch leer und der Strom gesperrt ist.«

»Folgen wir ihrem Beispiel!« beschloß er. »Morgen halten wir eine Gipfelkonferenz ab.«

Er wachte spät auf. Die Episoden im Gefängnis und danach im Krankenhaus kamen ihm wie ein Traum der vergangenen Nacht vor. Er knüpfte an die Zeit davor an, als er ganze Tage dösend im Bett verbracht oder im Salon einer entthronten alten Fürstin Unterricht in Automechanik erteilt hatte.

Vertraute Geräusche drangen an sein Ohr: das des Windes in den großen Kaminen, das des Müllwagens, der den Inhalt der Abfallkübel schluckte, oder auch das der Schwalben, die bereits ihre große Reise in den Süden antraten. Dieser Friede, den er liebte, an den er sich so sehr gewöhnt hatte, würde bald für immer enden.

Als er hinunterkam, trank Gertrude Tee in Gesellschaft der Gräfin von Vlassa, seiner Mutter. Natürlich war die Fürstin über seine Rückkehr unterrichtet, und wie ein Albatros seine Flügel breitete sie zur Begrüßung ihre Arme aus. Die Sorgen hatten sie verändert, fand er. Sie war in einem Alter, in dem das Unglück alles in einem Menschen zerstört, was ein langes Leben ihm noch gelassen hat. Sie wirkte zusammengefallen, einsam und gebeugt, blaß, abgemagert, in den Augen eine schmerzliche Enttäuschung. Edouards Abwesenheit hatte die Dinge beschleunigt. Nachdem er fortgefahren war, hatte Gertrude sich den Klauen der Gläubiger hilflos ausgesetzt gesehen. Sie war noch zerbrechlicher geworden: Das Elend einer exilierten Greisin in einem Land, das sie aufgenommen hatte, in dem sie aber nur von ihrem eigenen Vermögen leben konnte. Da dieses Vermögen nun aufgebraucht war, war sie nichts als ein Eindringling, ohne Rücksicht auf ihren Rang und ihre Titel.

»Du kommst zur rechten Zeit, mein lieber Junge«, sagte sie, bemüht, einen heiteren Ton anzuschlagen, der sie nur noch um so trauriger wirken ließ. »Diesmal ist das Schiff wirklich untergegangen, nur die Flagge oben am Mast ragt noch aus dem Meer.«

»Nun, dann wollen wir es verlassen und uns auf eine Insel retten, Oma.«

»Kennst du denn eine?«

»Vielleicht. Ist Miss Margaret nicht da?«

»Sie geht zu einem Arzt in der Nähe putzen, schließlich müssen wir uns über Wasser halten.«

»Sie ist ein tapferes Mädchen«, bemerkte anerkennend Rosine, die sich an eine längst vergangene Zeit erinnerte, da sie ebenfalls auf dieses letzte, traurige Mittel hatte zurückgreifen müssen.

Der Prinz ging in den Salon zu seinen Citroëns. Die Irin hatte keine Zeit gehabt, sich um die Autos zu kümmern. Unter der Staubschicht sahen sie alle gleich aus. Mit seinem Taschentuch rieb er einen Kotflügel blank, und als er sah, wie dick der Staub lag, war er Margaret wegen ihrer Nachlässigkeit böse.

Er ging wieder zu den beiden Frauen, schob die Teekanne zur Seite und setzte sich auf die Kiste, die als Tisch diente.

»Oma«, begann er, »da das Unglück Sie zwingt, das Schloß zu verlassen, werden Sie mit uns nach Frankreich gehen. Denn Sie wollen doch nicht in einem Land, das Sie in Ihrer glanzvollen Zeit gekannt hat, um einen Platz in irgendeinem Altersheim betteln, nicht wahr?«

»Es wird mir schwerfallen, das Grab deines Vaters zu verlassen, Edouard. Doch ich werde tun, was du sagst.«

»Man verläßt niemals ein Grab«, widersprach der Prinz. »Ob man es täglich besucht oder es zurückläßt, sein Platz befindet sich immer im Herzen, nirgendwo sonst!«

Mit ihrem kleinen, zusammengeknüllten Taschentuch betupfte sie sich ihre trockenen Augen. »Du hast recht, mein Kleiner, das ist wahr. Und wohin gedenkst du uns zu bringen? Denn du wirst verstehen, daß ich mich nicht von Miss Margaret trennen kann, nicht wahr?«

»Das steht außer Frage«, stimmte Edouard ihr zu. »Hören Sie: Rosine besitzt ein großes Grundstück in einem wenig einladenden Vorort von Paris. Dort stehen drei etwas verrückte, in Bungalows umgewandelte Eisenbahnwaggons ohne Räder.«

»Das muß hinreißend sein«, sagte die Fürstin.

»Noch ist es das nicht, aber mit Farbe und Kletterpflanzen kann man Wunder vollbringen. Einen Waggon werden wir für Sie und Ihre Gesellschaftsdame herrichten, Oma. Natürlich ist das nur ein Provisorium, eine Notlösung in Erwartung besserer Zeiten. Bist du mit dem Plan einverstanden, Rosine?«

»Und wie! Wenn Fürstin Gertrude unsere Gastfreundschaft annehmen würde, wäre ich überglücklich!«

Edouard lächelte sie zärtlich an.

»Ich werde in dem dritten Waggon wohnen, denn ich verkaufe meine Werkstatt. Nach dem, was passiert ist, bringe ich es nicht mehr über mich, dort zu arbeiten. Außerdem benötigen wir etwas Kapital, um das Projekt zu realisieren, das ich auf deinem Grundstück plane, Mama.«

»Das erzähle ich dir später, morgen vielleicht. Es muß hier drin noch etwas reifen«, fügte er hinzu, wobei er sich an die Stirn tippte.

Rosine war von dem Abenteuer ganz begeistert. Sie hatte vollstes Vertrauen zu ihrem Sohn. Und was Fürstin Gertrude anging, so weckte die Aussicht, Versoix und seinen Schikanen entfliehen zu können, ihre Lebensgeister.

Ihr Gespräch wurde durch Selims Rückkehr unterbrochen. Der Junge war in aller Frühe fortgefahren. Sein siegesgewisses Lächeln und seine strahlenden Augen ließen darauf schließen, daß er eine gute Nachricht mitbrachte.

»Alles klar mit den drei Citroëns«, verkündete er voller Stolz. »Ich habe einen Gebrauchtwagenhändler gefunden, nicht weit vom Flughafen, er ist bereit, den ganzen Posten zu übernehmen und sich um die Zollformalitäten zu kümmern.«

Er reichte dem Prinzen einen Bogen Papier mit dem Briefkopf der Werkstatt.

»Er meint, das wär ein fairer Preis, natürlich unter Vorbehalt, er will sich die Fahrzeuge noch ansehen.«

»Nicht grade viel!« seufzte Edouard.

»In Schweizer Franken!« rief Banane. »Vielleicht kannst du ihn weichklopfen und noch mehr rausholen. Ich hab ihm 'ne geile Geschichte erzählt: ich bin nämlich dein Chauffeur! Meine Herrschaft, der Prinz, wolle sich von seinen Citroëns trennen und habe mich beauftragt, mit Interessenten zu verhandeln. Der Typ hat mir sogar 'n paar Scheinchen extra versprochen! Er wird gegen Mittag hier aufkreuzen, und dann bist du am Zug.«

»Ich werde nur zwei verkaufen«, entschied Edouard. »Wir brauchen nämlich einen zweiten Wagen, wenn wir morgen nach Pantruche hochfahren. Wir nehmen Ihre Majestät, Miss Margaret und die wenigen Sachen mit, die ihnen noch geblieben sind.«

»Ich habe das Gefühl, in Urlaub zu fahren«, sagte Gertrude. »Es ist mehr als vierzig Jahre her, daß ich mich von Versoix fortbewegt habe.«

Sie zeigte auf die beiden Porträts, die immer noch an den Wänden des Salons hingen.

»Junger Mann«, sagte sie zu Selim, »Sie werden so nett sein und Ihre Majestäten einpacken, so daß sie auf der Reise nicht zu Schaden kommen. Ach, noch etwas anderes: Holen Sie die Flagge von Montegrino ein, nehmen Sie sie ab und legen Sie sie zu meinem Gepäck.«

»Die Fahne ist dreckig, Majestät«, sagte Rosine spontan. »Wenn Sie gestatten, werde ich sie waschen, bevor sie eingepackt wird.«

# Nachspiel

# 41

Um ganz ehrlich zu sein, es war kein fürstliches Zimmer. Aber es sah ganz anständig aus, und Gertrude fühlte sich dort wohl. Die alte Fürstin hatte ihre gewohnte Heiterkeit wiedergewonnen. Ihre Gastgeber hatten sich viel Mühe gegeben. Mit Bananes Hilfe hatte Edouard aus kunstvoll gearbeitetem Holz vom Flohmarkt für sie ein Himmelbett gebaut. Rosine hatte auf dem Markt Saint-Pierre Cretonne in einem altrosa Farbton besorgt und damit die Wände des Waggons bespannt. Otto und Sigismund hingen an den Wänden. Ein gestreifter Stoff im Stile Louis XIII. diente als Bettvorhang. Zwei königsblau gestrichene Schränke trennten das Schlafzimmer-Abteil von dem ihrer Gesellschaftsdame. Ein Klapptisch sowie Rachels alter Lehnsessel vervollständigten die Einrichtung.

Gertrude diktierte Margaret Briefe, in denen sie ihrer Familie und den überall verstreuten Untertanen ihren neuen Wohnsitz in Frankreich mitteilte, den sie als zwar etwas bescheidener als das Schloß in Versoix, dafür aber romantischer und gemütlicher beschrieb.

Sie rühmte die gute französische Landluft und vergaß, die Strommasten, Gasometer und Wassertürme zu erwähnen, die das Panorama schmückten.

Banane hatte vor dem fürstlichen Waggon Ihrer Majestät eine lange Stange in den Boden gerammt und sie mit Kabeln versehen, an denen man die Flagge des Fürstentums hissen und einholen konnte.

Die Belästigungen, die Gertrude hinnehmen mußte, betrafen nur drei ihrer fünf Sinne.

Vor allem das Gehör, wegen der zehn Go-Carts, die mit einem Höllenlärm über die Asphaltbahn knatterten, an Wochentagen von acht Uhr abends bis Mitternacht, und am Wochenende von mittags bis ein Uhr nachts. Auch die musikalische Geräuschkulisse zerriß der Fürstin die Trommelfelle: Aus Lautsprechern dröhnte Musik in alle Himmelsrichtungen, und zwar moderne Musik, frisch aus den Pressen der Rap- und Reggae-Fabriken, die einem die Eingeweide vibrieren lassen.

Und dann die Augen! Die notdürftig verhangenen Fensterchen des Waggons konnten das grelle Licht des riesigen, bunten Schildes nicht abhalten, das in Leuchtbuchstaben verkündete: GO-CART-BAHN DES PRINZEN.

Schließlich wurde ihr Geruchssinn von den negativen Begleiterscheinungen der Rennstrecke belästigt. Die Auspuffgase bildeten am Ende des »Renntages« eine schädliche Wolke, die wegen der feuchten Luft nicht hochsteigen konnte. Darunter mischte sich der Gestank nach verbranntem Fett von der Bude, an der Pommes frites, Waffeln und Krapfen verkauft wurden.

Sobald die Go-Cart-Bahn in Betrieb genommen war, hatte sich ein Schwarm von Schaustellern und Budenbesitzern eingestellt und den Prinzen um die Genehmigung gebeten, auf dem Grundstück ihren Geschäften nachgehen zu dürfen. Edouard hatte mit viel Weitsicht eine regelrechte Auswahl vorgenommen, hatte diejenigen Karussells und Attraktionen abgelehnt, die seiner Go-Cart-Bahn, von Anfang an ein großer Erfolg, die Schau hätten stehlen können. In dem tristen Vorort, wo der Jugend nur die Musikboxen der Bistros als Zerstreuung dienten, hatte diese Bahn von ungewöhnlichen Ausmaßen einen ununterbrochenen Strom von jungen Leuten angelockt, die auf Heldentaten, Geschwindigkeit, Motorengeknatter und Benzingestank ganz versessen waren.

Vom ersten Tag an wußten Rosine und ihr Sohn, daß die Partie gewonnen war. Das Glück hatte Blanvin gelächelt, als er sich auf die Suche nach einem Geschäftspartner gemacht hatte, um seinen Plan verwirklichen zu können. Er hatte mit einem Fabrikanten für Fahrradersatzteile gesprochen, der auch ein großer Liebhaber alter Citroën war und dem Edouard früher mehrere Autos verkauft hatte. Der Mann hatte Interesse gezeigt, sich die Örtlichkeiten angesehen und war sofort Feuer und Flamme gewesen.

Edouard hatte sich an die Arbeit gemacht und einen vollkommen neuartigen Prototyp gebaut, der vorne verkleidet und hinten, bei Go-Carts unüblich, mit einer leichten Federung versehen war. Alle zehn Autos waren Ferrari-rot gespritzt und wie Formel-I-Wagen numeriert. Jeder Fahrer war verpflichtet, einen Helm in demselben glorreichen Rot zu tragen. Dabei handelte es sich nicht um gewöhnliche, billige Motorradhelme, sondern um richtige Rennfahrerhelme. Weit davon entfernt, diese Vorschrift als Schikane zu betrachten, sahen die begeisterten Fans es als Privileg an, solch einen Helm tragen zu dürfen. Man mußte die Augen offenhalten, um zu verhindern, daß sie diesen wertvollen Kopfschutz nicht mitgehen ließen.

Der schwierigste Job auf der Go-Cart-Bahn war übrigens der der »Polizei«. Diese Aufgabe übernahm der Prinz. Rosine saß an der Kasse, Banane überwachte die Bahn, und Miss Margaret gab an einem Stand neben der Startlinie die Helme aus und nahm sie hinterher wieder in Empfang.

Der Prinz hatte für viel Geld ein paar Standorte für zusätzliche Vergnügungen verpachtet. Außer den Freßbuden hatte er einen Lotteriestand genehmigt, allerdings unter der vor einem Notar vereinbarten Bedingung, daß ausschließlich Zubehör für Autos oder Motorräder als Gewinne ausgesetzt würden. Die Idee hatte sich als genial erwiesen, denn die Go-Carts-Fans standen vor der Lotteriebude Schlange. Die zweite genehmigte Attraktion war eine Spielhalle mit Automaten, an denen Auto- und Motorradrennen simuliert wurden. So hatte sich die GO-CART-BAHN DES PRINZEN in wenigen Monaten zu einem Freizeitpark entwickelt, zu dem die Jugendlichen sogar aus Paris herbeiströmten.

Mitten in diesem Hexenkessel verbrachte Fürstin Gertrude einen glücklichen Lebensabend. Sie war von dem finanziellen Aufschwung ihres Enkels begeistert, und schließlich liebte sie den Trubel der Go-Cart-Bahn, das Geknatter der Autos und der Motorräder, auf denen die Besucher angebraust kamen, das Höllenspektakel der Musik, das helle Blinken der Lichter, das Geschrei, das Lachen. Als der Prinz sie in ihrem Waggon besuchte und ihr versprach, bald ein ruhiges Häuschen in einer wirklich ländlichen Umgebung für sie zu kaufen, schüttelte Gertrude den Kopf.

»Laß nur, mein lieber Junge, laß die Dinge so, wie sie sind. Dieser Jahrmarktstrubel bedeutet Leben, er wärmt mir das Herz und die Knochen. Wenn ich an all diese grauen, stillen Jahre in Versoix zurückdenke, läuft es mir kalt über den Rücken!«

Beruhigt küßte Edouard die tapfere Greisin und sagte ihr, daß er sie liebe.

Sie lächelte angesichts ihres gemeinsamen Glücks, zeigte mit einer ausladenden Geste auf den Waggon und sagte:

»Hier habe ich entdeckt, daß ein Mensch sehr wenig Platz zum Leben braucht. Sicherlich ist das der Grund, warum sich Gefangene an ihren Kerker gewöhnen. Und außerdem haben Eisenbahnwaggons im Leben von Monarchen häufig eine wichtig Rolle gespielt, weißt du? In einem Waggon hat Zar Nikolaus II. abgedankt, und in einem Waggon hat sein Freund, der Kaiser, den Waffenstillstand von 1918 unterzeichnet.«

Mehrmals täglich telefonierte Edouard mit Sylvie-Barbara. Er hatte eine Telefonleitung legen lassen und rief sie sogar nachts an. Sobald sie sich meldete, sagte er:

»Ich möchte nur ein wenig schweigen.«

Er hörte ihr leises Lachen, fast ein Seufzen. Sie warteten eine Weile, danach sagte Edouard:

»Und davon abgesehen, geht es Ihnen gut?«

»Nein, es gibt noch etwas, was Sie wissen müssen.«

Erneutes Schweigen, dann wieder Edouard:

»Danke, ich habe alles verstanden. Ich liebe dich.«

Und er legte auf.

Für sie waren das keine Kindereien; es war ein Ritus, der zu ihrer Liebe gehörte.

Nachdem sie das Schloß von Versoix verlassen hatten, hatte Edouard kurz hinter Auxerre bemerkt, daß er Najibas Briefe vergessen hatte, ohne sie gelesen zu haben. Da er keine Lust hatte, sie zu lesen, fand er, daß es gut so war, und dankte Gott dafür, daß er sie vergessen und nicht absichtlich zurückgelassen hatte, was ihm Gewissensbisse ersparte.

Rosine blühte auf und wurde dicker, so wie es fast allen Geschäftsfrauen ergeht, deren Geschäfte florieren. Sie aß immer mehr und vögelte immer weniger. Größe und Verfall? Ihr derzeitiger Partner war kein anderer als der verwitwete Schrankenwärter, bei dem sie früher immer telefoniert hatte. Er war ein miserabler Liebhaber mit mehr als mäßigen Leistungen, hatte sich aber an sie geklammert und liebte sie hündisch. Sie ging manchmal morgens »auf einen Sprung« zu ihm, und sie liebte es, sich bumsen zu lassen, während drei Meter von ihrem Bett entfernt ein Zug orkanartig vorbeidonnerte wie in einem Katastrophenfilm.

Dodo und sie hatten bei einer Bank ein gemeinsames Konto eingerichtet, auf das sie ihre Tageseinnahmen einzahlten und das zusehends anwuchs. Bald würde sich das Problem der Geldanlage stellen, und Rosine sollte mit Erstaunen feststellen, daß es komplizierter ist, Geld zusammenzuhalten und zu vermehren, als es zu verdienen.

Wenn es in demselben Tempo weiterging, sah sie schon kommen, daß sie eines Tages ein schönes Haus mit einem richtigen Dienstmädchen haben und sich Visitenkarten mit dem Namen »Gräfin von Vlassa« drucken lassen würde. Bis es soweit war, kaufte sie Gänseleberpastete und eine Flasche *Sauternes* für ihren Mitternachtsimbiß, wenn die Go-Cart-Bahn geschlossen wurde.

Banane zog mit einer Christin zusammen, die er auf der Bahn kennengelernt hatte. Raymonde hatte sich am Bein verletzt, als sie gegen den Reifenstapel geprallt war, der zur Sicherheit in einer Kurve lag. Er selbst hatte das Mädchen verarztet, denn er war für die Erste Hilfe auf der Go-Cart-Bahn zuständig. Ein Retter hat stets gute Karten bei Mädchen, denen er beisteht. Raymonde hatte es ihm bewiesen.

Seine Schwester war immer noch im Sanatorium, doch sie durfte einmal im Monat zu ihrer Familie, um nicht völlig den Kontakt zu verlieren. Sie sprach nicht mehr von Edouard, noch zeigte sie irgendein Interesse an seiner Person.

Selim widmete sich mit Haut und Haaren seiner neuen Aufgabe als Mechaniker, Ordner, Schiedsrichter und Chef des Reinigungstrupps. Er verdiente gut, und sein Boß gab ihm zu verstehen, daß er ihn eines Tages in den Adelsstand erheben würde, was bei den Arabern groß gefeiert werden würde.

Irgendwann entdeckten die Jungen, die ihre Helme bei Miss Margaret abholten, daß die Irin weder Argot noch vulgäre Ausdrücke verstand. Von da an amüsierten sie sich damit, sie mit verschiedenen Namen zu belegen: Pummel, Schreckschraube, Pißnelke, Flittchen, Tittensusi, Knackarsch (sie hatten genau hingesehen), Bügelbrett, Schlampe, Nönnchen, Pimperliese. Miss Margaret war von ihrer »französischen Nettigkeit« entzückt und lächelte sie an. Nur an dem Tag, als ein Mädchen, von ihrem Akzent getäuscht, sie fragte, ob sie Engländerin sei, wurde sie böse.

Die Leiche von Elie Mazureau, dem taxifahrenden Gemeinderat, verweste in der tonhaltigen Erde langsam vor sich hin. Sie lag unter der Go-Cart-Bahn, genau vier Meter vierzig unterhalb der Zielline. Alle, angefangen bei der Witwe, hatten ihn vergessen, denn er hatte zu den Menschen gehört, an die man sich unmöglich längere Zeit zu erinnern vermag. Lediglich die Lokalzeitung griff noch manchmal sein Verschwinden auf, wenn sie sonst nichts zu schreiben hatte.

Den Bürgermeister hatte eine peinliche Affäre mit minderjährigen Mädchen zum Rücktritt gezwungen. Er hatte sein Unternehmen an seinen Sohn übergeben und sich in der Gegend von Bandol als Grundstücksmakler niedergelassen.

Und so lag nun eine wunderbare Harmonie über der Geschichte.

# 42

Sie hatte normalerweise einen leichten Schlaf, doch heute brauchte sie lange, bis sie das Läuten des Telefons hörte.

»Ich dachte schon, Sie wären nicht zu Hause«, sagte Edouard mit einem Anflug von Verstimmung.

»Ich hatte gestern bis spät in die Nacht hinein ein Essen«, erklärte Barbara-Sylvie.

»Ein Geschäftsessen?«

»Nein, mit lieben Freunden: Ich habe mit meinem Stiefvater und seiner neuen Lebensgefährtin gegessen. Aber sagen Sie mal, könnte es sein, daß Sie mich nicht anrufen, um zu schweigen?«

»Allerdings! Ich rufe an, um Sie etwas zu fragen.«

»Nur zu!«

»Sind Sie bereit, einen Kirmesprinzen zu heiraten? Der Moment ist gekommen, da ich zur Erhaltung meiner Dynastie beitragen möchte. Dieses Geschenk will ich meiner Großmutter, Fürstin Gertrude, machen, bevor sie für immer von uns geht.«

»Welchen Tag haben wir heute?«

»Mittwoch.«

»Antwort Freitag. Ist Ihnen das recht?«

»Mir wäre eine spontane Antwort lieber gewesen, aber angesichts ihrer Bedeutung werde ich mich achtundvierzig Stunden gedulden.«

Er legte auf, tief im Herzen ein Gefühl der Enttäuschung.

# 43

»Ich habe noch nie so miese Visagen gesehen wie auf dieser Piste«, dachte der Prinz.

Es wimmelte von Halbstarken. Hinter den Visieren der Helme sah man wenig sympathische Gesichter. Blasse Gesichter mit Narben, unrasierte Kinne, aggressive Blicke. Die meisten dieser Jugendlichen haßten die ganze Welt und hatten nichts anderes im Sinn, als sich zu prügeln. Einige versuchten, die Ängstlichsten von der Bahn zu drängen. In solchen Fällen griff Edouard ein. Er besaß eine schrille, durchdringende Pfeife, die den wütenden Lärm der kleinen 50-$cm^3$-Motoren übertönte. Seine Ermahnungen sorgten im allgemeinen wieder für Ruhe und Ordnung. Bei besonders aufsässigen Typen stellte er sich mitten auf die Fahrbahn, wie ein Torero vor seinen Stier, und richtete den Zeigefinger auf den Unruhestifter, ruhig und selbstsicher, so daß der Betreffende es vorzog zu stoppen.

»Du bist nicht hier, um den Affen zu spielen, sondern um deinen Spaß zu haben«, sagte Edouard zu ihm, ohne böse zu werden. »Oder verprügelst du etwa deine Mieze, bevor du sie bumst? Nein, nicht wahr? Im Gegenteil, du streichelst sie. Siehst du, mit diesen kleinen Flitzern läuft das genauso, mein Lieber! Sie wollen von dir nicht zu Schrott gefahren werden, sondern erwarten von dir, daß du sie dir liebevoll vornimmst.« Zahm geworden, nahm der Rohling seine Fahrt wieder auf.

Nach einer solchen Strafaktion kam eines Tages Banane zu ihm gelaufen, um ihm zu sagen, daß Maître Crémona, sein Anwalt, ihn zu sprechen wünsche.

»Am Telefon?« fragte der Prinz.

»Nein, er ist hier, mit einer Dame.«

Selim zeigte auf zwei komische Figuren auf der anderen Seite der Piste. Trotz der Entfernung erkannte Blanvin das unzertrennliche Paar. Er mochte den Anwalt, doch der unerwartete Besuch ließ ihn Schlimmes ahnen. Madame Crémona sah dem Prinzen mit schmachtendem Blick entgegen. Man muß allerdings sagen, daß der junge Mann ihre Bewunderung verdiente.

Edouard hatte die schweren Folgen des Attentats endlich überwunden. Seine Muskulatur war nicht so entwickelt wie früher, doch schien er an Geschmeidigkeit gewonnen zu haben, was er an Bizeps und Bauchmuskeln verloren hatte. Er trug eine Hose aus schwarzglänzendem Leder, ein rotes T-Shirt mit amerikanischen Armausschnitten, eine schwarze Lederweste und dazu ein modisches Halstuch. Trotz seiner Aufmachung sah er nicht aus wie einer dieser Halbstarken, wahrscheinlich weil er zu alt dafür war. Eine Art schwarze Patronentasche ragte aus der oberen Westentasche hervor. Das war Rachels Brillenetui, das er als Glücksbringer bei sich trug.

Da er sich den ganzen Tag über draußen aufhielt, war sein Gesicht sonnenverbrannt, und um sich dem Modetrend anzupassen, ließ er sich die Haare im Nacken wachsen, wo sie einen etwas lächerlichen Rattenschwanz bildeten. Fürstin Gertrude, die über den aktuellen Herrenlook nicht auf dem laufenden war, wußte nicht so recht, was sie von diesem Aufzug halten sollte.

Die Frau des Anwalts hatte sich besonders schick gemacht: einen weißen Tuchmantel, der mehr Flecken aufwies als der eines Dattelverkäufers, und darüber ihre berühmte Stola mit den beiden Fuchsköpfen. Ihre Lippen hatte sie heute mit einem ins Orange spielenden Lippenstift angemalt, der etwas krümelte.

»Sie sehen fantastisch aus in diesem Aufzug!« rief die Frau begeistert.

Sie öffnete den Mund einen Spaltbreit und zuckte mit ihrer Zunge, ein Versprechen erlesener Wonnen.

Maître Crémona, der ihre Mimik beobachtete, tadelte sie mit einem liebevollen »Tse-tse« und lächelte sie nachsichtig an.

»Irgend etwas nicht o. k.?« fragte der Prinz.

Crémona wurde wieder ernst und ergriff Edouards Arm.

»Muß unbedingt mit Ihnen sprechen, von Mann zu Mann.«

»Gut, sprechen wir«, erwiderte der Prinz, und sie entfernten sich von dem Trubel.

Die Frau folgte ihnen. Wenn der Anwalt »von Mann zu Mann« sagte, schloß das für ihn offensichtlich die Anwesenheit seiner Gattin nicht aus.

Die drei gingen zu dem Bäumchen, neben dem Rachel früher in ihrem Lehnsessel immer gesessen hatte.

»Ich bin gekommen, um meine Schuld zu bekennen und mein Plädoyer zu halten«, begann Crémona nicht ohne ein gewisses Berufspathos.

»Schwätzer«, dachte Edouard. »Lieber, alter Schwätzer! Komm zur Sache, statt herumzuquatschen!«

Der Anwalt schluckte schwer, was seinen Adamsapfel zum Hüpfen brachte. »Wenn ich mich zu dieser Beichte entschlossen habe, denn darum handelt es sich«, fuhr er fort, »so deshalb, weil Sie die Absicht haben, Sylvie Demangeot zu ehelichen. Oder täusche ich mich da?«

»Woher wissen Sie das?« fragte der Prinz.

»Sie hat es mir erzählt.«

»Sind Sie ihr Vertrauter?«

»Warten Sie, mein Freund, warten Sie, brausen Sie nicht gleich auf! Es fällt mir nicht leicht, es Ihnen zu sagen, auch wenn ich die besten mildernden Umstände der Welt geltend machen kann. Wie Sie wissen, hatten die Ärzte Sie bereits aufgegeben, als Sie mit dieser Lungenentzündung im Krankenhaus lagen. Der Professor glaubte, daß Sie die Woche nicht überstehen würden. In dieser Situation beauftragten Sie mich damit, das kleine Mädchen aus dem Gefängnis ausfindig zu machen. Man hatte den Eindruck, daß es für Sie nichts Wichtigeres auf der Welt gab. In der Annahme, daß es möglicherweise Ihre letzte irdische Freude sein würde, habe ich mich beeilt. Zuallererst habe ich Ihre Frau Mutter ausgefragt, ohne ihr die Sache näher zu erklären. Sie hat mir den Namen ihrer ehemaligen Zellengenossin genannt. Dann habe ich den pensionierten Kommissar Paindur um seine geschätzten Dienste gebeten. Der exzellente Spürhund legt in Anbetracht der Dringlichkeit den Turbogang ein, und nach ein paar Stunden habe ich die Nachricht. Sie trifft mich wie ein Keulenschlag: Die kleine Barbara ist an einer Hirnhautentzündung gestorben, zwei Jahre nach ihrem Gefängnisaufenthalt!«

Edouard spürte einen Stich in der Brust. Die Nachricht schmerzte ihn körperlich, fast so wie die Kugeln von Dmitri Joulaf.

»Ja … wie denn?« stammelte er.

»Tja, was sollte ich nun tun, mein Freund, was sollte ich tun …? Sie im Sterben, und ich mit meiner überströmenden Sympathie für Sie, was kann schon dabei herauskommen? Eine fromme Lüge! Übrigens hat mich meine liebe Frau darauf gebracht. Da es die wirkliche Barbara nicht mehr gab, Sie aber in Ihren letzten Stunden nach ihr verlangten, haben wir nach einer Gefälligkeits-Barbara Ausschau gehalten und sind auf meine Nichte Sylvie aus Lyon gekommen, die Tochter meiner allzu früh verstorbenen Schwester. Sylvie ist frei und unkonventionell. Sie hat sie sogar zu gut gespielt, da Sie, wie durch ein Wunder genesen (vielleicht durch sie, wer weiß?), sich in sie verliebten. Doch jetzt. Stop! Sie halten um ihre Hand an! Sie ist eine aufrichtige Frau, und ich bin ein aufrichtiger Mann. Wir werden Sie nicht einen Traum heiraten lassen, mein lieber Prinz. Der Moment ist unwiderruflich gekommen, da die edle, die glorreiche, die unumgängliche Wahrheit ihr Recht fordert. So, jetzt wissen Sie alles. Uff! Dieses Geheimnis hat schwer auf mir gelastet!«

Edouard setzte sich auf den Stein, auf den er sich immer niedergelassen hatte, wenn er Rachel besucht hatte. Seine anfängliche Wut war verraucht. Er schwankte zwischen Groll und Dankbarkeit. Groll, weil er hereingelegt worden war; Dankbarkeit, weil dieses Manöver zu seinem Wohl und nur zu seinem Wohl durchgeführt worden war. Wenn in den heiklen Stunden seines Todeskampfes ihn erst die Hoffnung, das kleine Mädchen von früher wiederzusehen, und dann die Freude über die Begegnung nicht aufgeputscht, getragen hätten, dann wäre er »auf die andere Seite des Spiegels« hinübergewechselt.

»Weiß sie über Ihre Beichte Bescheid?« erkundigte er sich, nachdem er diese Überlegungen angestellt hatte.

»Natürlich! Sie hat mich ja darum gebeten, mit Ihnen zu sprechen.«

»Will sie mich nicht heiraten?«

»Nicht um den Preis einer Lüge.«

»Und wenn ich mich über diese Lüge hinwegsetze? Verstehen Sie, ich habe mich in sie verliebt, als ich keinerlei fleischliches Begehren verspüren konnte. Das will doch etwas sagen, oder?«

Crémona lächelte gnädig, so als wäre er es, der die Absolution erteilte und nicht stillschweigend für sich erbat.

»Sie sitzt in meinem Wagen, dreihundert Meter von hier entfernt«, erklärte er. »Sie wollte unbedingt mitkommen, für den Fall, daß Sie sie um ihrer selbst willen lieben und nicht wegen der Vergangenheit.«

Er erblickte sie hinten in seinem früheren Wagen. Sie hatte die Ellbogen auf die Rücklehne des Vordersitzes gestützt und ihren Kopf nachdenklich in beide Hände genommen. Er fragte sich, ob sie bete. Bevor er die Wagentür öffnete, klopfte er an die Scheibe.

Sylvie wandte ihren Kopf zu ihm hin, und sie sahen sich an, wie sie sich beim ersten Mal im Krankenhaus angesehen hatten.

»Gestatten Sie?« fragte Edouard schüchtern. »Nur um ein wenig zu schweigen.«

Dann erst setzte er sich neben sie.

Nach einer Weile murmelte sie: »Hallo, Cowboy! Jetzt fehlt Ihnen nur noch eine Tätowierung.«

Und dann schwiegen sie lange.

## 44

Rosine gab Banane verzweifelt Zeichen, doch der war ganz von seinen aufregenden Beschäftigungen in Anspruch genommen und sah sie nicht.

In ihrer Not ließ sie das Fensterchen ihres Schalters herunter, verließ die Kasse und rannte, so schnell sie konnte, zum Waggon der Fürstin Gertrude.

Die alte Dame betete gerade einen Rosenkranz für ihren verstorbenen Mann.

»Eure Hoheit!« schrie Rosine. »Können Sie mich wohl einen Moment an der Kasse vertreten! Ich habe Austern gegessen, die ungenießbar waren, und jetzt ist mir kotzübel!«

Sie rannte fort, solange noch Zeit dafür war.

Gertrude hängte den Rosenkranz an den Nagel neben Ottos Porträt und übernahm die Vertretung am Schalter.

Die Arbeit war einfach: Man mußte nur ein Ticket von dem Block abreißen und es den Fahrgästen gegen fünfzig Francs aushändigen. Jedes Ticket galt für drei Fahrten. Manchmal kaufte ein Verrückter sogar mehrere Karten auf einmal.

Die Fürstin hatte Spaß an der Tätigkeit. All diese jungen, keuchenden Gesichter, die sich an den Schalter drückten, gaben ihr ein köstliches Gefühl von Ewigkeit.

Und die Fahrgäste drängten sich in Scharen.

Als der Ansturm einen Augenblick lang nachließ, ging Banane zur Kasse.

»Also, ich glaub, mein Panzer humpelt!« rief er, als er die alte Frau auf Rosines Platz sitzen sah.

»Ja, warum denn nicht?« sagte Gertrude. »Ich finde das sehr amüsant. Aber hören Sie, mein lieber Selim, Sie haben heute vergessen, die Flagge zu hissen. Wissen Sie, wieviel mir diese Tradition bedeutet?«

Der junge Maghrebiner schlug sich mit der Hand auf den Mund, um seine Verlegenheit zu demonstrieren. »Ich eile, Majestät Oma!«

Wenig später knarrte die stolze Fahne von Montegrino im apfelgrünen Himmel.

Sire, ich bitte Euch, hört mich an.
Ich komme von den Galeeren.
Ich bin Dieb, Ihr seid König.
Das kommt ungefähr auf dasselbe heraus.

Bittschrift eines Diebes Seiner Majestät,
Lacenaire zugeschrieben.